SCIENCE FICTION

Herausgegeben
von Wolfgang Jeschke

HEYNE SCIENCE FICTION JAHRESBAND 1981

zusammengestellt und herausgegeben von Wolfgang Jeschke

WILHELM HEYNE VERLAG
MÜNCHEN

HEYNE-BUCH Nr. 3790
im Wilhelm Heyne Verlag, München

Deutsche Übersetzungen von Helga Abret, Carl Amery, Gertrud Baruch, Walter Brumm, Hans Maeter, Aljonna Möckel und Hans Reisinger
Das Umschlagbild malte Jim Burns von Young Artists
Die Illustrationen zu dem Roman der Brüder Strugazki zeichnete Jutta Hellgrewe

Redaktion: Wolfgang Jeschke
Einzelrechte: siehe Anhang

Printed in Germany 1981
Umschlaggestaltung: Atelier Heinrichs & Schütz, München
Gesamtherstellung: Mohndruck Graphische Betriebe GmbH, Gütersloh

ISBN 3-453-30693-7

Inhalt

VORBEMERKUNGEN

Als wir vor einem Jahr uns entschlossen, zum zwanzigjährigen Bestehen der Reihe HEYNE SCIENCE FICTION einen Sonderband, den SF-Jahresband 1980, herauszugeben, rätselten wir herum, mit welcher Auflagenhöhe wir rechnen könnten. Normalerweise haben die Bände der Reihe eine Startauflage zwischen 20000 und 25000 Exemplaren (die im Durchschnitt nach etwa viereinhalb Monaten ausverkauft sind). Wir konnten also davon ausgehen, daß unsere 20000 regelmäßigen Käufer der Reihe HEYNE SCIENCE FICTION sich auch diesen Band anschaffen würden. Aber hinzu würde ein unbekannter Kreis von Käufern kommen, die normalerweise nicht oder nur gelegentlich zur Science Fiction greifen, aber das preiswerte Angebot und die auserlesene Qualität der Erzählungen reizen mochten. Doch wie viele würden das sein? Zwanzigtausend? Dreißigtausend? Oder noch mehr? Unsere Erwartungen wurden bei weitem übertroffen!

Wir setzten zunächst eine Auflagenhöhe von 50000 fest. Zwei Monate später hatten wir 70000 Vorbestellungen. 80000 wurden ausgeliefert. Drei Wochen später schon mußte nachgedruckt werden. Wochenlang stand das Buch auf der ›Spiegel‹-Bestsellerliste. Und bis zum Jahresende waren davon mehr als 100000 Exemplare verkauft. Der SF-Jahresband wurde zum ungeahnten Erfolg.

Damit war bewiesen, daß eine sehr große Käuferschicht existiert, die für Science Fiction durchaus zu interessieren ist, wenn sie von überragender Qualität ist und preiswert angeboten wird, und daß auf diese Weise neue Leser gewonnen werden können. Wenn aber mehr als 80000 Käufer, die nicht regelmäßig Science Fiction lesen, von dem Angebot Gebrauch machen, müssen bei der Auswahl der Erzählungen für die Jahresbände andere Kriterien gelten als normalerweise. Vor allem muß dem SF- unkundigen Leser der Einstieg erleichtert werden.

Ich habe in diesem Band bewußt Geschichten vereint, in denen auf komplizierte Technik und Naturwissenschaften, wie es in der ›Hardware‹-Science Fiction üblich ist, verzichtet wird. Der Begriff ›science‹ bezeichnet ja nicht nur die exakten Naturwissenschaften, sondern auch die Humanwissenschaften (›human sciences‹) wie Psychologie, Soziologie usw. Und dementsprechend nehmen auch in der Science Fiction die Romane und Erzählungen, die sich mit fiktiven technischen Erfindungen, naturwissenschaftlichen Entdeckungen und astronautischen Großtaten beschäftigen, einen geringen (und immer geringer werdenden) Raum ein. In der Tat sind die Erzählungen, die sich weniger mit dem physikalischen Raum, also mit den astronomischen Weiten, den Abgründen der Galaxis, als vielmehr mit dem Innenraum (›inner space‹), den Abgründen und den Möglichkeiten der menschlichen Psyche beschäftigen, faszinierender und meist von bemerkenswerterem Niveau. Dort wo sich die Science Fiction von der faktischen Wahrscheinlichkeit, von der Futurologie löst, entfaltet sie sich stärker ins Phantastische und nutzt die reizvollen Möglichkeiten, die sich auf der riesenhaften Bühne aus Raum und Zeit bieten.

Ich bin zuversichtlich, daß dieser Band, noch mehr als der vorhergehende, Interesse an dieser Art Literatur wecken und der Science Fiction neue Leser bringen wird.

Wolfgang Jeschke

Brian W. Aldiss

Brian W. Aldiss wurde 1925 in Norfolk/England geboren und verbrachte den größten Teil seiner Jugend in Devon. 1943 wurde er zur Armee eingezogen und war als Soldat in Burma und auf Sumatra. Nach Kriegsende bereiste er einige Jahre lang Südostasien. Nach England zurückgekehrt, arbeitete er acht Jahre lang als Buchhändler in Oxford, nebenbei begann er SF zu schreiben, 1954 erschien seine erste Erzählung. 1955 gewann er einen Kurzgeschichtenwettbewerb des *Observer*; daraufhin entschloß er sich, freiberuflicher Schriftsteller zu werden. Ab 1958 war er als Redakteur für den literarischen Teil der *Oxford Mail* verantwortlich. Seine frühen Erzählungen – sie erschienen u.a. in den Zeitschriften *New Worlds* und *Nebula* – wurden 1957 zu dem Band ›Space, Time and Nathaniel‹ zusammengefaßt. 1955 war sein erster Roman erschienen: ›The Brightfood Diaries‹. Sein zweiter Roman ›Non-Stop‹ (1958) ließ die Kritiker aufhorchen, im Jahr darauf fand seine Erzählung ›Judas Dancing‹ in den USA große Beachtung, und Aldiss wurde der Hugo Gernsback Award für den besten Nachwuchsautor verliehen. Mit seinen ›Hothouse‹-Stories, zusammengefaßt zu dem Roman ›The Long Afternoon of Earth‹ (›Am Vorabend der Ewigkeit‹), gelang ihm der endgültige Durchbruch: er wurde für die beste Erzählung des Jahres mit dem Hugo Gernsback Award ausgezeichnet. Mit seiner Novelle ›The Saliva Tree‹ (›Der Speichelbaum‹) errang er 1965 auch den Nebula Award. Seither entstand mehr als ein Dutzend Romane, aus denen besonders ›The Dark Light Years‹ (›Die dunklen Lichtjahre‹), ›Greybeard‹ (›Aufstand der Alten‹), ›Earthworks‹ (›Tod im Staub‹) und ›The Malacia Tapestry‹ (›Der Malacia-Gobelin‹) herausragen. Aldiss machte sich auch als Herausgeber verdient, schrieb auch eine Geschichte der Science Fiction (›The Billion Year Spree‹, 1973) und arbeitet derzeit an einem großen Romanprojekt, der Trilogie ›Heliconia‹. Er war 1979 Vorsitzender des britischen Schriftstellerverbandes und gilt als einer der phantasievollsten und eigenwilligsten SF-Autoren Englands.

Von Brian Aldiss erschienen folgende Titel in der Reihe HEYNE SCIENCE FICTION & FANTASY:

Am Vorabend der Ewigkeit · Band 3030
Aufstand der Alten · Band 3107
Der Sternenschwarm · Band 3124
Fahrt ohne Ende · Band 3191
Die neuen Neandertaler · Band 3195
Tod im Staub · Band 3332
Raum, Zeit und Nathaniel · Band 3406
Der Malacia-Gobelin · Band 3625
Die dunklen Lichtjahre (in Vorbereitung)

Brian W. Aldiss

Letzte Bestellung

Irgendwo in dem Straßenblock, so zeigte der Alphameter an, befanden sich zwei Leute, vielleicht mehr. Der Hauptmann senkte sein LKFz langsam auf die Straße. Links war ein Kanal; das Wasser wirbelte, als sei es lebendig.

Er ließ das Fenster des Fahrzeuges offen. Regenböen, abwechselnd eisig und heiß, schlugen gegen die kantigen Vorsprünge seines Gesichts: sie halfen ihm, wach zu bleiben. Er war eine der letzten Räumungsstreifen, seit drei Tagen hatte er nicht mehr geschlafen.

Am Ende der stinkigen kleinen Straße zeigte sich ein Licht. Öl, wahrscheinlich; der Strom war längst ausgefallen, ehe sich die Stadt leerte. Er ließ den Hooter aufheulen, während er durch das schmutzige Dunkel in ein Bar-Fenster spähte. Im Schatten gestikulierte eine kleine Gestalt.

Der Hauptmann stellte den Motor ab, das Fahrzeug senkte sich aufs Kopfsteinpflaster. Er wartete. Der Mann da drinnen redete immer noch – so sah es jedenfalls aus. Der Hauptmann fingerte eine Pille aus der Tasche seiner Ölhaut-Jacke, löste die Sprühflasche vom Armaturenbrett, spülte mit einem kleinen Stoß die Pille seine Kehle hinunter. Dann stieg er aus dem Wagen und ging zur Bar. Seine Bewegungen waren steif von unterdrückter Müdigkeit. Eine Schieferschindel wirbelte über seinen Kopf und zerschellte an einem Polder des Kanalufers.

Er blinzelte nicht einmal.

Er stieß die Bartür auf und trat ein. Ein trübes Licht auf der Theke zeichnete Konturen eines wüsten Durcheinanders. Der letzte Erdstoß hatte den größten Teil der Einrichtung zerschmettert, dazu die Flaschen hinter der Bar. Die Spiegel waren gesprungen. Zwischen zersplitterten Bodenbrettern tastete er sich vorwärts.

An der Theke stand ein untersetzter Mann unbestimmbaren Alters, lächerlich adrett in einem altmodischen Anzug. Sein Rundkopf war von einem Flaum farblosen Haares gesäumt. Austern-Augen saßen in seinem runden Gesicht. Er redete lebhaft und gutgelaunt auf eine magere alte Dame in Schwarz ein, die hoch auf einem Barhocker thronte, die Hände im Schoß gefaltet. Neben ihrem Ellbogen stand ein halbvolles Bierglas. Der Mann hatte sich sauber einen kleinen Likör eingeschenkt, an dem er noch nicht genippt hatte.

Der Hauptmann sah alles mit einem Blick: »Seit Stunden schon sollten Sie hier raus sein«, sagte er. »Wie konnten die Streifen Sie übersehen? In ein paar Minuten…«

»Ja ja«, nickte der Untersetzte, »wir trinken nur noch aus, wir sind uns des Ernstes der Lage voll bewußt. Sie sehen etwas müde aus, nehmen Sie doch einen mit uns. Wir gehen dann zusammen.«

»Lassen Sie das stehen. Wir müssen sofort zum Reijkskeller-Feld. Die letzte Fähre ist gleich fällig.« Der Hauptmann faßte den Untersetzten beim Ellbogen. »Moment noch. Bier gefällig? Die Dame sagt, es sei sehr gut. Macht keine Umstände. Wird uns die Fahrt angenehmer machen.« Er bückte sich hinter die Theke, lächelnd kam er mit einem schäumenden Bier hoch.

Der Hauptmann seufzte. »Ich muß euch zwei rausholen. Es ist lebensgefährlich. Ihr kapiert das nicht. Der Mond kann jeden Augenblick…«

»Verehrtester!« Der Untersetzte kam um die Theke herum und setzte sich vor seinem vollen Likörglas in Positur. »Uns müssen Sie nicht an den Ernst der Lage erinnern. Ich habe der Dame gerade erzählt, daß ich damals selber auf dem Mond war, in Armstrong, als der erste Riß auftrat. Ich sah ihn mit eigenen Augen. Es war eigentlich komisch, wissen Sie. Ich bin nämlich Xenobalneologe, Spezialist für außerirdische Schwimmbad-Anlagen und alle damit zusammenhängenden Probleme, und Sie haben keine Ahnung, wieviel das sind! Wissen Sie, daß mehr Schwimmbäder auf Luna als in den USA existieren? (Existierten, sollte man wohl sagen!) Ich bin gerade bei Wally Kingsmill gewesen, der einen der größten und prächtigsten Pools von Armstrong besitzt (eigentlich die Familie), und wie ich auf dem Fußgängerband die Ordinary hinunterrutsche, höre ich das Volk rufen und kreischen. Zuerst denkt man auf Luna immer an die große Kuppel, ob sie vielleicht beschädigt ist oder nicht. Zufällig hatte ich meine ganze Atemausrüstung dabei – ich brauchte Sie für Wally Kingsmills Pool, verstehen Sie! – und ich sage zu mir selbst ›Aha!‹ – aber es war gar nicht die Kuppel. Die kam ein paar Stunden später dran – merkwürdig genug –, aber vorerst war's nur dieser Spalt, er schlängelte sich näher, ganz rasch, im Zickzack, und schon, zack, lief er unter dem Fußgängerband durch, das natürlich anhielt. *Wamm!* stand es und rührte sich nicht mehr. Aus!«

»Der Mond ist schon evakuiert. Jetzt sind wir dran. Und wir müssen weg. Sofort!« rief der Hauptmann. Er spürte, wie sich Nebel in seinem Hirn ausbreitete. »Sofort«, wiederholte er und nippte an seinem Bier.

»Es ist herrliches Bier«, sagte die alte Dame. »Eine Schande, es verkommen zu lassen.« Sie wandte sich wieder dem Untersetzten zu, sie hing eifrig an jedem seiner Worte. Der Untersetzte ging in Positur vor seinem zierlichen Likörglas, hob es, leerte es mit einem Schluck, goß sich wieder ein aus einer grünen Flasche und nahm fast im gleichen Augenblick wieder seinen Wachtposten über dem Glas ein. »Ich stieg natürlich herunter von dem Band, und – merkwürdig, was man so assoziiert! – der Spalt erinnerte mich an die Decke der Sixtinischen Kapelle, wissen Sie, wo Michelangelo sein – natürlich ist es jetzt in Huston, Texas, und ich habe oft, oft davor gestanden, mein Kunstinteresse, wissen Sie – das ging so weit, daß ich vor fünf Jahren, als der Präsident nach Venusberg kam, den Auftrag erhielt…«

»Sieben Jahre, meinen Sie«, korrigierte der Hauptmann. »Sieben Jahre werden das in vier Wochen. Der Besuch des Präsidenten in Venusberg. Ich erinnere mich genau, weil ich damals zur Raumpolizei auf Venus abgestellt wurde. Aber das hat jetzt nichts zu bedeuten, hören Sie. Sie müssen jetzt mitkommen.«

»Sofort.« Er trabte hinter die Theke und goß der alten Dame noch ein Bier ein. »Sie haben recht: sieben Jahre waren es, denn damals stand ich im Vertrag auf den Planetoiden. Komisch, gerade reden wir über Michelangelo, und der großartigste Pool, den wir auf die Planetoiden pflanzten, war eine Mosaikarbeit (fast eine Million Steine!) von Michelangelos ›Schöpfung‹, wie ihm Gott gerade den Finger hinreckt, wissen Sie – über den ganzen Beckenboden. Herrlich. Sie sollten sich das ansehen. Wenigstens die Planetoiden werden durch die Schwerkraftstörungen nicht geschädigt werden – hoffentlich.« Der Hauptmann hatte sein Bier ausgetrunken – er konnte beim besten Willen nicht feststellen, ob es ihm gut tat oder nicht. »Wir sind nicht nur in höchster Gefahr, mein Herr, Sie und die Dame hier übertreten das Standrecht, vor zehn Tagen ausgerufen. Ich würde absolut legal handeln, wenn ich Sie niederschieße – vorausgesetzt, Sie kommen nicht sofort mit zum Fahrzeug…«

Der Untersetzte lachte. »Keine Angst. Was mich betrifft, unter diesen Umständen bin ich für Standrecht. Hundertprozentig! Was hätte man sonst machen sollen? Ich finde es großartig, großartig und anerkennenswert, wie die Evakuierung der Erde durchgeführt worden ist. Ich wünschte mir nur, man wäre etwas pfleglicher mit den Kunstschätzen umgegangen; bitte, das ist keine Kritik, ich weiß, wie kurz der Entscheidungszeitraum war, aber dennoch ... Man kann wieder Schwimmbecken bauen, aber man kann Michelangelo nicht von den Toten auferwecken, damit er uns nochmals seine Meisterwerke malt ...«

Während er sprach, blickte er immer konzentrierter auf sein Likörglas, das gelb im Schein der Öllampe glomm. Plötzlich stürzte er sich darauf, leerte es so rasch wie das vorige Glas, goß sich sofort eine neue Füllung ein. Inzwischen war die alte Dame vom Barhocker geklettert und schlängelte sich durch die Trümmer zum Fenster.

»Wo wollen Sie hin, Madame?« der Hauptmann folgte ihr. »Ich habe Sie aufgefordert zu ...«

»Oh, ich laufe Ihnen nicht weg, Wachtmeister!« Sie lachte über seine Idee. »Ich bin genauso durcheinander wie Sie. Die gute alte Erde, nach so vielen Millionen Jahren. Die Erde, das erschüttert mich. Der Mond nicht. Der Mond war eigentlich nie zu besonders viel nütze. Ich wollte nur sehen, ob ich ihn durchs Fenster noch sehen kann ...«

Ihre Worte gingen unter in einem furchtbaren Windstoß, der das ganze Gebäude schüttelte, Türen zum Knallen und mürbe Mauern zum Einsturz brachte. Das Fenster barst, als sie es erreichte; Glasscherben wurden ins Freie gefegt. »Du meine Güte, wie schrecklich! Wo soll das nur enden? Man könnte denken, es ist der Weltuntergang ...«

»Es *ist* der beschissene Weltuntergang, Madame«, sagte der Hauptmann. »Kommen Sie jetzt mit, oder soll ich Sie raustragen?«

»Sie brauchen mich doch nicht zu tragen! Ich bin doch nicht betrunken – wenn Sie das meinen. Sie selbst sehen schlecht aus, richtig am Ende. Da! Sehen Sie! Oh, ich hasse ihn, ich hasse ihn!«

Sie wies ins Dunkel, und der Blick des Hauptmanns folgte ihrem Finger. Rasende Winde hatten die Wolke weggeblasen. Im Nachthimmel, dampfend in Silber und Scharlachrot, stand der größte Berg, der je erfunden worden war, eine Seite gekrümmt, eine zerspellt, er reichte fast bis zum Zenit empor. Zerstörte Mondstädte waren mit bloßem Auge auf der zertrümmerten Oberfläche zu sehen. Sie erwarteten fast, daß er herunterfiel, während sie ihn anstarrten.

Der Hauptmann griff die alte Dame beim Ellbogen: »Sie verlassen sofort diesen Raum! Das ist ein Befehl! Kennen Sie den Kerl da? Ist er Ihr Mann?«

Sie sah wehmütig lächelnd zu ihm auf, er gewahrte verblühte Jugend unter den Falten und Unregelmäßigkeiten ihrer Haut. »Mein Mann? Ich hab ihn erst heute getroffen – gestern, um genau zu sein. Wie spät haben wir? Nicht daß ich was dagegen hätte, sogar in meinem Alter. Ein faszinierender Gesprächspartner. Wir haben vieles gemeinsam – trotz der paar Jahre Altersunterschied. Ein sehr sympathischer Mensch. Wissen Sie, Wachtmeister, vor ein paar Stunden, ehe wir hierherkamen, erzählte er mir...«

»Was er Ihnen erzählte, ist egal, wir müssen ihn rauskriegen. Das ist eine Rettungsaktion, kapiert? Dringend, kapiert? Sehen Sie sich nur das Ding an da draußen, kommt rasch runter. Wie heißt er?«

Sie lachte nervös und blickte auf ihre properen kleinen Füße hinunter. »Es ist verrückt, nach allem, was ich Ihnen erzählt habe, aber ich war nie verheiratet. Nie amtlich, verstehen Sie. Mein Leben – nun das klingt nach Selbstmitleid, aber man muß den Tatsachen ins Auge sehen – mein Leben war nicht sehr glücklich, was das andere Geschlecht betrifft. Weiß der Himmel, wie er heißt. In jüngeren Jahren war ich oft verzweifelt. Sehr oft. Nachdem fast jeder mich verlassen hatte, wieder Verzweiflung. Dabei war ich nicht häßlich, wissen Sie, oder besitzgierig... entschuldigen Sie, Wachtmeister, mir ist klar, daß Sie diese – diese Herzensergüsse vielleicht gar nicht interessieren – ich bin überhaupt nicht der Typ, der immer in sich selber herumwühlt...«

»Lady, es geht nicht darum, was mich interessiert. Es geht jetzt um die Wurst. Wenn wir nicht in einer Stunde weg sind, sind wir mausetot...«

»Oh, das weiß ich, Wachtmeister, aber das ist gerade mein Problem. Glauben Sie nur nicht, daß ich mich besser fühle als Sie. Ich habe eben nie Glück gehabt mit Männern; so sagt man wohl. Ich habe gerade unserem Freund erzählt – er ist sehr verständnisvoll, wissen Sie – daß meine Wohnung durch die ersten Beben teilweise zerstört wurde, als es hieß, wir müßten die Erde evakuieren. Und der Gedanke: alles zurücklassen zu müssen, mein kleines Heim, meinen Garten, die Stadt, in der ich jetzt vierzig Jahre lang lebe – der Gedanke war unerträglich. Ich weinte, das sage ich offen, und ich war nicht die einzige, die da weinte, bestimmt nicht die einzige...«

»Wir haben alle geweint, Lady, alle miteinander. Das ist der Planet, auf dem wir geboren wurden, und wir werden garantiert auch darauf sterben, wenn wir nicht schnell machen. Also, zum letzten Mal: Raus!«

Der Untersetzte hatte noch eine Dosis Likör zu sich genommen. Er kam über den zerbrochenen Fußboden auf sie zu, er trug zwei Biere, und ein faltiges Lächeln auf seinem Allerweltsgesicht. »Nehmt noch einen, ihr zwei, bevor wir gehen. Wär' schade um den Stoff. Ich würde mich nicht an das kaputte Fenster stellen, es ist nicht sicher. Kommt wieder an die Bar!«

»Nirgends ist es sicher. Überall droht die Vernichtung. Und deshalb ...«

Die alte Dame sagte: »Ich habe eben dem Wachtmeister erzählt, wie meine Wohnung teilweise zerstört wurde, und wie...«

»Sie wird dem Erdboden gleichgemacht, total, und jedes andere Bauwerk auf Erden auch – und das bald. Ich beschwöre euch jetzt zum letztenmal – gut gut, ich trinke noch das letzte Bier, gut – ich bin erschöpft, zugegeben, und ich weiß jetzt, wie Ihre Wohnung kaputt ging, aber ich beschwöre euch beide...«

»Sie wissen was? Wie meine Wohnung...?« Die alte Dame rief es zornig. »Was kümmert Sie meine Wohnung? Sie hören überhaupt nicht zu, das ist es! Ich habe von dem ersten Erdstoß gesprochen, als meine Kommode nach vorn kippte. Ich lag da gerade im Bett...«

Der Hauptmann, in einer Wolke von Müdigkeit und Unwirklichkeit, zog die Pistole und trat zurück, um sie beide im Schußfeld zu haben. Er klammerte sich mit der anderen Hand an das halbleere Bierglas. »Schluß jetzt! Maul halten ihr zwei! Draußen steht der Wagen. Raus hier, los!«

»Sie haben sonderbare Methoden, muß ich sagen.« Der Untersetzte schüttelte bedauernd den Kopf. »Was soll jetzt, zu diesem Zeitpunkt, noch Gewalttätigkeit? Hat natürlich nie einen Sinn, aber speziell jetzt, wo in Kürze die ganze Welt zu Klump gehauen wird?«

Seine Positur, seine Gesten strömten eine Vitalität aus, in der der Hauptmann einen Angriff auf seine eigene Erschöpfung witterte. Er hörte sich selbst zu, als er antwortete, entschuldigend antwortete: »Ich will keine Gewalttätigkeit. Ich will nur meine Pflicht tun. Ich...«

»Kennen wir, kennen wir, was?« sagte der Untersetzte zur alten Dame, aber so gutmütig, daß nicht einmal der Hauptmann beleidigt sein konnte. »Pflicht, Pflicht! Sie sollten sich die Geschichte der Dame anhören, es ist eine höchst bezeichnende Anekdote – eigentlich mehr als eine Anekdote. Ein – na, wie könnte man das nennen...?«

»Ein Epos?« schlug der Hauptmann vor. »Wir haben keine Zeit mehr für ein Epos.«

»Nein nein, nicht Epos – Vignette, das ist's! eine Vignette mitten aus dem Leben. Wissen Sie, als ihre Kommode nach vorn kippte, war die Dame im Bett, wie schon erwähnt...«

»Es war zwei Uhr morgens, natürlich war ich im Bett!« rief die alte Dame, als trete man ihrem Ruf zu nahe.

»Und diese Kommode hatte ihrer Mutter gehört.« Während er redete, schlenderte der Untersetzte zur Bar zurück und gab der alten Dame Gelegenheit, halblaut zum Hauptmann zu bemerken: »Sie war eigentlich schon seit Generationen in der Familie. Ein sehr wertvolles Stück aus der Mitte des 19. Jahrhunderts.«

Der Untersetzte hob ein volles Likörglas vom Tresen, leerte es rasch, füllte es sofort aus der Flasche auf und blieb an der Bar stehen, seine plumpen Hände auf die Oberfläche gelegt, eine auf jeder Seite des randvollen Glases; er tat all dies, fast ohne seine Rede zu unterbrechen: »Sie dreht also das Licht an – gottseidank brannte es noch, der erste Stoß war, wie Sie sich erinnern können, nicht sehr stark, viele Leute, ich übrigens auch, haben glatt durchgeschlafen. Eigentlich war ich erst zu Bett gegangen, ich bin sozusagen ein Nachtvogel, ja – also, sie steigt aus dem Bett, um nachzusehen, was zu Schaden gekommen war. Und was meinen Sie? Die Kommode war auf der Rückseite aufgeplatzt, von oben bis unten, und gab eine Geheimschublade frei. Sie hatte natürlich die Schublade gekannt, aber sie glatt vergessen, wie das so geht, ganz zufällig, wie man sich auch ganz zufällig an dies und das erinnert. Sehen Sie zum Beispiel diese Risse an der Decke! Wir haben über die Risse an der Decke der Sixtinischen Kapelle gesprochen, aber im Gegensatz dazu laufen die Risse hier ziemlich gerade. Während ich noch über die Sixtinische Kapelle sprach, merkte ich, daß die Risse hier eine tadellose Landkarte darstellen – die Karte eines Teils dieser Stadt, in dem ich als Ingenieurstudent wohnte – dreißig Jahre dürfte das jetzt her sein...«

Er schnappte sich wieder das Likörglas und leerte es auf einen Sitz. Die alte Dame redete gewandt in die Pause hinein: »Und es müssen dreißig Jahre her sein, daß ich diese Schublade benützte. Ich legte damals, vor dreißig Jahren, etwas hinein – und irgendein Knoten im Hirn – wie Sie sagten, es ist ganz unvorhersehbar, was man vergißt und was man erinnert, besonders wenn man älter wird – irgendein Knoten im Hirn ließ es mich ganz vergessen, bis der Erdstoß kam. Und was, dachten sie, hatte ich damals hineingelegt?«

Der Hauptmann ging hinter die Theke und zapfte sich selbst noch ein Bier. »Machen wir's anders«, sagte er. »Wenn ihr nicht draußen seid, bis ich das Bierchen getrunken habe, erschieße ich mich selber.« Er legte den Dienstrevolver feierlich auf die Theke und hob das Glas an die Lippen.

»Zum Wohl! Ich hatte ein geheimes Tagebuch in der Schublade versteckt. Ich war schon damals kein kleines Mädchen mehr, müssen Sie bedenken. Ich war in den späten Dreißigern...« Sie brach ab und schluchzte.

»Nicht aufregen!« Der Untersetzte schob ihr noch ein Bier hin. »Ich habe jahrelang ein Tagebuch geführt – es war zu nichts nütze. Einmal sagte ich zu meinem Bruder: ›Sieh dir bloß das traurige alte Zeug...‹ Moment! Moment! Wieder ein Beweis für die Lückenhaftigkeit der Erinnerung! Ich glaube, ich habe ein Terminbuch in der Tasche, mit einem Stadtplan darin – richtig, hier ist's!« Er holte einen Taschenkalender heraus und blätterte ihn bis zum Ende durch.

»Ich bin fast fertig mit dem Bier!« mahnte der Hauptmann.

»Ich hol' Ihnen noch eines«, sagte die alte Dame und kam zu ihm hinter den Tresen, »ich muß Ihnen noch diese romantische Geschichte erzählen, bevor Sie gehen.«

»Ist das nicht nett hier?« rief der Untersetzte, er hielt die schwere Hand gespreizt über dem offenen Terminkalender und lächelte dabei. »Niemand käme auf die Idee, daß dies das Ende der Welt ist. Ich kann mir auch nicht vorstellen, daß ich irgendwo anders glücklich sein könnte. Wirklich glücklich, meine ich. Jedenfalls, hier haben wir den Stadtplan. Dachte mir schon, daß er da hinten drin sein muß. Einen Augenblick, meine Lesebrille...«

Er suchte in den Taschen herum, er gewahrte das Glas mit der fast gewölbten Oberfläche aus Likör, er griff danach und führte es halb an die Lippen. Er fuhr mit der anderen Hand zum Mund, er setzte das Glas wieder ab. »Wissen Sie: ich glaube, ich nehme auch ein Bier«, sagte er, staunend über seinen eigenen Einfall.

»Schon unterwegs«, sagte die alte Dame. »Wissen Sie, Sie haben recht. Es ist *sehr* nett hier. Ich war schon lange nicht mehr so spät auf – jedenfalls nicht seit dem letzten Mai, als ich meine Cousine in Norfolk besuchte – und ich bin nicht ein bißchen müde. Sie haben nicht zufällig eine Zigarette bei sich?«

»Es sind ein paar Packungen auf dem Regal da«, sagte der Hauptmann und griff danach. »Ich habe sie gerade gesehen. Auf eine für uns alle! Eigentlich sollte ich im Dienst nicht rauchen, aber das sind schließlich besondere Umstände...«

Sie lachten alle, waren alle plötzlich glücklich, zündeten die Zigaretten an, pafften, nippten am Bier, rückten einander instinktiv näher im warmen Licht der Öllampe. Draußen pfiff der Wind; irgendwo in der Nähe steigerte sich das Rumpeln eines Hauses, das unter dem Gewicht des Himmels zusammenbrach.

»Solche Augenblicke wie jetzt – das ist das wahre Leben!« rief der Untersetzte. »Finden Sie nicht auch? Es gibt zu wenig davon, leider. Die arme alte Erde! Ob sie wohl den Menschen vermißt – ein klein bißchen?«

»Natürlich nicht.« Der Hauptmann tat einen tiefen Zug. »Die Menschheit war nichts als eine Art Parasit auf dem Antlitz der Erde, ein Ausbeuter, ein Zerstörer ihrer Schönheit. Diese saudummen Schwerkraft-Experimente auf dem Mond – sie haben uns in diese Sauerei hineingebracht, aber wir verlassen eine Welt, die wir schon seit Jahrhunderten ruiniert haben, systematisch ruiniert...«

»Also da stimme ich gar nicht mit Ihnen überein!« sagte die alte Dame und zog an der Zigarette. »Ich habe einen reizenden Garten bei meiner Wohnung – Sie sollten ihn einmal sehen – er wird natürlich verdorben, wenn der Mond aufschlägt – die Rosen sind allerdings sehr widerstandsfähig – ich habe eine wunderschöne Gruppe von Queen Elizabeths, vielleicht überleben die doch? Und gleich gegenüber ist der Park...«

»Ganz Ihrer Meinung«, sagte der Untersetzte. Er tätschelte ihren Arm. »Ich finde, wir haben den Flecken Welt durchaus verbessert. – Nichts als Dschungel, bevor der Mensch kam. Ich liebe Städte, Theater, Musik – Schwimmbecken natürlich auch, aber das können Sie voraussetzen bei mir – und all die netten kleinen Bars, wo man sich mit verwandten Gemütern treffen und plaudern kann. Denken Sie bloß an diese schöne alte Stadt – hier, da ist der Plan, sehr kleiner Maßstab leider, aber ich zeige Ihnen, wo die Straßen genau das Muster der Sprünge da oben auf der Decke nachzeichnen. Es ist kein sehr gutes Terminbuch...«

»A propos Tagebuch«, sagte die alte Dame. Ich habe es eigentlich erst am Morgen nach dem Beben gefunden – genau dreißig Jahre, nachdem ich's hineingelegt hatte. Und ich mache es auf, und auf der letzten Seite, nach dem 31. Dezember – es wird keinen 31. Dezember mehr geben, denken Sie nur!«

»Auf *den* Tag kann ich verzichten!« lachte der Hauptmann.

»Ja, aber es ist der Tag vor Neujahr!« warf der Untersetzte ein, »wenn alle Welt sich amüsiert! Ich habe da einige Neujahrstage erlebt, können Sie mir glauben... Was ich da aufgeschrieben habe, auf dem für Neujahr reservierten Platz, das war ein recht trauriger kleiner Satz. Ich hoffe, Sie lachen mich nicht aus deswegen, Herr Wachtmeister...«

»Jim«, sagte der Hauptmann. »Für meine Freunde heiße ich Jim.«

»Jim also.« Sie ließ ihre Wimpern zittern und prostete ihm zu, als sie das Glas an die Lippen hob. »Lach nicht, ich war achtunddreißig, als ich das niederschrieb – ich schrieb: ›Meine lange Suche nach Liebe, ich begreife nun, daß sie nie Erfüllung finden wird...« Sie fing zu weinen an.

Der Untersetzte und der Hauptmann legten ihr die Arme um die Schultern. »Nicht weinen Schatz«, sagten sie. »Nimm noch einen!«

»Solange wir leben, hoffen wir«, sagte der Hauptmann.

»Wir alle erleben unsere Enttäuschungen«, seufzte der Untersetzte. »Man muß darüber lachen können... Als ich fünfundzwanzig war, wollte ich mich unbedingt in dem Kanal da drüben ersäufen – nein, falsch, nicht in dem da. Es war – also, es war der Stichkanal, der an der Fischerwerft endet, wo die Kayle-Bridge-Straße einmündet. Sehen Sie, hier auf der Karte – Sie sehen es aber auch an den Sprüngen da oben, bitte: Da ist das Kanalende, an der Fischerwerft, bei der alten Kapelle, und hier mündet die Kayle-Bridge-Straße ein, an der Ecke da war ein Kiosk, wo ein alter Mann Würstchen verkaufte, das ganze Jahr über...«

»Jetzt weine ich!« rief die alte Dame lachend. »Und ich habe auch geweint, als ich das gelesen habe, was in dem Tagebuch stand, und ich erinnere mich, daß ich weinte, als ich es niederschrieb im Alter von achtunddreißig Jahren, und doch kam da ein Mann namens – wie hieß er doch gleich? Vor nicht ganz einer Woche ist es mir doch wieder eingefallen...«

»Der Alte mit den Würstchen war am anderen Ende der Kayle-Bridge-Straße, wo früher der Bahnhof war«, widersprach der Hauptmann. Er hatte einen mächtigen Seehundsbart. An der Ecke, die Sie meinen, war...«

Ein gewaltiger Krach unterbrach ihn. Ein Teil der Decke barst, zusammen mit den interessanten Sprüngen, und überschüttete sie mit Flocken, die auch ins Bier fielen. Das Gebäude daneben brach zusammen. Staub und Sand wölkten durchs offene Fenster herein.

»Das Fahrzeug!« rief der Hauptmann entsetzt. Er stellte das Glas ab, entriß seine andere Hand den Klauen der Dame und taumelte zur Tür. Das LKFz war halb unter den Trümmern verschwunden, die noch über die Straße in den kochenden Kanal glitten oder kollerten.

»Kommt her, seht euch das an!« rief er. Sie kamen zur Tür. »Jetzt müssen wir zu Fuß zum Reijkskeller-Feld«, meinte er. Er sah auf die Uhr: »Höchste Zeit.«

»Es regnet ja«, erwiderte die alte Dame. »Da geh' ich nicht hinaus. Wieviel Uhr haben wir?«

»Sehen Sie, das furchtbare Ding da oben am Himmel. Man gruselt sich dabei«, sagte der Untersetzte. »Gibt's keine Möglichkeit, daß es die Erde verpaßt und im Weltraum abtrudelt?«

»Nein. Absolut nein«, sagte der Hauptmann. »Ich hole jetzt meinen Revolver, und dann ab mit uns, ob's regnet oder nicht. Wenn wir die Sirene hören, haben wir noch fünf Minuten; dann heben sie ab, und wir sind gestrandet hier – ganz allein auf der Erde. Beeilung!«

Murmelnd ging er in die Bar zurück. Der Untersetzte ging mit und klopfte weißen Staub vom Anzug. »Sie dürften recht haben. Also, auf einen letzten Schluck. Einen für den Marsch. Aber mit dem Kiosk, das stimmt nicht, wissen Sie. Als Student war ich so arm, daß ich praktisch von Würstchen lebte, ich war also fast jeden Abend dort, zwei Jahre und länger. Ich muß es also wissen, und ich erinnere mich...«

»Nanana! Mein erstes Revier, als ich zur Polizei kam, war die Werftgegend, *ich* muß es also wissen. Wo, verdammt, ist mein Revolver? Ich hab' ihn da hergelegt, auf die Bar... Vielleicht ist er hinuntergefallen. Sehen Sie mal hinten nach.«

»Sie haben ihn nicht zufällig?«

»Ich hasse Feuerwaffen. Bin für Boxen, nicht für Feuerwaffen. Sie hätten sich doch nicht wirklich erschossen?«

»Hören Sie, er ist nicht da. Sind Sie sicher, daß Sie ihn nicht genommen haben? Dafür können Sie eingelocht werden, ich warne Sie... mein Gott, ich bin vielleicht fertig.«

»Ich sage es Ihnen doch: ich habe Ihre Waffe überhaupt nicht angerührt. Wir sind die letzten Menschen auf der Erde, und Sie beschuldigen mich...«

»Streitet doch nicht, ihr zwei, wo wir's so hübsch haben!« sagte die alte Dame fröhlich, werkte hinter dem Tresen herum, brachte drei neue Gläser Bier zum Vorschein. »Ich wäre schon immer gern eine Bardame geworden: was soll's sein, meine Herren?«

»Großartig, meine Liebe!« Der Untersetzte rieb sich vor Vergnügen die Hände. »Sie sind eine Frau nach meinem Herzen. Ich wünschte, ich wäre schon vor dreißig Jahren auf Sie gestoßen –

mehr will ich nicht sagen. Noch ein Bier also, und ich nehme vielleicht einen schnellen Likör dazu, während Sie eingießen. Gut gegen die Kälte.«

»Haben Sie was dagegen, wenn ich ihn auch versuche?« fragte der Hauptmann.

»Ganz nach Wunsch.« Er schob die Flasche hinüber. »Auf Kosten des Hauses.«

»Auf Ihre schönen blauen Augen, Lady!« Der Hauptmann hob sein Glas mit zitternden Händen.

»Ihr seid beide Schätze«, antwortete sie, und während sie ihr Glas hob, fuhr sie fort: »Und jetzt – auf die Erde, den besten Planeten im ganzen Universum!«

Sie tranken alle drei. In der Ferne jaulte eine Sirene. Sie blinzelten sich zu. »Zeit genug für noch einen«, sagte der Hauptmann.

»Der damals hieß auch Jim«, sagte die alte Dame, »und es war sehr komisch, wie ich ihn kennenlernte.«

»Während sie die Zigaretten herumreichte und eine anzündete, sagte der Untersetzte: »Morgen früh sehen wir uns die Fischerwerft an. Sie werden sehen: ich habe recht. Ich kann mich sogar noch genau an das Muster der Pflastersteine erinnern. Im übrigen hat Michelangelo ...«

Die Sirene verklang. Ein neuer, schärferer Wind erhob sich draußen.

»Richtig«, sagte der Hauptmann. »Nehmen wir unsere Drinks und gehen wir ins Hinterzimmer. Irgendwo ist doch ein Hinterzimmer, und da ist's bestimmt gemütlicher. Nehmt die Lampe mit.«

»Gute Idee, Jim«, sagte der Untersetzte. »Diese kleinen Hinterzimmer halten was aus. Ich erinnere mich, daß ...«

Aus dem Englischen übersetzt von Carl Amery

Anthony Burgess

Der englische Kritiker und Romanautor Anthony Burgess wurde 1917 in Manchester geboren. Er studierte in seiner Heimatstadt, diente 1940 bis 1946 in der Army, lehrte 1946 bis 1948 als Dozent an der Universität von Birmingham und arbeitete anschließend im britischen Kultusministerium, in dessen Auftrag er bis 1959 Reisen in verschiedene Länder Asiens unternahm. Unter den Pseudonymen Joseph Kell und John B. Wilson schrieb er einige weniger beachtete Romane, bis er – unter seinem richtigen Namen – Science Fiction zu schreiben begann. Seine Dystopien ›The Wanting Seed‹ (1962) und ›Clockwork Orange‹ (1962) erregten Aufmerksamkeit auch weit über das Genre hinaus, ›Clockwork Orange‹ wurde unter der Regie von Stanley Kubrick verfilmt und ein Welterfolg. 1974 folgte ›The Clockwork Testament‹; 1978 ›1985‹, eine Abrechnung mit George Orwells berühmten Roman ›1984‹ und zugleich ein eigener, realistischer Entwurf der unmittelbaren Zukunft. Die vorliegende Erzählung, ›The Muse‹, wurde 1971 in der berühmten von Harry Harrison herausgegebenen Anthologie ›The Light Fantastic‹ veröffentlicht.

Von Anthony Burgess erschienen folgende Titel im Wilhelm Heyne Verlag:
Uhrwerk Orange · Band 928
Das Uhrwerk-Testament · Band 5142

Anthony Burgess

Die Muse

»Sind Sie wirklich entschlossen, das Unternehmen durchzuführen? fragte Swenson zum hundertsten Mal. Seine Hände wanderten über die fünf Manuale des Armaturenpultes, seine Füße tanzten im Gegenrhythmus auf den Pedalen. Er war ein sehr alter Mann, wirkte aber dank der Verjüngungsdrogen wie mit dem Firnis der Jugend überzogen. Obwohl er ein Jahrhundert lang Erfahrungen gesammelt hatte und sehr weise geworden war, sah er nicht viel älter aus als Paley, der fünfundzwanzigjährige Literaturhistoriker, der neben ihm saß. Mit dem gewohnten geduldigen Lächeln antwortete Paley: »Ja, ich bin dazu entschlossen.«

»Es wird nicht ganz ihren Vorstellungen entsprechen.« (Auch das hatte Swenson schon viele Male gesagt.) »Völlig identisch kann es nämlich nicht sein. Sie werden möglicherweise Schocks erleben, wo Sie am wenigsten damit rechnen. Wenn ich nur an damals denke, als ich Wheeler mitnahm! Der arme Kerl hatte sich auf das vierzehnte Jahrhundert eingestellt, wie er es aus seinen Büchern kannte. Aber es war ein ganz anderes vierzehntes Jahrhundert. Es gab zwar strohgedeckte Hütten und Kirchen und Herrenhäuser und wunderbare Kathedralen und dergleichen. Aber die Feudalherren waren vielköpfige Ungeheuer mit Fangarmen. Wie Wheeler behauptete, sprachen sie ein höchst gepflegtes Anglonormannisch.«

»Wie lang war er dort?«

»Er sandte uns bereits nach drei Tagen Signale. Aber der arme Kerl mußte ein Jahr warten, bis wir ihn zurückholen konnten. Er war nämlich in einem Verlies. Denen ist wahrscheinlich sein Mittelenglisch verdächtig vorgekommen. Er hatte weiße Haare und plapperte unverständliches Zeug, als wir ihn wieder an Bord nahmen. Er ist dort von einer Art dreifüßigen Ektoplasma bewacht worden.«

»Das war doch nicht etwa im System B 303?«

»Natürlich nicht!« Im bissigen Ton dieser Antwort verriet sich das wahre Alter Swensons. »Das hat sich vor ein paar Jahren abgespielt. Und vor ein paar Jahren erfreute sich das System B 303 der zweifelhaften Segnungen protoelisabethanischer Herrschaft. Und das tut es auch heute noch.«

»Ja, natürlich. Wie dumm von mir!«

»Einige von euch jungen Leuten«, sagte Swenson, während er die Monitoren beobachtete, »erwarten zu viel vom Phänomen Zeit. Ihr glaubt, die geschichtliche Zeit sei ebenso formbar wie andere Zeitkategorien. Weil es möglich ist, mit mikrochronischen und makrochronischen Abläufen zu spielen, denkt ihr, wir könnten das gleiche mit...«

»Tut mir leid, wirklich! Ich habe einfach nicht *gedacht!*« War es denn verwunderlich, daß er, der an soviel zu denken hatte, gelegentlich die fade Realität der mit der Uhr gemessenen Zeit, der Solarzeit, vergaß?

»Das ist eben das Problem mit euch jungen... oh, das hat fabelhaft geklappt! Ein herrlicher Übergang!« So mühelos, wie die menschliche Zunge von Phonem zu Phonem wechselt, hatten sie die Kategorie der Zeit mit der des Raumes vertauscht. Ihr Schiff hatte die Millionen und Abermillionen von Meilen, die zwischen dem Planeten Erde und dem System B 303 lagen, bewältigt, als handle es sich um eine Spritztour über den Atlantik. Und jetzt, da sie sich jenem anderen Planeten Erde näherten – der so unvorstellbar weit von ihnen entfernt lag, daß er der gleiche war, wenn auch in einem früheren geschichtlichen Stadium –, jetzt hatte die Massenanziehungskraft sie, wie von einem Traum in den anderen, in eine Welt gleiten lassen, in der feste Körper existieren konnten, so fremd, daß sie bereits wieder vertraut waren, und den Gesetzen der Schwerkraft unterworfen. Obwohl Swenson von Jugend an mit der Austauschbarkeit von Zeit und Raum vertraut war, empfand er noch heute die fast langweilige Selbstverständlichkeit, mit der das *Nacheinander* in das *Nebeneinander* überging, als ein Wunder. Auf dem Monitor war noch nichts zu sehen, aber der kristalline Computer genau in der Mitte der Kontrollsäule begann Daten auszuspucken – nüchterne und präzise Informationen über das Sonnensystem, das sie soeben erreicht hatten. Swenson las die Daten von den Streifen ab und nickte. Er stand gegen die Bordwand gelehnt – ein nordischer Typ, der von synthetischer Jugendlichkeit strahlte. Paley betrachtete neidvoll die hochgewachsene, knorrige Gestalt. Dann aber dachte er daran, daß ein Mann wie Swenson niemals in das Gewand einer Zeit schlüpfen konnte, deren Menschen weniger gut ernährt waren. Er selbst dagegen, klein und dunkel wie jene legendären Silurer in der Morgendämmerung Britanniens, würde sich in das protoelisabethanische England, dem sie sich jetzt näherten, einschleichen können, ohne als Fremder erkannt zu werden.

»Erstaunlich, wie geringfügig die Abweichungen sind«, sagte Swenson. »Wie endgültig der Kosmos ist, wie beklagenswert unfähig zur Erschaffung neuer Formen...«

»Sie übertreiben«, sagte Paley lächelnd.

»Wenn Sie sich überlegen, was die alten Komponisten mit nur zwölf Noten zuwege gebracht haben...«

»Der menschliche Verstand«, sagte Paley, »bewegt sich geradlinig. Der Kosmos ist gekrümmt.«

Swenson wandte sich von dem riesigen Knäuel aus Lochstreifen ab, blickte zum Armaturenpult, stellte fest, daß die Kontrolllämpchen regelmäßig aufleuchteten, und ging dann hinüber zu einem Schaltbrett, dessen Hebel eher für die Hand eines Schmiedes als für die eines Organisten gemacht schienen. »Steuerbord«, sagte er. »15.8. Jetzt spielen wir mit den Gesetzen der Schwerkraft.«

Er betätigte einen der wuchtigen Hebel. Auf den Bildschirmen erschienen helle Streifen, die sich unablässig nach oben bewegten. »Ich glaube, das ist...« Er drehte an den Korrekturskalen, die in Schulterhöhe über den Hebeln angebracht waren. »Jetzt! Freier Fall!«

»Das heißt«, sagte Paley, »daß wir jetzt der Anziehungskraft der...«

»Korrekt. Sind Sie wirklich entschlossen, das Unternehmen durchzuführen?«

Paley lächelte geduldig. »Sie wissen so gut wie ich, daß ich es durchführen *muß*. Um der Forschung willen. Um meines wissenschaftlichen Rufes willen.«

»Wissenschaftlicher Ruf!« sagte Swenson verächtlich. Er beobachtete den Monitor. »Achtung! Jetzt ist etwas zu erkennen!«

Dunstschwaden, Wolkenfetzen und ein fester Umriß, der immer wieder aus der Milchsuppe auftauchte. »Es ist die Erde«, sagte Paley staunend.

»Es ist *ihre* Erde.«

»Die gleiche wie unsere. Amerika, Afrika...«

»Sie sieht etwas anders aus. Sehen Sie sich mal die Südspitze von...«

»Ich sehe überhaupt keinen Unterschied.«

»Madagaskar ist dort viel kleiner.«

»Jetzt sind wieder Wolken da.« Paley starrte auf den Monitor. Es war unglaublich!

»Überlegen Sie doch«, sagte Swenson nachsichtig, »wie viel absolut unberechenbare Systeme existieren müssen, damit Sie eines Tages das gleiche Schöpfungsmuster erkennen können. Das hier erscheint Ihnen wie ein Wunder, weil Sie sich nicht vorstellen können, wie viele Myriaden anderer Welten unserer eigenen *nicht* ähnlich sind.«

»Und die Sterne?« fragte Paley, dem eine neue Idee gekommen war. »Ich meine, die Sterne, die sie von dort aus sehen können, von *ihrem* London aus – sind das die gleichen Sterne wie unsere?«

Swenson zuckte die Achseln. »Ungefähr. Es besteht eine gewisse Ähnlichkeit. Aber genau haben wir das noch nicht erforscht. Sie wissen ja, daß Ihre Reise erst die zehnte oder elfte ist. Und auch wenn wir eines Tages alles darüber wissen werden, wird das Gesetz eben doch nichts anderes sein als Vergangenheit. Warum soll man in die Vergangenheit zurückkehren, wenn man in die Zukunft reisen kann?« Sein Gesicht bekam einen selbstgefälligen Ausdruck. »G 9. Ich habe diese Reise einige Male unternommen. Es ist angenehm zu wissen, daß man noch weitere zwanzig Jahre Leben vor sich hat. Ich habe es dort gesehen, ganz genau: ein kleines Schild am Rostron Place. Darauf stand *»Zur Erinnerung an G. F. Swenson,* 1963–2084.«

»Wir müssen die Geschichte verifizieren«, sagte Paley etwas unsicher. Sein Vorhaben erschien ihm jetzt fragwürdig: So viel technischer Aufwand, so viel wissenschaftliche Erfahrung – und das alles, um etwas im Grund Unwichtiges herauszufinden. »Ich muß wissen, ob William Shakespeare diese Stücke tatsächlich geschrieben hat.«

Erwartungsgemäß reagierte Swenson sarkastisch. »Da haben Sie sich wirklich etwas Schönes vorgenommen! Dieses Jahr wird sein fünfhundertster Geburtstag gefeiert, und ausgerechnet jetzt wollen Sie beweisen, daß es gar nichts zu feiern gibt. Ich gebe zu, daß ich persönlich wenig von diesen Dingen verstehe. Habe nicht viel Zeit für Dichtung gehabt. Aaah!« Er beugte sich vor und beobachtete den Bildschirm. Im Atlas war eine neue Seite aufgeschlagen worden: Nun kam Europa auf sie zu. »Jetzt muß der Kurs absolut exakt sein«, sagte Swenson. Mit konzentriertem Gesichtsausdruck, aber fröhlich vor sich hin summend, drehte er die Skalenscheiben. Dann scheuchte er Paley auf: »Wie wär's, wenn Sie sich jetzt fertig machten?«

Paley wurde rot vor Scham. Da hatte er nun ein riesiges Stück Weltraum durchquert und so gut wie nichts getan, und jetzt, da er kurz vor dem Ziel war, blieb ihm kaum Zeit für die notwendigen

Vorbereitungen. Er zog seinen Overall aus und holte das elisabethanische Kostüm aus dem Schrank. Hemd, Beinkleider, Hosenbeutel, Wams, französischer Federhut, geschlitzte Schuhe. Die Kleider waren aus synthetischem Material angefertigt, das eine genaue Nachahmung der damals üblichen Webart war. Die Schuhe waren aus gutem Leder und handgearbeitet. Und hier war seine Reisetasche mit dem doppelten Boden, in dem ein winziges Signal- und Empfangsgerät versteckt war. Er wußte, daß es ihm, falls er in Schwierigkeiten geriet, wenig nutzen würde. Denn laut strikter Anweisung würde er erst in genau einem Jahr von Swenson abgeholt werden. Bis dahin würde er das Gerät dazu benutzen, seinen jeweiligen Standort zu signalisieren, beziehungsweise zu melden, daß er überhaupt noch da war – ein Gast in einer vergangenen Zeit, sozusagen ein blinder Passagier. Swenson mußte seine Reise durch den Weltraum fortsetzen. In FH 78 war Professor Shimmins abzuholen, in G 210 Dr. Guan Moh Chan, und auf dem Rückweg würde Paley wieder an Bord gehen. Er probierte das Signalgerät aus und kontrollierte dann den ›offiziellen‹ Inhalt seiner Reisetasche. Von besonderer Bedeutung war eine Shakespeare-Ausgabe. Sie enthielt jedoch nicht die frühen Werke, sondern eine Auswahl von sechs Dramen, die im B 303-Jahr 1595 n. Chr. noch nicht geschrieben waren. Man hatte die Texte nach einem Faksimile der ersten Folio-Ausgabe in ziemlich gut nachgemachter elisabethanischer Schrift kopiert; das Papier war eine recht gelungene Imitation des derben, rauhen Schreibmaterials, das die elisabethanischen Dramatiker benutzten. Außerdem enthielt die Reisetasche kleine Beutel mit pulverisierten Medikamenten und – das Wichtigste überhaupt – nagelneue Goldstücke, Portugalöser, Silbermünzen.

»England, wir kommen!« sagte Swenson mit einem leisen Anflug von Erregung. Paley sah auf vertraute Flußläufe hinab – Dees, Humber, Themse. Beklommen memorierte er rasch noch einmal seine Anweisungen. »Jetzt beginnt der Countdown«, sagte Swenson. Eine synthetische Stimme begann die Sekunden zu zählen: 300, 299 … »Dann muß ich mich wohl verabschieden«, stammelte Paley und öffnete die Luke, durch die man zu dem winzigen Ein-Mann-Flugkörper gelangte. »Meiner Berechnung nach müßten Sie genau in der Themsemündung landen«, sagte Swenson. »*Au revoir,* nicht *adieu.* Ich hoffe, Sie werden das Problem, dem Sie nachjagen, lösen!« 200, 199, 198. Paley stieg hinunter, ließ sich auf den Pilotensitz nieder und kontrollierte die einfachen Armaturen. Die Sekunden schienen unendlich langsam zu verstreichen. Gequält lächelnd versuchte er sich vorzustellen, welch seltsamen Anblick er bot: ein Elisabethaner am Steuer eines Miniaturjets des einundzwanzigsten Jahrhunderts. Er übte in Gedanken noch einmal die zeitgenössische Aussprache. Er rekapitulierte noch einmal seine fiktive Biographie: Er war ein junger Mann aus Norwich mit dramatischen Ambitionen (»Seht, dieses Theaterstück habe ich geschrieben, und es scheint mir ein gutes Stück«). Die synthetische Stimme dröhnte in der engen Kabine: 4, 3, 2, 1.

Zero. Die Landefähre löste sich aus dem Bauch des Mutterschiffes. Paley, der während des Manövers plötzlich ganz ruhig geworden war, geriet jetzt in freudige Erregung. Der Mond schien, das grünbewachsene Land dort unten lag im Schlaf. Der Fluß schimmerte silbern. Der Kurs der Landefähre war von Swenson programmiert worden. Paley selbst konnte ihn nur geringfügig korrigieren, doch die Landung auf dem Wasser ging glatt vonstatten. Jetzt mußte er aufs Ufer zusteuern. Der kleine Motor tuckerte leise. Der Fluß war hier so breit, daß Paley das Gefühl hatte, nur von Wasser und Himmel umgeben zu sein. Allmählich kam das Ufer näher – Bäume, Riedgras, Dickicht. Nirgends eine menschliche Behausung, nirgends ein Wasserfahrzeug. Wofür würde jemand, der mit einem Boot unterwegs war, das fremde Fahrzeug halten? Paley machte sich darüber keine Sorgen, denn aus der Entfernung sah das kleine Luftschiff mit den zusammengeklappten Tragflächen wie ein Flußkahn aus. Die Tarnung war ausgezeichnet. Und gleich würde er es aus Sicherheitsgründen im Ried verstecken und mit Zweigen bedecken. Aber bevor er ausstieg, mußte er die Schaltuhr einstellen, die, sobald er sicher an Land war, den Metallrumpf des Flugkörpers unter Hochspannung setzen würde: eine tödliche Abwehrmaßnahme gegen mögliche Eindringlinge. Bedauerlich, aber notwendig. In genau einem Jahr würde der Strom automatisch abgeschaltet werden. Was aber würde der neugierige Forscher im Verlauf dieser zwölf Monate entdecken, welchen Mythen, welchen Tollheiten würde er auf die Spur kommen, was würde er dem ungläubigen, blasierten London berichten können?

Es ist soweit: London, hier kommt er!

Die nächtliche Wanderung flußaufwärts bereitete Paley keine Schwierigkeiten. Die Feldwege und Steige waren in Mondlicht getaucht. Hie und da ein stilles kleines Bauernhaus. Einmal schien es ihm, als pfiffe irgendwo irgend jemand eine Melodie. Einmal glaubte er, eine Turmuhr schlagen zu hören. Er wußte weder Monat noch Tag noch Stunde, aber er vermutete, daß Spätfrühling war und daß in etwa drei Stunden der Tag anbrechen würde. Daß man das Jahr 1595 schrieb, war – Swensons Berechnung zufolge – sicher. Die Zeit lief hier genau wie auf seinem eigenen Planeten ab; vor zwei Jahren hatte Swenson einen Passagier nach Moskwa gebracht, wo ebenfalls die christliche Zeitrechnung eingeführt war und wo man damals das Jahr 1593 schrieb. Während seines Fußmarsches stellte Paley fest, daß die Luft gut war und ihm das Atmen leicht fiel. Von Zeit zu Zeit beschlich ihn jedoch eine gewisse Unruhe angesichts einiger ihm unvertrauter Sternbilder. Er erkannte zwar die Kassiopeia (der etwas schief geratene erste Buchstabe von Shakespeares Vornamen), aber dort waren Sternbilder, die er noch nie gesehen hatte. Konnten die Sterne, wie die Elisabethaner geglaubt hatten, tatsächlich die Geschichte beeinflussen? Konnte dieses elisabethanische London, das zu Sternen aufsah, die man auf der wirklichen Erde nicht kannte, identisch sein mit jenem, von dem man nur aus Büchern wußte? Bald würde er diese Fragen beantworten können.

London brach nicht wie ein graues, steinernes Monstrum über ihn herein. Es nahm ihn langsam und sanft in sich auf – Häuser inmitten von Wiesen und Feldern, umgeben von Bäumen: die kühlen Außenbezirke, wo die Reichen wohnen. Und dann, wie ein gedämpfter Trompetenstoß unter dem sinkenden Mond: der Tower! Und dann die dichtgedrängten, schlafenden Häuser. Paley atmete den Geruch dieses frühsommerlichen London ein, und der Geruch war ihm unangenehm. Es stank nach alten Lumpen, Fett und Abfall, aber dieser Gestank erinnerte ihn auch an seinen Abstecher nach Borneo, wo er ziemlich zaghaft in den Dschungel eingedrungen war. Irgendwie roch es auch hier nach Dschungel. Und noch dazu vernahm er plötzlich ein fernes Heulen – aber es war nur das Heulen eines Hundes. Hunde, des Menschen beste Freunde, hier draußen im Weltraum! Hunde, die über die unvorstellbare Weite des Kosmos hinweg einander zujaulten! Und jetzt eine menschliche Stimme und der Klang von Schritten auf dem Kopfsteinpflaster: »Die Klock hat vier geschlagen, einen guten Morgen, ihr Leut'!« Instinktiv schlüpfte Paley in einen schmalen Durchgang und preßte sich gegen die feuchte Mauer. Er durfte noch nicht in Erscheinung treten. In Gedanken wiederholte er den Ruf des Nachtwächters, die scharfen Konsonanten, die offenen Vokale. Als ihm plötzlich aufging, daß er endlich die genaue Tageszeit wußte, wollte er mechanisch nach seiner Armbanduhr greifen, die er natürlich nicht angelegt hatte. Dann überlegte er sich, was er tun sollte, bis es hell geworden war. Hier gab es keine Hotels mit Nachtportiers. Er fingerte nachdenklich an seinem drei Monate alten schwarzen Bart herum. Je früher er mit seinen Nachforschungen begann, desto besser. Er würde sich also sofort nach Shoreditch aufmachen, wo das ›Theater‹ stand. Der Überlieferung nach war es ein neues, ansehnliches Gebäude, das man außerhalb der Stadtgrenze errichtet hatte, um es dem Zugriff der theaterfeindlichen Stadtväter zu entziehen. Vom Wissensdurst des Gelehrten, von der Neugier des Forschers ergriffen, spürte er nicht, daß plötzlich ein kühler Morgenwind aufgekommen war. Seine Vertrautheit mit dem London seines eigenen Jahrhunderts nutzte ihm wenig, als er versuchte, sich in den Straßen zurechtzufinden. Er ging in nördlicher Richtung: die Minories, Houndsditch, Bishopsgate – und wurde unterwegs ein paarmal von Brechreiz befallen: Aus den Rinnsteinen drang ein fürchterlicher Gestank. Später roch es noch penetranter, noch ekelhafter; wahrscheinlich der Gestank von Fleet Ditch, dachte Paley, zog ein Pulver aus seiner Reisetasche und nahm es ein, um seinen Magen zu beruhigen.

Kein Mäuschen regt sich, dachte er im Weitergehen. Und dann sah er es, sah es auftauchen unter den ziehenden Silberwolken: das *Theater!* Aber sogleich verspürte er eine gewisse Enttäuschung. Derbes Fachwerk auf einem Holzsockel, ein schäbiges Strohdach. In Wirklichkeit war immer alles kleiner, immer alles gewöhnlicher als man es sich vorgestellt hatte. War es abgeschlossen, oder konnte man einfach hineingehen? Einen Nachtwächter schien es hier nicht zu geben. Bevor er sich der Tür näherte (sie hätte eher zu einem Aborthäuschen als zu einem Musentempel gepaßt), ließ er den Blick noch einmal über die mondbeschienene Szene schweifen – die dürftigen Häuser, das Kopfsteinpflaster, die vielen Bäume und Büsche, die er hier nicht vermutet hatte. Und dann sah er die ersten Tiere.

Kein Mäuschen regt sich – hatte er das vorhin gedacht? Nun, die langschwänzigen Tiere dort waren zweifellos Ratten: drei Ratten, die nicht weit vom Theatereingang an einem Stück Abfall nagten. Angewidert ging er auf sie zu, und als sie davonhuschten, konnte er im Mondlicht ihre Schnurrhaare erkennen. Es waren Ratten, wie er sie aus den Laboratorien seiner Universität kannte, Ratten mit böse glitzernden Augen und fleischigen Schwänzen. Dann aber sah er, was sie gefressen hatten.

Aus einem Abfallhaufen hatten sie einen menschlichen Unterarm gezerrt. Dieser Anblick traf Paley nicht unvorbereitet: Er hatte genug Abbildungen von Verräterköpfen gesehen, die man vor dem Tempel aufgespießt hatte, von Leichen, die von der Flut angeschwemmt worden waren und am Themseufer verrotteten, von Gliedmaßen, die man in Tyburn (heute Marble Arch) abgehackt und den Aasfressern überlassen hatte. (Geier, dachte er, hier gibt es natürlich Geier. Aber die schlafen jetzt alle.) Da sein Magen jetzt nicht mehr revoltierte, sah er sich den angenagten Arm genauer an. Das Festmahl mußte gerade erst begonnen haben, denn fast alles Fleisch war noch am Knochen. Am Handgelenk jedoch fiel ihm eine aufgerissene, schwammige Stelle auf, die ihn an irgend etwas erinnerte, das zwar zum menschlichen Körper, keinesfalls aber zum Arm gehörte. Einen Augenblick lang dachte er an eine Augenhöhle, aus der man den Augapfel herausgerissen hatte, ohne das umliegende Gewebe gänzlich zu zerstören. Dann lächelte er über diese Idee, obwohl im das Lächeln schwerfiel.

Er wandte sich von dem traurigen Überbleibsel ab und ging zur Tür. Zu seiner Überraschung war sie nicht verschlossen. Sie quietschte beim Öffnen – eine Art Willkommensgruß in dieser Welt des Jahres 1595, dieser fremden und zugleich vertrauten Welt. So also sah das Theater von innen aus: Ein festgestampfter Lehmboden, der von den Zuschauern auf den Stehplätzen immer noch fester gestampft wurde; die Galerien, die Vorbühne; die vorhanglose Innenbühne; die balkonartige Oberbühne; das Dachgeschoß mit dem Fahnenmast. Paley, von Ehrfurcht ergriffen, holte tief Atem. Das war es also, das *Theater!* Und plötzlich –

»Heda, hab' ich dich auf frischer Tat ertappt!« Paley schien das Herz aus der Brust zu springen. Seine erste Begegnung mit einem Elisabethaner! Er drehte sich um. Zum Glück sah der Mann ganz normal aus, wenn auch ziemlich schmuddelig. Er trug derbe Stiefel, gänsedreckfarbene Strümpfe und ein speckiges Wams. Er war etwas unsicher auf den Beinen und als er näher kam, um den Eindringling genauer zu betrachten, schlug Paley ein entsetzlicher Bierdunst entgegen. Der Mann hatte glasige Augen und beschnüffelte Paley, als wollte er ihn nach seinem Geruch identifizieren. Betrunken und benebelt, dachte Paley verächtlich; und mit welcher Unverfrorenheit er mich beschnuppert! Sorgfältig auf seine Aussprache achtend, sagte er: »Ich bin ein Gentleman aus Norwich und eben erst hier eingetroffen. Halte Er gefälligst Distanz! Kann Er Herren von Stand nicht erkennen, wenn Er ihnen begegnet?«

»Ich kenne dich nicht und weiß nicht, was du bei nachtschlafender Zeit hier zu suchen hast.« Aber er trat ein paar Schritte zurück. Paley war von Stolz geschwellt: Er hatte einen kleinen Triumph erlebt – wie jemand, der zu Hause Russisch gelernt hat, zum ersten Mal nach Moskau reist und sich dort perfekt verständigen kann.

»Er redet mich mit *du* an? Mit *du?* Das ist wahrlich eine Frechheit, Bursche! Ich werde mich darob bei Master Burbage beschweren.«

»Bei welchem Master Burbage? Beim alten oder beim jungen?«

»Bei beiden. Ich habe Theaterstücke verfaßt und möchte sie hier zur Kenntnis bringen.«

Der Nachtwächter – denn das war offenbar seine Funktion – begann wieder zu schnüffeln.

»Ihr mögt ein Gentleman sein, aber Ihr riecht nicht wie ein Christenmensch. Und Ihr seid auch zu unchristlicher Stunde unterwegs.«

»Ich sagte bereits, daß ich eben erst eingetroffen bin-«

»Wo ist Euer Pferd? Und wo Euer Reisemantel?

»Ich habe... ich habe beides in der Herberge zurückgelassen.«

»Sieh einer an! Und mir erzählt Ihr, Ihr wäret eben erst eingetroffen«, brummte der Nachtwächter. Dann lachte er in sich hinein und streckte langsam die rechte Hand aus, als wollte er Paley segnen. »Ich weiß, was Euch hierher geführt hat«, sagte er kichernd. »Ein sündhaftes Begehren. Ihr wolltet mit einer Dirn scharmutzieren, nein, mit einem Eheweib gewiß, aber für sie hat die Morgenstund kein Gold im Mund, hä?« Paley konnte damit wenig anfangen. »Und jetzo«, sagte der Mann, »seid Ihr gehörig abgekühlt.« Paley sah ihn verständnislos an. »Was Euch nottut, ist ein Nachtlager«, sagte der andere mit erhobener Stimme. Endlich verstand Paley, und er verstand auch, was die aufgehaltene Hand und das Fingerzucken bedeuteten. Geld. Er griff in die Reisetasche, holte ein Goldstück heraus und reichte es dem Mann, der vor Staunen den Mund nicht mehr zubrachte. »Sir«, sagte er und lüftete den Hut.

»Um der Wahrheit die Ehre zu geben«, sagte Paley, »ich bin zu später Stunde von einem Besuch zu meiner Herberge zurückgekehrt und konnte mich, so laut ich auch klopfte, dem Wirt nicht bemerkbar machen.«

»Hm.« Der Nachtwächter legte den Finger an die Nase (eine Geste, die Paley von zu Hause durchaus vertraut war), kratzte sich mit dem Goldstück an der Wange, fuhr sich dann ein paarmal damit über die Brust und steckte es schließlich in einen kleinen Beutel, den er am Gürtel trug. »Kommt mit, Sir!«

Er watschelte eilig hinaus. Als Paley ihm folgte, spürte er sein Herz klopfen. »Wohin führt Er mich?« Er erhielt keine Antwort. Der Mond ging unter, der Morgen dämmerte, ein kühler Wind wehte. Paley fröstelte. Er bedauerte, daß er keinen Mantel mitgebracht hatte, weil er sich erst hier einen zulegen wollte. Wenn der Mann wirklich vorhatte, ihm ein Bett zu verschaffen, sollte es ihm recht sein. Ein paar Stunden Schlaf unter einer warmen Decke würden ihm gut tun, und selbst die Flöhe würde er in Kauf nehmen. Auf der Straße war kein menschliches Wesen zu sehen. Aus der Ferne drang ein Katzenkonzert an sein Ohr: eine herzzerreißende Liebeswerbung, der, noch herzzerreißender, die Kopulation folgte – genau wie auf der wirklichen Erde. Kurz nach Bishopsgate bog der Nachtwächter in eine enge, dunkle Gasse ein. Es stank entsetzlich. Die Wirkung des Medikaments war verflogen, und wieder revoltierte Paleys Magen. Es war nicht ganz der gleiche Geruch wie zuvor. Paley, seiner Sinne kaum mehr mächtig, hatte das Gefühl, als verbreite sich der Gestank in einzelnen Wellen, die mit fast automatischer Regelmäßigkeit aufeinander folgten. Ein höchst beunruhigendes Phänomen! Paley sah zu den verblassenden Sternen auf und stellte auch dort eine geheimnisvolle Veränderung fest: Neue Konstellationen waren entstanden, ähnlich wie sich in einem Behälter mit Sand neue Muster bilden, wenn man ihn auf ein Klavier stellt und auf die Tasten hämmert.

»Hier ist es«, sagte der Nachtwächter, ging auf eine Tür zu und klopfte. »Metzen«, sagte er augenzwinkernd, aber seine Lider bewegten sich über glasiger Leere. Er klopfte noch einmal.

»Die Leute öffnen nicht«, sagte Paley. »Es ist zu spät oder zu früh, um sie aus dem Bett zu scheuchen.« In der Nähe krähte ein Hahn; es war das krächzende Krähen eines jungen Hahnes, der noch der Übung bedurfte.

»Weder zu spät noch zu früh«, sagte der Nachtwächter. »Das gehört zu ihrem Geschäft.« Er wollte wieder klopfen, doch im gleichen Augenblick ging die Tür auf. Eine schlaftrunkene Frau mit mürrischem Gesicht stand vor ihnen. Sie trug ein fleckiges Nachtgewand, aus dessen Ausschnitt etwas hervorlugte, das wie eine Lilie aussah. Mit einer ärgerlichen Handbewegung ließ sie das Ding im Ausschnitt verschwinden. Sie war eine elisabethanische Matrone, Ende dreißig und grauhaarig.

»Was wünscht Ihr?« knurrte sie.

»Immer mit der Ruhe! Der hier sagt, er sei ein Gentleman.« Der Nachtwächter nahm das Goldstück aus dem Beutel und hielt es ihr vors Gesicht. Sie hob die Kerze und betrachtete es. Wieder schob sich die Lilie aus dem Gewand. Mit breitem Lächeln knickste die Frau und bat Paley herein.

»Ich wollte Euch nur um ein Bett bitten, Madame«, sagte er. Die beiden anderen quittierten diese Anrede mit Gelächter. »Ich komme aus Norwich, und die Reise war lang und mühsam.« Die Frau knickste noch tiefer, mit einem noch spöttischeren Gesichtsausdruck, und sagte mit krächzender Stimme:

»Ein Bett sollt Ihr haben. Ihr braucht weder mit dem Strohsack noch mit dem Fußboden vorlieb zu nehmen. Ein Bett für den Gentleman aus Norwich, wo man Kühe mästet mit Porridge.« Der Nachtwächter grinste. Er ist blind, dachte Paley, er ist bestimmt blind. Am Daumen des Mannes schien sich irgend etwas zu bewegen. Die Tür fiel ins Schloß, Paley und ›Madame‹ waren allein in dem übelriechenden Hausgang.

»Folgt mir!« Sie ging vor ihm die knarrende Stiege hinauf. In der grauen Morgendämmerung warf ihre Kerze nur noch schwache Schatten. Im Stiegenhaus hingen gerahmte Bilder. Eines davon war ein primitiver Holzschnitt, auf dem ein Märtyrer zu sehen war, den man über einem brennenden Holzstoß an einem Baum aufgehängt hatte. Aus seinem lächelnden Mund quoll eine Blase, in der die Worte standen: UND DENNOCH SAGE ICH EUCH, DASS WIR DURCH MOGRADON LEBEN. Auf einem anderen Bild war ein König mit Krone, Szepter und Reichsapfel zu sehen, der auf der Stirn ein drittes Auge hatte. »Welcher König ist das?« fragte Paley. Die Frau wandte sich verblüfft um. »Ihr in Norwich wißt schier gar nichts. Gott segne und behüte euch.« Paley stellte keine weiteren Fragen und behielt sein Erstaunen über ein anderes Bild für sich. Es trug die Aufschrift ›Q. Horatius Flaccus‹, aber es war das Porträt eines bärtigen Arabers. War das nicht Averroes?

Droben klopfte die Frau kräftig an eine Tür. »Bess, Bess! Es gibt Gold zu verdienen, mein Täubchen! Ein schmuckes Herrchen, meiner Seel!« Zu Paley gewandt, sagte sie grinsend: »Sie wird sogleich erscheinen. Sie muß sich schmücken wie eine Braut.« Aus dem Ausschnitt ihres Nachtgewandes ragte wieder die Lilie hervor, und Paley glaubte zwischen den Blütenblättern ein zwinkerndes Auge zu erkennen. Und nun regte sich in ihm eine Furcht ganz besonderer Art: weniger das Entsetzen vor etwas Unbekanntem als das vor etwas Bekanntem. Er hatte seinen Flugkörper unverletzbar gemacht: die Welt hier konnte ihm nichts anhaben. Aber war es nicht möglich, daß diese Welt sich mittels einer anderen Methode ebenfalls unverletzbar gemacht hatte? In Gedanken glaubte er eine Stimme zu hören, klar und deutlich: »Man stört nicht ungestraft die...« Und dann ging die Tür auf und das Mädchen Bess erschien und lächelte einladend. Ebenfalls lächelnd sagte Madame zu Paley:

»Da habt Ihr einen Braten, wie er saftiger kaum zu denken ist!« Sie hielt die Hand auf. Verwirrt griff Paley in seine Reisetasche und holte eine Handvoll mattglänzender Münzen heraus. Er legte eine davon in die geöffnete Hand, aber die Frau rührte sich nicht. Er legte eine zweite dazu und dann noch eine. Sie schien befriedigt, aber Paley hatte das Gefühl, daß sich das bald ändern würde. »Wir haben Wein«, sagte sie. »Soll ich...? Paley lehnte dankend ab. Ihr graues Haar sträubte sich. Knicksend zog sie sich zurück.

Paley, wachsam geworden, folgte Bess in die Schlafkammer. Die Decke des Raumes vibrierte in gleichmäßigem Rhythmus. »Mein Ziegenböckchen!« krächzte Bess und zog sich das Oberteil ihres Gewandes von den Schultern. Die Brüste quollen hervor, und die Brustwarzen starrten Paley an. Es waren, wie er vermutet hatte und jetzt fast mit Befriedigung feststellte, Augen. An Schlaf war jetzt natürlich nicht mehr zu denken. »Mein süßer Schatz«, gurrte Bess; die Augen auf der Brust blitzten und die langen Wimpern klimperten kokett. Paley umklammerte seine Reisetasche. Wenn dieses Gefühl der Verstörung – das, soweit er es beurteilen konnte, immer stärker wurde –, wenn diese Verwirrung der Sinne von dieser Welt zum Schutz gegen Eindringlinge erzeugt wurde, warum wußte man dann in seiner Welt nichts davon? Andere Zeitreisende waren doch unversehrt und mit einer Fülle vernünftiger Informationen zurückgekehrt. Halt, war das wirklich so? War man dessen wirklich sicher? Als Swenson erwähnte, daß Wheeler im Mittelalter von einer Art dreifüßigem Ektoplasma gefangengehalten worden war, hatte er gesagt: »Er hatte weiße Haare und plapperte unverständliches Zeug, als wir ihn wieder an Bord nahmen.« Swensons eigene Worte. Und wie stand es mit Swensons eigener Zukunftsvision? Ein Schild mit seinem Geburts- und Todesdatum? Vielleicht wehrte sich die

Zukunft nicht gegen Eindringlinge aus der Vergangenheit. Aber (Paley bewegte den Kopf heftig hin und her, als sei er betrunken und wollte sich wieder zu klarem Denken zwingen) es ging gar nicht um Vergangenheit oder Zukunft, sondern um andere Welten, die jetzt existierten. Was *jetzt* Vergangenheit war, war abgeschlossen, was *jetzt* Zukunft war, war abgeschlossen. Vielleicht war das Schild am Rostron Place, das Swensons Tod in zwanzig Jahren anzeigte, nur eine Vorspiegelung, eine Maßnahme, die Beruhigung statt Furcht erzeugen, aber dennoch den Eindringling davon abhalten sollte, sich in den großen Plan einzumischen? »Ich habe nicht viel Zeit«, sagte Paley plötzlich in der flüchtigen, verschliffenen Aussprache des einundzwanzigsten Jahrhunderts. »Ich werde Ihnen Gold geben, wenn Sie mich zum Haus von Master Shakespeare führen.«

»Maister…?

»Shairkspeyr.«

Bess starrte Paley an, ihre Ohren wurden größer, und an der Wand hinter ihr erschienen in rascher Folge gefilmte Schlachtszenen.

»Ihr seid gewiß nicht von *dieser* Art. Ihr wollt's mit Weibsleuten treiben. Das steht Euch im Gesicht geschrieben.«

»Die Sache ist dringend. Eine geschäftliche Angelegenheit. Rasch! Ich glaube, er wohnt in Bishopsgate.« Er konnte noch etwas herausfinden, bevor die Feinde ihm jede neue Erkenntnis verwehrten. Und was dann? Mit allen Mitteln zu überleben suchen! Von einer ruhigen Stelle aus ein Jahr lang Signale senden und auf diese Weise den Verstand wachhalten! Signale an Swenson senden und seine beruhigende Antwort empfangen; vielleicht, wer weiß?, von weit draußen im Weltraum die Nachricht erhalten, daß man ihn vorzeitig nach Hause bringen würde; Instruktionen von der Erde über den geänderten Zeitplan.

»Sie weiß gewiß«, sagte er zu Bess, »von wem ich spreche, Master Shakespeare, der Schauspieler vom *Theater*.«

»Ja, Sir, ja.« Ihre Stimme klang immer dumpfer. ›Ich selbst‹, dachte Paley, ›ich selbst kann bestimmen, was ich sehen will und was nicht; dieses Mädchen hat keine Augen auf den Brüsten, der Mund, der sich unter ihrem Kinn zu formen beginnt, existiert überhaupt nicht.‹ Als sei es ihm gelungen, sie zurückzudrängen, begannen die Halluzinationen unscharf zu werden. Aber ihre Heimsuchungskraft war groß. Bess bedeckte ihren nackten Körper mit einem schlichten Gewand und holte einen abgetragenen Umhang aus dem Schrank. »Rückt damit heraus!« sagte sie. Paley begriff erst nach einigem Überlegen, daß sie sofort Geld wollte. Er gab ihr einen Portugalöser.

Sie schlich die Stufen hinunter. Paley versuchte, sich die Bilder im Stiegenhaus genauer anzusehen, doch er kam nicht dazu, herauszufinden, was sie wirklich darstellten. Die Treppenstufen spielten ihm einen Streich und verwandelten sich in eine Rolltreppe des einundzwanzigsten Jahrhunderts. Er zwang sie in ihr knarrendes Stiegendasein zurück. Er war überzeugt, daß Bess, falls er es zuließe, sich in irgendein Ungeheuer verwandeln würde, das sein Herz in Stein verwandeln konnte. Schnell! Er konnte sich nur mit Mühe auf sein Vorhaben konzentrieren. Ein paar Leute waren auf der Straße. Er wagte nicht, sie anzusehen. »Ist es weit?« fragte er. Ringsum hörte er Hähne krähen, ausgewachsene Hähne.

»Nicht weit.« Nein, in diesem zusammengepferchten, zerfallenden London konnte es keine weiten Entfernungen geben. Mit äußerster Anstrengung versuchte Paley bei Verstand zu bleiben. Schweiß strömte ihm von der Stirn, ein Tropfen fiel auf seine Reisetasche, die er – als hätte er Leibschmerzen – fest an seinen Körper preßte. Ohne anzuhalten und immer wieder auf dem Kopfsteinpflaster stolpernd, betrachtete er den Schweißtropfen. Gehörte dieser salzige Tropfen, der aus seinen Poren gedrungen war, zu dieser fremden Welt oder zu seiner eigenen? Wenn er seine Haare abschnitte und liegen ließe, wenn er seine Notdurft an diesen stinkenden Gossen verrichtete, würde das B 303-London sich dagegen wehren wie ein menschlicher Organismus gegen eine fremde Niere? Vielleicht handelte es sich gar nicht um ein Naturgesetz, sondern um das Walten eines diesem System eigenen Gottes, eines Gottes, gegen den man sich, falls man den Teufel auf seiner Seite hatte, behaupten konnte? Stemmte er sich gegen die privaten Regeln dieses Gottes und nicht gegen eine natürliche Ordnung? Jedenfalls stemmte er sich, und das elisabethanische London, über dem silbrig der Morgen dämmerte, gewann Kontur, wankte, gewann Kontur, nahm feste Gestalt an. Aber die Anspannung war entsetzlich.

»Hier, Sir!« Sie deutete auf eine schäbige Tür. Paley hatte das Gefühl, daß diese Tür sich in Wasser auflösen und über die Pflastersteine fließen würde, falls seine Konzentration auch nur einen Moment nachließ. »Geld«, sagte Bess. Aber Paley hatte ihr schon genug gegeben. Ärgerlich schüttelte er den Kopf. Sie streckte ihm die Faust hin, die sich in das Gesicht eines bärtigen Mannes verwandelte, das ihn drohend ansah. Paley hob die Hand, um Bess zu schlagen. Als sie winselnd davonlief, ballte er die Hand zur Faust und schlug an die Tür. Während er wartete, fragte er sich, wann er den verzweifelten Versuch, die Welt ringsum in eine feste Form zu zwingen, endgültig aufgeben würde. Was würde geschehen, wenn er einschliefe? Würde sich dies alles auflösen und ihn in heulendem Elend im leeren Raum zurücklassen?

»Was wollt Ihr?« In der Tür stand ein ungestalter, häßlicher Mann. Sein knopfloses Hemd klaffte über der Brust auseinander, und von dort blitzten Paley Augen entgegen, die in einer waagerechten Reihe angeordnet waren. Das ist nicht Shakespeare, dachte Paley entsetzt, das kann er nicht sein! Erstaunt darüber, daß er fähig war, seine Aussprache sorgfältig unter Kontrolle zu halten, sagte er:

»Ich möchte Maister Shairkspeyr meine Aufwartung machen.« Mürrisch ließ ihn der Mann eintreten und zeigte ihm durch ein knappes Schulterzucken, an welcher Tür er klopfen sollte. Hier also, hier *war es!* Paleys Herz hämmerte wild. Er klopfte. Diese Tür war aus Eichenholz und drohte nicht, sich zu verflüssigen.

»Ja?« Eine helle Stimme, eine angenehme Stimme ohne jede Spur von Morgenmüdigkeit und schlechter Laune. Paley holte tief Atem und trat ein. Verdutzt sah er sich im Raum um. Eine Schlafkammer. Ein ungemachtes Bett, ein Tisch mit Schriftstücken, ein Stuhl, ein geschlossenes Fenster, durch das die Morgendämmerung drang. Er ging zum Tisch und las, was auf dem obersten Blatt stand (»... gib's ihm, damit er uns in seiner Widerspenstigkeit nicht wieder die Hölle heiß macht!«). Paley überlegte, ob die Stimme vielleicht aus einem angrenzenden Zimmer gekommen war. Dann hörte er sie wieder, diesmal hinter sich.

»Es schickt sich nicht, ohne Erlaubnis die privaten Notizen eines Gentleman zu lesen.« Paley fuhr herum und sah eine Reproduktion des Shakespeareporträts von Droeshout, die in einem quadratischen Rahmen steckte und sich im Rhythmus wiegte. Die Lippen bewegten sich, aber die Augen waren leblos. Er wollte schreien, brachte aber keinen Laut über die Lippen. Der sprechende Holzschnitt bewegte sich auf ihn zu – »Unverschämt, keine Manieren! Wohl gar ein Spion des Kronrates?« – und dann dehnte sich der Rahmen seitwärts immer weiter aus, das abgebildete Gesicht verschwamm, und ein rundes Etwas aus schwarzen Linien und hellen Zwischenräumen verdichtete sich allmählich zu einer festen Form. Paley war wie gelähmt; es gelang ihm nicht einmal, die Augen zu schließen. Der Körper vor ihm sah jetzt wie der eines Tieres aus, unbeschreiblich plump und häßlich – eine Art riesiger Spiegel, der mit schaudererregender Intelligenz begabt, nickte und lächelte. Paley riß sich zusammen und zwang das Ungeheuer in eine menschenähnlichere Form. Seine Furcht wich einer abgrundtiefen Niedergeschlagenheit, als ihm klar wurde, daß vor ihm eine fiktive Gestalt namens William Shakespeare stand, ein Schauspieler, der diese Figur darstellte. Warum konnte er nicht zu dem ›Ding an sich‹, dem Kantschen Noumenon, vordringen? Aber das Problem war eben, daß das Ding an sich durch den jeweiligen Beobachter in ein seinem eigenen Zeit-Raum-Begriff entsprechendes Phänomen verwandelt wurde. Paley faßte Mut und fragte:

»Welche Stücke habt Ihr bisher geschrieben?«

Shakespeare schien überrascht. »Wer will das wissen?«

»Ihr werdet kaum glauben, was ich Euch jetzt sage. Ich komme aus einer anderen Welt, die den Namen Shakespeare kennt und in hohen Ehren hält. Ich glaube, daß es einen Schauspieler namens William Shakespeare gegeben hat, oder gibt. Aber daß Shakespeare die Stücke, die seinen Namen tragen, wirklich geschrieben hat – das kann ich nicht glauben.«

»Dann«, sagte Shakespeare (der sich allmählich in eine Wachsfigur, die nur ein Abklatsch seiner selbst war, zu verwandeln schien), »dann sind wir beide Zweifler. Ihr seid also wohl ein Geist aus jener anderen Welt, die Ihr erwähnt habt? Dann hättet ihr rechtens beim ersten Hahnenschrei verschwinden müssen.«

»Vielleicht ist meine Zeit ebenso kurz bemessen wie die eines Geistes. Welche Stücke haben Sie bis zu diesem Tag tatsächlich verfaßt?« Paley war wieder in die Ausdrucksweise seiner eigenen Zeit verfallen. Obwohl die Gestalt vor ihm undeutlicher wurde und andere Umrisse anzunehmen begann, veränderten sich ihre Augen kaum. Es waren wache, kluge, moderne Augen. Dann sagte die Stimme:

»Tatsächlich verfaßt? *Heliogabalus, Ernste Warnung an einen Hurenbock, Die jammervolle Regierungszeit Harolds des Ersten und Letzten, Der Teufel in Dulwich*... und viele, viele andere.«

»Aber...« Paley war völlig verwirrt. War das Ernst oder Scherz, gaukelte dieser Mann ihm etwas vor oder sein eigenes Gehirn, ein Gehirn, das sich verzweifelt bemühte, der Situation Herr zu werden, den Sinneseindrücken Sinn zu verleihen? Dort auf dem Tisch, dieser Stapel Papier! »Zeigen Sie mir etwas, irgend etwas!« flehte er.

»Zeigt mir zuerst Euer Empfehlungsschreiben! Doch nein, ich werde Euch lieber selbst in Augenschein nehmen.« Er ging gutgelaunt auf Paley zu, seine mit seltsamen dunklen Pünktchen gesprenkelten Augen blitzten. »Ein hübscher Knabe«, sagte Shakespeare. »Nicht ganz so hübsch, wie mancher andere, besonders jener eine, aber durchaus geeignet für ein kurzes Morgenvergnügen bevor die sommerliche Wärme beginnt.«

»Weichet von mir!« rief Paley und empfand im gleichen Augenblick diese altmodische Ausdrucksweise als seltsam frivol. Die Gestalt vor ihm wurde abstoßend häßlich, ihr Hals blähte sich, auf den ausgestreckten Händen glitzerten Augen. Aus dem Gesicht wuchs ein riesiger Rüssel, der sich tastend hin und her bewegte und an dessen Ende sich mehrere Saugnäpfe bildeten, die nach Paley griffen. Um sich besser verteidigen zu können, ließ er seine Reisetasche fallen. Die Stimme dieses Ungeheuers klang dumpf, und schließlich war nur noch ein Grunzen und Lallen zu hören. In die Ecke hinter dem Tisch gedrängt, entdeckte Paley eine Manuskriptseite mit vielen ausgestrichenen Stellen. (War nicht behauptet worde, er habe niemals auch nur eine einzige Zeile durchgestrichen?)

Ich quälte mich mühte mich? fragte mich? wie ich vergleichen
könnt'
Den Kerker Verlies? der mein Heim nun, mit der Erde Welt?
Und da und weil?

Der Forscher in ihm regte sich noch, der Wissensdrang war noch da, indes sein Körper sich gegen die riesigen Hände wehrte, die – beide zehnfingrig – nach ihm griffen. Der Forscher rief:

»*Richard II.!* Sie schreiben also gerade *Richard II.?*«

Und nun glaubte er, ein Claude Bernard der Literatur, alles riskieren zu müssen, um Swenson die Nachricht zu übermitteln, daß *Richard II.* im Jahr 1595 von Shakespeare geschrieben wurde. Er ließ sich plötzlich zu Boden fallen, griff nach seiner Reisetasche und hämmerte durchs Futter auf die Taste des Signalgeräts. Shakespeare schien überrascht, daß der Fremde plötzlich keinen Widerstand mehr leistete. Er streckte die gabelgleichen Hände aus, aber sie griffen ins Leere. Schweißüberströmt und schweratmend signalisierte Paley: »R2 von WS«. Dann wurde die Tür geöffnet.

»Ich habe Lärm gehört«, sagte der ungestalte, häßliche Mann mit den Augen auf der Brust. Er war jetzt noch häßlicher und änderte seine Form ständig, und zwar so plötzlich, als schlügen unüberhörbare, unsichtbare Hämmer auf ihn ein. »Er wollte Euch überfallen, hä?«

»Er war nicht hinter Geld her, Tomkin. Er besitzt selbst genug Gold. Dort!« Aus der Reisetasche, die Paley plötzlich fallengelassen hatte, waren die Goldstücke auf den Boden gerollt. Paley hatte es nicht bemerkt; er hätte, so dachte er, das Gold herausnehmen und in seine…

»Gold!« Das Ungeheuer namens Tomkin starrte gierig auf die Münzen. »Die anderen Fremden haben kein Gold mitgebracht.«

»Nimm das Gold mit und ihn auch«, sagte Shakespeare unbewegt. »Du kannst mit beiden machen, was du willst.« Tomkin näherte sich Paley, der einen Schrei ausstieß und ihn mit der Hand, in der er die Tasche hielt, abzuwehren versuchte.

Tomkins Klaue entriß ihm die Tasche mühelos.

»Da ist noch mehr Gold drin!« geiferte er.

»Habe ich dir nicht gesagt, du würdest in meinen Diensten auf deine Kosten kommen?« sagte Shakespeare.

»Und hier sind Schriftstücke.«

»Sieh da, Schriftstücke!« Shakespeare nahm sie an sich. »Schaffe ihn zum königlichen Marshal! Ein Fremder in unserer Stadt. Redet törichtes Zeug, wie der Aleman, der vor ihm gekommen ist. Wirres Zeug, würde ich sagen. In anderen Worten, er redet wie ein Narr. Der Marshal wird wissen, was zu tun ist.«

Hände wie Schaufeln packten Paley. »Nein, nein!« schrie er, »ich bin ein Gentleman! Ich komme aus Norwich. Ich schreibe fürs Theater, wie Ihr selbst. Seht doch, Ihr haltet in der Hand, was ich geschrieben habe!«

»Erst ein Geist, dann aus Norwich.« Shakespeare lächelte. Er schwebte wieder in der Luft wie sein eigenes Porträt, ein Porträt mit Manuskriptseiten in der Hand. »Und das soll ich glauben? Gibt es nicht andere Welten, ähnlich der unseren, die man mittels Zauberkraft verlassen kann, um diese hier zu besuchen? Ich habe dergleichen Geschichten schon früher gehört. Da war ein Deutscher…«

»Es ist wahr, es ist wahr, was ich Ihnen erzählt habe!« Paley klammerte sich an diese Beteuerung und zugleich klammerte er sich an die Kammertür, während Tomkin ihn hinauszuzerren versuchte. »Sie sind der intelligenteste Mensch ihrer Zeit! Sie können sich so etwas bestimmt vorstellen!«

»Und Dichter, die noch nicht geboren sind, soll ich mir wohl auch vorstellen können? Drythen, oder so ähnlich, und Lord Tennisball und einen betrunkenen Walliser und P.S. Elliot? Man wird sich um Euch kümmern, genau wie um den anderen.«

»Aber es ist wahr, es ist wahr!«

»Hinaus mit dir!« fauchte Tomkin. »Du bist wahrhaftig ein Narr!« Und er schleifte Paley, den zu Boden gesunkenen Paley, der Schaum vor dem Mund hatte und tobte, zur Tür.

»Ihr existiert überhaupt nicht, keiner von euch!« schrie Paley. »Ihr, ihr seid die Geister! Ich bin wirklich, es ist alles ein Irrtum, laßt mich frei, laßt mich alles erklären!«

»Er redet wirklich seltsames Zeug«, sagte Tomkin. Und dann schleifte er ihn hinaus.

»Schließ die Tür!« sagte Shakespeare. Tomkin stieß sie mit dem Fuß zu. Von draußen drang die schreiende Stimme, begleitet vom Geräusch stampfender Schritte, in die Kammer. Aber bald wurde es stiller und Shakespeare konnte mit der Lektüre beginnen.

Das sind, dachte er, gute Stücke. Eigenartig, daß eines davon von einem wucherischen Juden zu handeln schien. Der Mann aus Norwich hatte offenbar Marlowe gelesen und die dramatischen Möglichkeiten eines bösen, an Lopez erinnernden Charakters erkannt. Er, Shakespeare, hatte bereits selbst mit dem Gedanken gespielt, ein Stück wie dieses zu schreiben. Und jetzt lag es plötzlich vor ihm. Und hier waren auch zwei anscheinend brauchbare Historien. Über König Heinrich IV. Und hier eine Komödie mit dem Titel *Viel Lärm um nichts.* Wahrlich Geschenke des Himmels! Er lächelte. Er dachte an jenen Deutschen, Doktor Schleyer oder so ähnlich, der mit einer Geschichte aufgewartet hatte, die der dieses Narren glich. (War er wirklich irr? Konnten Narren so etwas schreiben? »Der Narr, der Liebende und der Dichter« – ein guter Vers aus dem Stück über Feen, das Schleyer mitgebracht hatte. Der arme Schleyer! Er war an der Pest gestorben.) Die Stücke, die Schleyer gebracht hatte, waren gut, aber vielleicht nicht ganz so gut wie diese hier.

Verstohlen (obwohl er allein war) kratzte er sich. Wenn Dichter von der Muse gesprochen hatten, waren dann vielleicht fremde Besucher wie dieser gemeint, der jetzt hilflos auf der Straße schrie, oder wie der Deutsche Schleyer, oder wie jener, der unter der Folter geschworen hatte, er sei aus Virginia in Amerika gekommen und in Amerika gebe es Universitäten, die ebenso gut seien wie Oxford, Leyden oder Wittenberg, ja sogar besser? Er zuckte die Achseln und dachte daran, daß es mehr Ding im Himmel und auf Erden gibt usw. usw. Nun, wer immer diese Besucher sein mochten, ihm waren sie herzlich willkommen, so lange sie Stücke mitbrachten. Die Historie *Richard II.* von Schleyer hatte – vielleicht – die Verbesserungen nötig, mit denen er gerade beschäftigt war, aber die früheren Stücke, angefangen von *Heinrich IV.*, erfreuten sich großer Beliebtheit. Die klugen grauen Augen auf das oberste Blatt des neuen Stapels gesenkt, strich er seinen silberdurchwobenen kastanienbraunen Bart. Er seufzte, griff nach einer seiner eigenen Manuskriptseiten und las sie noch einmal, bevor er sie zusammenknüllte. Das ist nicht gut, dachte er, der Vers hinkt, und es ist zu viel Zauberwerk im Spiel.

Herzog Igenio:

Bedenkt, ihr Herrn, so wie im Ozean,
Was auf dem Land lebt, seinesgleichen findet,
So auch in fernen Himmeln unser Leben.
Kein Wesen, kein Geschehen, das nicht sich spiegelt,
Auch Zwillinge haben Zwilling' ohne Zahl,
und selbst die Sterne ihre Ebenbilder...

Zu phantastisch; es war nicht zu gebrauchen. Er warf es in den Abfalleimer, den Tomkin später ausleeren würde. Dann nahm er ein neues Blatt und begann, in schöner Handschrift, mit dem Abschreiben:

DER KAUFMANN VON VENEDIG

Er schrieb und schrieb und strich keine einzige Zeile aus.

Aus dem Englischen übersetzt von Gertrud Baruch

Thomas M. Disch

Thomas Michael Disch wurde 1940 in Iowa geboren und studierte Geschichte an der Universität New York. Nach Abschluß des Studiums arbeitete er anderthalb Jahre in der Werbung, dann entschloß er sich, freier Schriftsteller zu werden. Seine erste SF-Erzählung erschien 1962 in Fantastic, 1965 lag sein erster Roman vor: ›The Genocides‹, deutsch: ›Die Feuerteufel‹. Von 1966 an gehörte er als einer der wenigen Amerikaner dem Kreis um die englische Zeitschrift *New Worlds* an, in der sich die später ›New Wave‹ genannte progressive Science Fiction artikulierte und von der wesentliche Impulse für die heutige gehobene SF ausgingen. In *New Worlds* erschien in Fortsetzungen 1966–1967 sein Roman ›Echo Round His Bones‹, deutsch: ›Die Duplikate‹, 1967 ›Camp Concentration‹, deutsch: ›Camp Concentration‹, eine massive Kritik an der autoritären Staatsführung der US-Regierung während des Vietnamkriegs, ein Roman, in dem Disch ein zukünftiges Amerika entwirft, in dem mißliebige Intellektuelle und politische Gegner in

Konzentrationslager gesperrt werden, wo man an ihnen zwangsweise medizinische Versuche mit neuen Drogen durchführt. ›Camp Concentration‹ gehört zu den wichtigsten SF-Romanen der sechziger Jahre und ist ein Zeugnis der vehementen inneren Opposition der jungen Intellektuellen gegen das Engagement der US-Regierung in Vietnam. Neben den Romanen entstanden immer wieder Erzählungen von hohem stilistischen Niveau, die sich meist mit sozialen und politischen Fragen auseinandersetzten. Sie erschienen zusammengefaßt in ›102 H-Bombs‹ (1966), ›Under Compulsion‹ (1968), deutsch: ›Jetzt ist die Ewigkeit‹. Nach ausgedehnten Auslandsreisen in die USA zurückgekehrt, legte er 1974 den Roman ›334‹ vor, deutsch: ›Angoulême‹, in dem er sich mit der wachsenden Unbewohnbarkeit unserer Städte auseinandersetzte, in diesem Fall New York (am Beispiel eines bestimmten Hauses, 334 East 11th Street, eines heruntergekommenen Wohnsilos im beginnenden 21. Jahrhundert). 1976 erschien seine Kurzgeschichtensammlung ›Getting into Death‹; erst 1979 trat er wieder mit einem größeren Werk hervor: ›On Wings of Song‹, deutsch: ›Auf Schwingen des Gesangs‹, ein virtuos geschriebener Roman über die amerikanische Wirklichkeit und den amerikanischen Traum. Das Buch wurde von der Kritik enthusiastisch aufgenommen, erhielt 1980 den John W. Campbell Memorial Award und stand monatelang auf der SF-Bestsellerliste. ›Descending‹, die hier vorliegende Geschichte, entstand 1968.

Von Thomas M. Disch erschien in der Reihe HEYNE SCIENCE FICTION & FANTASY:
Die Duplikate · Band 3294
Jetzt ist die Ewigkeit · Band 3300
Camp Concentration · Band 3405
Die Feuerteufel · Band 3457
Angoulême · Band 3560
Auf Schwingen des Gesangs · (in Vorbereitung).

Thomas M. Disch

Abwärts

Tomatenketchup, Senf, Gewürzgurken, Mayonnaise, Meerrettich, Sardellenpaste, Schweinefett und eine Zitrone. O ja, eine Einsatzschale mit Eiswürfeln. Im Küchenschrank sah es nicht viel besser aus: Dosen mit Gewürzen, Mehl, Zucker, Salz – und eine Schachtel Rosinen!

Eine leere Rosinenschachtel.

Nicht eine Kaffeebohne. Nicht mal Tee, den er nicht mochte. Im Briefkasten nichts als eine Mahnung vom Kaufhaus Underwood: Wir müssen Sie nunmehr mit aller Dringlichkeit auffordern, Ihr Kreditkonto bei uns umgehend auszugleichen. Sollte der Betrag bis zum 20. dieses Monats nicht eingegangen sein, sehen wir uns gezwungen …‹

In seiner Jackentasche klimperten $ 4.75 Kleingeld – der Rest aus der Sparbüchse, die niemals aufzubrechen er sich gelobt hatte. Die Unerfreulichkeit, seine Bücher verkaufen zu müssen, blieb ihm erspart. Sie waren schon alle verkauft. Den Brief an Graham hatte er vor einer Woche weggeschickt. Wenn sein Bruder ihm diesmal etwas schicken wollte, wäre es inzwischen angekommen.

Ich sollte verzweifelt sein, dachte er. Vielleicht bin ich es.

Er hätte einen Blick in die *Times* werfen können, aber es war zu deprimierend – sich um Jobs für $ 50 die Woche zu bewerben und abgewiesen zu werden. Nicht, daß er es ihnen zum Vorwurf gemacht hätte; er würde sich selbst nicht eingestellt haben. In den letzten Jahren hatte er es an keinem Arbeitsplatz länger als vier Wochen ausgehalten. Er war ein Grashüpfer gewesen, die fleißigen Ameisen kannten seine Tricks mittlerweile.

Er rasierte sich ohne Seife und bürstete seine Schuhe auf Hochglanz. Er hüllte seinen ungewaschenen Körper in ein frisch gestärktes Hemd und wählte seinen düstersten Schlips. Er begann Erregung zu fühlen und drückte sie aus, wie es für ihn charakteristisch war: er mimte eisige Ruhe.

Als er die Treppe hinuntergegangen war, stieß er auf Mrs. Beale, die vorgab, den gutgepflegten Boden der Eingangshalle zu fegen.

»Einen schönen Nachmittag – oder ist es für Sie noch ›Guten Morgen‹, eh?«

»Guten Tag, Mrs. Beale.«

»Ist der Brief gekommen?«

»Noch nicht.«

»Zum Monatsersten ist es nicht mehr weit.«

»Ich weiß, Mrs. Beale.«

In der U-Bahn-Station überlegte er einen Moment, bevor er sich zwei Automaten-Wertmarken geben ließ. Schließlich hatte er keine andere Wahl als in seine Wohnung zurückzukehren. Der Monatserste war noch weit.

Wenn Jean Valjean ein Kreditkonto gehabt hätte, dachte er, wäre ich nie ins Gefängnis gekommen.

Nachdem er sich so aufgemuntert hatte, setzte er sich, um sich an den Werbeplakaten im U-Bahn-Wagen zu ergötzen. Rauchen Sie. Probieren Sie. Essen Sie. Besuchen Sie. Trinken Sie. Kaufen Sie. Gebrauchen Sie. Genießen Sie.

In der 34. Straße stieg er aus und betrat direkt vom Bahnsteig aus das Kaufhaus Underwood. Er ging zum Tabakwarenstand und kaufte eine Stange Zigaretten.

»Bar oder auf Konto?«

»Auf Konto.« Er reichte dem Angestellten die laminierte Plastikkarte. Die Nummer seines Kreditkontos und die Belastung wurde registriert.

Feinkost war im fünften Stock. Er traf seine Auswahl mit der Sorgfalt eines Genießers. Ein Glas Pulverkaffee und eine große Dose Bohnenkaffee, drei Büchsen Corned Beef, Suppenpackungen, Kondensmilch und Schachteln mit Pfannkuchenmix, fertig zum Anrühren. Marmelade, Butter und Honig. Ein Brot. Sechs Dosen Thunfisch, dann englische Kekse, Edamer Käse, einen kleinen gefrorenen Fasan – sogar Obstkuchen. Er aß nie so gut wie in den Zeiten, in denen er pleite war.

»Vierunddreißig siebenundachtzig.«

Diesmal verglich das Mädchen an der Kasse die Nummer auf seiner Karte mit ihrer Liste der gesperrten Kreditkonten. Sie lächelte entschuldigend und reichte die Karte zurück.

»Tut mir leid, aber wir müssen nachprüfen.«

»Ich verstehe.«

Der Tragebeutel mit Lebensmitteln wog gut zwanzig Pfund. Mit der gespielten Gleichgültigkeit eines Einbrechers, der seine Beute an einem Polizisten vorbeiträgt, verließ er die Feinkostabteilung und nahm die Rolltreppe zur Bücherabteilung im achten Stock. Seine Auswahl wurde von den gleichen Prinzipien bestimmt wie in der Lebensmittelabteilung. Zuerst die haltbaren Sachen: einen viktorianischen Roman, den er noch nicht kannte, *Jahrmarkt der Eitelkeiten;* dann eine Dante-Ausgabe in der Übersetzung von Sayers, eine zweibändige Anthologie mit Theaterstücken der deutschen Klassik, von denen er keins gelesen hatte und nur wenige dem Namen nach kannte. Schließlich die verderblichen Sachen: einen sensationellen Enthüllungsbericht, der durch das Bundesgericht auf die Bestsellerliste gekommen war, und zwei Kriminalromane.

Sein Leichtsinn machte ihn übermütig. Er griff in seine Jackentasche und holte eine Münze heraus.

Zahl – ein neuer Anzug; Adler – das Dachrestaurant.

Adler.

Das Dachrestaurant im fünfzehnten Stock war fast leer. Vor den Panoramafenstern saßen hier und dort ein paar Frauen und schwatzten bei Kaffee und Kuchen. Er konnte unter mehreren freien Tischen an der umlaufenden Fensterfront wählen, speiste à la carte und beendete seine Mahlzeit mit Espresso und Kräuterlikör. Er gab der Kellnerin seine Kreditkarte und fünfzig Cents Trinkgeld.

Müßig bei seiner zweiten Tasse Kaffee sitzend, begann er *Jahrmarkt der Eitelkeiten* zu lesen. Wider Erwarten machte ihm die Lektüre Spaß. Die Kellnerin brachte seine Kreditkarte zurück.

Weil das Restaurant im Dachgeschoß des Kaufhauses war, gab es hier nur eine Rolltreppe, die er benutzen konnte – abwärts. Während er hinunterfuhr, setzte er seine Lektüre fort. Er konnte überall lesen – in Restaurants, Untergrundbahnen, sogar wenn er auf der Straße ging. Bei jedem Treppenabsatz machte er eine Wendung vom Fuß der einen Rolltreppe zum Beginn der nächsten, ohne seine Augen von dem Buch zu heben. Wenn er in der Ramschabteilung im Untergeschoß ankäme, würde er nur ein paar Schritte zum Drehkreuz der U-Bahn-Station haben.

Er war mitten im sechsten Kapitel (auf Seite 55, um genau zu sein), als er merkte, daß etwas nicht stimmte.

Wie lange braucht dieses verdammte Ding, um einen ins Kellergeschoß zu bringen?

Auf dem nächsten Treppenabsatz machte er halt, aber er konnte weder ein Schild mit dem Hinweis entdecken, in welchem Stockwerk er sich befand, noch eine Tür, durch die man in die Verkaufsräume gelangen konnte. Daraus folgerte er, daß er sich auf einem

Treppenabsatz zwischen zwei Geschossen befand, und ließ sich zum nächsten Absatz hinuntertragen, nur um dort verblüfft dasselbe Fehlen irgendwelcher Orientierungshilfen festzustellen.

Immerhin gab es einen Wasserhahn mit einem Waschbecken, und er bückte sich und trank.

Ich muß im zweiten Kellergeschoß sein, sagte er sich. Aber das war nicht sehr wahrscheinlich. Für Lagerarbeiter und Putzfrauen wurden selten Rolltreppen eingerichtet.

Er wartete auf dem Treppenabsatz und sah, wie die Stufen der Rolltreppe langsam herabglitten und verschwanden. Er wartete lange, aber niemand kam herunter.

Vielleicht hat das Kaufhaus geschlossen, dachte er. Da er keine Armbanduhr und über seiner Lektüre das Zeitgefühl verloren hatte, konnte er es nicht feststellen. Schießlich sagte er sich, daß er in Thackerays Roman vertieft gewesen sein mußte und auf einem der oberen Treppenabsätze – im achten Stock oder so – stehengeblieben war, um ein Kapitel zu beenden, und dann bis Seite 55 weitergelesen hatte, ohne zu bemerken, daß er auf der Rolltreppe nicht weiterkam.

Wenn er las, konnte er alles um sich her vergessen.

Er mußte also immer noch irgendwo über dem Erdgeschoß sein. Das Fehlen von Ausgängen, so beunruhigend es sein mochte, konnte seine Erklärung in Eigenheiten des Gebäudegrundrisses haben. Das Fehlen von Hinweisschildern war wohl nur eine Nachlässigkeit der Geschäftsleitung.

Er steckte das Buch in seine Tragetasche und trat auf die Profilplatte der nächsten abwärts gleitenden Rolltreppe – zugegebenermaßen nicht ohne einen gewissen Widerwillen. Bei jedem Treppenabsatz markierte er seine Abwärtsfahrt mit einer laut gesprochenen Zahl. Bei acht wurde er unruhig; bei fünfzehn war er verzweifelt.

Natürlich war es möglich, daß er für jedes Stockwerk des Kaufhauses zwei Treppenabsätze rechnen mußte. Er zählte weitere fünfzehn Treppenabsätze ab.

Nein.

Benommen und wie um die Realität dieser anscheinend unendlichen Treppe zu leugnen, setzte er seinen Abstieg fort. Als er auf dem fünfundzwanzigsten Treppenabsatz wieder haltmachte, zitterte er. Er fürchtete sich.

Er stellte seinen Tragebeutel auf den nackten Betonboden, denn sein Arm schmerzte vom Halten der fünfundzwanzig oder dreißig Pfund Lebensmittel und Bücher. Er verwarf die verlockende Möglichkeit, daß das ›alles nur ein böser Traum‹ sei. Er träumte nicht; dessen war er sich sicher.

Er prüfte seinen Puls. Sein Herz schlug schnell – ungefähr achtzig Schläge in der Minute. Er ließ sich zwei weitere Treppen hinuntertragen, während er seinen Puls zählte. Beinahe genau achtzig. Zwei Treppenabsätze in einer Minute.

Er konnte eine Seite pro Minute lesen, vielleicht auf einer Rolltreppe etwas weniger. Angenommen, er hatte eine Stunde auf der Rolltreppe verbracht, während er gelesen hatte: sechzig Minuten – einhundertzwanzig Stockwerke. Plus der siebenundvierzig, die er gezählt hatte. Einhundertsiebenundsechzig. Das Dachrestaurant war im 15. Stock.

167–15 = 152.

Er war im einhundertzweiundfünfzigsten Kellergeschoß. Das war unmöglich.

Die beste Reaktion auf eine unmögliche Situation ist – sie zu nehmen, als ob sie alltäglich wäre, wie Alice im Wunderland. Ergo würde er auf demselben Weg ins Kaufhaus zurückkehren, auf dem er es (scheinbar) verlassen hatte. Er würde einhundertzweiundfünfzig Fluchten abwärts laufender Rolltreppen hinaufgehen. Wenn er zwei Stufen auf einmal nahm und lief, war es beinahe wie das Ersteigen einer gewöhnlichen Treppe. Aber nachdem er auf diese Weise zwei Rolltreppen hinter sich gebracht hatte, war er bereits außer Atem.

Es gab keinen Grund zur Eile. Er würde sich nicht erlauben, in Panik zu geraten.

Nein.

Er hob seine Tragetasche auf, die er während seiner Verschnaufpause abgesetzt hatte, und rannte eine dritte und eine vierte Treppe hinauf. Während er wieder ausruhte, versuchte er die Stufen zwischen den Etagen zu zählen, aber die Anzahl differierte je nachdem, ob er mit der Laufrichtung der Rolltreppe oder gegen sie zählte. Der Durchschnitt war ungefähr achtzehn Stufen, und die Stufen schienen zwanzig bis fünfundzwanzig Zentimeter hoch zu sein. Jede Rolltreppe überwand also einen Höhenunterschied von etwa vier Metern.

Das bedeutete rund sechshundert Meter Fallinie vom Dachgeschoß des Kaufhauses zu seiner jetzigen Position. Absurd!

Als er die neunte Rolltreppe hinaufeilte, riß die dünne Plastikfolie der Tragetasche an beiden Griffen ein. Lebensmittel und Bücher polterten auf die Stufen. Einige rollten von selbst bis zum unteren Treppenabsatz, die anderen wurden von der Rolltreppe hinuntertransportiert und ordneten sich zu einem säuberlichen kleinen Haufen. Nur das Marmeladenglas war zerbrochen.

Er stapelte die Sachen in einer Ecke des Treppenabsatzes aufeinander, den halb aufgetauten Fasan stopfte er in die Jackentasche weil er erwartete, daß sein Aufstieg um die Zeit des Abendessens noch nicht beendet sein würde.

Die körperliche Anstrengung hatte seine Gefühle etwas abgestumpft. Sogar seine Angst war in den Hintergrund getreten. Wie ein Marathonläufer auf der Strecke dachte er nur an die Aufgabe, die er zu bewältigen hatte, und bemühte sich nicht um ein Verstehen dessen, was er ohnehin bereits als unverständlich eingestuft hatte. Er rannte eine Treppe hinauf, rastete, brachte die nächste hinter sich und rastete wieder. Jeder neue Anlauf war mühsamer als der vorangegangene, jede Rast länger. Nach dem achtundzwanzigsten hörte er auf, die Treppenabsätze zu zählen, und einige Zeit später – wie viele Treppen später, wußte er nicht – gaben seine Beine nach, und er brach auf dem Betonboden des Treppenabsatzes zusammen. Seine Waden waren harte, schmerzende Muskelknoten; seine Oberschenkel zitterten unkontrollierbar. Er versuchte Kniebeugen zu machen und fiel hintenüber.

Obwohl er vor nicht allzu langer Zeit (jedenfalls nahm er an, daß es noch nicht lange her war) ein reichhaltiges Mittagessen verzehrt hatte, war er unmäßig hungrig, und er verschlang den ganzen Fasan, der inzwischen völlig aufgetaut war, ohne sagen zu können, ob er roh oder vorgekocht war.

So leicht wird man wieder zum Wilden, dachte er, als er einschlief.

Er träumte, er falle durch einen bodenlosen Schacht in die Tiefe. Erwachend, entdeckte er, daß sich nichts geändert hatte; nur der dumpfe Schmerz in seinen Beinen hatte sich gelegt.

Über ihm begleitete ein in die Decke eingelassener Streifen fluoreszierender Beleuchtung wie eine endlose weißliche Schlange den Verlauf der Rolltreppe. Das mechanische Schnurren der Treppenbänder schien sich während seines Schlafs zum Tosen eines Wasserfalls verstärkt zu haben, und ihm kam es so vor, als habe auch die Laufgeschwindigkeit zugenommen.

Fieber, dachte er. Er stand auf und bewegte seine steifen Arme und Beine, entdeckte, daß er einen Muskelkater hatte. Mit ein wenig Gymnastik gelang es ihm, wieder eine gewisse Beweglichkeit herzustellen.

Er war halbwegs die dritte Rolltreppe hinaufgekommen, als seine Beine unter ihm nachgaben. Er versuchte den Aufstieg noch einmal und hatte Erfolg. Auf der nächsten Treppenflucht klappte er wieder zusammen. Er lag erschöpft auf dem Absatz, wo die Rolltreppe ihn abgeladen hatte, und merkte, daß sein Hunger wiedergekehrt war. Er hatte Durst, brauchte Wasser – und mußte sein Wasser abschlagen.

Dieses Bedürfnis konnte er leicht – und ohne falsche Bescheidenheit – befriedigen. Er erinnerte sich auch an den Wasserhahn, aus dem er am Tag zuvor – wie lange war es her? – getrunken hatte, und drei Stockwerke tiefer fand er einen weiteren.

Es war sehr viel leichter, abwärts zu gehen.

Seine Lebensmittel waren dort unten. Wenn er sie holen ginge, würde er wieder verlieren, was er mit seinem anstrengenden Aufstieg an Höhe gewonnen hatte. Vielleicht waren es nur noch ein paar Treppen bis zum Erdgeschoß des Kaufhauses – oder hundert? Es gab keine Möglichkeit, diese Frage rechnerisch zu beantworten.

Weil er hungrig war, und weil er erschöpft war, und weil das Hinaufrennen endloser Fluchten absteigender Rolltreppen wie er es jetzt sah, eine Sisyphusarbeit war, gab er nach, kehrte er um, ließ sich abwärts tragen.

Zuerst überließ er sich dem gemessenen Abwärtsgleiten der Rolltreppe, aber bald wurde er ungeduldig. Er fand, daß das Abwärtsrennen über die Stufen weitaus weniger ermüdend war als das Hinaufrennen. Es war beinahe erfrischend. Und indem er mit dem Strom schwamm, statt gegen ihn, war sein Fortschritt – wenn man es so nennen konnte – beträchtlich. Schon nach wenigen Minuten war er wieder bei seinem Lebensmittelvorrat.

Nachdem er den halben Obstkuchen und etwas Käse gegessen hatte, zog er seine Jacke aus und machte daraus eine Art Beutel. Er legte den Rest seiner Vorräte hinein, schloß die Knöpfe und knotete die Ärmel zusammen. Er steckte seinen Kopf durch die so entstandene Trageschlinge, raffte den unteren Saum der Jacke mit seiner Linken zusammen und konnte alles bequem mit sich tragen.

Mit einem verächtlichen Lächeln blickte er die Rolltreppe hinauf, denn mit der Weisheit, die ihm durch den Fehlschlag zugewachsen war, hatte er beschlossen, dieses anstrengende Unternehmen aufzugeben. Wenn die Treppe ihn abwärts tragen wollte, dann würde er ihr eben in dieser Richtung folgen.

Das tat er, und etwas wie Übermut erwachte in ihm, als er die Rolltreppe hinunterlief, abwärts und immer schneller, wie es schien, bei jedem Treppenabsatz leichtfüßig herumschwingend, so daß es in der Geschwindigkeit seines Abstiegs kaum eine Unterbrechung gab. Er jauchzte und lachte und hörte das Echo seiner Stimme im Treppenhaus hinter sich, es folgte ihm, als könnte es kaum mit ihm Schritt halten.

Abwärts, immer tiefer.

Zweimal glitt er auf den Treppenabsätzen aus, und einmal verfehlte er mitten im Sprung die richtige Stufe und stürzte mit instinktiv vorgestreckten Händen Hals über Kopf vornüber auf die Stufen, die unerschütterlich ihre Abwärtswanderung fortsetzten.

Er mußte eine Zeitlang ohnmächtig gewesen sein, denn er erwachte mit einer aufgerissenen Wange und mörderischen Kopfschmerzen in einem Haufen von Lebensmitteln. Die einfahrenden Stufen der Rolltreppe streiften sanft seine Absätze.

Einen Augenblick lang überkam ihn mit Schrecken die entsetzliche Idee, daß es vielleicht kein Ende dieses Abstiegs gab. Aber dieses Gefühl machte rasch einem hysterischen Lachanfall Platz.

»Ich fahre zur Hölle!« brüllte er, doch seine Stimme konnte das stetige Schnurren der Rolltreppenmechanik nicht auslöschen. »Dies ist der Weg zur Hölle. Die ihr hier eintretet, laßt alle Hoffnung fahren.«

Wenn ich es nur könnte, dachte er. Wenn das der Fall wäre, hätte es wenigstens Sinn.

Doch die Vernunft war ein so integraler Teil seines Charakters, daß weder Hysterie noch Schrecken lange sein Denken lähmen konnten. Er sammelte seine Lebensmittel wieder auf und stellte mit Erleichterung fest, daß diesmal nur das Glas mit Pulverkaffee zerbrochen war. Nach kurzem Überlegen ließ er auch den Bohnenkaffee zurück, für den er unter den gegebenen Umständen keine Verwendung hatte. Und der Vernunft zuliebe gestattete er sich nicht, an andere Umstände als diese zu denken.

Er setzte seinen Abstieg fort, langsamer jetzt, bewußter. Er nahm sich wieder den ›Jahrmarkt der Eitelkeiten‹ vor und las darin, während er bedächtig die abwärts fließenden Stufen hinunterschritt. Er verdrängte alle Schätzungen über das Ausmaß des Abgrunds, in den er hinabsank, und die Spannung des Romans half ihm, seine Gedanken abzulenken. Bei Seite 235 aß er zu Mittag (das heißt, er nahm die zweite Mahlzeit ›seines‹ Tages ein). Nachdem er die zerdrückte zweite Hälfte des Obstkuchens und den Rest Käse verzehrt hatte, ging und las er weiter. Bei Seite 523 rastete er und aß die englischen Kekse, die er in Butter tauchte.

Vielleicht sollte ich meine Lebensmittel rationieren.

Wenn es ihm gelänge, sein absurdes Dilemma lediglich als einen Kampf ums Überleben zu sehen, als ein weiteres Kapitel in seinem eigenen Robinson-Crusoe-Dasein, mochte er lebendig und gesund am Grund dieses mechanischen Strudels ankommen. Er dachte stolz, daß viele Leute sich in seiner Lage nicht hätten anpassen können und wahnsinnig geworden wären.

Natürlich, er ging abwärts...

Aber er war noch immer bei klarem Verstand. Er hatte diesen Weg gewählt, und nun folgte er ihm.

Im Treppenhaus gab es keine Nacht und kaum Schatten. Er schlief, wenn die Beine sein Gewicht nicht länger tragen konnten und seine Augen vom Lesen brannten. Schlafend träumte er, daß er seinen Abstieg auf der Rolltreppe fortsetzte. Wachend, mit einer Hand auf dem Gummihandlauf, der sich im Gleichmaß mit den Stufen dahinbewegte, entdeckte er, daß dies der Fall war.

Wie ein Schlafwandler hatte er sich von der Rolltreppe weiter hinab in diese milde, nicht enden wollende Hölle tragen lassen und sein Lebensmittelbündel und sogar den noch nicht ausgelesenen Thackeray am letzten Rastplatz vergessen.

Während er die Rolltreppe hinaufstolperte, begann er zum erstenmal zu weinen. Ohne das Buch gab es nichts, an das er denken konnte – nichts als dies...

Wie weit? Wie lange habe ich geschlafen?

Seine Beine, vom Abstieg nur wenig ermüdet, versagten nach zwanzig Treppenfluchten ihren Dienst. Bald darauf war auch seine Willenskraft am Ende. Wieder wandte er sich um, ließ sich von der Strömung weitertragen. Abwärts.

Die Rolltreppe schien nun schneller zu laufen, die Stufen schienen höher. Aber er traute seinen Sinnen nicht mehr.

Ich bin vielleicht verrückt – oder krank vor Hunger. Aber das Essen wäre mir ohnehin bald ausgegangen. Das wird die Entscheidung nur um so eher bringen. Optimismus, das ist der richtige Geist!

Während des Abwärtsfahrens beschäftigte er sich damit, eine Analyse seiner Umgebung vorzunehmen, nicht in der Hoffnung, seine Lage bessern zu können, sondern nur aus Mangel an Ablenkungen. Decken und Wände waren hart, glatt und weißlich. Die Stufen der Rolltreppe waren von einer stumpfen Nickelfarbe, die Trittstege um einiges glänzender als die dunkleren Rillen zwischen ihnen. Bedeutete das, das die Trittstege von häufigerem Gebrauch poliert waren oder war es ein Herstellungsmerkmal? Die Trittstege waren einen Zentimeter breit und durch Rillen derselben Breite voneinander getrennt. Sie ragten etwas über die Stufenkanten vor, was ihnen eine gewisse Ähnlichkeit mit dem Scherkopf eines elektrischen Haareschneiders verlieh. Wann immer er einen Treppenabsatz erreichte, wurde seine Aufmerksamkeit auf das illusorische ›Verschwinden‹ der Stufen gelenkt, wenn sie auf gleiche Ebene mit dem Boden sanken und, die Trittstege zwischen Führungsschienen, unter die profilierte Bodenplatte glitten.

Immer seltener lief oder ging er die Treppe hinunter; er gab sich damit zufrieden, eine Stufe zu betreten und auf ihr abwärts zu fahren, bis er den nächsten Absatz erreichte und mit drei Schritten (links, rechts und wieder links) auf die nächste Rolltreppe trat, die ihn wieder eine Etage tiefer transportierte. Nach seiner Schätzung mußte er schon Tausende von Metern unter dem Kaufhaus sein – so viele Kilometer, daß er begann, sich zu diesem ungewollten Abenteuer zu beglückwünschen, und sich überlegte, ob er nicht eine Art von Rekord aufgestellt haben mochte.

In den folgenden Tagen, in denen das Wasser von den Zapfstellen, die auf jedem zehnten Treppenabsatz installiert waren, seine einzige Nahrung darstellte, dachte er oft an Essen, bereitete imaginäre Mahlzeiten aus den Lebensmitteln zu, die er weiter oben zurückgelassen hatte, genoß die aromatische Süßigkeit des Honigs und den kräftigen, leicht salzigen Geschmack des Corned Beef. Er träumte davon, wie er den Inhalt der Suppenpackungen mit kaltem Wasser in der leeren Keksdose anrühren und trinken würde, und mit welchem Genuß er die Gelatine aus dem Deckel der geöffneten Corned Beef-Büchse lecken würde. Wenn er an die sechs Dosen Thunfisch dachte, wurde seine Besorgnis unerträglich, denn er sah keine Möglichkeit, sie zu öffnen. Bloß mit dem Absatz darauf herumzustampfen, würde nicht ausreichen. Was dann? Er drehte diese Frage in seinem Kopf um und um, wie eine weiße Maus das Rad in ihrem Käfig, doch vergebens.

Dann geschah etwas Seltsames. Er beschleunigte wieder das Tempo seines Abstiegs, rannte schneller als er es das erste Mal getan hatte, wie unter einem rätselhaften Zwang, leichtsinnig und unachtsam. Mehrere Treppenabsätze schienen wie im Zeitraffer vorbeizurasen, kaum wahrgenommen, bevor der nächste vor ihm lag. Ein dämonisches, sinnloses Rennen – und warum? Er rannte, so dachte er, um wieder zu seinem Lebensmittelvorrat zu gelangen, entweder in dem Glauben, er habe ihn unten zurückgelassen, oder in der Überzeugung, daß er die Treppen hinauflaufe. Er war eindeutig das Opfer einer Wahnvorstellung.

Es dauerte nicht lange. Sein geschwächter Körper konnte das rasende Tempo nicht durchhalten, und er erwachte verwirrt und völlig ausgepumpt aus seinem Delirium. Darauf begann ein weiteres, mehr rationales Delirium, eine von Logik befeuerte Verrücktheit. Während er auf dem Treppenabsatz lag und seinen aufgeschlagenen rechten Knöchel befühlte, sann er über Natur, Ursprung und Zweck des Rolltreppensystems nach. Vernünftige Gedanken erwiesen sich jedoch nicht als nützlicher als unvernünftige Handlungen. Einfallsreichtum und Logik waren hilflos, ein Rätsel zu lösen, das unlösbar war, seinen Sinn nur in sich selbst hatte. Aber er brauchte eine Antwort.

Seine vielleicht interessanteste Theorie war, daß dieses Rolltreppensystem vielleicht eine Art Laufrad war, wie man es manchmal in Käfigen von weißen Mäusen oder Goldhamstern findet. Weil ein solches Laufrad ein geschlossenes System war, konnte ein Tier ewig darin laufen, ohne jemals an ein Ende zu gelangen. Übertragen auf die Rolltreppe, erforderte diese Theorie einige geringfügige Veränderungen in seinem Vorstellungsbild vom physikalischen Universum, das ihm bisher immer sehr euklidisch vorgekommen war. Während sein Abstieg scheinbar entlang einer Fallinie verlief, beschrieb er tatsächlich einen Kreis. Diese Theorie gefiel ihm deshalb besonders, weil er hoffen konnte, daß er am Ende der Kreisbewegung zu seinem Lebensmittelvorrat zurückkehren würde, wenn nicht gar ins Kaufhaus. Vielleicht hatte er geistesabwesend und unaufmerksam bereits mehrere Male das eine oder das andere passiert, ohne es zu bemerken.

Es gab noch eine andere, verwandte Theorie, welche die Maßnahmen betraf, die von Underwoods Kreditabteilung gegen hartnäckig zahlungsunwillige oder -unfähige Schuldner getroffen wurden. Aber dies war reine Paranoia.

Theorien? Ich brauche keine Theorien! Ich muß weitermachen.

Und so setzte er seinen Abstieg fort, das rechte Bein nach Möglichkeit schonend, obwohl seine Spekulationen nicht sofort aufhörten. Sie wurden mehr und mehr metaphysisch. Sie wurden unbestimmt. Nach einiger Zeit konnte er bereits die Rolltreppen als etwas völlig Selbstverständliches betrachten, das keiner weiteren Erklärung bedurfte als der, die sie ihm durch ihre bloße Existenz boten.

Er entdeckte, daß er abnahm. Weil er so lange keine Nahrung zu sich genommen hatte (nach dem Wachstum seines Bartes schätzte er, daß bereits mehr als eine Woche vergangen sein mußte), war dies nur zu erwarten. Doch gab es noch eine andere Möglichkeit, die er nicht ausschließen konnte: daß er sich dem Erdmittelpunkt näherte, wo, wie er einmal gelesen hatte, alle Dinge schwerelos waren.

Nun, dachte er, das ist wirklich etwas, das der Mühe wert ist.

Er hatte ein Ziel gefunden. Andererseits war er dem Tod nahe, einem Zustand, dem er nicht die Aufmerksamkeit widmete, die er verdiente. Unwillig, diese Möglichkeit zuzugeben, und doch nicht so einfältig, an eine andere zu glauben, umging er das Problem, indem er die Hoffnung nährte.

Vielleicht wird mich jemand retten, sagte er sich.

Aber seine Hoffnung war so mechanisch wie die Rolltreppe – und neigte wie diese zum Absinken.

Wachen und Schlafen waren nicht länger bestimmte Zustände, von denen er sagen konnte: »Jetzt schlafe ich«, oder »Jetzt bin ich wach.« Zuweilen fand er sich mitten auf der Rolltreppe und wußte nicht genau zu sagen, ob er aus einem Schlaf erwacht oder nur geistesabwesend gewesen war.

Er halluzinierte.

Eine korpulente Frau, beladen mit Paketen von Underwood und mit einem runden kleinen Hut auf dem Kopf, schwebte auf der Rolltreppe herab, machte auf dem Treppenabsatz eine schwerfällige watschelnde Wendung und entschwand nach unten, ohne ihm auch nur zuzunicken.

Wenn er erwachte oder sich aus seinem erschöpften Dämmerzustand aufrappelte, kam es immer häufiger vor, daß er statt seinem Ziel entgegenzueilen, auf einem Treppenabsatz lag, schwach, benommen und jenseits aller Hungergefühle. Dann pflegte er zur abwärts gleitenden Rolltreppe zu kriechen und sich auf eine der Stufen zu ziehen, mit der er dann nach unten fuhr, mit dem Kopf voran, Hände und Schultern auf die Trittfläche gestützt, um ein Hinunterkollern zu vermeiden.

Wenn ich unten bin, dachte er, auf dem Grund ... werde ich ... - wenn ich hinkomme ...

Vom Grund, den er sich als den Mittelpunkt der Erde vorstellte, konnte es logischerweise und buchstäblich nur noch aufwärts gehen. Wahrscheinlich mit einer weiteren Kette von Rolltreppen, aufsteigenden Rolltreppen, aber vorzugsweise mit einem Aufzug. Es war wichtig, an einen Boden zu glauben.

Das Denken wurde so schwierig, so anstrengend und qualvoll, wie es einst sein verzweifeltes Anrennen gegen den Mechanismus gewesen war. Er wußte nicht, was wirklich war und was er sich einbildete. Er glaubte zu essen und entdeckte, daß er an seinen Händen nagte.

Er dachte, er sei auf dem Grund angekommen. Es war ein großer, hoher Raum. Hinweisschilder zeigten zu einer anderen Rolltreppe: AUFWÄRTS. Aber sie war mit einer Kette verhängt, und an der Kette hing ein Schild mit der Aufschrift ›Wegen Reparaturarbeiten vorübergehend außer Betrieb‹.

Er lachte gequält.

Er ersann eine Methode zum Öffnen der Thunfischdosen. Er würde den Dosenrand unter die vorstehenden Trittstege der Rolltreppe schieben, genau an der Stelle, wo die Stufen unter die Bodenplatte glitten. Entweder würde die Rolltreppe die Dose aufreißen, oder die Dose würde die Rolltreppe blockieren. Wenn eine Rolltreppe blockiert wäre, würde vielleicht die ganze Kette zum Stillstand kommen. Er hätte eher daran denken sollen, aber er war nichtsdestoweniger sehr befriedigt, daß er überhaupt daran gedacht hatte.

Möglich, daß ich entkommen wäre.

Sein Körper schien fast nichts mehr zu wiegen. Er mußte schon Hunderte von Kilometern in die Tiefe vorgestoßen sein, Tausende.

Wieder ging es abwärts.

Dann lag er am unteren Ende der Rolltreppe. Sein Kopf ruhte auf dem kalten Metall der Bodenplatte, und er blickte stumpf auf seine Hand, deren Finger in die Aufnahmeschlitze zwischen den Führungsschienen gedrückt wurden. Eine nach der anderen, in einer Bewegung absoluter Ordnung und Gleichmäßigkeit, glitten die Trittstege der Stufen in diese Aufnahmeschlitze, kratzten an seinen Fingerspitzen und schälten gelegentlich einen kleinen Streifen von seinem Fleisch ab.

Das war seine letzte Wahrnehmung.

Aus dem Amerikanischen übersetzt von Walter Brumm

Alain Dorémieux

Alain Dorémieux, 1933 in Paris geboren, spielt seit 25 Jahren eine bedeutende Rolle in der Entwicklung der Science Fiction in Frankreich, die – neben der englischen – in Europa wohl die eigenständigste ist. 1954 begann Dorémieux an der Zeitschrift ›Fiction‹ mitzuarbeiten, deren Chefredakteur er bald darauf wurde und bis 1974 war. Nachdem er lange Jahre als Cheflektor für Editions Opta tätig gewesen war, ist er nun Herausgeber der angesehenen französischen SF-Reihe ›Autres temps, autres mondes‹ bei Editions Casterman. Dorémieux hat sich vor allem als Herausgeber einen Namen gemacht. Mehr als ein Dutzend Anthologien mit SF-Erzählungen aus dem angelsächsischen Sprachraum erschienen unter seinem Namen. Sein eigenes schriftstellerisches Werk ist zwar schmal, aber gewichtig. Es weist ihn als einen der bemerkenswertesten Stilisten der französischen Science Fiction aus. Eine Sammlung mit seinen frühen Novellen erschien 1967 unter dem Titel ›Mondes interdits‹. Erst elf Jahre später, 1978, erschien ein weiterer

Band mit Erzählungen von ihm: ›Promenades au bord du gouffre‹, dieser Sammlung ist die vorliegende Geschichte ›Der Turm‹ (›Seul en haut de la tour bientôt prête à crouler‹) entnommen.

Von Alain Dorémieux erscheint in der Reihe HEYNE SCIENCE FICTION & FANTASY:
Spaziergänge am Rande des Abgrunds · (in Vorbereitung)

Alain Dorémieux

Der Turm

Unbewohnbare Weiten

Die Zeit verging. Wieviel Zeit genau genommen? Larcan wußte es nicht mehr. Er hatte auf den exakten Zeitbegriff verzichtet. Anfangs hatte er sich noch dazu gezwungen, methodisch über Tage, Wochen und Monate Buch zu führen, indem er mit Bleistiftstrichen auf einem großen Stück Pappe an der Wand einen Kalender improvisierte. Im Verlauf der Jahre aber war ihm diese Beschäftigung auf die Dauer ebenso beschwerlich wie sinnlos erschienen. Was nützte es zu wissen, daß heute Dienstag und nicht Donnerstag war, daß man sich im Mai und nicht im Juni befand? Blieb noch die Folge der Jahreszeiten. Aber diese ließen sich kaum noch unterscheiden. Da es weder Bäume noch Pflanzenwuchs gab, war der Frühling nichts weiter als eine Art Symbol ohne jegliche Identität. Was den Winter betraf, so schien er immer kürzer zu werden und zu schmelzen wie Schnee in der Sonne – in der Sonne dieses Sommers, der jetzt eigentlich immer herrschte, obgleich er unaufhörlich den Angriffen des Windes ausgesetzt war. Larcan forschte nicht nach den Ursachen dieser klimatischen Veränderungen. Er stellte sie einfach fest. Das gehörte zu den zahllosen Umwälzungen, die den gewöhnlichen Lauf der Dinge endgültig unterbrochen hatten. Es war folglich unmöglich, sich darauf zu beschränken, die Sommer als wichtigste Zeitmarken zu zählen. Die Winter oder das, was ihnen ähnelte, wurden zu so verschwommenen, so flüchtigen Augenblicken, daß man schnell die Erinnerung daran verlor. Sie waren nur kurze Unterbrechungen, unbedeutende Zwischenspiele im Fluß dieses endlosen Sommers. Larcan fragte sich manchmal, wie wohl die Gesamtheit der Erde aussehen möge? War sie zu einer gigantischen, von der Sonne verwüsteten Einöde geworden? Oder hatten sich die Klimazonen nur verschoben, hatten sie eine Umkehrung erfahren, die zur Folge hatte, daß die tropischen Zonen jetzt unaufhaltsam vereisten? Die Wissenschaftler von einst hätten diese Hypothese als unseriös abgetan. Aber die Wissenschaftler – wozu hatten sie getaugt? Wenn sie wenigstens fähig gewesen wären, die Ereignisse vorauszusehen oder zu verhindern! Eines stand fest: Ob Wüste oder Eismeer – die ganze Erde war jetzt eine endlose und eintönige Folge verödeter Landstriche und unbewohnbarer Weiten. Larcan hätte gern das Gegenteil glauben wollen, um sich davon zu überzeugen, daß es noch irgendwo eine Oase des Lebens gab, wo sich allmählich das Räderwerk der Zivilisation wieder in Gang setzen würde. Oder daß Gruppen Überlebender daran arbeiteten, eine neue, andere Zukunft vorzubereiten. Er war versucht, sich diesen so verlockenden Träumereien hinzugeben, aber sie ließen sich nur eine Zeitlang aufrechterhalten. Sobald Larcan seine Nüchternheit wiedergefunden hatte, wurden sie zu schimmernden Seifenblasen, die aufschwebten und auseinanderstoben, bevor sie im Nichts platzten.

Zonen der Angst

Larcans Wohnung befand sich im 26. Stockwerk des Wohnturms. Er hatte sie vor vielen Jahren gemietet, gleich nach dem Bau der riesigen Stadtrandsiedlungen. Er hatte sie nicht gewechselt, auch nicht zu dem nun schon lange zurückliegenden Zeitpunkt, wo er sich plötzlich allein befand, als einziger Bewohner dieses Turms und der Nachbartürme. Es gab Wohnungen, die geräumiger waren als seine, aber er hatte nicht umziehen wollen. Er besaß seine Gewohnheiten und seine Manien in diesem begrenzten Raum, dessen Kartographie seit langem kodifiziert war. Von der Routine bestimmte Wege durchzogen den Raum, und er gab sich Mühe, nie von ihnen abzukommen. Jede seiner Bewegungen war genau abgezirkelt wie eine Reihe programmierter Handlungen, die ein perfektionierter Mechanismus ausführt, ohne je durch den Einfluß irgendeines Irrtums von seinem vorherbestimmten Programm abzuweichen. Die Wohnung war eine schützende Schale, in der er sich wohl fühlte, eine bergende Hülle, in der er wie in einer Nährflüssigkeit schwebte. Sie war das geographische Zentrum seines Universums. Außerhalb der Wohnung gab es den Turm, seine zahlreichen Etagen, seine Armatur aus Beton und Stahl, die geräumigen, leeren Gänge, in denen seine Schritte wie in einem gigantischen Echoraum widerhallten. Außerhalb dieses Turmes gab es die anderen Türme, die in ihrer Anonymität fremd und irgendwie feindlich wirkten. Dort begannen für ihn auf heimtückische Weise die Zonen der Angst, die dann in die Unendlichkeit der Wüste führten. Die Wohnung war seine Höhle, der Turm vertrautes, nicht wirklich erobertes aber genügend erforschtes Gelände. Die anderen Türme waren unbekanntes Neuland und anfangs hatte Larcan geglaubt, daß er eines Tages vielleicht den Mut finden würde, es auszukundschaften. Niemals hingegen hatte er daran gedacht, den genau begrenzten Umkreis der Türme zu verlassen und *dorthin* zu gehen, sich in das abstrakte no man's land zu wagen, das alles bedeckte, was einst die Stadt, die Welt, das Leben bedeutet hatte. Manchmal hatte er sich gesagt, daß es später notwendig sein würde, andere Türme. andere Inseln aufzusuchen, die Überlebende wie ihn beherbergen könnten. Aber das waren nur vergebliche Spekulationen, deren Sinnlosigkeit er sich schnell eingestand. Bei jedem seiner Schritte fühlte er die Allmacht der Fessel, die ihn an den Turm kettete, die Allmacht dieser Nabelschnur, die ihn unweigerlich nach dem kleinsten Streifzug in den Kokon seiner Wohnung zurückführte, in die Stille, in den Komfort, in die Wärme. Er drückte sich in die weichen Polster eines Sessels, nachdem er die elektrischen Geräte betätigt hatte, die für sein Fortleben und seine Zerstreuung sorgten, ihm Nahrung, Getränke, Musik und Videofilme spendeten. Der elektrische Strom, der sie am Leben erhielt, wurde zeitweise schwächer. Was würde dann kommen, wenn die letzten noch funktionierenden Generatoren endgültig versagten? Er stellte sich selten die Frage. Ohne Zweifel der Tod. Aber ein sanfter, stiller Tod: die Medikamente, die er sorgfältig in seinem Apothekenschrank gehortet hatte, würden dafür sorgen. Ein kleines Häufchen rosa – oder malvenfarbener Pillen, und es wäre, als versänke man in lauem, wohltätigen Wasser, um allmählich, wenn alles Denken ausgelöscht ist, in die Feuchtigkeit des ursprünglichen Nichts zurückzukehren.

Kupferfarbenes Sandmeer

Das Sandmeer war bis zum zehnten Stockwerk der Türme gestiegen. Larcan kletterte aus dem Fenster dieser Etage, wenn er einige Schritte ins Freie wagte. Soweit das Auge reichte, erstreckten sich die welligen Sandflächen, unterbrochen durch die monolithischen Blöcke der anderen Türme, die in geometrischer Anordnung aufgereiht waren. Von dem, was früher die Stadt gewesen war, ragten nur hier und da in großen Abständen sehr hohe Dächer auf. Spitzen von Denkmälern oder öffentlichen Gebäuden, Glockentürmen,

Kirchenkuppeln. Die übrige Stadt mit ihren Gehsteigen und Fahrbahnen, ihren Läden und Kaufhäusern war tief im Sand versunken, der sich unter der Wirkung der nie aufhörenden Winde schichtweise darauf gelegt hatte. Larcan stellte sich manchmal irgendwelche eifrigen Archäologen der Zukunft vor, die umfangreiche Ausgrabungen vornehmen, riesige Gruben ausheben und die Überbleibsel einer längst vergangenen Zivilisation vorsichtig aus der Versteinerung lösen: Autowracks, Fahrräder, Zeitungskioske, Gebäude, die aufeinandergestapelten Kaninchenställen gleichen. Er sah, wie sie sich über ihre lächerlichen Trophäen beugten: einen Fernseher, ein Telefon, eine elektrische Kaffeemaschine. Sie setzten Knochenreste zusammen und rekonstruierten sorgfältig und mit leidenschaftlicher Entdeckungsfreude das Skelett ihres Vorfahren, des Menschen gegen Ende des zwanzigsten Jahrhunderts. Würden die vom Rost zerfressenen und von diesem zerstörerischen Sand unterhöhlten Türme in jenen fernen Zeiten noch dastehen? Oder würden sie in von der Zeit und vom Alter blankpolierte Trümmer zerfallen sein? Larcan stellte sich die Frage, ohne eine Antwort zu wagen. Die Türme – genauer gesagt der Turm, in dem er lebte – waren für ihn ein Element absoluter Materialität, sie waren der fundamentale Bezugspunkt, der es ihm erlaubte, sich an die Wirklichkeit zu klammern angesichts des Unterganges und des Zerfalls, dem die Gesamtheit der einst bewohnten Welt preisgegeben war. In einer Hinsicht war es beruhigender sich zu sagen, daß die Türme unzerstörbar seien, daß sie ewig dauern würden. In ihrer Hut fühlte sich Larcan geborgen. Sie bedeuteten Gewißheit und Zuflucht. Nie entfernte er sich von ihnen, wenn er draußen war, sondern schritt vorsichtig über den leicht glasigen Sand als wäre er voller Fallen, die auf ihn lauerten. Meist ging er hinaus, wenn der Tag sich neigte, zur Stunde, wo die Schatten der Türme sich ins Riesenhafte verzerrten auf der Oberfläche des kupferfarbenen Sandes, der im Licht der untergehenden Sonne aufflammte. Er beschrieb einen großen Bogen und entfernte sich weit genug von seinem Turm, um sich umdrehen und ihn von einer bestimmten Entfernung aus betrachten zu können, dann zog er eine weite Schleife, die ihn wieder zu seinem Ausgangspunkt zurückführte. Bevor er den Turm betrat, warf er jedesmal einen letzten Blick auf das Sandmeer, in das sich die Spuren seiner Schritte, die der Wind bald verwehen würde, eingedrückt hatten. Ihre verschlungenen Linien bildeten ein emblematisches Gewirr, das man vom Himmel aus für eine geheimnisvolle Botschaft hätte halten können, dazu bestimmt, von einem fernen Beobachter entziffert zu werden.

Wachtturm

Wenn die Sonne hoch am Himmel stand, war Larcan gern auf den Turm gestiegen. Eine baufällige Treppe führte hinauf, aus den Fugen geratene Betonstufen, rostige Eisengeländer, an denen der gelbliche Anstrich abblätterte. Zwischen jeder Etage kreuzten sich die Treppenabschnitte und wurden durch einen schmalen Treppenabsatz getrennt. Das enge Treppenhaus wurde von kalkigem Mauerwerk eingeschlossen, über das feuchte Risse liefen, deren chaotische Linien komplizierte Ideogramme darstellten. Als die Fahrstühle noch funktionierten und die brummenden Kabinen mit beschleunigter Geschwindigkeit die Last ihrer schweigenden Passagiere emportrugen und dann traubenweise ausspien, war der Treppe nur eine untergeordnete Bedeutung zugekommen. Sie war als hypothetischer Notausgang gedacht, ein unsicherer, senkrechter Steg, der sich an die Flanke des Turms mit einem mehr zufälligen Ziel preßte und nur gebraucht werden sollte im Fall einer an sich unvorstellbaren Katastrophe, eines höchst unwahrscheinlichen technischen Versagens, das die Bewohner des Ortes gezwungen hätte, den festen Boden auf diesem gefährlichen Weg zu erreichen. (Das Risiko eines Brandes brauchte man nicht ins Auge zu fassen, da das gesamte Material des Turmes feuerbeständig war.) Heute aber war diese Treppe die wichtigste Verbindung geworden, das einzige Mittel, das es Larcan erlaubte, von unten nach oben zu gelangen. In der vorletzten Etage verengte sich die Treppe noch, zwischen dem Geländer und der Mauer betrug die Breite kaum einen Meter. An dieser Stelle durchbrach ein großer Riß mit gezackten Konturen die Betonwand, und ein Stockwerk hoch reckte sich die Treppe in den freien Himmel, dem Wind ausgesetzt, der bis in die tiefergelegenen Etagen sein hohles Echo stürzen ließ, das dem Heulen der Brandung glich. Dann führten die letzten Stufen zu einer metallenen Tür, die vom Rost zerfressen war, der sich in körnigen Gebilden daran abgesetzt hatte. Da das Türschloß nicht mehr funktionierte, hatte es Larcan vor langer Zeit durch ein System von Balken und Brettern ersetzt. Er schob die Bretter beiseite, öffnete die Tür, indem er gegen den Anprall des Windes kämpfte, und faßte draußen Fuß. Er befand sich auf einer rechteckigen Plattform, die von einer an manchen Stellen bereits niedergebrochenen Balustrade eingefaßt wurde. Er stützte sich darauf und betrachtete zwischen den massigen Umrissen der nahen Türme den diesigen Horizont, dessen Aussicht selbst bei klarem Wetter von einem safranfarbenen Nebel verschleiert wurde. In diesen Augenblicken wurde der Turm für ihn auf geradezu ideale Weise eine Stätte der Zuflucht, ein Wachtturm, eine Festung deren Hüter und Wächter er war. Ein Vorposten, von dessen Höhe aus er wachsam in alle vier Himmelsrichtungen spähte und das spiegelnde Sandmeer mit der immer wieder verschobenen Furcht oder Hoffnung erforschte, eines Tages im Dröhnen der Hufe die unzähligen Horden einer fernen Reiterarmee auftauchen zu sehen.

Landschaften des Schweigens

Nein, die Türme würden nicht in Ruinen zerfallen. Sie waren Posten, die man aufgestellt hatte, und die auf etwas warteten. Sie waren die letzten Zeugen der menschlichen Zivilisation und vielleicht würden sie noch Jahrhunderte so stehenbleiben, bis zur Rückkehr dieser Zivilisation. Diese fixe Idee hatte sich hartnäckig in Larcans Denken festgesetzt und ihr repetitiver Charakter verstärkte sich, je länger er sich solchen Träumereien überließ. Grübeleien beherrschten ihn, Zwangsvorstellungen, denen er sich widerstandslos hingab. Seine Existenz erstarrte allmählich. Sein Lebenskreis beschränkte sich nur noch auf seine Wohnung. Er verließ sie selten, schon lange war er nicht mehr auf die Höhe des Turmes gestiegen um, wie einst, das Sandmeer zu betrachten, denn das eintönige Panorama hatte sich seinem Gedächtnis mit endgültiger Schärfe eingegraben. Manchmal schaute er durch das schmale Fenster, das die Größe eines Bullauges hatte, als wolle er noch einmal die absolute Genauigkeit seiner Vision nachprüfen. Das Sandmeer hatte sich nicht verändert oder zumindest nicht der winzige Teil der Fläche, den das Fenster einrahmte. Die Farbe des Sandes wechselte unmerklich, je nach der Tageszeit und der Tönung des Lichtes. Aber trotz dieser leichten Varianten hatte seine Gleichförmigkeit etwas Beklemmendes an sich. Manchmal, wenn er lange einen bestimmten Punkt fixiert hatte, glaubte Larcan etwas zu sehen, das sich bewegte. Er entdeckte den Anflug einer Veränderung. Etwas Vibrierendes schob sich wellenförmig über das Fensterrechteck als krieche irgendein Lebewesen, von der Sonne betäubt, in Zeitlupe vorwärts. Ein unwahrscheinliches Lebewesen, das der universalen Zerstörung entronnen war und sich von – ja wovon konnte es sich ernähren in dieser sterilen, toten Wüste? Kopfschüttelnd trennte er sich von dieser Halluzination und kehrte langsam zu seinem Sessel zurück, auf den sich allmählich, ohne daß er es bemerkte, eine Schicht flaumigen Staubes gelegt hatte. Er stopfte mit gemessenen Bewegungen eine Pfeife und zündete sie an. Der Tabak schmeckte fad und roch nach Heu; übrigens war der Vorrat fast aufgebraucht. Aber war das Rauchen überhaupt noch ein Genuß? Eher ein Ritus, eine Methode, die Zeit im Rhythmus der Züge auf mechanische Weise zu erlegen. Oft ging die Pfeife aus und Larcan döste vor sich hin. Sonderbare Träume suchten ihn heim, in denen er durch endlose Landschaften des Schweigens dahintrieb, dahinglitt, als bewegte ihn ein seltsamer, geheimnisvoller Mechanismus. Diese Landschaften glichen dem Sandmeer und waren doch anders. Wie die Sandflächen hatten sie etwas Unbegrenztes an sich, aber die Folge der Türme vervielfältigte sich ins Unendliche; sie waren wie die Figuren eines kosmischen Schauspiels aufgereiht, und jeder Turm – er hatte die Gewißheit, wenn er an ihnen vorüberglitt – nahm in Beziehung zu allen anderen Türmen einen Platz mit einer vorherbestimmten, genau kalkulierten Bedeutung ein, so daß die Gesamtheit ihrer jeweiligen Positionen die klare Lösung einer Aufgabe war, und nur die Fragestellung dieser Aufgabe entging ihm. Larcan erwachte jedesmal mit dem Eindruck, alle Gegebenheiten dieser Aufgabe in den Händen zu halten. Die Türme waren Wächter, die warteten: dieser Satz schien ihm den Beginn einer Definition zu enthalten, der unklare Ausgangspunkt zu sein, der zur Lösung führen müßte. Aber je häufiger er sich den Satz wiederholte, desto sinnloser erschien er ihm, wie die absurde Litanei, die ein Computer im Nichts ableiert.

Bruchstücke der Wirklichkeit

Der Wind wurde immer heftiger, ohne daß Larcan, verschanzt im schalldichten Schlupfwinkel seiner Wohnung, sich dessen bewußt wurde. Er merkte es erst am Ende eines Tages, als er von seinem Fenster aus sah, wie die Sandflächen in ockerfarbigen Wolken emporgehoben wurden, deren wirbelnde Umrisse die Sonne mit ihrem schimmernden Licht streichelte. In diesem nebelhaften Mahlstrom wurden die Umrisse der anderen Türme unscharf. Larcan spähte nach ihnen aus, versuchte ihre Formen nachzuzeichnen, die wegen der Sandkörnchen, die an den Scheiben klebten, noch verschwommener wurden. Die Türme waren nur noch Geistertürme, die sich wie nackte Gerippe in den gelblichen Himmel reckten. Der Sand hatte die Landschaft verschlungen, die Sonne verschleiert, die Türme eingehüllt, den Horizont mit fransigen Wolkenbänken gesäumt. Larcan setzte lange seine Beobachtungen fort, mit halbgeschlossenen Lidern, als ob das Licht seinen Augen schmerzte, dann wandte er sich vom Fenster ab und beobachtete alle Einzelheiten seiner Wohnung, ein Durcheinander staubiger Gegenstände, eine Ansammlung bunt zusammengewürfelter Reliquien aus einer anderen Zeit, und er hatte den Eindruck, das alles zum erstenmal zu sehen. Er schaltete die Geräte ein, die langsamer als gewöhnlich summten, er ließ einen Videofilm ablaufen, dessen Bilder schwach flimmerten mit Licht und Schattenspielen, wie die Reflexe auf den zuckenden Flügeln eines ruhenden Schmetterlings. Larcan verstand, daß alles zu Ende ging. Die Generatoren lagen in den letzten Zügen, die Invasion des Sandes hatte ihrem Leben wahrscheinlich ein Ende bereitet. Er hätte seine Bleibe wechseln und die Nachbartürme auskundschaften können, um zu sehen, ob nicht noch in einem von ihnen eine Energiequelle funktionierte. In diesem Falle hätte er sich woanders niederlassen können, um ein neues Leben zu beginnen. Aber eine lähmende Lethargie hielt ihn zurück, ein Gefühl der Vergeblichkeit erdrückte ihn. Mit einem fatalistischen Lächeln dachte er, daß er nicht ein einziges Mal versucht hatte, den anderen Türmen einen Besuch abzustatten, nicht einmal den allernächsten. Bis zum Schluß würden sie in seinen Augen isolierte Bruchstücke der Wirklichkeit bleiben, so unerreichbar, als wäre er durch unsichtbare Glaswände von ihnen getrennt. Nur sein eigener Turm hatte gezählt und die Höhle, die er sich darin geschaffen hatte, geschützt vor jedem Zugriff, diese Stätte der Zuflucht, aus der er durch das Versagen eines Systems, das ihn bis jetzt am Leben erhalten hatte, unwiderruflich vertrieben wurde. Das Summen der elektrischen Geräte hörte ganz auf, ein dichtes Schweigen, undurchdringlich wie tiefes Wasser, überflutete die Wohnung. Er verließ sie, irrte ziellos durch Gänge und Treppenhäuser. Dabei stellte er fest, daß nun auch die zehnte Etage verschüttet war; der Sand war um mehrere Meter gestiegen und häufte sich bis zur Fenstermitte des nächsthöheren Stockwerkes. Aber ein unbewußter Tropismus zwang ihn noch einmal, wie früher schon, auf den höchsten Punkt des riesigen Gebäudes. Beim Hinaufsteigen beobachtete er die unheilbaren Risse, die jetzt ganze Betonflächen zerspalteten. Unter dem Anprall des Windes löste sich die Konstruktion Stück für Stück auf. Er gestand sich, was er in seinem Innersten immer gewußt hatte: die Türme waren nicht unzerstörbar; sie waren zerbrechliche, dem Untergang geweihte Armaturen, nicht für die Ewigkeit gebaut, wie es uns die Utopie ihrer Erbauer zu einer bestimmten Zeit hatte glauben lassen. Als er ganz oben angekommen war, fand er die Plattform fast eingestürzt vor, zerlöchert und mit Schutt versperrt. Der Wind, der um ihn blies, nahm ihm den Atem und ließ ihn schwanken. Er ging bis zu den letzten Überbleibseln der Brüstung und wandte sich in die verschiedenen Himmelsrichtungen, um mit seinem Blick die verwüstete Landschaft zu überfliegen, und er hatte plötzlich den Eindruck, sie nicht wirklich wiederzuerkennen. Der Tag neigte sich dem Ende zu, goldfarbene Sandwolken tummelten sich wie märchenhafte Pferde, die Sonne ging mit purpurnen Spritzern am hügeligen Horizont unter, und Larcan blieb lange unbeweglich stehen, bis zur einbrechenden Nacht, allein auf dem Turm, der bald einstürzen wird.

Aus dem Französischen übersetzt von Helga Abret

Rudyard Kipling

Joseph Rudyard Kipling wurde 1865 in Bombay geboren. Nach seiner Erziehung in England ging er 1882 wieder nach Indien zurück, wo er mehr als ein Jahrzehnt als Journalist arbeitete und nebenher seine ersten Kurzgeschichten schrieb, knappe impressionistische Skizzen aus dem Alltagsleben der Europäer und Eingeborenen auf dem Subkontinent und die ersten Erzählungen zu seinem ›Dschungelbuch‹, mit dem er Weltruhm erlangte, und die zum Teil bereits phantastische Elemente erkennen lassen. Der Durchbruch als Schriftsteller gelang Kipling 1901 mit dem Roman ›Kim‹, der farbenprächtigen, abenteuerlichen Geschichte eines irischen Soldatenkindes, das als Waise in den Slums von Lahore unter Eingeborenen aufwächst und mit einem weisen Lama durch Indien zieht. Durch ›Kim‹ wurde Kipling zu einem der meistgelesenen Autoren der Welt; 1907 wurde ihm der Literatur-Nobelpreis verliehen. Mehr als ein Dutzend seiner zahlreichen Erzählungen sind am Rande zur Fantasy und zum Horror angesiedelt, wie ›The

Strange Ride of Morrowbie Jukes‹, ›The Lost Legion‹, ›The Brushwood Boy‹, ›The Ship That Found Herself‹ und andere, die in den Sammlungen ›The Phantom Rickshaw And Other Ferie Tales‹ (1886), ›Life's Handicap‹, ›Being Stories Of Mine Own People‹ (1891), ›Many Inventions‹ (1893) und ›The Day's Work‹ (1898) erschienen sind. Einige seiner Erzählungen sind der Science Fiction zuzurechnen, so ›With The Night Mail‹ (1905), in der Sammlung ›Actions And Reactions‹ (1909); ›As Easy As ABC‹ (1912), in der Sammlung ›A Diversity Of Creatures‹ (1917), ›The Gardener‹ (1924), ›A Madonna Of The Trenches‹ (1924) und ›The Wish House‹ (1924), gesammelt in ›Debits and Credits‹ (1926), und vor allem seine Novelle ›Die schönste Geschichte der Welt‹ (›The Finest Story Of The World‹), wohl der bedeutendste Beitrag Kiplings zur Literatur und eine der besten Science Fiction-Geschichten überhaupt.

Von Rudyard Kipling sind eine Fülle von Einzelausgaben auf deutsch erschienen, die derzeit umfassendste Ausgabe seiner Romane und Erzählungen ist: *Gesammelte Werke*, Leipzig 1925, Neuauflage München 1965, unveränderter Nachdruck München 1978, 3 Bde., Paul List Verlag.

Rudyard Kipling

Die schönste Geschichte der Welt

Er hieß Charlie Mears; er war der einzige Sohn seiner Mutter, einer Witwe, und wohnte im Norden von London. Jeden Tag kam er in die City, wo er bei einer Bank arbeitete. Er war zwanzig Jahre alt und voll hoher Bestrebungen. Ich traf ihn in einem Café beim Billard, wo ihn der Marqueur bei seinem Vornamen und er den Marqueur ›Dicker‹ nannte. Charlie erklärte etwas nervös, daß er nur hierhergekommen sei, um zuzuschauen; und da Zuschauen in solchem Falle ein teures Vergnügen für Jugendliche werden kann, schlug ich vor, daß Charlie lieber nach Hause zu seiner Mutter gehen solle.

Dies war unser erster Schritt zu näherer Bekanntschaft. Seitdem besuchte er mich von Zeit zu Zeit abends, anstatt sich mit seinen jungen Kollegen in London herumzutreiben; und nicht lange, so fing er an – da er natürlich, wie alle jungen Leute, nur von sich selber redete – mir von seinen Bestrebungen zu erzählen, die ausschließlich literarischer Art waren. Er wünschte sich einen unsterblichen Namen zu machen vornehmlich durch Lyrik, hielt es jedoch nicht für unter seiner Würde, einstweilen für allerhand Käseblätter Geschichten von Liebe und Tod zu schreiben. Ich war schließlich dazu verurteilt, stillzusitzen, während Charlie mir Gedichte vorlas, Hunderte von Versen, und voluminöse Bruchstücke von Dramen, die dereinst die Welt erschüttern sollten. Zur Belohnung schenkte er mir sein unbegrenztes Vertrauen; und die Selbstenthüllungen und Herzenssorgen eines jungen Mannes sind nahezu ebenso heilig wie die einer Jungfrau. Charlie hatte noch nie geliebt, aber er war bereit, es bei der ersten Gelegenheit zu tun; er glaubte an alles, was gut und ehrenhaft ist, war aber zu gleicher Zeit ängstlich bemüht, mir zu zeigen, daß er durchaus die Welterfahrung besäße, die einem angehenden Bankbeamten mit 25 Shilling die Woche zukommt. Er reimte ›Herzen‹ mit ›Schmerzen‹, ›Liebe‹ mit ›Triebe‹ und glaubte fest, daß diese Worte noch nie zuvor so gereimt worden seien. Die klaffenden Lücken in seinen Dramen füllte er mit hastigen Entschuldigungen und Erklärungen aus und stürmte weiter. Er sah alles, was noch dazukommen sollte, so klar und deutlich vor sich, daß es für ihn so gut war, als sei es schon da, und erwartete meinen Beifall.

Ich fürchtete, seine Mutter ermutigte seine Bestrebungen nicht sonderlich; wie ich denn weiß, daß sein Schreibtisch zu Hause aus einer Ecke seines Waschtisches bestand. Dies hatte er mir gleich in der Maienblüte unserer Bekanntschaft gestanden, als er, nach stürmischer Durchsuchung meiner Bücherschränke, flehentlich in mich drang, ihm ehrlich zu sagen, ob ich meinte, daß er einmal etwas Großes schreiben werde: »Etwas wirklich Großes, wissen Sie!« Vielleicht ermutigte ich ihn allzusehr, denn eines Abends kam er zu mir, aufgeregt, mit glühenden Augen, und sagte ganz außer Atem:

»Würden Sie mir – könnte ich wohl hierbleiben und heute den ganzen Abend bei Ihnen schreiben? Ich werde Sie nicht stören, wirklich nicht. Bei meiner Mutter habe ich keinen Platz.«

»Was ist denn los?« fragte ich, obschon ich sehr wohl wußte, was los war.

»Ich habe eine Idee im Kopf, aus der ich die herrlichste Geschichte machen könnte, die je geschrieben wurde. Bitte, lassen Sie mich hier schreiben. Eine großartige Idee!«

Es war unmöglich, einer solchen Bitte zu widerstehen. Ich machte ihm einen Tisch zurecht. Er nahm sich kaum die Zeit, mir zu danken, und stürzte sich unverweilt in die Arbeit.

Eine halbe Stunde lang kratzte die Feder ohne Unterbrechung. Dann seufzte Charlie und fuhr sich ins Haar. Das Kratzen wurde langsamer, von immer häufigeren Strichen unterbrochen – und hörte endlich ganz auf. Die schönste Geschichte der Welt wollte nicht herauskommen.

»Das sieht jetzt alles so furchtbar blödsinnig aus!« sagte er kummervoll. »Und vorher im Kopfe kam es mir doch so schön vor. Wie kommt das bloß?«

Ich konnte ihm nicht mit der Wahrheit den Mut nehmen. So antwortete ich: »Vielleicht fühlen Sie sich heute nicht aufgelegt.«

»O doch! – Aber wenn ich dieses Zeug ansehe . . .!«

»Lesen Sie mir vor, was Sie geschrieben haben«, sagte ich.

Er las, und es war überwältigend schlecht! Bei jedem besonders schwülstigen Satz hielt er inne, ein Zeichen des Beifalls erwartend; denn just auf diese Sätze war er stolz, wie nicht anders zu erwarten.

»Es muß ein bißchen zusammengestrichen werden«, bemerkte ich vorsichtig.

»Ich hasse es, meine Sachen zu kürzen. Ich glaube, man könnte kein Wort auslassen, ohne den Sinn zu verderben. Übrigens macht es sich laut gelesen viel besser!«

»Charlie, Sie leiden an einer bedenklichen und weitverbreiteten Krankheit. Legen Sie das Ding beiseite, und nach einer Woche gehen Sie wieder mal dran.«

»Ich *will* es aber jetzt gleich machen. – Was halten Sie davon?«

»Wie kann ich nach einer halbfertigen Sache urteilen? – Erzählen Sie mir die Geschichte, wie Sie sie im Kopf haben.«

Charlie erzählte, und in seiner Erzählung kam alles heraus, was er sorgfältig vermieden hatte, schriftlich auszudrücken.

Ich sah ihn an. War es möglich, daß er die Ursprünglichkeit, die Kraft der Idee, die ihm über den Weg gelaufen war, nicht erkannte? Es war ohne jeden Zweifel eine ganz ungewöhnliche Idee. Manch einem ist der Kamm geschwollen vor Stolz auf Ideen, die nicht halb so neu und fruchtbar waren. Aber Charlie schwatzte unbekümmert weiter, nur von Zeit zu Zeit den Strom seiner Phantasie mit diesen fürchterlichen, dröhnenden Phrasen unterbrechend, die er anzuwenden gedachte. Ich hörte ihm bis zu Ende zu. Es wäre unsinnig gewesen, diese Idee in seinen unfähigen Händen zu lassen, während ich so viel daraus hätte machen können; gewiß nicht alles, aber oh, so viel!

»Was meinen Sie?« sagte er schließlich. »Ich denke, ich werde es die ›Geschichte eines Schiffes‹ nennen.«

»Ich meine, die Idee ist recht gut; aber Sie würden vorläufig nichts damit anfangen können. Hingegen würde ich vielleicht ...«

»Können Sie sie gebrauchen? Wollen Sie sie nehmen? Ich wäre stolz darauf!« erwiderte Charlie eifrig.

Es gibt wenige Dinge in der Welt, die süßer sind, als die arglos begeisterte, ungehemmte, offene Bewunderung eines Jüngeren. Selbst eine Frau in ihrer blindesten Verliebtheit wird nicht den Gang des Mannes nachahmen, den sie anbetet, oder ihren Hut so aufsetzen wie er, oder seine Lieblingsflüche in ihr Lexikon aufnehmen. Und Charlie tat alles das. Dennoch mußte ich mein Gewissen salvieren, bevor ich von seinen Gedanken Besitz ergriff.

»Wir wollen ein Geschäft machen. Ich will Ihnen fünf Pfund für die Idee geben«, sagte ich.

In Charlie erwachte sogleich der angehende Bankbeamte. »Oh, das ist unmöglich. Unter Brüdern, wissen Sie – wenn ich Sie so nennen darf –, und als Mann von Welt kann ich so etwas nicht annehmen. Behalten Sie die Idee, wenn sie Ihnen gefällt. Ich habe noch eine Unmenge anderer.«

Zweifelsohne! Niemand wußte das besser als ich. Aber das waren alles Ideen anderer.

»Betrachten Sie es als eine reine Geschäftssache – unter Männern von Welt«, erwiderte ich. »Für fünf Pfund können Sie sich eine Unmasse Gedichtbücher kaufen. Geschäft ist Geschäft, und Sie können sich darauf verlassen, ich würde diesen Preis nicht bieten, wenn ich nicht . . .«

»Oh, wenn Sie es so betrachten«, sagte Charlie, sichtlich bewegt von der Idee mit den Gedichtbüchern. Das Geschäft wurde also abgeschlossen mit der Bedingung, daß er von Zeit zu Zeit, je nach Belieben, zu mir kommen sollte, um weiter zu erzählen. Er sollte einen eigenen Schreibtisch bei mir haben und das unbestreitbare Recht, mich mit seinen sämtlichen Gedichten und Gedichtfragmenten zu beglücken. Dann sagte ich: »Nun erzählen Sie mir, wie sind Sie denn eigentlich zu dieser Idee gekommen?«

»Sie ist von selbst gekommen.« Charlie sperrte die Augen ein wenig auf.

»Ja, aber Sie haben mir eine Menge Dinge über den Helden erzählt, die Sie doch irgendwo gelesen haben müssen?«

»Ich habe gar keine Zeit zum Lesen, außer wenn Sie mich hier sitzen lassen; und sonntags bin ich den ganzen Tag auf meinem Rad oder auf der Themse. – Stimmt denn irgend etwas nicht mit meinem Helden?«

»Erklären Sie mir noch mal, damit ich recht verstehe: Sie sagen, Ihr Held fuhr mit Seeräubern. Wie lebte er eigentlich?«

»Er war im Unterdeck dieses Schiffes, von dem ich ihnen erzählt habe.«

»Was für eines Schiffes?«

»Es war eins von der Art mit Rudern, und die See spritzt durch die Ruderlöcher und die Ruderer sitzen bis an die Knie im Wasser. Zwischen den beiden Reihen der Ruderer läuft eine Art Bank, und ein Aufseher mit einer Peitsche geht auf der Bank hin und her und paßt auf, daß die Leute arbeiten.«

»Woher wissen Sie denn das?«

»Das ist so in der Geschichte. Oben läuft ein Tau lang, das an dem Oberdeck hängt, damit sich der Aufseher festhalten kann, wenn das Schiff schlingert. Wenn er das Tau verfehlt und zwischen die Ruderer fällt, dann, müssen Sie sich denken, lacht mein Held und wird dafür gepeitscht. Er ist natürlich mit Ketten an sein Ruder geschlossen – der Held.«

»Mit Ketten? . . . In welcher Weise?«

»Mit einem eisernen Gürtel, der ihm um den Leib geht und an seiner Bank festsitzt, und mit einer Art Handschelle um sein linkes Handgelenk, die ihn an das Ruder kettet. Er ist im Unterdeck, wo nur die schlimmsten Verbrecher hingebracht werden, und das einzige Licht, das dorthin kommt, fällt durch die Luken und die Ruderlöcher. Können Sie sich nicht vorstellen, wie das Sonnenlicht just zwischen der Ruderstange und dem Loch durchblinzelt und mit dem Schiffe hin und her tanzt?«

»Doch, das kann ich wohl, aber ich kann mir nicht vorstellen, wieso *Sie* sich das vorstellen können.«

»Wie sollte es sonst sein? Passen Sie mal auf: die langen Ruder auf dem Oberdeck werden von vier Mann auf jeder Bank gezogen, auf dem Deck darunter von dreien und auf dem alleruntersten von zweien. Sie müssen sich denken, es ist ganz dunkel auf dem untersten Deck, und alle, die man dort hinbringt, werden wahnsinnig. Wenn einer hier an seinem Ruder stirbt, wird er nicht über Bord geworfen, sondern in seinen Ketten in kleine Stücke geschnitten und durch die Ruderlöcher gequetscht.

»Warum?« fragte ich erstaunt, nicht so sehr über das, was er mir erzählte, wie über den entschiedenen Ton, mit dem er es hinwarf.

»Um Mühe zu sparen und die andern bange zu machen. Um die Leiche eines Mannes nach oben zu schleppen, wären zwei Aufseher nötig, und wenn die Leute im untersten Deck allein gelassen würden, so würden sie natürlich aufhören zu rudern und versuchen, die Bänke hochzuheben, indem sie alle auf einmal in ihren Ketten aufständen.«

»Sie haben eine außerordentlich weitschauende Einbildungskraft. Wo haben Sie denn das alles über Galeeren und Galeerensklaven gelesen?«

»Nirgends, soviel ich weiß. Ich rudere selbst ein bißchen, wenn ich Gelegenheit habe. Aber vielleicht haben Sie doch recht, daß ich es irgendwo gelesen habe.«

Bald darauf ging er fort, um sich in den Buchläden umzutun, und ich blieb zurück, voller Verwunderung darüber, wie ein zwanzigjähriger Banklehrling mir, mit einer verschwenderischen Fülle von Einzelheiten, alle mit völliger Sicherheit gesehen, eine so abenteuerliche und blutrünstige Geschichte von Seeräuberei, Meuterei und Tod in namenlosen Meeren zuschanzen konnte. Und nachdem er mir eben noch geschildert, wie sein Held, nach verzweifelter Revolte gegen die Aufseher, selber das Kommando über das Schiff an sich genommen und schließlich auf einer Insel ›irgendwo im Meer, wissen Sie‹ ein Königreich gegründet hatte, war er, beglückt über meine elenden fünf Pfund, fortgegangen, um sich die Ideen anderer zu kaufen und daran das Dichten zu lernen. Ich tröstete mich mit dem Bewußtsein, seine Idee ehrlich durch Kauf erworben zu haben. Jetzt wollte ich versuchen, was sich damit anfangen ließ.

Als er das nächste Mal zu mir kam, war er berauscht – glorreich berauscht von all den Dichtern, die sich ihm zum erstenmal offenbart hatten. Seine Augen waren aufgerissen, seine Worte stolperten übereinander, und er hüllte sich in Zitate wie ein Bettler in den Purpur eines Kaisers. Am wildesten berauscht war er von Longfellow.

»Ist das nicht großartig, wundervoll?« rief er nach hastiger Begrüßung. »Hören Sie dies -

›Kennst du, sprach der Mann am Steuer,
Das Geheimnis tiefer See?
Wer nicht kühn mit ihr gekämpft hat,
Der begreift es nimmermehr.‹ «

Kolossal!

›Wer nicht kühn mit ihr gekämpft hat,
Der begreift es nimmermehr.‹

wiederholte er zwanzigmal und dabei lief er in der Stube auf und ab, mich völlig vergessend. »Aber ich kann es auch begreifen«, redete er zu sich selber. »Ich kann Ihnen gar nicht genug für die fünf Pfund danken. – Und dies; hören Sie –

›Ich trage die schwarzen Werften im Sinn
Und der schlagenden Brandung Schnee,
Und den spanischen Seemann mit bärtigem Kinn
Und die herrlichen Schiffe her und hin
Und den ganzen Zauber der See.‹

Ich habe noch niemals kühn gekämpft, aber mir ist, als ob ich das alles kennte.«

»Sie haben offenbar einen besonderen Sinn für das Meer. Haben Sie es jemals gesehen?«

»Als ich ein kleiner Junge war, kam ich einmal nach Brighton; wir wohnten aber eigentlich in Coventry, bevor wir nach London kamen. Ich habe es nie gesehen:

›Wenn herab auf die Atlantis
Stürzt gigantisch
Sturm des Äquinoktium!‹«

Er schüttelte mich bei den Schultern, um mir die Leidenschaft fühlbar zu machen, die ihn selber schüttelte. »Wenn der Sturm kommt, zerbrechen alle Ruder in dem Schiff, von dem ich sprach, und die Griffe schlagen zurück und zermalmen den Ruderern die Brust. Übrigens, haben sie schon irgend etwas mit meiner Idee von neulich angefangen?«

»Nein, ich wollte erst noch mehr von Ihnen hören. Sagen Sie mir, woher wissen Sie alles so genau über die Ausrüstung des Schiffes? Sie haben doch keine Ahnung von Schiffen.«

»Ich weiß nicht. Es ist alles vollkommen wirklich für mich, bis ich versuche, es niederzuschreiben. Ich habe erst gestern nacht im Bett darüber nachgedacht, nachdem Sie mir die ›Schatzinsel‹ von Stevenson geliehen hatten, und es sind mir noch eine Menge neuer Dinge eingefallen, die in die Geschichte hinein müssen.«

»Was denn zum Beispiel?«

»Zum Beispiel über das Essen, das man den Sklaven gab: verfaulte Feigen und schwarze Bohnen und Wein in einem Schlauch, den reichte man sich von einer Bank zur andern.«

»Ist es denn so lange her, seitdem das Schiff gebaut wurde?«

»*Wie* lange? Ich weiß nicht, ob es lange her ist oder nicht. Es ist ja nur eine Idee. Aber manchmal erscheint es mir so wirklich, als ob es wahr wäre. Langweile ich Sie auch nicht mit meinem Geschwätz?«

»Nicht im geringsten. Ist ihnen sonst noch etwas eingefallen?«

»Ach ja, aber es ist alles dummes Zeug.« Charlie errötete ein wenig.

»Macht nichts, erzählen Sie nur.«

»Also, ich dachte über meine Geschichte nach, und nach einer Weile stand ich aus dem Bett auf und schrieb auf ein Blatt Papier solches Zeug, wissen Sie, wie es die Gefangenen vielleicht mit der Kante ihrer Handschellen auf die Ruder kratzen konnten. Das schien die Sache lebendiger zu machen. Es ist so wirklich für mich, wissen sie.«

»Haben Sie das Papier bei sich?«

»Ja–a, aber es lohnt sich wirklich nicht. Es ist weiter nichts, wie ein Haufen Striche. Aber vielleicht könnten wir es doch in dem Buch mitdrucken lassen, auf der ersten Seite.«

»Für diese Einzelheiten will ich schon sorgen. Zeigen Sie nun erst, was Ihre Leute geschrieben haben.«

Er zog ein Stück Papier aus der Tasche mit nur einer gekritzelten Zeile darauf, und ich legte es sorgfältig beiseite.

»Was soll es denn in Englisch heißen?« fragte ich.

»Oh, ich weiß nicht. Ich wollte, es soll heißen: ›Ich bin entsetzlich müde.‹ Es ist völliger Unsinn«, wiederholte er, »aber alle diese Männer in dem Schiff kommen mir so wirklich vor, wie wirkliche Menschen. Machen Sie doch recht bald etwas mit meiner Idee. Ich möchte es so gern geschrieben und gedruckt sehen.«

»Aber was Sie mir da alles gesagt haben, würde ein dickes Buch werden.«

»Schreiben Sie es. Sie brauchen sich nur hinzusetzen und es zu schreiben.«

»Lassen Sie mir doch ein bißchen Zeit. Haben Sie sonst noch neue Ideen?«

»Augenblicklich nicht. Ich lese jetzt alle Bücher, die ich gekauft habe. Sie sind wundervoll.«

Nachdem er fortgegangen war, schaute ich mir den Zettel mit dem Geschriebenen an. Dann nahm ich meinen Kopf sorglich zwischen beide Hände, um mich zu vergewissern, daß er nicht herunterfiele oder sich rundherum drehte. Dann ... aber ein Nichts gähnte zwischen dem Augenblick, als ich meine Wohnung verließ, und dem, als ich mich in Verhandlung mit einem Wächter der öffentlichen Ordnung wiederfand, in einem Korridor des Britischen Museums, vor einer Tür, auf der ›Privat‹ stand. Mein einziges Verlangen galt dem ›Herrn für griechische Antiken‹. Der Wächter kannte nur die Museumsordnung und sonst nichts. So mußte ich durch sämtliche Gebäude und Büros hetzen, bis schließlich ein älterer Herr, den man just von seinem Frühstück weggeholt hatte, meiner Jagd ein Ende machte, indem er den Zettel zwischen Daumen und Zeigefinger nahm und ihn verächtlich beschnüffelte.

»Was das bedeuten soll? – Hm, soviel ich feststellen kann, ist es der Versuch einer absolut ungebildeten – äh – Persönlichkeit« – hierbei sah er mich vielsagend an – »absolut korruptes Griechisch zu schreiben!« – Er las langsam: »Pollock, Erckmann, Tauchnitz, Henniker« – vier mir wohlbekannte Namen.

»Können Sie mir sagen, was hinter der absoluten Korruptheit steckt – der Sinn der Sache?«

»Oftmals – hat Müdigkeit mich überwältigt – bei dieser Arbeit. – Das ist der Sinn.« Er gab mir das Papier zurück, und ich entfloh ohne ein Wort der Erklärung, des Dankes oder der Entschuldigung.

Meine Vergeßlichkeit war entschuldbar. Mir unter allen Lebenden war die Gelegenheit gegeben, die wunderbarste Geschichte der Welt zu schreiben, nicht weniger als die Geschichte eines griechischen Galeerensklaven, von ihm selbst erzählt. Kein Wunder, daß Charlies Träume ihm als Wirklichkeit erschienen waren. Die Schicksalsgöttinnen, die so sorgfältig die Pforten jeder der aufeinanderfolgenden Verkörperungen hinter uns schließen, waren in diesem Falle nachlässig gewesen, und Charlie blickte, obschon er es nicht wußte, dorthin, wohin seit Anbeginn der Welt noch kein Sterblicher mit voller Erkenntnis geblickt hat. Vor allem, er selber ahnte nicht das mindeste von der Erkenntnis, die er mir für fünf Pfund verkauft hatte, und er würde ahnungslos bleiben, denn Bankbeamte verstehen nichts von Metempsychose, und zu gründlicher kaufmännischer Erziehung gehört kein Griechisch. Er würde mich – hier hüpfte ich zwischen den stummen Göttern Ägyptens herum und lachte in ihre verwitterten Gesichter – mit Material versorgen, um meine Geschichte glaubhaft zu machen – so glaubhaft, daß alle Welt sie als eine freche Münchhausiade begrüßen würde. Und ich – ich allein würde wissen, daß alles wahr, buchstäblich und wörtlich wahr ist. Ich – ich allein hielt dieses Juwel in meiner Hand, um ihm Schliff und Glanz zu geben! Demzufolge tanzte ich zwischen den Göttern des ägyptischen Saals umher, bis ein Aufseher mich gewahrte und auf mich zuzugehen begann.

Es blieb nur noch übrig, Charlie zum Reden zu ermuntern, und darin sah ich keine Schwierigkeit. Aber ich hatte diese verwünschten Geschichtbücher vergessen. Er kam zu mir ein ums andere Mal, unbrauchbar wie ein überladener Phonograph, berauscht von Shelley, Byron oder Keats. Jetzt, wo ich wußte, was der Knabe in seinem früheren Leben gewesen war, und alles daran setzte, kein Wort von seinem Geschwätz zu verlieren, war es mir unmöglich, ihm mein Interesse und meinen Respekt zu verbergen. Er mißdeutete beides, glaubte, mein Respekt gälte der jetzigen Inkarnation der Seele von Charlie Mears, für den das Leben so neu war wie für Adam, und mein Interesse seinen Vorlesungen, und spannte meine Geduld bis zum Zerreißen mit seinen Deklamationen der Gedichte anderer. Ich wünschte mir jeden englischen Dichter ausgelöscht aus dem Gedächtnis der Menschheit. Ich fluchte den glänzendsten Namen des englischen Parnasses, weil sie Charlie vom Pfade persönlichen Berichts abgelenkt hatten und ihn wahrscheinlich über kurz oder lang zur Nacheiferung verführen würden. Aber ich hielt es doch für das beste, meine Ungeduld zu zügeln, bis das Feuer seiner Begeisterung ausgebrannt und er zu seinen Träumereien zurückgekehrt wäre.

»Was hat es für einen Zweck, daß ich Ihnen erzähle, was ich denke, wenn diese Kerls hier Sachen wie für die Engel geschrieben haben!« grollte er eines Abends. »Warum schreiben Sie nicht auch so etwas?«

»Ich finde, Sie sind nicht ganz gerecht gegen mich«, antwortete ich mit starker Selbstbeherrschung.

»Ich habe Ihnen die Geschichte erzählt«, sagte er kurz, sich wieder in ›Lara‹ vertiefend.

»Aber ich brauche die Einzelheiten.«

»Sie meinen, was ich mir über das blöde Schiff ausdenke, die Galeere, wie Sie es nennen? Das ist doch ganz einfach. Das können Sie sich auch selber ausdenken. Drehen Sie das Gas ein bißchen an, ich möchte noch lesen.«

Ich hätte ihm am liebsten die Gasglocke am Kopf kaputt geschlagen, für seine unglaubliche Dummheit. Ich hätte mir freilich alles selber ausdenken können, wenn ich nur gewußt hätte, was Charlie wußte, ohne es zu wissen. Aber da die Pforten hinter mir geschlossen waren, blieb mir nichts übrig, als auf eine günstigere Stimmung seines jugendlichen Gemüts zu warten und mittlerweile ihn bei möglichst guter Laune zu erhalten. Jede Minute der Unachtsamkeit konnte eine unschätzbare Offenbarung zunichte machen. Von Zeit zu Zeit schob er seine Bücher beiseite – er verwahrte sie jetzt in meiner Wohnung, denn seine Mutter würde sich über die schamlose Verschwendung entrüstet haben – und erging sich wieder in seinen Seeträumen. Und wieder verwünschte ich alle Dichter Englands: der leicht beeinflußbare Geist des Bankkommis war überdeckt, gefärbt, verbogen durch das, was er gelesen hatte, und das Resultat, das er von sich gab, war ein wirres Durcheinander von anderen Stimmen, sehr ähnlich dem Gesumm und Geschwätz in einem Telefon der City zur ärgsten Geschäftszeit.

Er sprach von der Galeere – seiner eigenen Galeere, wenn er nur eine Ahnung gehabt hätte – in Phrasen, die der ›Braut von Abydos‹ entlehnt waren. Er erläuterte die Abenteuer seines Helden mit Zitaten aus dem ›Korsar‹, warf düstere, verzweifelte moralische Betrachtungen aus ›Kain‹ und ›Manfred‹ dazwischen und erwartete von mir, daß ich sie alle gebrauchen würde. Nur wenn wir auf Longfellow kamen, verstummte das Kreuzfeuer, und ich wußte, daß Charlie die Wahrheit sprach, soweit er sich ihrer erinnerte.

»Wie gefällt Ihnen dies?« sagte ich eines Abends, sobald ich die Sphäre erkannt hatte, in der sein Gedächtnis am besten arbeitete; und ehe er einen Einwurf machen konnte, las ich ihm beinahe die ganze ›Sage von König Olaf‹ vor!

Er hörte zu mit offenem Munde, mit geröteten Wangen, die Hände trommelten auf das Sofa, auf dem er lag; bis ich an den Gesang von ›Einar Tamberskelver‹ kam und zu der Strophe:

»Einar senkte seinen Bogen,
Sprach, zu ihm gewandt:
›Norweg' war es, das zerbrochen
Unter deiner Hand.‹«

Er schnappte vor Entzücken.

»Das ist noch schöner als Byron, nicht?« sagte ich vorsichtig.

»Schöner? Es ist *wahr*! Wie konnte er das wissen?«

Ich wiederholte noch einmal die vorhergegangene Strophe:

»›Was war das?‹ rief König Olaf,
Hoch am Felsenriff:
›Etwas hört' ich, wie das Stranden
Von zerschlagnem Schiff!‹«

»Wie konnte er das wissen, wie die Schiffe krachen und die Ruder herausbrechen und z–zzp am ganzen Bord entlanggehen? Erst gestern nacht hab' ich ... aber bitte lesen Sie doch noch mal!«

»Nein«, antwortete ich, »ich bin müde, wir wollen lieber ein bißchen schwatzen. Was war gestern nacht?«

»Ich hatte einen furchtbaren Traum von unserer Galeere. Mir träumte, ich sei bei einem Gefecht ertrunken. Wissen Sie, wir liefen ein anderes Schiff an im Hafen. Das Wasser war totenstill, außer wo unsere Ruder es schlugen. – Sie wissen, wo ich immer in der Galeere sitze?« Er sprach anfangs zögernd, als ob er fürchte, daß ich ihn auslachen würde.

»Nein, daß ist mir neu«, antwortete ich sanft, indes mein Herz zu klopfen anfing.

»Am vierten Ruder vom Bug, auf der rechten Seite des Oberdecks. Wir waren zu viert an dem Ruder, alle festgeschmiedet. Ich weiß noch, daß ich auf das Wasser schaute und meine Handschellen loszumachen versuchte, ehe der Kampf begann. Dann rückten wir dicht an das andere Schiff heran; dessen ganze Kriegsmannschaft sprang über unsere Bordwand herüber, meine Bank zerbrach, und ich lag eingequetscht mit den drei anderen über mir, das große Ruder quer übern Rücken gepreßt.«

»Und?«

Charlies Augen waren funkelnd geöffnet. Er starrte auf die Wand hinter meinem Stuhl.

»Ich weiß nicht, wie wir kämpften. Die ganze Mannschaft stampfte auf meinem Rücken herum, und ich konnte mich nicht rühren. Dann begannen unsere Ruderer auf der linken Seite – an ihre Ruder geschmiedet natürlich – zu heulen und rückwärts zu rudern. Ich konnte das Wasser zischen hören, und wir drehten uns im Kreise herum wie ein Mistkäfer, und wie ich lag, konnt' ich sehen, wie eine andere Galeere von der linken Seite auf uns zukam, um uns zu rammen. Ich konnte gerade meinen Kopf hoch genug heben, um ihre Segel über der Bordwand zu sehen. Wir wollten ihr Bug gegen Bug begegnen, aber es war zu spät. Wir konnten nur ganz wenig nach rechts drehen, denn die Galeere auf der rechten Seite hatte sich an uns gehängt und hielt uns fest. Dann, Herr Gott! kam ein Krach! Unsere linken Ruder brachen in Stücke, als die andere Galeere – die fahrende meine ich – die Nase hineinsteckte. Dann kamen die Unterdeckruder durch die Deckplanken heraufgeschossen, Griff voran, und eins flog hoch in die Luft und fiel dicht neben meinem Kopf wieder herunter.«

»Wie kam das?«

»Der Bug der andern Galeere schob sie durch die Ruderlöcher hinein, und ich konnte den schauderhaften Lärm von den unteren Decks herauf hören. Dann traf uns ihre Nase fast in die Mitte, und wir kippten um, und die Kerls in der Galeere von rechts machten ihre Haken und Taue los und warfen allerhand Zeug auf unser Oberdeck – Pfeile und heißen Teer oder so was, das brannte, und wir gingen hoch und hoch und hoch auf der linken Seite, und auf der rechten Seite herunter, und ich drehte meinen Kopf herum und sah, wie das Wasser just über den rechten Bordrand stieg. Einen Augenblick schien es stillzustehen, dann floß es über und stürzte auf uns alle herab, die wir auf der rechten Seite lagen, und ich fühlte es mir in den Rücken schlagen und wachte auf.«

»Einen Augenblick, Charlie! – Als die See über dem Bordrand stand, wie sah das aus?« Ich hatte einen bestimmten Grund, so zu fragen. Ein Bekannter von mir war mit einem lecken Schiff bei ruhiger See gesunken und hatte beobachtet, daß die Wasserfläche, ehe sie auf das Deck stürzte, einen Augenblick stillstand.

»Es sah geradeso aus wie eine straff gespannte Gitarrensaite, und es kam mir vor, als ob es eine Ewigkeit da stände«, sagte Charlie.

Richtig! Ganz richtig! Mein Bekannter hatte gesagt: »Es kam mir vor wie ein silberner Draht, der längs des Bordrands gelegt war und der aussah, als ob er nie zerreißen würde.« Dem Manne hatte diese kleine nutzlose Beobachtung alles außer dem nackten Leben gekostet, und ich war zehntausend Meilen weit mühselig gereist, um ihn zu sehen und mir die Sache schildern zu lassen. Aber Charlie, der Bankkommis mit fünfundzwanzig Shilling die Woche, der noch nie von einer gepflasterten Straße heruntergekommen war, kannte das alles. Es war ein schlechter Trost für mich, daß er für diese Erfahrung eines seiner Vorleben hatte drangeben müssen. Auch ich war sicherlich Dutzende von Malen gestorben, aber hinter mir waren die Pforten geschlossen, just weil ich meine Erfahrung hätte ausnützen können. »Und dann?« sagte ich und suchte den Neidteufel zu unterdrücken.

»Das Komische war, daß ich mich während des ganzen Kampfes weder fürchtete noch wunderte. Es war, als ob ich schon in vielen Gefechten gewesen sei, wenigstens sagte ich das zu meinem Nachbarn, ehe es losging. Aber der Hund von Aufseher auf unserm Deck wollte unsre Ketten nicht losmachen und uns eine Chance geben. Er sagte immer, daß wir alle nach einer Schlacht freigelassen würden, aber das kam nie; das kam nie.« Charlie schüttelte traurig den Kopf.

»So ein Schuft!«

»Das war er wohl. Er gab uns nie genug zu essen, und manchmal waren wir so durstig, daß wir Salzwasser tranken. Ich habe den Geschmack noch im Munde.«

»Erzählen Sie mir doch noch etwas über den Hafen, wo das Gefecht stattfand.«

»Davon hab' ich nichts geträumt. Aber ich weiß, daß es ein Hafen war, denn wir waren an einem Ring angebunden, an einer weißen Mauer, und unter Wasser war der Stein mit Holz verkleidet, damit unsere Ramme nicht beschädigt würde, wenn die Flut uns schaukelte.«

»Das ist sonderbar. Unser Held kommandierte doch die Galeere, nicht?«

»Und ob! Er stand oben am Bug und schrie wie ein Besessener. Es war derselbe, der den Aufseher getötet hatte.«

»Aber Charlie, ertrankt ihr denn nicht alle zusammen?«

»Ich kann das nicht ganz zusammenbringen«, sagte er mit einem verwirrten Blick. »Die Galeere muß mit Mann und Maus untergegangen sein, und doch kommt es mir vor, als ob der Held später noch gelebt hätte. Vielleicht kletterte er auf das angreifende Schiff. Ich konnte das natürlich nicht sehen. Ich war ja tot, wissen Sie.«

Er schauderte leicht und behauptete, er wüßte sich auf nichts weiter zu besinnen.

Ich drängte ihn nicht weiter; um mich aber zu versichern, daß er von seinem geistigen Zustande keine Ahnung hatte, gab ich ihm

Mortimer Collins ›Seelenwanderung‹ zu lesen und schilderte ihm den Inhalt in kurzen Umrissen, bevor er das Buch öffnete.

»Was ist das alles für ein Blödsinn!« sagte er freimütig, nachdem er ungefähr eine Stunde gelesen hatte. »Ich kann das Zeug vom roten Planeten Mars und vom König und dem ganzen Kram nicht verstehen. Geben Sie mir meinen Longfellow wieder her.«

Ich gab ihm das Buch und schrieb, soweit ich mich entsinnen konnte, nieder, was er mir von der Seeschlacht erzählt hatte. Von Zeit zu Zeit mußte ich ihn wegen der oder jener Einzelheit befragen. Er antwortete, ohne von dem Buch aufzublicken, so bestimmt, als ob alles, was er sagte, gedruckt vor ihm stände. Ich sprach mit halblauter Stimme, um den Strom nicht zu unterbrechen, und ich sah wohl, daß er sich kaum dessen bewußt war, was er sagte, denn seine Gedanken waren auf hoher See bei Longfellow.

»Charlie«, fragte ich, »wenn die Ruderknechte auf den Galeeren meuterten, wie töteten sie ihre Aufseher?«

»Sie rissen die Bänke hoch und schlugen ihnen den Schädel ein. Es ging gerade eine schwere See. Einer von den Aufsehern auf dem unteren Deck glitt aus auf der mittleren Planke und fiel zwischen die Ruderer. Sie drückten ihn mit den gefesselten Händen gegen die Planken des Schiffes zu Tode, ganz still, und es war so dunkel, daß der andere Aufseher nicht sehen konnte, was geschehen war. Als er fragte, wurde er auch heruntergezogen und totgedrückt, und das Unterdeck schlug sich bis oben durch, von einem Deck zum andern, und die Stücke der zerbrochenen Ruderbänke polterten an den Ketten hinter ihnen her. Herrgott, wie sie heulten!«

»Und was geschah danach?«

»Ich weiß nicht. Der Held verschwand mitsamt seinem roten Haar und roten Bart und allem. Das war, nachdem er unsere Galeere genommen hatte, glaube ich.«

Der Klang meiner Stimme schien ihn zu verwirren. Er machte eine Bewegung mit der Hand, ungeduldig wie jemand, der nicht unterbrochen werden will.

»Sie haben mir nie gesagt, daß er rothaarig war, oder daß er Ihre Galeere genommen hat«, sagte ich nach einer behutsamen Pause. Charlie erhob seine Augen nicht.

»Er war so rot wie ein roter Bär«, sagte er zerstreut. »Er kam von Norden, so sagten sie auf der Galeere, als er sich Ruderer suchte – freie Männer, keine Sklaven. Später – viele viele Jahre später – kamen Nachrichten von einem andern Schiff – oder er selbst kam zurück –«

Seine Lippen bewegten sich lautlos. Er sagte sich verzückt irgendein Gedicht her, das er gerade gelesen hatte.

»Wo war er denn also hingefahren?« Ich flüsterte fast, damit die Frage in aller Stille ihren Weg in die Gehirnregion Charlies finden möchte, die für mich arbeitete.

»Nach den Buchen, den großen wunderbaren Buchen!« war die Antwort nach einer Minute des Schweigens.

»Nach Furdurstrandi?« fragte ich, von Kopf bis zum Fuß zitternd.

»Ja, nach Furdurstrandi.« Er sprach das Wort ganz anders aus als ich. »Und ich habe auch gesehen ––« Die Stimme versagte.

»Wissen Sie, was Sie sagen?« rief ich unvorsichtig laut. Er blickte auf, völlig wach. »Nein!« stieß er hervor. »Ich wollte, Sie ließen mich ruhig lesen. Hören Sie dies: –

›Othir, der alte Seekapitän,
Rührte sich nicht vom Fleck,
Bis der König lobesam
Wiederum seine Feder nahm
Und schrieb in einem weg.
Und den König von Sachsenland
Schaute er furchtlos an,
Hob seine braune Hand danach:
'Zum Zeichen, daß ich Wahrheit sprach,
Sieh diesen Wahlroßzahn!'‹

Bei Gott, was für Kerls das gewesen sein müssen! So über den ganzen Teich zu segeln, ohne zu wissen, wo sie Land finden würden! Hach!«

»Charlie«, flehte ich, »wenn Sie nur einen Augenblick vernünftig sein wollen, verspreche ich Ihnen, daß ich unseren Helden in der Geschichte genauso großartig machen werde wie Ihren Othir.«

»Hach! Longfellow hat dieses Gedicht geschrieben. Ich interessiere mich nicht mehr dafür, was zu schreiben. Ich will lesen.« Er war gründlich aus der Stimmung; und so ging ich fort, wütend über mein Mißgeschick.

Man stelle sich vor, man stände vor der Tür der Schatzkammer der Welt und Türhüter wäre ein Kind – ein müßiges, ahnungsloses Kind, das mit Murmeln spielt und von dessen Laune es abhinge, daß man den Schlüssel bekommt – so wird man sich eine schwache Vorstellung von meiner Folter machen können. Bis zu diesem Abend hatte Charlie nichts gesagt, was nicht auf das Dasein eines griechischen Galeerensklaven gepaßt hätte. Aber jetzt auf einmal hatte er von einem verwegenen Wikingerabenteuer geredet, von Thorfin Karlsefnes Fahrt nach Weinland offenbar, was nichts anderes als Amerika ist, im neunten oder zehnten Jahrhundert. Die Schlacht im Hafen hatte er gesehen und seinen eigenen Tod beschrieben. Hier handelte es sich um einen noch aufregenderen Sprung in die Vergangenheit. War es möglich, daß er ein halbes Dutzend Leben übersprungen hatte, und daß dann eine um tausend Jahre später liegende Episode dämmrig in seiner Erinnerung aufgetaucht war? Es war ein Wirrwarr zum Tollwerden, und das schlimmste dabei war, daß Charlie Mears im Normalzustand der letzte auf der Welt war, um diese Dinge aufzuklären. Ich konnte nichts weiter tun, als warten und aufzupassen; aber ich ging diese Nacht zu Bett voll der wildesten Phantasien. Hier gab es nichts Unmögliches, wenn nur Charlies elendes Gedächtnis aushielt!

Ich konnte instand gesetzt werden, die Sage von Thorfin Karlsefne noch einmal zu schreiben, wie sie noch nie geschrieben worden war, konnte die Geschichte der ersten Entdeckung Amerikas erzählen – ich selbst Entdecker dieser Entdeckung. Aber mein Geschick lag ganz in Charlies Händen und solange noch eins von den verwünschten Gedichtbüchern zu haben war, konnte ich nichts aus ihm herausbringen. Ich wagte nicht, ihn kräftiger anzupacken, wagte kaum, sein Gedächtnis aufzurütteln, denn ich hatte es mit Erinnerungen von vor tausend Jahren zu tun, ausgesprochen durch den Mund eines jungen Burschen von heute; und ein Bursch von heut' unterliegt jedem wechselnden Eindruck so sehr, daß er unter Umständen lügt, just wenn er die Wahrheit sagen will.

Fast eine Woche lang sah und hörte ich nichts von Charlie. Eines Tages traf ich ihn in der Grace Church Street mit einem Kontobuch bewaffnet. Seine Geschäfte führten ihn über die London-Brücke und ich begleitete ihn. Er tat sehr wichtig mit seinem Buch. Halbwegs über der Themse blieben wir stehen und sahen einem großen Dampfer zu, der große Blöcke braunen und weißen Marmors auslud. Ein Leichterboot trieb unterm Stern des Dampfers hin und eine einsame Kuh stand darin und brüllte. Charlies Gesicht verwandelte sich aus dem eines Bankkommis in das eines unbekannten und – obwohl er das selber nicht geglaubt hätte – viel gescheiteren Mannes. Er schwang seinen Arm über das Geländer und sagte, laut auflachend: »Als sie unsere Stiere brüllen hörten, liefen die Skroelinge davon!«

Ich wartete nur einen Augenblick, aber der Leichter und die Kuh waren hinter dem Bug des Dampfers verschwunden, bevor ich antwortete.

»Charlie, was sind denn eigentlich Skroelinge?«

»Keine Ahnung, habe nie davon gehört. Klingt wie eine neue Art Seemöwen. Komisch, Sie mit Ihren ewigen Fragen! – Ich muß zu dem Kassierer der Omnibusgesellschaft da drüben. Wollen Sie ein bißchen warten, dann können wir irgendwo zusammen frühstücken? Ich habe eine Idee für ein Gedicht.«

»Nein danke. Ich muß fort. Sind Sie sicher, daß Sie nichts von Skroelingen wissen?«

»Nein, wenn's nicht Gäule sind fürs nächste Rennen!« Er nickte mir zu und verschwand im Gedränge.

Nun steht geschrieben in der Sage von Erik dem Roten oder in der vom Thorfin Karlsefne, daß vor neunhundert Jahren, als Karlsefnes Schiffe zu Leifs Hütten kamen, die Leif in dem unbekannten Lande Markland – möglicherweise dem heutigen Rhode Island in den Vereinigten Staaten – gebaut hatte, die Skroelinge – und der Himmel weiß, wer sie sind –, an die Küste kamen, um mit den Wikingern zu handeln, und entsetzt davonliefen, als sie das Gebrüll der Kühe hörten, die Thorfins in seinem Schiff mitgebracht hatte.

Aber was, in aller Welt konnte ein griechischer Galeerensklave von all dem wissen? – Ich wanderte die Straßen auf und ab und versuchte das Rätsel zu lösen; aber je mehr ich grübelte, um so verwirrender wurde es. Eines allein schien gewiß, und diese Gewißheit versetzte mir für einen Augenblick den Atem: wenn sich mir hier überhaupt etwas klar offenbaren sollte, so würde es nicht nur *ein* Leben der in Charlie Mears verkörperten Seele sein, sondern ein halbes Dutzend – ein halbes Dutzend verschiedener, getrennter Existenzen, fern auf blauen Gewässern zur Morgenzeit der Welt.

Ich suchte die Lage zu überblicken. Es stand fest, daß, wenn ich von meinem Wissen Gebrauch machte, ich allein und unerreichbar dastand. Das war doch sehr viel, aber ich war undankbar, wie Menschen sind. Es schien mir ein schreiendes Unrecht, daß Charlies Gedächtnis gerade da versagte, wo ich es am meisten gebrauchte. – Himmlische Mächte! – ich blickte zu ihnen durch den dicken Londoner Nebel empor – wußten denn die Gewalthaber über Leben und Tod nicht, was das für mich bedeutete? Nichts Geringeres als ewigen Ruhm, den ich mit keiner lebenden Seele teilen würde. – Wenn Charlie nur für eine einzige Stunde – für sechzig kurze Minuten – die Erinnerung vergönnt würde an Existenzen, die sich über tausend Jahren erstrecken, so würde ich auf allen materiellen Gewinn und alle Ehre für das, was ich aus seinem Bericht machen würde, verzichten. Ich würde mich gar nicht um das Aufsehen kümmern, das in dem besonderen Winkel der Erde, der sich ›die Welt‹ nennt, entstände. Das ganze Ding mochte meinetwegen anonym erscheinen. Ja, ich würde sogar anderen einreden, daß sie es geschrieben hätten. Priester würden eine neue Ethik daraus ableiten, die die ganze Menschheit von der Todesfurcht zu befreien berufen wäre. Jeder Orientalist in Europa würde sie mit Sanskrit- und Palitexten belegen. Schreckensweiber würden neue Schlagworte für die Emanzipation ihrer Schwestern daraus ziehen. Kirchen und Religionen würden sich darüber in die Haare geraten. Zwischen dem Halten und Wiederanziehen eines Omnibusses stiegen vor meinem Geiste die Katzbalgereien zwischen einem halben Dutzend Heilsverkündern auf, die alle ›die Lehre von der wahren Metempsychose in ihrer Anwendung auf die Welt und die Neue Zeit‹ ausposaunen würden; und ich sah zugleich alle ehrenwerten englischen Tageszeitungen scheu werden wie ein Herde erschreckter Kühe vor der wundervollen Einfachheit der Geschichte. Mein Geist übersprang hundert – zweihundert – tausend Jahre. Ich sah mit Gram, daß die Menschen den Bericht verstümmeln und verhunzen würden; daß rivalisierende Glaubensbekenntnisse darin das Oberste zuunterst kehren würden, bis endlich das gesamte Abendland, das an der Furcht vor dem Tode krampfhafter hängt, als an der Hoffnung auf Leben, ihn beiseite schieben würde als einen interessanten Aberglauben, um einem andern Glauben nachzujagen, der lange genug vergessen gewesen wäre, um wieder neu zu erscheinen.

Daraufhin unterzog ich meine Wünsche an die Gewalthaber über Leben und Tod einer Revision: Laßt mich die Geschichte nur kennenlernen und schreiben mit dem sicheren Wissen, daß ich die Wahrheit schrieb, und ich will das Manuskript als eine feierliche Opferspende verbrennen! Fünf Minuten nach Niederschrift der letzten Zeile will ich alles zerstören. Aber ich muß es mit absoluter Gewißheit schreiben dürfen.

Ich erhielt keine Antwort. Die flammenden Buchstaben eines Plakats zogen meinen Blick auf sich. – Ob es wohl besser war, Charlie in die Hände eines der professiellen Hypnotiseure zu geben, und ob Charlie unter diesem Einfluß von seinen vergangenen Existenzen sprechen würde? Wenn er spräche, und wenn man ihm glauben würde... Aber Charlie würde eingeschüchtert und verwirrt werden, oder das Gefühl seiner Wichtigkeit würde ihm zu Kopf steigen. In jedem Falle würde er, aus Furcht oder Eitelkeit, zu lügen anfangen. Nein, er war am sichersten in meinen Händen.

»Komische Käuze, Ihre Engländer«, sagte eine Stimme halb hinter mir, und mich umwendend, sah ich einen flüchtigen Bekannten vor mir, einen jungen bengalischen Studenten, dessen Vater ihn nach Europa geschickt hatte, damit er sich dort zivilisiere. Der Alte war ein eingeborener Beamter a. D. mit fünf Pfund monatlicher Pension. Damit brachte er es fertig, seinem Sohn jährlich zweihundert Pfund zu geben, die dieser dazu benutzte, sich in London als jüngeren Sohn eines königlichen Hauses aufzuspielen und haarsträubende Geschichten von den brutalen englischen Bürokraten zu erzählen, die den armen Eingeborenen den letzten Tropfen Blut auspressen.

Grish Chunder war ein junger, fetter, stämmiger Bengale, mit peinlicher Sorgfalt gekleidet: Gehrock, helle Hose, Zylinder, braune Handschuhe. Ich hatte ihn in den Tagen gekannt, als die brutale englische Regierung seine Universitätserziehunung bezahlt und er zum Dank der *Sachi-Durpan*[1] wohlfeile Hetzartikel lieferte und mit den Weibern seiner vierzehnjährigen Schulkameraden intrigierte.

»Sehr komisch und sehr blöd«, sagte er, auf das Plakat deutend. »Ich will nach dem Northbrook-Club. Kommen Sie mit?« Ich ging eine Weile neben ihm her. »Sie fühlen sich nicht wohl«, sagte er. »Was haben Sie auf dem Herzen? Sie reden nicht.«

»Grish Chunder, Sie haben zuviel gelernt, um an einen Gott zu glauben, nicht wahr?«

»Oh, ja, *hier!* Aber wenn ich nach Hause komme, muß ich mich dem allgemeinen Aberglauben unterwerfen und die Zeremonien der Reinigung mitmachen und meine Weiber müssen ihre Götzen salben.«

»Un das *Tulsi*[2] aufhängen und den *Purohit*[3] regalieren und wieder in die Kaste kriechen und einen guten *Khuttri*[4] aus sich machen, Sie vorgeschrittener Freidenker. Und Sie werden wieder *Desi*[5] essen und alles lieben, vom Geruch des Haushofs bis zum Senföl, mit dem Sie sich beschmieren.«

[1] »Die Wahrheit«, in Bombay erscheinende Zeitung.

[2] Ein von den Hindus heilig gehaltenes Kraut, das an Festtagen in den Häusern aufgehängt wird.

[3] Ein Priester, der Kaste angehörend, die in den Familien im Hause religiöse Zeremonien verrichtet.

[4] Gläubiger.

[5] Nach den Vorschriften der Religion zubereitete Speise.

»Ich werde es sehr lieben«, sagte Grish Chunder. »Einmal ein Hindu, immer ein Hindu. Aber ich möchte erfahren, was die Engländer zu wissen meinen.«

»Ich will Ihnen sagen, was ein Engländer, den ich kenne, weiß. – Für Sie eine alte Geschichte.«

Ich begann, ihm Charlies Geschichte auf englisch zu erzählen, aber Grish Chunder unterbrach mit einer Frage in seiner Muttersprache, und so ging die Erzählung ganz von selbst in der Sprache weiter, die am besten zu ihm paßte. Ich hätte sie auf englisch auch schließlich niemals zustande gebracht. – Grish Chunder hörte mir zu, von Zeit zu Zeit mit dem Kopf nickend, und kam schließlich mit in meine Wohnung, wo ich die Erzählung beendete.

»*Beshak*«, sagte der philosophisch. »*Lekin darwaza band hai*[1]. Ich habe bei meinen Leuten von solcher Erinnerung an frühere Leben gehört! Bei uns ist es natürlich eine alte Geschichte. Aber bei einem Engländer – einem Kuhfleisch fressenden *Mlechh* – einem Unreinen – bei Zeus, das ist *sehr* merkwürdig!«

»Unrein Sie selber, Grish Chunder! Sie essen alle Tage Kuhfleisch! Wir wollen uns die Sache doch mal überlegen. Der junge Mann erinnert sich seiner Inkarnationen.«

»Weiß er das?« fragte Grish Chunder ruhig, auf meinem Tisch sitzend und mit den Beinen baumelnd. Er sprach jetzt wieder englisch.

»Er weiß gar nichts. Würde ich sonst mit Ihnen reden? Also weiter!«

»Da gibt's gar nichts weiter. Wenn Sie das Ihren Freunden erzählen, werden sie sagen, Sie sind verrückt, und werden es in die Zeitung bringen. Gesetzt nun, Sie klagen wegen Beleidigung ...«

»Lassen wir das jetzt ganz aus dem Spiele. Gibt es eine Möglichkeit, ihn zum Sprechen zu bringen?«

»Es gibt eine Möglichkeit. Oh ja! Aber *wenn* er spräche, würde diese Welt hier jetzt, augenblicklich, zu Ende sein, Ihnen überm Kopf zusammenfallen. Diese Dinge sind nicht statthaft, verstehen Sie. Wie ich sagte, die Tür ist verschlossen.«

»Kein Schatten einer Möglichkeit?«

»Wie wäre das denkbar? Sie sind ein Christ, und es ist verboten, in Ihrem Buch, vom Baume des Lebens zu essen, weil Sie sonst nie sterben würden. Wie könntet ihr den Tod fürchten, wenn ihr alle wüßtet, was Ihr Freund weiß, ohne es zu ahnen? – Ich fürchte mich vor Rippenstößen, aber ich fürchte mich nicht vor dem Tode, weil ich

[1] Ganz klar; aber die Tür ist geschlossen.

weiß, was ich weiß. Ihr fürchtet euch nicht vor Rippenstößen, aber ihr fürchtet euch vor dem Tode. Wenn das nicht wäre, bei Gott! ihr Engländer würdet die ganze Welt in einer halben Stunde über den Haufen werfen, das europäische Gleichgewicht ruinieren und allgemeine Verwirrung anrichten. Es würde nicht gut sein. – Aber keine Angst! Er wird sich nach und nach an immer weniger erinnern und alles für Träume halten. Zu guter Letzt wird er wieder alles vergessen.«

»Bei ihm wäre doch eine Ausnahme von der Regel möglich.«

»Regeln haben keine Ausnahmen. Einige schauen weniger unumstößlich aus als andere, aber bei näherer Betrachtung steht es mit allen gleich. Wenn dieser Freund von Ihnen sagen würde, soundso und soundso, er erinnere sich aller seiner früheren Leben, oder eines Stückchens von *einem* Leben, so würde er keine Stunde länger in der Bank sitzen. Er würde als verrückt entlassen und in ein Irrenhaus gesperrt werden. Das sehen Sie ein, mein Freund.«

»Freilich, aber ich dachte, man brauchte ja seinen Namen gar nicht in der Geschichte zu nennen.«

»Ah so! – Die Geschichte wird nie geschrieben werden. Sie können es ja probieren.«

»Das will ich auch.«

»Auf Ihr Konto und um Geld damit zu verdienen natürlich?«

»Nein, nur um die Geschichte zu schreiben – auf Ehre, aus keinem andern Grunde.«

»Auch dann haben Sie keine Aussichten. Sie können mit den Göttern nicht spielen. Aber die Geschichte ist doch recht hübsch, so wie sie ist. Machen Sie ruhig noch ein bißchen weiter so. Aber beeilen Sie sich. Er wird nicht lange vorhalten.«

»Was meinen Sie damit?«

»Was ich sage. Er hat bis jetzt noch nie an ein Frauenzimmer gedacht.«

»Vielleicht doch.« Ich dachte an gewisse gelegentliche Konfidenzen Charlies.

»Ich meine, kein Frauenzimmer hat an ihn gedacht. Wenn *das* kommt – *bus* – *hogya* – alles weg! Ich kenne das. Frauenzimmer gibt es hier zu Tausenden. Dienstmädchen zum Beispiel, die einen hinter der Tür abküssen.«

Ich empörte mich bei dem Gedanken, daß meine Geschichte durch ein Dienstmädchen ruiniert werden könnte. Und doch war nichts wahrscheinlicher.

Grish Chunder grinste.

»Ja – und andere hübsche Mädchen, Kusinen aus seiner Familie, oder auch nicht aus seiner Familie. *Ein* Kuß, den er erwidert, wird ihn von all diesem Unsinn kurieren – oder aber . . .«

»Oder was? Vergessen Sie nicht, daß er gar nicht weiß, was er weiß.«

Weiß ich alles. – Oder aber, wenn nichts anderes passiert, wird er schließlich in Geld und Geschäften aufgehen wie alle andern. Es muß so kommen. Sie sehen selber, daß es so kommen muß. Aber das Frauenzimmer wird zuerst drankommen, glaube ich.«

In diesem Augenblick klopfte es an die Tür und Charlie stürzte ungestüm herein. Er war früher als sonst aus dem Büro entlassen worden und ich konnte ihm an den Augen ansehen, daß er kam, um recht ausgiebig mit mir zu schwatzen; wahrscheinlich die Tasche voll Gedichte. Charlies Gedichte stellten meine Geduld arg auf die Probe, aber zuweilen brachten sie ihn doch auf die Galeere zu sprechen.

Grish Chunder sah ihn einen Augenblick scharf an.

»Verzeihung«, sagte Charlie enttäuscht, »ich wußte nicht, daß Sie Besuch haben.«

»Ich bin eben dabei, mich zu verabschieden!« sagte Grish Chunder und zog mich mit in den Korridor.

»Das ist Ihr Mann?« sagte er schnell. »Ich kann Ihnen vorher sagen, der wird ihnen nie alles sagen, was Sie zu erfahren wünschen. Das ist Unsinn – dummes Zeug! Aber er wäre ausgezeichnet zum Wahrsagen – Hellsehen. Wenn wir ihm sagten, daß es sich nur um einen Scherz handelt« – ich hatte Grish Chunder noch nie so aufgeregt gesehen – »und ihm Tinte in die Hand gössen. Eh, was meinen Sie? Ich sage Ihnen, er könnte *alles* sehen, was ein Mensch nur sehen kann. Lassen Sie mich Tinte und Kampfer holen. Er ist ein Seher und wird uns alles mögliche sagen.«

»Mag sein, aber ich beabsichtige nicht, ihn ihren Göttern und Teufeln anzuvertrauen.«

»Es wird ihm nichts schaden. Er wird sich nur ein bißchen blöd und konfus fühlen, wenn er aufwacht. Sie haben doch gesehen, wie junge Burschen aus Tinte wahrsagen?«

»Eben deshalb will ich es nicht wieder sehen. Gehen Sie jetzt lieber, Grish Chunder.«

Er ging und während er die Treppe hinabstieg, hörte ich ihn noch klagen, daß ich die einzige Gelegenheit, einen Blick in die Zukunft zu tun, von der Hand gewiesen hätte.

Das ließ mich kalt; mir war nur an der Vergangenheit gelegen. Hypnotisierte Knaben, die aus Spiegeln und Tinte prophezeien, konnten mir nicht dazu helfen. Im übrigen vermochte ich wohl, Grish Chunders Standpunkt zu würdigen.

»Was für ein fetter, schwarzer Kerl das war!« sagte Charlie, als ich zurückkam. »Also jetzt schauen Sie mal, ich habe eben ein Gedicht gemacht, nach dem Essen, anstatt Domino zu spielen. Darf ich es Ihnen vorlesen?«

»Lassen Sie mich selber lesen.«

»Sie bringen die richtige Betonung nicht heraus. Außerdem klingen meine Sachen bei Ihnen immer so, als ob die Reime falsch wären.«

»Gut, lesen Sie. Sie sind genau wie alle anderen Poeten.«

Charlie brachte sein Gedicht zu Gehör, und es war nicht viel schlechter als die übrigen. Er hatte seine Bücher getreulich gelesen, aber es wollte ihm nicht behagen, als ich ihm sagte, daß ich Longfellow ohne Charlie-Zusatz vorzöge.

Dann begannen wir, das Manuskript Zeile für Zeile durchzugehen, wobei Charlie jeden Einwand, jede Änderung zurückwies mit der unerschütterlichen Erwiderung:

»Ja, das mag vielleicht besser sein, aber Sie verstehen nicht, worauf ich hinaus will.«

Auf der Rückseite des Papiers stand etwas mit Bleistift gekritzelt, und ich fragte: »Was ist das?«

»Oh, das ist nichts Gedichtetes. Dummes Zeug, das ich gestern geschmiert habe, ehe ich zu Bett ging. Es war mir zu langweilig, nach Reimen zu suchen, und da habe ich eben so eine Art freie Rhythmen hingeschrieben.«

Hier sind Charlies ›freie Rhythmen‹:

»Wir ruderten für dich, wenn der Wind wider
uns war und die Segel schlaff hingen.
Läßt du uns niemals frei?
Wir aßen Brot und Zwiebeln, während du Städte
nahmst oder eilig an Bord flohst, wenn du
geschlagen wurdest vom Feind.
Die Hauptleute gingen auf Deck hin und her
bei schönem Wetter und sangen Lieder; aber wir
waren unten.
Die Sinne vergingen uns, und das Kinn sank
uns auf die Ruder, du aber merktest es nicht,

denn wir schwangen immer noch hin und her.

Läßt du uns niemals frei?

Das Salz machte die Rudergriffe wie Haifischhaut; unsere Knie wurden zerfressen bis auf die Knochen vom Salz; unser Haar klebte an unsern Stirnen, und unsere Lippen waren zerfressen bis auf die Zähne, und du peitschtest uns, weil wir nicht rudern konnten!

Läßt du uns niemals frei?

Aber über ein kleines werden wir durch die Luken verschwinden, wie das Wasser, das die Ruder entlang läuft, und wenn du auch den andern befiehlst, hinter uns her zu rudern, du wirst uns nicht einholen, ehe du nicht das Flugwasser der Ruder fängst und den Wind festbindest im Bauch des Segels. Aho!

Läßt du uns niemals frei?«

»Hm. Was ist denn Flugwasser, Charlie?«

»Das Wasser, das von den Rudern heraufspritzt. – Wissen Sie, das ist so ein Lied, wie sie es auf den Galeeren singen könnten. Werden Sie denn unsere Geschichte nicht endlich mal fertig machen und mir etwas von dem Honorar geben?«

»Das hängt ganz von Ihnen ab. Wenn Sie mir nur gleich zu Anfang etwas mehr von Ihrem Helden erzählt hätten, so könnte ich jetzt schon fertig sein. Aber ihre Ideen sind alle so verschwommen.«

»Ich will Ihnen bloß die allgemeine Idee geben, das Herumfahren von einem Ort zum andern, und die Kämpfe und so weiter. Können Sie denn das übrige nicht selber ausfüllen? Lassen Sie doch den Helden ein Mädchen von einem Piratenschiff retten und heiraten – oder so was!«

»Sie sind wirklich ein ausgezeichneter Mitarbeiter. Ich vermute, der Held hat doch wohl noch ein paar Abenteuer durchgemacht, ehe er heiratete.«

»Also gut, machen Sie einen recht gerissenen Fuchs aus ihm – einen gemeinen Kerl – so eine Art Politiker, der überall Verträge schloß, um sie nachher wieder zu brechen – einen schwarzhaarigen Hund, der hinter den Mast kroch, wenn der Kampf losging.«

»Aber neulich haben Sie doch gesagt, daß er rote Haare hatte!«

»Das kann ich unmöglich gesagt haben. Schwarzhaarig muß er sein. Selbstverständlich! Sie haben keine Phantasie.«

Angesichts des Umstandes, daß ich ja gerade jetzt alle die Grundlagen der irrtümlich so genannten Einbildungskraft – in Wahrheit Halberinnerung – entdeckt hatte, fühlte ich mich einigermaßen berechtigt, zu lachen, unterdrückte es aber der Geschichte zuliebe.

»Sie haben recht. *Sie* sind der Mann mit der Phantasie. Also ein schwarzhaariger Kerl in einem gedeckten Schiff«, sagte ich.

»Nein, ein offenes Schiff – wie ein großes Boot.«

Das war zum Tollwerden.

»Ihr Schiff ist doch geschlossen und gedeckt, das steht doch fest. Sie haben es doch selber so gesagt«, protestierte ich.

»Nein, nein, nicht *dieses* Schiff. Das war offen oder halbgedeckt, weil – das heißt, wahrhaftig, Sie haben recht! Ich dachte mir den Helden als einen roten Kerl. – Natürlich, wenn er rothaarig ist, müßte auch das Schiff offen sein mit bemalten Segeln!«

Jetzt dachte ich, muß er sich besinnen, daß er mindestens auf zwei Galeeren gedient hat – einem griechischen Dreidecker unter dem schwarzhaarigen ›Politiker‹, und dann in der offenen Seeschlange eines Wikings, unter dem Mann, ›rot wie ein roter Bär‹, der nach Markland fuhr. Der Teufel verführte mich zu sagen: »Warum natürlich, Charlie?«

»Ich weiß nicht. Sie wollen sich wohl über mich lustig machen?«

Der Strom war, zunächst wenigstens unterbrochen. Ich nahm ein Notizbuch heraus und tat, als ob ich mir allerhand aufschriebe.

»Es ist ein Vergnügen, mit einem so phantasievollen Menschen zu arbeiten wie Sie«, begann ich nach einer Pause. »Die Art, wie Sie den Charakter des Helden herausgebracht haben, ist einfach wundervoll.«

»Wirklich?« sagte er, vor Vergnügen errötend. »Ich habe mir schon oft gesagt, daß mehr in mir steckt, als meine Mutt – als die Leute glauben!«

»Es steckt eine Unmenge in Ihnen.«

»Dann lassen Sie mich doch einen Aufsatz über ›Das Leben eines Bankbeamten‹ an ›Tit-Bits‹ schicken, damit ich den Zehnpfundpreis dafür bekomme.«

»Das meinte ich nicht gerade damit, mein guter Freund. Wäre es nicht besser, wir warteten damit und brächten erst die Galeerengeschichte in Gang?«

»Ah, aber davon habe ich nichts. ›Tit-Bits‹ würden meinen Namen und meine Adresse veröffentlichen, wenn ich gewinne. Was lachen Sie denn? Das *würden* sie.«

»Jawohl, ich weiß. Wie wär's wenn Sie jetzt einen kleinen Spaziergang machten? Ich möchte gern meine Notizen durchsehen.«

Also dieser unverbesserliche Jüngling, der jetzt eben, ein wenig gekränkt, von mir fortging, war möglicherweise einer von der Mannschaft der ›Argo‹ gewesen – ein Sklave oder Kampfgenosse von Thorfin Karlsefne. Deshalb war er jetzt für Preisausschreiben begeistert! Ich dachte an das, was Grish Chunder gesagt hatte, und mußte laut lachen. Die Gewalt haben über Leben und Tod, würden Charlie Mears niemals erlauben, mit voller Erkenntnis von seinen Vergangenheiten zu sprechen, und ich war darauf angewiesen, das, was er mir gesagt hatte, mit meinen eigenen kümmerlichen Erfindungen auszuflicken, während Charlie Artikel über das Leben der Bankbeamten schrieb.

Ich nahm alle meine Notizen und stellte sie zusammen; und der Reinertrag war nicht sehr ersprießlich. Ich las sie zum zweitenmal. Es war nichts darin, was man nicht aus anderer Leute Bücher hätte zusammentragen können – mit Ausnahme etwa von dem Kampf im Hafen. Die Abenteuer eines Wikings sind schon oft erzählt worden, die Geschichte eines griechischen Galeerensklavens war auch nichts Neues. Wenn ich auch beides schrieb, wer konnte die Wahrheit meiner Angaben bestreiten oder bestätigen? Ebenso konnte ich eine Geschichte schreiben, die in zweitausend Jahren spielen würde.

Obgleich ich von alledem überzeugt war, konnte ich von der Erzählung nicht lassen. Begeisterung und Widerwille lösten einander ab, nicht einmal, sondern zwanzigmal in den nächsten paar Wochen. Meine Laune wechselte mit der Märzsonne und den flüchtigen Wolken. Bei Nacht oder in der Herrlichkeit eines Frühlingsmorgens war ich überzeugt, daß ich die Geschichte schreiben und Berge versetzen würde; an regnerischen, windigen Nachmittagen schien mir, daß ich die Geschichte allerdings schreiben könnte, daß es aber schließlich doch nichts anderes werden würde als ein unechtes, überlackiertes Machwerk, so ein Ding mit künstlichem Rost, wie in den Antiquitätenläden von Wardour Street. Dann rief ich allen Zorn des Himmels auf Charlie herab – obwohl es nicht seine Schuld war.

Er schien mit Preisschriften stark beschäftigt zu sein, und ich bekam ihn immer seltener zu sehen, indes die Wochen hingingen und die Erde sich regte und dem Frühling entgegenreifte und die Knospen in ihren Hüllen schwollen. Er machte sich nichts mehr daraus, zu lesen oder von dem Gelesenen zu reden, und ein neuer Ton von

Selbstgefälligkeit klang aus seiner Stimme. Ich hatte kaum noch Lust, ihn an die Galeeren zu erinnern, wenn wir uns trafen; aber er selbst kam häufig darauf zurück und jedesmal nur wie auf ein Geschäft, aus dem sich Geld schlagen ließ.

»Ich denke doch, daß mir mindestens fünfundzwanzig Prozent zukommen, nicht wahr?« sagte er mit schöner Offenheit. »Die Ideen habe ich doch alle geliefert?«

Diese Geldgier war eine neue Seite in seinem Charakter. Ich nahm an, daß sie durch das Leben in der City entstanden war, wo er sich auch den merkwürdigen näselnden gedehnten Tonfall des halbgebildeten Citymanns beigelegt hatte.

»Wenn die Sache fertig ist, wollen wir darüber reden. Augenblicklich kann ich gar nichts damit anfangen. Ich weiß noch nicht einmal, ob der Held rothaarig oder schwarzhaarig ist.«

Er saß beim Feuer und starrte in die Glut. »Ich kann nicht begreifen, was Sie dabei so schwierig finden; mir ist alles so klar wie nur etwas«, antwortete er. Ein Gasstrahl puffte zwischen den Scheiten hervor, fing Feuer und summte leise. »Wir wollen einmal die Abenteuer des rothaarigen Helden zuerst nehmen, von der Zeit an, wo er nach Süden kam und meine Galeere nahm und nach den Buchen segelte.«

Ich hütete mich wohl, Charlie jetzt zu unterbrechen. Ich hatte weder Papier noch Feder zur Hand, aber ich wagte nicht, mich zu rühren, aus Furcht, den Strom zu unterbrechen. Die Stichflamme puffte und winselte, Charlies Stimme sank fast zu einem Geflüster herab, und er erzählte von der Fahrt einer offenen Galeere nach Furdurstrandi, von Sonnenuntergängen auf hoher See, Abend für Abend erschaut unter der Wölbung des Segels, wenn der Schnabel des Schiffs in die Mitte der sinkenden Scheibe schnitt; und ›danach steuerten wir, denn einen anderen Führer hatten wir nicht‹, sagte Charlie. Er sprach von einer Landung auf einer Insel und von Streifzügen in ihre Wälder, wo die Mannschaft drei Männer tötete, die sie unter den Fichten schlafend fanden. Ihre Geister, sagte Charlie, folgten der Galeere, schwimmend und gurgelnd im Wasser, und die Mannschaft warf Lose und warf einen der Ihren über Bord, zum Opfer für die fremden Götter, die sie beleidigt hatten. Dann aßen sie Seegras, als ihre Lebensmittel ausgingen, und ihre Beine schwollen an, und ihr Führer, der Rothaarige, tötete zwei von den Ruderknechten, die meuterten; und nachdem sie ein Jahr in den Wäldern zugebracht hatten, setzten sie Segel nach ihrem Heimatlande, und ein unablässiger Wind trug sie zurück so sicher, daß sie alle schliefen bei Nacht.

Dies und noch vieles andre erzählte Charlie. Mitunter wurde die Stimme so leise, daß ich die Worte kaum hören konnte, obgleich jeder Nerv gespannt war. Er sprach von ihrem Führer, dem Rothaarigen, wie ein Heide von seiner Gottheit spricht; denn er war es, der ihnen Mut machte, oder sie tötete, unparteiisch, wie er es just zu ihrem Besten für nötig hielt; und er war es, der sie drei Tage lang sicher durch treibendes Eis hindurchsteuerte, jede Scholle voll fremdartiger Bestien – ›die mit uns segeln wollten‹, sagte Charlie, »und wir schlugen sie mit den Rudern zurück.«

Die kleine Gasflamme im Kamin erlosch, ein ausgebrannter Scheit gab nach, und das Feuer sank knisternd zusammen. Charlie hörte auf zu sprechen, und ich sagte kein Wort.

»Herr Gott!« rief er endlich, den Kopf schüttelnd, »ich habe in das Feuer gestarrt, bis ich ganz wirr geworden bin. Was wollte ich doch gleich sagen?«

»Etwas über die Galeerengeschichte.«

»Ach ja. Fünfundzwanzig Prozent bekomme ich, nicht wahr?«

»Sie sollen haben, was Sie wollen, wenn ich mit der Geschichte fertig bin.«

»Ich wollte das nur bestimmt wissen! Ich muß jetzt gehen. Ich habe . . . ich habe eine Verabredung.« Und er verließ mich.

Wären meine Augen nicht verblendet gewesen, so hätte ich wohl erkannt, daß dieses gebrochene Gemurmel überm Feuer der Schwanengesang von Charlie Mears gewesen war. Aber ich hielt es für das Vorspiel zu vollerer Offenbarung. Endlich, endlich würde ich die Mächte über Leben und Tod überlisten!

Als Charlie das nächste Mal zu mir kam, empfing ich ihn mit großer Wärme. Er war nervös und verlegen. Aber seine Augen leuchteten, und seine Lippen waren halb geöffnet.

»Ich habe ein Gedicht gemacht«, sagte er, und dann hastig: »Es ist das Beste, was ich jemals geschrieben habe. Lesen Sie.« Er drückte es mir in die Hand und zog sich an das Fenster zurück.

Ich stöhnte innerlich. Das kostete wieder eine halbe Stunde, das Produkt zu kritisieren – will sagen zu loben – und Charlies Ehrgeiz zu befriedigen. Diesmal hatte ich besonderen Grund, zu stöhnen, denn Charlie hatte diesmal sein sonst beliebtes vielfüßiges Versmaß aufgegeben und sich auf ein kürzeres, abgehacktes Gereimsel eingelassen, hinter dem überdies ein besonderes Motiv lauerte. Ich las:

»Der Tag ist schön, der frische Wind
Bläst lustig hinter dem Hügel,
Es braust der Wald, daß laut es schallt,
Wohl unter seinem Flügel.
Wehe, o Wind, nur immerfort,
Denn mich auch treibt es von Ort zu Ort!
Sie gab mir ihr Herz, o Erde, o Luft,
O graue See, sie ist meine!
Ihr düstern Felsen, vernehmet mein Glück,
Freut euch mit mir, obwohl ihr nur Steine!
Mein! sie ist mein, o Erde braun,
Schmück dich, der Lenz ist erschienen,
Schmück dich, um meiner Liebe nun
Mit der Zier deiner Felder zu dienen,
Daß der Bauer selbst, der die Pflugschar führt,
Mein junges Glück im Herzen spürt!«

»Ja, ja, junges Glück, ohne Zweifel«, sagte ich ahnungsvollen Gemüts.

Charlie lächelte, aber erwiderte nichts.

»Das Abendrot verkünd' es der Welt,
Und die Sonne soll es bescheinen:
Sieger bin ich! Gebieter und Held
Über das Herz der Einen!«

»Nun?« fragte Charlie, mir über die Schulter schauend.

Ja – nun. Ich würgte noch an der Dichtung, als mir Charlie schweigend eine Fotografie auf das Papier schob – die Fotografie eines Mädchens mit Lockenkopf und Kirschenmund.

»Ist sie nicht – ist sie nicht wundervoll?« flüsterte er rosig erglühend bis an die Ohrenspitzen vom Mysterium erster Liebe. »Ich wußte nicht – ich dachte nicht – es kam wie ein Blitz aus heiterem Himmel!«

»Ja, es kommt wie ein Blitz aus heiterem Himmel! Sind Sie sehr glücklich, Charlie?«

»Mein Gott – sie – sie liebt mich!« Er setzte sich und wiederholte die Worte mehrere Male für sich. – Ich schaute auf das Milchgesicht, die schmalen Schultern, schon von der Arbeit am Pult gebeugt – und ich fragte mich, wann, wo und wie er wohl in seinem früheren Leben geliebt haben mochte?

»Was wird ihre Mutter sagen?« fragte ich jovial.

»Mir verdammt gleichgültig, was sie sagt!«

Mit zwanzig Jahren ist die Liste der Dinge, die einem verdammt gleichgültig sind, ziemlich umfangreich: aber die Mutter sollte nicht dazu gehören. Ich sagte ihm das freundlich, und er gab mir eine Beschreibung von Ihr, so glühend, wie Adam den neu benannten Tieren im Paradies die Herrlichkeit und Lieblichkeit und Schönheit Evas beschrieben haben mag. Ich hörte beiläufig, sie sei in einem Zigarrenladen angestellt, liebe schöne Kleider und habe ihm schon vier- oder fünfmal versichert, daß sie noch nie von einem Mann geküßt worden sei.

Charlie redete weiter und weiter und weiter; indes ich, durch Tausende von Jahren von ihm getrennt, über den Ursprung der Dinge sann. Jetzt verstand ich, warum die Mächte über Leben und Tod die Pforten hinter uns so sorgfältig verschließen: nämlich, damit wir nicht unser erstes wonniges Liebesgirren im Gedächtnis behalten. Wäre dem nicht so, so würde die Welt in hundert Jahren ohne Bewohner sein.

»Nun, und jetzt unsere Galeerengeschichte«, sagte ich noch jovialer bei der ersten Pause.

Charlie schaute auf, als ob ihn etwas gestochen hätte. »Die Galeere? Was für eine Galeere? Um Gottes willen, machen Sie keine Witze! Die Sache ist ernst! Sie glauben gar nicht wie ernst!«

Grish Chunder hatte recht: Charlie hatte Frauenliebe gekostet, Frauenliebe, die alle Erinnerungen tötet.

Und so kommt es, daß die schönste Geschichte der Welt niemals geschrieben werden wird.

Aus dem Englischen übersetzt von Hans Reisinger

Arkadi & Boris Strugazki

Arkadi (geb. 1925) und Boris (geb. 1933) Strugazki (Strugackij), die stets gemeinsam als Verfasser zeichnen, sind unbestritten die wichtigsten SF-Autoren der Sowjetunion. Arkadi Strugazki ist Linguist, Orientalist und Übersetzer und lebt in Moskau, während Boris als Astronom Mitarbeiter des Rechenzentrums der Sternwarte Pulkowo ist und in Leningrad lebt. Sie arbeiten beide in ihren Berufen und schreiben in ihrer Freizeit Science Fiction. Mit einer Reihe von Romanen, die in zahlreiche Sprachen übersetzt wurden, haben sie sich weltweit einen Namen gemacht. Das in der Science Fiction leider nicht immer anzutreffende Zusammenwirken von naturwissenschaftlich-technischem Wissen und stilistischem Können ist in ihrem Werk ideal gegeben. Die beiden Autoren sind längst über den engen thematischen und ideologischen Spielraum, der für die SF nur die Schilderung einer positiven Zukunft mit friedfertigen Menschen vorsieht, hinausgewachsen. Dabei sind die Strugazkis nicht weniger, sondern eher stärker gesellschaftlich und humanistisch engagiert als die russischen Kollegen. Ihr erster Roman, ›Strana bagrovych tuč‹ (deutsch: ›Atomvulkan Golkonda‹) erschien 1959. Es folgten Romane wie ›Dalekaja raduga‹ (1963; deutsch: ›Der ferne Regenbogen‹), ›Trudna byt' bogom‹ (1964; ›Es ist nicht leicht, ein Gott zu sein‹), ›Ulitka na sklone‹ (1966/68; deutsch: ›Die Schnecke am Hang‹) und ›Za milliard let do konza sveta‹ (1976/77; deutsch: ›Milliarden Jahre vor dem Weltuntergang‹). Der vorliegende Roman ›Der Knirps‹ (›Malyš‹, in der DDR unter dem Titel ›Die dritte Zivilisation‹ erschienen) stammt aus dem Jahre 1973.

Von Arkadi und Boris Strugazki erschienen folgende Titel in der Reihe HEYNE SCIENCE FICTION & FANTASY:

Es ist nicht leicht, ein Gott zu sein · Band 3318
Atomvulkan Golkonda · Band 3377
Der ferne Regenbogen · Band 3497
Milliarden Jahre vor dem Weltuntergang · Band 3809
Die häßlichen Schwäne · (in Vorbereitung)

Arkadi & Boris Strugazki

Der Knirps

1

Leere und Stille

»Weißt du«, sagte Maja, »irgendwie habe ich ein dummes Gefühl…«

Wir standen neben dem Gleiter, sie sah hinunter auf ihre Füße und hackte mit dem Stiefelabsatz auf dem gefrorenen Sand herum.

Ich wußte nicht, was ich ihr darauf antworten sollte. Ich für meinen Teil hatte zwar keine solchen ›Vorahnungen‹, doch behaglich fand ich es hier auch nicht gerade. Blinzelnd sah ich zum Eisberg hinüber. Wie ein gigantischer Zuckerklumpen erhob er sich über dem Horizont, ein blendendweißer schartiger Stoßzahn, sehr kalt, sehr unbeweglich und sehr gleichförmig in seinem bläulichen Weiß, ohne das sonst übliche malerische Flimmern und Schillern. Vor hunderttausend Jahren hatte es ihn an dieses flache, schutzlose Gestade verschlagen, und es war ihm anzusehen, daß er auch die kommenden Jahrmillionen unverändert hier zu verharren gedachte, all seinen Brüdern zum Trotz, die rastlos im offenen Ozean drifteten. Der Strand, graugelb, kahl und von Myriaden glitzernder Reifkörnchen funkelnd, breitete sich zu seinen Füßen, und dahinter, rechts von uns, lag der Ozean, stahlgrau, den Geruch erkalteten Metalls verströmend, die Wasseroberfläche ab und an von einem leichten Schauer gekräuselt, zum Horizont hin tuscheschwarz und insgesamt unnatürlich leblos. Zur linken Seite, wo sich ein Sumpf und heiße Quellen befanden, stieg ein grauer, vielschichtiger Nebel auf, hinter dem man verschwommen spitze Hügelkuppen erahnte, und in der Ferne schließlich türmten sich steile, dunkle Felsen übereinander, hier und da von Schnee bedeckt. Diese Felsen zogen sich am Ufer hin, so weit das Auge reichte, und über ihnen, an einem wolkenlosen, doch gleichfalls freudlosen, eisig-grauvioletten Himmel, stieg eine winzige lilafarbene und kalte Sonne auf.

Vanderhoeze kletterte aus dem Gleiter, stülpte sich eilig die Fellkapuze über und kam zu uns heran.

»Ich bin soweit«, sagte er. »Wo ist Komow?«

Maja zuckte kurz die Achseln und hauchte in die erstarrten Hände.

»Bestimmt wird er gleich hier sein«, sagte sie zerstreut.

»Wo wollt ihr denn heute hin?« erkundigte ich mich bei Vanderhoeze. »Zum See?«

Der warf den Kopf leicht nach hinten, schob die Unterlippe vor und betrachtete mich träge über seine Nasenspitze hinweg. Es war eine Haltung, die ihn einem bejahrten Kamel mit rötlichen Bartstoppeln ähnlich machte.

»Ich weiß, du langweilst dich allein hier«, sagte er teilnahmsvoll. »Trotzdem wirst du's auf dich nehmen müssen. Was meinst du?«

»Mir bleibt wohl nichts anderes übrig.«

Vanderhoeze bog den Kopf noch weiter zurück und schaute, erneut in der Art eines hoffärtigen Kamels, zum Eisberg hinüber.

»Tja«, sagte er seufzend, »das hier besitzt zwar alles große Ähnlichkeit mit der Erde, aber sie ist es eben nicht. Das ist das ganze Elend. Dauernd fühlt man sich von diesen erdenähnlichen Welten betrogen. Freilich kann man sich auch daran gewöhnen. Was meinst du, Maja?«

Das Mädchen gab keine Antwort. Entweder hatte sie heute einen trüben Tag erwischt, oder sie war aus irgendeinem Grund wütend. Jedenfalls kam so was bei ihr immer mal vor, wir kannten das schon.

Hinter uns öffnete sich mit leisem Klicken die Luke des Raumschiffs, und Komow kletterte eilig heraus. Hastig, im Gehen den Pelz zuknöpfend, kam er auf uns zu und fragte abgehackt: »Fertig?«

»Fertig«, erwiderte Vanderhoeze. »Wo geht's denn heute hin, Gennadi? Wieder zum See?«

»Ja«, sagte Komow und machte sich am Halsverschluß zu schaf-

fen. »Soviel ich weiß, Maja, haben Sie heute Quadrat vierundsechzig. Meine Punkte: Westufer des Sees, Höhe sieben, Höhe zwölf. Genaueres legen wir unterwegs fest. Popow, Sie geben bitte die Funksprüche durch; ich habe sie in der Steuerkabine hinterlegt. Verbindung mit mir über den Gleiter. Rückkehr um achtzehn null null Ortszeit. Im Falle einer Verspätung geben wir Nachricht.«

»Alles klar«, sagte ich ohne große Begeisterung; die Anspielung auf eine mögliche Verspätung gefiel mir ganz und gar nicht.

Maja ging wortlos zum Gleiter. Komow, der mit seinem Verschluß endlich zu Rande gekommen war, folgte ihr. Vanderhoeze gab mir einen freundschaftlichen Klaps auf die Schulter und sagte: »Gaff nicht so viel in dieser gottverdammten Gegend herum. Bleib lieber schön zu Hause sitzen und lies was, das schont die Nerven.«

Dann kletterte er in aller Gemütsruhe in den Gleiter, machte es sich im Fahrersitz bequem und winkte mir zu. Auch Maja winkte mir und ließ sich zu einem Lächeln herab. Komow, den Blick unbestimmt in die Ferne gerichtet, bedachte mich mit einer Art Nicken. Dann erlosch das Licht im Fahrzeug, und ich konnte sie nicht mehr sehen. Der Gleiter setzte sich lautlos in Bewegung, schoß pfeilschnell vorwärts und in die Höhe. Er wurde von Sekunde zu Sekunde kleiner, bis er als winziger schwarzer Punkt verschwand, so als hätte es ihn nie gegeben. Ich war allein.

Eine Zeitlang blieb ich stehen, die Hände tief in die Taschen meines Fellmantels vergraben. Ich sah dem Treiben der Kyber, meiner Zöglinge, zu. Im Laufe der Nacht hatten sie redlich geschuftet, waren sogar abgemagert, schmal geworden. Jetzt aber schluckten sie, die Energiekollektoren weit aufgerissen, gierig die fahle Lichtbrühe, mit der der kümmerliche violette Himmelskörper sie fütterte. Nichts anderes kümmerte sie im Augenblick. Sie hatten keinerlei Verlangen sonst, nicht einmal nach mir. Zumindest nicht, solange ihr Programm reichte. Gewiß, der plumpe Dickwanst Tom ließ jedesmal sein rubinrotes Stirnsignal aufleuchten, wenn ich in seinen Gesichtskreis kam, und das konnte man mit etwas guten Willen als eine Art Begrüßung auslegen, als eine höflich-zerstreute Verbeugung. Aber ich wußte, es besagte nichts weiter als: »Bei mir und den anderen ist alles in Ordnung, wir machen unsere Arbeit; gibt es neue Anweisungen?« Und da ich keine neuen Anweisungen für sie hatte, war um mich her nur eine große Leere sowie viel, sehr viel Stille.

Aber es war nicht die wattige Stille eines Akustiklabors, die einem die Ohren verstopft, nicht die wundersame Stille eines Vorstadtabends, die erfrischt und das Gehirn angenehm durchspült, die den inneren Frieden gibt und einen eins werden läßt mit allem Schönen, was auf Erden existiert. Es war eine Lautlosigkeit besonderer Art – durchdringend und glasklar wie ein Vakuum, eine Ruhe, die die Nerven aufpeitschte, eine Stille, wie sie nur in einer riesigen völlig toten Welt herrschen konnte.

Ich sah mich gehetzt um, wenn man so etwas überhaupt von sich selbst behaupten kann. Wahrscheinlich wäre es besser, einfach zu sagen: Ich sah mich um. Aber die Wahrheit war: Ich sah mich nicht schlechthin, sondern tatsächlich gehetzt um. Die Roboter waren lautlos am Werk. Lautlos gleißte die lilafarbene Sonne am Himmel. Nein, das konnte mit mir nicht mehr so weitergehen.

Ich mußte etwas tun. Zum Beispiel mich endlich einmal aufraffen und mir den Eisberg aus der Nähe anschauen. Ungeachtet dessen, daß zwischen ihm und mir an die fünf Kilometer lagen und sich der Diensthabende laut Instruktion nicht weiter als hundert Meter vom Schiff entfernen durfte. Unter anderen Bedingungen wäre die Versuchung, gegen die Vorschriften zu verstoßen, gewiß auch sehr groß gewesen, doch hier? Hier konnte ich mich auf fünf, ja sogar auf hundertfünfundzwanzig Kilometer entfernen, ohne daß sich dadurch etwas ändern würde. Weder mir noch dem Schiff würde etwas zustoßen, gar nicht zu reden von den übrigen Raumschiffen, die – ein gutes Dutzend – südlich von mir über alle Klimazonen des Planeten verteilt waren. Aus dem knorrigen Gestrüpp da vorn würde kein blutrünstiges Ungeheuer stürzen, um mich mit Haut und Haaren zu verschlingen – hier gab es keine Ungeheuer. Es war vom Ozean kein wütender Taifun zu erwarten, der das Schiff hochreißen und es gegen die finsteren Felsen schleudern würde – hier hatte man noch nie auch nur die Andeutung eines Sturms oder Erdbebens registriert. Schließlich war auch ein dringlicher Anruf vom Stützpunkt ausgeschlossen, ein biologischer Alarm etwa – hier war ein solcher Alarm unmöglich, denn auf diesem Planeten gab es nicht die geringste Spur von Viren oder Bakterien, die dem Menschen gefährlich werden konnten. Nichts, gar nichts existierte auf diesem Planeten außer dem Ozean, den Felsen und zwergwüchsigen Bäumen. Eine Übertretung der Vorschriften war ohne jeden Reiz.

Genauso reizlos übrigens, wie die Instruktionen zu befolgen. Auf jedem ordentlichen, biologisch aktiven Planeten wäre es ein

Unding, daß ich noch am dritten Tag nach der Landung so müßig, die Hände in den Taschen, herumlungerte. Woanders würde ich jetzt vielmehr wie besessen herumrennen. Da müßte der Wach- und Erkundungskyber aufgeladen, programmiert, in Gang gesetzt und stündlich kontrolliert, da müßte eine Zone der Absoluten Biologischen Sicherheit rund um das Schiff wie auch um den gesamten Bauplatz geschaffen werden. Diese ZABS wäre gegen Gefahren von unten, aus dem Erdboden, abzusichern, und alle zwei Stunden würden sich eine Kontrolle sowie ein Wechsel der Filter notwendig machen: der Außenbordfilter ebenso wie auch der für innen und für den persönlichen Bedarf. Eine Sammelstelle für sämtliche Abfallprodukte einschließlich der verbrauchten Filter müßte eingerichtet werden, und alle vier Stunden müßte man die Sterilisierung, Entgasung und Desaktivierung der Robotersteuersysteme vornehmen. Hinzu käme das kontinuierliche Sichten aller Informationen, die von den medizinischen Kybern außerhalb der ZABS gesammelt wurden. Und dann noch der übliche Kleinkram: Wettersonden, seismographische Erkundung, Höhlenerforschung, Taifune, Lawinen, Karstverschiebungen, Waldbrände, Vulkanausbrüche und dergleichen mehr.

Ich stellte mir diese Situation vor: wie ich den dicken Tom einer Generalprüfung unterzog; ich im Skaphander, verschwitzt, unausgeschlafen, überarbeitet und abgestumpft, der Erkundungskyber mit seiner Beharrlichkeit eines Idioten, der mir den Nerv tötete, indem er wohl schon zum zwanzigsten Mal wiederholte, aus einem Wasserloch in der Nähe sei ein grausiger gesprenkelter Frosch einer ihm bisher unbekannten Art zum Vorschein gekommen. Ich stellte mir auch vor, wie ich dasaß und in den Kopfhörern das unablässige Alarmsignal der medizinischen Kyber vernahm, die über die Maßen erregt waren, weil ein heimisches Virus eine ungewöhnliche Reaktion auf die Baltermanzprobe gezeigt hätte und folglich, zumindest theoretisch, die Bioblockade durchbrechen könnte. Vanderhoeze würde unterdessen im Schiff sitzen, wie es ihm als Kommandant und Arzt geziemte, und mich besorgt davon unterrichten, daß die Gefahr bestünde, in einer Erdspalte zu versinken. Komow dagegen würde mit eiserner Ruhe über Funk durchgeben, daß der Motor des Gleiters von kleinen, ameisenähnlichen Insekten völlig zerfressen sei und daß diese lieben Tierchen sich gerade über seinen Skaphander hermachten. Uff! Obwohl man mich auf einen solchen Planeten gewiß gar nicht erst mitgenommen hätte. Mich hatte man wohlweislich auf einen Planeten geschickt, für den die Instruktionen nicht geschrieben waren. Weil man auf sie verzichten konnte.

Vor der Einstiegsluke machte ich halt, schüttelte die Sandkörnchen von den Schuhsohlen und blieb noch einen Augenblick lang stehen, die Hand am warmen Schiffsrumpf, der zu atmen schien. Schließlich betätigte ich den Einstiegsmechanismus. Im Schiff war es gleichfalls sehr still, doch diesmal handelte es sich um eine häusliche Ruhe, die Stille einer leeren und behaglichen Wohnung. Ich warf den Fellmantel ab und ging gleich zur Steuerzentrale hinüber. An meinem Steuerpult hielt ich mich gar nicht erst auf – ich erkannte auf den ersten Blick, daß alles in Ordnung war –, sondern setzte mich sofort an den Sender. Die Funksprüche lagen auf dem Tischchen. Ich aktivierte den Datenanschluß und begann den Text einzugeben. Im ersten Funkspruch übermittelte Komow einige eventuell in Frage kommende Koordinaten für die künftigen Siedlungen an den Stützpunkt, berichtete, daß sie gestern Fischbrut im See ausgesetzt hatten und riet Kitamura, mit den Kriechtieren nichts zu übereilen. Diese Meldung war mehr oder weniger verständlich, aus dem zweiten, für die Informationszentrale bestimmten Funkspruch jedoch konnte ich nicht schlau werden. Ich begriff lediglich, daß Komow dringend Angaben über den Y-Faktor bei binormalen Humanoiden mit einem schrecklich langen Index benötigte, einen Faktor, der sich im allgemeinen aus neun Ziffern und vierzehn griechischen Buchstaben zusammensetzte. Das war die reinste und finsterste Xenopsychologie, von der ich, wie übrigens jeder gewöhnliche Humanoid mit dem Index Null, nicht einen Deut verstand. Das war freilich auch nicht nötig.

Als der Text gespeichert war, schaltete ich das Dienstnetz ein und gab alle Mitteilungen in einem einzigen Impuls durch. Anschließend trug ich die Funksprüche ins Bordbuch ein. Dabei überlegte ich, daß es auch für mich an der Zeit wäre, meinen ersten Bericht zu schreiben. Das heißt, was man so Bericht nennen konnte … ›Gruppe ER-2, Bauarbeiten nach Schema 15 zu soundso viel Prozent erfüllt, Datum, Unterschrift.‹ Aus, Punkt. Ich erhob mich und ging zu meinem Pult hinüber, um einen Blick auf den Stand der Erfüllung zu werfen, und schlagartig begriff ich, wieso es mich zu dem Bericht gedrängt hatte. Es ging weniger um den Rapport als um die Tatsache, daß ich, ein nun schon erfahrener Kybertechniker, eine Stockung des Arbeitsprozesses gewittert hatte, noch ehe etwas zu hören oder zu sehen war. Ein Blick auf die Arbeitsschirme zeigte mir, daß Tom abermals, wie am Vortag, urplötzlich und ohne jeden ersichtlichen Grund stehengeblieben war. Ärgerlich betätigte ich die Kontrolltaste: »Was ist los?« Und wie tags zuvor erlosch das Haltesignal augenblicklich, wogegen das rubinrote Lämpchen auf Toms Stirn aufleuchtete: »Bei uns ist alles in Ordnung, wir gehen unserer Arbeit nach; gibt es neue Anweisungen?« Ich gab ihm den Befehl, seine Tätigkeit wiederaufzunehmen, und schaltete den Stereobildschirm ein. Jack und Rex schufteten, was das Zeug hielt, und auch Tom setzte sich in Bewegung, freilich irgendwie seltsam, zur Seite geneigt. Kurz darauf richtete er sich jedoch wieder gerade auf.

»Na, Bruderherz«, sagte ich laut, »du bist wohl überarbeitet. Ich werde dich mal gründlich reinigen müssen.« Ich warf einen Blick in Toms Arbeitsbuch. Die Prophylaxe für ihn war auf heute abend angesetzt. »Gut, es wäre gelacht, wenn wir dich nicht bis zum Abend durchschleppen würden.«

Tom erwiderte nichts darauf. Einige Zeit sah ich den Robotern noch bei der Arbeit zu, dann schaltete ich den Bildschirm aus. Der Eisberg, die düsteren Felsen, der Nebel über dem Sumpf verschwanden aus meinem Gesichtsfeld – ich hatte auch kein sonderliches Verlangen nach ihnen.

Den Bericht funkte ich trotz meiner Bedenken, dann stellte ich Verbindung zur Gruppe ER-6 her. Wadik meldete sich in Sekundenschnelle, so als habe er nur darauf gewartet.

»Na, was gibt's bei euch Neues?« erkundigten wir uns einer beim anderen.

»Bei uns nichts«, sagte ich.

»Und bei uns sind die Eidechsen eingegangen«, berichtete Wadik.

»Also doch«, sagte ich vorwurfsvoll. »Komow, der Lieblingsschüler Dr. Mbogas, hatte euch doch extra ans Herz gelegt, mit den Kriechtieren nichts zu übereilen.«

»Wer übereilt denn was?« erwiderte Wadik. »Wenn du meine Meinung wissen willst: Sie haben hier einfach keine Chance zu überleben. Bei dieser Hitze!«

»Geht ihr baden?« fragte ich neidisch.

Wadik schwieg.

»Wir springen mal kurz 'rein«, erklärte er schließlich einigermaßen unwillig.

»Wieso das?«

»Es ist zu leer da darin«, sagte Wadik. »Erinnert an eine verrückt große Wanne... aber wie sollst du das begreifen. Ein normaler Mensch kann sich eine so riesige Wanne gar nicht vorstellen. Ich bin neulich an die fünf Kilometer rausgeschwommen. Anfangs war auch noch alles gut, aber dann kam mir plötzlich zum Bewußtsein, daß das da schließlich kein Bassin, sondern der Ozean ist. Und außer mir kein einziges lebendes Wesen drin! Nein, mein Lieber, davon hast du keine Ahnung. Das gab mir einen solchen Stich, ich wär' beinahe abgegangen.«

»Hmm, bei euch also dasselbe«, murmelte ich.

Wir schwatzten noch ein paar Minuten, dann wurde Wadik vom Stützpunkt verlangt, und wir verabschiedeten uns eilig. Ich rief die ER-9, aber Hans meldete sich nicht. Natürlich hätte ich es jetzt bei den Stationen ER-1, ER-3, ER-4 und so weiter bis hin zur ER-12 versuchen können, um mich auch mit ihnen darüber auszutauschen, wie scheußlich tot und leer hier alles war, doch was hätte ich davon gehabt? Im Grunde gar nichts. Deshalb schaltete ich den Sender ab und wechselte an mein Steuerpult hinüber. Kurze Zeit saß ich einfach so da, schaute auf die Bildschirme mit den Baustellen und überlegte mir, daß die Arbeit, die wir hier leisteten, in zweifacher Hinsicht ein gutes Werk war: Wir bewahrten nicht nur die Pantianer vor dem sicheren und vollständigen Untergang, sondern befreiten auch diesen Planeten von seiner Leere, seiner Totenstille, seiner Sinnlosigkeit. Dann sagte ich mir, die Pantianer müßten eigentlich seltsame Wesen sein, wenn unsere Xenopsychologen zu der Annahme gelangten, dieser Planet entspräche ihren Vorstellungen und Wünschen am meisten. Seltsam mußte auch das Leben auf der Panta selbst sein. Man konnte sich nur schwer vorstellen, daß ihre Bewohner, von denen natürlich zunächst nur zwei bis drei Vertreter jedes Stammes hergebracht würden, beim Anblick dieses gefrorenen Strandes, des Eisberges, des öden Ozeans und des leeren violetten Himmels begeistert ausriefen: »Ach wie herrlich! Ganz wie bei uns zu Hause!« Nein, mir wollte das nicht in den Sinn. Gut nur, daß es hier nicht mehr ganz so ausgestorben sein würde, wenn sie eintrafen. Die Seen wären dann voller Fische, an den ufernahen seichten Stellen gäbe es eßbare Muscheln und im Dickicht Wild. Vielleicht würde es auch noch gelingen, die Eidechsen hier anzusiedeln... Übrigens hatten die Pantianer gar keine andere Wahl. Wir wären gewiß auch nicht wählerisch, wenn uns zum Beispiel auf der Erde die Nachricht erreichte, die Sonne würde in absehbarer Zeit explodieren und sämtliches Leben auf dem Planeten erlöschen.

Dann würden wir uns wohl sagen: Egal, wo wir hinkommen, irgendwie werden wir uns schon einleben. Freilich wurden die Pantianer gar nicht erst gefragt – es war klar, daß sie ohnehin nichts von alldem begriffen hätten. Sie besaßen noch keinerlei Vorstellung von Kosmographie, hatten nicht die blasseste Ahnung vom Weltall. Sie würden nicht einmal erfahren, daß sie den Planeten gewechselt hatten …

Plötzlich wurde mir bewußt, daß da ein Geräusch war. Ein Rascheln, als würde eine Eidechse vorbeihuschen. Dabei kam mir der Vergleich mit der Eidechse sicherlich aufgrund des Gesprächs mit Wadik in den Sinn. In Wirklichkeit handelte es sich aber um einen kaum wahrnehmbaren und völlig undefinierbaren Laut. Dann begann am abgelegenen Ende der Steuerzentrale etwas zu ticken, und gleich darauf war das Geräusch fließenden Wassers zu vernehmen. An der Grenze der akustischen Wahrnehmbarkeit ertönte das Surren und Schlagen einer im Spinnennetz gefangenen Fliege und das hastige Murmeln von Stimmen, die aufs höchste erregt waren. Und wieder hörte ich die Eidechse, die über den Flur zu huschen schien. Plötzlich wurde mir bewußt, daß ich meinen Hals vor lauter Anspannung ganz verrenkte, und ich stand auf. Dabei streifte ich versehentlich ein Nachschlagewerk, das am äußersten Tischrand lag. Es schlug krachend zu Boden. Ich hob es auf, schleuderte es mit dem gleichen hallenden Ton auf den Tisch zurück. Dann begann ich einen forschen Marsch zu pfeifen und ging, im Gleichtakt dazu, festen Schritts auf den Korridor hinaus.

Diese verdammte Stille immerzu. Stille und Leere. Vanderhoeze erläuterte uns das jeden Abend neu in allen Einzelheiten. Der Mensch, pflegte er zu sagen, unterscheidet sich von der Natur, und im Gegensatz zu ihr duldet er keine Leere. Sieht er sich in ein Vakuum versetzt, so strebt er danach, es auszufüllen. Wenn er nicht imstande ist, das mit etwas Realem zu tun, hilft er sich mit Visionen und eingebildeten Geräuschen. Und genau das traf anscheinend auf mich zu. In den zurückliegenden drei Tagen hatte ich ständig Lauthalluzinationen gehabt, jetzt würden wohl bald auch die Visionen beginnen …

Ich schritt den Korridor ab, vorbei an den leerstehenden Kajüten, an der Bibliothek, der Ausrüstungskammer, und als ich an dem medizinischen Segment angelangt war, nahm ich einen leichten Geruch wahr, belebend und zugleich unangenehm, in der Art von Salmiakgeist. Ich blieb stehen und schnupperte. Der Geruch kam mir bekannt vor, dennoch konnte ich mir nicht erklären, woher er stammte. Deshalb warf ich einen Blick in die Chirurgieabteilung. Der Kyberchirurg, ein riesiges krakenartiges weißes Gebilde, das an der Decke befestigt war und sich in ständiger Einsatzbereitschaft befand, fixierte mich mit seinen kalten grünlichen Glaskugelaugen und begann bereitwillig seine Fühler zu bewegen. Der Geruch war hier stärker. Ich schaltete die Zusatzbelüftung ein und setzte meinen Rundgang fort. Einfach verrückt, wie heftig meine Sinne reagierten. Dabei hatte gerade mein Geruchssinn nie etwas getaugt...

Mein Kontrollgang endete in der Küche. Auch dieser Raum war mit allerlei Gerüchen angefüllt, doch hatte ich hier nichts dagegen einzuwenden. Ich fand es vielmehr in Ordnung. Es gab Schiffe, da roch es in der Küche nicht anders als in der Kommandokabine. So etwas würde es bei mir niemals geben. Ich hatte da meine eigenen Vorstellungen. Da kann einer sagen, was er will, in einer Küche muß es gut riechen. Appetitlich und anregend. Zu meinen Pflichten gehörte es, viermal am Tag ein Menü zusammenzustellen, und das, wohlgemerkt, unter den Bedingungen absoluter Appetitlosigkeit, denn Leere und Stille sind zwei mit dem Appetit offenbar unvereinbare Dinge...

Die Zusammenstellung des Menüs beschäftigte mich diesmal mindestens eine halbe Stunde. Es waren schwere dreißig Minuten, doch ich tat alles, was in meinen Kräften stand. Dann schaltete ich den automatischen Koch an, trichterte ihm mein Menü ein und ging zurück in die Steuerzentrale, um nachzusehen, wie meine Zöglinge arbeiteten.

Schon von der Schwelle aus bemerkte ich, daß etwas faul war. Alle drei Arbeitsschirme zeigten, daß die Tätigkeit völlig zum Erliegen gekommen war. Ich stürzte zu meinem Pult und schaltete den Stereobildschirm ein. Ich empfand einen Stich in der Herzgrube – der Bauplatz war leer. Dergleichen war mir bisher noch nie passiert. Überhaupt hatte ich noch nie von einer solchen Situation gehört. Völlig konsterniert schüttelte ich den Kopf und stürmte zum Ausgang. Meine Gedanken überstürzten sich: Jemand hatte die Kyber entführt... ein Meteorit trieb seine Späße mit uns, hatte Tom beschädigt, sein Programm durcheinandergebracht... Aber so etwas konnte nicht sein, war einfach absurd! Ich stürzte in die Einstiegskammer und griff mir meinen Fellmantel. In der Eile fand ich nicht in die Ärmel, verhaspelte mich bei den Verschlüssen, die nicht mehr an ihrem Platz zu sein schienen. Während ich mit meinem Mantel kämpfte wie seinerzeit Münchhausen mit seinem wild gewordenen Pelz, hatte ich ein grausiges Bild vor Augen: Ein Phantom führte meinen Tom wie ein Hündchen mit sich fort, und die übrigen Roboter folgten ihm gehorsam, mitten in den dichten Nebel, in den glucksenden Morast hinein. Sie versackten in dem rostbraunen, zähflüssigen Schlamm, wo sie auf Nimmerwiedersehen verschwanden... Ich stieß mit einem kräftigen Fußtritt die Luke auf und sprang mit einem Satz hinaus.

Ich glaubte meinen Augen nicht zu trauen: Die Roboter standen hier, am Schiff. Sie drängten alle drei zur Ladeluke und schubsten sich gegenseitig, als wollte jeder als erster in den Frachtraum gelangen. Das war nicht nur etwas ganz und gar Ungewöhnliches, es war direkt furchterregend. Sie machten den Eindruck, als müßten sie sich so schnell wie möglich in Sicherheit bringen, als suchten sie vor irgendeiner Gefahr Zuflucht... Natürlich kam es hin und wieder vor, daß Roboter rebellierten, doch von Baurobotern hatte ich so was noch nie gehört. Dennoch, so aufgepeitscht wie meine Nerven im Augenblick waren, hätte ich selbst das jetzt für möglich gehalten. Aber nichts geschah. Kaum daß Tom mich bemerkt hatte, beruhigte er sich und schaltete sein Signal ›Erwarte Anweisungen‹ ein. Ich machte ihm mit einer entschiedenen Geste verständlich: »Unverzüglich an die Arbeit und weiter im Programm.« Tom schaltete gehorsam den Rückwärtsgang ein, machte kehrt und nahm Kurs auf den Bauplatz. Jack und Rex folgten ihm natürlich. Ich aber blieb fassungslos an der Luke stehen. Meine Kehle war völlig ausgedörrt, die Knie waren wie Watte, und am liebsten hätte ich mich lang hingelegt.

Doch ich unterdrückte diesen Wunsch. Ich machte mich daran, mein Äußeres in Ordnung zu bringen. Der Fellmantel war kreuz und quer geknöpft, ich fror an den Ohren, auf Stirn und Wangen klebte kalt gewordener Schweiß. Langsam, bemüht, meine Bewegungen wieder unter Kontrolle zu bringen, wischte ich mir übers Gesicht, knöpfte den Mantel zu, wie es sich gehörte, zog die Kapuze tief in die Stirn und streifte mir die Handschuhe über. Und obwohl es mir peinlich ist: Ich gebe zu, ich hatte regelrechte Angst. Genaugenommen war es freilich keine echte Furcht mehr, es war eher ein Rest der soeben ausgestandenen Angst, mit Scham vermischt. Man stelle sich nur vor: ein Kybernetiker, der vor seinen eigenen Robotern das Zittern bekommt... Ich war mir sofort darüber im klaren, daß ich nie jemandem auch nur ein Sterbenswörtchen von diesem

Vorfall erzählen würde. Zum Teufel, wie mir die Knie geschlottert hatten, noch jetzt waren sie butterweich, und nichts schien mir im Augenblick verlockender, als ins Schiff zurückzukehren, um, wie ich mir einredete, in aller Ruhe und ganz objektiv das Vorgefallene zu überdenken und ins reine mit mir zu kommen. Um in irgendwelchen Büchern nachzuschauen. In Wirklichkeit wollte ich einfach einige hundert Meter Abstand zwischen mich und meine Schützlinge bringen…

Entschlossen steckte ich die Hände in die Taschen und schlug den Weg zur Baustelle ein. Meine Kyber schufteten, als könnten sie kein Wässerchen trüben. Tom erkundigte sich, wie gewohnt, nach neuen Anweisungen; Jack war mit dem Fundament für die Dispatcherzentrale beschäftigt, wie es ihm laut Programm vorgeschrieben war; Rex schritt im Zickzack den bereits fertiggestellten Teil der Landefläche ab und säuberte die Wege. Dennoch, etwas war in ihrem Programm durcheinandergeraten. So hatten sie zum Beispiel an verschiedenen Stellen Steine zusammengetragen, die völlig unnütz und fehl am Platz waren, denn Baumaterial hatten wir in Hülle und Fülle. Ja, ich sah es ganz deutlich: Seit Tom vorhin so unmotiviert stehengeblieben war, hatten die Roboter hier nichts als Unsinn getrieben. Was auch sollten die vielen Zweige und Äste auf der Landebahn? – Ich bückte mich, hob einen dürren Ast auf und begann in Gedanken versunken auf und ab zu gehen. Vielleicht sollte ich nicht erst bis zur abendlichen Prophylaxe warten, sondern die Roboter gleich jetzt, an Ort und Stelle, anhalten. Wer weiß, möglicherweise lag's an mir; hatte ich bei der Programmierung irgendwelchen Stuß gebaut? Es war einfach unbegreiflich… Ich warf den Ast auf den Steinhaufen, der von Rex fein säuberlich aufgeschichtet worden war, machte auf den Absatz kehrt und ging zum Schiff zurück.

2

Leere und Stimmen

In den folgenden zwei Stunden war ich beschäftigt, so beschäftigt, daß ich weder die Stille noch die Leere um mich her wahrnahm. Als erstes beriet ich mich mit Hans und Wadik. Hans hatte ich wohl aus dem süßesten Schlummer gerissen, denn er stammelte vor Schlaftrunkenheit lauter ungereimtes Zeug, redete von Regen und Tiefdruckgebieten. Das Ergebnis dieses Gesprächs war gleich Null. Was Wadik betraf, so hatte ich einige Mühe, ihn davon zu überzeugen, daß ich ihn in keiner Weise auf die Schippe zu nehmen gedachte. Das war um so schwieriger, als ich die ganze Zeit über von einem hysterischen Lachen geschüttelt wurde. Schließlich gelang es mir doch noch, ihm klarzumachen, daß mir keineswegs nach Scherzen zumute war und daß mein Lachen ganz andere Gründe hatte. Da wurde auch er ernst und erzählte mir, er habe gleichfalls einige Schwierigkeiten mit seinem Chefroboter. Auch der bleibe von Zeit zu Zeit völlig unmotiviert stehen. Freilich sehe er, Wadik, darin überhaupt nichts Verwunderliches, schließlich sei die Hitze mörderisch, die Arbeit liefe auf Hochtouren und die technischen Systeme hätten sich noch nicht voll akklimatisieren können. Vielleicht, so meinte Wadik, läge es an den strengen Frösten, die bei uns herrschten. Möglicherweise war das tatsächlich der Grund, ich wußte es noch nicht. Ich hatte eigentlich gehofft, von Wadik Klarheit über die Angelegenheit zu erhalten. Dann beschlossen wir, Ninon von der ER-8, ein Mädchen mit einer unwahrscheinlichen Haarmähne, mit in unsere Diskussion einzubeziehen. Wir erörterten das Problem zu dritt, kamen aber zu keinem rechten Schluß. Ninon schlug vor, daß ich mich mit dem Chefkybernetiker vom Stützpunkt in Verbindung setzen sollte, der würde gewiß Rat wissen. Schließlich kenne er sich mit diesen Baurobotern genauestens aus, er sei ja fast so etwas wie ihr geistiger Vater. Das war mir natürlich auch bekannt, nur hatte ich nicht die geringste Lust, mich schon am dritten Tag an den Chef zu wenden. Am dritten Tag meiner selbständigen Tätigkeit hier. Zumal ich bisher keine einzige vernünftige Erklärung für das Vorgefallene hatte.

Ich setzte mich also an mein Steuerpult, nahm mir das Programm her und begann es durchzukauen – Anweisung für Anweisung, Gruppe für Gruppe, Feld für Feld. Ich konnte keinerlei Fehlerquellen entdecken. Für den Teil des Programms, den ich selbst zusammengestellt hatte, hätte ich schon früher meine Hand ins Feuer gelegt. Jetzt, nach der Kontrolle, hätte ich mich mit meinem ehrlichen Namen dafür verbürgt. Was freilich die Standardprozeduren betraf – Elemente, mit denen ich weniger vertraut war –, da sah die Sache komplizierter aus. Wollte ich jedes dieser Teilprogramme analysieren, würde ich unweigerlich in Planverzug kommen. Deshalb entschloß ich mich zu einem Kompromiß. Ich strich alle Elemente, die einigermaßen entbehrlich waren, und reduzierte das Programm so auf ein Minimum. Gerade wollte ich der Automatik dieses neue, vereinfachte Programm eingeben – ich hatte schon den Finger auf der Taste –, als mir plötzlich zum Bewußtsein kam, daß ich bereits seit geraumer Zeit ein Geräusch vernahm: einen ganz und gar absonderlichen und zugleich doch vertrauten Laut, der aber hier, in dieser Umgebung, überhaupt keine Berechtigung hatte.

Ich hörte ein Kind weinen. In einiger Entfernung, am anderen Ende des Schiffes, durch mehrere Türen von mir getrennt, weinte, schluchzte aus Leibeskräften ein kleines Kind. Ein sehr kleines Kind noch, vielleicht ein Jahr alt. Langsam hob ich die Hände, hielt mir die Ohren zu. Das Weinen hörte auf. Ohne die Hände herabzunehmen, erhob ich mich. Genauer gesagt: Ich stellte plötzlich fest, daß ich bereits einige Zeit dastand, die Fäuste auf die Ohren gepreßt, das Hemd am Rücken klatschnaß, mit hängendem Unterkiefer. Ich machte den Mund zu und nahm vorsichtig die Hände von den Ohrmuscheln. Nichts. Kein Weinen mehr. Um mich her stand die übliche verdammte Stille, lediglich das Surren einer gefangenen Fliege drang aus einem entlegenen Winkel zu mir. Ich holte mein Taschentuch hervor, entfaltete es umständlich und wischte mir sorgfältig die Stirn, Gesicht und Hals ab. Dann, während ich das Tuch mit der gleichen Bedächtigkeit wieder zusammenlegte, begann ich vor meinem Pult auf und ab zu gehen. Ich hatte keinen einzigen Gedanken mehr im Kopf. Zerstreut klopfte ich mit den Fingerknöcheln gegen die Verkleidung des Rechners und hustete zur Probe. Es war alles in Ordnung – ich hörte das Husten. Doch als ich wieder im Sessel Platz nehmen wollte, begann das Kind erneut zu weinen.

Ich weiß nicht mehr, wie lange ich, zur Salzsäule erstarrt, dastand und lauschte. Das schlimmste an der Sache war: Ich hörte dieses Weinen einmalig deutlich. Ich konnte sogar feststellen, daß es sich weder um das nichtssagende Greinen eines Neugeborenen noch um das trotzige Plärren eines vier- bis fünfjährigen Knirpses handelte. Es war vielmehr das jämmerliche Schluchzen eines Kleinkindes – schon kein Baby mehr –, das noch nicht laufen und sprechen kann. Es erinnerte mich an meinen Neffen, einen Jungen von reichlich einem Jahr.

Ohrenbetäubend schrillte das Signal der Funkanlage los, so daß ich vor Schreck fast einen Herzschlag bekam. Ich hielt mich am Pult fest, als ich zum Sender tappte und auf Empfang schaltete. Das Kind weinte immer noch.

»Na, was gibt's Neues bei dir?« erkundigte sich Wadik.

»Nichts«, sagte ich, »gar nichts.«

»Ist dir schon was eingefallen?«

»Nein«, antwortete ich einsilbig. Ich ertappte mich dabei, daß ich das Mikrofon mit der Hand verdeckte.

»Du bist so schlecht zu hören«, sagte Wadik. »Was willst du denn nun machen?«

»Ach, nur so«, murmelte ich, ohne zu merken, daß ich völlig zusammenhanglos redete. Das Kind schluchzte nach wie vor. Jetzt zwar leiser, doch noch immer deutlich hörbar.

»He, du, Stas, ist was?« fragte Wadik beunruhigt.

»Hab' ich dich vielleicht geweckt?«

Am liebsten hätte ich gesagt: »Wadik, hier bei mir weint dauernd ein kleines Kind. Was soll ich bloß machen?« Doch ich hatte meinen Verstand noch so weit beisammen, daß ich mir ausmalen konnte, wie diese Worte am anderen Ende der Leitung aufgenommen würden. Deshalb räusperte ich mich nur und erklärte: »Weißt du, ich ruf' dich in einer Stunde noch mal an. Mir schwebt da was vor, aber ich bin mir noch nicht sicher...«

»Na schö-ö-ön«, sagte Wadik verblüfft und legte auf.

Ich blieb einige Augenblicke am Funkgerät stehen, bevor ich zu meinem Pult zurückkehrte. Das Kind gab noch einige Schluchzer von sich, dann wurde es still. Dafür stand Tom wieder mal wie angewurzelt da. Dieser vermaledeite Holzklotz, warum mußte er bloß dauernd stehenbleiben! Jack und Rex rührten sich natürlich gleichfalls nicht von der Stelle. Ich drückte wütend auf die Kontrolltaste. Der Effekt war gleich Null. Ich hätte am liebsten losgeplärrt wie das Kind eben, doch fiel mir zum Glück noch ein, daß ja das gesamte System außer Betrieb war. Ich selbst hatte es vor zwei Stunden abgeschaltet, als ich mir das Programm vorgenommen hatte. Einen feinen Kybermechaniker gab ich zur Zeit ab! Vielleicht sollte ich besser Meldung an den Stützpunkt machen und um Ablösung bitten. Irgendwie peinlich, verdammt noch mal... Ich ertappte mich dabei, daß ich in furchtbarer Anspannung auf eine Wiederholung der Ereignisse von vorhin wartete. Mir wurde klar: Wenn ich hier in der Zentrale blieb, würde ich immerzu nur horchen und horchen, würde zu nichts anderem mehr imstande sein. und ich war mir sicher, ich würde weiß Gott was alles hören!

Entschlossen schaltete ich die Systeme auf ›Prophylaxe‹, schnappte meinen Instrumentenkoffer und rannte fast im Laufschritt aus der Kabine. Diesmal bemühte ich mich, Haltung zu bewahren, und so wurde ich mit meinem Mantel einigermaßen schnell fertig. Die eisige Luft, die das Gesicht zum Brennen brachte, tat ein übriges. Der Sand knirschte unter meinen Füßen, als ich zielstrebig, ohne mich auch nur ein einziges Mal umzudrehen, den Weg zum Bauplatz einschlug und geradewegs auf Tom zusteuerte. Nicht einen einzigen Blick zur Seite riskierte ich. Die Gletscher, der Nebel, das Wasser – all das interessierte mich von nun an nicht mehr. Ich befolgte Vanderhoezes Rat und schonte meine Nerven für die unmittelbar vor mir liegenden Pflichten. Denn von meiner Nervenkraft hatte ich bereits einen beträchtlichen Teil eingebüßt, die Pflichten aber waren dadurch nicht weniger geworden. Ganz im Gegenteil, sie nahmen zu.

Zunächst überprüfte ich Toms Reflexe. Der Kyber reagierte ausgezeichnet. Ich stieß ein lautes ›Na prächtig‹ aus, entnahm meinem Koffer ein Skalpell und öffnete mit einem gekonnten Schnitt, als säße ich in der Prüfung, den Hinterkopf des Roboters.

Ich arbeitete wie im Rausch und mit Verbissenheit – flink, überlegt, exakt wie eine Maschine. Ja, ich kann mit Sicherheit sagen:

Noch nie in meinem Leben war ich so hingebungsvoll am Werk gewesen. Die Finger wurden mir klamm, und das Gesicht erstarrte, denn ich durfte nicht atmen, wie es mir gerade einfiel, sondern mußte meinen Verstand gebrauchen, damit sich auf dem Operationsfeld kein Rauhreif absetzte. Dennoch wies ich den Gedanken, die Roboter in die Schiffswerkstatt zu treiben, weit von mir. Mir wurde zusehends leichter ums Herz; ich hörte nichts Ungewöhnliches mehr und glaubte fast, die Geräusche könnten nicht wieder auftauchen. Zweimal lief ich zum Schiff, um Ersatzganglien für Toms Koordinationssystem zu holen. »Ich bring' dich so in Ordnung, mein Lieber«, redete ich beschwichtigend auf den Roboter ein, »daß du dich hinterher wie neugeboren fühlst. Paß auf, du wirst nie mehr von der Arbeit weglaufen. Ich werde dich kurieren, Bruderherz, werde dich auf die Beine bringen, damit du dich wieder unter Leuten sehen lassen kannst. Das willst du doch? Es ist nämlich sehr schön, bei den Leuten angesehen zu sein. Sie werden dich gern haben, dich hätscheln und verwöhnen. Aber nein, was mache ich dir da weis? Mit einem solchen Axiomatikblock kannst du unmöglich unter die Leute, nicht einmal im Zirkus würden sie dich nehmen. Du würdest alles in Zweifel ziehen, zu grübeln anfangen, dir angewöhnen, gedankenversunken in der Nase zu bohren. Ob sich das lohnt? Ja, wozu denn überhaupt das Ganze? Wozu diese Landebahnen, diese Fundamente? Und jetzt, meine Lieber, werde ich dich ...«

»Schura ...«, hörte ich da dicht neben mir eine heisere Frauenstimme stöhnen. »Wo bist du, Schura? Ich hab' solche Schmerzen ...«

Ich erstarrte. Ich lag im Innern des Roboters, von allen Seiten durch seine enormen Muskelberge eingezwängt, nur meine Beine ragten heraus. Mir wurde unglaublich flau vor Angst, wie in einem Alptraum. Noch heute frage ich mich, wieso ich nicht die Fassung verlor und in wilder Hysterie losbrüllte. Vielleicht hatte ich vorübergehend das Bewußtsein verloren. Auf jeden Fall hörte und dachte ich längere Zeit gar nichts, starrte nur wie gebannt auf den grünlich schimmernden Nervenstrang vor meinen Augen.

»Was ist passiert? Wo bist du denn? Schura ... Ich kann nichts sehen ...« Die Frau röchelte und schien sich in unerträglichen Schmerzen zu winden. »Hier ist irgend jemand ... So antworte doch, Schura! Ich kann nicht mehr, es tut alles so weh ... So hilf mir doch, ich sehe nichts ...«

Sie wimmerte, weinte und wiederholte immerzu ein und dasselbe. Ich glaubte bereits, ihr verzerrtes Gesicht zu sehen und den Todesschweiß auf ihrer Stirn. Dann waren in ihrem Stöhnen nicht mehr nur Schmerz und ein Flehen um Hilfe, es schwang auch Wut darin mit, ein Fordern, ein Befehl. Ich spürte direkt körperlich, wie sich eisige, spitze Finger zu meinem Gehirn vortasteten, um sich darin zu verkrallen, es zusammenzupressen und zu zermalmen. Einer Ohnmacht nahe, die Zähne krampfhaft zusammengebissen, griff ich mit der Linken nach der pneumatischen Klappe und betätigte sie aus Leibeskräften. Mit wildem Pfeifton entwich das komprimierte Argon, ich aber drückte die Taste wie ein Irrer, löschte so die heisere Stimme in meinem Innern aus, zerquetschte sie, machte sie zu Staub und hielt erst inne, als ich das Gefühl hatte, taub zu werden. Eine Empfindung, die mir unbeschreibliche Erleichterung verschaffte.

Später, als ich wieder zu mir gekommen war, bemerkte ich, daß ich neben Tom stand. Ich war von der Kälte durchglüht bis auf die Knochen, ich hauchte auf meine starren Finger, brabbelte aber mit verklärtem Lächeln vor mich hin: »Ein Schallvorhang, natürlich ... ich brauche nur einen Schallvorhang ...« Tom seinerseits hielt sich, stark nach rechts überkippend, mühsam aufrecht, und alles um uns her war von einer dichten, starren Reifdecke überzogen. Fröstelnd steckte ich die Hände unter die Achseln, ging um Tom herum und bemerkte, daß der Argonstrahl ein riesiges Loch in den Bauplatz gehöhlt hatte. Ich stand eine Weile über dieser Grube, noch immer die Sache mit dem Schallvorhang vor mich hin murmelnd und erst da wurde mir bewußt, daß ich dieses Gestammel endlich lassen mußte. Außerdem spürte ich plötzlich, daß ich ohne Mantel in der grimmigen Kälte stand. Ich erinnerte mich, meinen Pelz genau an der Stelle abgeworfen zu haben, wo jetzt die Grube war, und überlegte, ob ich nicht irgendwelche wertvollen Dinge in den Taschen gehabt hatte. Als mir nichts Derartiges einfiel, winkte ich resigniert ab und lief langsam zum Schiff zurück.

In der Einstiegskammer griff ich mir einen neuen Mantel, dann steuerte ich meine Kajüte an. Als wollte ich mein Kommen ankündigen, hüstelte ich vorsichtshalber an der Schwelle, danach trat ich ein und warf mich, wie ich war, auf die Koje, mit dem Gesicht zur Wand, den Mantel über die Ohren gezogen. Ich wußte nur zu gut, daß allem, was ich tat, jeglicher Sinn fehlte. Ich war mit einer ganz bestimmten Absicht hierhergekommen, hatte nur vergessen, mit welcher. Deshalb also legte ich mich hin, deckte mich zu und tat so, als wollte ich beweisen, daß ich genau das und nichts anderes hatte tun wollen.

»Wahrscheinlich handelte es sich um eine Art Hysterie, die zum Glück einen friedfertigen, absolut ungefährlichen Charakter trug. Als ich das festgestellt und mich ein wenig beruhigt hatte, war ich heilfroh darüber. Im übrigen war mir klar, daß meine Arbeit hier die längste Zeit gedauert hatte. Für mich war wohl überhaupt Schluß mit der Tätigkeit im Kosmos. Natürlich war das wahnsinnig dumm und war mir auch – was ich gar nicht leugnen will – mächtig peinlich. Ich schämte mich, daß ich bereits beim ersten Einsatz versagt hatte, noch dazu, wo es sich um einen so einmalig ungefährlichen und stillen Ort handelte. Kränkend war auch, daß ich mich nervlich als ein solches Wrack erwies. Mir fiel Kaspar Manukjan ein und mit welch selbstzufriedenem Mitleid ich ihn damals bedauert hatte, als er wegen einer simplen nervlichen Übererregtheit einen der Tests fürs Projekt ›Arche‹ nicht bestand. Meine Zukunft erschien mir mit einemmal in den schwärzesten Farben: stille Sanatorien, ärztliche Untersuchungen, Behandlungen, vorsichtige Fragen der Psychologen und ein Meer von Mitleid und Bedauern. Ja, ein vernichtender Schwall von Mitleid und Bedauern, der von allen Seiten auf mich niederprasseln würde…

Mit einem Ruck schleuderte ich den Mantel zurück und richtete mich auf. Gut, dachte ich und wandte mich dabei an die Stille und Leere, eins zu null für euch. Ein Gorbowski ist aus mir nicht geworden. Ich werd's überstehen. Kaltes Blut also. Noch heute spreche ich mit Vanderhoeze, dann werden sie vielleicht schon morgen einen Ersatz für mich schicken. Himmelherrgott, wie das auf dem Bauplatz aussah! Tom war völlig am Boden, der Plan über den Haufen geworfen, und neben der Landebahn gähnte diese idiotische Grube. Plötzlich fiel mir ein, weshalb ich hierhergekommen war. Ich zog die Tischlade auf, fand das Kristallophon mit den Aufzeichnungen irukanischer Kriegsmärsche und befestigte es an meinem rechten Ohrläppchen. »Ein Schallvorhang«, sagte ich ein letztes Mal. Dann klemmte ich mir den Mantel unter den Arm, ging zur Ausstiegskammer und atmete, um endgültig zur Ruhe zu kommen, mehrmals tief durch. Mit eingeschaltetem Kristall trat ich ins Freie.

Jetzt fühlte ich mich besser. Um mich her und in meinem Innern schmetterten barbarische Hörner, klirrten Bronzeschilde, dröhnten Trommeln. Die telemischen Legionen, von schwefelgelbem Staub bedeckt, marschierten schweren Schritts durch die alte Stadt Sethem; Türme standen in lodernden Flammen, Dächer stürzten in sich zusammen, und das furchterregende Pfeifen der Drachenballisten versetzte den Feind in Panik. Eingehüllt und beschützt von diesen Geräuschen tausendjähriger Vergangenheit, kletterte ich ein zweites Mal ins Innere von Tom und führte, nunmehr ohne jede Störung, die Prophylaxe zu Ende.

Als Jack und Rex bereits dabei waren, die Grube zuzuschütten, und Tom seinen dicken Wanst neu mit Argon volltankte, entdeckte ich am Horizont über dem Strand einen schwarzen Punkt, der zusehends größer wurde. Der Gleiter kehrte zurück. Ich sah auf die Uhr – zwei Minuten fehlten an achtzehn Uhr Ortszeit. Ich hatte also durchgehalten. Nun konnte ich getrost Pauken- und Trommelschlag abschalten und mir nochmals die Frage vorlegen, ob es wirklich lohnte, Vanderhoeze und den Stützpunkt zu beunruhigen. Es würde nicht leicht sein, einen Ersatzmann für mich aufzutreiben. Auf dem gesamten Planeten könnte die Arbeit durch den Vorfall aufgehalten werden... zig Kommissionen kämen angerannt, um eine Reihe von Untersuchungen anzustellen, und Wadik würde ob der erzwungenen Ruhepause fuchsteufelswild werden. Wenn ich mir dazu noch vorstellte, mit welch strafendem Blick mich Gennadi Komow, Doktor der Xenopsychologie, Mitglied der Kontaktkommission und Sonderbevollmächtigter für das Projekt ›Arche‹, bedenken würde, Gennadi Komow, die aufgehende Sonne der Wissenschaft und der Lieblingsschüler Doktor Mbogas; Gennadi Komow, der neue Konkurrent und zugleich Mitstreiter des nahezu legendären Gorbowski... Nein, ich mußte das alles nochmals gründlich überdenken. Ich sah dem näher kommenden Gleiter entgegen und beschloß bei mir: Das Ganze mußte mit äußerster Sorgfalt erwogen werden. Erstens hatte ich noch den ganzen Abend vor mir, zweitens sagte mir mein Gefühl, daß es am besten war, eine Weile abzuwarten. Letzten Endes ging das, was mir widerfahren war, nur mich allein etwas an. Ließ ich mich aber vom Dienst suspendieren, so würde sich das auf alle auswirken. Es kam dazu, daß sich der Schallvorhang als vorzügliches Abwehrmittel erwies. Beschlossene Sache, ich würde das Ganze vertragen. Jawohl, ich würde noch abwarten...

All meine forschen Gedanken waren jedoch wie weggeblasen, als ich die Gesichter von Maja und Vanderhoeze erblickte. Komow – nun, der sah nicht anders aus als sonst; wie immer trug er eine Miene zur Schau, als gehörte alles ringsum ihm persönlich und bereits so lange, daß es ihm gründlich zum Halse heraushing. Maja aber war unwahrscheinlich blaß, fast schon fahl, so als wäre ihr speiübel. Komow sprang aus dem Fahrzeug und erkundigte sich kurz angebunden, warum ich mich auf ihre Anrufe hin nicht gemeldet hätte. Als sein Blick jedoch das Kristallophon an meinem Ohr streifte, lächelte er verächtlich und ging, ohne meine Antwort abzuwarten, zum Schiff. Dann kletterte Vanderhoeze bedächtig aus dem Gleiter und kam auf mich zu. Er nickte mir ein wenig betrübt zu, wodurch er stärker denn je an ein bejahrtes, krankes Kamel erinnerte. Maja schließlich saß nach wie vor unbeweglich auf ihrem Platz, mit düsterer Miene, das Kinn tief in ihren Pelzkragen vergraben, die Augen seltsam glasig, und ihre rötlichen Sommersprossen wirkten fast schwarz.

»Ist was passiert?« fragte ich erschrocken.

Vanderhoeze blieb vor mir stehen. Er reckte den Kopf hoch und schob den Unterkiefer vor. Dann packte er mich bei der Schulter und schüttelte mich leicht. Bei dieser Bewegung rutschte mir das Herz förmlich in die Kniekehlen, ich wußte nicht, was ich von der ganzen Sache halten sollte. Der andere schüttelte mich erneut und sagte: »Wir haben eine sehr traurige Entdeckung gemacht, Stas. Ein verunglücktes Schiff.«

Ich schluckte krampfhaft und fragte: »Eins von uns?«

»Ja, von uns.«

Schließlich kam auch Maja aus dem Flugzeug, winkte mir müde zu und schlug den Weg zum Schiff ein.

»Gibt's viele Tote?«

»Zwei«, erwiderte Vanderhoeze.

»Wer?« brachte ich mit einiger Mühe heraus.

»Das wissen wir noch nicht. Es ist ein altes Schiff, die Katastrophe liegt viele Jahre zurück.«

Er faßte mich am Arm, und wir folgten Maja. Das Schlimmste war überwunden. Zunächst hatte ich angenommen, daß jemand aus unserer Expedition verunglückt sei. Dennoch, auch die Katastrophe der anderen war schrecklich…

»Dieser Planet hat mir von Anfang an nicht gefallen«, sagte ich impulsiv.

In der Einstiegskammer angelangt, entledigten wir uns unserer Mäntel, und Vanderhoeze machte sich daran, seinen Pelz von den hängengebliebenen Kletten und Dornen zu säubern. Ich wartete nicht erst ab, bis er damit fertig war, sondern ging zu Maja. Sie lag

mit angezogenen Beinen auf der Koje, das Gesicht zur Wand, eine Stellung, bei der ich gleich an mein Verhalten von vorhin dachte. Na, na, sagte ich mir, nun schön die Ruhe behalten und nichts anmerken lassen. Bloß kein Mitleid zeigen. So setzte ich mich dann an den Tisch, trommelte mit den Fingern auf die Platte und erkundigte mich mit betont sachlicher Stimme: »Hör mal, dieses Schiff… Vanderhoeze sagt, es wäre schon vor einigen Jahren verunglückt. Ist es wirklich eins von den alten?«

»Ja«, antwortete Maja nach einer längeren Pause.

Ich schielte zu ihr hinüber. Mir war, als würden scharfe Katzenkrallen an meinem Hirn zerren, dennoch fuhr ich genauso nüchtern fort: »Konntet ihr denn feststellen, wie lange es her ist, zehn Jahre, zwanzig? Eigentlich ist das doch unsinnig, der Planet wurde ja erst vor zwei Jahren entdeckt…«

Maja gab keine Antwort. Ich trommelte erneut mit den Fingern auf den Tisch und sagte, nun schon eine Nuance gedämpfter, doch immer noch sachlich: »Obwohl es sich natürlich um Freiwillige handeln könnte, um Leute, die den Kosmos auf eigene Faust erkunden… Zwei waren es, wenn ich recht verstanden habe?«

Da fuhr sie plötzlich von ihrer Koje hoch, wandte mir das Gesicht zu und schrie: »Jawohl, zwei! Zwei waren es, du Holzklotz! Ein ganz gefühlloser Kloben bist du!«

»Aber… aber wieso denn…«, stotterte ich bestürzt.

»Weshalb bist du jetzt überhaupt gekommen?« fuhr das Mädchen fast flüsternd fort. »Geh lieber zu deinen Robotern. Mit denen kannst du erörtern, wie lange das Unglück zurückliegt, was daran unsinnig ist, wieso es nur zwei sind und nicht drei oder sieben…«

»Reg dich doch nicht so auf, Majka!« unterbrach ich sie verzweifelt. »Ich hab' es doch nicht so gemeint…«

Sie bedeckte das Gesicht mit den Händen und murmelte undeutlich: »Sämtliche Knochen hatten sie sich gebrochen… aber sie waren noch am Leben… wollten irgendwas tun… Hör zu«, sagte sie flehend und nahm die Hände vom Gesicht, »laß mich allein, bitte! Ich komm' bald nach, es dauert nicht lange.«

Ich stand sacht auf und verließ den Raum. Am liebsten hätte ich sie in die Arme genommen, ihr etwas Liebevolles, Tröstendes gesagt, doch aufs Trösten verstand ich mich schlecht. Im Korridor wurde ich plötzlich von einem Schauer geschüttelt. Ich blieb stehen und wartete, bis es vorüber war. Mein Gott, war das ein Tag heute! Das konnte man gar keinem erzählen. Es hätte wahrscheinlich auch wenig Sinn gehabt. Als ich die Augen wieder öffnete, sah ich Vanderhoeze, der in der Tür der Steuerzentrale stand und zu mir herüberschaute.

»Wie geht's Majka?« fragte er leise.

Offensichtlich las er an meinem Gesicht ab, wie es ihr ging, denn er nickte mir betrübt zu und verschwand dann in der Zentrale. Ich hingegen tappte in die Küche. Einfach so, aus Gewohnheit. Es hatte sich eingebürgert, daß wir uns gleich nach der Rückkehr des Gleiters gemeinsam an den Mittagstisch setzten. Heute freilich würde alles anders sein. Was konnte es heute schon für ein Mittagessen geben... Ich brüllte den Koch an, weil der meiner Ansicht nach bei der Zusammenstellung des Menüs gemogelt hatte. In Wirklichkeit hatte er meine Anweisungen genauestens befolgt; das Essen war fertig – es war, wie üblich, ein gutes Essen –, nur daß heute eben kein üblicher Tag war. Maja würde wahrscheinlich überhaupt nichts anrühren. Aber ich wollte, daß sie etwas zu sich nahm, deshalb bestellte ich beim Koch Fruchtgelee mit Schlagsahne für sie – ihre Lieblingsspeise, die einzige, die ich kannte. Dagegen beschloß ich, für Komow und nach einigem Überlegen auch für Vanderhoeze nichts Zusätzliches zu bestellen. Allerdings forderte ich sicherheitshalber eine Flasche Wein an – falls jemand das Verlangen hatte, seine Nerven ein bißchen aufzumöbeln... Als das erledigt war, begab ich mich in die Steuerzentrale und setzte mich an mein Pult.

Meine Schützlinge arbeiteten exakt wie eine Uhr. Maja war noch nicht hier, und Vanderhoeze setzte gemeinsam mit Komow den Wortlaut für einen außerplanmäßigen Funkspruch an den Stützpunkt auf. Ich hörte sie streiten.

»Das ist keine Information, Jakob«, sagte Komow. »Sie wissen doch besser als ich: Es gibt da allgemeingültige Regeln – der Zustand des Raumschiffes, Zustand der Leichen, mutmaßliche Ursachen der Katastrophe, Spuren besonderer Art... na, und so weiter und so fort.«

»Ja, gewiß«, antwortete Vanderhoeze, »nur müssen Sie zugeben, Gennadi, daß all diese Formalitäten lediglich auf einem biologisch aktiven Planeten von Bedeutung sind. In der gegebenen konkreten Situation...«

»Da ist es besser, wir funken vorerst gar nichts. Setzen wir uns in den Gleiter, und fliegen nochmals hin. Dann können wir die Angelegenheit in allen Einzelheiten berichten.«

Vanderhoeze schüttelte den Kopf.

»Nein, Gennadi, ich bin entschieden dagegen. Eine Kommission zur Untersuchung solcher Vorfälle muß aus mindestens drei Mann bestehen. Außerdem ist es jetzt schon dunkel, wir hätten gar nicht die Möglichkeit, die Umgebung genau zu untersuchen... Und überhaupt muß man solche Dinge mit ausgeruhtem Kopf in Angriff nehmen, nicht nach einem vollgestopften Arbeitstag. Was meinen Sie, Gennadi?«

Komow, die schmalen Lippen fest zusammengepreßt schlug mit der Faust leicht auf den Tisch.

»Die Sache kommt verdammt ungelegen«, sagte er verdrießlich.

»Solche Dinge kommen immer ungelegen«, erwiderte Vanderhoeze beschwichtigend. »Na, macht nichts, wir fahren morgen früh zu dritt hin und...«

»Vielleicht sollten wir dann heute noch nichts funken?« unterbrach Komow.

»Tut mir leid«, entgegnete Vanderhoeze, »aber das verstößt entschieden gegen meine Vorschriften. Und überhaupt – warum eigentlich sollen wir keine Meldung machen?«

Komow stand auf und sah, die Hände auf dem Rücken verschränkt, von oben herab auf Vanderhoeze.

»Meine Güte, Jakob, wieso begreifen Sie das nicht«, sagte er mit nun schon unverhohlenem Ärger in der Stimme. »Es ist ein Raumschiff alten Typs, ein uns unbekanntes Schiff; die Bordaufzeichnungen sind aus irgendeinem Grund gelöscht... Wenn wir diese Meldung hier abschicken«, er griff nach dem Blatt auf dem Tisch und wedelte damit Vanderhoeze vor dem Gesicht herum, »kommt Sidorow zu dem Schluß, daß wir nicht gewillt oder unfähig sind, selbst eine Expertise abzufassen. Für ihn würde das eine zusätzliche Belastung bedeuten, denn er müßte eine Untersuchungskommission einberufen, die nötigen Leute auftreiben, sich die Neugierigen vom Hals halten... Was aber uns betrifft, nun, wir würden uns damit in eine lächerliche und dumme Lage bringen. Und dann überlegen Sie doch mal, Jakob, was aus unserer Arbeit werden soll, wenn alle möglichen Müßiggänger hier aufkreuzen.«

»Hmm.« Vanderhoeze überlegte. »Mit anderen Worten, Sie wollen verhindern, daß sich auf unserem Abschnitt Unbefugte einmischen. Verstehe ich das recht?«

»Genau«, bestätigte Komow entschieden.

Vanderhoeze zuckte die Achseln. »Also schön...« Nach einigem Überlegen nahm er Komow das Blatt aus der Hand und fügte noch ein paar Worte an den Text an. »Vielleicht geht's so.« Er las den Text schnell herunter: »ER-2 an den Stützpunkt. Eilt. Im Planquadrat 102 ein Erdenraumschiff vom Typ ›Pelikan‹ zerschellt aufgefunden, Registriernummer soundso, im Schiffsinnern die Leichen zweier Menschen, mutmaßlich die eines Mannes und einer Frau; Bordaufzeichnungen ausgelöscht, ausführliche Expertise...«, Vanderhoeze las die folgenden Worte lauter und hob dabei bedeutungsvoll den Finger, »nehmen wir morgen in Angriff. – Ist es Ihnen so recht, Gennadi?«

Einige Sekunden lang wippte Komow gedankenversunken von den Fersen auf die Zehen.

»Ja, warum nicht?« erwiderte er schließlich. »So geht's schon. Hauptsache, wir werden nicht gestört, alles andere ist mir egal. Also lassen wir den Text so.«

Unvermittelt hielt Komow im Wippen inne und stürmte aus der Kabine. Vanderhoeze wandte sich zu mir um: »Hier, Stas, gib das bitte durch. Und dann ist es ja wohl auch Zeit zum Essen, was meinst du?« Er erhob sich und fügte seinen Worten eine seiner üblichen rätselhaften Bemerkungen hinzu: »Wenn nur ein Alibi da ist, die Leichen werden sich schon anfinden.«

Ich chiffrierte den Text und funkte ihn über den Eilkanal. Allerdings war ich nicht im mindesten bei der Sache, denn in eben diesem Augenblick hatte sich ein noch unbestimmter Verdacht in meinem Unterbewußtsein festgekrallt und bohrte unablässig wie der Splitter in einem Finger. Ich saß vor dem Sender und lauschte. Ja, man hatte ein ganz anderes Gefühl beim Horchen, wenn man wußte – das Schiff war voller Leute. Ich hörte Komow mit schnellen Schritten über den Ringkorridor hasten. Er ging stets, als sei er in Eile, dabei wußte er doch, daß er gar nicht zu hetzen brauchte: ohne ihn fing man ja doch niemals an. Dann vernahm ich ein undeutliches Brummen Vanderhoezes und Majas Stimme, die wieder ganz alltäglich klang, hell und selbstbewußt. Offenbar hatte sie sich beruhigt, oder sie tat zumindest so. Keinerlei Stille und Leere mehr, keinerlei Fliegen im Spinnennetz... Und da begriff ich plötzlich, was das für ein Splitter war, der in mir bohrte. Die Stimme der sterbenden Frau, die ich im Fieberwahn gehört hatte, und die Tote in dem zerschellten Raumschiff... Gewiß, alles schien zufällig zu sein, und doch war es, wie man zugeben muß, ein grausiges Zusammentreffen.

3

Stimmen und Phantome

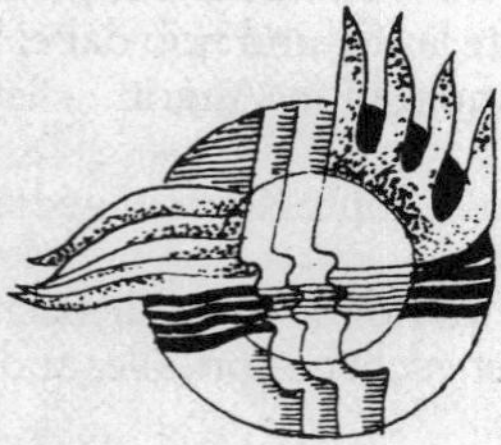

So erstaunlich das klingen mag, ich schlief wie ein Toter. Morgens stand ich nach alter Gewohnheit eine halbe Stunde früher als die anderen auf, lief in die Küche, um wegen des Frühstücks nach dem Rechten zu sehen, schaute anschließend in der Steuerzentrale nach meinen Zöglingen und begann dann im Freien meine Morgengymnastik. Die Sonne war noch nicht über die Berge emporgestiegen, doch es war schon völlig hell und sehr kalt. Die Nasenlöcher verklebten einem, die Wimpern gefroren, und ich ruderte mit den Armen, was das Zeug hielt, machte meine Kniebeugen und war überhaupt bestrebt, mein Pensum möglichst schnell hinter mich zu bringen, um aufs Schiff zurückkehren zu können. Da bemerkte ich plötzlich Komow. Offenbar hatte er heute etwas zu erledigen gehabt und war früher als ich aufgestanden. Jetzt jedenfalls kam er vom Baugelände her. Er ging, ganz gegen seine Gewohnheit, ohne jede Eile, so als wäre er am Grübeln, und klopfte sich einigermaßen zerstreut mit einem Zweig gegen das Bein. Ich war mit meinen Freiübungen bereits fertig, als er auf mich zukam und grüßte. Natürlich grüßte ich wieder und wollte schon in die Luke schlüpfen, als er mich mit einer Frage zurückhielt.

»Sagen Sie, Popow, wenn Sie hier allein bleiben, entfernen Sie sich da manchmal vom Schiff?«

»Wie bitte?« Ich wunderte mich weniger über seine Frage als über die Tatsache, daß sich ein Gennadi Komow dazu herabließ, sich nach meinem Zeitvertreib zu erkundigen. Unsere Beziehungen waren irgendwie kompliziert. Ich konnte ihn nicht sonderlich leiden.

»Ich frage, ob Sie sich vom Schiff entfernen. Zu den Sümpfen zum Beispiel oder zu den Hügeln...«

Ich hasse es, wenn man sich mit mir unterhält und die Augen dabei überall hat, nur nicht bei mir. Besonders wenn ich selbst nur im Turndreß dastehe, der andere aber in einem warmen Fellmantel mit Kapuze steckt. Doch Gennadi Komow war immerhin Gennadi Komow, und so antwortete ich, die Arme um meine Schultern geschlungen und auf der Stelle hüpfend: »Nein. Meine Zeit ist ohnehin knapp, da steht mir der Sinn nicht nach Spaziergängen.«

Da geruhte er endlich zu sehen, daß ich fror, und deutete mit dem Zweig höflich zur Luke hin: »Aber bitte sehr, es ist doch kalt.« In der Einstiegskammer freilich hielt er mich erneut zurück.

»Und wie ist es mit den Robotern, entfernen die sich?«

»Die Roboter?« Ich hatte keine Ahnung, worauf er hinauswollte. »Nein, wozu auch?«

»Nun, was weiß ich... auf der Suche nach Baumaterialien zum Beispiel...«

Sorgfältig lehnte er den Zweig gegen die Wand und begann sich den Mantel aufzuknöpfen. Ich wurde allmählich wütend. Wenn er irgendwie Wind davon bekommen hatte, daß mit meinen Kybersystemen etwas nicht in Ordnung war, dann ging ihn das einen feuchten Staub an. Auch konnte er mir das rundheraus sagen und nicht um sieben Ecken 'rum. Wie kam er eigentlich dazu, mich einem solchen Verhör zu unterziehen...

»Kybersysteme dieser Art«, sagte ich so reserviert wie möglich, »verwenden als Baumaterial nur das, was sich zu ihren Füßen befindet. Im gegebenen Falle ist das Sand.«

»Oder es sind Steine«, warf er lässig hin.

Damit hatte er mich festgenagelt. Freilich ging das entschieden über seine Kompetenzen hinaus, und so erwiderte ich herausfordernd: »Stimmt! Wenn vorhanden, dann auch Steine.«

Er sah mich zum erstenmal während dieses Gesprächs an.

»Ich fürchte, Popow, Sie verstehen mich nicht richtig«, sagte er unerwartet sanft. »Ich habe keinerlei Absicht, mich in Ihre Arbeit einzumischen. Mir sind lediglich einige Zweifel gekommen. Deshalb habe ich mich an Sie gewandt. Sie sind der einzige, der mir da Auskunft geben könnte.«

Nun, wenn man mir im guten kommt, reagiere ich gleichfalls

freundlich. Und so sagte ich: »Im großen und ganzen können sie mit Steinen natürlich nicht viel anfangen. Aber gestern spielte mein System ein bißchen verrückt, da haben die Roboter diese Steine über den ganzen Bauplatz verstreut. Weiß der Kuckuck, was sie damit wollten. Später haben sie sie dann wieder weggeräumt.«

Komow nickte. «Ja, das habe ich gemerkt. Was war denn das für eine Störung?«

In knappen Worten schilderte ich den vorangegangenen Tag, natürlich ohne auf die delikaten Einzelheiten einzugehen. Er hörte zu, nickte von Zeit zu Zeit, dann griff er sich einen kleinen Ast, bedankte sich für die Auskünfte und entfernte sich. Erst später, in der Gemeinschaftskajüte, als ich meine Buchweizengrütze aß und kalte Milch dazu trank, wurde mir bewußt, daß der Liebling Doktor Mbogas weder Andeutungen über die Art seiner Zweifel gemacht hatte noch darüber, wie es mir gelungen war, sie zu zerstreuen. Beziehungsweise, ob es mir überhaupt gelungen war. Ich hielt im Kauen inne und schaute zu Komow hinüber. Nein, es war mir offenbar nicht gelungen.

Im Grunde macht Gennadi Komow stets und immer den Eindruck eines Menschen, der nicht von dieser Welt ist. Ständig richtet er den Blick in die Ferne, so als erforsche er etwas hinter den Weiten des Horizonts und ständig grübelt er über Dinge nach, die verteufelt erhaben sein müssen. Auf die Erde geruht er nur dann herabzusteigen, wenn ihn zufällig oder bewußt irgendwer oder irgendwas beim Forschen behindert. In solch einem Fall fegt er das Hindernis mit eiserner Hand und oft völlig schonungslos beiseite, um sich erneut zu seinem Olymp emporzuschwingen. Zumindest erzählt man das überall von ihm; wer kann wissen, ob an den Gerüchten wirklich etwas Wahres ist. Außerdem: Wenn jemand auf so erfolgreiche Weise an dem Problem fremdplanetiger Psychologien arbeitet, auf seinem Gebiet ganz vorn steht, wenn er sich keinerlei Schonung gönnt und dazu, wie es heißt, einer der hervorragendsten ›Zukunftsgestalter‹ unseres Planeten ist, so sollte man ihm schon einiges nachsehen, seine Umgangsformen mit einer gewissen Milde betrachten. Letztlich kann nicht jeder so liebenswert und charmant sein wie etwa Gorbowski oder Doktor Mboga.

Schließlich dachte ich in den letzten Tagen auch verwundert und mit einer gewissen Betrübnis immer häufiger an das, was mir Tatjana erzählt hatte. Sie hatte ein ganzes Jahr mit Komow zusammengearbeitet und war ganz offensichtlich in ihn verliebt gewesen.

Nach ihren Worten war Komow ein höchst geselliger Mensch von einmaligem Scharfsinn. Die Seele der Gesellschaft hatte sie ihn genannt. Freilich konnte ich mir beim besten Willen nicht vorstellen, was das für eine Gesellschaft sein sollte, in der er die Rolle der Seele spielte.

Um es also noch einmal zu sagen, Gennadi Komow machte auf mich stets einen Eindruck, als sei er nicht von dieser Welt. Beim heutigen Frühstück jedoch übertraf er sich noch. Er bestreute sein Essen ausgiebig mit Salz; er streute, kostete und ließ seinen Teller dann gedankenverloren in den Müllschlucker wandern. Er verwechselte den Senf mit der Butter, bestrich ein gesüßtes Toastbrot mit Senf, kostete und schickte es mit der gleichen Abwesenheit dem Teller hinterher. Die Fragen Vanderhoezes ließ er unbeantwortet, heftete sich dafür aber wie ein Blutegel an Maja und versuchte herauszubekommen, ob sie die Geländeuntersuchungen immer gemeinsam mit Jakob durchführte oder sich gelegentlich von ihm trennte. Und dann sah er mitunter ganz gehetzt um sich. Einmal sprang er sogar vom Tisch auf, lief in den Korridor hinaus, blieb einige Minuten draußen und kehrte danach zu uns zurück, als sei nichts geschehen. Anschließend begann er ein zweites Brot mit Senf zu bestreichen, bis man ihm den vermaledeiten Mostrich schließlich wegnahm.

Auch Maja war nervös. Wenn sie etwas sagte, so kam es ziemlich zusammenhanglos heraus, sie hielt den Blick auf ihren Teller geheftet und lächelte während des ganzen Frühstücks kein einziges Mal. Ich konnte ihr übrigens sehr gut nachfühlen, wie ihr zumute war. Ich an ihrer Stelle hätte mich vor dem Unternehmen, das sie vorhatten, kaum anders benommen. Sie war nicht älter als ich, besaß jedoch bedeutend mehr Arbeitserfahrung. Aber diese Art von Erfahrung würde ihr heute kaum weiterhelfen.

Mit einem Wort: Komow und Maja waren ziemlich durcheinander, und selbst Vanderhoeze, der die beiden hin und wieder mit einem flüchtigen Blick streifte, zeigte Anzeichen von Unruhe. Deshalb begriff ich, daß es völlig fehl am Platz war, um eine Teilnahme an der bevorstehenden Untersuchung zu bitten. Da mir klar wurde, es stand mir abermals ein ganzer Tag voller Stille und Leere bevor, wurde ich nun selbst nervös. So war die Atmosphäre am Frühstückstisch ziemlich gespannt, weshalb sich Vanderhoeze in seiner Eigenschaft als Arzt und Schiffskommandant dann entschloß, etwas zu unternehmen. Er reckte den Kopf hoch, schob den Unterkiefer vor und schaute uns über seine Nasenspitze hinweg durchdringend an. Sein rötlicher Backenbart spreizte sich dabei borstig zu beiden Seiten ab. Fürs erste gab er ein paar Anekdoten aus dem Alltag der Kosmonauten zum besten. Die Geschichten waren alt und abgedroschen. Ich zwang mich zu einem Lächeln, Maja verzog keine Miene, und nur Komow reagierte irgendwie seltsam. Er hörte aufmerksam und ernsthaft zu, nickte an den entscheidenden Stellen zustimmend, musterte dann Vanderhoeze nachdenklich und sagte eindringlich: »Wissen Sie, Jakob, eigentlich würden zu Ihrem Backenbart sehr gut Troddeln an den Ohren passen.«

Das war nicht übel gesagt, und unter anderen Umständen hätte ich meine Freude an diesem Witz gehabt. In der gegenwärtigen Situation jedoch fand ich Komows Bemerkung einfach taktlos. Vanderhoeze selbst schien da freilich ganz anderer Meinung zu sein. Er lächelte selbstgefällig, fuhr sich mit dem gekrümmten Finger erst links, dann rechts durch den Bart und ging zur nächsten Geschichte über.

»Kommt ein Mann von der Erde auf einen anderen bewohnten Planeten, nimmt Kontakt zu den fremden Wesen auf und bietet ihnen seine Dienste an. Er will ihnen ein erstklassiges Perpetuum mobile konstruieren. Auf diesem Gebiet, sagt er, sei er der größte Meister auf Erden. Die Fremden bestaunen ihn, hängen förmlich an den Lippen dieses Vertreters einer vermeintlichen Superzivilisation und machen sich, seinen Anweisungen folgend, unverzüglich ans Werk. Sie stellen die Maschine auch fertig. Doch das Perpetuum funktioniert nicht. Der Erdenmensch dreht an den Rädern, kraucht zwischen allen möglichen Stangen und Zahnrädern herum und schimpft, die Sache sei nicht ordentlich gemacht. ›Die Technologie liegt bei euch noch sehr im argen‹, behauptet er. ›Zum Beispiel müssen diese Scharniere hier verändert oder, noch besser, ganz ausgewechselt werden, was meint ihr?‹ Die Bewohner des Planeten schickten sich in die Lage, sie machen sich ans Verändern und Auswechseln. Kaum sind sie fertig, landet plötzlich eine Rakete von der Erde bei ihnen, eine Rakete vom Medizinischen Rettungsdienst. Die Erdensanitäter greifen sich den Erfinder und verpassen ihm eine Beruhigungsspritze. Der Arzt entschuldigt sich mehrfach bei den Fremden, dann startet die Rakete wieder. Die Planetenbewohner sind bedrückt und auch verlegen, sie schämen sich und wagen nicht, einander in die Augen zu sehen. Aber gerade, als sie auseinandergehen wollen, bemerken sie, daß das Perpetuum angefangen hat, zu arbeiten. Ja, meine Freunde, die Maschine begann zu arbei-

ten und hat bis heute noch nicht wieder aufgehört, seit nunmehr hundertfünfzig Jahren...«

Mir gefiel diese reichlich primitive Geschichte. Man merkte sofort, daß sie Vanderhoeze selbst ausgedacht hatte, und zwar eben erst. Zu meiner großen Verblüffung sagte sie auch Komow zu. Bereits nach der Hälfte der Erzählung hörte er auf, seinen Blick auf der Suche nach dem Senftopf über den Tisch schweifen zu lassen. Er starrte Vanderhoeze aus seinen zusammengekniffenen Augen an, bis der fertig war, und bemerkte dann: Die Idee, einen der kontaktaufnehmenden Partner als unzurechnungsfähig auftreten zu lassen, sei theoretisch durchaus interessant. Die allgemeine Kontakttheorie habe eine solche Möglichkeit bisher leider nicht in Betracht gezogen, obwohl schon zu Beginn des 21. Jahrhunderts von einem gewissen Strauch der Vorschlag gekommen sei, der Besatzung von Raumschiffen auch einige Schizoide beizugeben. Bereits damals sei bekannt gewesen, daß Leute mit Bewußtseinsspaltung über eine stark ausgeprägte Fähigkeit zu nicht vorgebildeten Denkweisen verfügten. Dort, wo ein normaler Mensch in einem Wust von Unbekanntem unwillkürlich bestrebt sei, etwas Vertrautes zu entdecken, etwas ihm von früher Bekanntes und Stereotypes, sehe der Schizophrene die Dinge in ihrer tatsächlichen Beschaffenheit und sei darüber hinaus in der Lage, neue Stereotypen zu bilden, die direkt aus dem sich darbietenden Chaos, aus dessen geheimnisvoller Natur hervorgingen. Übrigens, fuhr Komow, in Eifer geraten, fort, sei diese Fähigkeit für die Schizoiden der verschiedensten Zivilisationsformen gleichermaßen gültig. Und da theoretisch durchaus die Möglichkeit bestände, daß sich das Kontaktobjekt als schizoides Individuum erwiese, und da ein verspätetes Erkennen dieses Sachverhalts zu ernsthaften Folgen führen könne, verdiene das Problem, das Vanderhoeze angeschnitten habe, gebührende wissenschaftliche Beachtung.

Jakob erklärte mit spöttischem Lächeln, er schenke Komow diese Idee, und fügte hinzu, es sei nun an der Zeit aufzubrechen. Bei dieser Aufforderung wurde Maja, die Komows Ausführungen mit großem Interesse und halbgeöffnetem Mund gelauscht hatte, ganz klein. Auch ich war einigermaßen niedergedrückt; diese Bemerkungen über die Schizophrenen hatten unangenehme Assoziationen in mir wachgerufen. Doch da geschah folgendes:

Vanderhoeze und Maja hatten die Gemeinschaftskajüte bereits verlassen, als Komow, der einige Augenblicke in der Tür gestanden hatte, plötzlich eine Kehrtwendung machte. Er trat auf mich zu, packte mich kräftig beim Ellbogen und murmelte, während er mit seinen kalten grauen Augen mein Gesicht abzutasten schien, hastig: »Warum sind Sie denn so bedrückt, Stas? Ist irgendwas passiert?«

Ich war baff. Der übernatürliche Scharfblick dieses Spezialisten auf dem Gebiet der Schizophrenie warf mich fast um. Dennoch gelang es mir sofort, mich wieder in die Gewalt zu bekommen. Zuviel stand in diesem Augenblick für mich auf dem Spiel. Ich trat einen Schritt zurück und fragte mit grenzenlosem Erstaunen: »Wie meinen Sie das, Gennadi Jurjewitsch?«

Sein Blick tastete nach wie vor mein Gesicht ab, er gab keine Antwort, erkundigte sich vielmehr erneut, diesmal aber noch leiser und schneller: »Haben Sie Angst, allein zu bleiben?«

Doch ich saß bereits fest im Sattel.

»Angst?« fragte ich zurück. »Nun, das wäre wohl übertrieben, Gennadi Jurjewitsch. Schließlich bin ich kein Kind mehr...«

Er ließ meinen Arm los.

»Vielleicht sollten Sie mit uns fliegen?«

Ich zuckte die Achseln. »Das würde ich gern tun, aber gestern sind ja nun einige Störungen bei meinen Kybern aufgetreten, die ich erst beheben muß. Da sollte ich wohl besser dableiben.«

»Na, wenn Sie meinen«, sagte Komow unbestimmt, machte abrupt kehrt und ging hinaus.

Ich blieb noch einen Moment stehen und gab mir Mühe, mich endgültig unter Kontrolle zu bekommen. In meinem Kopf war ein einziges Tohuwabohu, andererseits aber kam ich mir wie nach einem gut bestandenen Examen vor.

Sie winkten mir noch, bevor sie abflogen, ich jedoch nahm mir nicht einmal die Zeit, ihnen hinterherzuschauen. Ich kehrte unverzüglich ins Schiff zurück, bewaffnete mich mit einem Paar Stereokristallophone, heftete sie an die Ohren und ließ mich in den Sessel vor meinem Steuerpult fallen. Ich beobachtete meine Zöglinge bei der Arbeit, las, nahm Funksprüche entgegen und führte Gespräche mit Wadik und Ninon, getröstet übrigens durch die Tatsache, daß auch bei Wadik in voller Lautstärke Musik zu hören war. Dann widmete ich mich voller Hingabe dem Hausputz und stellte im Hinblick auf eine sicherlich notwendige Stärkung der seelischen Kräfte ein Schlemmermenü zusammen. Das Ganze ging unter Donnern und Dröhnen, unter dem Heulen der Flöten und dem

Winseln der Necophone vor sich. Alles in allem war ich zum Nutzen anderer und auch zum eigenen eifrig und mitleidlos bemüht, die Zeit totzuschlagen. Und doch bohrte den ganzen Tag über der quälende Gedanke in mir, wie Komow erfahren hatte, was in mir vorging, und was er in diesem Zusammenhang unternehmen würde. Komow stellte mich vor ein Rätsel. Die plötzlichen Zweifel, die ihm nach der Besichtigung des Bauplatzes gekommen waren, seine Bemerkungen über die Schizoiden, die seltsamen Worte schließlich, die wir an der Tür zur Gemeinschaftskajüte gewechselt hatten... Zum Teufel, wenn ich daran dachte, daß er mir angeboten hatte, mit ihnen zu fliegen... Er fürchtete ganz offensichtlich, mich allein hier zu lassen. Sah man mir die Unsicherheit wirklich so deutlich an? Vanderhoeze hatte doch auch nichts bemerkt...

Mit solchen und ähnlichen Gedanken verging der größte Teil meines Arbeitstages. Um fünfzehn Uhr, bedeutend früher, als ich erwartet hatte, kehrten die anderen zurück. Ich schaffte es gerade noch, die Kristallophone von den Ohren zu reißen und zu verstekken, da kam auch schon die ganze Gesellschaft hereingeschneit. Ich begrüßte sie in der Einstiegskammer auf eine Weise, die ich mir vorher genau zurechtgelegt hatte: Ich war zurückhaltend, aber freundlich, stellte keinerlei Fragen in der Angelegenheit selbst, erkundigte mich lediglich, ob sie etwas zur Stärkung zu sich nehmen wollten. Freilich fürchtete ich, nach diesen sechs Stunden Donner und Getöse ein bißchen zu laut gesprochen zu haben. Maja jedenfalls, die zu meiner großen Freude einen recht zufriedenstellenden Eindruck machte, warf mir einen erstaunten Blick zu. Auch Komow musterte mich hastig von Kopf bis Fuß, verschwand dann aber, ohne ein Wort zu verlieren, in seiner Kajüte.

»Eine Stärkung?« sagte Vanderhoeze nachdenklich. »Weißt du, Stas, ich gehe jetzt gleich in die Zentrale und schreibe die Expertise, da könntest du mir bei Gelegenheit ein Glas Tonic-Wasser vorbeibringen.«

Ich versprach ihm das und ging, während er sich in die Steuerkabine begab, mit Maja in die Mannschaftskajüte. Dort bereitete ich zwei Gläser Tonic, gab das eine Maja und brachte das andere Vanderhoeze. Als ich zurückkam, schritt Maja mit dem Glas in der Hand im Raum auf und ab. Obwohl sie bedeutend ruhiger war als noch am Morgen, war ihr eine gewisse Verkrampftheit, ein Angespanntsein anzumerken. Ich wollte ihr helfen, damit fertig zu werden, und fragte: »Also, was ist nun mit dem Schiff?«

Maja nahm einen großen Schluck, fuhr sich mit der Zungenspitze über die Lippen und sagte mit einem Blick, der mir auswich: »Ach, Stas, das ist alles nicht so einfach.«

Ich wartete, daß sie fortfuhr, doch sie schwieg.

»Was ist nicht so einfach?«

»Na, alles.« Sie machte eine vage Bewegung mit der Hand, in der sie das Glas hielt. »Eine kastrierte Welt ist das. Ein Fall von Bleichsucht. Ich sage dir: Dieses Raumschiff ist nicht von ungefähr hier zerschellt, und wir haben es auch nicht von ungefähr hier gefunden. Und überhaupt: Auf diesem feinen Planeten geht unser ganzes Vorhaben, das gesamte Umsiedlungsprojekt, in die Binsen!« Sie trank das Glas leer und stellte es auf den Tisch. »Gegen die elementarsten Sicherheitsvorschriften verstoßen wir, lassen zu, daß die Mehrheit der Mitarbeiter Grünschnäbel sind wie du... und übrigens auch ich... Und das alles mit der Begründung, der Planet sei biologisch passiv. Als wenn es darum ginge! Jeder x-beliebige, wenn er nur das geringste Gespür hat, merkt bereits nach einer Stunde, daß hier etwas nicht stimmt. Hier hat es früher einmal Leben gegeben, dann ist eine Sternenexplosion erfolgt, die innerhalb von Sekunden alles auslöschte... Biologisch passiv? Schon möglich. Dafür aber nekrotisch aktiv. Und die Panta wird in ein paar Jahren genauso aussehen. Verkrüppelte Bäume, sieches Gras, ein Bild, das an ewigen Tod erinnert. Hier weht der Geruch des Todes, begreifst du? Noch schlimmer sogar – der Geruch erstorbenen Lebens. Nein, Stas, ich sage dir: Die Pantianer können hier nicht glücklich werden, können unmöglich Fuß fassen. Ein neues Haus für eine ganze Zivilisation soll entstehen? Es wird kein neues Haus geben, höchstens ein altes Gespensterschloß.«

Bei diesem letzten Wort zuckte ich zusammen. Sie bemerkte es, verstand es aber offenbar falsch.

»Nur keine Sorge«, sagte sie mit einem traurigen Lächeln. »Ich bin nicht übergeschnappt. Ich versuche nur, meine Empfindungen und Vorahnungen auszudrücken. Wie ich sehe, fällt es dir schwer, mich zu verstehen, aber sag selbst, was das für Vorahnungen sein können, wenn sich einem solche Wörter aufdrängen: nekrotisch, Gespenster...«

Sie schritt erneut im Raum auf und ab, blieb unvermittelt vor mir stehen und fuhr fort: »Gewiß, andererseits besitzt der Planet wunderbare und seltene Parameter. Die biologische Aktivität ist nahezu gleich Null, Atmosphäre, Hydrosphäre, Klima und Wärmebalance sind für das Projekt ›Arche‹ wie auf Bestellung gemacht. Doch ich lass' mir den Kopf abhacken, wenn auch nur einer unserer Theoretiker, einer der Organisatoren des Unternehmens seinen Fuß auf diesen Planeten gesetzt hat. Und sollte es tatsächlich einer getan haben, dann hatte er eben nicht einen Funken Gefühl, ein Minimum an Gespür fürs Leben. Das kannst du mir glauben... Sicherlich, das sind alles alte Hasen, die schon eine Menge hinter sich haben, die erfahren sind. Eine körperlich greifbare Gefahr würden sie sofort wittern! Doch *das* hier...« Sie schnalzte mit den Fingern und verzog in dem Unvermögen, das richtige Wort zu finden, beinahe schmerzhaft das Gesicht. »Was weiß ich«, fuhr sie fort, »vielleicht hat sogar jemand gemerkt, daß auf diesem Planeten etwas nicht stimmt. Aber wie sollte er das einem erklären, der nie hier war? Kannst wenigstens du mich ein bißchen verstehen?«

Sie sah mich mit ihren grünen Augen durchdringend an, und ich fragte mich, was ich antworten sollte. Schließlich, nach einigem Zögern, log ich: »Nicht ganz... das heißt, in gewissem Sinne hast du natürlich recht... die Stille hier und die Leere...«

»Siehst du«, sagte sie resigniert, »nicht einmal du begreifst es. Na, genug davon.« Sie setzte sich mir gegenüber auf den Tisch, stukte mir plötzlich den Finger in die Wange und begann zu lachen, »Ich habe mir alles von der Seele geredet, nun ist mir leichter. Mit Komow, das weißt du selbst, kommt man nicht groß ins Gespräch, und an Vanderhoeze möchte ich mich mit solchen Dingen lieber nicht wenden – der würde mich glatt in seinen Medizinbunker sperren.«

Die Spannung, unter der wir die ganze Zeit gestanden hatten, fiel ab, und unser Gespräch wurde unbekümmerter. Ich klagte ihr mein Leid mit den Robotern, erzählte von Wadik, von seinem Bad in dem riesigen Ozean, und erkundigte mich, ob sie mit ihrer Suche nach geeigneten Siedlungsplätzen vorankämen. Maja erwiderte, daß sie vier Stellen für künftige Siedlungen vorgemerkt hätten, daß diese Plätze in vielerlei Beziehung günstig wären und daß die Pantianer im Grunde dort ihr ganzes Leben in Freuden zubringen könnten. Aber da das Unternehmen insgesamt zum Scheitern verurteilt sei, lohne es sich nicht, weiter darüber zu sprechen. Ich machte Maja auf ihren nach meiner Meinung angeborenen Skeptizismus aufmerksam, durch den sie sich schon immer ausgezeichnet habe, und daß dieser Skeptizismus häufig ungerechtfertigt gewesen sei. Worauf sie entgegnete, es handle sich nicht um einen angeborenen

Skeptizismus, sondern um einen der Natur, und überhaupt sei ich ein Grünschnabel, der eigentlich vor ihr, der erfahrenen Maja, Haltung annehmen müsse. Was mich wiederum zu der Antwort bewog, ein wirklich erfahrener Mensch würde sich nie und nimmer in einen Streit mit einem Kybermechaniker einlassen, denn der sei auf einem Schiff so etwas wie die Achse, um die das ganze Dasein kreise. Maja konterte, daß Rotationsachsen im allgemeinen reine Idealvorstellungen wären, nichts als die geometrischen Örter von Punkten... Dann stritten wir über den Begriff ›Rotationsachse‹ an sich und schwatzten überhaupt recht dummes Zeug, so daß ein Außenstehender sicherlich den Eindruck erhalten hätte, wir wären recht unbekümmert. Freilich hätte ich nicht wissen wollen, welchen Gedanken Maja wirklich nachhing, ich selbst jedenfalls überlegte die ganze Zeit hindurch, ob ich nicht jetzt gleich, auf der Stelle, die Prophylaxe sämtlicher Sicherheitssysteme vornehmen sollte. Zwar waren all diese Systeme auf eine biologische Gefahr ausgerichtet, und man konnte unmöglich voraussagen, ob sie sich bei einer nekrotischen Gefahr bewähren würden, doch ich sagte mir gewiß mit Recht: Den Behüteten behütet Gott, unter einen liegenden Stein fließt kein Wasser, und überhaupt: Je vorsichtiger man fährt, desto weiter kommt man.

Kurz gesagt, als Maja schließlich zu gähnen begann und darüber klagte, daß sie müde sei, schickte ich sie mit der Begründung fort, sie solle sich vor dem Mittagessen noch ein Stündchen aufs Ohr legen. Ich selbst aber suchte umgehend die Bibliothek auf, griff mir ein Lexikon und informierte mich erst einmal über die genaue Bedeutung von ›nekrotisch‹. Die Erklärung des Wortes wirkte ziemlich niederschmetternd auf mich, und ich beschloß, unverzüglich die Sicherheitsprophylaxe in Angriff zu nehmen. Vorher ging ich aber nochmals in die Steuerzentrale, um das Verhalten meiner Roboter zu überprüfen. Dort stieß ich auf Vanderhoeze, der gerade die einzelnen Blätter seiner Expertise sorgfältig zu einem Bündel zusammenpackte. »Ich bring' das jetzt zu Komow«, sagte er, als er mich sah, »dann kriegt es Maja zu lesen und anschließend werden wir alles durchsprechen. Was meinst du? Soll ich dich dazurufen?« Ich bejahte und teilte ihm mit, daß ich im Segment für Sicherheitsvorkehrungen zu finden sei. Er warf mir einen erstaunten Blick zu, sagte aber nichts und verließ den Raum.

Ungefähr zwei Stunden später wurde ich gerufen. Über Bordfunk ließ mich Vanderhoeze wissen, daß jetzt alle den Bericht gelesen hätten, und fragte, ob ich ihn mir nicht gleichfalls ansehen wollte. Ich wollte natürlich gern, doch meine Prophylaxe lief gerade auf Hochtouren. Der Wach- und Erkundungskyber war zur Hälfte auseinandergenommen, das Sterilisieren stand noch bevor, und so antwortete ich, daß ich zwar aufs Lesen verzichten müßte, zur Beratung jedoch unbedingt erscheinen würde, sobald ich hier fertig wäre. »Ich habe hier noch etwa eine Stunde zu tun«, sagte ich, »eßt nur inzwischen ohne mich.«

Als ich dann die Gemeinschaftskajüte betrat, war das Mittagessen beendet, und sie hatten mit der Diskussion begonnen. Ich nahm mir einen Teller Suppe, setzte mich etwas abseits von den anderen hin und hörte zu, während ich aß.

»Ich kann die Hypothese vom Meteoriteneinschlag nicht ganz ohne Widerspruch hinnehmen«, sagte Vanderhoeze vorwurfsvoll. »Die ›Pelikane‹ sind mit einem ausgezeichneten Meteoritenschutz ausgestattet, Gennadi. Das Schiff hätte also einfach ausweichen können.«

»Einverstanden«, erwiderte Komow, der vor sich auf den Tisch schaute und ärgerlich die Brauen runzelte. »Es wäre aber möglich, daß der Meteoritenhagel gerade in dem Augenblick auf sie niedergegangen ist, als sie aus dem Subraum hochtauchten...«

»Ja, schon«, gab Vanderhoeze zögernd zu. »Ein solcher Fall ist durchaus vorstellbar. Aber die Wahrscheinlichkeit...«

»Sie setzen mich in Erstaunen, Jakob. Das Marschtriebwerk des Schiffes war völlig zerstört. Wir haben eine riesige Einschlagstelle und deutliche Spuren enormer Wärmeentwicklung entdeckt. Jedem normalen Menschen muß doch einleuchten, daß es sich hier nur um einen Meteoriten handeln kann.«

Vanderhoeze schaute äußerst unglücklich drein.

»Na ja... also gut«, sagte er. »Wie Sie meinen, Gennadi... Nur... Sie sind kein Raumflieger, Sie haben keine Ahnung... Sie können einfach nicht wissen, wie wenig wahrscheinlich das ist. Ausgerechnet in dem Augenblick, da das Schiff aus dem Subraum auftaucht, ein Meteorit mit so gewaltiger Durchschlagskraft... Ich hab' wirklich keinen Vergleich dafür, wie unwahrscheinlich das alles ist!«

»Und was schlagen Sie nun vor?«

Vanderhoeze ließ seinen Blick in die Runde schweifen, hoffte auf Unterstützung. Als er merkte, daß eine Rückenstärkung nicht zu erwarten war, sagte er: »Schön, ich bin einverstanden. Aber ich bestehe darauf, daß wir uns durch die Formulierung gewisse Möglichkeiten offenhalten. Also etwa: ›Die angegebenen Fakten lassen die Vermutung zu...‹«

»...lassen die Schlußfolgerung zu«, berichtigte Komow.

»Die Schlußfolgerung?« Vanderhoeze machte ein finsteres Gesicht. »Was kann es denn hier für eine Schlußfolgerung geben, Gennadi. Es ist nur eine Vermutung, nichts weiter,... lassen die Vermutung zu, daß das Raumschiff durch einen Meteoriten von gewaltiger Energie in dem Augenblick getroffen wurde, als es aus dem Subraum auftauchte.‹ So und nicht anders. Ich bitte um Zustimmung.«

Komow überlegte einige Sekunden und bewegte dabei die Kaumuskeln, dann erklärte er: »Einverstanden. Gehen wir zum nächsten Punkt über.«

»Moment mal«, sagte Vanderhoeze. »Und deine Meinung dazu, Maja?«

Das Mädchen zuckte die Achseln. »Ehrlich gesagt, ich sehe hier keinen Unterschied. Im großen und ganzen bin ich einverstanden.«

»Also der nächste Punkt«, drängte Komow ungeduldig. »Wir brauchen nicht erst die Ansicht des Stützpunktes darüber einzuholen, was mit den beiden Leichen zu tun ist. Überhaupt hat diese Geschichte nichts in einem Fachgutachten zu suchen. Wir werden in einem gesonderten Fernspruch ankündigen, daß die sterblichen Überreste der beiden Raumfahrer demnächst in einem Spezialcontainer zum Stützpunkt übergeführt werden.«

»Aber...«, setzte Vanderhoeze schüchtern an.

»Ich werde mich gleich morgen darum kümmern«, unterbrach ihn Komow. »Ich persönlich werde das erledigen.«

»Vielleicht sollten wir sie lieber hier begraben?« sagte Maja leise.

»Bitte sehr, ich habe nichts dagegen«, erwiderte Komow sofort. »Obwohl es in solchen Fällen üblich ist, die Leichen zunächst zur Erde zu bringen... Was gibt's?« wandte er sich an Vanderhoeze.

Der Kommandant, der schon den Mund aufmachen wollte, schüttelte nur den Kopf und sagte: »Ach, nichts.«

»Mit einem Wort, ich schlage vor, diesen Punkt aus der Expertise herauszunehmen«, sagte Komow. »Sind Sie einverstanden, Jakob?«

»Von mir aus... Und du, Maja?«

Maja zögerte, und ich verstand sie sehr gut. Das alles ging ziemlich geschäftsmäßig vonstatten. Zugegeben, ich hatte keine Ahnung, wie so etwas erledigt werden mußte, doch war eine Abstimmung ganz gewiß nicht das Richtige.

»Na wunderbar«, erklärte Komow, als wäre überhaupt nichts vorgefallen. »Und nun zu den Ursachen und näheren Umständen des Todes. Das Protokoll der Autopsie und die Fotounterlagen sind eindeutig, deshalb schlage ich als Formulierung vor: ›Die Lage der Verunglückten läßt den Schluß zu, daß der Tod der beiden Piloten durch den Aufprall des Schiffes auf die Planetenoberfläche eingetreten ist. Der Mann war früher tot als die Frau, er konnte gerade noch die Bordaufzeichnungen löschen, war aber nicht mehr imstande, den Pilotensessel zu verlassen. Die Frau dagegen war noch einige Zeit am Leben und versuchte, aus dem Schiff ins Freie zu gelangen. Der Tod ereilte sie in der Einstiegskammer...‹ Dann kann es in Ihrem Text weitergehen.«

»Hmm...«, machte Vanderhoeze mit ziemlichem Zweifel in der Stimme. »Finden Sie nicht, Gennadi, daß das alles zu kategorisch klingt? Wenn wir uns zum Beispiel an das Protokoll der Autopsie halten, gegen das Sie ja nichts einzuwenden haben, war die Ärmste gar nicht in der Lage, sich bis zur Einstiegskammer zu schleppen.«

»Dennoch haben wir sie dort aufgefunden«, erwiderte Komow schneidend.

»Aber gerade dieser Umstand...«, sagte Vanderhoeze eindringlich, die Hände gegen die Brust gepreßt.

»Hören Sie, Jakob«, fuhr ihm Komow ins Wort. »Niemand weiß, wozu ein Mensch in einer kritischen Situation imstande ist. Besonders eine Frau. Denken Sie an die Geschichte mit Martha Priestley. Denken Sie an die Geschichte überhaupt.«

Es herrschte Schweigen. Vanderhoeze saß mit unglücklichem Gesicht da und zupfte voller Verzweiflung an seinem Backenbart herum.

»Ich bin weniger darüber erstaunt, daß sich die Frau bis zur Einstiegsluke durchgearbeitet hat«, ließ sich Maja vernehmen, »als vielmehr über die Tatsache, daß der Mann die Bordaufzeichnungen gelöscht hat. Warum soll er das getan haben? Immerhin war ein Zusammenprall erfolgt, er lag im Sterben...«

»Na ja, das ist...«, begann Vanderhoeze unsicher.

»Das kann schon passieren... Schließlich lag er in der Agonie, seine Hände glitten unkontrolliert über das Pult, dabei muß er die Taste berührt haben...«

»Was die Frage der Bordaufzeichnungen betrifft«, schaltete sich Komow ein, »so wird sie in einer Rubrik für Fakten besonderer Bedeutung abgehandelt. Ich persönlich glaube, daß dieses Rätsel nie-

mals gelöst werden kann... wenn es sich hier überhaupt um ein Rätsel handelt und nicht einfach um eine zufällige Verquickung von Umständen. Fahren wir also fort.« Er blätterte hastig die vor ihm liegenden Bogen durch. »Was mich angeht, so habe ich im Grunde keine Bemerkungen weiter. Die von der Erde mitgeführte Mikroflora und Mikrofauna ist offenbar zugrunde gegangen, jedenfalls haben wir diesbezüglich keinerlei Spuren finden können... Die persönlichen Papiere. Ihre Papiere zu ordnen ist nicht unsere Sache, außerdem würden wir da höchstens noch was verderben, in dem Zustand, in dem sie sind. Morgen werde ich sie konservieren und herbringen... Ach ja, hier ist noch was für Sie, Popow. Kennen Sie sich in der kybernetischen Ausrüstung der ›Pelikane‹ aus?«

»Ja, natürlich«, sagte ich und schob hastig den Teller beiseite.

»Seien Sie so gut«, er reichte mir das Blatt Papier herüber, »und schauen Sie mal nach, ob alles vollzählig ist. Hier ist eine Aufstellung sämtlicher aufgefundener Kybermechanismen.«

Ich nahm die Liste an mich. Alle sahen mich erwartungsvoll an.

»Ja«, sagte ich nach einer Weile, »es ist alles da. Sogar die aktiven Erkundungskyber sind vorhanden, obwohl sie gewöhnlich... Aber hier ist etwas, das verstehe ich nicht. Hier heißt es: ›Ein Reparaturroboter, der in eine Nähvorrichtung umgebaut wurde.‹«

»Jakob, erklären Sie's ihm«, forderte Komow.

Vanderhoeze reckte den Kopf hoch und streckte den Unterkiefer vor,

»Tja, was soll ich da erklären, Stas«, sagte er nachdenklich. »Es handelt sich eben einfach um einen Reparaturkyber, der in eine Art Nähmaschine umgebaut wurde. Eine Vorrichtung, mit deren Hilfe man nähen kann, begreifst du? Einer der beiden, offenbar die Frau, muß ein etwas ungewöhnliches Hobby gehabt haben.«

»Aha«, erwiderte ich verwundert. »Aber daß es ein Reparaturkyber war, ist sicher?«

»Zweifellos«, bestätigte Vanderhoeze überzeugt.

»Dann ist das Verzeichnis vollständig«, sagte ich und gab Komow die Liste zurück. »So erstaunlich vollständig. Wie es scheint, sind sie kein einziges Mal auf einem größeren Planeten gelandet.«

»Danke«, sagte Komow. »Sobald die Reinschrift der Expertise vorliegt, werde ich Sie bitten, die Rubrik über die ausrangierten Kybersysteme zu unterschreiben.«

»Es wurde doch aber gar nichts ausrangiert«, entgegnete ich.

Komow ließ sich nicht erst zu einer Antwort herab, und so schaltete sich Vanderhoeze ein: »Es existiert da so eine Rubrik mit der Bezeichnung ›Ausrangierte Kybersysteme‹. Du wirst unterschreiben, daß nichts ausrangiert wurde.«

»Gut, gut...«, murmelte Komow vor sich hin, während er die verstreuten Blätter zu einem Packen zusammenlegte. »Und nun würde ich Sie bitten, Jakob, Ordnung in diesen ganzen Wust zu bringen, damit wir unterschreiben und noch heute zum Stützpunkt funken können. Wenn es also keine Ergänzungsvorschläge gibt, möchte ich mich jetzt empfehlen.«

Ergänzungsvorschläge gab es nicht und Komow verschwand. Vanderhoeze erhob sich mit einem tiefen Seufzer, wog einen Augenblick lang nachdenklich den Blätterpacken auf der Hand, sah uns an und ging dann, den Kopf nach hinten geworfen, gleichfalls.

»Vanderhoeze ist entschieden unzufrieden«, bemerkte ich und legte mir ein Stück Braten auf den Teller.

»Ich bin auch unzufrieden«, sagte Maja. »Das Ganze ist irgendwie unwürdig verlaufen. Ich kann es nicht näher erklären, und vielleicht sehe ich es zu naiv... aber es müßte doch... man hätte wenigstens eine Schweigeminute einlegen sollen oder so... Was aber haben wir gemacht – die Sache eins, zwei, drei abgewickelt: Zustand der Leichen, ausrangierte Kybersysteme, topographische Parameter... Pfui Teufel! Nicht anders als beim Praktikum an der Uni...«

Ich war vollkommen einer Meinung mit ihr.

»Komow hat doch niemanden zu Wort kommen lassen!« fuhr sie aufgebracht fort. »Für ihn ist alles klar, eindeutig. In Wirklichkeit ist das aber gar nicht so klar. Sowohl was den Meteoriten betrifft als auch das andere, besonders die Bordaufzeichnungen. Ich nehme ihm das einfach nicht ab! Meiner Meinung nach führt er irgendwas im Schilde, und Jakob ist das ebensowenig entgangen. Er weiß nur nicht, wie er an ihn 'ran kann... Na ja, vielleicht nimmt er die Sache auch nicht so wichtig.«

»Vielleicht ist sie in der Tat nicht wichtig«, murmelte ich unsicher.

»Ich sag' ja gar nicht, daß sie wichig ist!« erwiderte Maja. »Mir schmeckt's einfach nicht, wie Komow sich aufführt. Ich begreife ihn nicht. Und überhaupt, er gefällt mir nicht! Wie haben sie mir alle von ihm die Ohren voll gesungen! Dabei zähl' ich schon die Tage, die ich noch mit ihm zusammenarbeiten muß. Nie wieder werd' ich später mit dem zusammenarbeiten!«

»Na, so sehr lange dauert es ja nicht mehr«, sagte ich friedfertig. »An die zwanzig Tage vielleicht...«

Damit trennten wir uns. Maja wollte sich noch an ihre Vermessungen und Geländeskizzen setzen, ich begab mich in die Steuerzentrale, wo mich eine kleine Überraschung erwartete: Tom teilte mir mit, daß die Fundamente gelegt wären, und bat mich, die Arbeit abzunehmen. Ich warf mir den Fellmantel über und lief zum Bauplatz.

Die Sonne war bereits untergegangen, und das Dunkel hatte sich verdichtet. Die Dämmerung hier ist seltsam – schwarzviolett wie aufgelöstes Tintenpulver. Einen Mond gibt es nicht, dafür aber einen Überfluß an Nordlicht. Und was das für ein Nordlicht ist! Über den schwarzen Ozean spannen sich lautlos gigantische Gemälde in allen Regenbogenfarben, schieben sich zusammen und entfalten sich wieder, beben und zittern, als würden sie von Windböen erfaßt, schillern weißlich, grün und rosa und verlöschen in Sekundenschnelle, so daß im Auge des Betrachters verschwommene Farbtupfer zurückbleiben. Doch genauso schnell flammen diese Gemälde wieder auf, und dann verschwinden die Sterne ringsum, verschwindet das Dämmerlicht, wird alles in unnatürliche, doch kristallklare Farben getaucht. Der Nebel über dem Sumpf färbt sich rotbraun, der Eisberg in der Ferne schimmert wie ein Bernsteinfelsen, und über den Strand fegen blitzschnelle grünliche Schatten hin.

Während ich mir emsig Nase und Wangen massierte, die halb erfroren waren, prüfte ich in diesem wundersamen Licht die fertigen Fundamente. Tom, der mir dicht auf den Fersen folgte, teilte mir diensteifrig die notwendigen Zahlen und Angaben mit, und als das Nordlicht verlosch, schaltete er nicht weniger diensteifrig seine Scheinwerfer ein. Es war wie immer totenstill, nur der gefrorene Sand unter meinen Füßen knirschte. Dann vernahm ich auf einmal Stimmen: Maja und Vanderhoeze waren herausgekommen, um frische Luft zu schnappen und sich an dem Himmelsschauspiel zu ergötzen. Maja war von diesem Nordlicht sehr angetan – es war aber auch das einzige, was ihr auf diesem Planeten gefiel. Da ich ziemlich weit vom Schiff entfernt war, sah ich die beiden nicht, konnte jedoch deutlich ihre Stimmen vernehmen. Übrigens hörte ich zunächst nur mit halbem Ohr hin. Maja sagte irgend etwas von beschädigten Baumspitzen, während sich Vanderhoeze über die Erosion der Pseudoorganik am Außenbord des Schiffes ausließ. Offenbar erörterten sie ein weiteres Mal die Ursachen und Umstände der ›Pelikan‹-Katastrophe.

In ihrer Unterhaltung lag etwas Seltsames. Ich wiederhole: Zunächst hörte ich nur mit halbem Ohr hin, und erst nach und nach wurde ich stutzig. Sie unterhielten sich nämlich, als redete jeder für sich. Sagte zum Beispiel Vanderhoeze: »Eins der Planetentriebwerke muß heil gewesen sein, sonst hätten sie unmöglich in der Atmosphäre manövrieren könne«, so erwiderte Maja: »Nein, Jakob, auf keinen Fall weniger als zehn bis fünfzehn Jahre. Sieh dir doch bloß mal diese Auswüchse an...«

Ich stieg zu einem der Fundamente hinab, um mir die Grundschicht anzusehen, und als ich wieder nach oben kletterte, war ihr Gespräch zusammenhängender, dabei aber noch unverständlicher geworden. Als wenn sie irgendein Stück repetierten.

»Was ist denn das hier?« fragte Maja.

»Ich würde sagen, ein Spielzeug«, erwiderte Vanderhoeze.

»Sieht so aus, aber wozu hat es gedient?«

»Ein Hobby, denk' ich. Was ist daran so verwunderlich, viele Leute haben ein Hobby.«

Das Ganze erinnerte mich an die Art, wie wir uns damals während der Vorbereitungszeit auf dem Stützpunkt die Zeit vertrieben. Wenn Wadim zum Beispiel urplötzlich durch den ganzen Speisesaal brüllte: »Kapitän! Ich schlage vor, das Heckteil abzuwerfen und in den Subraum einzutauchen!«, parierte ein anderer Witzbold: »Ich begrüße Ihren Vorschlag, Kapitän! Vergessen Sie nicht das Kopfteil, Kapitän!« – und immer so weiter.

Übrigens war diese seltsame Unterhaltung bald beendet. Man hörte das Klappen der Luke, dann herrschte wieder Stille. Ich besichtigte den letzten Abschnitt des Fundaments, sprach Tom ein Lob für die gute Arbeit aus und wies ihn an, Jack auf die nächstfolgende Tätigkeit umzuschalten. Das Nordlicht war erloschen, und in der Finsternis waren nur die Positionslichter meiner Roboter zu sehen. Als ich merkte, daß mir vor Kälte fast die Nasenspitze abfiel, lief ich im Galopp zum Schiff zurück, tastete nach der Lukenbetätigung und schlüpfte in den Einstieg. Die Einstiegskammer ist etwas Wunderbares. Sie ist einer der herrlichsten Räume überhaupt. Sicherlich deshalb, weil man sie auf dem Schiff zuallererst betritt und von ihr die wohlige Empfindung des Zuhauseseins vermittelt bekommt: Man kehrt aus einer fremden, eisigen, drohenden Welt in das vertraute, warme, behütete Heim zurück. Aus der Finsternis ins Licht. Ich legte den Mantel ab und begab mich krächzend und händereibend in die Steuerzentrale.

Dort saß bereits Vanderhoeze, der all seine Papiere um sich ausgebreitet hatte. Den Kopf ergeben gesenkt, übertrug er die Expertise Seite um Seite ins reine. Die Chiffriermaschine klapperte flink unter seinen Fingern.

»Meine Untergebenen haben inzwischen das Fundament abgeschlossen«, prahlte ich.

»Hm-m«, erwiderte Vanderhoeze.

»Was für Spielsachen sind das eigentlich da bei euch?« fragte ich.

»Hm-m, Spielsachen...«, wiederholte er zerstreut. »Spielsachen?« fragte er dann zurück, ohne mit dem Maschinengetucker aufzuhören. »Ach ja, Spielsachen...« Er legte ein fertiggeschriebenes Blatt beiseite und nahm ein neues zur Hand.

Ich wartete einen Augenblick ab und brachte mich dann wieder in Erinnerung: »Was für Spielsachen also sind das?«

»Was das für Spielsachen sind...«, griff Vanderhoeze mit bedeutsamer Stimme meinen Satz auf und sah mich dabei mit zurückgeworfenem Kopf fest an. »Tja, weißt du, wenn du die Frage so stellst... Woher soll ich das übrigens wissen. Dort, auf dem ›Pelikan‹... Entschuldige, Stas, aber ich mach' erst mal das hier fertig, was meinst du?«

Ich ging auf Zehenspitzen zu meinem Pult hinüber und schaute Jack ein bißchen bei der Arbeit zu; er war bereits daran, die Wände der Wetterstation hochzuziehen. Dann verließ ich, wiederum auf Zehenspitzen, die Kabine und ging zu Maja.

In Majas Kajüte brannte jede nur denkbare Beleuchtung. Sie selbst thronte im Türkensitz auf ihrer Koje und war überaus beschäftigt. Auf Tisch, Bett und Fußboden lagen bunt durcheinander Klebestreifen, Karten, Geländeskizzen, in Ziehharmonikaform aneinandergereihte Luftaufnahmen, Schemata und Notizen, und Maja sah das alles nacheinander durch, machte hin und wieder ein paar Randbemerkungen, griff mitunter zur Lupe, mitunter aber auch zu der Flasche Saft, die auf einem Stuhl neben ihr stand. Ich beobachtete sie einige Zeit und wählte dann den Augenblick aus, da die Flasche ihren Platz auf dem Stuhl verlassen hatte, um mich selbst draufzusetzen. Als Maja dann, ohne hinzusehen, die Flasche zurückstellen wollte, landete sie genau in meiner ausgestreckten Hand.

»Danke«, sagte ich und nahm einen großen Schluck.

Maja hob den Kopf.

»Ach, du bist's«, sagte sie wenig begeistert. »Was gibt's?«

»Ich bin einfach so vorbeigekommen«, erwiderte ich, ohne mich beeindrucken zu lassen. »Warst du schön spazieren?«

»Ach, keine Spur«, sagte sie und nahm mir die Flasche weg. »Wie festgenagelt sitz' ich hier. Gestern abend bin ich nicht zum Arbeiten gekommen, und gleich hat sich eine Menge Kram angesammelt... Von wegen spazierengehen!«

Sie drückte mir die Flasche in die Hand, und ich nahm mechanisch einen zweiten Schluck. Ich spürte eine vage Unruhe in mir aufsteigen, nach deren Ursache ich nicht lange zu suchen brauchte: Maja war in Hauskleidung, sie hatte ihre geliebte Flauschjacke sowie Shorts an und trug um den Kopf ein Tuch geschlungen, unter dem ihr nasses Haar hervorschaute.

»Warst du unter der Brause?« fragte ich stumpfsinnig.

Sie gab irgendeine Antwort, die ich aber schon nicht mehr mitbekam. Mir war jetzt auch so alles klar. Ich erhob mich, stellte die Flasche sorgsam auf den Stuhl zurück, murmelte ein paar Worte vor mich hin – und fand mich auf unerklärliche Weise zuerst im Korridor, dann in meiner Kajüte wieder. Ohne ersichtlichen Grund schaltete ich das Oberlicht aus und die Nachttischlampe ein und legte mich, das Gesicht zur Wand, aufs Bett. Das war ein neuer Schock, der mich durchrüttelte. In meinem Kopf jagten sich immer dieselben Gedanken. ›Nun ist alles verloren, alles umsonst, diesmal ist es unabwendbar und endgültig.‹ Ich ertappte mich erneut dabei, wie ich auf bestimmte Geräusche lauschte. Und tatsächlich vernahm ich sie – Laute, die hier überhaupt nicht hingehörten. Ich stand mit einem Ruck auf, kramte in meiner Nachttischschublade und förderte eine Schlaftablette zutage, die ich mir unter die Zunge legte. Dann streckte ich mich wieder aus. Eidechsen liefen scharrend über die Wände, und die Zimmerdecke begann, in Schatten gehüllt, langsam zu rotieren. Der Nachttisch war entweder gar nicht mehr zu sehen oder flammte in unerträglich grellem Licht auf, und die Fliegen in den Ecken surrten laut in ihrer Todesangst. Mir kam es so vor, als wäre Maja eingetreten, hätte mich voller Unruhe betrachtet und zugedeckt, bevor sie wieder ging. Dann sah ich Wadik, der an meinem Fußende Platz nahm und wütend sagte: »Was sielst du dich denn hier 'rum? Die ganze Kommission wartet auf dich, du aber machst dir's bequem.« – »Du mußt lauter sprechen«, ließ sich da Ninon vernehmen, »mit seinen Ohren ist was nicht in Ordnung, er hört dich nicht.« Ich machte ein steinernes Gesicht und erwiderte, das alles sei Unsinn. Dann erhob ich mich, und wir begaben uns alle zusammen in den zerschellten ›Pelikan‹. Dort war die gesamte Organik vernichtet, und es roch überall beißend nach Salmiak, wie kürzlich im Korridor. Doch dann mußten wir feststellen, daß es sich gar nicht um den ›Pelikan‹ handelte, sondern daß wir uns auf dem Bauplatz befanden. Die Roboter waren emsig bei der Arbeit, die Landebahn glitzerte ungewöhnlich hell in der Sonne, und meine einzige Angst war, Tom könnte die beiden Mumien überrollen, die da quer auf dem Weg lagen. Genauer gesagt, alle glaubten, daß es Mumien wären, in Wirklichkeit handelte es sich aber um Komow und Vanderhoeze. Meine Begleiter durften das nicht merken, weil sie sich so leise unterhielten, daß nur ich sie hörte. Doch Maja kann man kein X für ein U vormachen. »Seht ihr denn nicht, daß es ihm schlecht geht?« sagte sie wütend und legte mir ein nasses, in Salmiakgeist getauchtes Tuch über Mund und Nase. Fast wäre ich daran erstickt. Ich warf den Kopf hin und her und setzte mich heftig in meiner Koje auf.

Ich hatte die Augen weit geöffnet und erblickte im Schein der Nachttischlampe einen Menschen, der unmittelbar vor meinem Bett stand. Leicht vornübergebeugt, starrte er mir ins Gesicht. Dunkel, fast schwarz hob er sich aus dem Dämmerlicht – eine windschiefe Wahngestalt ohne Gesichtszüge, verschwommen und konturenlos, auf deren Brust und Schultern ein unwirklicher Schimmer lag.

Obwohl ich schon im voraus wußte, wie das Ganze enden würde, streckte ich meine Hand gegen die Gestalt aus, und tatsächlich stieß ich auch durch sie hindurch wie durch Luft, während das Wesen selbst in Unruhe geriet, sich vor meinen Augen aufzulösen begann und schließlich spurlos verschwand. Ich ließ mich auf den Rücken fallen und schloß die Augen. Wißt ihr eigentlich, daß der Bey von Algier eine Beule unter der Nase hat? Direkt unter der Nase... Ich war klatschnaß wie eine gebadete Maus, und mir war unerträglich heiß. Ich schnappte nach Luft. Ich war nahe am Ersticken.

4

Phantome und Menschen

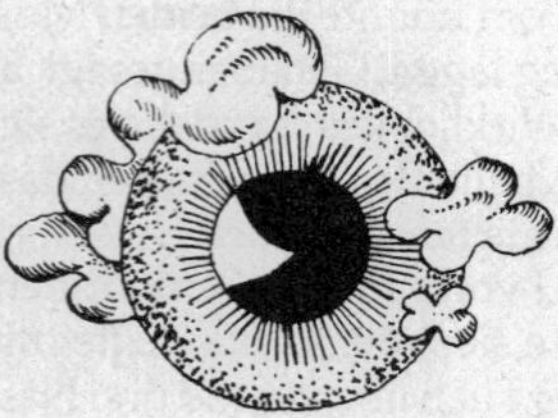

Ich erwachte spät, mit schwerem Kopf und dem festen Vorsatz, gleich nach dem Frühstück mit Vanderhoeze zu sprechen, ihm den Sachverhalt zu beichten. Wohl nie in meinem Leben hatte ich mich so unglücklich gefühlt. Für mich war alles aus, deshalb verzichtete ich sogar auf den Frühsport, nahm einfach eine intensive Ionendusche, bevor ich mich in die Gemeinschaftskajüte begab. Auf der Schwelle dort kam mir zum Bewußtsein, daß ich es über all diesen irren Vorgängen gestern abend total vergessen hatte, dem Koch meine Anweisungen für das Frühstück zu erteilen. Eine Tatsache, die mir endgültig den Rest gab. Nachdem ich einen undeutlichen Morgengruß gemurmelt hatte, setzte ich mich auf meinen Platz und stierte stumpf auf den Tisch, bemüht, niemanden anzublicken. Ich spürte, daß ich vor Scham knallrot wie ein gebrühter Krebs wurde. Das Mahl war gewissermaßen klösterlich-bescheiden. Wir nahmen einfach Schwarzbrot und Milch. Vanderhoeze bestreute seinen Kanten mit Salz, Maja bestrich ihn mit etwas Butter, und Komow aß sein Stück Brot gleich trocken.

Was mich selbst betraf, so hatte ich nicht den geringsten Appetit. Schon der Gedanke, etwas zu mir zu nehmen, schreckte mich. Ich griff mir lediglich ein Glas Milch und trank ab und zu einen Schluck. Aus den Augenwinkeln sah ich, daß Majas Blick auf mir ruhte und daß sie mich gar zu gern gefragt hätte, was eigentlich mit mir los sei. Doch sie hielt sich zurück, und an ihrer Stelle begann uns Vanderhoeze wortreich auseinanderzusetzen, wie gesund und nützlich es vom medizinischen Standpunkt aus wäre, hin und wieder einen Fastentag einzuschalten. Gerade heute sei es eigentlich sehr schön, ein solches und kein anderes Frühstück einzunehmen, sagte er. Ausgiebig erklärte er uns den Begriff des Fastens, besonders den der großen Fastenzeit, und er sprach nicht ohne Ehrerbietung von den Urchristen, die sich in diesen Dingen gut ausgekannt und sie sehr genau genommen hätten. Im gleichen Zusammenhang ließ er sich auch über die Fastnachts- und Butterwoche aus. Als er jedoch merkte, daß er sich zu sehr von der Beschreibung so köstlicher Dinge wie Kaviarplinsen, Dörrfisch und Lachs hinreißen ließ, hielt er jäh in seinen Ausführungen inne und bearbeitete mit einiger Anstrengung seinen Backenbart. Ein Gespräch wollte nicht recht zustande kommen. Ich machte mir Sorgen um meinen nervlichen Zustand, und Maja, das sah ich ihr an, tat das gleichfalls. Was schließlich Komow betraf, so war der, wie schon gestern, offensichtlich nicht in Form. Seine Augen waren rotumrändert, er stierte meistenteils stumpfsinnig vor sich hin, und nur von Zeit zu Zeit hob er ruckartig den Kopf, sah sich nach allen Seiten um, als hätte ihn jemand angerufen. Seinen Platz hatte er so mit Krümeln übersät, und er zerkrümelte sein Brot weiterhin dermaßen, daß ich ihm am liebsten eins auf die Finger gegeben hätte wie einem kleinen Kind. So saßen wir also als eine triste Gesellschaft beisammen, und Vanderhoeze, der arme Kerl, rappelte sich vergeblich ab, uns auf andere Gedanken zu bringen.

Er war gerade dabei, sich aus dem Stegreif qualvoll eine zähflüssige Geschichte abzuringen, bei der ihm kein Ende einfiel, als Komow plötzlich einen seltsam dumpfen Laut ausstieß. Es klang, als wäre ihm ein Stück trockenes Brot nun endlich quer im Hals steckengeblieben. Ich schaute zu ihm hinüber und erschrak mächtig. Komow saß hoch aufgerichtet da, beide Hände um die Tischkante gekrallt, seine rotverfärbten Augen krochen fast aus den Höhlen, er sah irgendwie durch mich hindurch und wurde zusehends bleicher. Ich drehte mich um, schaute in seine Blickrichtung und … erstarrte. An der Wand, zwischen Filmothek und Schachtischchen, stand meine nächtliche Erscheinung.

Ich sah sie jetzt ganz deutlich und klar. Es war ein Mensch, zumindest ein menschenähnliches Wesen – klein, dünn und völlig nackt. Seine Haut war sehr dunkel, fast schwarz, und glänzte, als wäre sie mit Öl eingerieben. Sein Gesicht konnte ich nicht genau ausmachen, möglich auch, daß ich es mir nicht so genau gemerkt habe, jedenfalls stach mir sofort in die Augen: Dieses ganze Menschlein wirkte wie schon in meinem nächtlichen Alptraum windschief und irgendwie verschwommen. Und dann berührten mich noch die Augen. Sie waren groß, dunkel und völlig unbeweglich, blind wie bei einer Statue.

»Da ist er ja!« krächzte Komow. »Da ist er!«

Doch sein Finger zeigte in eine ganz andere Richtung, und als ich ihm mit den Blicken folgte, erstand direkt vor meinen Augen mitten aus der Luft eine neue Gestalt. Es war die gleiche, starre, glänzende Erscheinung, die diesmal jedoch im Sprung innezuhalten schien oder auch im Lauf, wie auf einem Foto, das einen Sprinter beim Start zeigt. Im gleichen Augenblick warf sich Maja dem Phantom zwischen die Beine. Mit Getöse flog ein Sessel zur Seite. Maja sprang mit einem wilden Schlachtruf auf den Lippen durch das Gespenst hindurch und prallte auf dem Bildschirm des Vidiophons auf. Ich bemerkte gerade noch, wie das Wesen zu schwanken begann, wie es sich auflöste, da brüllte Komow: »Die Tür! Die Tür!«

Und ich sah: Ein kleines Wesen, weiß und matt schimmernd wie die Wand unserer Gemeinschaftskajüte, schlüpfte lautlos, in gekrümmter Laufhaltung, zur Tür hinaus und verschwand im Korridor. Ich stürzte hinterher und nahm die Verfolgung auf.

Wenn ich jetzt daran zurückdenke, so schäme ich mich fast, doch damals war mir völlig egal, was das für ein Wesen war, woher es kam und was es hier suchte. Nur eine grenzenlose Erleichterung verspürte ich, denn ich begriff, daß von dieser Minute an endgültig Schluß war mit all meinen Ängsten und Alpträumen. Im übrigen hatte ich nur den Wunsch: dieses Wesen einzuholen, es zu packen, zu fesseln und es dann hierherzubringen.

In der Tür stieß ich mit Komow zusammen, rannte ihn um, stolperte über ihn und schlitterte auf allen vieren über den Korridor, der inzwischen freilich leer war. Nur der bekannte beißende Duft nach Salmiak stand noch in der Luft. Hinter mir schrie Komow irgend etwas, das ich nicht verstand, aber ich hörte deutlich das schnelle Aufschlagen von Absätzen. Ich sprang auf, raste durch die Einstiegskammer zur Luke, die noch nicht gänzlich wieder geschlossen war, und schoß ins Freie hinaus, in den lilafarbenen Schimmer des Sonnenlichts.

Ich sah ihn sofort. Er lief in Richtung Bauplatz, lief sehr leicht, fast ohne den gefrorenen Boden mit den Füßen zu berühren. Er machte auch jetzt einen windschiefen Eindruck und bewegte beim Rennen

auf seltsame Weise die abstehenden Ellbogen. Nur erschien er jetzt nicht dunkel oder mattweiß, sondern hellviolett. Die Sonne spiegelte sich auf seinen eingefallenen Schultern und Flanken. Er rannte direkt auf meine Roboter zu, und ich verlangsamte meinen Schritt in der Annahme, er würde erschrecken und nach rechts oder links ausweichen. Doch nichts dergleichen geschah. Er jagte in etwa zehn Schritt Entfernung an Tom vorbei, und ich traute meinen Augen nicht, als dieser majestätische Dummkopf ihm sein höfliches und hinlänglich bekanntes ›Erwarte neue Anweisungen‹ signalisierte.

»Zum Sumpf!« schrie hinter mir mit keuchender Stimme Maja. »Dränge ihn zum Sumpf ab!«

Der kleine Eingeborene rannte ohnehin in Richtung Sumpf. Laufen konnte er, das mußte man ihm lassen; der Abstand zwischen uns schmolz nur sehr langsam. Der Wind pfiff mir um die Ohren, von weitem war Komows Gebrüll zu hören, das aber noch von Majas Schreien übertönt wurde.

»Links!« heulte sie im Jagdfieber. »Halt dich mehr links!«

Ich korrigierte meine Richtung, stürmte auf die Landebahn hinaus, auf den inzwischen fertiggestellten Abschnitt, auf dem es sich sehr bequem lief, weil er eben war, und begann von da an tatsächlich Boden gutzumachen. Die Entfernung zwischen uns wurde geringer. »Na warte, Bruder«, keuchte und knurrte ich, »du entkommst mir nicht. Diesmal nicht. Du wirst mir büßen für das alles...« Ich starrte unablässig auf seine Schulterblätter, die in schnellem Rhythmus arbeiteten, auf die nackten glänzenden Beine, die Atemwölkchen, die über ihm aufstiegen. Ich rückte ihm immer näher auf den Leib und triumphierte schon. Der Streifen ebener Erde war zu Ende, aber ich holte auf, und vor ihm lag, in grauen Dunst gehüllt, in etwa hundert Schritt Entfernung, der Sumpf.

Als er die Randzone des sumpfigen Geländes erreicht hatte, die mit traurigem Schilfrohr von zwergenhaftem Wuchs bestanden war, machte er halt. Einige Sekunden lang stand er unschlüssig da, dann sah er über die eine Schulter hinweg zu mir herüber, und ich konnte erneut seine großen dunklen Augen ausmachen, die diesmal jedoch alles andere als starr waren. Sie waren im Gegenteil sehr lebendig, so als lachten sie, und plötzlich ging der kleine Wicht in die Hocke, umfaßte mit den Armen seine Knie und begann sich zu rollen. Ich begriff gar nicht so schnell, was eigentlich vor sich ging. Da hatte eben noch ein Mensch vor mir gestanden, ein seltsamer

Mensch freilich und vielleicht auch gar kein richtiger, immerhin aber vom Äußeren her einer, und plötzlich war dieser Mensch verschwunden. Statt dessen kugelte sich über das sumpfige Gelände, über das unpassierbare bodenlose Moor, Schlamm und trübes Wasser verspritzend, ein graues unförmiges Etwas. Und in welchem Tempo das geschah! Ich hatte noch nicht mal das Ufer erreicht, da war es bereits hinter den Nebelfetzen verschwunden. Lediglich ein paar leiser werdende Geräusche, Geplätscher und ein dünnes, durchdringendes Pfeifen drangen hinter dem grauen Dunstschleier zu mir herüber.

Trappend kam Maja angerannt und blieb, schwer atmend, an meiner Seite stehen.

»Entkommen«, konstatierte sie verdrießlich.

»Entkommen«, bestätigte ich.

Einige Minuten standen wir so da und starrten in die trüben Nebelschwaden. Dann wischte sich Maja den Schweiß von der Stirn und sagte ironisch, indem sie auf ein Märchen anspielte: »Bin dem Mütterchen entlaufen, bin dem Väterchen entlaufen...«

»... und dir, die du Quartiere suchst, lauf' ich erst recht davon«, fügte ich hinzu und sah mich um. – Da hatten wir's. Wir beide, Maja und ich, waren wieder mal die Dummen gewesen. Wir waren wie die Wilden gerannt, während sich die Gescheiten – wie konnte es anders sein – nicht vom Fleck gerührt und uns zugeschaut hatten. Dunkel und klein hoben sich die Gestalten Komows und Vanderhoezes vom Schiff ab.

»War doch kein übler Lauf, wie?« meinte Maja und sah gleichfalls zum Schiff hinüber. »Auf keinen Fall waren das weniger als drei Kilometer. Was meinen Sie, Kapitän?«

»Bestimmt nicht weniger, Kapitän«, erwiderte ich.

»Hör mal«, fuhr Maja nachdenklich fort, »vielleicht existiert das alles nur in unserer Vorstellung?«

Ich packte sie bei den Schultern. Ein Gefühl der Freiheit, Gesundheit, Begeisterung erfaßte mich, die Empfindung, gewaltige strahlende Perspektiven vor mir zu haben, brach sich plötzlich neu vor mir Bahn. »Was verstehst denn du davon, du Kücken!« krächzte ich, vor Freude dem Heulen nahe, und schüttelte sie aus Leibeskräften. »Was verstehst du schon von Halluzinationen! Nichts, und wozu solltest du auch, davon brauchst du nichts zu verstehen! Leb glücklich dahin und mach dir keine Gedanken darüber!«

Maja klappte verdutzt mit den Augen und wollte sich frei machen, doch ich gab ihr einen derben Klaps, packte sie und begann sie zum Schiff zu schleppen.

»Halt, so warte doch.« Maja, völlig aus dem Konzept gebracht, setzte sich schwach zur Wehr. »Was ist bloß in dich gefahren… Laß mich 'runter, was sollen diese Kindereien?«

»Komm nur, komm«, sprach ich auf sie ein. »Zurück jetzt! Der Liebling Doktor Mbogas wird uns gleich wunderschön die Leviten lesen. Mein Herz sagt mir, daß wir diesen Wettlauf ganz umsonst veranstaltet haben, wir hätten die Finger davon lassen sollen…«

Maja machte sich mit einem energischen Ruck frei, blieb einen Augenblick stehen, setzte sich dann in die Hocke, neigte den Kopf ein wenig zur Seite und beugte sich, die Arme um die Knie geschlungen, zu mir vor.

»Nein«, sagte sie und richtete sich wieder auf, »das begreife ich nicht.«

»Brauchst du auch nicht«, erwiderte ich. »Komow wird uns alles erklären. Zuerst wird er uns einheizen, immerhin haben wir ihm den Kontakt verdorben, dann aber wird er uns alles genauestens erklären.«

»Hör mal, es ist lausig kalt!« sagte Maja und hüpfte auf der Stelle. »Wollen wir nicht zurück?«

Also liefen wir los. Meine anfänglichen Begeisterungsstürme legten sich, und allmählich wurde mir bewußt, was tatsächlich vorgefallen war. Entgegen unseren bisherigen Annahmen war der Planet bewohnt! Und nicht nur das – es handelte sich dabei noch um menschenähnliche Wesen, die möglicherweise sogar vernunftbegabt und zivilisiert waren…

»Stas«, sagte Maja im Laufen, »vielleicht war das ein Pantianer?«

»Wo sollte der herkommen?«

»Na… was weiß ich… Alle Einzelheiten des Projekts kennen wir doch gar nicht. Vielleicht hat die Umsiedlung bereits begonnen.«

»Unmöglich«, erwiderte ich. »Er sieht absolut nicht wie ein Pantianer aus. Die sind doch groß und haben eine rötliche Haut… Und außerdem laufen sie nicht nackt herum wie der hier, der nicht den geringsten Fetzen auf dem Leib hatte.«

Wir waren an der Luke angelangt, und ich ließ Maja den Vortritt.

»Br-r-r!« machte sie und bewegte die starren Schultern. »Na, was ist, gehen wir jetzt zu ihm und holen uns unsern Zunder?«

»Zunder von 'nem halben Meter Länge«, witzelte ich.

»Und prasseltrocken«, griff Maja das Bild auf.

»Dick wie ein Baumstamm«, ergänzte ich.

Wir wollten uns leise zur Kabine schleichen, doch es gelang uns nicht, unbemerkt zu bleiben. Wir wurden bereits erwartet. Komow, die Hände auf dem Rücken verschränkt, ging mit großen Schritten auf und ab; Vanderhoeze, den Blick in die Ferne gerichtet und mit vorgeschobenem Unterkiefer, bearbeitete wie üblich seinen Backenbart: Die rechte Hälfte wickelte er um den Finger der rechten Hand, die linke dementsprechend um den Finger der linken. Als Komow uns sah, blieb er stehen, doch Maja ließ ihn gar nicht erst zu Wort kommen.

»Er ist entkommen«, meldete sie sachlich. »Er ist verschwunden, direkt durchs Moor und auf völlig ungewöhnliche Art und Weise...«

»Schweigen Sie«, unterbrach sie Komow.

Jetzt geht's los! dachte ich bei mir, denn auf diese Gardinenpredigt hatten wir uns ja gefaßt gemacht. Doch ich hatte mich getäuscht. Komow hieß uns Platz nehmen, setzte sich dann gleichfalls und wandte sich direkt an mich: »Ich höre, Popow, schießen Sie los. Ich will alles ganz genau wissen, hören Sie, bis in die letzten Einzelheiten.«

Das Interessante war, daß ich nicht einmal Verwunderung empfand. Seine Frage erschien mir, mit all ihren Konsequenzen, durchaus natürlich. Und ich begann zu erzählen, ließ nichts aus – weder die Geräusche noch die Gerüche, nicht das Weinen des Kindes und das Stöhnen der Frau, nicht die seltsame Unterhaltung vom Vorabend und die schwarze Geistererscheinung von heute nacht. Maja hörte mit weitgeöffnetem Mund zu, Vanderhoeze runzelte finster die Brauen und schüttelte vorwurfsvoll den Kopf, während Komow keinen Blick von mir ließ. Seine zusammengekniffenen Augen waren jetzt wieder stechend und kalt, das Gesicht steinern, von Zeit zu Zeit biß er sich auf die Unterlippe und krampfte nervös die Finger ineinander, so daß die Gelenke knackten. Als ich fertig war, herrschte Schweigen.

Nach einer Weile fragte Komow: »Und Sie sind sicher, daß das Weinen von einem Kind stammte?«

»J-ja... Zumindest hörte es sich genauso an.«

Vanderhoeze holte geräuschvoll Luft und klopfte mit der Handfläche auf die Sessellehne.

»Und das hast du tagelang aushalten müssen!« murmelte Maja erschrocken. »Armer Stassik!«

»Ich muß dir sagen, Stas...«, begann Vanderhoeze nachdrücklich, doch Komow fiel ihm ins Wort.

»Und was ist mit den Steinen?« fragte er.

»Mit welchen Steinen?« Ich begriff nicht.

»Woher stammen die Steine?«

»Die auf dem Bauplatz? Wahrscheinlich haben die Roboter sie rangeschleppt. Aber was haben die damit zu tun?«

»Woher könnten die Kyber die Steine haben?«

»Na ja...« Ich brach ab. In der Tat, woher?

»Ringsum ist sandiger Strand«, fuhr Komow fort, »kein einziges Steinchen. Die Roboter haben den Bauplatz nicht verlassen. Wo also stammen die Steinbrocken und Zweige auf der Landebahn her?« Er sah uns nacheinander an und lächelte spöttisch. »Das alles sind natürlich rein rhetorische Fragen. In Heckrichtung unseres Schiffes, ein gutes Stück entfernt, befindet sich eine ganze Ansammlung von Steinen. Eine überaus interessante Ansammlung, nebenbei bemerkt. Auch kann ich hinzufügen... Entschuldigung, waren Sie fertig, Stas? Vielen Dank. Dann will ich Ihnen jetzt erzählen, was mir passiert ist.«

Komow, so sollte ich erfahren, war es offenbar nicht besser ergangen als mir. Nur, daß seine Qualen etwas anderer Natur waren, sie betrafen den Intellekt. Am zweiten Tag nach der Ankunft hatte er im See Fische vom Planeten Panta ausgesetzt und plötzlich in etwa zwanzig Schritt Entfernung einen grellroten Fleck bemerkt, der sich zusehends verwischte. Dieser Fleck war schließlich wieder verschwunden, noch bevor Komow sich ihm hatte nähern können. Am Tag darauf hatte er auf dem äußersten Gipfel von Höhe zwölf einen verendeten Fisch entdeckt, ganz offensichtlich einen von denjenigen, die er im See ausgesetzt hatte. Gegen Morgen des vierten Tages war er mit der deutlichen Empfindung erwacht, daß sich ein Fremder in seiner Kajüte befand. Er konnte zwar niemanden entdecken, hörte jedoch, wie die Lukenklappe zuschlug. Als er gleich darauf das Schiff verließ, bemerkte er einen Steinhaufen am Heck des Schiffes und einen Armvoll Zweige sowie ähnlich große Steine auf dem Bauplatz. Nach dem Gespräch mit mir war er endgültig davon überzeugt gewesen, daß sich rings um das Schiff Dinge zutrugen, die nicht in Ordnung waren. Fast glaubte er schon, die Erkundungstrupps hätten irgendeinen überaus wichtigen Faktor übersehen, der auf dem Planeten wirksam war. Nur die tiefe Überzeugung, daß vernunftbegabtes Leben unmöglich zu übersehen sei, hielt ihn von entscheidenden Schritten ab. Er beschränkte sich darauf, alle Maßnahmen zu ergreifen, die eine Einmischung

›neugieriger Nichtstuer‹ von der Erde verhinderten. Aus diesem Grund hatte er auch so auf eine eindeutige Formulierung der Expertise gedrungen. Aber er war unruhig, und meine aufgeputschte und zugleich gedrückte Verfassung hatte ihn in seiner Annahme bestärkt, daß die unbekannten Wesen imstande seien, in unser Schiff einzudringen. Er hatte auf diesen Vorstoß gewartet, und heute morgen war es nun soweit gewesen.

»Ich fasse zusammen«, erklärte er, als hielte er eine Vorlesung. »Zumindest dieser Teil des Planeten ist, entgegen den Angaben aus den Voruntersuchungen, von großen Wirbeltieren bewohnt. Überdies besteht Grund zu der Vermutung, daß es sich hier um vernunftbegabte Wesen handelt. Offenbar haben wir es mit Troglodyten zu tun, mit Höhlenbewohnern also, die sich dem Leben unter der Erde angepaßt haben. Nach dem zu urteilen, was wir alle selbst beobachten konnten, erinnert der Durchschnittseingeborene anatomisch an einen Menschen. Er verfügt über eine stark ausgeprägte Fähigkeit zur Mimikry und ist – was damit offenbar in Beziehung steht – in der Lage, sich Schutzphantome zu schaffen, die den Verfolger in die Irre führen, ihn ablenken. Ich muß feststellen, daß eine solche Fähigkeit, was die großen Wirbeltiere angeht, bisher nur bei einigen Nagern an der Pandora beobachtet werden konnte. Auf der Erde findet sie sich lediglich bei einigen Arten von Kopffüßern. Zum Schluß möchte ich noch besonders unterstreichen, daß, ungeachtet dieser dem Menschen fremden Eigenschaften, der Eingeborene, mit dem wir es zu tun hatten, nicht nur in anatomischer, sondern auch in physiologischer und zum Teil auch in neurologischer Hinsicht ungewöhnlich an einen Erdenmenschen erinnert, ihm erstaunlich nahekommt. Das wäre alles.«

»Was heißt, das wäre alles!« rief ich bestürzt. »Und meine Stimmen? Es waren Halluzinationen?«

Komow lächelte spöttisch.

»Beruhigen Sie sich, Stas«, sagte er. »Mit Ihnen ist alles in bester Ordnung. Ihre ›Stimmen‹ lassen sich, wenn man davon ausgeht, daß der Stimmapparat dieser Eingeborenen genau wie unserer aufgebaut ist, leicht erklären. Hier fällt verschiedenes zusammen: die Ähnlichkeit der Stimmapparate, die entwickelte Fähigkeit zur Nachahmung, ein hypertrophiertes phonetisches Gedächtnis ...«

»Halt«, sagte Maja, »ich verstehe. Die Eingeborenen konnten unsere Gespräche belauschen. Aber wie ist das mit der Stimme der Frau?«

Komow nickte.

»Tja, wir müssen annehmen, daß sie zugegen waren, als die Frau in der Agonie lag.«

Maja stieß einen Pfiff aus.

»Ziemlich weit hergeholt«, murmelte sie zweifelnd.

»Dann finden Sie eine andere Erklärung«, entgegnete Komow eisig. »Übrigens werden wir wahrscheinlich sehr bald die Namen der Verunglückten erfahren. Wenn der Pilot Alexander hieß...«

»Nun gut«, sagte ich, »meinetwegen. Aber was ist mit dem Kind, das ich weinen hörte?«

»Sind Sie sicher, daß es ein weinendes Kind war?«

»Womit sollte man das schon verwechseln.«

Komow fixierte mich, drückte plötzlich seine Oberlippe mit dem Finger fest gegen den Kiefer und begann gedämpft zu bellen. Ja, wirklich – zu bellen, anders kann ich das nicht nennen.

»Was war das?« fragte er. »Ein Hund?«

»Sehr ähnlich«, sagte ich anerkennend.

»Na also, ich habe eben einen Satz in einem der Dialekte gesagt, die es auf der Leonida gibt.«

Ich war niedergeschlagen. Maja ebenfalls. Einige Zeit herrschte Schweigen. Zweifellos hatten sich die Dinge so zugetragen, wie eben von Komow dargestellt. Alles rückte damit ins rechte Licht, kam in seine Ordnung. Und dennoch, ich... Sicherlich, es war sehr angenehm, die Ängste nun endgültig hinter sich zu haben, zu wissen, daß es ausgerechnet unserer Gruppe gelungen war, eine weitere Art von Humanoiden zu endecken. Doch bedeutete das andererseits auch einen entscheidenden Umschwung für uns selbst. Und nicht nur für uns. Erstens brauchte es keiner Brille, um zu erkennen, daß das Projekt ›Arche‹ damit hinfällig geworden war. Der Planet war bereits bewohnt, und man mußte für die Pantianer einen anderen suchen. Zum zweiten würde man uns, sollte sich herausstellen, daß die Eingeborenen hier tatsächlich vernunftbegabte Wesen waren, Hals über Kopf zurückrufen, und an unsere Stelle würde die Kommission für Kontakte treten. All diese Schlußfolgerungen ergaben sich völlig eindeutig nicht nur für mich, sondern auch für die anderen.

Vanderhoeze bearbeitete verstört seinen Backenbart und sagte ein ums andere Mal: »Wieso soll es sich ausgerechnet um vernunftgegabte Wesen handeln? Meiner Meinung nach deutet bisher nicht das geringste auf einen solchen Tatbestand hin. Was meinen Sie, Gennadi?«

»Ich bestehe ja gar nicht auf ›vernunftbegabt‹«, erwiderte Komow. »Ich habe nur gesagt: Es gibt allen Grund zur Annahme, daß sie es sind.«

»Aber was sind das für Gründe?« Vanderhoeze gab sich nicht geschlagen. Er hatte offensichtlich keinerlei Lust, den einmal eingenommenen Platz aufzugeben. Wir kannten diese Schwäche schon an ihm – wo er einmal war, da blieb er. »Also, was sind das nun für Gründe? Etwa ihr Äußeres?«

»Hier geht es nicht nur um die Anatomie«, sagte Komow. »Die Steine unter der Funkboje sind ganz augenscheinlich nach einem ganz bestimmten System angeordnet, das hat irgend etwas zu bedeuten. Mit den Steinen und Zweigen auf der Landebahn verhält es sich nicht anders ... Ich bin weit von einem kategorischen Schluß entfernt, dennoch sieht mir das Ganze nach einem Versuch dieser Wesen aus, Kontakt mit uns aufzunehmen. Einen Kontakt, wie er von einer Zivilisation hergestellt werden könnte, die den Stand der Urgesellschaft besitzt. Einerseits heimliche Erkundung, andererseits Gaben, die sie uns als Geschenk anbieten, durch die sie auf sich aufmerksam machen wollen ...«

»Ja, so sieht es wirklich aus«, murmelte Vanderhoeze resigniert und verfiel in Apathie.

Wieder herrschte Stille, dann fragte Maja leise: »Und woraus folgt, daß sie uns in physiologischer und neurologischer Hinsicht so besonders nahestehen?«

Komow nickte zufrieden.

»Auch hier kann es sich nur um Vermutungen und mittelbare Schlußfolgerungen handeln«, sagte er. »Allerdings um sehr begründete. Erstens sind die Wesen imstande, in das Schiff einzudringen. Mit anderen Worten: Der Schiffsmechanismus erkennt sie an, läßt sie passieren. Zum Vergleich möchte ich nur daran erinnern, daß weder die Tagorier noch die Pantianer, so groß ihre Ähnlichkeit mit dem Menschen auch ist, die Einstiegsluke passieren können. Vor ihnen verschließt sich der Mechanismus ...«

In diesem Moment fiel es mir wie Schuppen von den Augen. Ich faßte mich an die Stirn. »Zum Teufel noch mal! Das heißt ja, daß alle Kyber völlig in Ordnung waren. Tom waren lediglich ein paar Eingeborene vor die Füße gekommen, und er war stehengeblieben, um sie nicht zu überrollen ... Wahrscheinlich hatten sie ihn für ein

Lebewesen gehalten, wild mit den Armen gestikuliert und ihm dabei unbeabsichtigt das Zeichen gegeben: ›Achtung! Gefahr! Unverzüglich ins Schiff!‹ Ein sehr unkompliziertes Zeichen...« Ich machte es ihnen vor. »Deshalb kamen meine Zöglinge Hals über Kopf in den Laderaum gestürzt... Natürlich, so war das und nicht anders... Ich habe ja gerade mit eigenen Augen gesehen, daß Tom auf den Eingeborenen wie auf einen Menschen reagiert hat.«

»Und zwar?« fragte Komow hastig.

»Na, ganz einfach. Als das Wesen in sein Gesichtsfeld kam, blieb er stehen und signalisierte: ›Warte auf Anweisungen.‹«

»Das ist eine sehr wertvolle Beobachtung«, sagte Komow.

Vanderhoeze seufzte tief.

»Also Schluß mit dem Umsiedlungsprojekt ›Arche‹«, sagte Maja. »Schade.«

»Und was wird nun?« fragte ich, ohne mich an jemanden speziell zu wenden.

Ich erhielt keine Antwort. Komow sammelte die Blätter seiner Notizen zusammen, und darunter kam das Kästchen des Tonbandgerätes zum Vorschein.

»Ich bitte vielmals um Entschuldigung«, erklärte er mit einem charmanten Lächeln, »aber um keine Zeit zu verlieren, habe ich unsere Diskussion gleich auf Band aufgenommen. Ich danke für die interessanten Fragestellungen. Stas, Sie bitte ich, das Ganze zu kodieren und über den Eilkanal direkt zur Zentrale zu funken, eine Kopie an den Stützpunkt.«

»Armer Sidorow«, sagte Vanderhoeze leise. Komow warf ihm einen kurzen Blick zu und vertiefte sich wieder in seine Papiere.

Maja schob ihren Sessel zurück.

»Mit meiner Wohnstattsuche ist es jedenfalls vorbei«, sagte sie. »Da werd' ich mal meine Sachen zusammenpacken.«

»Einen Augenblick noch.« Komow hielt sie zurück. »Hier ist vorhin gefragt worden, was denn nun werden soll. Ich will darauf antworten. Als Bevollmächtigter der Kommission für Kontakte übernehme ich ab jetzt das Kommando. Ich erkläre unser ganzes Gebiet zur Kontaktzone. Jakob, Sie setzen bitte einen entsprechenden Funkspruch auf. Sämtliche Arbeiten, die in Zusammenhang mit dem Umsiedlungsprojekt stehen, sind ab sofort einzustellen. Die Roboter werden von der Baustelle zurückgezogen und im Laderaum deponiert. Das Verlassen des Schiffs ist nur mit meiner persönlichen Genehmigung gestattet. Die heutige Hetzjagd wird wahrscheinlich ohnehin einige Ergebnisse zeitigen, die für die Kontaktaufnahme nicht sehr günstig sind. Neuerliche Mißverständnisse alles andere als wünschenswert. Sie, Maja, fahren den Gleiter bitte in die Schiffshalle, und Sie, Stas, setzen sich an ihr Kybersystem …« Er hob eine Hand. »Aber zuerst funken Sie den Wortlaut unserer Diskussion …« Er lächelte und wollte noch etwas hinzufügen, doch in diesem Moment tuckerte der Ausdrucker unseres Funkgerätes los.

Vanderhoeze streckte seinen langen Arm zum Gerät aus, schnappte sich das Kärtchen mit dem dechiffrierten Text und überflog ihn. Seine Brauen kletterten in die Höhe.

»Hm«, sagte er. »Die fangen's schon aus der Luft auf. Sie sind doch nicht zufällig ein Gedankensender, Gennadi?«

Mit diesen Worten reichte er das Kärtchen Komow. Der überlas es, und seine Augenbrauen kletterten gleichfalls in die Höhe.

»Also das verstehe ich nun wirklich nicht«, murmelte er, warf das Kärtchen achtlos auf den Tisch und begann, die Arme auf dem Rücken verschränkt, in der Kabine auf und ab zu gehen.

Ich nahm den Funkspruch an mich. Maja schniefte aufgeregt über meinem Ohr. Der Text war in der Tat verblüffend.

»Eilt, über Null-Kanal. Zentrale, Kommission für Kontakte, Gorbowski – an Leiter des Stützpunktes ›Arche‹, Sidorow.

Alle Arbeiten an Projekt unverzüglich einstellen, mögliche Evakuierung von Besatzung und Ausrüstung vorbereiten. Zusatz – an Bevollmächtigten der Kommission für Kontakte, Komow. Erkläre Gebiet ER-2 zur Kontaktzone. Verantwortlicher sind Sie.

Gorbowski«

»Das ist ein Ding!« sagte Maja, echt beeindruckt. »Also dieser Gorbowski!«

Komow hielt in seiner Wanderung inne und sah uns von unten herauf an. »Ich bitte alle, sich an die Ausführung meiner Anweisungen zu machen. Jakob, Sie suchen mir bitte eine Kopie der Expertise heraus.«

Die beiden vertieften sich nochmals in den Wortlaut der Kopie. Maja ging hinaus, um den Gleiter ins Schiff zu fahren, und ich setzte mich neben das Funkgerät, um unsere Diskussion zu chiffrieren. Doch es waren keine zwei Minuten vergangen, als der Ausdrucker erneut lostuckerte. Komow stieß Vanderhoeze beiseite und stürzte zum Sender. Über meine Schulter gebeugt, verfolgte er gierig, wie die Zeilen eine nach der anderen auf dem Kärtchen erschienen.

»Eilt, über Null-Kanal. Zentrale, Kommission für Kontakte, Bader – an den Kapitän von ER-2, Vanderhoeze.

Bestätigen Sie umgehend die Auffindung zweier – wiederhole: zweier – Leichen an Bord des verunglückten Schiffs und den Zustand der Bordaufzeichnungen, von denen in Ihrer Expertise die Rede ist.

Bader«

Komow schnippte das Kärtchen zu Vanderhoeze hinüber und begann an seinem Daumennagel zu knabbern. »Soso«, murmelte er vor sich hin, »das also ist es. Na ja ...«

Dann wandte er sich an mich: »Was machen Sie im Augenblick, Stas?«

»Ich chiffriere«, antwortete ich finster. Ich begriff überhaupt nichts.

»Geben Sie mir das Tonband mal zurück, wir warten noch damit.« Er verstaute das Gerät in der Brusttasche und knöpfte sie sorgsam zu. »Also folgendes: Jakob, Sie bestätigen Bader unsere früheren Auskünfte, und Sie, Stas, funken das. Dann bitte ich Sie noch um einen Gefallen, Jakob ... Sie kennen sich darin besser aus als ich. Tun Sie mir die Liebe, und stöbern Sie ein bißchen in unserer Filmothek herum. Sehen Sie sämtliche die Bordaufzeichnungen betreffenden gesetzlichen Bestimmungen durch.«

»Die kenne ich alle aus dem Effeff«, entgegnete Vanderhoeze unzufrieden. »Sagen Sie mir einfach, was Sie davon speziell interessiert.«

»Das weiß ich ja selber nicht so genau. Ich möchte gern herausbekommen, ob die Bordaufzeichnungen zufällig oder absichtlich gelöscht worden sind. Und wenn mit Absicht, dann weshalb. Sie sehen doch, Bader interessiert sich gleichfalls dafür ... Nun machen Sie schon, Jakob. Sicherlich gibt es irgendwelche Bestimmungen, die unter besonderen Umständen das Löschen der Bordaufzeichnungen vorsehen.«

»Es gibt keine solchen Bestimmungen«, murrte Vanderhoeze vor sich hin, ging aber nichtsdestoweniger hinaus, Komow ›die Liebe zu tun‹.

Komow setzte sich hin und schrieb die Bestätigung, während ich fieberhaft überlegte, was denn eigentlich vorging, wieso auf einmal eine solche Hektik herrschte und aus welchem Grund die Zentrale die Richtigkeit der Expertise anzweifelte, die doch ganz exakt und eindeutig abgefaßt war. Sie konnten ja wohl nicht im Ernst annehmen, wir hätten den Leichnam eines Erdenmenschen mit dem eines Eingeborenen verwechselt und dann noch einen Toten zuviel angegeben... Und wie, zum Teufel, hatte Gorbowski überhaupt Wind von dem bekommen, was sich bei uns abspielte? Ich kam zu keinerlei Ergebnis und schaute betrübt auf die Bildschirme, auf denen ich die Arbeit meiner Roboter verfolgen konnte. Auf ihnen war alles klar und verständlich. Voll Bitternis sagte ich mir, daß ein beschränkter Mensch wie ich eigentlich auf höchst traurige Weise an einen Kyber erinnerte. Ich saß ja auch nur da und führte stumpfsinnig die Befehle aus, die man mir gab: Wurde kodieren verlangt – so kodierte ich, wurde aber verlangt, das Kodieren einzustellen – hörte ich auf damit. Doch was um mich her vorging, wozu das alles gut war und womit das Ganze enden würde – ich hatte nicht die geringste Ahnung davon. Genau wie Tom: Er schuftete im Schweiße seines Angesichts, der Ärmste, war bemüht, meine Anweisungen so gut wie möglich auszuführen, und es fiel ihm nicht im Traum ein, daß ich in zehn Minuten kommen und ihn samt seiner Kompanie in den Laderaum verfrachten könnte. Und daß seine ganze Arbeit für die Katz und er selber bald auch niemandem mehr von Nutzen war...

Komow reichte mir seinen Text herüber; ich chiffrierte und funkte ihn, und gerade als ich mich an mein Steuerpult setzen wollte, kam ein Anruf vom Stützpunkt.

»ER-2 bitte kommen«, meldete sich eine ruhige Stimme. »Hier spricht Sidorow.«

»ER-2 hört!« antwortete ich umgehend. »Am Apparat Kybertechniker Popow. Wen kann ich Ihnen geben, Michail Albertowitsch?«

»Komow bitte.«

Komow saß bereits in dem Sessel neben mir. »Ich höre, Athos«, sagte er.

»Was ist vorgefallen bei euch?« erkundigte sich Sidorow.

»Eingeborene...« antwortete Komow nach einigem Zögern.

»Ein bißchen ausführlicher, wenn's geht.«

»Zunächst möchte ich dir folgendes sagen, Athos«, begann Komow, »ich weiß und begreife nicht, wie Gorbowski erfahren hat, daß es hier Eingeborene gibt. Wir selber sehen erst seit knapp zwei Stunden in dieser Beziehung klar. Ich hatte eine entsprechende

Information für dich vorbereitet und wollte sie bereits kodieren lassen, doch nun ist hier ein solches Durcheinander entstanden, daß ich einfach nicht anders kann, als dich um noch ein wenig Geduld zu bitten. Der alte Bader hat mich nämlich auf eine Bombenidee gebracht... Mit einem Wort, wart' noch etwas, ja?«

»Alles klar«, sagte Sidorow. »Aber ist denn die Tatsache selbst, ich meine, daß Eingeborene existieren, unanfechtbar?«

»Absolut.«

Man hörte Sidorow tief seufzen.

»Nun ja«, sagte er, »da kann man nichts machen. Müssen wir eben wieder von vorn anfangen.«

»Mir tut es sehr leid, daß alles so gekommen ist«, erklärte Komow. »Wirklich.«

»Schon gut«, erwiderte Sidorow. »Wir werden auch das überstehen.« Und nach einer kurzen Pause: »Was gedenkst du nun zu tun? Wirst du das Eintreffen der Kommission abwarten?«

»Nein. Ich beginne noch heute. In diesem Zusammenhang aber eine Bitte: Stell mir ER-2 samt Besatzung zur Verfügung.«

»Selbstverständlich. Na schön, dann will ich dich nicht weiter stören. Wenn du sonst noch etwas benötigst...«

»Danke, Athos. Und nimm's dir nicht so zu Herzen, es wird schon noch alles ins Lot kommen.«

»Wollen wir's hoffen.«

Sie verabschiedeten sich. Komow begann erneut an seinem Daumennagel zu knabbern, bedachte mich aus unerfindlichem Grund mit einem mißmutigen Blick und setzte seine Wanderung durch die Kajüte fort. Ich glaubte zu wissen, was ihn beschäftigte. Komow und Sidorow waren alte Freunde, sie hatten zusammen studiert, gemeinsam gearbeitet. Nur gab es einen Unterschied zwischen ihnen. Komow hatte stets und in allem, was er anpackte, Erfolg, während Sidorow hinter seinem Rücken Athos der Pechvogel genannt wurde. Weshalb sich das so entwickelt hatte, wußte ich nicht. Jedenfalls hatte Komow gegenüber Sidorow jetzt wohl ein ungutes Gefühl. Vor allem wegen des Funkspruchs von Gorbowski. Es sah beinahe so aus, als habe Komow die Zentrale über Sidorows Kopf hinweg informiert...

Leise wechselte ich zu meinem Steuerpult hinüber und brachte die Roboter zum Stehen. Komow saß nun wieder am Tisch, bearbeitete seinen Nagel und stierte auf die umherliegenden Papiere. Ich bat um Erlaubnis, das Schiff verlassen zu dürfen.

»Weshalb?« Er wollte schon aufbrausen, doch da erinnerte er sich. »Ach ja, das Kybersystem ... Also bitte schön, gehen Sie. Doch kommen Sie unverzüglich zurück, sobald Sie fertig sind.«

Ich trieb meine Zöglinge zur Ladeluke, schaltete sie vom Programm ab und vertäute sie für den Fall eines plötzlichen Starts. Dann blieb ich noch einen Augenblick vor der Luke stehen, ließ meinen Blick über den ausgestorbenen Bauplatz gleiten, über die weißen Wände der Wetterstation, die nun doch nicht zustande gekommen war, und über den Eisberg, der sich nach wie vor so untadelig und teilnahmslos erhob ... Der Planet kam mir jetzt irgendwie anders vor. Etwas hatte sich verändert an ihm. Der Nebel, die zwergwüchsigen Pflanzen, die Felsschluchten, von violett schimmernden Schneetupfen bedeckt, hatten nun einen verborgenen Sinn. Die Stille war natürlich noch immer da, doch von Leere konnte man nicht mehr sprechen. Und das war gut so.

Ich kehrte ins Schiff zurück, schaute in die Gemeinschaftskajüte, wo Vanderhoeze mit schlecht verhohlenem Groll die Filmothek durchwühlte, und da ich mit meinen eigenen Gefühlen im Widerstreit war, ging ich zu Maja, um mich von ihr ein bißchen aufmöbeln zu lassen. Sie hatte eine riesige Plankarte auf dem Fußboden ihrer Kajüte ausgebreitet und lag darauf, eine Lupe im Auge. Sie drehte sich nicht einmal um, als ich eintrat.

»Ich begreife überhaupt nichts«, sagte sie wütend. »Hier können die nirgendwo leben! Sämtliche Flecken, die sich nur irgendwie für eine Wohnstatt eignen könnten, haben wir abgegrast. Sie werden doch nicht im Sumpf hausen, verdammt noch mal!«

»Und warum nicht im Sumpf?« fragte ich und nahm Platz.

Maja setzte sich im Türkensitz auf und fixierte mich durch ihre Lupe. »Weil ein Humanoid unmöglich im Sumpf existieren kann«, erklärte sie gewichtig.

»Das würde ich nicht behaupten«, erwiderte ich. »Bei uns auf der Erde hat es Stämme gegeben, die sogar auf dem Wasser in Pfahlbauten gelebt haben.«

»Wenn es in diesen Sümpfen nur den winzigsten Bau gäbe ...«, sagte Maja.

»Vielleicht leben sie unter Wasser? Wie manche Wasserspinnen, in solchen luftgefüllten Glocken.«

Maja dachte nach.

»Nein«, erwiderte sie achselzuckend. »Dann wäre er schmutzig gewesen und hätte den Dreck auch ins Schiff getragen ...«

»Und wenn sie nun eine wasserabstoßende Schicht auf der Haut haben? Eine schlammabstoßende? – Hast du gesehen, wie ölig er glänzte? Und wohin seine Flucht führte? Oder seine Art, sich fortzubewegen – wozu sollte sie sonst gut sein?«

»Die Diskussion war in Gang gekommen. Unter dem Druck der zahlreichen Hypothesen und Argumente, die ich vorbrachte, mußte Maja zugeben, daß rein theoretisch nichts die Eingeborenen daran hinderte, in Luftglocken unter Wasser zu leben, auch wenn sie, Maja, persönlich mehr zur Ansicht Komows neigte, der die Planetenbewohner für Höhlenmenschen hielt. »Wenn du wüßtest, was es da für Schluchten gibt«, sagte sie. »Hier, schau dir das mal an...« Und sie zeigte mir verschiedene Stellen auf der Karte. Selbst auf dem Papier sahen diese Flecken unwirtlich aus: zuerst eine Hügelkette, die von zwergenhaften Bäumen bestanden war, danach zerklüftetes Bergland mit abgrundtiefen Schluchten und schließlich der Gebirgskamm selbst, unnahbar und furchterregend, von ewigem Schnee bedeckt. Dahinter erstreckte sich eine grenzenlose steinige Ebene, trostlos, ohne jedes Leben, kreuz und quer von gewaltigen Erdspalten durchzogen. Es war eine durch und durch erstarrte, erkaltete Welt, eine Welt der bizarren Minerale, und allein der Gedanke, hier leben, mit bloßen Füßen über dieses Gewirr von Steinen laufen zu müssen, jagte mir einen Schauer über den Rücken.

»Alles halb so schlimm«, sagte Maja beschwichtigend. »Ich kann dir Infraaufnahmen von diesem Gelände zeigen. Unter dem Plateau herrscht, über weite Strecken hin, unterirdische Wärme, so daß sie also, sollten sie tatsächlich in Höhlen leben, an Kälte am allerwenigsten leiden.«

Sofort hakte ich ein: »Und wovon ernähren sie sich?«

»Wenn es Höhlenmenschen gibt, so kann es durchaus auch Höhlentiere geben«, sagte sie. »Na, und dann von Moos, Pilzen; schließlich könnte man sich auch Gewächse vorstellen, die mit dem Infralicht assimilieren.«

Ich vergegenwärtige mir dieses Leben, eine jämmerliche Parodie dessen, was wir unter Leben verstanden, ein steter, doch lascher Kampf ums Dasein, eine ungeheuerliche Eintönigkeit an Eindrükken, und ich bedauerte die Planetenbewohner von ganzem Herzen. Und so erklärte ich, die Sorge um diese Rasse wäre ebenfalls eine edle und dankbare Sache. Worauf Maja erwiderte, das stünde auf einem ganz anderen Blatt; wir müßten den Pantianern helfen, die zum Untergang verurteilt wären und ohne uns einfach zugrunde gehen würden. Was aber die hiesige Zivilisation beträfe, so wäre es mehr als fraglich, ob sie uns benötigte. Es wäre durchaus denkbar, daß sie auch ohne unser Zutun gedeihen würde.

Das war ein alter Streit zwischen uns. Meiner Ansicht nach war die Menschheit in ihrem Wissen so weit vorangeschritten, daß sie darüber entscheiden konnte, welche gesellschaftliche Entwicklung, historisch gesehen, eine Perspektive hatte und welche nicht. Maja aber war anderer Meinung. Sie war fest davon überzeugt, daß wir verschwindend wenig wüßten. Auf zwölf vernunftbegabte Zivilisationen waren wir bis jetzt gestoßen, und drei davon wurden nicht von menschenähnlichen Wesen gebildet. Von welcher Art unsere Beziehungen zu diesen Nichthumanoiden waren, wußte wahrscheinlich nicht einmal Gorbowski zu sagen. Existierte nun ein Kontakt zu ihnen oder nicht, und wenn ja, war er dann wirklich auf der Grundlage gegenseitigen Einverständnisses hergestellt worden? Vielleicht hatten wir uns ihnen nur aufgedrängt? Möglicherweise betrachteten sie uns gar nicht als Brüder mit Verstand, sondern als eine seltsame Naturerscheinung, so etwa wie ungewöhnliche Meteoriten. Mit den Humanoiden, ja, da war alles klar. Von den neun menschenähnlichen Arten hatten sich nur drei zu einem Austausch mit uns bereit erklärt, und was die Leonidaner betrifft, so hatten die zwar nichts gegen eine Weitergabe ihres eigenen Wissens, lehnten unseres jedoch höflich, aber entschieden ab. Selbst so augenscheinliche Dinge wie die quasiorganischen Mechanismen, die doch bedeutend zweckmäßiger und auch rationeller waren als ihre dressierten Haustiere. Aber die Leonidaner lehnten Mechanismen prinzipiell ab. Weshalb? Maja und ich wußten es nicht, wir stritten darüber. Dabei redeten wir uns fest, vertauschten, für uns selber unmerklich, unsere Standpunkte, was bei uns des öfteren vorkam. Zu guter Letzt erklärte Maja, unser ganzer Streit sei ausgemachter Unsinn.

»Nicht darum geht es. Begreifst du denn nicht, worin die Hauptaufgabe eines jeglichen Kontakts liegt?« fragte sie. »Begreifst du nicht, warum die Menschheit nun schon seit zwei Jahrhunderten nach Kontakten strebt, sich freut, wenn sie einen herstellen kann, und betrübt ist, wenn es mißlingt?«

Natürlich begriff ich.

»Man will den Verstand erforschen«, sagte ich. »Jenes höchste Produkt, das die Natur hervorgebracht hat.«

»Im großen und ganzen mag das stimmen«, erwiderte Maja, »dennoch sind das bloß Worte. In Wirklichkeit interessiert uns nämlich nicht das Phänomen des Verstandes im allgemeinen, sondern

unser eigener, menschlicher Verstand. Mit anderen Worten, wir interessieren uns in erster Linie für uns selber. Seit fünfzigtausend Jahren bereits versuchen wir dahinterzukommen, was und wie wir selbst sind. Doch es ist ein Ding der Unmöglichkeit, dieses Problem von innen heraus zu lösen. Es ist ebenso unmöglich, wie sich selbst bei den Haaren zu packen und in die Höhe zu ziehen. Will man sich selbst erkennen, so muß man das von außen tun, mit den Augen eines Außenstehenden, eines total Außenstehenden...«

»Und weshalb sollte das so unbedingt nötig sein?« erkundigte ich mich angriffslustig.

»Na«, sagte Maja bedeutungsvoll, »weil die Menschen auf dem Weg sind, sich über die Galaxis zu verbreiten. Wie stellst du dir zum Beispiel die Menschheit in hundert Jahren vor?«

»Wie ich sie mir vorstelle?« Ich zuckte mit den Achseln. »Genauso wie du... Die biologische Revolution wird abgeschlossen, die galaktische Barriere überwunden sein, der Weg in den Null-Raum frei. Es wird eine weite Verbreitung der Kontaktvideophonie geben, die Realisierung der P-Abstraktionen...«

»Ich habe dich nicht danach gefragt, wie du dir die technischen Errungenschaften in hundert Jahren vorstellst, ich will wissen, was du über die Menschheit denkst?«

Ich blinzelte verdutzt. Ich sah da keinen Unterschied. Maja aber schaute mich mit Siegermiene an. »Hast du schon was von Komows Ideen gehört?« fragte sie. »Vertikaler Progreß und so weiter...«

»Vertikaler Progreß?« Mir kam eine dunkle Erinnerung. »Wart mal... haben da nicht auch Borowik und Mikawa damit zu tun?«

Maja begann in ihrer Tischlade zu wühlen.

»Hier...« Sie reichte mir ein Kristallophon herüber. »Hör dir das mal an. Während du mit deiner Tanetschka in der Bar getanzt hast, hat Komow uns in der Bibliothek zusammengetrommelt...«

Einigermaßen lustlos klemmte ich mir das Kristallophon ins Ohr. Was ich zu hören bekam, war eine Art Vorlesung. Komow hielt sie, und die Aufzeichnung setzte mitten im Satz ein. Komow redete ohne jede Hast, einfach und verständlich; offensichtlich paßte er sich dem Niveau des Auditoriums an. Er führte viele Beispiele an und sprach überhaupt sehr geistreich. Das Ganze lief etwa auf folgendes hinaus:

Der Erdenmensch hätte alle sich selbst gestellten Aufgaben gelöst und wäre nun auf dem Weg, ein galaktisches Wesen zu werden.

Hunderttausend Jahre hindurch hätten sich die Menschen in Höhlen bewegt, beengt, von Steinschlag bedroht, hätten sie sich einen Weg durchs Dickicht bahnen müssen, wären von Lawinen verschüttet worden, hätten sich verirrt. Doch bei allem hätten sie immer den blauen Himmel vor sich gesehen, Licht, ein Ziel, und so wären sie schließlich aus den Höhlen ins Freie gezogen, hätten sich in den Tälern ausgebreitet. Ja, die Täler wären weit und geräumig, es wäre genug Platz zum Ausbreiten dagewesen. Nach und nach aber hätten sie erkannt, daß es eben nur Täler waren und daß es darüber noch einen Himmel gab. Eine neue Dimension. Sicherlich, unten auf der Erde wäre es schön gewesen, man hätte sich nach Herzenslust mit der Realisierung der P-Abstraktionen befassen können, und es hätte so ausgesehen, als vermöchte keine Macht der Welt den Menschen nach oben, in diese neue Dimension, zu treiben. Doch der galaktische Mensch wäre nicht schlechthin der Erdenbewohner, der in den Weiten der Galaxien nach den Gesetzen seines Heimatplaneten lebte. Hier würde es sich um mehr handeln, denn der Mensch würde nun nach anderen Gesetzen des Seins, mit anderen, noch unbekannten Zielen leben. Im Grunde ging es darum, das Ideal des galaktischen Menschen zu formulieren. Das Ideal des Erdenmenschen hätte sich im Laufe von Jahrtausenden auf dem Erfahrungsschatz der Ahnen herausgebildet, auf dem Erfahrungsschatz alles Lebenden unseres Planeten. Das Ideal des galaktischen Menschen dagegen konnte offenbar nur herausgearbeitet werden, wenn man den Erfahrungsschatz aller galaktischen Lebensformen ausschöpfte, die Geschichte aller Zivilisationen mit einbezog. Vorerst, so etwa äußerte sich Komow, wisse der Mensch noch gar nicht, wie er diese Aufgabe in Angriff nehmen solle, aber er käme nicht umhin, sich ihrer anzunehmen. Dabei müsse er sie so lösen, daß die Zahl der möglichen Opfer und Irrtümer auf ein Minimum reduziert bliebe. Noch nie hätte sich die Menschheit eine Aufgabe gestellt, die sie nicht zu lösen bereit gewesen wäre. Das sei eine tiefe, doch auch quälende Wahrheit...

Die Aufzeichnung hörte auf, wie sie begonnen hatte: mitten im Satz.

Ehrlich gesagt, so geistreich das alles war, es drang gar nicht bis in mein Innerstes vor. Was hatte das galaktische Ideal hier zu suchen? Meiner Ansicht nach wurden die Menschen, wenn sie im Kosmos waren, alles andere als galaktisch. Mir schien es eher, als wäre das Gegenteil der Fall; die Menschen trugen die Erde – ihren Komfort, ihre Normen, ihre Moral – ins All. Wenn es also schon ums Ideal ging, so war für mich und auch für all meine Bekannten das Ideal der Zukunft unser eigener kleiner Planet, der sich bis zu den äußersten Grenzen der Galaxis herangetastet hatte und später vielleicht sogar über diese Grenzen hinausgelangen würde. In diesem Sinne etwa wollte ich mich auch gegenüber Maja äußern, doch da bemerkten wir, daß wir nicht mehr allein in der Kajüte waren. Vanderhoeze stand, offenbar schon seit einer geraumen Weile, gegen die Wand gelehnt, zauste seinen rötlichen Backenbart und betrachtete uns mit der ihm eigenen nachdenklich-zerstreuten Miene eines Kamels. Ich erhob mich und schob ihm einen Stuhl hin.

»Vielen Dank«, sagte Vanderhoeze, »aber ich bleibe lieber stehen.«

»Und was halten Sie von dieser Angelegenheit?« fragte ihn Maja, kriegerisch gestimmt.

»Von welcher Angelegenheit?«

»Na, vom vertikalen Progreß?«

Vanderhoeze schwieg einige Zeit, dann seufzte er und sagte: »Keiner weiß, wer das Wasser als erster entdeckt hat, jedenfalls waren es nicht die Fische.«

Wir dachten angestrengt nach. Dann begann Majas Gesicht zu strahlen, sie hob einen Finger in die Höhe und meinte: »Oho!«

»Das stammt nicht von mir«, erwiderte Vanderhoeze melancholisch. »Es ist ein alter Aphorismus. Er gefällt mir schon lange, ich hatte bisher nur keine Gelegenheit, ihn anzubringen.« Er schwieg einige Augenblicke und sagte dann: »Was übrigens die Bordaufzeichnungen betrifft, stellt euch vor, es hat tatsächlich solch eine Vorschrift gegeben.«

»Was für Bordaufzeichnungen?« fragte Maja. »Ich sehe da keinen Zusammenhang.«

»Komow hatte mich doch gebeten, die gesetzlichen Bestimmungen durchzusehen. Er wollte wissen, ob es eine Vorschrift gäbe, nach der die Bordaufzeichnungen zu vernichten wären«, erklärte Vanderhoeze bedrückt.

»Ja und?« fragten wir fast gleichzeitig.

»Eine Schande für mich«, sagte er. »Es gibt tatsächlich solch eine Vorschrift. Genauer gesagt, es hat sie gegeben. Im alten Instruktionsbuch. Im neuen steht sie nicht mehr. Woher hätte ich sie auch kennen sollen, ich bin schließlich kein Historiker...«

Er schwieg längere Zeit, in Nachdenken versunken. Maja rutschte ungeduldig auf ihrem Platz hin und her.

»Also«, fuhr Vanderhoeze endlich fort, »diese Vorschrift besagt: Wenn man eine Havarie auf einem unbekannten Planeten erleidet, der von vernunftbegabten Wesen bewohnt ist – ganz gleich, ob es humanoide oder nichthumanoide Wesen sind, es genügt, daß sie über Maschinen, eine Technik verfügen –, so ist man verpflichtet, sämtliche kosmographischen Karten und Bordaufzeichnungen zu vernichten.«

Ich wechselte einen Blick mit Maja.

»Der Kommandeur des ›Pelikan‹, der Ärmste«, sagte Vanderhoeze weiter, »muß sich in den alten Gesetzen offenbar gut ausgekannt haben. Denn diese Vorschrift ist, glaube ich, an die zweihundert Jahre alt. Sie stammt noch aus den Anfängen der Sternraumfahrt, war mehr Theorie als Praxis, entstand in dem Bestreben, jeder nur möglichen Komplikation zu begegnen. Aber kann man etwa alles einkalkulieren?« Er seufzte. »Gewiß, ich hätte mir überlegen können, was es mit den gelöschten Aufzeichnungen auf sich hatte. Komow ist ja auch draufgekommen... Wißt ihr, wie er auf meine Mitteilung reagiert hat?«

»Nein«, sagte ich, »wie denn?«

»Er hat genickt und sich anderen Dingen zugewandt«, erklärte Maja.

Vanderhoeze warf ihr einen Blick zu, der seine Hochachtung ausdrückte.

»Genau!« sagte er. »Er hat genickt, und er hat sich anderen Dingen zugewandt. Ich an seiner Stelle hätte mich den ganzen Tag über meinen Scharfsinn gefreut.«

»Was läßt sich denn nun aber aus alldem schlußfolgern?« sagte Maja. »Das heißt doch, ob humanoid oder nicht, es muß vernunftbegabtes Leben, Technik, eine Zivilisation hier geben. Ich verstehe rein gar nichts mehr. Verstehst du das?« wandte sie sich an mich.

Ich finde die Art Majas, voller Stolz zu erklären, sie verstehe rein gar nichts mehr, jedesmal sehr lustig. Übrigens verhalte ich mich hin und wieder genauso. »Sie haben sich dem ›Pelikan‹ mit Fahrrädern genähert«, sagte ich.

Maja winkte ungeduldig ab. »Eine technisch ausgerüstete Zivilisation gibt es hier nicht«, murmelte sie. »Nichthumanoide existieren genausowenig...«

Komows Stimme verkündete über Sprechfunk: »Vanderhoeze, Glumowa, Popow! Bitte zur Steuerzentrale!«

»Jetzt geht's los!« sagte Maja und sprang auf.

Wir drängten als lärmende Gruppe in die Kabine. Komow stand am Tisch und war gerade dabei, eine tragbare Übersetzungsmaschine in eine Plastikumhüllung zu stecken. Nach der Position der Schaltknöpfe zu urteilen, war das Gerät an den elektronischen Bordrechner angeschlossen. Komows Gesicht zeigte einen ungewohnt besorgten Ausdruck. Dadurch sah er irgendwie menschlicher aus, war nicht mehr so eisig konzentriert, so steinern, ein Anblick, von dem einem der Mund ganz trocken wurde.

»Ich gehe jetzt hinaus«, erklärte er. »Auf den ersten Erkundungsgang. Jakob, Sie tragen hier die Verantwortung. Das Wichtigste: die ununterbrochene Beobachtung und störfreie Arbeit des Bordrechners garantieren. Bei Erscheinen von Eingeborenen bin ich umgehend zu informieren. Im empfehle, an den Außenbildschirmen eine Wache in drei Schichten rund um die Uhr einzurichten. Maja, Sie setzen sich jetzt gleich an die Schirme. Stas, dort liegen meine Funksprüche. Übermitteln Sie sie so bald wie möglich. Ich denke, daß niemand das Schiff verlassen darf. Das wär's. Gehen Sie an die Arbeit.«

Ich nahm am Funkgerät Platz und machte mich, wie befohlen, an die Arbeit. Komow und Vanderhoeze unterhielten sich leise hinter meinem Rücken. Am anderen Ende der Steuerzentrale hatte Maja begonnen, die Bildschirme für die Rundumsicht einzustellen. Ich blätterte die Funksprüche durch. Während wir mit der Lösung philosophischer Probleme beschäftigt gewesen waren, hatte Komow hier wirklich nicht gefaulenzt. Fast alle seine Telegramme stellten Antworten auf eingegangene Anfragen dar. Den Grad ihrer Dringlichkeit bestimmte ich in Ermangelung diesbezüglicher Anweisungen selbst.

»*ER-2, Komow – an Zentrale, Gorbowski.*

Danke für das liebenswürdige Angebot, ich fühle mich aber nicht berechtigt, Sie von wichtigeren Dingen abzuhalten. Werde Sie auf dem laufenden halten.«

»*ER-2, Komow – an Zentrale, Bader*

Posten des Chefxenologen beim Projekt ›Arche 2‹ muß ich ablehnen. Empfehle Amiredshibi.«

»*ER-2, Komow – an Stützpunkt, Sidorow.*

Flehe dich an, verschone mich mit Freiwilligen.«

»ER-2, Komow – an europäisches Pressezentrum, Dombini.

Halte Anwesenheit Ihres wissenschaftlichen Kommentators hier für verfrüht. Betreffs Informationen bitte an Zentrale wenden. Kommission für Kontakte.«

In dieser Art ging es munter weiter. Etwa fünf Funksprüche waren allein an das Zentrale Informatorium gerichtet. Ihren Inhalt begriff ich nicht.

Meine Arbeit lief auf Hochtouren, als der Dechiffrator ein weiteres Mal zu tuckern begann.

»Woher?« fragte Komow vom anderen Ende der Steuerkabine aus. Er stand neben Maja und betrachtete die Umgebung.

»*Zentrale, historische Abteilung*«, las ich.

»Na endlich!« sagte Komow und kam zu mir herüber.

»*... Projekt ›Arche‹*«, las ich, *an ER-2, Vanderhoeze, Komow. Information. – Bei dem von Ihnen aufgefundenen Schiff Typ ›Pelikan‹, Registriernummer sowieso, handelt es sich um das Expeditionsfahrzeug ›Pilger‹. Heimathafen Deimos, Start am zweiten Januar zweitausendeinunddreißig zur freien Suche in die Zone ›Z‹. Die letzte Meldung erfolgte am sechsten Mai zweitausendvierunddreißig aus der Region ›Schatten‹. Besatzung: Semjonowa, Marie-Luise, und Semjonow, Alexander Pawlowitsch. Seit dem einundzwanzigsten April zweitausenddreiunddreißig ein weiterer Passagier an Bord: Semjonow, Pierre Alexandrowitsch. Archiv ›Pilger‹ ...«*

Noch etwas stand da, doch in diesem Augenblick begann Komow hinter mir laut zu lachen, und ich drehte mich verwundert um. Komow lachte nicht nur, sondern er explodierte förmlich vor Heiterkeit.

»Hab' ich mir's doch gedacht!« sagte er triumphierend, während wir ihn mit weit aufgerissenen Mündern ansahen. »Das habe ich vermutet«, wiederholte er. »Es ist ein Mensch, versteht ihr, Kinder, ein Mensch ist das!«

5

Menschen und Nichtmenschen

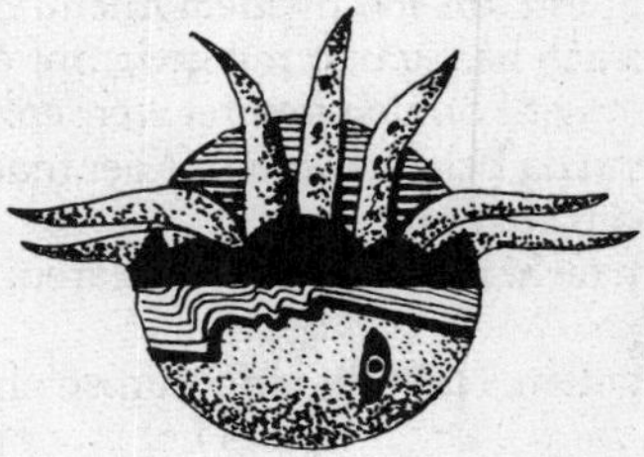

»Alles auf die Plätze!« kommandierte Komow ausgelassen, griff sich die Futterale mit den Instrumenten und verschwand.

Ich sah Maja an. Sie stand wie angewurzelt mitten in der Kabine und bewegte lautlos, mit abwesendem Blick, die Lippen. Sie überlegte.

Mein Blick ging von Maja zu Vanderhoeze. Seine Augenbrauen zeigten steil in die Höhe, der Backenbart war gesträubt, und erstmals, soweit ich mich entsinnen konnte, ähnelte er weniger einem Säugetier als einem Zitterrochen, den man aus dem Wasser an Land gezogen hatte. Auf dem Aussichtsbildschirm war Komow zu sehen, der, die Apparaturen umgehängt, am Baugelände entlang kräftig in Richtung Sumpf ausschritt.

»Daher also die Spielsachen...«, ließ sich Maja vernehmen.

»Wieso?« fragte Vanderhoeze, der noch nicht begriffen hatte.

»Er hat damit gespielt«, erklärte Maja.

»Wer?« fragte Vanderhoeze. »Komow?«

»Nein doch. Semjonow.«

»Hmm... Weshalb, ich meine...«

»Semjonow junior«, sagte ich, jede Silbe betonend. »Der Passagier. Das Kind.«

»Was für ein Kind?«

»Das Kind der Semjonows!« sagte Maja. »Versteht ihr nun, wozu sie diese Nähvorrichtung brauchten? Da wurden Hemdchen und Windeln benötigt, Lätzchen...«

»Lätzchen!« echote Vanderhoeze niedergeschmettert. »Ein Kind haben sie also bekommen! Na so was! Und ich hab' mich schon gewundert, wo sie plötzlich einen neuen Passagier aufgegabelt hatten, dazu noch einen Namensvetter! Ich wär im Leben nicht auf diese Idee gekommen. Dabei ist es ganz klar!«

Das Funksignal ertönte, ich meldete mich rein mechanisch. Es war Wadik. Er sprach hastig und mit gedämpfter Stimme – offenbar befürchtete er, wir könnten geortet werden.

»Was gibt's denn da bei euch, Stas? Aber mach's kurz, wir sind dabei, hier die Zelte abzubrechen...«

»Das kann man nicht in drei Worten erklären«, sagte ich mißmutig.

»Versuch's trotzdem. Habt ihr ein Raumschiff der *Wanderer* gefunden?«

»Welcher *Wanderer?*« fragte ich verblüfft.

»Na derjenigen, die... die Gorbowski sucht...«

»Und wer soll sie gefunden haben?«

»Meine Güte, ihr! Ihr habt sie doch gefunden, oder? Seine Stimme klang plötzlich streng und sachlich, als er fortfuhr: »Ich überprüfe die Leitung und schalte jetzt ab.«

»Was sollen wir gefunden haben?« erkundigte sich Vanderhoeze. »Von welchem Raumschiff war da die Rede?«

»Ach, was weiß ich.« Ich winkte ab. »Sie sind einfach neugierig... Aber zurück zu dem Kind. Es ist also im April dreiunddreißig zur Welt gekommen, und gemeldet haben sie sich das letzte Mal vierunddreißig... Sag mal, Jakob, in welchen Zeitabständen mußten sie eigentlich Funkverbindung aufnehmen?«

»Einmal im Monat«, erwiderte Vanderhoeze. »Das ist Vorschrift bei Schiffen, die sich auf freier Suche befinden.«

»Augenblick mal«, sagte ich. »Mai, Juni...«

»Dreizehn Monate«, kam mir Maja zuvor.

Ich wollte sichergehen und rechnete deshalb selbst noch mal nach.

»Stimmt«, sagte ich, »dreizehn Monate.«

»Ist irgendwie unwahrscheinlich, nicht war?«

»Was soll unwahrscheinlich sein?« fragte Vanderhoeze unsicher.

»Am Tag der Katastrophe«, erwiderte Maja, »war das Kind ganze dreizehn Monate alt. Wie konnte es da überleben?«

»Die Eingeborenen«, gab ich zu bedenken. »Semjonow hatte die Bordaufzeichnungen gelöscht. Also muß er jemanden gesichtet haben... Komow hatte mir demnach ohne Grund etwas vorgebellt! Ich hatte doch recht gehabt: Es war ein richtiges Kinderweinen. Als ob ich nicht wüßte, wie einjährige Kinder weinen! – Die Eingeborenen hatten alles auf Band festgehalten und es dem Kind, als es größer wurde, vorgespielt...«

»Derlei Aufzeichnungen setzen eine gewisse Technik voraus«, sagte Maja.

»Nun, dann haben sie es eben nicht aufgezeichnet, sondern im Gedächtnis gespeichert«, erwiderte ich. »Das ist doch unwesentlich.«

»Aha«, sagte Vanderhoeze, der allmählich begriff. »Semjonow, meint ihr, hatte also Menschen oder auch irgendwelche nichtmenschliche Wesen gesichtet, eine Zivilisation jedenfalls, die bereits über Maschinen, eine Technik verfügte, und hat deshalb die Bordnotizen gelöscht. Entsprechend der Instruktion.«

»Mir sieht es aber gar nicht nach einer technisierten Zivilisation aus«, sagte Maja skeptisch.

»Dann also doch eher Nichthumanoide«, begann ich und begriff erst in diesem Augenblick so richtig, was das bedeutete. »Meine Güte«, fuhr ich enthusiastisch fort, »wenn es sich hier tatsächlich um Nichthumanoide handelte, das wäre ja einmalig, würde alles Bisherige übertreffen. Versteht ihr? Ein Mensch als Mittler zwischen zwei Zivilisationen! Ein Wesen, das zugleich Mensch und Nichtmensch ist! Das hat es bisher noch nicht gegeben. Selbst in unseren kühnsten Träumen hätten wir das nicht zu hoffen gewagt!«

Ich ließ mich von meiner Begeisterung fortreißen. Maja nicht weniger. Wir standen wie geblendet vor den Perspektiven, die sich uns da eröffneten. Freilich waren sie noch reichlich verschwommen, doch deswegen nicht weniger einleuchtend. Nicht nur, daß es wahrscheinlich erstmals in der Geschichte der Menschheit möglich wurde, Kontakt zu einer nichthumanoiden Zivilisation aufzunehmen, den Menschen würde auch ein einzigartiger Spiegel in die Hand gegeben. Die Tür in eine Welt würde aufgestoßen, die ihnen bis dahin unerreichbar fern und verschlossen gewesen war. Es war eine Welt mit einer grundsätzlich anderen Psychologie, wodurch die vagen Komowschen Ideen über den vertikalen Progreß endlich eine experimentelle Grundlage erhielten...

»Welchen Grund hätte eine nichthumanoide Zivilisation gehabt, sich mit einem Menschenkind abzugeben?« sagte Vanderhoeze nachdenklich. »Was versteht sie überhaupt von solchen Dingen?«

Die Perspektiven verloren sofort an Glanz, doch Maja reagierte prompt, Herausforderung in der Stimme: »Auf der Erde sind nicht wenige Fälle bekannt, wo nichthumanoide Wesen Menschenkinder aufgezogen haben.«

»Das war eben auf der Erde!« erwiderte Vanderhoeze bekümmert.

Darin hatte er nicht unrecht. Alle uns bisher bekannten vernunftbegabten Nichthumanoiden standen dem Menschen bedeutend ferner als beispielsweise ein Wolf oder sogar ein Krake. Selbst ein so bedeutender Spezialist wie Krüger war der Ansicht, die vernunftbegabten Nacktschnecken auf der Garrotta hielten den Menschen mit seiner gesamten Technik nicht etwa für eine reale Erscheinung, sondern für eine Frucht ihrer unglaublichen Phantasie...

»Dennoch ist das Kind am Leben geblieben und groß geworden!« sagte Maja.

Womit sie gleichfalls recht hatte.

Meiner Natur nach bin ich ein Skeptiker. Es ist nicht mein Fall, mich in etwas zu verrennen und meiner Phantasie die Zügel schießen zu lassen. Maja ist da anders. Doch in der Angelegenheit mit dem Kind war kein Raum für Phantastereien, die Sache war klar. Ein dreizehn Monate alter Säugling allein in einer Eiswüste. Wie hätte er aus eigener Kraft überleben können. Hinzu kamen die gelöschten Bordaufzeichnungen. Das waren Fakten, die für sich sprachen. Daß sich aber ausgerechnet zu diesem Zeitpunkt humanoide Wesen von einem anderen Planeten in der Nähe aufgehalten hätten und, nachdem sie das Kind großgezogen, wieder davongeflogen wären – eine solche Annahme war denn doch ziemlich unwahrscheinlich.

»Und wenn er nun gar nicht überlebt hat?« fragte Maja. »Vielleicht sind dieses Weinen und die Stimmen seiner Eltern alles, was von ihm übriggeblieben ist.«

Einen Augenblick lang schien es mir, als würden all meine Hoffnungen zusammenstürzen. Maja hatte aber auch immer irgendwelche Zweifel vorzubringen. Gleich darauf kam mir jedoch die Erleuchtung.

»Und wie ist er ins Schiff gekommen?« fragte ich. »Wieso hatte er Gewalt über meine Kyber? Nein, nein, meine Liebe, entweder wir sind im Kosmos auf eine Kopie gestoßen, die dem Menschen aufs Haar – ich betone: aufs Haar – gleicht, oder wir haben es mit einem kosmischen Mowgli zu tun. Sucht euch aus, was wahrscheinlicher ist.«

»Ich weiß es nicht«, sagte Maja.

»Ich auch nicht«, schloß sich Vanderhoeze an.

In diesem Moment ertönte Komows Stimme im Lautsprecher: »Achtung an Bord! Ich habe meinen Beobachtungsposten eingenommen. Behaltet die Umgebung genau im Auge, ich kann von hier aus nicht allzuviel sehen. Gibt es neue Funksprüche?«

Ich warf einen Blick in den Auffangkasten.

»Einen ganzen Packen«, sagte ich.

»Einen ganzen Packen«, gab Vanderhoeze durchs Mikrofon weiter.

»Und was ist mit meinen Funksprüchen, Stas? Haben Sie die durchgegeben?«

»Ich... ich bin dabei«, antwortete ich und setzte mich rasch an den Sender.

»Er ist dabei«, sagte Vanderhoeze ins Mikrofon.

»Schluß jetzt mit der Volksversammlung!« befahl Komow. »Ihr habt genug philosophiert, geht jetzt an die Arbeit. Maja, Sie übernehmen den Bildschirm. Für Sie hat es im Augenblick nichts anderes zu geben, klar? Und Sie Popow, sputen sich ein bißchen. Spätestens in zehn Minuten muß der letzte Funkspruch im Äther sein. Jakob, lesen Sie mal vor, was da für mich gekommen ist...«

Als ich fertig war mit Senden und mich umdrehte, sah ich die anderen in ihre Arbeit vertieft. Maja saß am Rundsichtpult – auf dem Panoramaschirm erblickte man Komow, eine winzige Gestalt direkt am Ufer des Sees. Über dem Sumpf vibrierte der Nebel, und das war die einzige Bewegung, die man im Umkreis der ganzen dreihundertsechzig Grad bei einem Radius von sieben Kilometern ausmachen konnte. Komow saß da, mit dem Rücken zu uns; offenbar erwartete er, unser Mowgli würde aus dem Sumpf auftauchen. Maja ließ ihren Blick langsam von einer Seite zur anderen gleiten, tastete die Gegend ab, und von Zeit zu Zeit, wenn ihr etwas verdächtig vorkam, schaltete sie für den betreffenden Geländeabschnitt die maximale Vergrößerung ein. Dann erschienen auf den Schirmen der kleineren Monitore ein welker Strauch, der violette Schatten einer Düne auf dem glitzernden Strand oder ein nicht zu beschreibender Punkt im spärlichen Geäst der zwergwüchsigen Bäume.

Vanderhoeze seinerseits war damit beschäftigt, mit monotoner

Stimme ins Mikrofon zu sprechen: »*Varianten des Psychotyps Doppelpunkt sechzehn En Strich zweiunddreißig Zeta beziehungsweise Em wie Mama Strich einunddreißig Epsilon ...*« – »Das reicht«, sagte da Komow, »den nächsten Funkspruch.« – »*Erde, London, Cartwright, Verehrter Gennadi, erinnere Sie nochmals an Ihr Versprechen, sich zu melden ...*« – »Weiter, weiter ...« – »*Pressezentrum ...*« – »Unwichtig, weiter ... Lesen Sie nur das vor, Jakob, was von der Zentrale oder vom Stützpunkt kommt.« Pause. Vanderhoeze sortierte die Kärtchen, fuhr dann fort: »*Zentrale, Bader. Die von Ihnen angeforderten Apparaturen gelangen per Null-Transport zum Stützpunkt. Lassen Sie uns Ihre Vermutungen zu folgenden Punkten wissen: erstens, welche weiteren Zonen könnten von Eingeborenen besiedelt sein; zweitens ...*« – »Gut, weiter ...«

In diesem Augenblick wurde ich vom Stützpunkt gerufen. Sidorow wollte mit Komow sprechen.

»Komow ist mit der Kontaktaufnahme beschäftigt, Michail Albertowitsch«, sagte ich entschuldigend.

»Ist der Kontakt schon zustande gekommen?«

»Noch nicht, aber wir rechnen damit.«

Sidorow hüstelte. »Na schön, ich melde mich später noch mal. Es war auch nicht so dringend.« Und nach kurzem Schweigen: »Seid ihr aufgeregt?«

Ich versuchte meine Empfindungen zu analysieren. »Na ja, aufgeregt ist vielleicht nicht das richtige Wort ... das alles ist eher seltsam. Wie im Traum. Wie im Märchen.«

Sidorow seufzte. »Also gut«, sagte er, »ich will nicht weiter stören. Ich wünsche euch Erfolg.«

Ich bedankte mich und schaltete ab. Dann stützte ich mich mit den Armen auf das Pult und begann meine Empfindungen ein zweites Mal zu analysieren. Es stimmte, das Ganze war irgendwie seltsam. Mensch – Nichtmensch. Wahrscheinlich war es wirklich verfehlt, den Jungen als Menschen zu bezeichnen. Ein Menschenkind, von Wölfen aufgezogen, wächst als Wolf auf, unter Bären dementsprechend als Bär. Und wie verhielt es sich, würde sich ein Krake eines solchen Menschenkindes annehmen? Könnte ja sein, daß er es nicht auffraß, sondern aufzog ... Trotzdem, nicht darum ging es. Bär, Wolf und Krake, sie alle hatten keinen Verstand. Zumindest nicht das, was die Xenologen als Verstand ansahen. Wenn nun aber unser Mowgli von vernunftbegabten Wesen erzogen wurde, die dennoch in gewisser Beziehung Kraken waren? Mehr noch, von Wesen, die uns vielleicht noch ferner als Kraken standen? Immer-

hin hatten sie ihn gelehrt, Schutzphantome zu produzieren, hatten sie ihn zur Mimikry befähigt – alles Dinge, die dem menschlichen Organismus fremd waren und demnach eine künstliche Anpassung bedeuteten... Aber halt, wozu brauchte er die Mimikry? Vor wem hätte er sich schützen sollen? Der Planet war doch unbewohnt! Er war es also doch nicht.

Ich stellte mir riesige Höhlen vor, in gespenstisches lilafarbenes Licht getaucht, finstere Winkel, in denen eine tödliche Gefahr lauerte, und in alldem einen kleinen Jungen, der sich an einer glitschigen Gesteinswand entlangtastete, ständig auf dem Sprung, sich unsichtbar zu machen, aufzulösen in dem unwirklichen Licht und dem Feind nichts anderes zu überlassen als seinen verschwommenen Schatten. Der arme Junge, man mußte ihn unverzüglich von hier fortbringen... Aber halt, das war doch auch wieder Unsinn! So, wie ich es mir ausmalte, war es bestimmt nicht. Noch immer war es auf der Welt so eingerichtet, daß neben komplizierten und hochentwickelten Lebensformen auch simples Leben existierte. Und wie viele Arten von Lebewesen hatte man hier schon gefunden? Ganze elf oder zwölf – von Viren angefangen bis hoch zum Menschenkind. Nein, das gab es nicht. Da war etwas faul. Na schön, wir würden noch dahinterkommen. Der Junge würde uns alles erzählen. Und wenn er es nun nicht tat? Hatten die Wolfskinder etwa, als man sie wieder unter Menschen brachte, etwas über ihr Leben bei den Wölfen erzählt? Worauf also hoffte Komow? Ich hatte Lust, ihn jetzt gleich, auf der Stelle, danach zu fragen.

Vanderhoeze, nachdem er den letzten Funkspruch vorgelesen hatte, streckte sich in seinem Sessel aus, verschränkte die Arme im Nacken und sagte nachdenklich: »Die Semjonows, wißt ihr, hab' ich nämlich gekannt. Ich versichere euch, es waren wunderbare und zugleich eigenartige Leute. Sie vergötterten die Vergangenheit. Deshalb kannte sich Schura auch bestens in den Instruktionen der frühen Raumfahrt aus. Wenn die uns manchmal auch lächerlich oder zumindest naiv erschienen, er fand in ihnen noch immer einen grandiosen Kern... Und daß er die Bordaufzeichnungen löschte, seine eigene Spur im All vernichtete, als nach der Katastrophe gespenstische Schatten das Schiff heimsuchten, das entspricht ganz seiner Art.« Vanderhoeze verstummte. Dann sagte er, einigermaßen zusammenhanglos: »Übrigens gibt es bedeutend mehr Leute, die die Einsamkeit suchen, als wir gemeinhin annehmen. Schließlich ist eine gewisse Abgeschiedenheit nicht das schlechteste, was meint ihr?«

»Für mich wär's nichts«, erwiderte Maja, ohne den Blick vom Bildschirm zu lösen.

»Das liegt daran, daß du noch jung bist«, entgegnete Vanderhoeze. »Als Schura Semjonow in deinem Alter war, hatte er auch gern viele Freunde um sich, in der Arbeit wie in der Freizeit. Es konnte ihm nicht laut genug zugehen. Da wurde Gehirnakrobatik getrieben, stets mußte etwas los sein, ein Wettstreit löste den anderen ab, ganz gleich, worin er geführt wurde: Flügelspringen, die Menge geistreicher Bemerkungen pro Zeiteinheit. Auswendiglernen irgendwelcher Tabellen... eben alles. Und dazwischen wurde immer wieder gesungen, mit Necophonbegleitung, möglichst etwas Selbstverfaßtes...« Vanderhoeze seufzte. »Für gewöhnlich geht das alles vorbei, wenn einen die erste richtige Liebe packt... Na ja, aber darin kann ich nicht mitreden. Mir ist nur bekannt, das Schurik und Marie bald nach ihrer Hochzeit auf freie Suche in den Weltraum starteten. Seitdem habe ich sie nicht mehr zu Gesicht bekommen. Nur einmal über Video... Ich war seinerzeit Dispatcher, und Schura holte bei mir die Genehmigung ein, von der Pandora aus weiterzufliegen.« Vanderhoeze seufzte erneut. »Übrigens ist Schuras Vater, Pawel Alexandrowitsch, noch am Leben. Wenn wir wieder zurück sind, werde ich ihn unbedingt aufsuchen...« Und nach einer kurzen Pause: »Um ehrlich zu sein, ich war schon immer gegen das Erkunden des Weltraums auf eigene Faust. Diese sogenannte freie Suche ist ein Archaismus. Und gefährlich dazu. Das Ergebnis für die Wissenschaft aber ist fast Null, mitunter wird sogar mehr Schaden angerichtet. Denkt nur an die Geschichte mit Kammerer. Immer wieder tun wir so, als seien wir bereits Herr über den Kosmos, als fühlten wir uns dort wie zu Hause. Das ist Nonsens. Und wird es immer bleiben. Der Kosmos wird stets sein, was er ist, und der Mensch wird niemals über seinen eigenen Schatten springen können. Selbst wenn er mit der Zeit immer erfahrener wird, so wird es ihm doch nie gelingen, sich im Weltraum zu Hause zu fühlen... Und ich glaube auch nicht, daß Schurik und Marie etwas auf ihrem Flug entdeckt haben, über das sich ein Wort zu verlieren lohnte.«

»Dafür waren sie glücklich«, sagte Maja, ohne sich umzudrehen.

»Woraus schließt du das?«

»Sonst wären sie zurückgekommen. Was hätten sie denn noch suchen sollen, wo sie doch ohnehin glücklich waren?« Maja warf Vanderhoeze einen verärgerten Blick zu. »Was überhaupt lohnt es, anderes zu suchen als das Glück?«

»Natürlich könnte ich dir darauf erwidern, daß der Glückliche in der Tat nichts sucht«, sagte Vanderhoeze, »aber auf so ein tiefsinniges Streitgespräch bin ich im Augenblick nicht vorbereitet. Jedenfalls glaube ich, daß wir den Glücksgriff früher oder später auf die Nichthumanoiden ausdehen werden...«

»Achtung an Bord!« ertönte Komows Stimme. »Genaueste Beobachtung jetzt!«

»Genau das wollte ich sagen«, erklärte Vanderhoeze und Maja wandte sich augenblicklich dem Bildschirm zu. Vanderhoeze und ich setzten uns dazu, so beobachteten wir zu dritt. Die Sonne stand schon ziemlich tief, direkt über den Bergspitzen, und warf lange Schatten. In ihrem Licht spiegelte sich grell die Landebahn auf dem Bauplatz, die Dampfglocke über dem Sumpf stand schwer und unbeweglich, nur ihr oberster Teil, von der Sonne durchdrungen, vibrierte violett verfärbt. Von dieser schwachen Bewegung abgesehen, schien alles ringsumher wie erstarrt, selbst Komow.

»Es ist fünf«, sagte Vanderhoeze leise, »wäre es nicht an der Zeit, Mittag zu essen? Wie machen Sie das überhaupt, Gennadi?«

»Ich brauche nichts«, erwiderte Komow. »Ich hab' mir was mitgenommen. Eßt ihr nur ruhig, wer weiß, ob nachher noch Gelegenheit dazu sein wird.«

Ich erhob mich.

»Also schön«, sagte ich, »welche Wünsche habt ihr?«

In diesem Moment rief Vanderhoeze plötzlich: »Da, ich sehe ihn!«

»Wo?« fragte Komow.

»Er kommt am Ufer vom Eisberg her, direkt auf uns zu. Von Ihnen links, sechzig Grad in Richtung Schiff.«

»So«, sagte Maja, »jetzt sehe ich ihn auch. Er kommt tatsächlich auf uns zu!«

»Wo denn nur?« sagte Komow gereizt. »Gebt mir die Koordinaten über den Entfernungsmesser durch.«

Vanderhoeze diktierte ihm die Angaben, und nun entdeckte auch ich ihn: Unmittelbar am Wasser entlang, das nahezu schwarz schien, kam gemächlich, fast konnte man sagen, unlustig, eine grünliche, seltsam verbogene kleine Gestalt auf uns zu.

»Nichts zu machen, ich sehe ihn nicht«, sagte Komow ärgerlich. »Beschreibt ihn mir.«

»Nun ja, also...« Vanderhoeze stockte und hüstelte. »Er geht langsam, sieht uns an... Er trägt irgendwelche Zweige bei sich... Jetzt bleibt er stehen, bohrt mit dem einen Fuß im Sand… Brr, bei dieser Kälte völlig nackt… Er geht weiter… schaut nun in Ihre Richtung, Gennadi… Interessant, sein Körperbau ist nicht der eines Menschen, genauer gesagt, er gleicht nicht in allem dem menschlichen… Jetzt ist er wieder stehengeblieben und schaut die ganze Zeit in Ihre Richtung. Sehen Sie ihn denn wirklich nicht? Er ist jetzt genau in Ihrer Blickrichtung, und zwar näher zu Ihnen als zu uns…«

Pierre Alexandrowitsch Semjonow, der kosmische Mowgli, kam näher. Er war mittlerweile bis auf etwa zweihundert Meter heran, und als Maja auf dem Monitor die Vergrößerung einschaltete, waren sogar seine Wimpern zu erkennen. Gerade trat die untergehende Sonne zwischen zwei Felskuppen hervor, so daß es noch einmal taghell wurde und lange Schatten auf den Strand fielen.

Wir erblickten ein Kind, einen Jungen von ungefähr zwölf Jahren. Es war ein eckiges Bürschchen, mit heraustretenden Knochen, langen Beinen, mit spitzen Schultern und Ellbogen. Es war aber auch alles, was ihn einem gewöhnlichen Jungen seines Alters ähnlich machte. Das Gesicht war schon nicht mehr das eines Menschenkindes – ihm fehlten die für einen Menschen charakteristischen Züge. Es war völlig unbewegt, versteinert, starr wie eine Maske. Nur die Augen in diesem Gesicht lebten, große, dunkle Augen, aus denen er nach links und rechts Pfeile zu schießen schien. Er hatte abstehende Ohren, das rechte merklich größer als das linke, und vom linken Ohr über den Hals bis zum Schlüsselbein hin erstreckte sich eine dunkle, schlecht verheilte Narbe. Das rötliche, schulterlange Haar hing ihm wirr in die Stirn, stand zu allen Seiten ab und bildete auf dem Scheitel einen Wirbel. Doch immer wieder kehrte unser Blick zu seinem Antlitz zurück, das in seiner Unbewegtheit Furcht einflößte und zu allem Überfluß noch die bläulichgrüne Färbung eines Leichnams hatte. Es glänzte, als wäre es mit Öl eingerieben. Übrigens wies der ganze Körper des Jungen einen solchen Glanz auf. Er war völlig nackt, und als er nahe an das Schiff herantrat und seine Zweige auf den Boden fallen ließ, konnten wir erkennen, wie durch und durch sehnig er war. Keine Spur von jener rührenden kindlichen Schutzlosigkeit. Er war knochig, doch nicht mager, sondern von jener Sehnigkeit, wie sie manche erwachsenen Männer haben, und das eben wirkte so erstaunlich. Überall am Körper hatte das Kind furchtbare Narben, deren Wundränder zerfetzt waren. Ein tiefer Riß zog sich auf der linken Seite über die Rippen bis zur Hüfte hin, was ihn auch so seltsam verbogen erscheinen ließ. Eine weitere

Narbe befand sich am rechten Bein, und seine Brust war an einer Stelle eingedrückt.

Offensichtlich war ihm das Leben hier nicht gerade leicht geworden. Der Planet hatte diesem Menschenkind mächtig mitgespielt, hatte es schwer geprüft, auf diese Weise aber auch seine Anpassungsfähigkeit herausgebildet.

Der Junge war jetzt ungefähr zwanzig Schritte vom Schiff entfernt, fast schon im toten Winkel. Die Zweige lagen zu seinen Füßen, er aber stand da, mit hängenden Armen, und sah zu uns herüber. Natürlich hatte er keine Ahnung von unseren Kameras, dennoch schien es, als würde er uns genau in die Augen schauen. Seine Haltung war alles andere als die eines Menschen. Ich weiß nicht, wie ich es erklären soll, aber Menschen stehen eben nicht so da wie er. Nie und nimmer. Weder wenn sie sich entspannen wollen, noch wenn sie erwartungsvoll oder auf dem Sprung sind. Das linke Bein war ein wenig zurückgestellt, es war im Kniegelenk leicht gebeugt, und er hatte sein ganzes Gewicht auf ebendieses Bein verlagert. Die linke Schulter war dabei vorgeschoben. Eine ähnliche Haltung beobachtet man für Bruchteile von Sekunden bei Diskuswerfern, bevor sie die Scheibe fortschleudern. Lange jedoch hält man es in dieser Stellung nicht aus. Erstens ist es unbequem, zweitens sieht es wenig schön aus. Er aber stand einige Minuten so da. Bis er sich plötzlich hinsetzte und seine Zweige zu sortieren begann. Ich sage, er setzte sich, doch das stimmt auch nicht. Er ließ sich auf das linke Bein nieder, das rechte legte er, ausgestreckt wie es war, nach vorn. Das Zuschauen allein war schon unbequem, besonders noch, weil er beim Sortieren der Zweige mit dem rechten Bein nachhalf. Dann hob er sein Gesicht wieder zu uns, streckte die Arme vor – in jeder Faust einen Zweig –, und nun begann etwas, das zu beschreiben ich einfach nicht imstande bin.

Nur eins kann ich sagen: Sein Gesicht nahm plötzlich Leben an. Es lebte nicht schlechthin auf, es wurde förmlich von Zuckungen zerrissen. Ich hab' keinerlei Ahnung, wieviel Muskeln der Mensch im Gesicht hat, bei ihm jedenfalls gerieten sie alle auf einmal in Bewegung. Jeder einzelne zuckte gesondert, ohne Pause und auf ungewöhnlich komplizierte Art. Ich weiß einfach nicht, womit das zu vergleichen wäre. Vielleicht mit dem Kräuseln des Wassers im Sonnenlicht, nur daß eine gekräuselte Wasseroberfläche einförmig und irgendwie chaotisch in ihrer Bewegung ist. Hier aber war ein bestimmter Rhythmus im Feuerwerk des Muskelspiels erkennbar, ei-

ne sinnvolle Ordnung; nichts von einem krankhaften und verkrampften Zucken etwa, von Agonie und Panik. Es war sozusagen ein Tanz der Muskeln. Dieser Tanz begann im Gesicht, ging dann auf Schultern und Brust über, ergriff die Arme und Hände. Die trokkenen Zweige in den zusammengepreßten Fäusten fingen gleichfalls zu tanzen an, kreuzten und verflochten sich und kämpften miteinander. Das alles war von einem Geräusch begleitet, einem trommelartigen Wirbel, einer Art Zirpen, als wäre ein ganzer Heuschrekkenschwarm über dem Schiff aufgestiegen. Dieses Spiel dauerte nicht länger als eine Minute, dennoch flirrte es mir vor den Augen, und in den Ohren hatte ich ein dumpfes Gefühl. Dann nahm alles in umgekehrter Reihenfolge sein Ende. Tanz und Gesang verlagerten sich von den Zweigen in die Arme, von dort aus zu den Schultern bis hin ins Gesicht. Und Stille. Wie vorher sah uns eine unbewegliche Maske an. Der Junge erhob sich behende, trat über das Häufchen Zweige hinweg und verschwand plötzlich im toten Winkel.

»Warum schweigt ihr denn?« polterte Komow los. »Jakob! Jakob! Hört ihr mich? Warum sagt ihr nichts?«

Ich kam zu mir und suchte mit den Augen Komow. Der Xenopsychologe stand in gespannter Haltung da, das Gesicht dem Schiff zugewandt, und sein langer Schatten lag schräg auf dem Sand. Vanderhoeze räusperte sich und erwiderte: »Ich höre.«

»Was ist geschehen?«

Vanderhoeze zögerte. »Das werde ich schwerlich erklären können«, sagte er. Und an uns gewandt: »Vielleicht könnt ihr es?«

»Er hat mit uns gesprochen!« sagte Maja mit gepreßter Stimme. »Gesprochen hat er!«

»Hört mal«, schaltete ich mich ein, »ist er nicht vielleicht zur Luke gegangen?«

»Schon möglich«, erwiderte Vanderhoeze und teilte unsere Vermutung Komow mit.

»Dann achtet also auf die Luke«, ordnete Komow an. »Sollte er das Schiff betreten, teilt es mir unverzüglich mit und schließt euch in der Kabine ein.« Er verstummte. »Ich erwarte euch in einer Stunde«, fuhr er plötzlich mit völlig veränderter, alltäglicher Stimme fort. Es klang, als hätte er sich vom Mikrofon abgewandt. »Reicht euch diese Zeit?«

»Ich verstehe nicht…«, sagte Vanderhoeze.

»Ihr sollt euch einschließen!« rief Komow ärgerlich direkt ins Mikrofon. »Ist das klar? Schließt euch ein, sowie er das Schiff betritt!«

»Das habe ich begriffen«, sagte Vanderhoeze. »Aber wo wollen Sie uns in einer Stunde erwarten?«

Es herrschte Schweigen.

»Ich erwarte euch in einer Stunde«, wiederholte Komow geschäftig, abermals vom Mikrofon abgewandt. »Reicht euch diese Zeit?«

»Wo?« fragte Vanderhoeze. »Wo erwarten Sie uns?«

»Jakob, hören Sie mich?« erkundigte sich Komow unruhig und nun wieder sehr laut.

»Ich höre Sie ausgezeichnet«, antwortete Vanderhoeze und warf uns einen hilflosen Blick zu. »Aber Sie haben gesagt, Sie erwarten uns in einer Stunde. Wo denn?«

»Das habe ich nicht gesagt...«, begann Komow, als er plötzlich von Vanderhoezes Stimme unterbrochen wurde, die nun gleichfalls gedämpft klang und weit vom Mikrofon entfernt zu sein schien: »Wär' es nicht an der Zeit für uns, zu essen? Stas hat sonst Langeweile, was meinst du, Maja?«

Maja begann nervös zu kichern.

»Meine Güte, das ist doch der Junge...«, murmelte sie und stukte mit dem Finger gegen den Bildschirm. »Der Junge ist es... dort...«

»Was ist los, Jakob?« schnarrte Komow.

In diesem Augenblick sagte eine seltsame Stimme – ich begriff nicht gleich, wem sie gehörte –: »Ich werde dich kurieren, Bruderherz, werde dich auf die Beine bringen. Damit du dich wieder unter Leuten sehen lassen kannst...«

Maja, das Gesicht in den Händen vergraben und die Knie zum Kinn hochgezogen, hatte einen nervösen Schluckauf bekommen.

»Nichts Besonderes, Gennadi«, erwiderte Vanderhoeze und wischte sich mit dem Taschentuch über die schweißnasse Stirn. »Ein Mißverständnis, wie es scheint. Der Kamerad hier spricht mit unseren Stimmen. Wir hören ihn über die äußere Akustikanlage. Nur ein kleines Mißverständnis, Gennadi.«

»Seht ihr ihn?«

»Nein... Das heißt, jetzt taucht er gerade auf.«

Der Junge stand nun wieder bei seinen Zweigen, diesmal in einer anderen, aber ebenso unbequemen Haltung. Und wieder sah er uns direkt in die Augen. Er öffnete den Mund, wobei sich die Lippen seltsam verzerrten und den Blick auf Kiefer und Zähne links freigaben. Dann vernahmen wir Majas Stimme: »Also wenn ich einen solchen Backenbart wie Sie hätte, würde ich ganz anders zum Leben stehen...«

»Jetzt spricht er mit Majas Stimme«, meldete Vanderhoeze an Komow weiter. »Und nun schaut er genau in Ihre Richtung. Sehen Sie ihn denn immer noch nicht?«

Komow schwieg. Der Junge aber stand weiter so da, den Kopf in Komows Richtung gewandt, völlig unbeweglich, wie versteinert – eine bizarre Figur in der sich verdichtenden Dämmerung. Mit einemmal begriff ich, daß es gar nicht mehr der Junge war, der da stand. Die Gestalt begann nämlich zu verschwimmen und gab den Blick auf die Wasseroberfläche frei.

»Na also, jetzt sehe ich ihn«, sagte Komow befriedigt. »Er befindet sich ungefähr zwanzig Schritt vom Schiff entfernt, stimmt's?«

»Stimmt«, bestätigte Vanderhoeze.

»Stimmt nicht«, sagte ich.

Vanderhoeze schaute genauer hin.

»T-atsächlich, Stas hat recht«, korrigierte er sich. »Aber das ist ja ... Wie nennen Sie so etwas, Gennadi? Ein Phantom?«

»Halt«, rief Komow, »jetzt sehe ich ihn richtig, er kommt auf mich zu.«

»Siehst du ihn auch?« fragte mich Maja.

»Nein, es ist schon zu dunkel.«

»Das hat mit der Dunkelheit nichts zu tun«, entgegnete Maja.

Wahrscheinlich hatte sie recht. Zwar war die Sonne bereits untergegangen und die Dämmerung ziemlich weit vorgeschritten, doch Komow auf dem Bildschirm konnte ich ja auch erkennen, ebenso wie das schmelzende Phantom, die Landebahn und den Eisberg in der Ferne. Nur den Jungen konnte ich nicht sehen.

Ich bemerkte, daß Komow sich setzte.

»Er kommt«, sagte er leise. »Ich werde jetzt beschäftigt sein, lenkt mich also nicht ab. Behaltet die Umgebung auch weiterhin genau im Auge, aber keinerlei Lokatoren. Keinerlei aktive Hilfsmittel überhaupt. Beschränkt euch nach Möglichkeit auf die Infraoptik. Ende.«

»Viel Erfolg«, sagte Vanderhoeze ins Mikrofon und erhob sich. Er setzte eine triumphierende Miene auf, sah uns über seine Nasenspitze hinweg an, strich mit der gewohnten gleitenden Bewegung über seinen Backenbart und verkündete: »Die Herde ist im Stall, bis morgen früh haben wir Pause.«

Maja gähnte krampfhaft und sagte: »Wahrscheinlich brauche ich ein bißchen Schlaf. Oder sind das die Nerven?«

»Groß zum Schlafen werden wir nicht kommen«, erklärte Vanderhoeze. »Deshalb wollen wir es so machen. Maja soll sich jetzt aufs Ohr legen. Ich bleibe am Bildschirm und Stas versucht an seinem Funkgerät ein wenig zu nicken. In vier Stunden werde ich dich wecken, was meinst du?«

Ich hatte nichts dagegen einzuwenden, obwohl ich bezweifelte, daß Komow so lange in der Kälte ausharren würde. Maja, immer noch gähnend, war gleichfalls einverstanden. Als sie fort war, schlug ich Vanderhoeze vor, einen kräftigen Kaffee zu brauen, doch er lehnte unter einem fadenscheinigen Vorwand ab. Offenbar wollte er, daß ich eine Mütze Schlaf abbekam. Also setzte ich mich an den Sender und sah die neu eingegangenen Funksprüche durch. Da ich nichts Dringliches entdeckte, gab ich sie an Vanderhoeze weiter.

Wir schwiegen beide. Mir war nicht im geringsten nach Schlafen zumute. Ich überlegte immerzu, wer Pierre Semjonow erzogen haben konnte. Ein Menschenkind, von einem Wolf aufgezogen, läuft auf allen vieren und gibt tierische Laute von sich. Bei einem unter Bären groß gewordenen Menschen verhält es sich nicht anders. Überhaupt wird der Modus vivendi eines jeden Wesens von seiner Erziehung bestimmt. Und wenn schon nicht absolut, so jedenfalls doch entscheidend. Interessant war schon allein die Frage, wieso unser Mowgli ein Mensch in aufgerichteter Haltung geblieben war. Dieser Fakt führte zwangsläufig zu bestimmten Vermutungen. Der Junge bewegte sich auf den unteren Extremitäten fort und gebrauchte aktiv seine Arme, was nicht etwa von Grund auf angeboren, sondern anerzogen war. Außerdem konnte er sprechen. Natürlich begriff er nicht, was er von sich gab, doch war jener Abschnitt des Gehirns, der für die Sprache zuständig war, offensichtlich bestens entwickelt. Und noch etwas: Er merkte sich, gleich beim ersten Mal, was er hörte! Das war mehr als erstaunlich. Keines der nichthumanoiden Wesen, von denen ich wußte, wäre imstande, ein Menschenkind auf diese Weise großzuziehen. Es zu ernähren und zutraulich zu machen – das schon. Oder es in seltsamen Laboratorien zu analysieren, die an das gigantische Modell eines Verdauungsapparates erinnerten. Doch einen Menschen in diesem Kind zu sehen, es als human zu identifizieren und ihm das Menschsein zu bewahren – das war ausgeschlossen. Oder handelte es sich etwa doch um humanoide Wesen? Ich fand mich nicht mehr zurecht.

»Jedenfalls«, sagte Vanderhoeze plötzlich, »sind sie, wenn sie einem Kind das Leben gerettet haben, human im weitesten Sinne des Wortes. Und genial außerdem, denn sie haben es verstanden, den

Jungen als Menschen aufzuziehen. Dabei hatten sie möglicherweise von der Funktion der Arme und Beine gar keine Ahnung. Was meinst du, Stas?«

Ich gab einen vagen Laut von mir, der Vanderhoeze verstummen ließ.

In der Steuerkabine war es still. Die vom Stützpunkt ließen uns in Ruhe, und Komow meldete sich auch nicht. Auf dem dunklen Bildschirm flammten schillernd und in allen Regenbogenfarben die Nordlichter auf, und in ihrem gespenstischen Licht war Komow, der völlig unbeweglich dasaß, nur schwer zu erkennen. Den Jungen konnte ich erst recht nicht entdecken. Aber die Angelegenheit stand offenbar zum besten, denn der große Bordrechner summte und brummte leise sein Lied, was bedeutete, daß er die ihm von der Übersetzungsmaschine eingegebene Information speicherte und auswertete. Dann dämmerte ich ein und träumte von irgendwelchen finsteren, unrasierten Kraken in blauen Trainingsanzügen, die mit Regenschirmen ausgestattet waren und mir partout das Laufen beibringen wollten. Mir aber kam die Sache so komisch vor, daß ich vor lauter Lachen dauernd hinfiel und damit ihren Unwillen hervorrief. Ich erwachte von einem leichten und unangenehmen Ruck in der Herzgegend. Etwas war geschehen. Vanderhoeze saß in angespannter Haltung vor dem Bildschirm und krallte die Finger in die Armlehnen des Sessels.

»Stas!« rief er leise.

»Ja?«

»Schau dir mal das an.«

Ich sah auf den Bildschirm, konnte aber beim besten Willen nichts entdecken. Wie schon vorher gleißte das Wetterleuchten. Komow saß nach wie vor auf seinem Platz, und der Eisberg in der Ferne schimmerte in rosafarbenem und grünlichem Licht. Schließlich aber bemerkte ich es.

»Das über den Bergen?« fragte ich im Flüsterton.

»Ja, über den Bergen.«

»Was ist das, zum Teufel?«

»Keine Ahnung.«

»Und wie lange zeigt es sich schon?«

»Ich weiß nicht, ich habe es erst vor zwei Minuten entdeckt Ich dachte erst, es wäre eine Art Windhose...«

Das konnte man tatsächlich annehmen. Über der fahlen, gezackten Linie des Gebirgskammes, auf dem Hintergrund des regenbo-

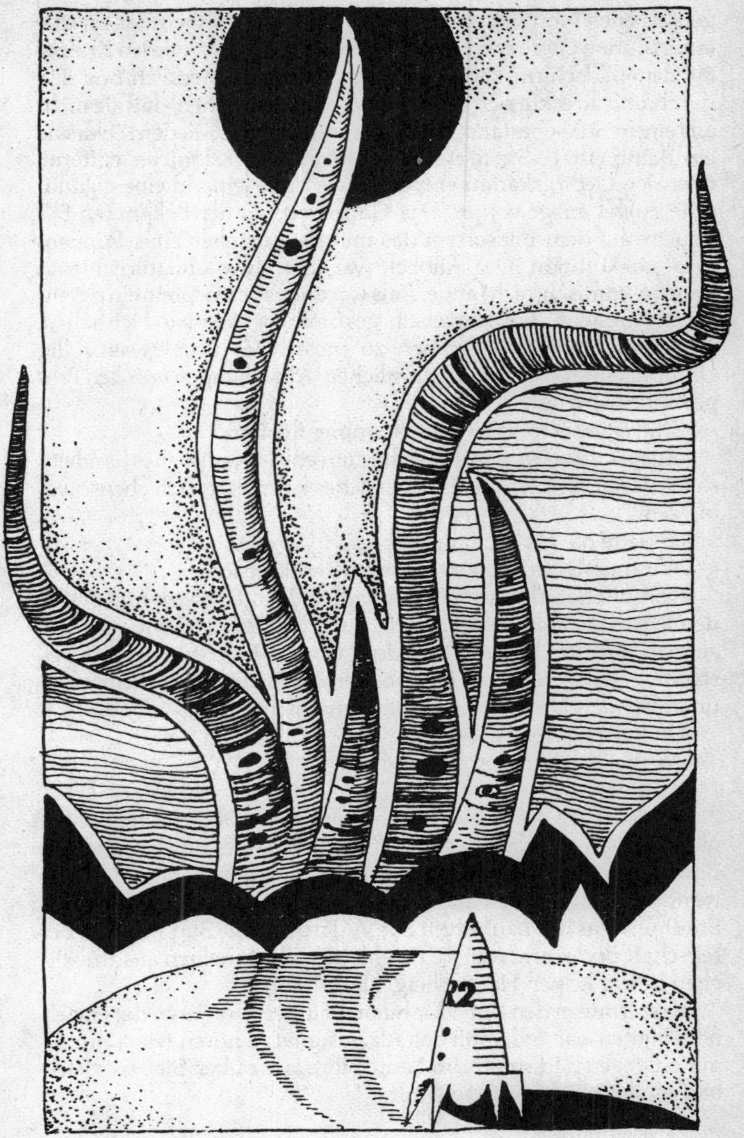
R2

genfarbenen Nordlichts, stieg etwas am Himmel hoch, das an eine lange, dünne Gerte erinnerte. Eine schwarze Kurve, wie ein Kratzer auf dem Bildschirm. Diese Gerte vibrierte kaum merklich, bog sich durch und streckte sich wieder, und es war zu sehen, daß sie nicht aus einem Stück bestand, sondern aus mehreren Gliedern etwa wie ein Bambusstab. Sie ragte, mindestens zehn Kilometer entfernt, über den Gebirgskamm empor, so als hätte jemand eine gigantische Angel ausgeworfen. Das Ganze verlieh der bekannten Silhouette auf dem Bildschirm das unreale Aussehen einer Puppentheaterdekoration. Der Anblick war irgendwie unnatürlich und grausig-komisch, nicht anders, als wäre über den Gipfeln ein riesengroßes Gesicht zum Vorschein gekommen. Was wir hier sahen, war mit keinerlei Maßstäben zu messen, es war etwas völlig Unmögliches, das alle herkömmlichen Vorstellungen von den Proportionen sprengte.

»Sind sie es?« fragte ich, noch immer flüsternd.

»Ausgeschlossen, daß es sich hier um etwas Natürliches handelt«, sagte Vanderhoeze. »Etwas Künstliches kann es freilich ebensowenig sein.«

Ich hatte die gleiche Empfindung.

»Wir müssen es Komow mitteilen«, erklärte ich.

»Komow hat abgeschaltet«, erwiderte Vanderhoeze und stellte den Weitenmesser ein. »Die Entfernung beträgt nach wie vor vierzehn Kilometer. Dieses Ding dort vibriert ganz fürchterlich; es schüttelt sich geradezu. Die Schwingungsweite liegt keinesfalls unter hundert Meter ... Ein ganz unmögliches Ding.«

»Und wie hoch ist es?«

»An die sechshundert Meter.«

»Alle Wetter.«

Vanderhoeze sprang plötzlich auf und betätigte zwei Tasten gleichzeitig – das Havariesignal für außen: »Alles unverzüglich an Bord!« und das innere Signal: »Alles in die Steuerzentrale!« Dann wandte er sich an mich und befahl mit ungewöhnlich abgehackter Stimme: »Stas! Im Laufschritt zur VAK! Bring die Bug-AMK in Bereitschaft und warte weitere Befehle ab. Ohne meinen ausdrücklichen Befehl keinen Handschlag, klar?«

Ich stürmte in den Korridor hinaus. Hinter den Türen der einzelnen Kajüten war gedämpft das Alarmsignal zu hören. Maja stürzte mir entgegen und streifte im Laufen ihre Jacke über. Sie war gleich barfuß in die Schuhe geschlüpft.

»Was ist passiert?« fragte sie schon von weitem mit einer vom Schlaf heiseren Stimme.

Ich winkte nur ab und hastete auf der schmalen Stiege nach unten, in die Kammer mit der Vorrichtung für die aktiven Kampfmittel, kurz VAK genannt. Mich schüttelte es zwar ein bißchen vor Aufregung, doch ich bemühte mich, ruhig zu bleiben. In gewisser Weise empfand ich sogar Stolz: Eine Situation wie diese gab es nicht alle Tage. Sie war ganz außergewöhnlich, denn ich konnte mit Recht behaupten, daß seit dem ersten Start dieses Raumschiffes noch keine Menschenseele den Raum der VAK betreten hatte – mit Ausnahme des technischen Personals auf dem Kosmodrom, das die Funktionstüchtigkeit zu überprüfen hatte.

Ich ließ mich auf den Sitz fallen, stellte augenblicklich den Rundsichtschirm ein, schaltete die AMK von der automatischen auf Handsteuerung um und blockierte gleichzeitig die Heckvorrichtung, um im Eifer des Gefechts nicht in die entgegengesetzte Richtung zu feuern. Dann machte ich mich an die Zieleinstellung und nahm die Umgebung auf dem Bildschirm in das schwarze Fadenkreuz: zuerst den Eisberg, der an einen Stoßzahn erinnerte, dann die Nebelmasse über den Sümpfen und schließlich Komow, der nun mit dem Rücken zu uns stand, angestrahlt vom Nordlicht, und zu den Bergen hinüberblickte... Jetzt ein bißchen höher – da war es, das rätselhafte Gebilde. Schwarz, zitternd, unsinnig und völlig undefinierbar. Neben ihm befand sich ein zweites, kürzeres, das zusehends wuchs, sich krümmte und wieder geraderichtete... Ich hatte keine Ahnung, wie das vonstatten ging! Welche Energie das voraussetzte! Was für Material mochte das nur sein? Ein unheimlicher Anblick! – Es glich jetzt den ausgestreckten Fühlern einer Riesenschabe, die sich hinter den Bergen versteckt. Ich berechnete den günstigsten Einschlagwinkel und stellte das Fadenkreuz so ein, daß ich mit einem Treffer gleich beide Objekte vernichten konnte. Ich brauchte nur noch den Fußhebel zu betätigen...

»Achtung, VAK!« schnarrte Vanderhoeze.

»Hier die VAK!« antwortete ich.

»In Bereitschaft halten!«

»Zu Befehl, in Bereitschaft halten!«

Unser Dialog hörte sich, glaube ich, ziemlich forsch an.

»Hast du beide Ziele im Visier?« fragte Vanderhoeze, nun schon mit gewohnter Stimme.

»Ja. Ich erledige sie mit einem Impuls.«

»Zur Kenntnis: vierzig Grad östlich befindet sich jetzt ein drittes Ziel.«

Ich sah in die angegebene Richtung. Da reckte sich tatsächlich ein dritter gigantischer Fühler in die Höhe, krümmte sich und vibrierte in dem fahlen Licht des Wetterleuchtens. Das gefiel mir gar nicht. Würde ich das schaffen? Na klar, ich mußte es einfach. Ich ging in Gedanken durch, wie ich zuerst den einen Impuls losschicken und die Kanone dann mit zwei knappen Bewegungen zum dritten Ziel umschwenken würde. Es würde schon gelingen.

»Drittes Ziel gesichtet«, meldete ich.

»In Ordnung«, sagte Vanderhoeze. »Aber nicht die Nerven verlieren. Geschossen wird nur auf mein Kommando.«

»Zu Befehl!« knurrte ich.

»Wenn das da dem Schiff eins versetzen würde, mit irgend so einem ... Raumkrümmer oder dergleichen, dann konnte ich lange auf einen Befehl warten. Jetzt hatte mich ein richtiger Schüttelfrost gepackt. Ich preßte die Hände ineinander, um mich wieder in die Gewalt zu bekommen. Dann sah ich zu Komow hinüber, bei dem aber alles in Ordnung zu sein schien. Er saß immer noch da wie vorhin und kehrte der Riesenschabe die Schulter zu. Das beruhigte mich augenblicklich, zumal ich neben Komow nun endlich die winzige dunkle Gestalt des Jungen entdeckte. Fast schämte ich mich meiner Aufregung.

»Was war nur plötzlich in mich gefahren? Welchen Grund gab es eigentlich, so in Panik zu verfallen? Da hatte eben irgendwer seine Fühler ausgestreckt... basta. Große Fühler, zweifellos, ich würde sogar meinen, Fühler von einer Größe, die einen umwarf. Aber letztlich waren das wahrscheinlich gar keine Fühler, sondern eine Art Antennen. Vielleicht nahmen sie uns einfach unter die Lupe. Wir sie und sie uns. Dabei waren sie womöglich weniger an uns interessiert als an ihrem Zögling, an Pierre Alexandrowitsch Semjonow. Wollten nur, daß ihm durch uns auch kein Leid geschah...

Bei Lichte besehen, war die AMK, die Antimeteoritenkanone, eine furchtbare Waffe, die man nur ungern einsetzte. Es war eine Sache, mit ihrer Hilfe einen Felsen dem Erdboden gleichzumachen, um den Bau der Landebahn voranzutreiben, eine Schlucht zuzuschütten, um ein Trinkwasserreservoir anzulegen – eine völlig andere aber, ein lebendes Objekt ins Visier zu nehmen. War diese Waffe überhaupt schon jemals bei Gefahr eingesetzt worden? Soviel ich wußte, ja. Es hatte einmal so einen Fall gegeben, wenn ich auch vergessen hatte, wo. Bei einem Lastentransporter war die Steuerung ausgefallen, so daß er auf eine Siedlung niederzugehen drohte. Er war mit einer einzigen Salve vernichtet worden. Ich entsann mich auch eines weiteren Vorfalls, der seinerzeit viel Staub aufgewirbelt hatte. Auf einem biologisch aktiven Planeten war ein Erkundungsschiff in den Bereich einer ›gezielten und unüberwindlichen Einwirkung der Biosphäre‹ geraten. Oder genauer: Man wußte bis auf den heutigen Tag nicht, ob es sich wirklich so verhalten hatte, der Kommandant jedenfalls war dieser Meinung gewesen und hatte aus der Bugkanone gefeuert. Bis zum Horizont hin war alles verbrannt, und die Experten hatten später nur noch die Tatsachen zur Kenntnis nehmen können. Dem Kapitän war die Flugerlaubnis für lange Zeit entzogen worden... Ja, daran gab es nichts zu rütteln – die AMK war ein furchtbares Kampfmittel. Das letzte.

Um mich von diesen wenig sympathischen Gedanken abzulenken, begann ich die Entfernungen zu den einzelnen Zielobjekten sowie deren Höhe und Breite auszumessen. Die Entfernungen betrugen vierzehn, vierzehneinhalb und sechzehn Kilometer, die Höhe schwankte zwischen fünfhundert und siebenhundert Metern, und die Breite stimmte bei allen drei Objekten etwa überein: Am Ausgangspunkt waren es ungefähr fünfzig und an der äußersten Spitze des Fühlers ein knapper Meter. Die Objekte setzten sich in der Tat aus einzelnen Gliedern zusammen wie Bambusstäbe oder ausfahrbare Antennen. Darüber hinaus glaubte ich auf ihrer Oberfläche eine Art Bewegung zu erkennen, eine Bewegung, die von unten nach oben führte, eine Art Peristaltik, aber vielleicht war das auch nur ein Spiel des Lichts. Am Ende meines Lateins war ich freilich, als ich zu einem Urteil über das Material dieser Gebilde gelangen wollte.

Wenn ich wenigstens den Probenlokator hätte einsetzen können! Aber das war natürlich ausgeschlossen. Wer wußte, wie sie darauf reagieren würden. Im übrigen war die Frage des Materials auch nicht so wesentlich. Wichtig war, daß es sich hier um eine technisch entwickelte Zivilisation handelte. Um eine hochentwickelte Zivilisation sogar. Was zu beweisen war. Unklar blieb nur, weshalb sich diese Wesen so tief in die Erde vergraben und ihren Heimatplaneten der Leere und Stille ausgeliefert hatten. Doch besaß wohl jede Zivilisation ihre eigenen Vorstellungen davon, was praktisch und gut war. Auf der Tagora zum Beispiel...

»Achtung, VAK!« schnarrte es aus dem Lautsprecher direkt über meinem Ohr, so daß ich vor Schreck zusammenzuckte. »Siehst du die Zielobjekte?«

»Jawohl, ich sehe sie!« meldete ich mechanisch, stutzte aber im gleichen Augenblick. Die Fühler über den Bergen waren verschwunden.

»Ziele verschwunden«, sagte ich kleinlaut.

»Du schläfst wohl auf deinem Posten?«

»Das stimmt nicht«, rechtfertigte ich mich. »Gerade waren sie noch da, ich habe sie mit meinen eigenen Augen gesehen...«

»Und was konkret hast du mit deinen eigenen Augen gesehen?« erkundigte sich Vanderhoeze.

»Na, die drei Zielobjekte.«

»Und weiter?«

»Nichts weiter, auf einmal sind sie verschwunden.«

»Hmm... Findest du nicht auch, daß die Sache überaus seltsam vonstatten ging?«

»Gewiß«, bestätigte ich. »Sehr seltsam, Sie waren da und im Nu wieder weg.«

»Da kommt übrigens auch Komow zurück«, sagte Vanderhoeze. »Vielleicht kann er sich einen Reim darauf machen.«

Tatsächlich näherte sich Komow dem Schiff, mit allen möglichen Geräten behangen und ziemlich staksig – offenbar waren ihm die Beine von der Kälte steif geworden. Von Zeit zu Zeit drehte er sich um, es sah fast so aus, als verabschiede er sich von Pierre Alexandrowitsch, der seinerseits aber nicht zu entdecken war.

»Entwarnung!« sagte Vanderhoeze. »Laß alles stehen und liegen und lauf rasch zur Kombüse. Bereite einen heißen Schluck zur Stärkung vor. Gennadi wird ein halber Eiszapfen sein. Übrigens hatte ich den Eindruck, daß seine Stimme sehr zufrieden klang.«

Blitzschnell war ich in der Küche, braute in Windeseile einen Glühwein sowie kräftigen Kaffee und stellte einen kleinen Imbiß zusammen. Ich fürchtete, auch nur ein einziges Wort von dem zu verpassen, was Komow zu erzählen hatte. Doch als ich im Laufschritt das Serviertischchen in die Kajüte rollte, hatte Komow noch gar nicht mit seinem Bericht angefangen. Er stand am Pult, auf dem die größte und detaillierteste Karte unseres Abschnitts ausgebreitet war, massierte sich die steifgewordene Wange und ließ sich von Maja jene Stellen zeigen, an denen vorhin die Fühlerantennen aufgetaucht waren.

»In diesem Gebiet gibt es nichts, was auf diese Fühler hindeuten könnte!« erklärte Maja mit erregter Stimme. »Nur gefrorene Berge, Schluchten von hundert Meter Tiefe und vulkanische Erdklüfte – keinerlei Anzeichen für Leben. Ich bin schon mehrere dutzendmal über dieses Gebiet hinweggeflogen, nicht einmal Buschwerk gibt es da.«

Komow dankte mir mit einem zerstreuten Nicken, nahm das Glas mit dem Glühwein in beide Hände, vergrub fast sein Gesicht darin und begann geräuschvoll zu schlürfen, wohlig ächzend und genüßlich prustend.

»Auch der Untergrund ist dort sehr locker«, fuhr Maja fort, »er hätte solche gigantischen Vorrichtungen nicht getragen. Immerhin handelt es sich um Zehn-, wenn nicht gar um Hunderttausende von Tonnen!«

»Nichts dagegen zu sagen«, erwiderte Komow und stellte polternd das leere Glas auf den Tisch, »es ist in der Tat seltsam. Herrje«, er rieb sich kräftig die Hände, »ich bin durchgefroren wie ein Hund.« Es war ein völlig anderer Komow, der da sprach. Er hatte Farbe, eine rote Nasenspitze, war wohlwollend, und seine Augen blitzten fröhlich. »Wirklich seltsam, da geb' ich euch recht. Aber es ist noch lange nicht das Eigenartigste. Auf fremden Planeten stößt man eben auf die sonderbarsten Dinge.« Er ließ sich in einen Sessel fallen, streckte die Beine aus. »Heute, wißt ihr, kann man mich so leicht nicht verblüffen. In diesen vier Stunden nämlich habe ich eine Menge höchst interessanter Dinge zu hören bekommen; ganz klar, daß das eine und andere der Überprüfung bedarf. Fürs erste aber habe ich zwei fundamentale Neuigkeiten für euch, Tatsachen, die quasi auf der Hand liegen. Erstens kann der Kleine – so heißt das Bürschchen – bereits fließend sprechen und praktisch alles verstehen, was man ihm sagt, und das, obwohl er im Laufe seines bisherigen bewußten Lebens keinerlei Kontakt zu Menschen hatte, und zweitens ...«

»Was heißt fließend sprechen?« unterbrach Maja ihn ungläubig. »Nach vier Stunden Unterricht fließend?«

»Jawohl, nach vier Stunden Unterricht – fließend!« bestätigte Komow triumphierend. »Aber das war erstens. Und zweitens: Der Kleine ist völlig überzeugt davon, daß er der einzige Bewohner auf diesem Planeten ist.«

Wir verstanden nicht.

»Wieso denn der einzige?« fragte ich. »Das ist doch ganz unmöglich.«

»Der Kleine ist felsenfest überzeugt«, wiederholte Komow mit Nachdruck, »daß es außer ihm kein einziges vernunftbegabtes Wesen hier gibt.«

Es herrschte Schweigen. Schließlich erhob sich Komow.

»Wir haben noch viel Arbeit«, sagte er. »Der Kleine hat die Absicht, uns morgen früh einen offiziellen Besuch abzustatten.«

6

Nichtmenschen und Fragen

Wir arbeiteten die ganze Nacht durch. Wir hatten in der Gemeinschaftskajüte einen improvisierten Diagnostikapparat mit einem Emotionsindikator installiert, der von Vanderhoeze und mir förmlich aus dem Nichts gezaubert worden war. Das Gerät war dementsprechend auch ziemlich schwach in seiner Leistung, registrierte aber die wichtigsten physiologischen Parameter trotzdem einigermaßen zufriedenstellend. Was freilich den Indikator selbst betraf, so zeigte der lediglich drei Grundemotionen an: stark ausgeprägte negative Empfindungen – rotes Lämpchen; stark ausgeprägte positive Empfindungen – grünes Lämpchen; alle übrigen Empfindungen – weißes Lämpchen. Doch was sollten wir anderes tun. Zwar hatten wir einen ausgezeichneten stationären Diagnostiker im medizinischen Segment, doch war von vornherein klar, daß sich der Kleine um nichts in der Welt in die mattweiße Wanne mit dem hermetisch abschließenden Deckel legen würde. Wie dem aber auch war, wir hatten unsere Vorbereitungen gegen neun abgeschlossen, und nun mußte geklärt werden, wer von uns die Wache in der VAK, unserem Gefechtsstand, übernehmen sollte.

Vanderhoeze, in seiner Eigenschaft als Schiffskommandant für Sicherheit, Unantastbarkeit und ähnliches verantwortlich, weigerte sich kategorisch, die Wache ausnahmsweise einmal ausfallen zu lassen. Maja, die ihren Dienst in der zweiten Nachthälfte dort versehen hatte, hoffte verständlicherweise, nicht mehr eingesetzt zu werden und somit am ›offiziellen Antrittsbesuch‹ des Jungen teilnehmen zu können. Doch sie sollte bitter enttäuscht werden. Es stellte sich nämlich heraus, daß der einzige, der den Diagnostiker wirklich bedienen konnte, Vanderhoeze war. Es ergab sich weiter, daß im Falle eines technischen Versagens, womit eigentlich jede Minute zu rechnen war, nur ich den Schaden beheben konnte. Und drittens war Komow auf Grund irgendwelcher hoher xenopsychologischer Überlegungen zu dem Schluß gelangt, die Anwesenheit einer Frau gleich beim ersten Gespräch mit dem Kleinen sei unvorteilhaft. Mit einem Wort: Maja, bleich vor Wut, blieb nichts anderes übrig, als sich zu erheben und ihren Platz in der VAK erneut einzunehmen. Woraufhin sich Vanderhoeze, durch Majas Wut keineswegs aus der Ruhe gebracht, noch den Spaß machte, die Empfangsantenne auf sie zu richten. So konnten sich alle von der Funktionstüchtigkeit des Emotionsindikators überzeugen – das rote Lämpchen brannte, bis Maja im Korridor verschwunden war. Übrigens war Maja nicht ganz von dem Gespräch ausgeschlossen; mit Hilfe des inneren Verstärkernetzes konnte sie auch auf ihrem Posten hören, was in der Gemeinschaftskajüte gesprochen wurde.

Um neun Uhr fünfzehn Bordzeit ließ Komow seinen Blick ein letztes Mal prüfend durch die Kabine wandern. Alles war zum Empfang bereit. Der Diagnostiker war eingeschaltet, auf dem Tisch standen einladend mehrere Schalen mit Süßigkeiten, die Beleuchtung war dem hiesigen Tageslicht angepaßt. Komow wiederholte knapp die Verhaltensregeln bei der Kontaktaufnahme, brachte das Tonband in Bereitschaft und hieß uns unsere Plätze einnehmen. Komow und ich setzten uns an den Tisch gegenüber der Tür, Vanderhoeze zwängte sich hinters Pult des Diagnostikers, und alle drei begannen wir zu warten.

Er erschien um neun Uhr vierzig Bordzeit.

Er blieb an der Tür stehen, mit dem linken Arm gegen den Türpfosten gelehnt und das rechte Bein angezogen. Eine ganze Minute mochte er so dastehen und uns aus den Schlitzen seiner starren Maske heraus mustern. Es war so still, daß ich ihn atmen hörte – gleichmäßig und in tiefen Zügen, als arbeite ein gut funktionierender Mechanismus. Aus der Nähe und bei der grellen Beleuchtung machte er einen noch seltsameren Eindruck auf uns. Alles an ihm war eigenartig: die Haltung – für unsere Begriffe völlig unnatürlich und zugleich doch ungezwungen –, die glänzende, förmlich mit Lack überzogene grünlichblaue Haut, die unangenehm berührende Disproportion in der Verteilung von Muskeln und Sehnen, die ungewöhnlich kräftigen Kniegelenke und die erstaunlich schmalen, langen Füße. Uns verblüffte auch, daß er nicht gar so klein war, wie es uns zunächst geschienen hatte. Er war etwa so groß wie Maja. Außerdem stellten wir fest, daß ihm an den Fingern der linken Hand die Nägel fehlten und daß er in der rechten Faust ein paar frische Blätter hielt.

Sein Blick blieb schließlich an Vanderhoeze hängen. Er sah ihn so lange und so durchdringend an, daß mir die verrückte Idee kam, er könnte erraten haben, was es mit dem Diagnostiker auf sich hatte. Unter diesem Blick wurde unser braver Kommandant ganz nervös, er begann seinen Backenbart zu bearbeiten und deutete, entgegen der Instruktionen, eine leichte Verbeugung an.

»Phantastisch!« sagte der Kleine laut und deutlich mit der Stimme Vanderhoezes. Auf dem Indikator erstrahlte das grüne Lämpchen.

Der Kommandant fuhr sich ein zweites Mal verwirrt durch den Bart und lächelte fragend. In diesem Augenblick belebte sich das Gesicht des Jungen. Vanderhoeze wurde mit einer ganzen Serie furchterregender Grimassen bedacht, die einander in Sekundenschnelle ablösten. Die Stirn Jakobs bedeckte sich mit kaltem Schweiß. Ich weiß nicht, wie das Ganze geendet hätte, wäre nicht der Kleine plötzlich vom Türpfosten weg und entlang der Wand zum Bildschirm des Videophons geschlüpft.

»Was ist das?« fragte er.

»Ein Videophon«, antwortete Komow.

»Ja«, sagte der Kleine. »Alles bewegt sich, und dabei ist nichts da. Nur Bilder.«

»Hier ist etwas zu essen«, sagte Komow. »Möchtest du essen?«

»Essen – einzeln?« fragte, für uns unverständlich, der Kleine und näherte sich dem Tisch. »Das soll Essen sein? Sieht nicht danach aus. Humbug.«

»Wonach sieht es nicht aus?« erkundigte sich Komow.

»Nach Essen.«

»Versuch es trotzdem mal-« Komow schob ihm die Schüssel mit Piroggen hin.

Der Kleine fiel unvermittelt auf die Knie nieder, streckte die Arme aus und öffnete den Mund. Wir schwiegen konsterniert. Der Junge verharrte mit geschlossenen Augen einige Sekunden lang in regloser Haltung, dann ließ er sich weich auf den Rücken fallen, setzte sich wieder auf und verteilte mit eckigen Bewegungen die Blätter, die er in der Hand gehalten hatte, vor sich auf dem Fußboden. Über sein Gesicht lief das uns schon bekannte rhythmische Zucken. Mit schnellen, aber sehr exakten Bewegungen begann er die Blätter in einer ganz bestimmten Weise anzuordnen, wobei er von Zeit zu Zeit mit dem einen Bein nachhalf. Komow und ich hatten uns von unseren Sesseln erhoben und beobachteten ihn mit langen Hälsen. Die Blätter bildeten wie von selbst ein eigentümliches Muster, das gewiß etwas zu bedeuten hatte, bei uns aber keinerlei Assoziationen hervorrief. Für den Bruchteil einer Sekunde verharrte der Kleine erneut in Reglosigkeit und schob die Blätter dann mit einer heftigen Bewegung zusammen. Sein Gesicht war nun wieder starr wie eine Maske. »Ich verstehe«, erklärte er, »das ist euer Essen. Ich esse anders.«

»Schau her, wie man das macht«, sagte Komow.

Er streckte den Arm aus, nahm eine Pirogge, führte sie betont langsam zum Mund, biß vorsichtig ab und begann demonstrativ zu kauen. Das steinerne Gesicht des Jungen wurde von einem Krampf verzerrt. »Nicht!« schrie er fast. »Man darf nichts mit den Fingern in den Mund stecken. Das endet schlimm!«

»Versuch's nur mal«, schlug ihm Komow erneut vor, sah dann aber zum Diagnostiker hinüber und stockte. »Du hast recht«, sagte er, »das soll man nicht. Und was wollen wir jetzt tun?«

Der Kleine kauerte sich auf seinen linken Fuß und sagte mit klangvoller Baritonstimme: »Heimchen. Unsinn. Sag mir noch mal, wann ihr wieder von hier weggeht.«

»Das ist im Augenblick noch nicht entschieden«, erwiderte Komow nachgiebig. »Wir müssen zuerst alles über dich in Erfahrung bringen. Unbedingt. Du hast ja noch gar nichts von dir erzählt. Wenn wir alles über dich wissen, gehen wir wieder fort. Falls du es willst.«

»Du weißt ja alles von mir«, sagte der Kleine, nun mit Komows Stimme. »Du weißt, wo ich herstamme. Du weißt, wie ich hierher geraten bin. Du weißt, warum ich zu dir gekommen bin. Du weißt alles über mich.«

Mir krochen fast die Augen aus den Höhlen, doch Komow zeigte sich nicht im geringsten verwundert.

»Wieso glaubst du, daß ich alles weiß?« fragte er gelassen.

»Ich habe nachgedacht«, erwiderte der Junge. »Ich habe begriffen.«

»Das ist ja prächtig«, sagte Komow, »aber du hast trotzdem nicht ganz recht. Ich weiß zum Beispiel gar nichts über dein Leben hier vor meiner Ankunft.«

»Geht ihr sofort weg, wenn ihr alles über mich wißt?«

»Ja, wenn du darauf bestehst.«

»Dann frage jetzt«, sagte der Kleine. »Und frag schnell, weil ich dich auch etwas fragen will.«

Ich warf einen Blick auf den Indikator, einfach so, und geriet außer mir, als ich das grelle rubinrote Lämpchen brennen sah, wo doch eben noch das neutrale weiße geleuchtet hatte. Aus den Augenwinkeln bemerkte ich, daß auch Vanderhoeze ein bestürztes Gesicht machte.

»Als erstes hätte ich gern gewußt«, begann Komow, »warum du dich so lange vor uns versteckt hast.«

»Kur-wis-pat«, sagte der Kleine deutlich artikuliert und setzte sich auf den rechten Fuß. »Ich wußte die ganze Zeit, daß die Menschen wiederkommen. Ich wartete, und mir ging es schlecht. Dann sah ich eines Tages: die Menschen waren wiedergekommen. Ich begann nachzudenken und begriff – wenn ich sie darum bitte, gehen sie wieder fort, und mir wird es gut gehen. Sie würden unbedingt fortgehen, ich wußte nur nicht wann. Es waren vier Menschen. Das ist sehr viel. Schon einer ist sehr viel, aber besser als vier. Eines Nachts ging ich zu einem von ihnen und sprach mit ihm. Humbug. Ich dachte: Einer kann vielleicht nicht sprechen. Ich ging zu allen vieren. Das war sehr lustig, wir haben mit den Bildern gespielt, wir sind gelaufen eine Weile. Wieder Humbug. Und gestern abend sah ich: Einer sitzt allein da. Das warst du. Ich dachte nach und begriff: Du wartest auf mich. So ging ich hin. Katerchen! So also war es.«

Er sprach heftig und abgehackt, mit Komows Stimme, und nur die eingestreuten zusammenhanglosen Worte gab er mit diesem klangvollen Bariton von sich, der uns unbekannt war. Er hielt keine Sekunde lang Hände und Finger still, und überhaupt befand sich sein ganzer Körper ständig in Bewegung. Diese Bewegungen aber waren irgendwie gezielt und auf eine unerklärliche Weise fließend. Er ergoß sich förmlich von einer Haltung in die andere. Ein phantastischer Gegensatz war das: einerseits die vertrauten Wände der Gemeinschaftskajüte, der von den Piroggen ausgehende süßliche Vanillegeruch, alles alltäglich und häuslich – andererseits die eigentümlich violette Beleuchtung im Raum und in diesem Licht das geschmeidige, wild gestikulierende fremde Wesen auf dem Fußboden. Und dann das alarmierend rubinrote Lämpchen auf dem Pult.

»Woher wußtest du, daß die Menschen wiederkommen?« fragte Komow.

»Ich habe nachgedacht und begriffen.«

»Vielleicht hat es dir jemand gesagt?«

»Wer denn? Die Steine? Die Sonne? Die Büsche? Ich bin allein hier. Ich und meine Bilder. Aber die schweigen. Mit ihnen kann man nur spielen. Nein, ich wußte es einfach. Die Menschen kamen und sind wieder weggegangen.« Mit einer schnellen Bewegung legte er ein paar Blätter auf dem Boden zurecht. »Ich habe aber nachgedacht und begriffen: sie kommen wieder.«

»Und warum ging es dir schlecht?«

»Der Menschen wegen.«

»Die Menschen tun nie einem anderen ein Leid an, sie wollen, daß jeder sich wohl fühlt.«

»Ich weiß«, sagte der Kleine. »Darum sage ich ja auch: Die Menschen werden fortgehen, und ich werde mich wieder wohlfühlen.«

»Welche Handlungen der Menschen gefallen dir nicht?«

»Alle. Daß sie da sind oder jederzeit auftauchen können, ist schlecht. Wenn sie für immer weggehen, ist es gut.«

Das rote Signallämpchen auf dem Pult zerrte an meinen Nerven. Ich konnte nicht mehr an mich halten und stieß Komow unmerklich mit dem Fuß unter dem Tisch an.

»Woher weißt du, daß die Menschen auch wirklich weggehen, wenn du sie darum bittest?« fragte Komow ungerührt weiter.

»Ich wußte: sie wollen, daß sich alle wohl fühlen.«

»Aber *woher* weißt du das? Du hast doch niemals Kontakt zu den Menschen gehabt.«

»Ich habe viel nachgedacht. Lange Zeit habe ich nichts verstanden, dann aber habe ich begriffen.«

»Wann hast du begriffen? Vor langem schon?«

»Nein, erst vor kurzem. Als du vom See weggingst, habe ich einen Fisch gefangen. Er starb, und ich habe mich sehr gewundert. Ich begann nachzudenken und begriff, daß ihr ganz bestimmt weggeht, wenn man euch darum bittet.«

Komow biß sich auf die Unterlippe, unternahm aber einen erneuten Vorstoß: »Einmal, auf der Erde, bin ich am Ufer des Ozeans eingeschlafen. Als ich wieder aufwachte, sah ich neben mir auf dem nassen Sand die Spuren menschlicher Füße. Ich habe nachgedacht und begriffen, daß ein Mensch an mir vorbeigegangen war, während ich schlief. Woher ich das wußte, wo ich doch nicht ihn, sondern nur seine Spuren sah? Ganz einfach – ich hatte nachgedacht. Vorher waren die Spuren nicht dagewesen, jetzt gab es sie, also mußten sie entstanden sein, während ich schlief. Es konnten nur die Spuren eines Menschen sein, denn die Spuren der Wellen, der Steine, die manchmal von den Bergen herabrollen, kenne ich. Während ich schlief, war demnach ein Mensch an mir vorbeigegangen ... Auf diese Weise überlegen wir, aber wie überlegst du? Du sagst: Hier sind Menschen angekommen. Du weißt nichts über sie, behauptest aber, du hast nachgedacht und bist zu dem Schluß gekommen, daß sie unbedingt für immer wegfliegen, wenn du sie darum bittest. Wie, auf welche Weise also hast du überlegt?«

Der Kleine schwieg einige Zeit, ungefähr drei Minuten lang, und wieder begann auf seinem Gesicht, seiner Brust dieser Tanz der Muskeln. Seine Finger hantierten behende mit den Blättern. Schließlich stieß er die Blätter mit dem Fuß von sich fort und sagte mit der lauten, klangvollen Baritonstimme: »Was für ein Frage, Donner und Doria!«

Vanderhoeze ließ ein erschrockenes Husten aus seiner Ecke hören, und der Kleine sah augenblicklich zu ihm hinüber.

»Phantastisch!« rief er in demselben Bariton aus. »Ich wollte schon immer wissen: Was haben die langen Haare auf den Backen zu bedeuten?«

Stille.

Ich beobachtete, wie plötzlich das rubinrote Licht erlosch und das smaragdgrüne aufflammte.

»Antworten Sie ihm, Jakob«, sagte Komow gelassen.

»Hmm ...«, begann Vanderhoeze und wurde rot. »Wie soll ich dir das erklären, mein Junge ...« Er begann mechanisch an seinem Backenbart zu rupfen. »Ich finde das eben schön, mir gefällt so was ... Meiner Meinung nach ist das eine ausreichende Erklärung, was meinst du?«

»Es ist schön ... es gefällt mir ...«, murmelte der Kleine vor sich hin. »Mein Glöckchen!« sagte er plötzlich ganz zärtlich. Und dann wieder mit gewöhnlicher Stimme: »Nein, das ist keine Erklärung. Trotzdem, sie genügt mir. Aber wieso nur an den Backen und nicht auf der Nase?«

»Weil es auf der Nase nicht schön aussieht«, sagte Vanderhoeze schulmeisterlich. »Außerdem fallen sie beim Essen in den Mund.«

»Stimmt«, gab der Kleine zu. »Aber wenn du sie auf den Backen hast und durch die Büsche streifst, bleibst du daran hängen. Ich jedenfalls bleibe mit meinen Haaren immer hängen. Dabei habe ich sie oben auf dem Kopf.«

»Na ja«, erwiderte Vanderhoeze, »ich gehe eben selten durch die Büsche, weißt du.«

»Ist schon gut, daß du nicht durch die Büsche gehst«, sagte der Kleine. »Das tut weh, Heimchen!«

Vanderhoeze wußte nicht, was er darauf erwidern sollte, doch war ihm seine Zufriedenheit anzusehen. Auf dem Indikator brannte das grüne Lämpchen, also hatte der Kleine seine Kümmernisse vergessen. Unser braver Käptn, der sehr viel für Kinder übrig hatte, war ganz offensichtlich gerührt. Es schmeichelte ihm wohl auch, daß es gerade sein Bart war – bislang nur Objekt für mehr oder weniger banale Späße –, der bei der Kontaktaufnahme eine so wichtige Rolle gespielt hatte.

Nun jedoch sollte die Reihe an mich kommen. Der Kleine fixierte mich unvermittelt und platzte heraus: »Und du?«

»Was – ich?« fragte ich verblüfft und darum aggressiv; eine Reaktion, die Komow prompt veranlaßte, mir mit einiger Genugtuung einen Tritt gegen den Knöchel zu versetzen.

»Ich habe eine Frage an dich«, erklärte der Kleine. »Ich wollte sie dir schon immer stellen, aber du hattest Angst. Einmal hättest du mich fast umgebracht – mit einem zischenden, brüllenden Luftstrahl. Bis zu den Hügeln bin ich gelaufen. Nun aber meine Frage: Dieses große, warme Etwas mit den vielen Lämpchen, das die Erde glatt macht, was ist das?«

»Das sind Maschinen«, antwortete ich und räusperte mich. »Wir sagen Kyber dazu.«

»Kyber«, wiederholte der Kleine. »Sind sie lebendig?«

»Nein«, sagte ich. »Maschinen sind nicht lebendig. Wir haben sie gebaut.«

»Gebaut? Solche großen Dinge? Und so, daß sie sich bewegen können? Phantastisch! Wie groß die sind!«

»Es gibt noch größere«, sagte ich.

»Noch größere?«

»Viel größere«, schaltete sich Komow ein. »Größer als der Eisberg.«

»Und die bewegen sich auch?«

»Nein«, sagte Komow, »sie überlegen.«

Komow begann dem Jungen die kybernetischen Maschinen zu erklären, und ich versuchte zu bestimmen, was der Kleine dabei empfand. Was mir sehr schwerfiel. Ging man freilich davon aus, daß sich seine Aufgeregtheit in körperliche Bewegung umsetzte, dann wurde deutlich: Er war aufs höchste beeindruckt. Denn der Kleine jagte in unserem Mannschaftslogis umher wie Tom Sawyers Katze, als sie Baldrian geschluckt hatte. Als Komow ihm erläuterte, weshalb meine Kyber weder als lebende noch als tote Wesen zu bezeichnen wären, kraxelte er zur Decke hoch und ließ sich von dort, mit Händen und Füßen an der Plastverschalung haftend, bewegungslos herabhängen. Ganz anders nahm er die Mitteilung auf, es gäbe gigantische Maschinen, die schneller als die Menschen dächten, schneller rechneten und um das Millionenfache schneller antworten könnten. Er kugelte sich zu einem Knäuel zusammen, rollte sich blitzschnell wieder auseinander, hetzte in den Korridor hinaus und lag uns Sekunden später, heftig atmend, furchtbare Grimassen schneidend und mit großen runden Augen, vor den Füßen. Niemals zuvor und nie wieder bin ich einem so dankbaren Zuhörer begegnet. Das smaragdgrüne Lämpchen auf dem Indikator strahlte und funkelte wie ein Katzenauge, Komow aber redete und redete mit gleichmäßiger Stimme, in klaren, exakten, äußerst vereinfachten Sätzen. Verführerisch flocht er hin und wieder ein: »Darüber sprechen wir später noch« oder erklärte: »In Wirklichkeit ist das bedeutend komplizierter und interessanter, aber das wirst du erst begreifen, wenn du weißt, was Hämostatik ist.«

Kaum hatte Komow geendet, sprang der Kleine in den Sessel, schlang die langen, sehnigen Arme um seinen Körper und fragte: »Ob ich den Kybern etwas sagen könnte, so daß sie auf mich hören?«

»Das hast du bereits getan«, erwiderte ich.

Lautlos wie ein Schatten ließ er sich auf dem Tisch vor mir auf die Arme fallen.

»Ich? Wann denn?«

»Neulich. Du bist ihnen vor den Füßen herumgesprungen, da ist der größte von ihnen – er heißt Tom – stehengeblieben und hat dich nach deinen Anweisungen gefragt.«

»Und warum habe ich das nicht gehört?«

»Du hast es gesehen. Vielleicht erinnerst du dich, daß auf seiner Stirn ein rotes Lämpchen aufflammte. Das war die Frage. Tom hat sie auf seine Weise gestellt.«

Der Kleine glitt weich zu Boden.

»Phantastisch!« sagte er kaum hörbar mit meiner Stimme. »Das ist ein schönes Spiel. Ein phan-ta-sti-sches Spiel. Mein Springinsfeld!«

»Wieso denn ›Springinsfeld‹?« schaltete sich Komow ein.

»Ach, was weiß ich«, sagte der Kleine ungeduldig. »Einfach so ein Wort. Ich mag es. Katerchen. Springinsfeld.«

»Und woher kennst du diese Ausdrücke?«

»Ich erinnere mich an sie. Und an zwei große, sehr liebe Menschen. Viel größer als ihr... Donner und Doria! Springinsfeld... Heim-mchen. Mar-rie, Mar-rie. Unser Heimchen will es-sen!«

Mir lief ein Schauer über den Rücken, und auch Vanderhoeze wurde blaß; sein Backenbart hing traurig herab. Kein Wunder, denn der Kleine hatte diese Worte wieder mit jenem klangvollen Bariton hervorgebracht, und man brauchte nur die Augen zu schließen, um einen großen, blutvollen und lebensfrohen Mann vor sich zu sehen, der furchtlos war, stark und gütig... Unvermittelt jedoch ging die dunkle Stimme in ein leises, unsagbar zärtliches Gurren über: »Mein Kätzchen, mein Rehlein...« Ja, das waren die liebevollen Worte einer Frau: »Ach du mein Glöckchen, du bist ja wieder ganz naß...«

Der Junge verstummte, klopfte sich mit dem Finger gegen die Nase.

»Und an all das kannst du dich erinnern?« fragte Komow mit leicht belegter Stimme.

»Natürlich«, sagte der Kleine und ahmte Komow nach. »Erinnerst du dich etwa nicht an alles?«

»Nein.«

»Das kommt daher, daß du anders nachdenkst als ich«, erwiderte der Kleine überzeugt. »Ich erinnere mich an alles. Was einmal um mich her geschehen ist, vergesse ich nie mehr. Und wenn ich wirklich mal was vergessen habe, brauche ich nur gut nachzudenken, dann fällt es mir wieder ein. Wenn es dich interessiert, erzähle ich dir später mehr von mir. Aber jetzt sag mir: Was ist da oben? Gestern hast du mir gesagt, die Sterne. Was sind das, Sterne? Von oben fällt Wasser herab. Ich will das manchmal nicht, aber es fällt trotzdem. Woher kommt es? Und woher kommen die Schiffe? Es sind sehr viele Fragen, ich habe lange nachgedacht. Es gibt so viele Antworten, daß ich nichts verstehe. Nein, anders: Es gibt zu viele verschiedene Antworten, und sie hängen wie Blätter aneinander...« Er häufte die Blätter auf dem Fußboden unordentlich aufeinander. »Sie verdecken sich gegenseitig und stören einander. Kannst du darauf antworten?«

Komow begann zu erklären, und der Kleine hetzte, vor Erregung zitternd, erneut durch die Kajüte. Bei diesem Anblick flimmerte es mir vor den Augen, so daß ich sie schloß. Ich dachte darüber nach, weshalb ihm wohl die Eingeborenen solche einfachen Dinge vorenthalten haben mochten. Vor allem aber beschäftigte mich die Frage, wie sie es fertiggebracht hatten, ihn so aufzuziehen, daß er ihre Existenz nicht einmal vermutete. Auch verblüffte es mich, daß er sich so genau an alles erinnerte, was er als Säugling wahrgenommen hatte. Schlimm war nur – er hatte nicht das geringste von dem in seiner Erinnerung gespeicherten Wissen begriffen.

Plötzlich kam mir zum Bewußtsein, daß Komow aufgehört hatte, zu sprechen. Scharfer Salmiakgeruch schlug mir in die Nase, und ich öffnete die Augen. Der Kleine war nicht mehr in der Kabine, nur sein schwaches, gänzlich durchsichtiges Phantom schwebte noch, in Auflösung begriffen, vor dem Häufchen Blättern auf dem Fußboden. In einiger Entfernung klickte leise der Lukenverschluß. In diesem Augenblick ertönte im Lautsprecher Majas unruhige Stimme: »Wohin ist er denn so plötzlich verschwunden? Ist etwas passiert?«

Ich sah zu Komow hinüber. Der rieb sich geräuschvoll die Hände und lächelte nachdenklich vor sich hin.

»Nun«, sagte er, »das verspricht interessant zu werden.« Und dann: »Maja! Sind die Fühler wieder da?«

»Ja, acht Stück. Das heißt, jetzt sind sie verschwunden, aber bis zu dieser Minute waren sie noch da. Sie erhoben sich über der ganzen Gebirgskette, und diesmal sogar farbig: gelb, grün... Ich habe einige Fotos von ihnen gemacht.«

»Na wunderbar«, sagte Komow anerkennend. »Und das nächste Mal, Maja, werden Sie unbedingt dabeisein... Jakob, packen Sie die Aufzeichnungen des Diagnostikers zusammen, wir werten sie bei mir aus. Und Sie, Stas...« Er stand auf und ging in die Ecke des Raumes, wo sich der Speicherblock für die Videoaufnahmen befand. »Sie nehmen die Kassette hier und übermitteln über den Eilkanal alles direkt zur Zentrale. Eine Kopie nehme ich mit, wegen der Analyse... Wo hab' ich denn nur den Bildwerfer gesehen... Ach ja, da ist er. Ich denke, wir haben noch drei bis vier Stunden zur Verfügung, dann wird der Kleine wiederkommen... Ach, noch etwas, Stas. Sehen Sie doch gleich die Funksprüche durch. Aber lassen Sie mich mit Kleinkram in Ruhe... nur, wenn etwas aus der Zentrale, vom Stützpunkt, von Gorbowski oder von Mboga persönlich eingegangen ist.«

»Ich sollte Sie daran erinnern«, sagte ich und erhob mich gleichfalls, »daß Sie noch mit Michail Albertowitsch sprechen wollten.«

»Ach ja, stimmt.« Komow machte ein schuldbewußtes Gesicht. »Wissen Sie, Stas, das ist zwar nicht ganz korrekt, aber seien Sie trotzdem so nett, und übermitteln Sie die Aufzeichnungen über zwei Kanäle gleichzeitig: nicht nur an die Zentrale, sondern auch zum Stützpunkt, an Sidorow persönlich. Und zwar vertraulich. Ich nehme das auf mich.

»Dafür kann ich die Verantwortung selber übernehmen«, brummte ich, als ich bereits draußen war.

In der Schaltzentrale angelangt, steckte ich die Kassette in den Automaten, schaltete auf ›Senden‹ und sah die eingegangenen Funksprüche durch. Diesmal waren es nur wenige, insgesamt drei; offenbar hatte die Zentrale erste Maßnahmen getroffen. Eins der Telegramme kam aus dem Informatorium und bestand nur aus Zahlen, griechische Buchstaben und seltsamen Zeichen. Der zweite Funkspruch war von der Zentrale abgeschickt. Bader beharrte weiterhin auf seiner Forderung, Überlegungen anzustellen, in welchen Gebieten des Planeten sich die Eingeborenen aufhalten könnten. Sicherheitshalber. Außerdem interessierten ihn die möglichen Kontaktvarianten nach der Bülowschen Klassifikation. Der dritte Funkspruch stammte vom Stützpunkt, von Sidorow, der die offizielle Anfrage an uns richtete, in welcher Reihenfolge Komow die angeforderten Apparaturen benötigte. Nach kurzem Überlegen entschied ich mich. Ich sagte mir, das erste Telegramm könnte für Komow von Nutzen sein und den dritten Funkspruch zurückzuhalten wäre unfair gegenüber Michail Albertowitsch. Nur Baders Forderungen hielt ich für weniger dringlich.

Eine halbe Stunde später signalisierte der Automat, daß die Übertragung beendet sei. Ich nahm die Kassette heraus, griff mir die beiden Kärtchen mit den Funksprüchen und ging zu Komow. Als ich eintrat, saß er mit Vanderhoeze vor dem Bildwerfer. Auf der Leinwand der Kleine, der wie der Blitz hin und her jagte. Vanderhoeze beugte sich weit vor, um besser sehen zu können. Er stützte den Ellbogen auf den Tisch und vergrub die Finger in seinem Bart.

»…abruptes Ansteigen der Temperatur«, kommentierte er. »Bis zu dreiundvierzig Grad… Beachten Sie das Enzephalogramm, Gennadi… Sehen Sie, jetzt erscheint die Peterswelle wieder…«

Vor ihm auf dem Tisch lagen noch verschiedene Rollen mit Aufzeichnungen, die Mehrzahl von ihnen aber war achtlos überall in der Koje verstreut.

»Aha…«, sagte Komow nachdenklich und zeichnete mit dem

Finger die Kurve nach. »Moment mal, hier, was war das gleich noch?« Er brachte den Vorführapparat zum Stehen, wandte sich, um eine der Rollen vom Tisch zu nehmen, halb um und bemerkte mich. »Was gibt's denn?« sagte er unwillig.

Ich legte die beiden Funksprüche vor ihn hin.

»Na und?« fragte er ungeduldig. »Ach so ...« Er überflog das Telegramm vom Informatorium, lachte kurz auf und warf es achtlos beiseite. »Alles nicht das Richtige«, sagte er. »Nun ja, woher sollen die es auch wissen.« Dann las er Sidorows Funkspruch und sah mich an. »Haben Sie ihm die Aufnahmen übermittelt?«

»Ja.«

»Sehr schön, vielen Dank. Setzen Sie in meinem Namen einen Funkspruch an ihn auf: Die Apparaturen werden vorerst doch nicht benötigt. Ich werde mich melden, wenn es soweit ist.«

»Gut«, sagte ich und ging.

Nachdem die Angelegenheit mit dem Funkspruch erledigt war, beschloß ich, nach Maja zu sehen. Maja, mit finsterer Miene, hantierte im Schweiße ihres Angesichts an den Hebeln der Bordkanone. Ich begriff sofort, daß sie das Umschwenken der Waffe auf weit auseinanderliegende Objekte trainierte.

»Hoffnungslos«, erklärte sie, als sie mich bemerkte. »Wenn die uns alle gleichzeitig unter Beschuß nehmen, ist es aus mit uns. Das ist einfach nicht zu schaffen.«

»Man kann den Visierwinkel erweitern«, entgegnete ich und trat näher. »Freilich verringert sich dadurch die Einschlagskraft um das Drei- bis Vierfache. Der Vorteil wäre, daß man ein Viertel des Horizontes erfaßt, und die Entfernungen hier sind ja nicht groß ... Aber glaubst du denn wirklich, daß sie uns unter Beschuß nehmen könnten?«

»Rechnest du nicht damit?«

»Es sieht eigentlich nicht danach aus ...«

»Und warum bin ich dann hier, wenn es nicht so aussieht?«

Ich setzte mich auf den Fußboden neben ihrem Sessel.

»Ehrlich gesagt, ich weiß es nicht«, gab ich zu. »Aber kontrollieren muß man das alles schon. Da sich nun mal herausgestellt hat, daß der Planet biologisch aktiv ist, muß man sich an die Instruktionen halten. Und einen Erkundungskyber dürfen wir ja nicht rausschicken.«

Wir schwiegen.

»Tut er dir leid?« fragte Maja unvermittelt.

»Ich w-weiß nicht«, sagte ich überrumpelt. »Wieso leid? Ich würde eher sagen, es ist ein unheimliches Gefühl. Aber leid tun? Nein, ich glaube nicht. Warum auch? Er lebt, ist gesund und macht nicht im geringsten einen bedauernswerten Eindruck.«

»Das meine ich nicht. Mir fällt es schwer, es richtig auszudrücken, aber als ich zuhörte, wie Komow mit ihm sprach, wurde mir richtig schlecht. Dem ist doch der Junge völlig einerlei.«

»Was heißt bei dir einerlei? Komow muß Kontakt zu ihm herstellen, und er bedient sich dabei einer bestimmten Strategie... Du mußt doch verstehen, daß ohne den Kleinen kein Kontakt zustande kommt.«

»Natürlich verstehe ich das. Wahrscheinlich ist mir gerade deswegen so wenig wohl in meiner Haut. Der Kleine hat doch keinen blassen Schimmer von der Existenz der Eingeborenen. Er wird als blindes Werkzeug benutzt!«

»Na, ich weiß nicht«, erwiderte ich. »Meiner Ansicht nach wirst du jetzt ein bißchen sentimental. Er ist ja wohl trotz allem kein Mensch. Er ist ein Eingeborener, und wir stellen Kontakt zu ihm her. Zu diesem Zweck muß man eben einige Hindernisse überwinden, einige Rätsel lösen. Das verlangt ein nüchternes Herangehen an die Dinge. Mit Gefühlen kommen wir da nicht weiter. Wenn du ehrlich bist, mußt zu zugeben, daß er uns gegenüber ja auch keine besondere Sympathie hegt. Er kann das auch gar nicht. Und was ist denn Kontakt schließlich und letztlich anderes als das Aufeinanderprallen zweier Strategien?«

»Mein Gott«, sagte Maja, »wie unbeteiligt du redest. Wie ein Holzklotz. Du taugst nur zum Programmieren, du Kybertechniker.«

Ich nahm es ihr nicht übel. Mir war klar, daß Maja im Grunde nichts auf meine Argumente zu erwidern wußte. Gleichzeitig aber spürte ich, daß sie sich tatsächlich quälte.

»Du hast wieder deine Vorahnungen«, sagte ich. »Dabei begreifst du selbst sehr genau, daß der Kleine unsere einzige hauchdünne Verbindung zu diesen Unsichtbaren hier ist. Wenn es uns nicht gelingt, seine Sympathie zu gewinnen...«

»Das ist es ja eben«, unterbrach mich Maja. »Genau das. Was Komow auch immer sagt, was er auch tut, bei allem spürt man sofort, daß ihn nur eins interessiert: der Kontakt. Alles für die grandiose Idee des vertikalen Progresses!«

»Und wie müßte er sich deiner Meinung nach verhalten?« fragte ich.

M

Maja zuckte die Achseln. »Keine Ahnung. Vielleicht so wie Jakob... Jedenfalls war er der einzige, der als Mensch zu dem Kleinen gesprochen hat.«

»Na weißt du«, sagte ich, nun doch ein wenig gekränkt, »ein Kontakt auf Backenbartebene... wenn dir weiter nichts einfällt...«

Wir schwiegen, weil jeder dem anderen grollte. Maja machte sich mit noch größerem Eifer an den Hebeln zu schaffen als vorher. Sie versuchte das schwarze Fadenkreuz in Übereinstimmung mit den schneebedeckten, zackenförmigen Gipfeln des Gebirgskammes zu bringen.

»Worum geht es dir denn nun wirklich, Maja«, fing ich schließlich wieder an. »Liegt dir etwa nichts daran, den Kontakt zustande zu bringen?«

»Doch, gewiß, das möchte ich schon«, erwiderte Maja ohne große Begeisterung. »Du weißt ja, wie ich mich gefreut habe, als wir zum ersten Mal mit dem Kleinen zusammentrafen. Aber dann hörte ich euer Gespräch mit an, und die Zweifel tauchten auf. Vielleicht liegt es daran, daß ich bisher noch nie dabei war, wenn so ein Kontakt aufgenommen wurde... Ich hab' mir eben alles ganz anders vorgestellt.«

»Nein«, sagte ich, »dich drückt der Schuh woanders. Ich kann mir schon denken, was in dir vorgeht. Du bildest dir ein, er wäre ein Mensch...«

»Du wiederholst dich«, sagte Maja.

»So hör mich doch erst mal an. Du siehst immerzu nur die menschlichen Seiten an ihm. Aber du mußt die Sache andersherum betrachten. Von den Phantomen und der Mimikry ganz abgesehen – was hat er denn mit uns gemeinsam? Eine gewisse Ähnlichkeit in der äußeren Erscheinung, den aufrechten Gang, von mir aus auch noch den Stimmapparat... Aber das ist auch alles. Nicht einmal seine Muskulatur stimmt mit unserer überein, und die wird ja nun direkt von den Genen beeinflußt... Dich verwirrt einfach, daß er sprechen kann; aber bei Licht besehen, hat er selbst das nicht von uns. Kein Mensch ist imstande, innerhalb von vier Stunden eine Sprache so zu erlernen, daß er sich fließend unterhalten kann. Dabei geht es gar nicht mal so sehr um den Wortschatz als um die Intonation, die Syntax... Soll ich dir sagen, wofür ich ihn halte? Für einen Wechselbalg! Nicht für einen Menschen, für eine meisterhafte Kopie. Überleg doch selbst: Ist es nicht absurd, sich an Dinge zu erinnern, die man als Säugling gehört hat? Oder sogar im Mutterleib –

wer kann das so genau wissen! Ist das etwa noch eine menschliche Eigenschaft? Hast du jemals einen Android-Roboter zu Gesicht bekommen? Natürlich nicht, aber ich!«

»Was willst du damit sagen?« fragte Maja finster.

»Daß ein idealer Android-Roboter theoretisch eine menschliche Maschine ist. Man züchtet einen Superdenker, einen Superkraftprotz oder auch ein Wesen, das superempfindsam ist. Man stattet diese Maschine mit allen möglichen Eigenschaften aus, aber immer mit einem ›Super‹ davon. Ein Supermensch, nur eben kein Mensch...«

»Willst du etwa behaupten, daß ihn die Eingeborenen zu einem Roboter gemacht haben?« fragte Maja mit einem kläglichen Lächeln.

»Aber nein doch«, erwiderte ich verdrießlich. »Ich will dir nur klarmachen, daß alles Menschliche an ihm zufällig ist, bedingt durch die Beschaffenheit des Ausgangsmaterials ... und daß es sinnlos ist, diese Angelegenheit gefühlsmäßig anzupacken. Du mußt dir vorstellen, du würdest dich mit diesen bunten Fühlern unterhalten...«

Maja packte mich plötzlich bei den Schultern und sagte halblaut: »Sieh mal, er kommt zurück!«

Ich stand auf und sah auf den Bildschirm. Vom Sumpf kam, mit hastigen Trippelschritten und was die Kräfte hergaben, die kleine verbogene Gestalt des Jungen direkt auf das Schiff zu. Sein dunkler dunkelvioletter Schatten sprang auf der Erde vor ihm her, seine verschmutzte Haarmähne schimmerte rötlich. Der Kleine kehrte zurück, der Kleine hatte es eilig. Mit seinen langen Armen hielt er eine Art großen geflochtenen Korb umschlungen und drückte ihn fest gegen seinen Bauch. Dieser Korb war randvoll mit Steinen gefüllt und mußte wohl sehr schwer sein.

Maja schaltete den Lautsprecher ein. »Hier die VAK an Komow!« sagte sie laut. »Der Kleine in Sicht.«

»Habe Sie verstanden«, meldete sich Komow augenblicklich. »Jakob, an die Plätze... Popow, Sie lösen die Glumowa ab... Maja, ins Mannschaftslogis!«

Maja erhob sich widerwillig.

»Geh nur, geh«, sagte ich. »Sieh ihn dir mal aus der Nähe an, du Häufchen Elend.«

Sie fauchte wütend und rannte die kleine Treppe hoch. Ich nahm ihren Platz ein. Der Kleine war schon ganz nahe herangekommen. Plötzlich blieb er stehen und sah zum Schiff hinüber, und wieder hatte ich das Gefühl, als schaute er mir direkt in die Augen.

Im Augenblick bemerkte ich auch wieder die gigantischen Fühler, die über dem Gebirge, an dem grauvioletten Himmel, förmlich aus dem Nichts hervortauchten. Genau wie beim ersten Mal bogen sie sich langsam durch, vibrierten, zogen sich erneut zusammen. Diesmal waren es sechs.

»Achtung, VAK!« rief Komow. »Wieviel Fühler haben wir am Horizont?«

»Sechs«, antwortete ich. »Drei weiße, zwei rote, einen grünen.«

»Da sehen Sie's, Jakob«, ließ sich Komow vernehmen, »es ist gesetzmäßig. Sowie der Kleine zu uns kommt, tauchen die Fühler auf.«

Darauf die gedämpfte Stimme Vanderhoezes: »Hut ab vor Ihrem Scharfsinn, Gennadi, dennoch halte ich die Wache in der VAK vorerst für unerläßlich.«

»Ihr Recht«, erwiderte Komow kurz angebunden. »Maja, Sie setzen sich hierher...«

Ich erstattete Meldung: »Der Kleine befindet sich jetzt im toten Winkel, er schleppt einen ziemlich großen Korb mit Steinen heran.«

»Verstanden«, sagte Komow. »Sind wir soweit, Kollegen?«

Ich war nun ganz Ohr und zuckte heftig zusammen, als im Lautsprecher ein dröhnendes Gepolter ertönte. Ich kam nicht gleich darauf, daß der Kleine seine Pflastersteine ausschüttete. Ich hörte seinen kraftvollen Atem und plötzlich das dünne Stimmchen eines Säuglings: »Mam-ma!« Und wieder: »Mam-ma...«

Und dann vernahm ich das mir hinlänglich bekannte herzzerreißende Schluchzen eines etwa einjährigen Kindes. In alter Erinnerung krampfte sich in meinem Innern alles zusammen; ich begriff mit einem Schlage, was es mit diesem Weinen auf sich hatte: Der Kleine hatte Maja entdeckt. Das Ganze dauerte nicht länger als eine halbe Minute; das Schluchzen verstummte, wieder war das Poltern der herabfallenden Steine zu hören und gleich darauf der Kleine, der mit Komows geschäftiger Stimme sagte: »Ich habe eine Frage. Warum interessiere ich mich für alles? Für alles, was um mich her ist. Warum gibt es immer neue Fragen für mich? Wo es mir doch dadurch nur schlechter geht. Sie quälen mich, diese Fragen. Viele sind es, zehn am Tag, zwanzig sogar. Ich versuche ihnen zu entgehen. Ich laufe, laufe den ganzen Tag umher – aber nichts hilft. Dann fange ich an nachzudenken. Manchmal finde ich eine Antwort. Das ist schön. Manchmal finde ich mehrere Antworten auf eine Frage und kann mich nicht für die richtige entscheiden. Das ist ärgerlich. Richtig schlimm wird es, wenn ich überhaupt keine Antwort finde. Quälend ist das. Humbug. Erst hab' ich geglaubt, die Fragen kämen von innen heraus. Doch dann dachte ich nach und begriff: Alles, was von innen her kommt, muß mir Vergnügen bereiten. Also kommen die Fragen von außen. Stimmt das? Ich überlege genau wie du, auf die gleiche Art. Aber wo kommen die Fragen her? Wo liegen sie, wo hängen sie, wo ist ihr Mittelpunkt?

Pause. Und dann wieder die Stimme Komows, diesmal des richtigen Komow. Die Ähnlichkeit zwischen diesen beiden Stimmen war frappierend, nur daß der echte Komow weniger abgehackt und nicht ganz so schrill sprach. Wenn man sich auskannte, konnte man sie schon unterscheiden.

»Ich könnte deine Frage gleich beantworten«, sagte Komow langsam, »habe aber Angst, mich zu irren. Ich fürchte etwas zu sagen, das nicht richtig oder ungenau ist. Erst wenn ich alles über dich weiß, werde ich dir ganz exakt Auskunft geben können.«

Pause. Dann das Poltern und Scharren der Steine, die auf dem Fußboden hin und her geschoben wurden.

»Halbe Sache«, sagte der Kleine. »Noch eine Frage. Woher kommen die Antworten? Du hast gesagt, ich soll nachdenken. Ich hab' immer angenommen: Es ist schön, wenn ich eine Antwort weiß, und schlimm, wenn mir keine einfällt. Du hast mir erzählt, wie du nachdenkst. Ich versuchte mich zu erinnern, und es stimmt, ich denke oft genauso nach wie du, finde dadurch eine Antwort. Manchmal kann man sehen, wie ich sie finde. So mache ich ein Gefäß für die Steine. Wie das hier.« – Ein Korb«, soufflierte Komow. – »Stimmt, ein Korb. Eine Gerte schlingt sich um die andere und die um die dritte, die vierte und so immer weiter, bis ein Korb daraus geworden ist. Man kann sehen, wie er entstanden ist. Viel öfter aber überlege ich«, wieder das Gepolter der Steine, »und plötzlich ist die Antwort fertig. Da war eben noch ein Armvoll Gerten – und auf einmal ein fertiger Korb. Wie kommt das?«

»Auch diese Frage«, erwiderte Komow, »kann ich dir erst beantworten, wenn ich alles über dich weiß.«

»Dann frag doch!« forderte der Kleine. »Frage schneller! Warum hältst du dich so lange auf? Da werd' ich eben selber erzählen. Es gab einnmal ein Schiff, das war größer als deins. Jetzt ist es zusammengeschrumpft, aber vorher war es sehr groß. Doch das weißt du ja selbst. Und dann geschah das ...«

Im Lautsprecher erschallte ein fürchterliches Dröhnen und Klirren; gleich darauf begann herzzerreißend und unerträglich schrill ein Kind zu schreien. Durch das Getöse hindurch, das allmählich leiser wurde, hörte man eine keuchende und heisere Männerstimme: »Marie... Marie... Ma...rie...«

Das Kind schrie, schluchzte, und es war für einige Zeit nichts anderes zu hören. Danach plötzlich ein leises, unterdrücktes Stöhnen. Jemand kroch offenbar über einen Fußboden, der von Metallteilen und Glassplittern übersät war, dann geriet ein Gegenstand klirrend ins Rollen. Eine grauenvoll bekannte Frauenstimme stöhnte: »Schura... Wo bist du, Schura... ich hab' solche Schmerzen... Was ist passiert? Wo bist du denn? Schura! Ich kann nichts sehen... So antworte doch, Schura! Ich kann nicht mehr, es tut alles so weh... So hilf mir doch, ich sehe nichts...«

Das alles wurde von dem ununterbrochenen Weinen des Säuglings übertönt. Kurz danach verstummte die Frau, und schließlich wurde auch das Kind still. Ich holte tief Luft und bemerkte, daß ich die Fäuste fest geballt hatte; die Fingernägel hatten sich tief in die Handflächen gegraben. Meine Kiefer waren starr vor Anspannung.

»Das dauerte eine ganze Weile«, sagte der Kleine triumphierend. »Ich wurde müde vom Schreien und schlief ein. Als ich wieder aufwachte, war es noch immer dunkel. Mir war kalt. Ich wollte essen. Dieser Wunsch, zu essen und mich zu wärmen, war so stark, daß er in Erfüllung ging.«

Ein ganzer Schwall von mir völlig unbekannten Lauten ergoß sich aus dem Mikrofon. Ein gleichmäßig anwachsendes Summen, ein häufiges Klicken, ein Dröhnen und tiefes Raunen, das Ähnlichkeit mit einem Echo besaß und sich an der Grenze der Hörbarkeit bewegte; dann ein Piepsen, Knarren, Surren, Knacken, metallene Schläge... Dieses Durcheinander von Geräuschen dauerte mehrere Minuten an, bis plötzlich abrupt Schluß war und der Kleine, halb erstickt, hervorbrachte: »Nein, so geht es nicht. Da kann ich ja erzählen, solange ich lebe. Was soll ich bloß machen?«

»Und man hat dir zu essen gegeben? Dich gewärmt?« fragte Komow ungerührt.

»Alles wurde von da an, wie ich es wollte. Wie es mir angenehm war. Bis dann das erste Raumschiff kam.«

»Und was war das?« fragte Komow und imitierte, für meine Begriffe sehr gekonnt, das Lautgemisch, das wir soeben gehört hatten.

Pause.

»Ach so, jetzt verstehe ich«, sagte der Kleine. »Du hast es sehr

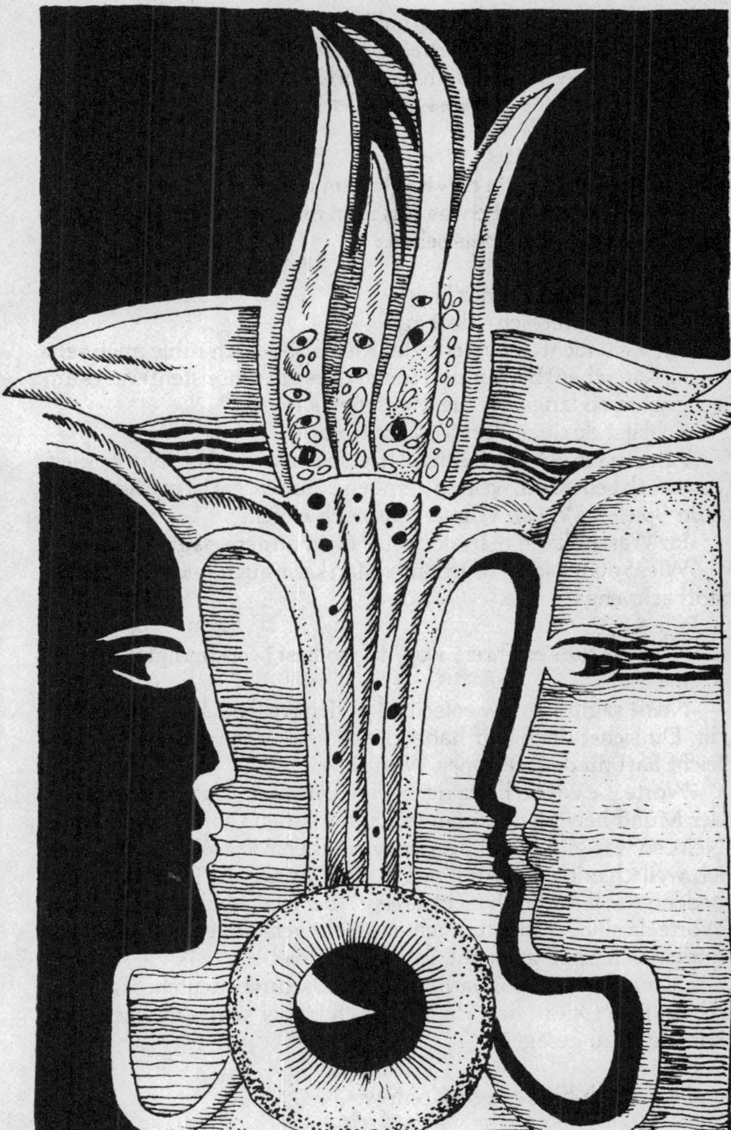

schlecht nachgeahmt, aber ich hab' begriffen. Eine Antwort hab' ich allerdings nicht darauf. Dir fehlen ja selber die Worte, das zu bezeichnen. Dabei kennst du mehr Worte als ich. Gib mir die Worte. Ich hab' schon eine Menge wertvoller Worte von dir gelernt, aber hierauf paßt keins.«

Pause.

»Welche Farbe hatte es?« fragte Komow.

»Keine. Die Farbe ist etwas, das man mit den Augen sehen kann. Dort aber kann ich nichts sehen.«

»Wo – dort?«

»Bei mir. Tief unter der Erde.«

»Und wie fühlt sich's dort an?«

»Ich weiß nicht«, erwiderte der Kleine, »aber ich fühle mich sehr wohl, Katerchen! Bei mir dort unten ist es am schönsten. War es am schönsten, so lange, bis die Menschen kamen.«

»Schläfst du auch dort?« fragte Komow.

»Alles mach' ich dort: schlafen, essen, nachdenken. Nur spielen, das tu' ich lieber hier, weil ich gern sehe. Außerdem ist es dort zu eng zum Spielen. Wie im Wasser, nur noch enger.«

»Im Wasser kann man doch gar nicht atmen«, sagte Komow.

»Wieso denn nicht? Man kann. Man kann auch spielen. Nur ist es dort sehr eng.«

Pause.

»Hast du nun erfahren, was du wolltest?« erkundigte sich der Kleine.

»Nein«, sagte Komow entschieden. »Ich weiß noch gar nichts von dir. Du siehst doch, wir haben keine gemeinsame Sprache. Vielleicht hast du deine eigenen Worte?«

»Worte...«, wiederholte der Kleine langsam. »Das ist, wenn sich der Mund bewegt und man es dann mit den Ohren hören kann. Nein, so was gibt es nur bei den Menschen. Was Worte sind, weiß ich, weil ich mich daran erinnern kann. Donner und Doria! Was das bedeuten soll, kann ich nicht sagen. Aber jetzt weiß ich, wozu viele Worte da sind. Früher hab' ich das nicht verstanden. Sprechen hat mir einfach Spaß gemacht. Es war ein Spiel.«

»Du weißt jetzt also, was das Wort ›Ozean‹ bedeutet«, sagte Komow. »Den Ozean hast du aber auch früher schon gesehen. Wie hast du dazu gesagt?«

Pause.

»Na los, ich höre«, sagte Komow.

»Wieso hörst du? Du kannst es gar nicht hören. Es klingt tief innen bei mir.«

»Vielleicht kannst du es zeigen?« fragte Komow. »Du hast schließlich Steine, Zweige...«

»Steine und Zweige sind nicht da, um etwas zu zeigen«, erklärte der Kleine, wie mir schien, aufgebracht. »Steine und Zweige sind zum Nachdenken da. Ist es eine schwierige Frage, nehme ich Steine und Zweige. Ist mir unklar, wie ich die Frage stellen soll, nehme ich Blätter. Es gibt soviele Dinge: Wasser, Eis – das Eis taut. Und darum...« Der Kleine verstummte und erklärte dann: »Mir fehlen die Worte. Haare... und eine Menge Dinge, für die ich keine Worte weiß. Die gibt es eben bei mir dort unten.«

Ein langer schwerer Seufzer war zu hören; ich glaube, er stammte von Vanderhoeze. Plötzlich fragte Maja: »Und wenn du dein Gesicht bewegst, was hat das zu bedeuten?«

»Mam-ma...«, sagte der Kleine mit einem kläglich-zarten Stimmchen und fuhr gleich darauf mit Majas Stimme fort: »Gesicht, Arme und Körper sind Dinge, mit denen man auch überlegen kann. Es gibt sehr viele solcher Dinge, ich kann sie nicht alle aufzählen. Es würde lange dauern.«

Pause.

»Also, was machen wir nun?« fragte der Kleine. »Ist dir etwas eingefallen?«

»Ja«, erwiderte Komow. »Du nimmst mich mit zu dir. Ich werde mich umschauen und sofort vieles verstehn. Vielleicht sogar alles.«

»Darüber habe ich schon nachgedacht«, sagte der Kleine. »Ich weiß, daß du mich besuchen möchtest. Ich will auch, daß du kommst, aber es geht nicht. Das ist wieder so etwas Unerklärliches. Sonst gelingt mir immer alles, was ich will. Nur wenn es die Menschen betrifft, geht es nicht mehr. Ich bin dagegen, daß sie hier sind, aber sie kommen trotzdem. Oder: Ich will, daß du zu mir kommst, kann es aber nicht machen. Die Menschen sind ein Unglück.«

»Ich verstehe«, sagte Komow. »Dann nehme ich dich eben mit zu mir. Willst du?«

»Und wohin?«

»Zu mir auf die Erde. Woher ich gekommen bin, und wo alle Menschen leben. Dort kann ich ebenfalls alles über dich in Erfahrung bringen, und sogar ziemlich schnell.«

»Aber das ist doch sehr weit«, gab der Kleine zu bedenken, »oder habe ich dich nicht richtig verstanden?«

»Du hast recht«, sagte Komow, »es ist sehr weit. Aber mit meinem Schiff...«

»Nein!« unterbrach ihn der Kleine. »Das geht nicht. Ich kann nicht weit von hier weg. Schon gar nicht sehr weit. Einmal hab' ich auf einer Eisscholle gespielt und bin eingeschlafen. Dann bin ich vor Angst wieder aufgewacht. Ich hatte große, riesige Angst. Ich hab' sogar geschrien. Donner und Doria! Die Eisscholle hatte sich so weit vom Ufer entfernt, daß ich nur noch die Gipfel der Berge sah. Ich dachte, der Ozean habe die Erde verschluckt. Natürlich bin ich wieder zurückgekommen. Ich hab' es sehr stark gewollt, da ist die Eisscholle zum Ufer zurückgeschwommen. Doch jetzt weiß ich, daß ich mich nicht weit entfernen darf. Ich hatte damals nicht nur Angst, ich hab' mich richtig elend gefühlt. Als hätte ich großen Hunger und viel schlimmer noch. Nein, zu dir kann ich auch nicht.«

»Na schön«, sagte Komow betont forsch. »Wahrscheinlich hast du nun keine Lust mehr, auf meine Fragen zu antworten und von dir zu erzählen. Da ich aber weiß, daß du selber gern fragst, kannst du das jetzt tun. Ich werde deine Fragen beantworten.«

»Nein«, erwiderte der Kleine. »Ich hab' viele Fragen an dich, zum Beispiel: Warum fällt ein Stein nach unten? Was ist heißes Wasser? Warum hat der Mensch zehn Finger und braucht zum Zählen nur einen? Viele Fragen, aber ich werd' sie dir jetzt nicht stellen. Im Augenblick ist das nicht gut. Du kannst nicht zu mir kommen, ich nicht zu dir, und die Worte fehlen auch. Also erfährst du nicht alles über mich. Humbug! Also fährst du nicht weg von hier, kannst nicht wegfahren. Darum bitte ich dich: Überlege, was da zu tun ist. Und wenn du selber nicht schnell genug überlegen kannst, laß deine Maschinen nachdenken, millionenmal schneller. Ich gehe jetzt. Es wird nichts mit dem Nachdenken, wenn man sich unterhält. Überlege aber schnell, denn mir geht es schlechter als gestern. Und gestern ging es mir schlechter als vorgestern.«

Das laute Poltern eines Steins war zu hören, dann abermals ein langer und tiefer Seufzer Vanderhoezes. Ich hatte mich kaum versehen, da jagte der Kleine auch schon wie der Wirbelwind quer über den Bauplatz zu den Hügeln. Er sauste über die Landebahn und verschwand urplötzlich, als hätte es ihn nie gegeben. Im gleichen Augenblick zogen sich wie auf Kommando über dem Gebirgskamm die farbigen Fühler zurück.

»Hm-m, da kann man nichts machen«, sagte Komow. »Jakob, setzen Sie bitte einen entsprechenden Funkspruch an Sidorow auf. Er soll die nötigen Apparaturen abschicken. Ich sehe schon, ohne Mentoskop kommen wir nicht weiter.«

»In Ordnung«, sagte Vanderhoeze. »Nur eins noch, Gennadi; während des ganzen Gesprächs ist kein einziges Mal das grüne Lämpchen auf dem Indikator aufgeflammt…«

»Das habe ich gesehen«, erwiderte Komow kurz angebunden.

»Trotzdem. Durch das rote Licht werden nicht einfach negative Empfindungen angezeigt, sondern überaus starke negative Emotionen.«

Komows Antwort konnte ich nicht genau verstehen.

Ich brachte noch den Abend und die halbe Nacht auf meinem Posten zu, doch der Kleine ließ sich in all dieser Zeit nicht mehr blikken. Auch die Fühler kamen nicht wieder zum Vorschein.

7

Fragen und Zweifel

Beim Frühstück war Komow sehr gesprächig. In der Nacht hatte er kaum geschlafen, wie mir schien – seine Augen waren rot unterlaufen, die Wangen eingefallen –, dennoch war er guter Stimmung und freudig erregt. Er tankte sich mit starkem Tee voll und setzte uns seine ersten Überlegungen, seine Schlußfolgerungen auseinander.

Nach seinen Worten bestand kein Zweifel daran, daß die Eingeborenen den Organismus des Jungen grundlegend verändert und dabei mit Sachkenntnis und erstaunlich kühn experimentiert hätten. Sie hatten sowohl physiologische als auch anatomische Eingriffe vorgenommen, hatten den aktiven Teil seines Gehirns enorm erweitert und dieses Gehirn außerdem mit neuen Lebensmechanismen ausgestattet – eine Leistung, die für die Erdenwissenschaft zum gegenwärtigen Zeitpunkt noch unerreichbar war. Das Ziel dieser anatomisch-physiologischen Veränderungen lag nach Komow auf der Hand: Die Eingeborenen wollten das hilflose Menschenkind den für Menschen absolut ungeeigneten Lebensbedingungen auf diesem Planeten anpassen. Blieb freilich die Frage, aus welchem Grund sie so gravierend in die Tätigkeit des zentralen Nervensystems eingegriffen hatten. Natürlich war nicht ausgeschlossen, daß es sich hier um eine Nebenwirkung der anatomisch-physiologischen Umbildung handelte. Genausogut möglich war es allerdings, daß sie die Reserven des menschlichen Hirns gezielt genutzt hatten. Das wiederum ließ einen ganzen Fächer von Vermutungen aufkommen. Variante eins: Die Eingeborenen wollten dem Kind alle Eindrücke und Erinnerungen aus seiner Säuglingszeit bewahren, um ihm später eine Rückkehr in die menschliche Gesellschaft zu erleichtern. In der Tat war der Kleine ja erstaunlich mühelos mit uns ins Gespräch gekommen – hielt uns also nicht für irgendwelche Mißgeburten oder Ungeheuer. Allerdings war auch Variante zwei nicht ausgeschlossen, daß sich sein phänomenales Gedächtnis und das enorm entwickelte Zentrum zur Wiedergabe von Lauten nur nebenbei herausgebildet hatten, daß die Arbeit der Eingeborenen am Hirn des Jungen ganz anderen Zwecken diente. Die Eingeborenen legten vielleicht Wert auf eine stabile psychische Verbindung zwischen sich und dem Jungen. Daß eine solche Verbindung existierte, war mehr als wahrscheinlich. Jedenfalls wäre sonst schwer zu erklären, wieso der Kleine scheinbar ohne Logik und spontan eine Antwort auf so viele Fragen fand. Auch die Tatsache, daß alle Wünsche des Jungen, die bewußten und sogar die unbewußten, sofort in Erfüllung gingen, sowie der Umstand, daß er an diese Zone des Planeten gebunden schien, sprachen für diese These. Wahrscheinlich kam es deshalb bei dem Kleinen zu einer so starken psychischen Anspannung, wenn er sich in Gesellschaft von Menschen befand. Er selbst war ja nicht imstande zu erklären, wodurch ihn die Menschen eigentlich behinderten. Es war klar: Nicht ihm waren wir im Wege, sondern den Eingeborenen. Was wiederum die Frage nach der Natur dieser Wesen in den Vordergrund rückte.

Die simple Logik, so drückte sich Komow sinngemäß aus, lasse vermuten, daß es sich bei den Eingeborenen entweder um mikroskopisch kleine oder, im Gegenteil, um gigantisch große Wesen handle. Jedenfalls um Wesen, deren physische Ausmaße in krassem Gegensatz zu denen des Jungen ständen. Das sei auch der Grund, weshalb der Kleine sie und ihren Einfluß als eine Naturgewalt betrachte, als einen Teil jener Umgebung, die er seit seiner Säuglingszeit kenne. Auf Komows Frage nach den Fühlern zum Beispiel hatte der Kleine ziemlich gleichgültig geantwortet: er wisse nicht, was das sei, er sehe sie zum ersten Mal, wie er überhaupt jeden Tag irgend etwas Neues entdecke. Was für Entdeckungen das waren, konnten wir nicht herausfinden, da uns die passenden Worte fehlten. Er persönlich, Komow, neigte zu der Annahme, daß es sich bei den Eingeborenen um gigantische Hyperorganismen handle. Diese Hyperorganismen seien ungewöhnlich weit sowohl von allen humanoiden als auch nichthumanoiden Strukturen entfernt, mit denen der

Mensch je Kontakt gehabt hätte. Vorerst wüßten wir so gut wie nichts über sie. Gesehen hätten wir die ungeheuren Vorrichtungen am Horizont, deren Erscheinen und Verschwinden ganz eindeutig mit den Besuchen des Kleinen bei uns in Zusammenhang stände. Gehört hätten wir die seltsamen Töne, mit denen der Kleine sein ›Zuhause‹ beschrieb und die keinerlei Assoziationen in uns wachriefen. Begriffen hätten wir, daß die Eingeborenen ein überaus hohes Niveau an technischem und praktischem Wissen besäßen; schon was sie aus einem gewöhnlichen menschlichen Säugling gemacht hätten, zeuge davon. Das sei aber vorerst alles. Die Fragen, die wir dazu hätten, seien deswegen nicht weniger tiefgreifend. Warum zum Beispiel hätten die Eingeborenen das Kind gerettet und versorgten es auch jetzt noch? Weshalb gäben sie sich überhaupt mit ihm ab? Woher kannten sie die Lebens- und Verhaltensweisen der Menschen, ihre Psychologie und Soziologie – und das nicht einmal schlecht, wie wir uns überzeugen könnten. Weshalb gingen sie nach alldem einem Kontakt mit den Menschen so beharrlich aus dem Wege? Wie sei ihr augenscheinlich hoher Entwicklungsstand mit der Tatsache zu vereinbaren, daß jegliche Spuren vernunftbegabter Tätigkeit fehlten? Oder sei der jetzige jammervolle Zustand des Planeten etwa gar so eine Folge dieser Tätigkeit? Vielleicht empfänden nur wir diesen Zustand als jammervoll. Im Grunde, meinte Komow, seien das unsere Hauptfragen, und er habe auch schon diese und jene Vermutung. Er halte es jedoch für verfrüht, sie schon zu äußern.

Eins jedenfalls, erklärte er abschließend, sei bereits jetzt klar. Daß nämlich unsere Entdeckung erstrangige Bedeutung besitze und man unbedingt weiterforschen müsse. Dies aber könne nur mit dem Kleinen als Mittler geschehen. Bald würden Mentoskope und andere Spezialapparaturen eintreffen, die jedoch nur dann hundertprozentig zu nutzen wären, wenn der Kleine vollstes Vertrauen zu uns hätte. Oder mehr noch, ein starkes Verlangen, sich mit uns zu treffen.

»Deshalb habe ich beschlossen«, sagte Komow und schob das leere Teeglas beiseite, »mich heute nicht mit dem Kleinen zu unterhalten. Heute seid ihr an der Reihe. Stas, Sie führen ihm Tom vor. Sie, Maja, spielen mit ihm Ball und fahren ihn auf dem Gleiter spazieren. Nur keine Scheu vor ihm, lustig draufzu und möglichst unkompliziert! Stellt euch vor, er wäre euer Bruder, euer kleines Wunderkind. Sie, Jakob, werden Wache halten, schließlich waren

Sie es, der das angeordnet hat... Sollte der Kleine auch bei Ihnen eindringen, dann geben Sie Ihrem Herzen einen Stoß, und lassen ihn mal an Ihrem Bart zupfen. Sein Interesse daran ist ja mehr als groß. Ich aber werde mich wie eine Spinne verkriechen, alles beobachten und registrieren. Aus diesem Grund werdet ihr euch alle mit einem ›dritten Auge‹ versehen. Sollte der Kleine nach mir fragen, sagt ihm, ich denke nach. Singt ihm Lieder, führt ihm Filme vor. Zeigen Sie ihm den Elektronenrechner, Stas, und erklären Sie ihm, wie er funktioniert. Veranstalten Sie meinethalben ein Wettrechnen mit ihm; ich wäre nicht verwundert, wenn Sie dabei eine kleine Überraschung erleben würden... Und Fragen soll er stellen, je mehr, desto besser... Also dann an die Arbeit!«

Er sprang auf und stürmte davon. Wir sahen uns an. »Na, noch Fragen, Kybertechniker?« sagte Maja. Ihre Worte klangen unpersönlich und alles andere als freundschaftlich. Es waren die ersten, die sie diesen Morgen gesprochen hatte. Nicht einmal eine Begrüßung hatte sie sich abgerungen.

»Nein, Wohnstattermittlerin«, entgegnete ich. »Keine Fragen, wenn's recht ist.«

»Das ist ja alles gut und schön«, sagte Vanderhoeze nachdenklich. »Um den Bart tut es mir bestimmt nicht leid. Nur...«

»Genau«, schaltete sich Maja ein und erhob sich gleichfalls. »Auf das ›Nur‹ kommt es an!«

»Ich wollte sagen«, fuhr Vanderhoeze fort, »gestern abend ist ein Funkspruch von Gorbowski gekommen. Er hat Komow zwar delikat, doch unüberhörbar gebeten, den Kontakt mit dem Kleinen nicht zu forcieren. Und er hat ein weiteres Mal durchblicken lassen, daß er sich uns gern anschließen würde.«

»Und wie hat Komow darauf reagiert?« fragte ich.

Vanderhoeze reckte auf die bekannte Manier seinen Kopf hoch, fuhr sich liebevoll über die linke Barthälfte und erwiderte: »Er hat sich nicht eben ehrerbietig geäußert. Mündlich, versteht sich. Die schriftliche Antwort lautete sinngemäß, er bedanke sich für den Ratschlag.«

»Und?« fragte ich, denn ich hatte Gorbowski noch nie in natura gesehen, aber schon immer den Wunsch gehabt, ihn einmal persönlich kennenzulernen.

»Und Schluß«, sagte Vanderhoeze, der nun ebenfalls aufstand.

Maja und ich begaben uns in das Segment mit den Ausrüstungen, wo wir jeder einen breiten Stirnreifen aus Plast nahmen, in dessen Mitte sich das ›dritte Auge‹ befand. Bei diesem Apparat handelte es sich um einen kleinen transportablen Telesender, den man stets bei sich trug, wenn man allein auf Erkundungsgang war. Durch ihn wurden sämtliche visuellen und akustischen Informationen, die man sammelte, sofort an den Stützpunkt weitergegeben. Ein unkompliziertes, doch sehr wertvolles Hilfsmittel also, das erst kürzlich in die Bestandsliste für Expeditionen des ER-Typs aufgenommen worden war...

Es dauerte einige Zeit, bis wir die Reifen so an der Stirn befestigt hatten, daß sich die Kapuze nicht im Objektiv spiegelte und daß der Reifen weder drücken noch herabrutschen konnte. Während dieser Prozedur tat ich alles, was in meinen Kräften stand, um Maja ein bißchen aufzuheitern. Ich versuchte meinen Geist sprühen zu lassen, stachelte das Mädchen zu bissigen Bemerkungen gegen mich an. Doch umsonst. Sie blieb finster, antwortete einsilbig oder schwieg sich ganz aus. Ich wußte, daß sie immer mal in Melancholie verfiel und daß man sie in solchen Augenblicken besser allein ließ. Heute aber schien sie mir nicht einfach verträumt, sondern auch wütend, wütend auf mich. Ich fühlte mich, so unerklärlich mir das war, irgendwie schuldig vor ihr, und das machte mich noch unsicherer.

Als wir die Reifen angelegt hatten, begab sich Maja in ihre Kajüte, um einen Ball zu holen, während ich Tom ins Freie und zur Landebahn schickte. Obwohl die Sonne schon aufgegangen und der Nachtfrost etwas gewichen war, herrschte ziemliche Kälte. Ich spürte förmlich, wie meine Nase steif wurde. Zu allem Überfluß wehte ein leichter, doch hinterhältiger Wind vom Ozean her. Der Kleine war nirgends zu entdecken.

Ich jagte Tom ein bißchen über die Landebahn, damit er sich lokkerte. Der Roboter fühlte sich von soviel Aufmerksamkeit geschmeichelt und fragte ergeben nach neuen Anweisungen. Dann kam Maja mit dem Ball, und um etwas gegen die Kälte zu tun, warfen wir ihn uns – ehrlich gesagt, ohne große Begeisterung – etwa fünf Minuten lang zu. Ich hoffte immer noch, sie würde beim Spiel wie gewohnt in Fahrt kommen, doch ich täuschte mich. Schließlich wurde es mir zuviel, und ich fragte sie geradeheraus, was sie eigentlich habe. Sie legte den Ball auf ein Metallgerüst, setzte sich, die Mantelschöße zusammengerafft, darauf und ließ den Kopf hängen.

»Also, was ist los?« wiederholte ich.

Maja sah mich kurz an und wandte sich wieder ab.

»Bist du stumm?« fragte ich, nun schon ärgerlich.

»Ganz schöner Wind«, erwiderte sie und sah zerstreut zum Himmel hoch.

»Na und? Was hat denn der Wind damit zu tun?«

Sie tippte sich mit dem Finger gegen die Stirn, dort wo das Objektiv des ›dritten Auges‹ saß, und sagte: »Du-kumm-ko-kopf. U-kuns hö-kört ma-kan do-koch.«

»Se-kel-be-ker Du-kumm-ko-kopf«, parierte ich. »De-ker Ü-kübe-ker-se-ket-ze-ker läu-käuft...«

»Auch wieder richtig«, sagte Maja, »und darum wiederhole ich: ganz schöner Wind.«

»Stimmt«, gab ich zu, »der Wind ist nicht von Pappe.«

Ich stand da, kam mir unbehaglich vor und suchte fieberhaft nach einem unverfänglichen Gesprächsstoff. Doch mir fiel nichts ein. Schließlich kam ich auf den Gedanken, daß ein kleiner Rundgang nicht schlecht wäre. Obwohl ich schon eine ganze Woche hier war, hatte ich die Umgebung noch kein einziges Mal richtig in Augenschein genommen; ich kannte sie nur vom Bildschirm. Ich sagte mir auch, daß so eher die Aussicht bestände, dem Kleinen zu begegnen. Vor allem, wenn der Verlangen danach hätte. Ein Gespräch mit ihm in seiner gewohnten Umgebung wäre für ihn sicherlich angenehm und der Sache bestimmt sehr dienlich. Ich teilte Maja meine Überlegung mit, und sie erhob sich wortlos, schlug den Weg zum Sumpf ein. Ich folgte ihr, die Nase steif im Fellkragen, die Hände in den Taschen vergraben. Tom, der sich vor Diensteifrigkeit fast überschlug, wollte sich mir an die Fersen heften, doch ich befahl ihm, dazubleiben und weitere Anweisungen abzuwarten.

In den Sumpf selbst wagten wir natürlich nicht einzudringen, wir umgingen ihn seitlich und schlugen uns dabei durchs Gebüsch. Der Pflanzenwuchs hier war mehr als kläglich – farblos und ohne Saft; welke bläuliche, metallen schimmernde Blättchen an zerbrechlichen knorrigen Zweigen; die Rinde blaßgelb und fleckig. Die Sträucher reichten mir kaum bis ans Kinn, so daß für Vanderhoezes Bart wirklich keine Gefahr bestand. Unter unseren Füßen gab federnd eine dicke, mit Sand vermischte Laubschicht nach, und im Schatten funkelte der Rauhreif. Bei alldem empfand man aber so etwas wie Hochachtung vor diesem Pflanzenwuchs, der es gewiß nicht leicht hatte, sich unter solchen Bedingungen zu behaupten. Nachts sanken die Temperaturen auf zwanzig Grad minus, tagsüber stiegen sie selten über null, und die Wurzeln steckten durch und durch in salzhaltigem Sand. Ich glaube kaum, daß sich auch nur ein einziges Erdengewächs solch freudlosen Bedingungen angepaßt hätte. Noch seltsamer war freilich die Vorstellung, daß sich hier, inmitten der froststarren Sträucher, mit nackten Sohlen über den rauhreifbedeckten Sand tappend, ein nacktes Menschenkind herumtrieb.

Ich glaubte eine Bewegung im Gestrüpp rechts von mir wahrzunehmen und blieb stehen. »Kleiner!« rief ich, doch ich bekam keine Antwort. Eisige Stille war um uns. Kein Blätterrascheln, nicht das Summen von Insekten – man hatte das Gefühl, sich zwischen Theaterkulissen zu bewegen. Wir umgingen eine lange Nebelzunge, die aus dem heißen Sumpf herausragte, und stiegen nun einen Hügel hinan. Im Grunde stellte er nichts anderes dar als eine mit Gewächsen bestandene Sanddüne. Je höher wir kamen, desto härter wurde der sandige Untergrund unter unseren Füßen. Auf dem Gipfel angelangt, ließen wir unsere Blicke in die Runde schweifen. Das Raumschiff war von Nebelschwaden verdeckt, die Landebahn jedoch gut zu erkennen. Hell und lustig glitzerte das Metallgerüst in der Sonne, und in dessen Mitte lag der einsame Ball. Tom, der Koloß, strich unschlüssig um den Ball herum und schien mit sich zu ringen: Sollte er diesen artfremden Gegenstand von der Landebahn entfernen oder im Falle einer Gefahr sein Leben für ihn aufs Spiel setzen?

In diesem Augenblick bemerkte ich Spuren im gefrorenen Sand – dunkle, feuchte Flecken auf dem silbrigen Reif. Kein Zweifel, hier war der Kleine vorbeigekommen, und zwar erst vor kurzem. Er mußte auf dem Hügel gesessen, sich dann erhoben haben und hinabgestiegen sein. Auf der dem Schiff abgewandten Seite. Die Spur führte ins Gesträuch, das die Talsenke zwischen zwei Dünen ausfüllte. »Kleiner!« rief ich erneut, doch ich bekam auch diesmal keine Antwort. Da stieg ich selbst in die Talsenke hinab.

Ich fand ihn sofort. Der Junge lag lang ausgestreckt auf der Erde, das Gesicht gegen den froststarren Boden gepreßt, und hielt seinen Kopf mit beiden Händen umklammert. Er nahm sich hier, in dieser Landschaft aus Kälte und Eis, sehr seltsam, geradezu unmöglich aus. Ein schreiender Widerspruch. Im ersten Augenblick erschrak ich sogar; ich glaubte, ihm wäre etwas zugestoßen. Zu kalt und ungemütlich war es hier, als daß man annehmen konnte, er habe sich freiwillig so hingelegt. Ich hockte mich neben ihn nieder, rief ihn an und gab ihm, als er nicht reagierte, einen leichten Klaps auf sein nacktes, schmales Hinterteil. Es war das erstemal, daß ich seinen Körper berührte, und beinahe hätte ich losgebrüllt vor Überraschung. Der Junge war heiß wie ein Bügeleisen.

»Ist ihm etwas eingefallen?« fragte der Kleine, ohne den Kopf zu heben.

»Er denkt nach«, erwiderte ich. »Es ist eine schwierige Frage.«

»Und wie erfahre ich, was er herausgekriegt hat?«

»Du kommst einfach zu uns, dann sagt er's dir.«

»Mam-ma«, sagte der Kleine plötzlich.

Ich schaute hoch – Maja stand neben uns.

»Mam-ma«, wiederholte der Kleine, ohne sich zu rühren.

»Ja, mein Glöckchen«, sagte Maja leise.

Da setzte sich der Kleine auf, glitt von der liegenden in die Sitzstellung. »Noch mal!« forderte er.

»Mein Glöckchen«, wiederholte Maja. Sie sah sehr blaß dabei aus, die Sommersprossen auf ihrem Gesicht traten deutlich hervor.

»Phantastisch!« rief der Kleine aus und sah sie von unten her an. »Springinsfeld!«

Ich hüstelte. »Wir haben auf dich gewartet, Kleiner«, sagte ich.

Nun schaute er mich an, und es kostete mich große Überwindung, seinem Blick standzuhalten – sein Gesicht sah gar zu gruslig aus.

»Weshalb hast du auf mich gewartet?«

»Weshalb?« Seine Frage hatte mich etwas aus dem Konzept gebracht. Doch ich schaltete schnell. »Wir haben uns ohne dich gelangweilt. Ohne dich fühlen wir uns schlecht. Es macht uns keinen Spaß ohne dich, verstehst du?«

Der Kleine sprang heftig auf, setzte sich aber sofort wieder hin. Sehr unbequem übrigens – ich hätte es in dieser Stellung keine zwei Sekunden ausgehalten.

»Dir geht es schlecht ohne mich?« fragte er ungläubig.

»Ja«, sagte ich bestimmt.

»Phantastisch!« murmelte er. »Dir geht es schlecht ohne mich, und mir geht es auf einmal auch schlecht ohne dich, Humbug!«

»Aber wieso denn Humbug?« fragte ich verwundert. »Wenn wir nicht zusammen sein könnten, würde ich dich mit deinem Humbug verstehen. Aber so ... Wir haben uns getroffen, können miteinander spielen ... Du spielst doch auch gern, nicht wahr? Bisher war's nur so, daß du immer allein gespielt hast ...«

»Das stimmt nicht«, entgegnete der Kleine. »Allein gespielt hab' ich nur anfangs. Dann war ich eines Tages auf dem See und hab' mein Spiegelbild im Wasser gesehen. Mit dem wollte ich spielen, aber es ist zerfallen. Von da an wünschte ich mir viele, sehr viele Spiegelbilder, um mit ihnen zu spielen, und der Wunsch ging in Erfüllung.«

Er sprang auf, lief flink einen Kreis und hinterließ dabei seine sonderbaren Phantome – schwarze, weiße, gelbe, rote. Dann setzte er sich mitten zwischen seine Abbilder und schaute stolz in die Runde. Was für ein Anblick! Der Junge, splitternackt auf dem Sand, und um ihn her etwa ein Dutzend farbiger Statuen in unterschiedlichen Posen.

»Phantastisch!« sagte nun auch ich und forderte Maja mit einem Blick auf, sich am Gespräch zu beteiligen. Es war mir unangenehm, daß nur immer ich redete, während sie sich ausschwieg. Doch sie griff wieder nicht ein, schaute finster vor sich hin, während die Phantome vibrierten, sich langsam auflösten und dabei einen Geruch von Salmiak hinterließen.

»Was ich schon immer fragen wollte«, ließ sich der Kleine vernehmen, »warum wickelt ihr euch so ein? Was ist das?« Er machte einen Satz auf mich zu und zupfte an meinem Mantelschoß.

»Das ist Kleidung«, erklärte ich.

»Kleidung«, wiederholte er. »Wozu Kleidung?«

Ich erzählte ihm etwas über die Anziehsachen allgemein. Zwar bin ich kein Komow und habe noch nie Vorlesungen gehalten (am allerwenigsten über Kleidung), dennoch kann ich ohne falsche Bescheidenheit behaupten: Mein Vortrag hatte Erfolg.

»Tragen alle Menschen Kleider?« erkundigte sich der Kleine beeindruckt.

»Alle«, bestätigte ich, um diesem Thema ein Ende zu machen. Mir war rätselhaft, was ihn daran so interessierte.

»Aber es gibt doch sehr viele Menschen! Wie viele genau?«

»An die fünfzehn Milliarden.«

»Fünfzehn Milliarden«, wiederholte er, streckte einen seiner Finger vor, die keine Nägel besaßen, und begann ihn, so als wollte er erzählen, vor- und zurückzubiegen. »Fünfzehn Milliarden!« sagte er abermals und warf einen Blick auf seine schemenhaften Abbilder. Seine Augen verdunkelten sich. »Und alle tragen sie Kleidung… Und was sonst noch?«

»Was meinst du damit?«

»Na, was sie sonst noch machen!«

Ich holte tief Luft und begann von den verschiedenen Beschäfti-

gungen der Menschen zu erzählen. Das war eigenartig, denn ich hatte mir bisher noch nie ernsthaft Gedanken über dieses Thema gemacht. Ich fürchte, der Kleine bekam den Eindruck, der größte Teil der Menschheit befasse sich mit Kybertechnik. Nun, für den Anfang war auch das nicht schlecht. Zwar hetzte der Kleine nicht wie bei Komows Vortrag begeistert umher, bog sich nicht gespannt wie ein Flitzebogen, doch hörte er immerhin gebannt zu. Als ich dann am Ende meiner Ausführungen und völlig ausgepumpt war – hatte ich doch verzweifelt versucht, ihm eine Vorstellung von der Kunst zu vermitteln –, stellte der Kleine sofort die nächste Frage.

»Wenn es so viele Dinge für euch zu tun gibt«, sagte er, »weshalb seid ihr dann hergekommen?«

»Maja, erzähl du ihm das«, flehte ich heiser, »meine Nase ist schon ganz erfroren.«

Maja sah mich befremdet an, setzte dann aber doch zu einer, wie mir schien, laschen und völlig uninteressanten Erklärung an. Sie erzählte von dem Unternehmen ›Arche‹, das nun sanft entschlummert war. Ich konnte nicht an mich halten, unterbrach sie, versuchte ihre Schilderung mit farbigen Einzelheiten auszuschmücken und korrigierte sie, bis sich plötzlich herausstellte, daß wieder ich allein sprach. Da hielt ich es für angebracht, meinen Bericht mit einer Moral zu beenden.

»Du siehst also selbst«, sagte ich, »wir hatten ein großes Werk vor. Kaum wurde uns aber klar, daß dein Planet schon besetzt ist, haben wir unseren Plan aufgegeben.«

»Du meinst«, erwiderte der Kleine, »die Menschen wissen, was die Zukunft bringt? Ich glaube, daß sie es doch nicht wissen, weil sie sonst längst von hier weggegangen wären.«

Daraufhin hatte ich keine Antwort, dieses Thema schien mir ziemlich heikel.

»Weißt du was, Kleiner«, sagte ich forsch, »spielen wir jetzt ein bißchen. Du wirst sehen, wie schön sich's mit uns Menschen spielen läßt.«

Der Junge schwieg, und ich funkelte Maja wütend an. Was dachte sie sich eigentlich? Sollte ich vielleicht alles allein machen?

»Ja, Kleiner, spielen wir ein bißchen«, kam mir Maja lustlos zu Hilfe. »Oder soll ich dich lieber mit unserem Flugapparat spazierenfahren?«

»Du wirst durch die Luft fliegen«, griff ich ihren Vorschlag sofort auf, »und die Berge, Sümpfe, den Eisberg zu deinen Füßen sehen.«

»Nein«, sagte der Kleine. »Fliegen ist mir zu alltäglich. Das kann ich selbst.«

Ich sprang wie von der Tarantel gestochen auf. »Du kannst es selber?«

Über sein Gesicht ging ein sekundenschnelles Kräuseln, er hob und senkte die Schultern.

»Die Worte fehlen«, sagte er. »Wenn ich will, fliege ich eben...«

»Dann mach es doch mal vor!« platzte ich heraus.

»Jetzt hab' ich keine Lust dazu«, sagte er ungeduldig. »Jetzt möchte ich lieber bei euch sein.« Er sprang auf die Beine. »Ich will jetzt spielen«, erklärte er.

»Und wo?«

»Laufen wir doch zum Schiff«, schlug ich vor.

Der Junge stieß ein schrilles Freudengeheul aus, dessen Echo noch nicht verhallt war, als wir auch schon um die Wette durchs Gebüsch liefen. Maja hatte ich nun endgültig abgeschrieben – sollte sie doch machen, was sie wollte.

Der Kleine hüpfte leicht und lautlos wie ein Sonnenstrahl durch die Sträucher. Während ich in meinem dicken, elektrisch beheizten Fellmantel wie ein Dünenpanzer durchs Gebüsch brach und dabei einen Höllenlärm machte, schien er keinen einzigen Zweig zu streifen und kaum den Boden zu berühren. Ich versuchte die ganze Zeit, ihn einzuholen, doch mich irritierten die Phantome, die er ständig hinterließ. Auf einer Lichtung blieb der Kleine plötzlich stehen, wartete, bis ich herangekommen war, und fragte: »Passiert dir das auch manchmal? Du wachst auf und erinnerst dich, etwas gesehen zu haben. Mitunter ist es etwas, das du gut kennst – zum Beispiel das Fliegen. Manchmal aber ist es etwas ganz Neues, etwas, das du vorher noch nie gesehen hast.«

»Ja«, sagte ich und schnappte nach Luft, »das passiert mir auch. Wir nennen es Traum. Du schläfst und träumst dabei.«

Wir gingen nun im Schritt. Hinter uns hörte ich Maja kommen.

»Und wie geschieht das?« fragte der Kleine weiter.

»Was sind das genau, die Träume?«

»Unwirkliche Kombinationen wirklicher Eindrücke«, haspelte ich die Definition herunter.

Natürlich konnte er damit nicht viel anfangen, und so mußte ich eine weitere Lektion halten – darüber, wie Träume entstehen, wozu sie nütze sind und was sie für den Menschen bedeuten.

»Ach du mein Katerchen, du! Aber ich begreife trotzdem nicht, wieso ich im Schlaf etwas erblicke, das ich vorher noch nie gesehen habe.«

Maja hatte uns eingeholt und ging schweigend neben uns her.

»Zum Beispiel?« fragte ich.

»Manchmal träume ich, daß ich riesig groß bin, daß ich nachdenke und daß mir dabei eine Frage nach der anderen in den Sinn kommt. Es sind sehr schöne, sehr interessante Fragen, auf die ich ebenso interessante Antworten finde, ja, ich kann genau verfolgen, wie sich aus der Frage die Antwort ergibt. Das ist für mich das größte Vergnügen: zu verfolgen, wie sich aus einer Frage die Antwort ergibt. Aber wenn ich dann aufwache, erinnere ich mich weder an die Fragen noch an die Antworten. Ich weiß nur, daß es Spaß gemacht hat.«

»Hm-m, na ja«, sagte ich ausweichend. »Ein interessanter Traum. Aber erklären kann ich ihn dir nicht. Frag doch Komow danach. Vielleicht kann er es.«

»Komow? Was ist das?«

Nun mußte ich ihm unser System der Namensgebung erklären. Wir hatten den Sumpf bereits hinter uns gelassen und mittlerweile den Blick auf Schiff und Landebahn frei.

Als ich fertig war mit meiner Erläuterung, sagte der Kleine unvermittelt: »Seltsam, noch nie ist mir das passiert.«

»Was?«

»Daß ich etwas tun will und ich es nicht kann.«

»Und was willst du tun?«

»Ich würde mich gern in zwei Hälften teilen. Jetzt bin ich einer, möchte aber zwei sein.«

»Na, Bruderherz«, sagte ich, »das ist doch keine Frage des Wollens. Es ist einfach unmöglich.«

»Und wenn es möglich wäre? Wäre es dann gut oder schlecht?«

»Schlecht natürlich«, erwiderte ich. »Ich verstehe auch nicht ganz, was du meinst. Man spricht zwar bisweilen davon, daß man sich in zwei Teile zerreißt, in der Arbeit zum Beispiel, aber das ist nicht mehr sinngemäß und durchaus nicht gut. Dann gibt es da noch eine Krankheit, die man Bewußtseinsspaltung nennt. Die ist ebenfalls schlimm, aber heilbar.«

»Und tut das Spalten weh?« fragt der Kleine.

Wir betraten die Landebahn, auf der uns Tom entgegengerollt kam. Er schob den Ball vor sich her und blinkerte freudig mit seinen Signallämpchen.

»Ach, denk nicht mehr daran«, sagte ich. »So wie du jetzt bist, bist du sehr gut.«

»Nein, das bin ich nicht«, entgegnete der Kleine, doch in diesem Augenblick hatte uns Tom erreicht, und sofort ging ein Riesentrubel los.

Der Kleine überschüttete mich förmlich mit Fragen. Ich konnte nicht schnell genug antworten, Tom nicht schnell genug alle Befehle ausführen, und der Ball berührte kaum einmal den Boden. Der einzige, der alles schaffte, war der Kleine.

Für einen Uneingeweihten hätte das wahrscheinlich alles sehr lustig ausgesehen. Tatsächlich fühlten wir uns auch recht ausgelassen, sogar Maja war einigermaßen in Fahrt gekommen. Sicherlich erinnerten wir in diesem Augenblick an Halbwüchsige, die den Unterricht geschwänzt hatten, um sich am Ufer des Meeres auszutoben. Anfangs empfanden wir zwar noch eine gewisse Scheu, weil wir wußten, daß es für uns ja alles andere als ein Spiel war, daß jeder unserer Schritte beobachtet wurde und zwischen uns und dem Kleinen eine Barriere, etwas Unausgesprochenes, stand, doch allmählich verlor sich dieses Gefühl. Was blieb, war der Ball, der auf einen zuflog, die Begeisterung über einen gelungenen Treffer, der Ärger über Tom, der sich so ungeschickt anstellte, die Anfeuerungsrufe und das schrille, abgehackte Lachen des Kleinen. Es war das erstemal, daß wir ihn lachen hörten; er tat es unbekümmert, echt kindlich.

Es war ein seltsames Spiel. Der Kleine erfand aus dem Stegreif neue Spielregeln und erwies sich als ungemein zäh und leidenschaftlich. Er ließ keine einzige Gelegenheit aus, uns seine physische Überlegenheit spüren zu lassen; er überredete uns zu einem Wettkampf, bei dem sich am Ende wie von selbst ergab, daß er allein gegen uns drei spielte, ohne auch nur einmal zu verlieren. Anfangs gewann er, weil wir es so wollten, dann weil wir seine Spielregeln nicht verstanden, weil uns die schweren Mäntel am Sieg hinderten, und schließlich, weil Tom zu ungeschickt war. Zumindest fanden wir das und verjagten ihn. Maja war mittlerweile richtig warm geworden, sie spielte mit vollem Einsatz, gab sich nicht weniger Mühe als ich. Dennoch verloren wir Punkt um Punkt. Wir kamen einfach nicht an gegen dieses flinke Teufelchen mit seinem kräftigen und genauen Schlag, das jeden noch so scharfen Ball hielt, unwillig fauchte, wenn wir den Ball länger als eine Sekunde in der Hand behielten, und uns obendrein durch seine Art irritierte, ständig Phantome zu bilden oder, was noch schlimmer war, urplötzlich aus unserem Blick zu verschwinden, um gleich darauf an einer ganz anderen, unvermuteten Stelle aufzutauchen. Trotzdem gaben wir uns nicht geschlagen – wir dampften, keuchten, schwitzten, brüllten uns an, kämpften aber bis zur Erschöpfung. Bis dann mit einemmal Schluß war.

Der Kleine blieb stehen, sah dem Ball hinterher, der durch die Luft flog, und setzte sich auf den Sand.

»Da war sehr schön«, sagte er. »Nie hätte ich gedacht, daß etwas so schön sein kann.«

»Was denn, Kleiner«, rief ich schniefend, »bist du etwa müde?«

»Nein«, sagte er, »aber mir kommen die Erinnerungen. Es hilft nichts, ich kann sie nicht wegwischen. Kein Spaß hilft dagegen. Ruf mich nicht mehr zum Spielen. Mir war vorhin schon elend zumute, jetzt geht mir's noch schlechter. Sag ihm, er soll schneller nachdenken. Ich zerspringe in zwei Teile, wenn ihm nicht bald was einfällt. Mir tut innen schon alles weh. Ich möchte zerspringen, hab' bloß Angst davor. Deshalb kann ich's nicht. Wenn der Schmerz zu groß wird, verschwindet die Angst. Er soll schnell überlegen.«

»Aber Kleiner«, sagte ich verzweifelt, »was ist denn los mit dir?« Obwohl ich mir nicht erklären konnte, was in ihm vorging, sah ich ihm an, daß er tatsächlich litt. »Mach dir doch nicht mit solchen Gedanken den Kopf schwer! Du bist es nur nicht gewohnt, unter Menschen zu sein. Wir müssen uns einfach öfter treffen, zusammen spielen...«

»Nein«, sagte der Kleine und sprang auf. »Ich komme nicht mehr.«

»Aber warum denn bloß?« rief ich aus. »Du sagst doch selbst, daß es schön war! Und es wird noch mehr Spaß machen! Wir kennen viele andere Spiele, nicht nur mit dem Ball... Es gibt Reifen, Flügel...«

Der Kleine trottete langsam davon.

»Es gibt auch Schach«, sagte ich hastig in seinen Rücken hinein. »Weißt du, was Schach ist? Ein großartiges, erhabenes Spiel, das schon über tausend Jahre alt ist.«

Der Kleine blieb stehen, und ich erklärte ihm in flammenden Worten das Schachspiel – gewöhnliches Schach, Raumschach, n-dimensionales Schach... Er stand da und hörte abwesend zu, den Blick abgewandt. Da wechselte ich vom Schach auf andere Brettspiele über, suchte in meiner Erinnerung fieberhaft nach immer neuen Möglichkeiten.

»Also gut«, sagte der Kleine nicht sehr überzeugt, »ich werde kommen.«

Und ohne nochmals stehenzubleiben, ging er langsam, ein Bein vor das andere setzend, zum Sumpf. Einige Zeit sahen wir ihm schweigend hinterher, dann rief Maja pötzlich: »Kleiner!«, stürzte ihm nach und begleitete ihn. Ich nahm meinen Mantel auf und zog ihn an, suchte Majas Pelz und trottete unschlüssig hinter den beiden her. Irgendwie hatte ich ein ungutes Gefühl, konnte mir aber nicht erklären, warum. Äußerlich gesehen, hatte ja alles ein gutes Ende gefunden. Der Kleine hatte versprochen wiederzukommen, was hieß, er hatte uns akzeptiert, und es ging ihm, selbst wenn er das nicht wahrhaben wollte, in unserer Gesellschaft besser als allein. ›Kein Grund zur Besorgnis‹, versuchte ich mir einzureden, ›er wird sich schon an uns gewöhnen...‹ In diesem Augenblick sah ich, daß Maja stehengeblieben war, während der Kleine weiterging. Maja machte kehrt, schlang fröstelnd die Arme um die Schultern und kam zu mir zurück. Ich gab ihr den Mantel und fragte: »Na, was ist?«

»Alles in Ordnung«, sagte sie. Ihre Augen waren blicklos und voll Verzweiflung.

»Ich glaube, letztlich wird er sich...« Mitten im Satz hielt ich inne. »Maja«, sagte ich, »du hast ja das ›dritte Auge‹ verloren!«

8

Zweifel und Entschlüsse

Der Kleine entfernte sich in westlicher Richtung vom Schiff, er ging am Uferstreifen entlang, quer über die Dünen und durchs Gestrüpp. Anfangs interessierte ihn, was es mit dem ›dritten Auge‹ auf sich hatte. Er blieb stehen, nahm den Stirnreif ab und drehte ihn zwischen den Fingern, so daß auf unserem Empfangsschirm nacheinander der helle Himmel, das bläulichgrüne maskenhafte Gesicht des Jungen und der reifbedeckte Sand auftauchten. Dann ließ er das Gerät in Frieden. Bewegte er sich nun anders fort als wir, oder hatte er das ›dritte Auge‹ nicht ganz richtig angebracht – wir hatten jedenfalls den Eindruck, die Kamera sei nicht direkt nach vorn gerichtet, sondern etwas mehr zur Seite, nach rechts. Auf dem Bildschirm zogen in ruckartiger Folge einförmige Dünen, erstarrte Büsche vorbei, kamen plötzlich graue Berggipfel ins Bild oder auch unvermutet der schwarze Ozean mit den glitzernden Eisbergen am Horizont.

Ich glaube, der Kleine hatte kein bestimmtes Ziel; er ging einfach immer der Nase nach, möglichst weit weg von uns. Einige Male kletterte er auf einen der Dünenkämme und schaute in unsere Richtung. Dann erschienen auf dem Empfangsschirm der strahlendweiße Konus unserer ER-2, das silbrig glänzende Band der Landebahn und orangefarben Tom, der sich verlassen gegen die Wand der unfertigen Wetterstation drückte. Nur den Kleinen selbst konnten wir auf dem Schirm nicht entdecken.

Ungefähr eine Stunde später bog der Kleine unvermittelt zu den

Bergen hin ab. Nun schien die Sonne direkt ins Objektiv, und die Sicht wurde schlechter. Die Dünen hörten bald auf, der Junge passierte einen lichten Wald; er stieg über verfaulte Äste, vorbei an krüppeligen Baumstämmen mit bröckliger und fleckiger Rinde, ging über graubraune, eisverkrustete Erde. Einmal kletterte er auf einen großen runden Granitstein, der weit und breit der einzige war, blieb ein Weilchen dort stehen und sah sich nach allen Seiten um. Dann sprang er wieder herunter, hob zwei schwarze glitschige Zweige vom Boden auf und setzte seinen Weg fort, die beiden Zweige gegeneinanderschlagend. Anfangs erfolgte dieses Schlagen ungeordnet, doch allmählich ging es in einen bestimmten Rhythmus über, der noch von einer Art Brummen oder Summen unterstützt wurde. Dieses Geräusch, das ohne jede Unterbrechung forttönte und irgendwie unangenehm anzuhören war, wurde immer lauter. Vermutlich brummte und summte der Kleine selber – vielleicht sang er ein Lied oder führte ein Selbstgespräch.

So trottete er dahin, begleitet von diesem Geräusch, und immer häufiger tauchten jetzt zwischen den Bäumen Steinansammlungen auf, mit Moos bedeckte Granitblöcke und gewaltige Felsbrocken. Und mit einemmal erblickten wir auf dem Bildschirm den See. Der Kleine ging ohne zu zögern hinein, für einen Augenblick sahen wir das aufgewühlte Wasser, dann wurde das Bild dunkel und verschwand schließlich ganz – der Junge war untergetaucht.

Er blieb sehr lange unter Wasser, und ich fürchtete schon, er habe den Telesender verloren, so daß wir nichts mehr zu sehen bekämen. Doch nach ungefähr zehn Minuten war das Bild wieder da, wenn auch unscharf, verschwommen und streifig. Zunächst konnten wir nichts Genaues unterscheiden, dann jedoch entdeckten wir rechts auf dem Bildschirm eine Handfläche, auf der ein kümmerliches Panta-Fischchen zappelte. Einer jener Fische, die Komow dort ausgesetzt hatte.

Als das Objektiv des ›dritten Auges‹ endgültig wieder klar war, bemerkten wir, daß der Kleine rannte. Baumstämme jagten uns entgegen und strebten erst im letzten Augenblick nach rechts oder links weg. Der Junge lief sehr schnell, dennoch hörten wir weder seine Schritte noch seinen Atem. Lediglich das Rauschen des Windes war auszumachen. Hin und wieder flammte im wirren Geäst der nackten Zweige die Sonne auf. Plötzlich aber geschah etwas Unverständliches: Der Kleine blieb wie angewurzelt vor einem grauen Granitblock stehen und steckte seine Arme bis zu den Ellenbogen in den Stein. Sollte sich dort eine gutgetarnte Öffnung befinden? Ich glaube nicht. Als der Junge die Arme kurz darauf wieder hervorzog, waren sie schwarz und glänzten, offenbar von einer Flüssigkeit, die schwer und laut vernehmlich von den Fingerspitzen hinab zur Erde tropfte. Dann verschwanden die Hände wieder aus unserem Gesichtskreis, und der Kleine lief weiter.

Vor einem eigenartigen Bauwerk, das an einen schiefen Turm erinnerte, machte er halt. Ich begriff nicht gleich, daß es sich um den zerschellten ›Pelikan‹ handelte. Nun konnte ich mich mit eigenen Augen davon überzeugen, wie furchtbar das Schiff beim Aufprall zugerichtet worden war und was die langen Jahre auf diesem Planeten aus ihm gemacht hatten. Es war ein nicht eben angenehmer Anblick. Inzwischen war der Kleine an das Wrack herangetreten und schaute durch die klaffende Öffnung der Luke ins Schiffsinnere. Für Bruchteile von Sekunden war der Bildschirm in undurchdringliches Finster getaucht. Dann ging der Junge langsam um den toten Schiffskörper herum. Er blieb abermals vor der Luke stehen, hob einen Arm und preßte die schwarze Handfläche mit weitgespreizten Fingern gegen die von Rost zerfressene Bordwand. In dieser Stellung verharrte er etwa eine Minute, und wir vernahmen erneut sein seltsames Surren oder Brummen. Es sah so aus, als stiegen unter seinen gespreizten Fingern kleine bläuliche Rauchschwaden hervor. Schließlich zog der Kleine die Hand weg und trat einen Schritt zurück. Auf der schwärzlichen Außenbordverkleidung war deutlich und scharf konturiert der Abdruck einer Hand mit gespreizten Fingern zu erkennen.

»Ach, mein Heimchen«, ließ sich ein klangvoller Bariton vernehmen.

»Mein Glöckchen!« erwiderte eine zärtliche Frauenstimme.

»Sika!« sagte der Bariton fast flüsternd. »Sikalein…«

Ein Säugling begann zu weinen.

Urplötzlich ging der Abdruck der Hand zur Seite und verschwand. Auf dem Schirm wurde nun ein Gebirgshang sichtbar – ein von Rissen durchzogener Granitblock, Geröll, kleine scharfkantige Steine, die in der Sonne funkelten, hier und da sperrige, kränkliche Grasbüschel und tiefe, undurchdringlich schwarze Felsklüfte. Der Kleine stieg bergan; wir sahen, wie er sich mit den Händen an den Vorsprüngen festklammerte, und hörten das Aufschlagen kleiner Steine in der Tiefe. Außerdem vernahmen wir den lauten, gleichmäßigen Atem des Jungen und merkten plötzlich, daß seine

Bewegungen jetzt schnell und gleitend erfolgten. Vor unseren Augen begann es zu flimmern; der Gebirgshang entfernte sich mit großer Geschwindigkeit, schoß irgendwie seitlich und nach unten davon. Im selben Augeblick ertönte das heisere, abgehackte Lachen des Kleinen, das aber gleich wieder verstummte. Es gab keinen Zweifel – der Kleine flog.

Auf dem Bildschirm spiegelte sich der mattviolette Himmel, zu dessen Seiten undefinierbare graue und halb durchsichtige Fetzen pulsierten, die an verstaubten Mull erinnerten. Im Zeitlupentempo kreuzte eine blendendviolette Sonne den Bildschirm, für Bruchteile von Sekunden durch die mullartigen Gebilde verdeckt. Weit unten konnten wir, in fliederfarbenen Dunst getaucht, ein Felsplateau ausmachen, furchteinflößende, abgrundtiefe Klüfte, ungemein scharfkantige Gebirgsgrate, die von ewigem Schnee bedeckt waren: eine freudlose Welt des Eises bis zum Horizont hingestreckt, eine tote, zerklüftete, unzugängliche Welt. Und wir sahen gleich darauf in Großformat das Kniegelenk des Kleinen, das lackglänzend im leeren Raum schwebte, seine schwarze Hand, die sich im Nichts festzukrallen schien.

Wenn ich ehrlich sein soll, so traute ich in diesem Moment meinen Augen nicht recht, weshalb ich mich auch vergewisserte, ob der Bildschirm in Ordnung war. Aber alles funktionierte einwandfrei. Ich tröstete mich damit, daß Vanderhoeze nicht weniger verdutzt dreinsah als ich und Maja ungläubig blinzelnd den Hals hin und her drehte, als beenge sie der Kragen. Nur Komow blieb völlig ungerührt – er saß unbeweglich da, die Ellbogen aufs Pult gestützt, das Kinn auf den verschränkten Fingern.

Unterdessen fiel der Kleine wieder. Die Steinwüste kam schnell näher, sie schien sich um eine unsichtbare Achse zu drehen, und diese Achse führte direkt zu einer Erdspalte, die das weite graue, von Felsblöcken übersäte Steinfeld in zwei Hälften teilte. Die Erdspalte wurde zusehends größer und breiter, und ihr von der Sonne erhellter Rand schien ganz glatt und sehr abschüssig zu sein. Einen Blick auf den Grund zu werfen, war ein Ding der Unmöglichkeit – dort herrschte undurchdringliche Finsternis. Und in diese Finsternis hinein jagte zielstrebig der Kleine. Das Bild auf dem Schirm verschwand, und Maja streckte den Arm aus, um den Verstärker einzuschalten. Doch auch mit Hilfe des Verstärkers waren nur mehrere einander folgende undefinierbare Streifen zu erkennen. Dann stieß der Kleine einen durchdringenden Schrei aus, und die Bewegung auf dem Bildschirm kam zum Stillstand. ›Er ist abgestürzt!‹ dachte ich mit Entsetzen und Maja klammerte sich mit ganzer Kraft an mein Handgelenk.

Der Schirm zeigte jetzt einige verschwommene, unbewegliche Punkte, alles in grauen und schwarzen Schattierungen, und wir vernahmen seltsame Laute – Glucksen, heisere Schreie, Zischen. Die bekannte schwarze Silhouette einer Hand mit gespreizten Fingern tauchte auf und verschwand wieder. Die verschwommenen Punkte gerieten in Bewegung, schoben sich vor- und hintereinander, und das Glucksen und Schreien wurde bald lauter, bald leiser. Hell flammte ein orangenes Lichtpünktchen auf, ein zweites, ein drittes, um gleich darauf wieder zu verlöschen... Ein kurzer Aufschrei war zu hören, dem ein mehrfaches Echo folgte. »Geben Sie Infra«, sagte Komow durch die Zähne. Maja griff nach dem Hebel für den Infraverstärker und führte ihn bis zum Anschlag. Der Bildschirm wurde augenblicklich hell, doch ich begriff auch jetzt nicht viel mehr.

Der ganze Raum war von einem phosphoreszierenden Nebel angefüllt. Es handelte sich aber um keinen gewöhnlichen Nebel, sondern um ein Gebilde mit einer deutlich erkennbaren Struktur, ähnlich lebendem Gewebe, das im Querschnitt unterm Mikroskop betrachtet wurde. Und in diesem Strukturnebel erahnte man hier und da helle Verdichtungen sowie Anhäufungen dunkler pulsierender Kerne. Das alles schien in der Luft zu hängen; mal verschwand es gänzlich, mal kam es unvermittelt wieder zum Vorschein, und der Kleine ging durch dieses Etwas hindurch, als wäre es gar nicht vorhanden. Er ging, die matt schimmernden Hände mit gespreizten Fingern vorgestreckt, immer weiter, und rings um ihn her gluckste, stöhnte, raunte und tickte es hell.

Auf diese Weise legte der Kleine eine ganze Strecke Wegs zurück, und wir bemerkten nicht sofort, daß die Strukturabbildung zusehends verblaßte, verschwamm, bis auf dem Bildschirm neben den Umrissen von den gespreizten Fingern des Kleinen lediglich ein milchiger Schimmer übrigblieb. Plötzlich verhielt der Junge den Schritt. Wir merkten es an der Tatsache, daß sich die Laute jetzt nicht mehr näherten beziehungsweise entfernten. Die Laute von vorhin. Eine Lawine, eine ganze Kaskade von Lauten: gedämpfter Lärm, tiefes Gebrumm, ersticktes Piepsen... Mit heftigem Knall sprang etwas entzwei, flog klirrend auseinander, dann ertönte ein Summen, Knarren, metallisches Schlagen. Unvermittelt schälten sich aus dem gleichmäßigen Schimmer dunkle Punkte heraus, ein

Dutzend von großen und kleinen Flecken; sie waren zunächst noch ziemlich verschwommen, nahmen jedoch allmählich immer deutlichere Konturen an, bekamen mehr und mehr Ähnlichkeit mit Gebilden, die uns erstaunlich vertraut waren. Und plötzlich begriff ich, worum es sich handelte. Meine Vermutung erschien mir zwar völlig absurd, doch ließ sie sich nicht einfach beiseite schieben. Es waren Menschen. Dutzende, Hunderte von Menschen, eine ganze Ansammlung, diszipliniert in Reihen ausgerichtet, auf die wir schräg von oben heruntersahen... Doch mir blieb nur wenig Zeit für meine Vermutungen, denn in diesem Augenblick geschah es – für Bruchteile von Sekunden wurde das Bild auf dem Schirm taghell. Freilich war diese Zeitspanne zu kurz, um Genaueres erkennen zu können. Ein verzweifelter Schrei ertönte, dann kippte das Bild um und verschwand gänzlich. Im selben Moment sagte Komow mit wutbebender Stimme: »Warum haben Sie das getan?«

Der Bildschirm war tot. Komow sprang auf, verharrte unnatürlich steif aufgerichtet, die geballten Fäuste gegen das Pult gestemmt. Er starrte Maja an, die sehr blaß, doch ruhig war. Sie erhob sich jetzt ebenfalls und stand Komow nun Auge in Auge gegenüber. Sie schwieg.

»Was ist denn passiert?« erkundigte sich Vanderhoeze vorsichtig. Offenbar begriff auch er nicht, was vorgefallen war.

»Das ist entweder eine Flegelei oder... oder...« Komow fand keine Worte. »Sie sind aus der Kontaktgruppe ausgeschlossen. Ich verbiete ihnen, das Schiff zu verlassen und die Steuerkabine oder die VAK zu betreten! Gehen Sie jetzt!«

Maja machte, nach wie vor schweigend, auf dem Absatz kehrt und ging hinaus. Ich war im Begriff, ihr zu folgen.

»Popow!« rief Komow schneidend.

Ich blieb stehen.

»Sie werden die Aufzeichnungen der Telekamera unverzüglich an die Zentrale durchgeben. Über den Eilkanal.«

Er starrte mich durchdringend an, und mir wurde unwohl in meiner Haut. Einen solchen Komow hatte ich noch nicht kennengelernt. Das war ein Mann, der das unangefochtene Recht besaß, zu befehlen, unter Hausarrest zu stellen und überhaupt jeden beliebigen Aufruhr im Keime zu ersticken. Ich hatte die Empfindung, zerspringen zu müssen. ›Wie der Kleine‹, ging es mir flüchtig durch den Sinn.

Vanderhoeze sagte hüstelnd: »Nur mit der Ruhe, Gennadi. Warum gleich zur Zentrale? Gorbowski ist sowieso schon auf dem Stützpunkt. Sollten wir den Funkspruch nicht besser dorthin schikken, was meinen Sie?«

Komow sah mich in einem fort an. Seine Augen, schmal wie Striche, schienen aus Eis zu sein.

»Ja, natürlich«, erwiderte er, nun schon wieder äußerlich gelassen. »Die Kopie also zum Stützpunkt. Danke, Jakob. Popow, an die Arbeit.«

Mir blieb nichts anderes übrig, als ›an die Arbeit‹ zu gehen, doch ich war unzufrieden. Wenn ich jetzt eine Schirmmütze aufgehabt hätte – ich hätte sie ostentativ mit dem Schirm nach hinten gedreht; aber ich trug ja keine. Deshalb begnügte ich mich, während ich das Tonband aus dem Gerät nahm, mit der herausfordernden Frage: »Was ist eigentlich so Schlimmes passiert? Was werfen Sie Maja vor?«

Komow schwieg einige Zeit. Er saß nun wieder in seinem Sessel, mit verkniffenem Mund, und trommelte mit den Fingern auf die Armlehne. Vanderhoeze, an seinem Backenbart zupfend, sah ihn gleichfalls fragend an.

»Sie hat den Scheinwerfer eingeschaltet«, sagte Komow schließlich.

Ich verstand nicht.

»Was für einen Scheinwerfer?«

Diesmal gab Komow keine Antwort, deutete nur auf die betreffende Taste, die heruntergedrückt war.

»Ach herrje!« sagte Vanderhoeze bestürzt.

Ich dagegen sagte nichts mehr. Ich nahm das Tonband und setzte mich ans Funkgerät. In diesem Fall hatte ich tatsächlich nichts zu erwidern. Schon für geringere Vergehen wurde man mit Schimpf und Schande aus dem Kosmos gejagt. Maja hatte das Havarieblitzlicht ausgelöst, das im ›dritten Auge‹ eingebaut war, und es bedurfte keiner großen Phantasie, sich auszumalen, wie den Höhlenbewohnern zumute gewesen sein mußte, als urplötzlich für einen Moment eine kleine grelle Sonne in ihrer ewigen Finsternis aufflammte. Bei diesem Licht konnte man einen Kundschafter, zu dem die Funkverbindung abgerissen war, sogar auf der taghellen Seite des Planeten ausmachen, und zwar von der Umlaufbahn aus und selbst wenn der Mann verschüttet war... Eine solcher Scheinwerfer strahlt in der Spanne von Ultraviolett bis UKW... Noch nie hatte ein Kundschafter dieses Blitzlicht ergebnislos gegen ein wildes, blutrünstiges Tier eingesetzt, jeder Gegner war damit in die Flucht getrieben worden. Selbst die Tachorge, die vor nichts auf der Welt zurückschreckten, bremsten ihren Lauf, wenn sie diesen Lichtstrahl sahen... ›Sie muß den Verstand verloren haben‹, dachte ich resigniert, ›völlig übergeschnappt sein...‹ Laut aber sagte ich, während ich am Funkgerät hantierte: »So was kann doch passieren. Sie hat sich einfach in der Taste geirrt...«

»Natürlich«, unterstützte mich Vanderhoeze sofort, »so muß es gewesen sein. Wahrscheinlich wollte sie den Infrarotstrahler einschalten... Die Tasten liegen nebeneinander... Was meinen Sie, Gennadi?«

Komow schwieg. Er fingerte auf seinem Pult herum, und ich hatte keine Lust, ihn weiter anzuschauen. Ich stellte den Automat auf ›Senden‹ und sah demonstrativ weg.

»Das ist natürlich sehr fatal«, murmelte Vanderhoeze, »in der Tat. das kann Folgen haben... ein aktiver Eingriff... gewiß kein angenehmer... Hm... Trotzdem, Gennadi, wir alle sind in letzter Zeit ziemlich mit den Nerven 'runter, kein Wunder, daß sich das Mädchen einmal geirrt hat. Ich wollte ja selbst irgend etwas unternehmen, das Bild deutlicher stellen... Der arme Kleine... Ich glaube, er war es, der diesen furchtbaren Schrei ausgestoßen hat...«

»Da«, sagte Komow, »sehen Sie sich diese Aufnahmen an...«

Ich hörte Vanderhoeze bekümmert schniefen, hielt es nicht länger aus und drehte mich um. Sie steckten die Köpfe zusammen, und da ich nichts erkennen konnte, stand ich auf, ging näher heran. Auf dem Bildschirm war zu sehen, was wir schon im Augenblick des Blitzlichts erblickt hatten, nur daß da alles zu schnell gegangen war. Aber obwohl das Bild jetzt völlig klar war, konnte ich nichts damit anfangen. Es zeigte eine große Menschenansammlung, eine Vielzahl dunkler Gestalten, die eine der anderen aufs Haar glichen. Sie standen auf einer ebenen und gut erleuchteten Fläche in Reih und Glied; die vorderen Gestalten waren groß, die hinteren, den Gesetzen der Perspektive entsprechend, kleiner. Übrigens schienen diese Reihen endlos zu sein, sie verwischten sich in der Ferne zu kompakten schwarzen Streifen.

»Das ist der Kleine«, sagte Komow. »Erkennen Sie ihn?«

Nun sah ich es auch; es war in der Tat der Kleine – der Kleine in tausendfacher, stets gleicher Ausführung, so als würde er von unzähligen Spiegeln reflektiert.

»Sieht wie eine vielfache Spiegelung aus«, sagte Vanderhoeze mehr zu sich.

»Von wegen Spiegelung...«, knurrte Komow. »Und wo ist dann die Spiegelung des Lichtscheins? Und der Schatten des Kleinen?«

»Keine Ahnung«, gab Vanderhoeze ehrlich zu. »Aber Sie haben recht, ein Schatten müßte da sein.«

»Und wie denken Sie darüber, Stas?« wandte sich Komow an mich, ohne sich erst nach mir umzudrehen.

»Ich denke gar nichts«, sagte ich verschnupft und ging auf meinen Platz zurück.

Und ob ich dachte! Mein Gehirn knirschte nur so. Dennoch kam ich zu keinem Ergebnis. Das Ganze erinnerte mich an eine formalistische Federzeichnung.

»Na ja, sehr viel haben wir nicht herausbekommen«, sagte Komow. »Eigentlich nichts, was der Rede wert wäre.«

»Junge, Junge, Junge«, murmelte Vanderhoeze, erhob sich schwerfällig und ging hinaus.

Ich wäre ihm am liebsten gefolgt, um nach Maja zu sehen. Doch ein Blick auf meine Uhr zeigte mir, daß es bis zum Ende der Übertragung noch etwa zehn Minuten dauerte. Hinter mir machte sich raschelnd Komow zu schaffen. Plötzlich streckte er die Hand über meine Schulter, und vor mich hin aufs Pult flatterte das hellblaue Formular eines Funkspruchs.

»Ein Zusatz«, erklärte Komow. »Den schicken Sie gleich hinterher.«

Ich überflog den Text.

»ER-2. Komow an Stützpunkt, Gorbowski. Mit Kopie an die Zentrale, Bader. Hier die Aufzeichnungen der Telekamera vom Typ ›drittes Auge‹, *Träger der Kleine. Aufnahmen erfolgten in der Zeit von* 13.46 *bis* 17.02 *Uhr Bordzeit. Unterbrochen infolge versehentlicher Betätigung der Havarielampe durch Unachtsamkeit meinerseits. Situation im Augenblick unbestimmt.«*

Ich stutzte und las den Text ein zweites Mal. Dann drehte ich mich zu Komow um. Er saß jetzt so da wie vor dem Zwischenfall, das Kinn auf die verschränkten Finger gestützt, und schaute auf den Bildschirm. Nicht, daß mich eine heiße Welle der Dankbarkeit überflutet hätte – dazu empfand ich zuwenig Sympathie für diesen Mann –, doch eine gewisse Anerkennung konnte ich ihm nicht versagen. Nicht jeder hätte in einer solch heiklen Situation so entschlossen und schlicht gehandelt. Die Gründe hierfür waren nebensächlich. Es spielte keine Rolle, ob es ihm um Maja leid tat (was ich bezweifelte), ob er sich seiner Heftigkeit schämte (was ich für wahrscheinlicher hielt) oder ob er ganz einfach zu jenem Typ von Leiter gehörte, der die Fehler seiner Untergebenen zuerst für seine eigenen ansah. Jedenfalls war die Gefahr für Maja, wie ein Vögelchen aus dem Kosmos fliegen zu müssen, nun wesentlich geringer. Komows Ruf dagegen würde sich merklich verschlechtern. Na schön. Gennadi Jurjewitsch, bei passender Gelegenheit wird Ihnen das angerechnet werden. Ein solches Verhalten hat eine Würdigung verdient. Und mit Maja werden wir noch ein Wörtchen reden. Was, zum Teufel, ist nur in sie gefahren! Sie ist doch kein kleines Mädchen mehr, hergekommen, um mit Puppen zu spielen.

Der Automat klickte und schaltete sich selbständig ab. Ich machte mich an die Übertragung des Funkspruchs. In diesem Augenblick kam Vanderhoeze herein; er schob einen kleinen Servierwagen vor sich her. Völlig geräuschlos und mit ungewohnter Behendigkeit, die selbst dem qualifizierten Kyber zu Ehre gereicht hätte, stellte er ein Tablett mit mehreren Tellern rechter Hand von Komow hin. Komow dankte zerstreut. Ich nahm mir ein Glas Tomatensaft, trank es auf einen Zug leer und schenkte gleich noch mal nach.

»Keinen Salat?« fragte Vanderhoeze enttäuscht.

Ich schüttelte den Kopf und sagte in Komows Rücken hinein: »Ich bin fertig mit der Arbeit, kann ich jetzt gehen?«

»Bitte«, erwiderte Komow, wieder ohne sich umzudrehen. »Aber keinen Schritt aus dem Schiff.«

Im Korridor flüsterte mir Vanderhoeze zu: »Maja ißt gerade Mittag.«

»Hysterisches Frauenzimmer«, knurrte ich böse.

»Ganz im Gegenteil. Ich würde eher sagen, daß sie die Ruhe in Person und überaus zufrieden ist. Nicht die Spur von Reue.«

Wir gingen in die Mannschaftskajüte. Maja saß am Tisch, löffelte ihre Suppe und las in irgendeinem Buch.

»Grüß dich, Arrestant«, sagte ich und nahm mit meinem Glas ihr gegenüber Platz.

Maja riß sich von ihrer Lektüre los und musterte mich, wobei sie ein Auge zukniff.

»Wie geht's dem Chef?« erkundigte sie sich.

»Er ist in tiefes Nachdenken versunken«, erwiderte ich und versuchte in ihrem Gesicht zu lesen. »Er überlegt, ob er dich sofort an der Fockrah aufknüpfen oder dich bis Dover bringen soll, wo man dich in Ketten legen wird.«

»Und wie sieht's am Horizont aus?«

»Unverändert.«

»Nun wird er nicht mehr kommen«, sagte Maja.

Sie sagte das sehr zufrieden, mit einem fröhlichen und verwegenen Ausdruck in den Augen. Ich nippte an meinem Tomatensaft und schielte zu Vanderhoeze hinüber. Er vertilgte seelenruhig den mir zugedachten Salat. ›Unser Käptn scheint heilfroh zu sein‹. sagte ich mir, ›daß nicht er jetzt das Kommando führt.‹ Und an Maja gewandt: »Es sieht ganz so aus, als hättest du uns den Kontakt vermasselt.«

»Bedaure«, sagte Maja kurz angebunden und steckte ihre Nase wieder ins Buch. Doch sie war weit davon entfernt zu lesen, sie wartete auf eine Fortsetzung.

»Wollen wir nur hoffen«, schaltete sich Vanderhoeze ein, »daß es keine größeren Komplikationen gibt. Vielleicht geht's noch mal glimpflich ab.«

»Glauben Sie, der Kleine kommt zurück?« fragte ich.

»Ich denke schon«, erwiderte Vanderhoeze mit einem tiefen Seufzer. »Er stellt zu gern Fragen, als daß er darauf verzichtete. Und dieser Zwischenfall wird eine Menge neuer Fragen in ihm geweckt haben.« Er aß den Salat auf und erhob sich. »Ich gehe jetzt, hab' noch zu tun«, erklärte er. »Und wenn ich ehrlich sein soll, Maja, diese Geschichte schmeckt mir gar nicht. Ich versteh' dich ja, aber rechtfertigen kann ich dein Verhalten nicht. So was geht einfach nicht...«

Maja gab keine Antwort, und Vanderhoeze verließ, das Serviertischchen vor sich her schiebend, den Raum. Seine Schritte waren kaum verhallt, da stellte ich Maja höflich, doch streng die Frage, die mir die ganze Zeit auf der Zunge lag: »Hast du das absichtlich getan oder aus Versehen?«

»Was glaubst du denn?« fragte Maja dagegen und schaute ins Buch.

»Komow hat die Schuld auf sich genommen«, sagte ich ausweichend.

»Wieso das?«

»Er hat der Zentrale gemeldet, das Blitzlicht sei durch ihn ausgelöst worden.«

»Wie rührend!« höhnte Maja. Sie legte das Buch beiseite und reckte sich. »Welche Großmut!«

»Ist das alles, was du zu sagen hast?«

»Was willst du denn noch hören? Ein aufrichtiges Schuldbekenntnis? Reuebezeigungen? Oder soll ich dir vielleicht etwas vorheulen?«

Ich nahm erneut einen Schluck Tomatensaft. Ich beherrschte mich.

»Vor allem möchte ich wissen, ob du es aus Versehen oder absichtlich getan hast.«

»Damit du's weißt, absichtlich. Und was weiter?«

»Warum, zum Teufel, hast du das getan?«

»Um diesem Affentanz ein für allemal ein Ende zu bereiten. Zufrieden?«

»Was für einem Affentanz denn? Ich weiß gar nicht, wovon du sprichst.«

»Ja, siehst du denn nicht, wie widerlich das alles ist?« sagte Maja und hatte Mühe, an sich zu halten. »Das war doch unmenschlich. Ich konnte einfach nicht mehr mit gefalteten Händen dasitzen und zuschauen, wie aus dieser miesen Komödie eine Tragödie wird.« Sie schleuderte das Buch zur Seite. »Da brauchst du mich gar nicht so anzufunkeln! Und Beistand hab' ich erst recht nicht nötig! Man denke nur, wie großherzig! Der Liebling Dr. Mbogas! Ich hör' sowieso auf hier. Ich geh' an eine Schule und werd' den Kindern beibringen, daß all diese Fanatiker der abstrakten Ideen und die Dummköpfe in ihrem Gefolge beizeiten gebremst werden müssen!«

Ich hatte die löbliche Absicht gehabt, meinen höflichen und korrekten Ton bis zum Schluß durchzuhalten. Doch nun platzte mir der Kragen. Um meine Geduld ist es ohnehin nie sehr gut bestellt gewesen.

»Du bist unverschämt!« sagte ich, denn ich fand keinen anderen Ausdruck dafür. »Wirklich, einfach unverschämt!«

In meiner Erregung wollte ich noch einen Schluck Tomatensaft nehmen, doch es stellte sich heraus, daß das Glas leer war.

Ohne es zu merken, hatte ich nach und nach alles ausgetrunken.

»Und was weiter?« fragte Maja und lächelte verächtlich.

»Nichts«, sagte ich finster und betrachtete dabei das leere Glas. Ich hatte in der Tat nichts mehr hinzuzufügen, meine Munition war verschossen. Wahrscheinlich war ich auch gar nicht zu Maja gekommen, um mir Klarheit zu verschaffen, sondern um ihr die Meinung zu sagen.

»Nun«, sagte Maja, »wenn das alles war, dann geh doch zu deinem Komow und küß ihn ab. Verschwinde zu Tom und all deinem

Kyberzeug. Ich, weißt du, bin nämlich bloß ein Mensch, dem nichts Menschliches fremd ist.«

Ich schob das Glas beiseite und erhob mich. Das war der Schlußpunkt. Alles war klar. Ich hatte einen guten Kumpel besessen, nun war's aus damit. Na, es machte nichts, ich würde auch das überleben.

»Guten Appetit noch«, sagte ich und stakste unnatürlich steif hinaus.

Mein Herz hämmerte vor Erregung, die Lippen zitterten ganz abscheulich. Ich schloß mich in meiner Kajüte ein, ließ mich aufs Bett fallen und vergrub mein Gesicht in den Kissen. In meinem Kopf dröhnten wild und erbittert die Worte, die ich nicht ausgesprochen hatte, stießen aneinander und zerfielen. Wie dumm das alles war, wie maßlos dumm! – Und wenn dir die Sache zehnmal nicht schmeckt, schimpfte ich innerlich mit Maja, du hättest dich benehmen müssen, wie es sich gehört. Da könnte ja jeder kommen! Schließlich bist du nicht auf Extraeinladung hier, sondern rein zufällig! Also richte dich danach! Da du keine Ahnung hast, was Kontakte für Probleme mit sich bringen, pack deine lausigen Landkarten zusammen und tu, was man dir sagt! Und gib zu, daß du auch nicht den blassesten Schimmer von diesen abstrakten Ideen hast. Nichts weißt du. Überhaupt nichts. Denn was ist das eigentlich – abstrakte Ideen! Heute gilt eine Idee als abstrakt, und schon morgen steht die Geschichte ohne sie still! Wenn dir das Ganze nicht gepaßt hat, hättest du das laut sagen und eine weitere Mitarbeit ablehnen sollen... Die Sache mit dem Kleinen war gerade so schön ins Rollen gekommen! So ein prächtiges, schlaues Bürschchen; Berge hätte man mit ihm versetzen können! Ach, du Wohnstattsucherin... Und so was nennt sich nun Kamerad. Durch deinen Starrsinn habe ich den Kleinen und dazu noch einen Kameraden verloren... Aber Komow ist auch gut, will mit dem Kopf durch die Wand wie ein Bulldozer, auf Biegen und Brechen, statt sich mit den anderen zu beraten, die Sache zu erklären... Der Teufel soll mich holen, wenn ich noch ein einziges Mal an irgendeiner Kontaktsuche teilnehme! Sowie das Durcheinander hier zu Ende ist, werde ich unverzüglich um Versetzung zum Projekt ›Arche 2‹ nachsuchen. Ich werde mit Wadik und Tanja zusammenarbeiten, mit Ninon und den anderen. Wie ein Pferd werde ich schuften, ohne überflüssiges Gerede und ohne mich ablenken zu lassen. Vor allem aber: keinerlei Kontaktsuche mehr! – Unmerklich schlummerte ich ein und schlief fest wie schon lange nicht mehr. Was auch kein Wunder war – in den letzten Tagen hatte ich keine vier Stunden Schlaf gehabt. Nur mit einiger Mühe gelang es Vanderhoeze, mich wach zu bekommen. Ich sollte ihn ablösen.

»Und was ist mit Maja?« fragte ich schlaftrunken, verstummte aber sofort wieder. Vanderhoeze freilich tat so, als hätte er die Frage nicht gehört.

Ich nahm eine Dusche, kleidete mich an und begab mich in die Steuerzentrale. Der Unmut von vorhin überkam mich erneut. Ich wollte niemanden hören und sehen. Mit der Bemerkung, daß es nichts Neues gäbe und daß ich in sechs Stunden von Komow abgelöst würde, übergab mir Vanderhoeze die Wache und ging schlafen.

Es war genau 22 Uhr Bordzeit. Auf dem Bildschirm war das Nordlicht zu sehen, das über dem Gebirgskamm spielte, vom Ozean her wehte ein kräftiger Wind – zerriß die Nebelkappe über der dampfenden Erdspalte, drückte die nackten Büsche gegen den gefrorenen Sand und peitschte die Schaumkronen des Wassers zum Strand, wo sie augenblicklich gefroren. Auf der Landebahn, leicht gegen den Wind gestemmt, stand einsam und verlassen Tom. Mit all seinen Signallämpchen zeigte er an, daß er, wenn auch im Augenblick stillgelegt und ohne Aufgaben, doch auf Abruf bereit war, jeden beliebigen Auftrag auszuführen. Eine trostlose Landschaft. Ich schaltete die Außenakustik ein, hörte für einige Sekunden das Brüllen des Ozeans, das Pfeifen und Heulen des Windes, hörte die schweren, eisigen Tropfen gegen das Schiff schlagen und stellte wieder ab.

Ich versuchte mir vorzustellen, was der Kleine jetzt trieb, erinnerte mich an die Wiedergabe auf dem Bildschirm gestern: dunkle, verschwommene Lichtpunkte auf grauem, nebligem Hintergrund, dazu dieser Mischmasch seltsamer Laute und dann die rätselhaften Reihen von Spiegelbildern, die doch keine waren... Nun, was sollte das, wahrscheinlich fühlte sich der Kleine dort geborgen, es war seine gewohnte Umgebung, und er würde jetzt allerhand Stoff zum Nachdenken haben. Sicherlich hatte er sich in eine Felsecke gedrückt und litt unter der Kränkung, die ihm Maja angetan hatte. (»Mam-ma...« – »Ja, mein Glöckchen«, kam es mir in den Sinn.) Vom Standpunkt des Jungen aus mußte das alles sehr unaufrichtig wirken. Ich an seiner Stelle würde keinen Fuß mehr ins Schiff setzen... Dabei hatte sich Komow so gefreut, daß Maja dem Jungen das

›dritte Auge‹ übergestreift hatte: »Gut gemacht, Maja«, hatte er gesagt. »Das ist eine echte Chance, ich hätte es nie gewagt...« Allerdings wäre aus dem Plan, das Leben des Kleinen auf diese Art zu erforschen, letztlich wohl doch nichts geworden. Die Konstrukteure hatten das Gerät noch nicht bis ins letzte durchdacht. So hätte man beispielsweise eine Stereokamera gebraucht. Freilich wollte ich gern einräumen, daß das ›dritte Auge‹ eigentlich für andere Zwekke bestimmt war... Immerhin, wir hatten gewisse Dinge mitbekommen. So etwa, daß der Kleine tatsächlich flog. Wie und warum er das jedoch tat, hatten wir nicht herausbekommen... Ähnlich verhielt es sich auch mit der Szene am zerschellten ›Pelikan‹. Ein Planet der Unsichtbaren. Wir würden bestimmt hochinteressante Dinge zu sehen bekommen, wenn Komow die Erlaubnis gab, einen Erkundungskyber auszuschicken. Vielleicht würde er sich jetzt dazu entschließen? Ja, fürs erste kämen wir sogar ohne Kyber aus. Es würde zunächst völlig ausreichen, den Horizont mit Lokatoren abzutasten...

Die Funkanlage summte. Ich ging zum Sender. Eine unbekannte Stimme bat sehr höflich, ich würde sogar sagen schüchtern, darum, sie mit Komow zu verbinden.

»Wer spricht da?« erkundigte ich mich nicht eben freundlich.

»So ein Mitglied der Kontaktkommission. Mein Name ist Gorbowski. Es ist wichtig. Oder schläft Gennadi Jurjewitsch im Augenblick?«

Ich war baff. »Sofort, Leonid Andrejewitsch«, murmelte ich. »Sekunde, Leonid Andrejewitsch...« Und hastig über den Sprechfunk: »Komow zur Zentrale. Dringender Anruf vom Stützpunkt.«

»Nun, ganz so dringend ist es auch wieder nicht«, protestierte Gorbowski.

»Am Apparat Leonid Andrejewitsch Gorbowski!« fügte ich triumphierend über Sprechfunk hinzu, denn ich wollte Komow ein bißchen Beine machen.

»Junger Mann...«, sagte Gorbowski.

»Diensthabender Stas Popow, Kybertechniker!« erstattete ich Meldung. »Während meiner Wache keinerlei Vorkommnisse!«

Gorbowski schwieg einen Augenblick, dann sagte er etwas unsicher: »Rühren...«

Man hörte eilige Schritte näher kommen, gleich darauf betrat Komow den Raum. Sein Gesicht sah eingefallen aus, die Augen, unter denen tiefe Schatten lagen, waren glasig. Ich stand auf und machte ihm Platz.

»Komow am Apparat«, sagte er. »Sind Sie es, Leonid Andrejewitch?«

»Jawohl«, erwiderte Gorbowski, »guten Tag... Hören Sie Gennadi, könnten Sie den Apparat nicht so einstellen, daß wir uns sehen? Da gibt's doch alle möglichen Knöpfe...«

Komow warf mir einen kurzen Blick zu, und meine Hände suchten ganz von selbst die Taste für den Visor. Wir Funker stellten ihn aus verschiedenen Gründen für gewöhnlich ab.

»Aha«, sagte Gorbowski befriedigt. »Jetzt sehe ich Sie.«

Auf unserem kleinen Schirm flimmerte nun gleichfalls ein Bild auf – das Gesicht Leonid Andrejewitschs, das ich von Porträts und Beschreibungen her kannte. Es war länglich und schien leicht nach innen gedrückt. Während Gorbowski auf den Abbildungen immer das Aussehen eines antiken Philosophen besaß, schaute er jetzt irgendwie bedrückt und enttäuscht drein. Auf seiner breiten Entennase prangte zu meiner Verwunderung ein großer und offenbar frischer Kratzer.

Als das Bild dann klar und stabil war, zog ich mich leise zurück und nahm den Platz an der Außenkontrolle ein. Ich war überzeugt davon, daß man mich jeden Augenblick hinausjagen würde, und versuchte deshalb den Anschein zu erwecken, ich sei voll und ganz in die Beobachtung der Natur vertieft, die sich unter der Welt des Unwetters duckte.

Gorbowski sagte: »Zunächst einmal vielen Dank, Gennadi. Ich habe alles Material durchgesehen, das Sie mir geschickt haben, und muß schon sagen: Es handelt sich wirklich um etwas Besonderes. Außerordentlich interessant das Ganze. Sie sind findig, gekonnt und vor allem sehr schnell vorgegangen.«

»Ich fühle mich geschmeichelt«, sagte Komow hastig. »Aber?«

»Wieso ›aber‹?« fragte Gorbowski erstaunt. »›Und‹ müßten sie sagen. Die Mehrheit der Kommissionsmitglieder ist der gleichen Meinung. Es ist kaum zu glauben, daß sie eine solch kolossale Arbeit in nur zwei Tagen bewältigt haben.«

»Es ist weniger mein Verdienst«, erwiderte Komow trocken. »Die Umstände haben sich günstig gefügt.«

»Nur nicht so bescheiden«, entgegnete Gorbowski lebhaft. »Geben Sie ruhig zu, daß Sie schon beizeiten mehr als Vermutungen hatten. Und das allein ist bereits ein Verdienst. Außerdem sind da Ihre Entschlossenheit, Ihre Intuition... nicht zuletzt Ihre Energie...«

»Ich fühle mich wirklich geschmeichelt«, wiederholte Komow, nun aber schon eine Nuance ungeduldiger.

Nach kurzem Schweigen fragte Gorbowski sehr leise: »Wie stellen Sie sich das weitere Schicksal des Kleinen vor, Gennadi?«

Das Gefühl in mir, nun tatsächlich, und zwar ohne Umschweife, die Kabine räumen zu müssen, erreichte seinen Höhepunkt. Ich machte mich ganz, ganz klein und hörte sogar zu atmen auf.

»Der Kleine wird Mittler zwischen der Erde und den Bewohnern dieses Planeten sein«, hörte ich Komow.

»Verstehe«, erwiderte Gorbowski. »Das wäre wunderbar. Wenn der Kontakt nun aber nicht zustande kommt?«

»Leonid Andrejewitsch«, begann Komow heftig, »lassen Sie uns doch offen miteinander reden. Sprechen wir ruhig aus, was uns beide bewegt und was wir am allermeisten befürchten. Mein Ziel ist es, den Kleinen für die Erde zu gewinnen. Deshalb arbeite ich mit allen mir zur Verfügung stehenden Mitteln und, wenn man so sagen darf, ohne Rücksicht auf Verluste darauf hin, den Menschen in ihm zu erwecken. Das Problem ist nur, daß die Eingeborenen, die den Jungen großgezogen haben, der menschlichen Psyche und unserer Weltsicht sehr fernstehen. Sie weichen uns aus, haben offensichtlich kein Verlangen nach Kontakt. Diese Haltung aber ist bestimmend für das Unterbewußtsein des Jungen. Glücklicherweise – oder auch nicht – haben die Eingeborenen so viel menschenähnliche Züge in ihm belassen, daß es uns gelungen ist, sein Bewußtsein anzusprechen. Die gegenwärtige Situation ist jedoch überaus kritisch. Das Bewußtsein des Kleinen gehört uns, sein Unterbewußtsein – ihnen. Für den Jungen ist das ein sehr schwieriger Konflikt, und ich bin mir des großen Risikos durchaus bewußt. Doch der Konflikt ist lösbar. Ich benötige noch einige Tage, dann habe ich den Kleinen soweit. Ich werde ihm den wahren Sachverhalt darlegen und sein Unterbewußtsein frei machen, so daß er für uns zu einem festen Verbündeten wird. Sie können doch unmöglich den Wert einer solchen Zusammenarbeit übersehen, Leonid Andrejewitsch. – Sicherlich, es werden eine Menge Schwierigkeiten auf uns zukommen. So wäre es zum Beispiel durchaus möglich, daß der Kleine, wenn er den wahren Sachverhalt erfährt, bewußt danach strebt, sein ›Zuhause‹ vor uns, den Eindringlingen zu schützen. Ich könnte mir vorstellen, daß neue gefährliche Spannungen zwischen uns entstehen. Dennoch bin ich sicher, wir werden den Kleinen von der Tatsache überzeugen, daß unsere beiden Zivilisationen mit all ihren Vorzügen und Mängeln gleichwertige Partner sind. Und er wird in seiner Eigenschaft als Mittler ein Leben lang sowohl von der einen als auch von der anderen Seite profitieren können, ohne für die einen oder die anderen etwas befürchten zu müssen. Er wird stolz auf seine Sonderstellung sein und ein freudvolles, angenehmes Leben führen…« Komow verstummte. »Wir müssen es einfach riskieren«, fuhr er fort. »Es ist unsere Pflicht. Eine solche Gelegenheit werden wir nie wieder bekommen. Das ist mein Standpunkt, Leonid Andrejewitsch.«

»Ich verstehe«, erwiderte Gorbowski. »Ich kenne Ihre Ideen und schätze sie. Ich weiß auch, welche Beweggründe Sie haben, das Risiko einzugehen. Aber Sie müssen zugeben, daß das Risiko bestimmte Grenzen nicht überschreiten darf. Ich war von Anfang an auf Ihrer Seite, war mir bewußt, worauf wir uns da einließen. Ich hatte große Bedenken, sagte mir aber, es wird schon gut gehen. Mir war klar, welche Perspektiven, welche Möglichkeiten sich uns hier eröffneten! Und außerdem verließ ich mich darauf, daß wir ja jederzeit einen Rückzieher machen könnten. Nicht im Traum wäre mir eingefallen, daß der Junge so kontaktbereit sein und die Sache innerhalb von zwei Tagen solche Fortschritte machen würde.« Gorbowski schwieg einen Augenblick. »Gennadi, Sie wissen genausogut wie ich: Ein Kontakt mit den anderen wird nicht zustande kommen. Es ist Zeit, zum Rückzug zu blasen.«

»Doch!« erwiderte Komow. »Es wird den Kontakt geben.«

»Nein«, entgegnete Gorbowski ruhig, doch entschieden, »er wird nicht zustande kommen, Sie begreifen genausogut wie ich, daß wir es hier mit einer introvertierten Zivilisation zu tun haben – mit einem Verstand, der nur noch auf sich selbst gerichtet ist.«

»Sie hat sich nicht abgekapselt«, sagte Komow. »Das scheint nur so. Sie haben den Planeten aus irgendeinem Grund steril gemacht und halten ihn offenbar in diesem Zustand. Was sie dazu bewogen hat, den Kleinen zu retten und aufzuziehen, weiß ich nicht. Jedenfalls sind sie nicht schlecht über uns Menschen informiert. Deshalb bin ich überzeugt, daß es sich hier nur um eine scheinbare Abkapselung handelt.«

»Hören Sie, Gennadi, eine absolute Abkapselung existiert sowieso nur in der Theorie. Selbstverständlich wird immer ein Rest an funktionaler Tätigkeit bleiben, die nach außen gerichtet ist, etwa auf sanitär-hygienischem Gebiet. Was nun den Kleinen betrifft – natürlich sind das alles nur Vermutungen… aber wenn eine Zivilisation ein bestimmtes Alter erreicht hat, ist ihr Humanismus vielleicht zu einem unbedingten Reflex, zu einem sozialen Instinkt geworden. Das Kind wurde also einfach gerettet, weil die Eingeborenen gar nicht anders konnten…«

»Das kann schon sein«, erwiderte Komow. »Nur ist jetzt nicht viel Zeit für Vermutungen. Ausschlaggebend scheint mir, daß es sich lediglich näherungsweise um eine Abkapselung handelt, was uns einige Chancen für die Herstellung eines Kontakts beläßt. Natürlich wird der Annäherungsprozeß sehr langsam vonstatten gehen. Möglicherweise wird es sogar doppelt so lange dauern, wie bei einer normalen, aufgeschlossenen Zivilisation. Ich habe mir alles gründlich durch den Kopf gehen lassen, Leonid Andrejewitsch, und bestimmt wissen Sie, daß sie mir nichts wesentlich Neues gesagt haben. Ihre Meinung steht hier einfach gegen meine, das ist alles. Sie schlagen den Rückzug vor, ich aber möchte diese einmalige Chance bis zur letzten Konsequenz nutzen.«

»Ich stehe mit meiner Meinung nicht allein da«, sagte Gorbowski sanft.

»Und wer teilt sie noch?« erkundigte sich Komow mit leichter Ironie in der Stimme. »Doch nicht August Johann Maria Bader?«

»Der auch, aber lassen wir das. Ich muß Ihnen gestehen, Gennadi, daß ich Ihnen noch eine Trumpfkarte vorenthalten habe… Ist Ihnen eigentlich nie in den Sinn gekommen, daß Schura Semjonow die Bordaufzeichnungen nicht erst auf dem Planeten, sondern schon im Kosmos gelöscht haben könnte? Und zwar nicht, weil er vernunftbegabte Ungeheuer gesehen hat, sondern weil er bereits im All einem Angriff ausgesetzt war. Weil er daraus schlußfolgerte, daß auf dem Planeten eine zwar hochentwickelte, doch aggressive Zivilisation existierte. Uns, müssen Sie wissen, ist diese Version auch nicht sofort aufgegangen. Zunächst zogen wir, genau wie Sie, aus dem trügerischen Ausgangsmaterial die falschen Schlüsse. Doch kaum waren wir auf die neue Variante gekommen, nahmen wir den gesamten planetennahen Raum genauestens unter die Lupe. Und vor zwei Stunden erhielten wir die Mitteilung, daß er endlich gefunden wurde.« Gorbowski verstummte.

Ich nahm all meinen Willen zusammen, um nicht loszuschreien: ›Wer? Wer wurde gefunden?‹ Ich glaube, Gorbowski wartete nur auf diesen Ausruf, doch er kam nicht auf seine Kosten. Komow sagte kein Wort, und so fuhr der andere fort: »Er ist hervorragend getarnt und schluckt fast alle Strahlen. Wir wären niemals auf ihn gestoßen, hätten wir nicht ganz bewußt nach ihm gesucht. Und selbst da gelang uns das nur mit Hilfe eines neuen Apparats, einer Art Vakuumkonzentrator – was das ist, hat man mir erklärt, ohne daß ich es jetzt erläutern könnte. Jedenfalls haben wir aufgespürt was wir suchten, und es in Schlepp genommen: Es ist ein automatischer Satellit, ein bewaffneter Wachtposten sozusagen. Einige Details in der Konstruktion lassen darauf schließen, daß er von den *Wanderern* installiert worden ist. Allerdings schon vor sehr langer Zeit, an die hunderttausend Jahre mag es her sein. Zum Glück für die Teilnehmer am Projekt ›Arche‹ hatte er nur zwei Geschosse an Bord. Das erste wurde offenbar bereits vor unendlichen Zeiten abgefeuert, und es wird schwerlich möglich sein, jetzt noch festzustellen, auf wen. Das zweite Geschoß hat die Semjonows getroffen. Die *Wanderer* müssen den Planeten hier für tabu gehalten haben, eine andere Erklärung kann ich nicht finden. Ergibt sich die Frage: weshalb tabu? Nach dem Stand unseres Wissens zu urteilen, haben sie wahrscheinlich am eigenen Leibe erfahren, daß die hiesige Zivilisation kontaktfeindlich, mehr noch: in sich abgekapselt war. Mehr noch: Ein Kontakt mußte bei dieser Welt zu ernsten Erschütterungen führen. August Johann Maria Bader ist nicht der einzige, der meine Ansicht teilt... Wenn ich mich recht erinnere, Gennadi, hatten Sie stets eine hohe Meinung von den *Wanderern*...«

Gorbowski schwieg erneut und fuhr dann fort: »Aber nicht darum geht es. Unter anderen Bedingungen hätten wir ungeachtet der Warnung dieser Raumfahrer versuchen können, vorsichtig und ganz allmählich zu einer Annäherung mit den Eingeborenen zu gelangen, sie aus ihrer Verkapselung herauszuholen. Schlimmstenfalls hätten wir eine negative Erfahrung mehr gemacht. Wir hätten dann eben ein Zeichen hinterlassen und unsere Sachen gepackt. Die Sache hätte lediglich unsere beiden Zivilisationen betroffen... Jetzt aber sieht alles anders aus. Zwischen uns steht, wie zwischen Hammer und Amboß, eine dritte Zivilisation, und für diese dritte Zivilisation, Gennadi, für ihren einzigen Vertreter, den Kleinen, tragen wir bereits seit mehreren Tagen die volle Verantwortung.«

Ich hörte Komow tief seufzen, dann herrschte lange Zeit Schweigen. Als mein Chef erneut zu sprechen begann, klang seine Stimme völlig verändert, innerlich gebrochen. Zunächst ließ er sich über die *Wanderer* aus; er brachte sein Befremden darüber zum Ausdruck, daß sie mit der Installation des Wachsatelliten eine so große Gefahr für andere heraufbeschworen hätten. Eine Gefahr, die fast schon an

Verbrechen grenzte. Doch er erinnerte sich dann selbst jener Überlieferung, nach der die *Wanderer* stets nur im ganzen Geschwader durchs All gezogen waren und deshalb in jedem Raumflugzeug, das allein auftauchte, eine automatische Sonde hatten sehen müssen. Er sprach davon, daß auch auf der Erde eines Tages mit den barbarischen Einzelflügen auf freier Suche im All Schluß sein würde – zu viele Opfer und Irrtümer hätte es gegeben, und zuwenig sei dabei herausgekommen.

»Ja«, schaltete sich Gorbowski dazwischen, »dem kann ich nur zustimmen.«

Dann erwähnte Komow das rätselhafte Verschwinden mehrerer Erkundungssonden, die zu verschiedenen Planeten ausgeschickt worden waren. »Wir sind nie dazu gekommen, diese Fälle gründlich auszuwerten, aber jetzt erscheinen sie in einem ganz anderen Licht.«

»Richtig!« griff Gorbowski den Gedanken auf. »Daran hatte ich noch nicht gedacht, das ist eine sehr interessante Idee.«

Schließlich kam die Rede wieder auf den Wachsatelliten; sie wunderten sich, daß er lediglich zwei Geschosse an Bord gehabt hatte, und meinten, die *Wanderer* müßten recht eigentümliche Vorstellungen über den Verkehr im All besessen haben. Dennoch waren sie sich am Ende einig, daß sich diese Ansichten eigentlich kaum von unseren eigenen unterschieden, was wiederum die Vermutung nahelegte, die *Wanderer* hätten die Absicht gehabt, zu ihrem Satelliten zurückzukehren. Aus ungeklärten Gründen hatten sie davon Abstand genommen, und möglicherweise, so meinte Gorbowski, habe Borowik recht mit seiner Hypothese, daß die *Wanderer* die Galaxis insgesamt verlassen hätten. Komow äußerte halb im Scherz, daß vielleicht die Eingeborenen hier besagte *Wanderer* wären – nun endlich zur Ruhe gekommen, weil sie genügend Wissen gespeichert hätten. Was Gorbowski wiederum zu einer scherzhaften Anspielung auf Komows Theorie vom vertikalen Progreß veranlaßte. Er fragte ihn, wie denn eine solche Evolution der *Wanderer* im Licht dieser Theorie zu werten sei.

Später sprachen sie über den Gesundheitszustand Doktor Mbogas und wechselten dann unvermittelt auf die Befriedigung irgendeines Inselimperiums über. Ein gewisser Karl-Ludwig, den sie aus unerfindlichem Grunde ebenfalls den ›Wanderer‹ nannten, hatte dabei eine Rolle gespielt. Fließend und ganz unmerklich kamen sie von Karl-Ludwig auf den Kompetenzbereich des Rates für Galaktische Sicherheit und stimmten überein, daß in diese Kompetenzen ausschließlich humanoide Zivilisationen fielen... Bald darauf begriff ich schon nicht mehr, worüber sie eigentlich sprachen und weshalb sie sich gerade mit diesen Themen beschäftigten.

Schließlich sagte Gorbowski: »Ich habe Sie mit meinem Gerede ganz müde gemacht, Gennadi, entschuldigen Sie. Ruhen Sie sich jetzt aus. Aber es war sehr angenehm, mit Ihnen zu plaudern. Immerhin haben wir uns lange nicht mehr gesehen.«

»Wie ich die Sache jetzt einschätze«, erwiderte Komow betrübt, »wird es bis zu unserem Wiedersehen nicht mehr lange dauern.«

»Stimmt; ich denke, in zwei Tagen wird's soweit sein. Bader ist schon unterwegs, und Borowik ebenfalls. Übermorgen wird wahrscheinlich die gesamte Kontaktkommission auf dem Stützpunkt sein.«

»Also dann bis übermorgen«, sagte Komow.

»Grüßen Sie Ihren Wachhabenden von mir... Stas, wenn ich recht verstanden habe. Er macht so einen – soldatischen Eindruck. Und dann unbedingt Jakob. Alle anderen natürlich auch.«

Sie verabschiedeten sich.

Ich saß mucksmäuschenstill da und starrte, ohne etwas wahrzunehmen, auf den Aussichtsschirm. Hinter mir rührte sich nichts. Die Minuten zogen sich unerträglich lang hin. Vom mühsam unterdrückten Verlangen, mich umzudrehen, bekam ich einen steifen Hals und ein Stechen im Schulterblatt. Mir war völlig klar, daß Komow eine Niederlage erlitten hatte. Zumindest war mir selbst nach einer Niederlage zumute. Ich suchte nach einem Argument zur Unterstützung Komows, doch in meinem Kopf kreisten die Gedanken immer nur um einen Punkt: Was gehen uns die *Wanderer* an. Was sind sie schon, diese *Wanderer?* Genaugenommen bin ich auch ein *Wanderer*...

Plötzlich fragte Komow: »Und was meinen Sie dazu, Stas?«

Um ein Haar wäre mir der Satz herausgefahren: Was gehen uns die *Wanderer* an? – Doch ich hielt mich noch rechtzeitig zurück. Um den Schein zu wahren, blieb ich einen Augenblick sitzen wie vorher, dann drehte ich mich mitsamt dem Sessel zu Komow um. Er saß da, das Kinn auf die verschränkten Finger gestützt, und starrte den kleinen, nun erloschenen Schirm des Visors an. Die Augen hielt er halb geschlossen, um den Mund stand eine bittere Falte.

»Es wird uns wohl nichts anderes übrigbleiben, als abzuwarten...«, sagte ich. »Was soll man sonst machen... Wer weiß, ob der Kleine überhaupt noch mal herkommt... Jedenfalls nichts so bald...«

Komow verzog den Mund zu einem schwachen Lächeln.

»Was den Kleinen betrifft«, erwiderte er, »der kommt wieder. Sie wissen doch, wie gern er seine Fragen stellt. Und wieviel neue Fragen er jetzt haben wird, können Sie sich leicht ausrechnen.«

Das waren fast dieselben Worte, die Vanderhoeze vorhin in der Kajüte zu uns gesagt hatte.

»Na ja, dann ... dann ist es vielleicht wirklich besser ...«, murmelte ich unschlüssig.

Was konnte ich ihm jetzt noch sagen? Jetzt, da Gorbowski und auch er selbst, Komow, das entscheidende Wort gesprochen hatten. Was wollte er von mir, einem Kybertechniker, wie es sie zu Dutzenden gab, noch hören. Zwanzig Jahre war ich alt, hatte gerade sechseinhalb Tage praktischer Arbeitserfahrung, und wenn ich vielleicht auch sonst ganz in Ordnung war – fleißig und interessiert an allem –, eine Intelligenzbestie war ich, um ehrlich zu sein, nicht; das hier war mir viel zu kompliziert.

»Schon möglich«, sagte Komow lasch. Er erhob sich und steuerte mit schlurfenden Schritten dem Ausgang zu. An der Schwelle blieb er jedoch nochmals stehen. Sein Gesicht war plötzlich ganz verzerrt, als er fast hinausschrie: »Begreift denn wirklich niemand von euch, daß der Kleine eine einzigartige Gelegenheit bedeutet? Eine letzte Chance, die nicht zu erwarten war und gerade deshalb einmalig ist? Diese Chance wird nie wiederkehren, versteht ihr? Nie!«

Er ging, ich aber blieb unbeweglich sitzen. Den Rücken zum Bildschirm versuchte ich, weniger mit meinen Gedanken, als mit meinen Gefühlen ins reine zu kommen. »Nie wieder!« – Natürlich, nie wieder. In welche Sackgasse waren wir doch geraten! Der arme Komow ... Aber auch Maja war zu bedauern. Und erst der Kleine! Wer von ihnen war wohl am meisten zu bemitleiden? – Für den Kleinen würde es wieder leichter werden, sobald wir den Planeten verließen. Maja würde ein Pädagogikstudium aufnehmen, aber Komow ... Am meisten traf es wohl doch ihn. Man mußte sich in seine Lage versetzen: Da hatte man nun eine einzigartige Gelegenheit greifbar nahe und konnte sie doch nicht beim Schopfe packen! Da bot sich endlich eine experimentelle Grundlage für die Theorie, die man vertrat, und man war gezwungen, sie aufzugeben! Plötzlich hatte sich gerade der Kleine, in dem man einen unschätzbar wichtigen Mittler, einen treuen Helfer bei der Beseitigung sämtlicher Hindernisse zu finden hoffte, selbst als das Hindernis erwiesen ... Schließlich konnte man nicht fragen: entweder das Schicksal des Kleinen oder der

vertikale Progreß der Menschheit. Darin lag doch ein logischer Widerspruch, etwa in der Art der Aporie Zenons … Oder war das kein Widerspruch? Mußte man die Frage vielleicht tatsächlich so entschieden stellen? Immerhin ging es um die ganze Menschheit … Gedankenversunken drehte ich mich mitsamt meinem Sessel zum Bildschirm um, warf einen flüchtigen Blick darauf und – war wieder einmal baß erstaunt. Die weltbewegenden Fragen waren wie weggeblasen.

Draußen sah es aus, als hätte es nie und nimmer einen Sturm gegeben. Alles ringsum war von einer glatten weißen Schneedecke überzogen. Tom stand ganz dicht am Schiff, fast schon im toten Winkel, vor der Einstiegsluke. Und sofort war mir klar: Dort im Schnee saß der Kleine, einsam und verlassen, hin- und hergerissen zwischen zwei Zivilisationen, und wagte es nicht, das Schiff zu betreten.

Ich sprang auf und rannte im Laufschritt durch den Korridor. In der Einstiegskammer griff ich mechanisch nach meinem Pelz, ließ ihn aber wieder los, warf mich statt dessen mit meinem ganzen Gewicht gegen die Luke, stürmte hinaus. Doch von dem Kleinen keine Spur. Tom, der Dummkopf, signalisierte wieder mal mit seinen Lämpchen, erkundigte sich nach neuen Anweisungen. Alles ringsum war blütenweiß und funkelte im Schein des Nordlichts. Nur unmittelbar vor der Luke, mir direkt zu Füßen, hob sich schwarz ein runder Gegenstand ab. Zunächst hielt ich das Ding für irgendwelches Teufelswerk, zögerte einige Sekunden. Dann jedoch bückte ich mich und hob es auf. Es war unser Ball, über den der Reif mit dem ›dritten Auge‹ gestreift war. Die Kamera war entzwei, und überhaupt sah das Gerät aus, als wäre es unter eine Gesteinslawine geraten.

Auf der glatten weißen Schneedecke aber befand sich keine einzige Spur.

9

Epilog

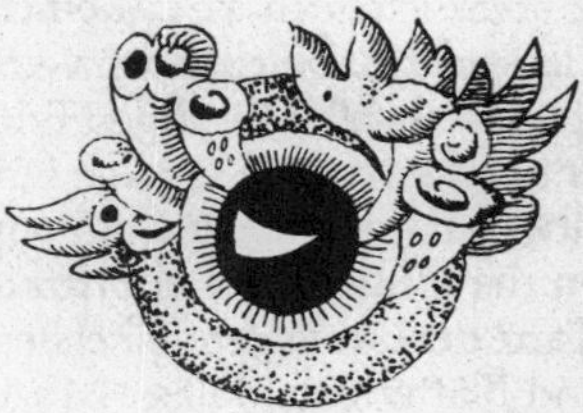

Immer wenn er den Wunsch nach einem Gespräch hat, nimmt er Verbindung mit mir auf.

»Guten Tag, Stas«, sagt er. »Wollen wir uns nicht ein bißchen unterhalten?«

Für die Verbindung mit ihm sind vier Stunden pro Tag festgesetzt, doch er hält sich partout nicht an die Zeiten. Er erkennt sie einfach nicht an. Er ruft mich, ob ich nun schlafe, in der Badewanne sitze, meine Berichte schreibe, mich auf das regulär vorgesehene Gespräch mit ihm vorbereite oder den anderen behilflich bin, den Wachsatelliten der *Wanderer* bis aufs kleinste Schräubchen auseinanderzunehmen. Aber ich bin ihm nicht böse deswegen, man kann ihm einfach nicht böse sein.

»Guten Tag, Kleiner«, erwidere ich, »selbstverständlich wollen wir.«

Er blinzelt vor Vergnügen und stellt seine übliche Frage: »Bist du jetzt echt, oder ist das nur dein Bild?«

Ich versichere ihm, daß er mich, Stas Popow, in höchsteigener Person vor sich hat und nicht irgendein Bild. Wie oft habe ich ihm schon erklärt, daß ich mir keine Phantome schaffen kann, und wahrscheinlich hat er es auch längst begriffen. Er stellt seine Frage wohl mehr aus Gewohnheit. Vielleicht will er auch nur Spaß machen oder meint, ohne sie sei eine Begrüßung unvollständig. Oder er hat einfach Gefallen an dem Ausdruck ›Bild‹ gefunden. Er hat einige solcher Lieblingswörter: ›phantastisch‹, ›prächtig‹, ›Springinsfeld‹, ›Donner und Doria‹…

»Warum kann das Auge sehen?« beginnt er mich, wie üblich, auszufragen.

Ich erkläre ihm die Funktionsweise des Auges. Er hört mir aufmerksam zu und führt von Zeit zu Zeit seine langen nervigen Finger an die Augen. Er kann großartig zuhören, und wenn er jetzt auch nicht mehr die Gewohnheit hat, bei Dingen, die ihn fesseln, wie verrückt hin und her zu sausen, so spüre ich doch die Leidenschaft in ihm, eine wilde Begeisterung, die ich nicht zu beschreiben vermag und die mir leider völlig abgeht, spüre seinen unbändigen Erkenntnisdrang.

»Prächtig!« sagt er anerkennend, wenn ich fertig bin. »Springinsfeld! Ich werde darüber nachdenken und dann noch mal fragen…«

Die Überlegungen, die er über das Gehörte anstellt, rufen immer noch jenen wilden Tanz der Gesichtsmuskel hervor, lassen ihn aus Steinen, Zweigen und Blättern sinnfällige Muster legen und bringen ihn mitunter auf höchst eigenartige Fragen. So wie beispielsweise jetzt: »Wie habt ihr rausgekriegt, daß die Menschen mit dem Kopf denken?«

Ich gerate ein bißchen aus dem Konzept, zapple wie ein Fisch an der Angel. Er hört wie immer aufmerksam zu, und allmählich bekomme ich Boden unter die Füße. Alles scheint auch glatt und zur beiderseitigen Zufriedenheit zu verlaufen, doch plötzlich bemerkt der Kleine: »Nein, das ist zu einseitig. Das stimmt nicht immer und überall. Wenn man nur mit dem Kopf denkt, wieso komme ich dann absolut nicht ohne die Hände zurecht?«

Ich spüre, daß ich mich aufs Glatteis begebe, wenn ich dieses Problem weiter ausführe. Die Zentrale hat mir nämlich strengstens untersagt, über Themen zu sprechen, die den Kleinen auf den Gedanken an die Eingeborenen bringen könnten. Und diese Vorschrift ist richtig. Wenn man schon nicht immer um solche gefährlichen Gespräche herumkommt, muß man sie wenigstens rechtzeitig in die richtigen Bahnen lenken. Gerade in der letzten Zeit ist mir aufgefallen, daß der Kleine sogar dann leidet, wenn er selbst auf seine bisherige Lebensweise anspielt. Ob er etwas zu ahnen beginnt? Wer weiß… Im Grunde rechne ich schon seit einigen Tagen mit einer direkten Frage danach. Ich ersehne diese Frage und fürchte sie zugleich…

»Wieso könnt ihr es, ich aber nicht?« bohrt der Kleine weiter.

»Dafür haben wir selber noch keine genaue Erklärung«, sage ich, füge behutsam hinzu: »Es liegt auch die Vermutung nahe, daß du vielleicht nicht in jeder Beziehung ein Mensch bist…«

»Und was ist das genau, ein Mensch?« will er sofort wissen. »Ein Mensch in jeder Beziehung?«

Ich habe nur sehr vage Vorstellungen von der Beantwortung einer solchen Frage und vertröste ihn deshalb auf unser nächstes Gespräch. Der Kleine hat einen richtigen Enzyklopädiker aus mir gemacht. Ich verbringe ganze Tage damit, die von mir angeforderten Informationen zu schlucken und zu verdauen. Das Zentrale Informatorium arbeitet für mich, die bedeutendsten Spezialisten aus den unterschiedlichsten Wissensgebieten stehen zu meiner Verfügung. Ich habe das Recht, jederzeit beliebige Auskünfte von ihnen einzuholen, ob es nun um die Modellierung der P-Abstraktionen geht, um den Stoffwechsel der abyssalen Lebensformen oder um die Methode des Schachspiels...

»Du siehst angestrengt aus«, sagt der Kleine mitfühlend. »Bist du müde?«

»Halb so schlimm«, antworte ich, »es ist noch auszuhalten.«

»Seltsam«, fährt der Kleine nachdenklich fort, »daß du müde wirst. Ich zum Beispiel bin niemals müde. Was ist das eigentlich, Müdigkeit?«

Ich hole tief Luft und beginne ihm zu erklären, was es mit der Müdigkeit auf sich hat. Während er mir nach wie vor aufmerksam zuhört, verteilt er ein paar Steine auf der Erde, die der gute alte Tom extra für ihn bearbeitet hat: Würfel, Kugeln, Kegel und andere, kompliziertere Formen. Als ich mit meiner Erklärung fertig bin, hat der Kleine ein überaus verworrenes Muster gelegt, das mir zwar nicht das geringste sagt, nichtsdestoweniger aber ein harmonisches und irgendwie sinnvolles Gebilde darstellt.

»Du hast gut erzählt«, sagt der Kleine anerkennend.

»Wird unser Gespräch auf Band aufgenommen?

»Ja, natürlich. Wie immer.«

»Und wie ist das Bild? Klar und deutlich? Das Bild!«

»Ganz deutlich.«

»Dann soll sich Großvater das hier ansehen. Schau, Großvater, die Knotenpunkte der Erstarrung sind hier, hier und hier...«

Der Großvater des kleinen, Pawel Alexandrowitsch Semjonow, arbeitet auf dem Gebiet der P-Abstraktionen. Er gehört zwar nicht zu den herausragenden Wissenschaftlern, ist aber sehr belesen und hat sofort Kontakt zu dem Kleinen bekommen. Einmal hat er mir gegenüber geäußert, daß die Denkweise des Jungen, wenn auch häufig naiv, so doch stets originell sei. Einige seiner Muster seien in Hinsicht auf die P-Abstraktionen sogar recht interessant.

»Unbedingt werde ich's ihm zeigen«, verspreche ich. »Ich werde ihn noch heute informieren.«

»Ach was«, sagt der Kleine da und fegt die ganze Konstruktion mit einer einzigen Bewegung beiseite, »vielleicht taugt es gar nichts... Wie geht's eigentlich Ljowa?« erkundigt er sich.

Ljowa ist der Chefingenieur unseres Stützpunkts und ein großer Spaßvogel vor dem Herrn. Wenn sich Ljowa und der Kleine unterhalten, ist der gesamte planetennahe Wellenbereich mit Gelächter und begeisterten Ausrufen angefüllt, so daß ich beinahe so etwas wie Eifersucht verspüre. Der Kleine hat Ljowa sehr ins Herz geschlossen und erkundigt sich jedesmal nach ihm. Mitunter fragt er auch nach Vanderhoeze, und dann merke ich, daß die Sache mit dem Backenbart bis auf den heutigen Tag ein Geheimnis für ihn ist. Ein- oder zweimal hat sich der Junge auch nach Komow erkundigt, und ich mußte ihm erklären, was es mit dem Projekt ›Arche 2‹ auf sich hat, weshalb dafür ein Xenopsychologe gebraucht wird. Nur nach Maja fragt er nie. Als ich einmal von mir aus versuchte, das Gespräch auf sie zu bringen, ihm erklären wollte, daß Maja ihn nur betrogen hatte, um ihm zu helfen, daß sie die erste von uns vieren war, die seine schwierige Lage erkannt hatte, stand er einfach auf und ging. Genauso demonstrativ, wie er ging, als ich ihm eines Tages begreiflich machen wollte, was eine Lüge ist...

»Ljowa schläft«, sage ich. »Wir haben jetzt nämlich Nacht, weißt du. Genauer gesagt, nach unserer Bordrechnung ist jetzt Nacht.«

»Das heißt also, du hast auch geschlafen? Hab' ich dich wieder mal geweckt?«

»Das macht gar nichts«, sagte ich ehrlichen Herzens. »Ich unterhalte mich sehr gerne mit dir.«

»Nein, nein«, bestimmt der Kleine, »geh du nur schlafen. Aber eigenartige Wesen sind wir schon, daß wir unbedingt schlafen müssen.«

Dieses ›wir‹ ist Balsam für meine Seele. Übrigens gebraucht der Kleine das ›wir‹ in letzter Zeit häufiger, und ich beginne mich daran zu gewöhnen.

»Geh schlafen«, wiederholt der Kleine. »Nur sag mir schnell noch, ob auch niemand herkommt, während du schläfst.«

»Niemand«, sage ich wie immer, denn ich kenne diese Frage schon. »Du brauchst keine Angst zu haben.«

»Das ist gut«, sagt er befriedigt. »Geh jetzt schlafen, ich werde inzwischen nachdenken.«

»Ja, tu das.«

»Auf Wiedersehen«, sagt der Kleine.

»Auf Wiedersehen«, antworte ich und schalte ab.

Doch ich weiß genau, was nun kommt, und leg mich deshalb gar nicht erst hin. Mir ist schon klar, daß ich heute wieder einmal nicht zum Schlafen kommen werde.

Er sitzt in seiner gewohnten Haltung da, an die ich mich mittlerweile gewöhnt habe und die mir jetzt nicht mehr ganz so unbequem erscheint. Einige Zeit starrt er noch den erloschenen Bildschirm auf der Stirn Toms an, dann hebt er die Augen zum Himmel, als hoffte er dort, in einer Höhe von zweihundert Kilometern, meine Station zu entdecken, die an den Sputnik der *Wanderer* gekoppelt ist. In seinem Rücken breitet sich die mir vertraute Landschaft des verbotenen Planeten aus; Sanddünen, vibrierender Nebel über dem Sumpf und in der Ferne finster der Gebirgskamm, über dem die schmalen, langen Ruten aufsteigen – biegsame Fühler eines riesigen Insekts, für uns vielleicht ein ewiges Rätsel.

Dort unten ist jetzt Frühling, an den Büschen leuchten große, erstaunlich farbige Blüten, und über den Dünen steigt warme Luft auf. Der Kleine sieht sich zerstreut um, seine Finger gleiten über die bearbeiteten Steine. Er schaut über die Schulter zum Gebirgskamm hinüber, wendet sich kurz zurück und bleibt einige Zeit unbeweglich sitzen, den Kopf gesenkt. Dann aber streckt er entschlossen die Hand nach der Ruftaste aus, die sich direkt unter Toms Nase befindet.

»Guten Tag, Stas«, sagt er. »Hast du ausgeschlafen?«

»Ja,«, antworte ich. Obwohl ich schrecklich gern schlafen würde, finde ich das Ganze doch sehr lustig.

»Es wäre eigentlich schön, wenn wir jetzt zusammen spielen könnten. Stimmt's?«

»Stimmt«, antwortete ich, »das wäre wirklich nicht schlecht.«

»Mein Heimchen«, sagt er und verstummt für einige Zeit.

Ich warte.

»Na gut«, erklärt er schließlich, betont munter. »Dann unterhalten wir uns eben wieder. Einverstanden?«

»Natürlich«, sage ich. »Einverstanden.«

Aus dem Russischen übersetzt von Aljonna Möckel
Die Illustrationen zeichnete Jutta Hellgrewe

James Tiptree, Jr.

James Tiptree, Jr., eine der herausragendsten Gestalten der amerikanischen Science Fiction, gab 1968 mit dieser Erzählung, ›Geburt eines Handlungsreisenden‹ (›Birth of a Salesman‹), sein Debut. Kenner des Genres sagten dem jungen Autor bald eine steile Karriere voraus. Sie sollten recht behalten, nur lüftete der ›junge Autor‹ seine Identität nicht, und das große Rätselraten begann, als Tiptree mit ›Love Is The Plan, The Plan Is Death‹ den Nebula Award und mit ›The Girl Who Was Plugged In‹ und mit ›Houston Houston, Do You Read‹ den Hugo Gernsback Award gewann. Aber der Autor trat nie in Erscheinung, ließ die Preise stets von Beauftragten abholen und wickelte alle Verlagsverhandlungen über ein Rechtsanwaltsbüro ab. In dichter Folge publizierte Tiptree Kurzgeschichten von hohem stilistischen Niveau und voller verrückter Ideen. Das Geheimnis um seine Person, der emotionsgeladene, zuweilen zur Rockmusik korrespondierende Stil ließen den Autor Mitte der siebziger Jahre fast zu so etwas wie einer Kultfigur der SF-

Szene werden. Theodore Sturgeon sagte 1977, daß Tiptree, Jr., der einzige männliche Newcomer wäre, der es noch mit der Übermacht und der Klasse der weiblichen SF-Autoren aufnehmen könne, was den literarischen Rang beträfe. Ein paar Monate später platzte die Bombe. James Tiptree, Jr., der Newcomer und hochgelobte Nachwuchsautor mit seinem unverwechselbaren poppigen Stil, entpuppte sich als die Psychologin Alice Sheldon, 1915 in Chicago geboren und inzwischen mehr als 65 Jahre alt.

Von James Tiptree, Jr., erschienen folgende Titel in der Reihe HEYNE SCIENCE FICTION & FANTASY:
10000 Lichtjahre von Zuhaus · Band 3462
Beam uns nach Haus · Band 3514
Die Feuerschneise · Band 3749
Warme Welten und andere · Band 3822

James A. Tiptree, Jr.

Geburt eines Handlungsreisenden

Der schwergewichtige Bürger stapfte an dem Bürohäschen vorbei und riß die Tür auf, an der *T. Benedict, Kex* stand. T. Benedict, der den Kopf in die Hände gestützt hatte, sah auf, und seine großen blauen Augen musterten den Besucher sorgenvoll. Der korpulente Mann setzte zum Sprechen an, aber im selben Moment klingelte das Telefon.

»Ka-e-ix«, meldete sich Benedict und machte eine entschuldigende Handbewegung. »Jawohl, Sie brauchen eine Ausfuhrgenehmigung von uns, wenn Sie Ihr Produkt in ein außerplanetarisches Gebiet verschicken wollen. Jawohl, das gilt auch für hier produzierte außerplanetarische Waren, wenn irgend jemand damit in Berührung gekommen ist. Richtig, Kontrollstelle für den Export in Xenokulturen – Ka-e-ix. Ich weiß, daß es scheußlich klingt, aber ich habe die Bezeichnung nicht erfunden. Wir senden Ihnen die Formulare... Moment mal, auch wenn der *Name* unserer Dienststelle albern ist – was wir hier *tun*, ist keineswegs albern! Was wollen Sie versenden? Monomolekularbeschichtete Achsenlager?... Wie sind sie verpackt?... Ich habe gefragt, wie sie *verpackt* sind!... Was für Kartons? Kugelförmige?... Okay, ich weiß, daß die Ware für den Deneb-Sektor bestimmt ist. Und der Umschlagplatz dafür ist Deneb Gamma, stimmt's?... Sehen Sie doch mal selbst nach, dann werden Sie feststellen, daß der Transport dort durchgeschleust werden muß. Also, und sobald diese Kugelkartons dort aus der Fracatschleuse rollen, wird sich die gesamte Arbeitskolonne der Gamma-Station auf ihre Kiemendeckel hocken und keinen Tentakel mehr rühren, weil nämlich kugelförmige Gegenstände auf Gamma als religiöse Objekte gelten – ist Ihnen das klar? Aber die Transmission bleibt eingeschaltet, und Sie müssen pro Mikrosekunde dafür blechen, und Ihre Ware bleibt liegen, bis ein atheistisches Aushilfsteam einspringt – für dreifachen Lohn auf Ihre Rechnung, klar? Um solche Pannen zu vermeiden, ist es notwendig, daß wir Ihre Prototypen überprüfen, bevor wir Ihnen die Ausfuhrgenehmigung erteilen. Vorher kann die Sendung nicht versiegelt werden, klar?... Ich sende Ihnen die Formulare, und Sie schicken uns umgehend die Warenmuster. Wir werden unser möglichstes tun.«

Benedict legte den noch immer quakenden Hörer auf und wandte sich mit sorgenvollem Blick dem dicken Mann zu, der prompt explodierte.

»Genau den gleichen Mist haben Sie *mir* erzählt! Sie und Ihre fabelhaften Überprüfungen! Änderungen vornehmen, Abbildungen von den Kartons entfernen, kein Rosa oder Rot bei der Aufschrift verwenden, weil sonst irgendein Hummer auf der Capella Zustände kriegt! Wir haben alles getan, was Sie verlangt haben. Und was ist passiert? Fünftausend Happychlor-Sprühdosen für Flossenträger liegen auf Candlepower Sieben herum, und niemand will sie weiterbefördern! Wofür zahle ich eigentlich Steuern? Sie unfähiger Beamter! Sie Parasit!«

T. Benedict schloß die Augen, rieb sich die Nase und sah dann wieder den Dicken an.

»Hören Sie, Mr. Marmot...«

»Marmon!«

»Mr. Marmon, unsere Ausfuhrgenehmigung ist keine hundertprozentige Garantie. Wir können Sie nicht vor unbekannten Problemen schützen. Und jetzt, wo der Transmissionsfrachtverkehr jede Woche weitere fremde Kulturen in das System einbezieht, tauchen ständig neue Schwierigkeiten auf. Die Abbildung auf Ihren Aufklebern, die roten Buchstaben – das waren bekannte Probleme auf dieser Route. Wir wußten, daß man unter diesen Umständen Ihre Sendung in der Capella-Station anknabbern und dadurch beträchtlich beschädigen würde. Hätten wir sie unverändert durchgehen lassen, dann hätten Sie uns zu Recht verantwortlich machen können. Aber in der Candlepower-Station hätte es eigentlich keine Probleme geben dürfen. Wir haben einen Eingeborenen von dort in unserem Fremdenbeirat, und er hat Ihre Ware freigegeben. Ich habe nur zwei mögliche Erklärungen dafür: Entweder ist es ein Transportproblem, vielleicht durch eine technische Panne oder einen Lohnstreik verursacht, und dann ist es nicht unser Problem; oder Sie haben Ihr Produkt verändert.«

»Es ist nicht im geringsten verändert worden! Hier!« Marmon knallte einen schwarzen Würfel und ein zerknittertes Telex auf den Schreibtisch. Benedict las:

»Sechs Fälle von akutem depressivem Dämmerzustand bei Umladearbeitern. Aushilfskolonne verängstigt, verweigert Einsatz. Wir warten ab. Sie haben das Produkt verändert.«

»Ich habe das Produkt *nicht* verändert!«

»Und alle Exemplare sind gleich? Eins genau wie das andere?«

»Absolut, bis auf den letzten halben Mikromill der zulässigen Abweichung. Wie stellen Sie sich eigentlich unsere Fabrikationsmethode vor?«

»Kann man nie wissen. Aber irgendwo *muß* eine Abweichung auftreten! Miß Boots!«

Ein Bürohäschen in einem blaugrünen Laborkittel tänzelte herein.

»Bringen Sie das hinauf zu Freggle! Er soll's nochmal überprüfen. Sagen Sie ihm, daß die Sendung in der Candlepower-Station blokkiert ist. Stark depressive Wirkung.« Die beiden Männer sahen ihr nach, als sie hinaustänzelte.

»Hören Sie, Marner, wir helfen Ihnen so gut wir können. Entweder war das Muster, das Sie uns geschickt hatten, nicht typisch, oder unser Candlepower-Vertreter ist nicht typisch. Für seine Artgenossen, meine ich. Es ist billiger für Sie, wenn wir zunächst Ihre Ware nochmals überprüfen. Besorgen Sie mir noch mehr Muster, ein Gros, nein, mindestens zwei Gros. Wenn Sie das noch heute erledigen können, gebe ich die Muster sofort weiter. Das ist die erste Phase. In der Zwischenzeit haben Sie zwei Möglichkeiten: Entweder warten Sie, ob wir etwas entdecken, das Sie dann in Ordnung bringen können, oder Sie hängen sich ans Telefon und schicken ein herumreisendes Aushilfsteam zur Candlepower-Station, das die Sendung im gegenwärtigen Zustand umlädt. Ich würde Ihnen zu letzterem raten, denn falls wir hier einen Haken an der Sache finden, wird es bei dieser Entfernung sehr schwierig für Sie sein, die Ware in Ordnung zu bringen. Comprendé?«

»Aber was mich das kostet! Diese Ausgaben! Und Sie sitzen bloß hier herum! Krämerseele!«

»Markle, ich versuche, Ihnen so gut wie möglich... Ja, Miß Boots?«

Auf dem Bildschirm der Sprechanlage sah man Miß Boots an ihrer Perücke herumfummeln.

»Ich glaube, Mr. Freggleglegg ist ohnmächtig geworden«, sagte sie verschreckt.

»Schafft sofort das Produkt von ihm weg!« brüllte Benedict. »Und verständigt Doc! Moment, Bootsie, streuen Sie Zucker auf ihn! Jawohl, *Zucker!* Die Dose steht auf seinem Schreibtisch. Auf seine Füße, Dummerchen. Diese grünen Dinger sorgen ihm Notfall für den Stoffwechsel.«

Miß Boots verschwand vom Bildschirm.

»Da haben Sie's, Marvin, Ihr Prokurist ist an der Panne schuld! Also, her mit den Mustern! Erst mal einige von der Serie, die bereits freigegeben wurden. Haben Sie noch welche? Gut. Und dann Muster aus jedem einzelnen Posten, bis zur endgültigen Verladung, compris? Ist mir egal, wie viele, aber jedenfalls brauchen wir eine ganze Menge. Wir fangen mit der Kontrolle an, sobald Freggle wieder zu sich gekommen ist. Näherungsverfahren. Halt, noch was! Schreiben Sie alles auf – bis ins kleinste Detail –, was sich seit der ersten Sendung in Ihrem Betrieb verändert hat! An den Gußformen zum Beispiel, oder an den Kunststoffkatalysatoren oder den Schmelzmitteln. Oder ob sich die Zulieferfirmen geändert haben. Jede kleinste...«

»Er schüttelt den Zucker ab!« wimmerte Miß Boots vom Bildschirm her.

»Holen Sie Doc, Bootsie!... Also, Marple, die verschiedenen Muster, die Liste mit den Änderungen – schnell, schnell!«

Der Dicke stürmte hinaus. Benedict stützte den Kopf in die Hände, während die Sprechanlage gurgelnde Geräusche von sich gab und auf dem Bildschirm immer wieder ein blaugrüner Laborkittel vorbeiflitzte.

Das Telefon klingelte genau in dem Moment, als die Tür aufging und ein Wesen hereinkam, das wie eine rothaarige Gazelle in einem silbrigen Trikot aussah.

Benedict griff nach dem Hörer und starrte dieses Wesen an. Es war, wie er jetzt feststellte, ein Mädchen in einem silberfarbenen Hosenanzug, das eine blaßlila Aktentasche bei sich trug. Während jemand durchs Telefon eifrig auf ihn einredete, wurden Benedicts Augen immer größer.

Plötzlich erschien auf dem Bildschirm ein riesiges Walroß, das sich an Miß Boots' Kopf lehnte. Das Gazellenmädchen stieß einen leisen Schrei aus.

»Freggle! Sind Sie wieder okay?« fragte Benedict das Walroß. »Nein«, sagte er ins Telefon, »Sie habe ich nicht gemeint, Verzeihung! Sprechen Sie weiter!«

Das Walroß zog sich vom Bildschirm zurück, gefolgt von einem Mann mit einer dachschindelartigen Frisur, der Benedict mit Daumen und Zeigefinger ›okay‹ zuwinkte. Den Hörer am Ohr, setzte Benedict seinen Drehstuhl in Bewegung und beäugte die Besucherin, deren Silberanzug inzwischen ziemlich durchgeschwitzt wirkte.

»Verstanden. Ich wiederhole: Die Pansolar-Weinlieferung kann auf der festgesetzten Route transportiert werden, vorausgesetzt, daß 1. die Abbildung der Weintrauben entfernt wird, damit die Verladearbeiter in der Formalhaut-Station nicht meinen, wir zögen ihre Larven auf Flaschen, und 2. das gluckernde Geräusch der Flaschen dreizehntausend Hertz nicht überschreitet, also unter der Schwingungszahl bleibt, bei der sich die amphibischen Bewohner von Pegasus Zeta Vier paaren. Wenn gegen diese komischen Nebentöne nichts zu machen ist, muß der längere Transportweg über Argol in Kauf genommen werden. Okay? – Gespräch protokolliert... Anweisung wird gegeben. Danke, Tom... Entschuldigen Sie, Miß. Was kann ich für Sie tun?«

»Ich bin Joanna Lovebody A.G.«

»Sehr erfreut, Miß... hm... A.G.«

»Eigentlich Miß Krupp«, sagte sie lächelnd. »Wir von der Joanna Lovebody A.G. sind entzückt darüber, daß wir jetzt zum ersten Male einen Kundenkreis außerhalb unseres Sonnensystems beliefern dürfen. O ja, die Begeisterung für unsere Joanna Lovebody-Hautcremes hat jetzt auch auf eine fremdartige, romantische Welt übergegriffen. Und wie wir erfahren haben, brauchen wir für den Export unserer wundervollen Joanna Lovebody-Hautcremes eines Ihrer Papierchen, Mr. Benedict. Ich meine, eine staatliche Ausfuhrgenehmigung, nicht wahr?«

Benedict versuchte sich zu konzentrieren. »Ja, das ist richtig, Miß Krupp. Welchen Planeten wollen Sie beliefern?«

»Rumpsteak Zwölf.« Sie kicherte, wobei sie eine silbrige Ausstrahlung verbreitete. »So ein altmodischer Name!«

»Entschuldigen Sie, aber wahrscheinlich hatte es irgendein Vermessungstrupp eines Tages satt, sich ständig aus Tuben zu ernähren«, murmelte Benedict und blätterte in seinem Stationsregister. »Aha! Übrigens, können Sie mir sagen, wozu die auf Rumpsteak Zwölf Ihre Hautcreme brauchen? Etwa um Ihre Chitinschale zu polieren?«

»Wie bitte? Ach so... Ich glaube, sie wollen unsere Creme wohl eher als eine Art Kochfett verwenden.«

»Was *die* wohl kochen? Also, Miß Krupp, die Versandroute ist kein Problem. Direkt zur Sirius-Station, nur einmal umladen, stimmt's?«

»Ich glaube schon, Mr. Benedict. Und ich hoffe sehr, daß wir das Papierchen möglichst rasch von Ihnen bekommen, weil das Bestelldatum schon eine Weile zurückliegt.«

»Mal sehen, was sich machen läßt. Und jetzt beschreiben Sie mir mal Ihre Hautcreme. Versenden Sie eine oder mehrere Sorten? Geben die Dosen gluckernde oder plätschernde… ich meine gurgelnde Geräusche von sich? Und wie steht's mit dem Geruch? Ihre Creme ist doch sicher parfümiert?«

»Sehen Sie sich diese hier an! Es sind alle gleich.« Sie zog einen Cremetopf aus der Aktentasche. Blaßlila und goldfarben.

»Mmm… Kein Gluckern, kein Gurgeln, allerdings ein ziemlich starker Duft. Sind Sie sich klar darüber, Miß Krips, daß ein Geruch, den wir als sehr angenehm empfinden, auf fremdartige Lebensformen oft völlig anders wirkt und ihnen sogar schaden kann? Ich meine nicht Ihre Kunden auf Rumpsteak Zwölf, die wissen ja wohl, was sie von Ihrem Produkt zu erwarten haben. Nein, ich meine die Verladekolonnen in der Sirius-Station. Haben Sie eine luftdichte Verpackung für Ihre Cremetöpfe?«

Die Sprechanlage begann zu summen, und auf dem Bildschirm erschien Benedicts Vorzimmerdame, die gerade damit beschäftigt war, ihre frischlackierten Fingernägel trockenzuhauchen.«

»Mr. Benedict, ich habe hier… pff, pff… dreitausendundsiebzehn kleine schwarze Würfel. Von Mr. Marmon.«

»Schicken Sie den ganzen Kram hinauf zu Jim, und zwar sofort, Jackie! Moment, lassen Sie folgende Anweisung protokollieren: Jim, wir haben bei diesem Produkt ein Abweichungsproblem. In der Candlepower-Station. Irgendwas mit Gas. Abweichung von der Norm unbekannt. Einige Exemplare sind okay, einige nicht. Bitte Seriennummern notieren. Zeigen Sie Freggle das Zeug, aber bitte Vorsicht, damit er nicht wieder ohnmächtig wird. Lassen Sie die Ware erst mal vor seiner Tür liegen. Und es muß schnell gehen, Jim! Der Kunde kriegt seine Lieferung nicht aus der Station heraus. Ich habe ihm versprochen, daß er noch heute Bescheid bekommt. Ende. – Entschuldigung, Miß Klasp, was haben Sie gesagt?«

»Daß wir tatsächlich eine Weltraumverpackung für unsere Joanna Lovebody Hautcreme haben, Mr. Benedict.« Sie zeigte ihm ein goldfarbenes Ei. »Wissen Sie, auch unsere reizenden Weltraummädchen wollen sich ihren taufrischen Teint erhalten.«

»Ich war noch nie dort außen. Naja, diese Verpackung sieht zwar sehr hübsch, aber nicht besonders praktisch aus. Miß Cameera! Jackie, wo ist Cameera?«

Ein sehr junges Bürohäschen kam hereingehoppelt.

»Schätzchen, bringen Sie diese Dosen zu unserem Sirius-Vertreter! Sie wissen schon, Mr. Splinx.«

»O Gott, Mr. Benedict!« Ihr Kinn bebte. »Könnten Sie das nicht durch die Röhre hinaufschicken? Sie wissen doch, was letztes Mal passiert ist.«

»Splinx macht seine Röhre nicht mehr auf, seit wir ihm die Mau-Mau-Ausrüstung für die Marsianer hinaufgeschickt haben. Keine Sorge, Baby, Ihnen wird schon nichts passieren. Sie brauchen bloß einen Abstand von drei bis vier Meter einzuhalten. Sagen Sie Splinx, ich möchte einen mündlichen Bericht, sobald er sich vergewissert hat, daß die Ware in Ordnung ist, compris? Und denken Sie daran, daß Sie in seiner Gegenwart weder summen noch pfeifen dürfen. Und nicht mit den Füßen auf den Boden klopfen!«

Miß Cameera ging etwas zögernd hinaus.

»Sie ist erst seit kurzem hier«, sagte Benedict. »Also, Miß Kling, ich würde Ihnen empfehlen, unsere Standardverpackung zu verwenden. Als besonderen Kundendienst haben wir auch kleine Formate anfertigen lassen.« Er holte einige eiförmige Kunststoffbehälter aus seinem Schreibtisch. »Wenn Sie Ihr Produkt darin versenden, können Sie Zeit sparen. Und Geld.«

»Was ist denn das letzte Mal passiert?« hauchte Miß Krupp. »Ich meine, Ihrer Sekretärin.«

»Ach wissen Sie, Miß Krupp, das war ein kleines verwaltungstechnisches Mißverständnis. Verschiedene Kulturen, verschiedene Gepflogenheiten. Also, falls Splinx nichts gegen Ihr Produkt einzuwenden hat und Sie die Standardverpackung verwenden wollen, erhalten Sie noch heute eine vorläufige Genehmigung für die Sirius-Route. Dann können Sie die Ware schon morgen abschikken. Einverstanden?«

Das Telefon klingelte.

»Ka-e-ix. – *Was?* Das darf doch nicht wahr sein!« Benedict ließ sich gegen die Stuhllehne plumpsen. »Aber das ist doch nicht unser Bier! Dafür kann doch unser Kunde nichts! Das ist Sache der Galaktischen Güterverkehrsgemeinschaft... Okay, ich sag's ihm. Er soll das Zeug isolieren lassen. Aber seine Schuld ist es jedenfalls nicht, compris?... Moment bitte, Miß Kreem, sehen Sie sich doch inzwischen die Verpackung an, ja? – *Jackie!!* – Verbinden Sie mich mit Murgatroyd vom Terra-Dynamics-Konzern!«

Der Bildschirm begann zu flackern, aber zu sehen war niemand.

»Hür Splünx«, ertönte eine tiefe Stimme, die wie ein Holzblasinstrument klang. »Üch kann Sü nücht sehen, Mr. Benedüct.«

»Ihre Optik muß blockiert sein. Moment mal... Hallo, Murgatroyd? Hier Benedict, Ka-e-ix. Es handelt sich um Ihre Lieferung von Netzgeräten via Nutmeat Neun. Wissen Sie, wo hinten überall eine Holzfaserplatte drauf ist. Können Sie diese Platten ab sofort mit einer Isolierschicht versehen?... Nein, Sie können nichts dafür, Ihre Ware ist anstandslos durchgegangen. Das Problem ergab sich dadurch, daß die Arbeitskolonne in der Nutmeat-Station mehrere weibliche Wesen mitgebracht hatte, und da trat dann eine Art Elektroeffekt auf – hat irgendwas mit Elektrostatik oder Elektrophorese zu tun. Jedenfalls hat sich herausgestellt, daß diese Holzfaserplatten auf die weiblichen Einwohner von Nutmeat Neun sehr sexy wirken. Auf die männlichen nicht, mit denen war bei den Tests alles okay. Die Tastwerkzeuge der weiblichen Eingeborenen reagieren anders. – Ja, ganz richtig... Kurz und gut, sie sind in die Kisten gekrochen – klein genug sind diese mausförmigen Wesen ja –, und als die Lieferung in der Icerock-Endstation eintraf, waren Ihre Geräte über und über mit Mäusedreck bekleckert. Die dortige Arbeitskolonne besteht aus großen Pflanzenfressern, die prompt in Panik gerieten. Und jetzt will Nutmeat Neun die Galaktische Güterverkehrsgesellschaft wegen Anstiftung zum Ehebruch und Verstoß gegen das Rauschmittelabkommen oder so was Ähnliches verklagen. Nein... nein, es ist ganz bestimmt nicht Ihre Schuld – diese weiblichen Wesen hatten in der Station nichts zu suchen. Aber ich habe versprochen, Sie zu fragen, ob Sie diese Platten isolieren... wie bitte? – Ja, *isolieren* könnten. Vorsichts- und gefälligkeitshalber, comprendé? Großartig, vielen herzlichen Dank!... Ja, Mr. Splinx?«

Der Bildschirm hatte sich aufgehellt und zeigte einen großen, warzigen Kopf mit einem einzigen Auge, das wohlwollend auf Benedict gerichtet war.

»Üch glaube, dü Sache geht ün Ordnung, Freund Benedüct«, verkündete Splinx. »Aber Verpackung üst nücht luftdücht. Absolut nücht! Duft üst allerdüngs ganz attraktüv. Rücht fast wü Aale üm Mondschoin.«

»Na, hoffentlich ist er nicht allzu attraktiv! Besteht Diebstahlsgefahr?«

»Nücht ganz auszuschlüßen. Aber dü Arboiter sünd vermutlüch nücht so chemo-sensütüv wü üch.« Er strich sich mit einem seiner Tentakel elegant über die gewölbte Stirn.

»Danke, Splinx... Also, Miß Klaas, Sie haben's gehört. Splinx ist dafür, daß Sie unsere Verpackung verwenden. Und bitte sehr, sorgfältig versiegeln, denn wenn er sagt, Diebstahl sei nicht ganz auszuschließen, heißt das, daß Ihnen womöglich die halbe Lieferung verlorengeht. Dieser Riesenfrosch bildet sich ein, sein Geruchssinn sei besser entwickelt, weil er ein Aristokrat ist, aber unserer Erfahrung nach können seine weniger vornehmen Artgenossen genauso gut riechen. Vergessen Sie nicht, Ihre Sendung zu versichern! Sie haben mich doch wirklich über alles informiert, ich meine, was Ihr Produkt betrifft? Keinerlei Abweichungen von dem Muster, das Sie mitgebracht haben, oder? Keinerlei latente Eigenschaften oder Wirkungen? Wärmeentwicklung zum Beispiel?«

Miß Krupp lächelte charmant und betrachtete ihre schmalen silbrigen Fußspitzen. »Nein, Mr. Benedict. Es handelt sich um unsere bewährte Joanna Lovebody-Hautcreme, die für Millionen begeisterter Kunden ein Begriff ist.«

»Okay. Hier ist Ihre vorläufige Ausfuhrgenehmigung. Von mir unterschrieben. Ich habe die Rubrik ›Warnung vor Diebstahl‹ angekreuzt, comprendé? Jetzt gehen Sie damit zu Jackie, sie wird dafür sorgen, daß Ihnen die Verpackungen zugeschickt werden.«

»Vielen, vielen Dank, Mr. Benedict.« Ein langer, herzlicher Händedruck. »Mir ist nicht entgangen, daß Sie auch Französisch sprechen. Wirklich sehr recherché!«

Benedict strahlte. »Ich möchte Ihnen für Ihr Verständnis danken, Miß Klutch. Ich wollte, alle unsere Kunden wären so kooperativ.«

Das Telefon klingelte.

»Hier Benedict.« Er sah bedauernd dem silbernen Hosenanzug nach. »Oh, guten Tag, Mr. Bronk! Glauben Sie mir, ich weiß es zu schätzen, daß Montgomery Roebuck mir dieses Angebot gemacht hat. Aber wie ich Ihnen bereits sagte, glaube ich, daß ich hier eine echte Aufgabe zu erfüllen habe... O ja, der Job ist wirklich sehr verlockend. Koordinator für außerplanetarische Handelsbeziehungen – klingt großartig! Aber wissen Sie, ich habe die Abteilung hier aufgebaut und würde sie nur sehr ungern im Stich lassen... Sie finden bestimmt jemand anderen... Gewiß, wenn ich es mir doch noch anders überlegen sollte... Jedenfalls herzlichen Dank, Mr. Bronk... Wünsche ich Ihnen auch. Auf Wiederhören!«

Benedict wandte sich der Sprechanlage zu. Auf dem Bildschirm war schon vor einer Weile ein Mann in einem Laborkittel erschienen.

»Also, Jim, wie läuft die Sache mit Freggle und diesen komischen Sprühdosen?«

»Ich wollte Ihnen nur melden, T. B., daß wir einige Hundert von

Marmons Produkten überprüft und nicht nur zwei, sondern fünf verschiedene Typen entdeckt haben. Ihre Wirkung reicht von neutral über leicht euphorisch, einschläfernd, äußerst schädlich bis hin zu etwas, das Freggle nicht beschreiben kann oder nicht beschreiben will. Das Komische daran ist, daß ich anscheinend selbst ein wenig davon abbekommen habe. Erinnert Sie das nicht an etwas?«

»Hm-m-m. Unmöglich ist es jedenfalls nicht. Machen Sie weiter, Jim! Lassen Sie die Betriebsversammlung sausen. Und vielen Dank!«

»Noch was, T. B. Freggle will sich offiziell über die Verpflegung beschweren. Er behauptet, die Störe wären diesmal unter aller Kritik gewesen, und die Seetangsauce hätte gestunken. Russische Produkte wären ihm lieber. Könnten wir das veranlassen?«

»Die kosten das Doppelte. Sieht ihm ähnlich. Lassen Sie mich mal überlegen. Es ist Frühling, da könnten wir doch vielleicht billigen einheimischen Salat für die Pflanzenfresser kaufen und den eingesparten Betrag für Freggles Verpflegung ausgeben. Aber reden Sie erst mal tüchtig auf ihn ein, Jim. Sie wissen schon, galaktische Solidarität – was wäre Candlepower ohne Güterverkehr, tralala und so weiter... Na so was, wie laufen Sie denn herum? Nein, Sie habe ich nicht gemeint, Jim, Verzeihung!«

Die beiden Cremetöpfe umklammernd, war Miß Cameera hereingestürmt.

»Dieser gräßliche Mr. Splinx hat mir mein Röckchen heruntergerissen!«

»Beruhigen Sie sich, Cameera! Sie wissen doch, Kleines, bei Splinx hat das nichts mit Sex zu tun – jedenfalls nach Docs Meinung. Mir kommen allerdings manchmal Zweifel. Aber Sie können unmöglich so herumlaufen. Könnten Sie sich Ihr Röckchen... ich meine Ihren Rock nicht zurückholen?«

»Er hat ihn über die Sprechanlage geworfen, und ich habe nicht gewagt, so nahe an ihn heranzugehen.«

»Verstehe. So war das also! Schicken Sie Jim zu ihm, er ist im selben Stockwerk.«

»Aber Mr. Benedict, so kann ich doch nicht zu Mr. Eisenstein gehen!«

»Warum nicht? Ach so!« Benedict blinzelte ihr zu. »Ist Jim etwa verheiratet? Nein, ist er nicht. Hier, nehmen Sie meinen Laborkittel und schwirren Sie ab! Moment noch! Gehen Sie auf dem Rückweg ins Lager und bringen Sie mir noch einen Posten von diesem kleinformatigen Verpackungsmaterial, comprendé?«

Inzwischen waren zwei Herren und eine Dame hereinkommen. Benedict winkte ihnen zu und rief: »Jackie, bringen Sie uns belegte Brote und Kaffee, okay? Habt ihr drei schon was gegessen? *Was* ist los, Jackie? Egal, welche Sorte, schmeckt sowieso alles wie Pappdeckel. Hal, wo drückt dich denn der Schuh? Schieß los!«

»T. B., ich wollte nur nachfragen, ob du auf das morgige Gespräch in der Finanzabteilung entsprechend vorbereitet bist. Ich fürchte, denen ist es ernst mit dem Vorschlag, unseren Fremdenbeirat um zwanzig Prozent zu reduzieren.«

»Heiliger Gautama Buddha! Und wie sollen wir hier vernünftige Arbeit leisten, wenn uns kein vollständiger Beirat zur Verfügung steht? Soll dann vielleicht unser Kundendienst nur noch darin bestehen, daß wir mögliche Pannen *erraten?* In dem Beirat sind doch sowieso nur sechzig Prozent aller Lebensformen vertreten, deren Wohngebiete derzeit an das Güterverkehrsnetz angeschlossen sind! Entschuldige, Hal – ich weiß, daß es nicht deine Schuld ist. Also, was soll ich tun?«

»Was wirklich dahintersteckt, hat mir Timmons von der Finanzabteilung geflüstert. Sie werden von dieser Anti-Fremden-Organisation unter Druck gesetzt. Die verkündet doch ständig, daß wir Hunderten von fremdartigen Ungeheuern ein Luxusleben auf Kosten der Steuerzahler ermöglichen. Offenbar hat sich jemand eine Verpflegungsrechnung beschafft, auf der Kaviar angeführt war.«

»Bestimmt wieder für Freggle! Also, was soll ich tun?«

»Ich habe zwei Alternativvorschläge ausgearbeitet, die Einsparungen in gleicher Höhe ermöglichen. Ich möchte jetzt nicht näher darauf eingehen, aber bei dem ersten handelt es sich um einen Etatausgleich für den Rest des laufenden Haushaltsjahrs. Wer weiß, wie sich die Sache nach den Wahlen entwickeln wird! Mein zweiter Vorschlag bezieht sich auf die Reduzierung des fest angestellten Personals – Moment! –, wobei wir dann den betroffenen Mitarbeitern zeitlich begrenzte oder Beraterverträge geben können. Und wenn man die Kündigungsfristen in Rechnung stellt, können wir sämtliche Mitglieder des Beirats weitere fünf Monate behalten. Morgen gehe ich vor der Besprechung jeden einzelnen Punkt mit dir durch.«

»Hal, du bist ein Genie! Ja, Chester?«

»T. B., ich glaube, wir sollten für etwas Druck von der anderen Seite sorgen. Es gehört zwar nicht zu meinem Job, aber ich würde gern eine Umfrage bei den Versandfirmen starten, um eventuell eine Gruppe zusammenzubekommen, die unsere Dienstleistungen für absolut notwendig erklärt.«

Benedict seufzte. »Es ist immer eine sehr heikle Sache, wenn eine staatliche Behörde in der Öffentlichkeit um Schützenhilfe wirbt. Aber vielleicht läßt es sich irgendwie machen, Chester. Du mußt dabei allerdings sehr vorsichtig taktieren. Nur eine *Umfrage*, comprendé?«

»Klar, T. B. Übrigens muß ich dich leider darauf aufmerksam machen, daß ich den Jahresbericht auch diesmal erst einige Tage nach dem Termin abliefern kann.«

»Wieso?«

»Die Computerpanne letzten Monat hat uns sehr aufgehalten. Wir haben unbezahlte Überstunden gemacht, um die Sache so schnell wie möglich auszubügeln, aber leider sind eine Menge Daten immer noch unvollständig oder falsch programmiert. Offengestanden, T. B., dein eigenes Büro macht uns schwer zu schaffen. Wir haben alles versucht, um die Protokolle von deinem Datenempfänger abzurufen, aber was sollen wir machen, wenn du ihn nicht einschaltest? Ich weiß, wie du darüber denkst, aber... Übrigens scheint er jetzt auch nicht zu arbeiten.«

Benedict warf einen wütenden Blick auf seinen Datenspeicher und drückte die Taste.

»Verdammt noch mal, wie soll ich vernünftige Gespräche mit den Leuten führen, wenn dieses Ding läuft? Ja, ja, ich werde mir Mühe geben. Bestimmt! Mavis, haben Sie auch so schreckliche Probleme?«

»Eigentlich nicht. Nur das Übliche. Zwei Fälle von Apathie, ausgelöst durch Heimweh. Ein Fall von krankhafter Abhängigkeit vom Genuß lunarer Flechten. Und der Altairaner scheint an einer psychischen Störung zu leiden, über die sich Doc noch nicht im klaren ist. Falls Sie die Altair-Station benutzen müssen, sollen Sie ihm vorher Bescheid sagen.«

»Ist der Delegierte funktionsfähig? Wir werden ihn bestimmt brauchen, weil Altair neue Nebenlinien bekommt.«

»Er ist soweit in Ordnung, aber Doc sagt, er muß ihn immer erst in die richtige Stimmung bringen.«

»Und wie macht er das?«

»Mit Spielfilmen, und zwar mit alten Western. Beim Anblick der Pferde scheint sein Patient wieder munter zu werden. Allerdings darf keinem Pferd was passieren. Doc sieht sich sämtliche Filme vorher an. Er hat Nächte damit verbracht und sagt, sein eigenes Hinterteil sei schon ganz wund geritten.«

»Bestellen Sie ihm einen schönen Gruß, und er soll sich bei mir June Lovebody-Creme für die aufgescheuerten Stellen holen. Und noch was: Fragen Sie ihn bitte, ob er irgendwas gegen Splinx' Entkleidungsfimmel tun kann. Heute hat er sich Cameeras Rock geschnappt! Keine weiteren Probleme? Alles klar? Dann also auf Wiedersehen!«

»Chef, vergessen Sie nicht, daß Sie heute sofort nach Dienstschluß einen Vortrag bei der Konferenz über Ernährungsprobleme fremder Wesen halten müssen!« rief Jackie, als die drei Besucher an ihr vorbeigingen.

Das Telefon klingelte.

»Ka-e-ix... ach, Sie sind's, Marmon. Haben Sie die Änderungen aufgeschrieben?... Außer einer Revolverdrehbank ist in Ihrem Betrieb nichts verändert worden? Und diese Drehbank wurde für die ganze Serie benützt?... Daran kann's also nicht liegen. Haben Sie auch einen eventuellen Personalwechsel berücksichtigt?... Wie bitte? Marmon, ich habe Ihnen doch gesagt, es muß *alles* berücksichtigt werden! Zählen Sie Ihr Personal etwa nicht dazu? Die Leute fassen doch Ihr Produkt an, oder?... Ihre Unterlagen? Da kann ich Ihnen wirklich nicht helfen. Waren es immer dieselben Leute?... Dann müssen Sie das eben feststellen... Ja, ich habe meine Gründe. Genaueres kann ich Ihnen noch nicht sagen, aber es sind triftige Gründe – also gehen Sie der Sache nach! Ich rufe in einer Stunde zurück, dann kann ich Ihnen vielleicht einen Hinweis geben, wo Sie nachforschen müssen. Und beschaffen Sie sich die Unterlagen, damit Sie mir verläßliche Informationen geben können, comprendé?«

Er knallte den Hörer hin. In der plötzlichen Stille war das eifrige Summen des Datenspeichers zu hören. Benedict schaltete ihn wütend aus und stützte den Kopf in die Hände.

»Ka-e-ix... ja. Guten Tag, Mr. Tomlinson. Natürlich erinnere ich mich an Sie. Sie verschicken Miniklimatronen auf dieser langen Route in die Außenbezirke. Fünfzehn Umschlagplätze – o ja, ich erinnere mich, Mr. Tomlinson. Das schwierigste Freigabeverfahren, das wir seit... Worum handelt es sich?... Sie haben eine billigere

Frachtroute entdeckt? Soso. Ja, natürlich brauchen Sie dafür eine neue Versandgenehmigung. Wie viele Umschlagplätze?... Dreizehn? Die neue Dahin & Vorbei-Station,... Jawohl, wir müssen erst nachprüfen, ob Ihr Produkt für die dortigen Lebensformen unschädlich ist. Aber leider haben wir in unserem Fremdenbeirat noch keinen Vertreter von dort. Ich glaube, die sind dort ziemlich... hm... recherché. Eine Art Energiematrix. Weiß Gott, was Ihre Geräte dort anrichten könnten, beziehungsweise, was mit Ihren Geräten alles passieren könnte... Aber ja, mir ist völlig klar, daß es für Sie ein finanzieller Verlust ist, wenn Sie die Ware auf der längeren Route verschicken, Mr. Thomason, aber man hat uns bisher noch keine öffentlichen Mittel zugeteilt, um einen Vertreter von dort in den Beirat zu holen. Falls Sie nicht warten wollen, wäre es zu empfehlen, eine Testsendung unter staatlicher Aufsicht durchzuschleusen. Auf Ihre Rechnung... Tut mir leid. Wir überwachen die Sendung und den Test. Wir brauchen ein Warenmuster von Ihnen, ein absolut typisches Exemplar... Das haben wir doch alles schon besprochen, Mr. Thomason... Keinerlei Abweichung?... Aha, eine kleine Änderung! Das haben Sie uns aber nicht mitgeteilt. Sie haben's einfach auf gut Glück probiert, Mr. Thompkinson! Aber wir werden der Sache nachgehen. Das bedeutet, daß die gesamte Route nochmals getestet werden muß... Jawohl, wir schicken Ihnen morgen den Kostenvoranschlag für die Probesendung zur Dahin & Vorbei-Station, sagen wir für zehn Handelseinheiten, okay? Jawohl, wenn die Ware glatt durchläuft, kann sie an Ihre Kunden weitergeschickt werden, aber garantieren können wir nicht, daß sie glatt durchläuft. Durchaus möglich, daß es Ihren Schaltsystemen nicht gut bekommt, wenn diese energiegeladenen Wesen in der Nähe sind. Wahrscheinlich müssen Sie eine stark isolierende Verpackung verwenden. Wie wär's, wenn Sie zunächst dieses Problem in Angriff nehmen würden?... Nein? Hab' ich mir gedacht. Na schön, es ist Ihr Risiko, Mr. Tinkerson. Ich habe Sie jedenfalls gewarnt. Wir kommen weder für Verlust noch Beschädigung der Sendung auf, das ist jetzt bereits zu Protokoll genommen. Aber wir werden Ihnen natürlich jede mögliche Unterstützung... Ja, in Ordnung.«

Während er auflegte, warf er einen schuldbewußten Blick auf den nicht eingeschalteten Datenspeicher und drückte die Taste.

Auf dem Bildschirm erschien Jim, der einen von Marmons schwarzen Würfeln in der Hand hielt.

»T. B., ich glaube, wir haben jetzt alle Typen, die unterschiedliche Wirkungen erzeugen, festgestellt. Mr. Freggle war nämlich plötzlich wieder zur Mitarbeit bereit. Wir sind nach Seriennummern vorgegangen und haben fünfhundert Handelseinheiten getestet. Hier ist das Ergebnis. Typ A: neutral; leichte Euphorie. Typ B: Langeweile; leichte Euphorie. Typ C: starker sexueller Anreiz. Typ D: schwere Depressionen. Typ E: heftiges Heimweh. Die Typen D und E haben Freggle schwer zu schaffen gemacht, aber auch auf den sexuellen Anreiz hat er deutlich reagiert – er weigert sich, Typ C anzufassen und kichert bloß vor sich hin. Den Heimweheffekt haben wir übrigens bei sämtlichen getesteten Handelseinheiten festgestellt... Identifikationsmerkmale? Etwas schwierig. Es dürfte sich um eine ziemlich junge Person handeln, vermutlich weiblichen Geschlechts. Die letzte Handelseinheit mit neutraler Wirkung trägt die Seriennummer AGB-4367-L2.«

»Danke, Jim. Vielen Dank. Das hilft uns bestimmt weiter. Jackie!! Ein Gespräch mit Marmot. Verzeihung, Marmon! Wütend wippte er auf seinem Stuhl herum. »Hallo, Mr. Marmon? Hier Benedict. Haben Sie die Listen? Ich glaube, wir wissen jetzt, wo der Haken ist. Zunächst eine Frage: Können Sie anhand der Seriennummern das genaue Herstellungsdatum angeben?... Ungefähr? Auch gut. Also, Sie müssen feststellen, ob Sie etwa zu dem Zeitpunkt, als... Moment... Nr. AGB-4367-L2 produziert wurde... haben Sie's?..., ob Sie damals jemanden eingestellt haben, der nicht aus Ihrem Wohnort stammt. Möglicherweise Ausländer. Wahrscheinlich weiblichen Geschlechts und ziemlich jung. Die oder der Betreffende muß anfangs gutgelaunt und an der Arbeit interessiert gewesen sein, sie später aber als langweilig empfunden haben, was ja ganz normal ist. Dann hat sie oder er sich verliebt, und zwar heftig... Nein, Mr. Marvin, ich mache keine Witze... Lassen Sie mich doch bitte ausreden! Jedenfalls ist sie oder er abgewiesen worden, verstehen Sie? Könnte auch sein, daß der andere gestorben oder weggezogen ist, aber mit großer Wahrscheinlichkeit ist die oder der Angestellte Ihrer Firma abgewiesen worden. Starke Depressionen, Selbstmordgedanken, dann heftiges Heimweh. Haben Sie das?... Was das bedeuten soll? Marble, begreifen Sie denn nicht? Sie haben einen Telepathen eingestellt, einen lebenden Sender, für den Ihr Produkt ein K-Objekt ist... Nein, das spielt jetzt keine Rolle – das Ergebnis ist jedenfalls, daß sämtliche Handelseinheiten, die seit dem bewußten Zeitpunkt bei Ihnen produziert wurden, gewissermaßen imprägniert sind mit den Gefühlsbewegungen dieses Telepathen. Comprendé? Und sie übertragen sich auf jedes Lebewesen, das so geartet ist, daß es als Empfänger fungieren kann. Deshalb ist die Panne mit den Arbeitskolonnen in der Candlepower-Station passiert. Ihr Produkt ist stark aufgeladen, das heißt, daß Sie in Ihrem Betrieb einen starken menschlichen Sender haben müssen, der sich sehr unglücklich fühlt. Vermutlich ein junger Mensch, der keine Ahnung von seinen parapsychologischen Fähigkeiten hat. Stammt wahrscheinlich aus einem Ort, in dem es keine Experimentierstation gibt... Wie Sie diese Person finden sollen? Nun, vielleicht hilft Ihnen der Hinweis, daß es sich offensichtlich um jemanden handelt, der mit jeder produzierten Einheit in Berührung kommt; zumindest gilt das für sämtliche Muster, die Sie mir geschickt haben... Was Sie jetzt tun sollen? Feststellen, wer alles in Frage kommt, und die Leute ins Amt für Parapsychologie schicken! Für Ihren Betrieb ist so jemand viel zu schade, Herrgott nochmal, begreifen Sie das nicht?... Wenn die Leute nicht hingehen wollen und Sie die Kündigungsfrist einhalten müssen, dann sorgen Sie entweder dafür, daß ihr Liebesleben in Ordnung kommt oder daß sie von Ihrem Produkt ferngehalten werden – so weit weg wie möglich! Ist das klar? Aber vermutlich werden die Leute, wenn sie erfahren, was los ist, ganz gern ins Amt für Para-P überwechseln. Da werden sie besser bezahlt. Übrigens, rufen Sie sofort an, lassen Sie sich mit Iljitsch verbinden und sagen Sie ihm, Benedict sei der Meinung, daß Sie einen starken Sender in Ihrem Betrieb haben. Dann wird man Ihnen bei der Nachforschung helfen. Okay?... I-l-j-i-t-s-c-h... Nein, Mr. Marvel, wegen der Lieferung, die in der Candlepower-Station herumliegt, kann ich nichts unternehmen. Wie ich Ihnen bereits sagte, wird es das beste sein, wenn Sie eine der herumreisenden Arbeitskolonnen hinschicken. Unempfindliche Transportarbeiter... Ich habe Sie jedenfalls darauf hingewiesen, daß es die beste Lösung wäre... Ja, das ist mir klar. Ich bedaure es ebenfalls. Wir werden's versuchen. Okay?«

Das Telefon klingelte.

»Hallo, Mr. Oldmayer! Hier Benedict... Wieso? Hat Ihnen mein Büro die Formulare nicht zugeschickt? Es ist wirklich ganz einfach – Sie senden uns die ausgefüllten Formulare zusammen mit Ihren Warenproben, die wir dann entsprechend der Versandroute von unserem Fremdenbeirat testen lassen... Ein besonderes Problem?... Ohne Unbedenklichkeitserklärung wird das leider nicht möglich sein, Mr. Oldenham. Musik ist bei diesen Transporten immer eine heikle Sache, weil sie sich auf bestimmte Lebensformen ausgesprochen schädlich auswirken kann. Da kommt es auf die richtige Verpackung an... Ja, ich weiß, daß Ihre Geräte abgeschaltet sind, aber Sie würden sich wundern, was alles während des Transports rein zufällig in Betrieb gesetzt werden kann, zumal auf einer so langen Versandroute... Jawohl, beauftragen Sie eine renommierte Firma mit der Herstellung eines geeigneten Schalldämpfers. Vielleicht muß nur der akustische Teil Ihrer Geräte abgedichtet werden. Und der Netzteil darf nicht leitfähig sein, klar?... Ich weiß, daß es ärgerlich ist, Mr. Oldershot, aber dieser Gerätetyp kann urplötzlich auf elektrische Impulse reagieren, und wenn er dann zu senden beginnt, ist der Teufel los. Sie wissen ja, daß sich die physikalischen Bedingungen in diesen Regionen beträchtlich von unserer Norm unterscheiden. Wir hatten einen Fall, wo ein Strahlenzielgerät in der Durchgangsstation Piccolo Zwei plötzlich ganz von selbst losging, und danach mußte die Station zwei Jahre lang geschlossen bleiben... Gut, Sie bestellen die richtige Verpackung und sprechen dann bei uns vor, okay?... Wiederhören!«

Als er auflegte, tauchte der blaugrüne Arbeitskittel an der Tür auf. Miß Boots schob vorsichtig einen schwerbeladenen Laborwagen herein.

»Mr. Benedict, was soll ich mit den dreitausend Sprühdosen machen, die wir an Mr. Freggleglegg ausprobiert haben?«

»Bei mir können Sie das Zeug jedenfalls nicht lassen. Bringen Sie alles ins Lager und sagen Sie Willie, er soll dafür sorgen, daß der Fabrikant die Ware abholt. Dieser Marmot! Bin ich vielleicht sein Kindermädchen? Bootsie, Sie sehen ziemlich mitgenommen aus. Hat uns heute wieder mal zu schaffen gemacht, dieser Freggle, was? Hat Cameera ihren Rock zurückbekommen?«

Miß Boots nickte vergrämt und zog ab.

»Tage gibt's...«, murmelte Benedict und begann in seinen Akten zu wühlen. »Wo ist denn bloß dieser verdammte Vortrag! Jackie!!«

»Wir müssen jetzt Schluß machen, Mr. Benedict«, sagte die Vorzimmerdame von der Tür her. »Sie wissen ja, was uns Hal wegen der Überstunden gesagt hat.«

»Ich weiß.« Benedict nahm einen Aktendeckel und schloß seinen Schreibtisch ab. »Machen Sie das Licht aus, Jackie. Also, gehen wir... Heilie Entropie, was ist das?«

In einem dunklen Büro sang eine Männerstimme *So nackt und schön.* Und einen Moment später begann ein Sopran mit *Lieb mich rundherum.* »Licht! Was ist los, Jackie? Hilfe! Licht!«

»Aber Mr. Benedict, es ist doch nur die Hautcreme.« Jackie knipste das Licht an. Plötzlich herrschte wieder Stille. »Dort, die Joanna Lovebody-Creme. Die Dosen machen Musik. Ich hab' eine, die *Immer nur du* spielt. Wirklich hübsch!«

»Was?« Benedict starrte entsetzt die beiden blaßlila Cremetöpfe auf seinem Schreibtisch an.

»Sie machen Musik, wenn nachts das Licht ausgeschaltet wird und wenn man es morgens wieder anknipst. Damit man nicht vergißt, sich einzucremen. Meine Zahnpasta spielt *Ein Tag zum Küssen.* Was ist denn los, Mr. Benedict?«

»Dieses Weib soll sofort herkommen! Diese Krapp oder Klapp oder so ähnlich! Wenn sie nicht mehr im Büro zu erreichen ist, rufen Sie bei ihr zu Hause an. Gehen Sie nicht weg, bevor Sie diese Person erreicht haben! Sagen Sie ihr, die Genehmigung ist rückgängig gemacht! Ungültig! Jackie, und wenn diese blöde Gans bereits dort ist, wo der Pfeffer wächst – Sie müssen sie erreichen!! Großer Gott, warum hat sie mir das nicht gesagt? Ich hab' sie doch nach allem gefragt! Warum? Warum?«

»Aber Mr. Benedict, sie hat bestimmt angenommen, daß Sie es wissen, ich meine, weil doch alle Hautcremes Musik machen. Das gibt's schon ziemlich lange.«

»Und woher soll ich das wissen. Ich bin Junggeselle!« Benedict stöhnte. »Jackie, begreifen Sie denn nicht? Tausende von diesen Cremetöpfen werden aus der Frachtschleuse sausen und plötzlich lauter verschiedene Lieder spielen! Wissen Sie, was Splinx tut, wenn er Musik hört? Warum haben wir denn sein Büro schalldicht machen lassen? O Gott, o Gott!«

Sie starrten einander eine Weile bedrückt an. Dann schlich Jackie zur Tür.

»Moment!« keuchte Benedict.

»Ja, Sir?«

»Morgen früh verbinden Sie mich sofort, das heißt, sobald die Sache mit Miß Krudd erledigt ist, mit einem Herrn namens Cronk, nein, Bronk. In Firma Montgomery Roebuck. Er ist Verkaufsleiter für… ich weiß nicht was. Fragen Sie ihn, wann er sich mit mir zum Mittagessen treffen kann. Sagen Sie ihm, es ist meine Einladung. Sobald wie möglich, Jackie!«

»Ja, Sir.«

Benedict schloß die Tür und schaltete das Licht aus.

»Ein gutes Mittagessen«, knurrte er, »genau das könnte ich jetzt brauchen.«

Hinter ihm begannen die beiden Cremetöpfe zu singen, begleitet vom Summen des Datenspeichers.

Aus dem Amerikanischen übersetzt von Gertrud Baruch

Roger Zelazny

Roger Joseph Zelazny wurde 1937 in Cleveland/Ohio geboren. Er studierte an der Western Reserve University. Nach Abschluß des Studiums war er von 1962 bis 1969 Angestellter der Sozialversicherungsstelle in Cleveland und Baltimore, dann entschloß er sich, freier Schriftsteller zu werden. Zelazny erwies sich als Senkrechtstarter. 1963 erschien seine Erzählung ›A Rose For Ecclesiastes‹ (›Dem Prediger die Rose‹), eine bittersüße Liebesgeschichte, die von der Kritik enthusiastisch gefeiert wurde. Bis 1968 hatte Zelazny zwei Nebula Awards und zwei Hugo Gernsback Awards gewonnen und war auf dem besten Wege, die amerikanische SF-Welt im Sturm zu erobern. Sein farbiger, emotionell aufgeladener Stil, die Exotik und der Handlungsreichtum seiner Erzählungen, sein Rückgriff auf die Mythen, die er geschickt zu assimilieren wußte, all dies sicherte ihm seinen Erfolg in der psychedelisch trunkenen Szene Ende der sechziger, Anfang der siebziger Jahre. Mit der vorliegenden Novelle, ›Der Former‹ (›He Who Shapes‹), die 1965 erschien, errang Zelazny 1965 den vom amerikanischen SF-Schriftstellerverband verliehenen Nebula Award, sie wurde später zu dem Roman ›The Dream Master‹ (1969) erweitert. Im gleichen Jahr erschien ›Damnation Alley‹ (deutsch: ›Straße der Verdammnis‹), die Odyssee eines Lastwagenfahrers, der den von einem Atomkrieg verwüsteten nordamerikanischen Kontinent von West nach Ost durchquert. 1967 bereits war sein umfangreicher Roman ›Lord Of Light‹ (deutsch: ›Herr des Lichts‹) erschienen, der bereits signalisierte, daß Zelazny mehr und mehr der Fantasy zuneigte. Er schrieb zwar weiterhin SF: ›Bridge Of Ashes‹ (1976; deutsch: ›Die Aschenbrücke‹) und ›Doorways In The Sand‹ (1976; deutsch: ›Türen im Sand‹), dann aber wandte er sich ganz der Fantasy zu und schuf den fünfteiligen ›Amber‹-Zyklus, eine gekonnte Mischung aus Mythos und geheimnisvollen Parallelwelten, zu denen die Symbolik des Tarot Zugang verschafft.

Von Roger Zelazny erschienen folgende Titel in der Reihe HEYNE SCIENCE FICTION & FANTASY:
Straße der Verdammnis · Band 3310
Insel der Toten · Band 3366
Der Tod in Italbar · Band 3434
Heute wählen wir Gesichter · Band 3444
Herr des Lichts · Band 3500
Corwin von Amber · Band 3539
Die Gewehre von Avalon · Band 3551
Im Zeichen des Einhorns · Band 3571
Die Hand Oberons · Band 3594
Die Aschenbrücke · Band 3613
Die Burgen des Chaos · Band 3840
Tore im Sand · (in Vorbereitung)
Jack aus den Schatten · (in Vorbereitung)

Roger Zelazny

Der Former

1

So schön wie es war, mit dem Blut und allem, Render fühlte, daß es fast vorüber war.

Deshalb, entschied er, war jede Mikrosekunde verschwendet – und vielleicht sollte die Temperatur erhöht werden... Irgendwo, an der Peripherie allen Seins, lag das Dunkel mit seiner Beklemmung.

Irgend etwas, wie das Krescendo eines sublimen Donners, wurde auf einer dröhnenden Tonhöhe festgehalten. Der Ton war ein Destillat von Scham und Schmerz und Angst.

Es war drückend im Forum.

Caesar saß zusammengekauert außerhalb der tobenden Menge. Er bedeckte seine Augen mit dem Unterarm, aber er konnte dem Anblick nicht entgehen, diesmal nicht.

Die Senatoren waren gesichtslos, und ihre Gewänder waren blutbespritzt. Und ihre Stimmen klangen wie das Geschrei von Vögeln. In unmenschlicher Wut stachen sie die Klingen ihrer Dolche in den sinkenden Körper.

Alle taten sie es, nur Render nicht.

Die Blutrache, in der er stand, wurde immer größer. Sein Arm schien sich mit mechanischer Regelmäßigkeit zu heben und zu senken, und Vogelschreie entrangen sich seiner Kehle, doch war er gleichzeitig Akteur und Zuschauer der Szene.

Denn er war Render, der Former.

Zusammengekauert, gequält und mißgünstig greinte Caesar seinen Protest.

»Du hast ihn ermordet! Du hast Marcus Antonius ermordet – einen unbescholtenen und unnützen Kerl!«

Render wandte sich ihm zu, und der Dolch in seiner Hand war ganz riesig und ganz blutig.

»Ja«, sagte er.

Die Klinge fuhr nach links und nach rechts, und Caesar, fasziniert von dem scharfen Stahl, wiegte seinen Körper im gleichen Rhythmus.

»Warum?« schrie er. »Warum?«

»Weil er ein viel vornehmerer Römer war als du«, antwortete Render.

»Das ist nicht wahr! Das ist eine Lüge!«

Render zuckte die Achseln und wandte sich wieder dem Gemetzel zu.

»Es ist nicht wahr!« schrie Caesar. »Es ist nicht wahr!«

Render drehte sich wieder um und fuhr mit dem Dolch hin und her. Marionettenhaft folgte Caesars Körper den Bewegungen der Klinge.

»Nicht wahr?« lächelte Render. »Und wie kommst du dazu, einen Mord zu kritisieren? Du bist ein Niemand! Du störst nur die Würde dieser Handlung. Scher dich weg!«

Taumelnd erhob sich der rosagesichtige Mann; strähniges Haar halb in die Stirn geklatscht, wie schlampig gezupfte Baumwolle. Er wandte sich ab, ging fort; und im Gehen blickte er über die Schulter zurück.

Er hatte sich weit vom Kreis der Mörder entfernt, doch die Szene verschob sich dadurch nicht in der Perspektive. Sie behielt ihre elektrische Klarheit. Und er fühlte sich dadurch noch weiter entfernt, noch mehr allein und abseits stehend.

Render umrundete eine bis dahin nicht wahrgenommene Ecke und stand wieder vor ihm, diesmal als blinder Bettler.

Caesar packte ihn vorn an seiner Toga.

»Hast du heute ein schlechtes Omen für mich?«

»Hüte dich!« lächelte Render.

»Ja, ja! schrie Caesar. »Hüte dich! Das ist gut! Hüte dich vor was?«

»Vor den Iden . . .«

»Ja? Vor den Iden . . .«

». . . des Oktember.«

Caesar ließ seine Toga los.

»Was hast du gesagt? Was ist Oktember?«

»Ein Monat.«

»Du lügst! Es gibt keinen Monat Oktember!«

»Und das ist die Zeit, in der der noble Caesar sich fürchten muß – die nicht-existierende Zeit, die nie-im-Kalender-stehende Zeit.«

Render verschwand um eine andere, plötzlich auftauchende Ecke.

»Warte! Komm zurück!«

Render lachte, und das Forum lachte mit ihm. Die Vogelschreie wurden zu einem Chor unmenschlichen Spottgelächters.

»Du verhöhnst mich!« weinte Caesar.

Das Forum war ein Ofen, und der Schweiß perlte wie eine glänzende, gläsernde Maske auf Caesars niedriger Stirn, auf seiner scharfen Nase, auf dem kinnlosen Kiefer.

»Ich will auch ermordet werden!« schluchzte er. »Das ist nicht fair!«

Und Render riß das Forum, und die Senatoren, und die grinsende Leiche des Antonius in Stücke und steckte alles in einen schwarzen Sack – mit der unmerklichen Bewegung eines einzigen Fingers – und als letzter verschwand Caesar.

Charles Render saß vor den neunzig weißen Knöpfen und den zwei roten, aber er blickte nicht wirklich auf sie. Sein rechter Arm in der Bewußtlos-Halteschlinge bewegte sich über die hüfthohe Konsole – bediente einige der Knöpfe, ließ andere unberührt, kehrte zurück, um den nächsten Knopf in der Reihe der ›Rückruf-Experimente‹ niederzudrücken.

Empfindungen eingedämmt, Gefühle auf Null reduziert, der Abgeordnete Erikson kannte das Vergessen des Mutterleibes.

Ein sanftes Klicken.

Renders Hand war zum Ende der unteren Knopfreihe geglitten. Es erforderte einen bewußten Vorsatz, eine Willensanstrengung, den roten Knopf zu drücken.

Render zog den Arm aus der Schlinge und nahm die medusenhaarige Krone aus Drähten und mikrominiaturisierten Kabeln von seinem Kopf. Er ließ sich von der Couch hinter dem Kontrollschirm heruntergleiten und hob die Haube. Er trat ans Fenster und öffnete es, während er nach einer Zigarette tastete.

Eine Minute in den rho-Uterus, entschied er. *Nicht länger. Das ist ein entscheidender Fall ... Hoffe, daß es erst später schneien wird. Die Wolken sehen unheilvoll aus ...*

Es waren glatte, gelbe Spaliere und hohe Türme, verglast und grau, alle unter einem fahlgrauen Himmel dem Abend entgegenbrütend; die Stadt stand auf eingeebneten Vulkaninseln, im sanften Licht des vergehenden Tages, und unter der Erde war ein ständiges Dröhnen, der breite, unaufhörlich strömende Fluß des Verkehrs.

Render wandte sich vom Fenster ab und trat zu dem riesigen Ei, das neben dem Tisch lag, glatt und glitzernd. Es warf sein Spiegelbild zurück, in dem seine schlanke Nase breitgeschlagen wirkte, seine Augen als graue Untertassen erschienen, und sein Haar eine lichtumflossene Skyline war; seine rote Krawatte wurde zur herausgestreckten Zunge eines Gespenstes.

Er lächelte, beugte sich über den Tisch und drückte den zweiten roten Knopf.

Das Ei gab ein seufzendes Geräusch von sich, verlor seinen milchigen Schimmer und in seiner Mitte öffnete sich ein horizontaler Spalt. Durch die durchsichtig gewordene Schale des Eies sah Render den Abgeordneten Erikson liegen, der das Gesicht verzog und seine Augen zupreßte, als ob er sich zur Wehr setzte gegen die Rückkehr ins Bewußtsein und alles, was dieses Bewußtsein mit sich brachte. Die obere Hälfte des Eies hob sich senkrecht in die Höhe und entblößte ihn, knorrig und rosahäutig, in der unteren Schalenhälfte liegend. Als er die Augen öffnete, blickte er an Render vorbei. Er stand auf und begann, sich anzuziehen. Render benutzte diese Zeit, um den rho-Uterus zu überprüfen.

Er lehnte sich über den Kontrolltisch und drückte die verschiedenen Schalter: Temperaturregelung, voll – *Kontrolle;* exotische Geräuschkulisse – er nahm den Kopfhörer ans Ohr – *Kontrolle;* Glokken an, Summer an, Violintöne an, Pfeifen an, Stöhnen und Kreischen an, Verkehrsgeräusche und Meeresbrandung an – *Kontrolle;* Playback mit Aufnahmen der Stimmen des Patienten, die bei früheren Analysen aufgenommen wurden – *Kontrolle;* Geräuschdecke an, Feuchtigkeitsspray an, Geruchsbank an – *Kontrolle;* der Couch-Motor, die farbigen Lampen, die Geschmacks-Stimulatoren...

Render schloß das Ei und schaltete die Stromzufuhr ab. Er schob das Ei in einen Schrank und drückte die Tür mit der Handfläche zu. Die Magnetbänder hatten eine gültige Sequenz registriert.

»Setzen Sie sich«, sagte er zu Erikson.

Der Mann setzte sich und fuhr mit dem Finger in den Kragen.

»Sie erinnern sich an alles«, sagte Render, »ich brauche Ihnen also nicht zu erzählen, was geschehen ist. Und Sie können nichts vor mir verbergen. Denn ich war dabei.«

Erikson nickte.

»Die Bedeutung dieser Episode sollte Ihnen klar sein.«

Erikson nickte noch einmal und fand endlich seine Stimme wieder. »Ich frage mich nur, ob sie gültig ist«, sagte er. »Schließlich haben Sie den Traum konstruiert und ständig unter Kontrolle gehalten. Ich habe das alles nicht wirklich *geträumt* – so wie man normalerweise etwas träumt. Ihre Gabe, alle möglichen Dinge geschehen zu lassen, gibt Ihnen immer die besseren Karten in die Hand, nicht wahr?«

Render schüttelte langsam den Kopf, stäubte Asche in die südliche Hemisphäre eines globusförmigen Aschenbechers und blickte Erikson in die Augen.

»Es trifft zu, daß ich das Format bestimmt und die Formen festgesetzt habe. Sie haben sie jedoch mit Gefühlswerten gefüllt und sie zu Symbolen, die Ihrem Problem entsprechen, erhoben. Wenn der Traum kein gültiges Analogon gewesen wäre, hätte er nicht die Reaktion hervorgerufen, die er bei Ihnen nachweislich hervorgerufen hat. Er wäre völlig frei von den Beklemmungsgefühlen geblieben, die auf den Magnetbändern gespeichert sind.

Sie werden jetzt seit vielen Monaten analysiert«, fuhr er fort, »und alles, was ich bisher in Erfahrung bringen konnte, hat mich zu der Überzeugung gebracht, daß alle Ihre Befürchtungen, ermordet zu werden, ohne jede Grundlage sind.«

Erikson starrte ihn verärgert an.

»Warum, zum Teufel, hätte ich Sie dann konsultiert?«

»Weil Sie sehr gerne das Opfer eines Mordes werden möchten«, sagte Render.

Erikson lächelte, nun wieder selbstsicher.

»Ich versichere Ihnen, Doktor, daß ich noch nie an Selbstmord gedacht habe oder je den Wunsch hatte, zu sterben.«

Er zog eine Zigarre aus der Tasche und zündete sie an. Seine Hand zitterte.

»Als Sie diesen Sommer zu mir kamen«, sagte Render, »haben Sie mir gesagt, daß Sie um Ihr Leben fürchteten. Sie waren allerdings sehr vage bei ihren Angaben, warum irgend jemand Sie ermorden wollte...«

»Meine Position. Man kann nicht so lange wie ich Abgeordneter sein, ohne sich eine Menge Feinde zu machen!«

»Trotzdem scheint Ihnen das geglückt zu sein«, erwiderte Render. »Als Sie mir die Erlaubnis gaben, diese Sache mit Ihren Detektiven durchzusprechen, wurde ich darüber informiert, daß man nichts finden konnte, das Ihrer Angst irgendeine reale Grundlage geben könnte. – Nichts.«

»Sie haben eben nicht gründlich genug gesucht – oder am falschen Ort. Sie werden schon noch was finden.«

»Das glaube ich nicht.«

»Und warum nicht?«

»Weil – ich wiederhole – Ihre Angst jeder objektiven Grundlage entbehrt. – Seien Sie doch ehrlich zu mir. Besitzen Sie irgendeine Information, irgendeinen Hinweis dafür, daß jemand Sie so haßt, daß er Sie umbringen wollte?«

»Ich bekomme viele Drohbriefe ...«

»Wie alle Abgeordneten. – Und alle Drohbriefe, die während des letzten Jahres an Sie geschickt wurden, sind überprüft worden, wobei sich herausstellte, daß sie von Schwachsinnigen stammten. Können Sie mir auch nur ein einziges Beweisstück liefern, das Ihre Behauptung untermauert?«

Erikson musterte nachdenklich die Spitze seiner Zigarre.

»Ich bin auf den Rat eines Freundes hin zu Ihnen gekommen«, sagte er. »Ich kam zu Ihnen, um Sie ein wenig in meinem Bewußtsein herumstochern zu lassen, damit Sie mir etwas finden sollten, was meine Detektive auf die richtige Spur bringen würde. – Vielleicht einen Menschen, den ich mal zu kräftig vor den Kopf gestoßen habe. – Oder ein für manche Bürger nachteiliges Gesetz, an dem ich mitgewirkt habe ...«

»... Und ich konnte nichts finden«, sagte Render. »Jedenfalls nichts, außer dem wahren Grund für Ihre innere Unzufriedenheit. Den aber wollen Sie nicht hören, Sie haben Angst davor, und deshalb versuchen Sie, mich daran zu hindern, Ihnen meine Diagnose zu erläutern ...«

»Das stimmt doch nicht!«

»Dann hören Sie zu: Wenn Sie etwas dazu sagen wollen, so tun Sie es hinterher. Sie haben sich seit Monaten hier herumgedrückt und sich geweigert, das von mir anzunehmen, was ich Ihnen in einem Dutzend verschiedener Versionen vorgeführt habe. Jetzt werde ich Ihnen klar und deutlich sagen, was es ist, und Sie können damit tun, was Sie wollen.«

»In Ordnung.«

»Vor allem«, sagte er, »wünschen Sie sich nichts so sehr, wie einen oder mehrere Feinde zu haben.«

»Lächerlich!«

»Weil es die einzige Alternative dazu ist, Freunde zu haben.«

»Ich habe eine ganze Menge Freunde!«

»Weil kein Mensch von seinen Mitmenschen völlig ignoriert werden möchte, weil er nicht ein Objekt sein möchte, dem man überhaupt kein echtes Gefühl entgegenbringt. Haß und Liebe sind die ultimativen Formen menschlicher Gefühle. Und da Ihnen das eine fehlte und Sie es auch nicht erzwingen konnten, suchten Sie das andere. Sie wünschten es sich so intensiv, daß Sie sich schließlich selbst von seiner Existenz überzeugen konnten. Aber diese Dinge haben alle ihren psychologischen Preis. Die Erfüllung eines echten emotionellen Verlangens durch Wunsch-Surrogate erzeugt keine wirkliche Befriedigung, sondern Beklemmung, Angst – weil die Psyche in diesen Dingen ein offenes System bleiben muß. Sie haben nicht außerhalb Ihrer selbst nach menschlichem Mitgefühl gesucht, Sie haben sich abgeschlossen. Sie haben das, was Sie benötigen, aus der Substanz ihrer eigenen Persönlichkeit geschaffen. Und Sie sind ein Mensch, der die Beziehung zu anderen Menschen sehr nötig braucht.«

»Quatsch!«

»Sie brauchen es mir nicht zu glauben«, sagte Render. »Doch ich rate Ihnen dazu.«

»Ich bezahle Sie seit einem halben Jahr, damit Sie mir helfen, herauszufinden, wer mich umbringen will. Und jetzt sitzen Sie da und wollen mir weismachen, daß ich die ganze Sache nur erfunden habe, um das Bedürfnis, gehaßt zu werden, zu befriedigen.«

»Gehaßt oder geliebt.«

»Absurd! Ich lerne so viele Menschen kennen, daß ich ständig einen Taschen-Recorder und eine Revers-Kamera bei mir trage, nur um sie mir alle merken zu können...«

»Eine Menge Leute kennenzulernen ist nicht das, was ich meine. – Sagen Sie mir: hat diese Traum-Sequenz *wirklich* eine tiefere Bedeutung für Sie gehabt?«

Erikson war einige Pendelausschläge der großen Wanduhr lang still.

»Ja«, gab er schließlich zu. »Das ist der Fall. Doch Ihre Auslegung dieser Tatsache ist trotzdem absurd. Aber nehmen wir einmal an – nur um die Sache durchzudiskutieren – daß sie zuträfe – was müßte ich tun, um mich von diesem Komplex zu befreien?«

Render lehnte sich in seinem Stuhl zurück.

»Finden Sie ein anderes Ziel für die Energien, die Sie darauf verwandt haben, diesen Komplex aufzubauen. Lernen Sie Menschen kennen, die Ihnen, dem Menschen Joe Erikson, ähnlich sind und nicht dem Abgeordneten Erikson. Suchen Sie sich ein Hobby, das Sie mit anderen Mensschen zusammen betreiben, irgend etwas Unpolitisches, und gewinnen Sie wirklich Freunde – oder Feinde, doch vorzugsweise Freunde. Das habe ich Ihnen doch von Anfang an geraten.«

»Dann raten Sie mir jetzt etwas anderes.«

»Mit Vergnügen.«

»Angenommen, Sie hätten wirklich recht, was ist dann der

Grund dafür, daß ich nicht geliebt oder gehaßt werde und noch nie geliebt oder gehaßt worden bin? Ich habe eine verantwortliche Stellung in der Politik. Ich lerne ständig neue Menschen kennen. Warum bin ich so ein Neutrum, so ein Ding?«

Render sagte:

»Immer mehr Menschen finden sich heutzutage in so einer Situation. Das kommt vor allem von der zunehmenden Komplexität unserer Gesellschaft, von der Entpersönlichung des Individuums zu einer soziometrischen Ziffer. Selbst die Kontakte zu anderen Menschen sind aus diesem Grund verkrampfter geworden. Es gibt heute einfach zu viele von uns.«

Erikson nickte, und Render lächelte innerlich.

Zuerst die schroffe Einleitung, dann die Lektion...

»Vielleicht haben Sie recht«, sagte Erikson. »Manchmal fühle ich mich wirklich so, wie Sie es eben beschrieben haben – als Ziffer, als etwas Unpersönliches ...«

Render blickte auf die Wanduhr.

»Was Sie nun unternehmen wollen, müssen Sie natürlich selbst entscheiden. Ich glaube, eine Fortsetzung der Analyse wäre vergeudete Zeit. Wir kennen jetzt beide den Grund Ihrer Klagen. Ich kann Sie nicht bei der Hand nehmen und Ihnen den Weg durch Ihr Leben zeigen. Ich kann ihn andeuten, ich kann Sie beraten – aber keine Tiefenanalysen mehr. Rufen Sie mich an, sobald Sie das Bedürfnis haben, Ihre Handlungen mit mir durchzusprechen und sie zu meiner Diagnose in Bezug zu setzen.«

»Das werde ich«, nickte Erikson, »und zum Teufel mit diesem Traum! Die Sache hat mich wirklich erschüttert. Sie können diese Träume so realistisch machen, als wenn man alles wirklich erlebte. Noch realistischer ... Es wird lange dauern, bis ich es vergessen kann.«

»Das hoffe ich auch.«

»Gut, Doktor.« Er stand auf und streckte die Hand aus. »In ein paar Wochen werde ich mich wahrscheinlich wieder melden. Ich werde ernstlich versuchen, mich geselliger zu geben.« Er grinste über das Wort, das er bisher nie gemocht hatte. »Fangen wir doch gleich damit an. Darf ich Sie zu einem Drink einladen? Gleich unten, um die Ecke ist eine Bar.«

Render drückte die feuchte Hand, der der Ritus des Händeschüttelns so zuwider zu sein schien wie einem erschöpften Star in einem allzu erfolgreichen Bühnenstück. Es tat ihm fast leid, daß er ablehnen mußte. »Vielen Dank. Ich habe leider schon eine Verabredung.«

Render half ihm in den Mantel, reichte ihm den Hut und begleitete ihn zur Tür.

»Also, gute Nacht.«

»Gute Nacht.«

Nachdem er die Tür geräuschlos hinter Erikson geschlossen hatte, ging Render über den dunklen Astrachan-Teppich in seine Mahagony-Festung zurück und warf seine Zigarette in die südliche Hemisphäre. Er lehnte sich in seinen Sessel zurück, die Hände hinter dem Kopf verschränkt, die Augen geschlossen.

»Natürlich war es realistischer als die Wirklichkeit«, sagte er vor sich hin. »Denn ich war der Former.«

Render grub in seinen Erinnerungen. Er hatte sich selbst analysieren lassen. Das Ergebnis: ein Mann mit stählernem Willen und außergewöhnlicher seelischer Stabilität. Und doch ein Außenseiter. Stark genug, um das basiliskenhafte Starren der Fixierungen zu ertragen, um unberührt durch die Chimären einer Perversion zu schreiten, um die dunkle Mutter Medusa zu zwingen, ihre Augen vor der Hinfälligkeit seiner Kunst zu schließen. Es war nicht schwer gewesen, ihn zu analysieren. Er hatte sich freiwillig eine Novocainspritze in den empfindlichsten Teil seines Gehirns geben lassen. Das war nun neun Jahre her (es erschien ihm heute viel länger), nach dem Unfall, bei dem Ruth, seine Frau, und ihre Tochter Miranda ums Leben gekommen waren. Damals hatte er begonnen, sich von seiner Umwelt, vom Leben abzukapseln. Vielleicht wollte er bestimmte Gefühle gar nicht wiederempfinden; vielleicht war seine Welt jetzt auf einer gewissen Gefühlskälte aufgebaut. Falls das zutreffen sollte, so kannte er die Funktionen der menschlichen Seele gut genug, um auch das zu erkennen, und hätte sich wahrscheinlich auch dazu bekannt, daß so eine Welt ebenfalls ihre Kompensationen besaß.

Sein Sohn Peter war jetzt zehn Jahre alt. Er besuchte eine der besten Schulen und schrieb seinem Vater jede Woche einen ausführlichen Brief. Diese Briefe wurden mit der Zeit stilistisch immer besser und zeugten von einer Frühreife, die Render mehr und mehr gefiel. Er würde den Jungen im nächsten Sommer mit nach Europa nehmen.

Was Jill anging (Jill de Ville war ein so komischer, lächerlicher Name, daß er sie allein deshalb liebte), so wurde sie ihm zunehmend interessanter. Er war fasziniert von ihrer unmusikalischen, nasalen Stimme, von ihrem plötzlichen Interesse für Architektur, ihrem Kummer über das Muttermal an der rechten Seite ihrer sonst perfekten Nase. Er sollte sie wirklich jetzt schon anrufen und mit ihr auf die Suche nach einem Restaurant gehen. Doch aus irgendeinem Grund hatte er plötzlich keine Lust mehr dazu.

Es war einige Wochen her, seit er zum letztenmal in seinem Club gewesen war, dem ›Rebhuhn und Skalpell‹-Club, und er fühlte plötzlich das starke Bedürfnis, an einem Eichentisch zu essen, allein, in dem mehrgeschossigen Speisesaal mit den drei Kaminen unter den künstlichen Fackeln und den Wildschweinköpfen, die wie die Reklame einer Gin-Marke wirkten. Also steckte er seine perforierte Mitgliedskarte in den Telefon-Schlitz seines Schreibtisches und hinter der Sichtscheibe ertönten zwei kurze Summ-Geräusche.

»Hallo, hier ›Rebhuhn und Skalpell‹-Club«, sagte eine Stimme. »Was kann ich für Sie tun?«

»Charles Render«, meldete er sich. »Ich möchte einen Tisch bestellen. Ich komme in etwa einer halben Stunde.«

»Für wieviel Personen?«

»Für mich allein.«

»Sehr wohl, Sir. In einer halben Stunde also. – Ihr Name ist ›Render‹, nicht wahr? R-e-n-d-e-r-?«

»Ja.«

»Ich danke Ihnen.«

Render unterbrach die Verbindung und stand auf. Draußen war es Nacht geworden.

Die Monolithen und die Türme strahlten jetzt in ihrem eigenen Licht. Ein leichter Schneefall rieselte wie Zucker durch die Schatten und verwandelte sich auf den Fensterscheiben in kleine, feuchte Rinnsale.

Render zog den Mantel an, schaltete die Lichter aus und verschloß sein Sprechzimmer. Auf Mrs. Hedges Schreibtisch im Vorzimmer lag ein Zettel.

Miss de Ville hat angerufen, stand darauf.

Er knüllte den Zettel zusammen und warf ihn in den Abfallschacht. Morgen würde er sie anrufen und ihr sagen, daß er bis spät in die Nacht an seiner nächsten Vorlesung gearbeitet hätte.

Er schaltete die letzte Lampe aus, setzte den Hut auf und ging aus der Wohnungstür, die er hinter sich abschloß. Der Lift trug ihn hinunter in die Tiefgarage, in der sein Wagen geparkt war.

Es war feuchtkalt in der Tiefgarage, und seine Schritte tönten überlaut auf dem Betonboden, als er zwischen den abgestellten Fahrzeugen entlangging. Unter dem grellen Schein nackter Lampen wirkte sein S-7 wie ein schlanker, silbergrauer Kokon, der jeden Augenblick aufbrechen und schnelle Flügel entfalten würde. Die Doppelreihe von Antennen, die auf der stromlinienflachen Karosserie wuchsen, erhöhte noch diesen Eindruck. Render öffnete die Tür.

Er drückte den Starter, und ein Summen wurde laut, als wäre eine einzelne Biene in einem großen Bienenkorb erwacht. Lautlos schloß er die Tür, als er das Lenkrad emporzog und verriegelte. Er fuhr die Spirale der Ausfahrtsrampe hinauf und kam vor dem riesigen Tor zum Stehen.

Während das Tor sich nach oben schwang, schaltete er die Beleuchtung seiner Routentafel ein und drehte den Knopf, der die Funkkarte in Position brachte. Er verschob sie von rechts nach links, von oben nach unten, bis er den Sektor der Carnegie Avenue vor sich hatte, in den er wollte. Er stellte die Koordinaten ein und versenkte das Lenkrad wieder. Das Fahrzeug wurde vom Autopiloten übernommen und zur Auffahrt der Autostraße gelenkt. Render steckte sich eine Zigarette an.

Er schob seinen Sitz zurück und ließ alle Fenster durchsichtig. Es war angenehm, halb zurückgelehnt die entgegenkommenden Wagen vorübergleiten zu sehen wie einen Schwarm Glühwürmchen. Er rückte den Hut aus der Stirn und blickte durchs Dach.

Er konnte sich nicht erinnern, ob er wirklich ein wenig eingenickt war oder nicht, was bewies, daß er wohl wirklich ein wenig geschlafen hatte. Er fühlte, wie der Wagen langsamer wurde, rückte den Sitz nach vorn und blickte wieder durch die Fenster. Fast im gleichen Augenblick zeigte der Summer an, daß die Automatik sich ausschaltete. Er hob das Lenkrad in Position und überließ den Wagen dem Parkroboter, der ihm sein Ticket ausspie und sich so an der gesamten Menschheit rächte, indem er jedem, den er bedienen mußte, seine Zunge aus Pappendeckel entgegenstreckte.

Wie immer waren die Geräusche so dezent wie die Beleuchtung. Der Club schien die Geräusche zu absorbieren und sie in Wärme umzusetzen, die Zungen mit Aromen zu besänftigen und das Ohr mit dem fröhlichen Geprassel der drei Kamine zu hypnotisieren. Render war beglückt, daß man ihm seinen Lieblingstisch, in der rechten Ecke vor dem kleinen Kamin, reserviert hatte. Er kannte die Menukarte auswendig, aber er studierte sie mit Hingabe, während er seinen Martini trank und sich eine Mahlzeit zusammenstellte, die seinem Appetit angemessen war. Sitzungen wie die eben abgehaltene machten ihn immer hungrig.

»Dr. Render . . . ?«

»Ja, bitte?« Er blickte auf.

»Dr. Shallot würde gern mit Ihnen sprechen«, sagte der Ober.

»Ich kenne niemanden, der Shallot heißt«, sagte er. »Sind Sie sicher, daß er nicht mit Bender sprechen will? Das ist ein Chirurg vom Metro, der manchmal hier ißt.«

Der Ober schüttelte den Kopf.

»Nein, Sir, er verlangt nach Dr. Render. – Sehen Sie.« Er zeigte Render die Visitenkarte, auf der sein Name in Versalien geschrieben stand. »Dr. Shallot hat seit zwei Wochen fast jeden Abend hier diniert«, erklärte er, »und jedesmal gebeten, sofort benachrichtigt zu werden, falls Sie erscheinen sollten.«

»Hm«, seufzte Render, »das ist eigenartig. Warum hat er mich nicht einfach in der Praxis angerufen?«

Der Ober lächelte und machte eine vage Geste.

»Sagen Sie ihm bitte, daß er herkommen möge«, sagte er und kippte den Rest seines Martini hinunter. »Und bringen Sie mir noch einen.«

»Dr. Shallot ist leider blind«, sagte der Ober. »Es wäre sicher einfacher . . .«

»Natürlich.« Render erhob sich und verließ seinen Lieblingstisch mit düsteren Vorahnungen, daß er an diesem Abend wohl nicht mehr hierher zurückkehren würde.

»Gehen Sie bitte voraus.«

Sie gingen zwischen den Tischen hindurch zu einem ein paar Stufen höher gelegenen Teil des Speisesaals. Ein bekanntes Gesicht grüßte von einem an der Wand stehenden Tisch, und Render nickte dem früheren Studienkollegen, der Jurgens oder Jirkins hieß, freundlich zu.

Sie blieben vor dem Tisch stehen, und Render blickte in dunkle Brillengläser, die sich ihnen zugewandt hatten. Dr. Shallot war eine Frau, etwa Anfang Dreißig. Ihr blonder Pagenschnitt, tief in die Stirn gekämmt, verbarg nicht ganz das silberne Plättchen, das sie wie ein Kastenzeichen über der Nasenwurzel trug. Render zog an seiner Zigarette, und ihr Kopf fuhr ein wenig zurück, als das glühende Ende der Zigarette aufflammte. Sie schien direkt in seine Augen emporzublicken. Es war ein unheimliches Gefühl, obwohl er wußte, daß alles, was sie von ihm wahrnehmen konnte, nur schwache Impulse waren, die ihr von der winzigen fotoelektrischen Zelle auf der Stirn über haarfeine Draht-Implantationen, die von dem Oszillator-Converter in ihr Sehzentrum führten, übermittelt wurden. Kurz gesagt, für sie war es nur das kurze Aufglimmen der Zigarette.

»Dr. Shallot, darf ich Sie mit Dr. Render bekannt machen«, sagte der Ober.

»Guten Abend«, sagte Render.

»Guten Abend«, sagte sie. »Ich heiße Eileen und möchte Sie sehr dringend sprechen.« Er glaubte, ein Zittern in ihrer Stimme zu hören. »Möchten Sie mit mir essen?«

»Mit Vergnügen«, sagte er, und der Kellner rückte ihm einen Stuhl zurecht.

Render setzte sich und sah, daß die Frau ihm gegenüber bereits einen Drink vor sich stehen hatte. Er erinnerte den Ober an seinen zweiten Martini.

»Haben Sie schon bestellt?« fragte er.

»Nein.«

»Und zwei Menus«, fuhr er fort, biß sich aber sofort auf die Zunge.

»Bitte nur eins«, lächelte sie.

»Also warten Sie, Ober!« sagte er und zählte ihr die Gänge auf. Dann bestellten sie.

»Machen Sie das immer so?« fragte sie dann.

»Was?«

»Die Menus im Kopf herumtragen.«

»Nur einige«, sagte er, »für besondere Gelegenheiten. Weshalb wollten Sie mich sehen – ich meine, mit mir sprechen.«

»Sie sind ein Neuropartizipations-Therapeut«, sagte sie, »ein Former.«

»Und Sie sind . . .«

». . . Assistenzärztin an der staatlichen psychologischen Klinik. Noch für ein Jahr.«

»Dann kennen Sie sicher Sam Riscomb.«

»Aber ja. Er hat mir geholfen, die Stelle zu bekommen. Er war mein Lehrer.«

»Er war ein guter Freund von mir. Wir haben zusammen studiert.«

Sie nickte. »Er hat oft von Ihnen gesprochen. Das war einer der

Gründe, weshalb ich Sie kennenlernen wollte. Er hat mir geraten, meinen beruflichen Weg weiterzuverfolgen. Trotz meiner Blindheit.«

Render starrte sie an. Sie trug ein dunkelgrünes Kleid, das wie Samt glänzte. Auf der linken Seite des Oberteils trug sie eine Nadel, die aus Gold zu sein schien. Der Nadelkopf war ein roter Stein, der ein Rubin sein konnte, eingerahmt von einem Golddraht in Form eines Pokals. Oder waren es vielleicht zwei im Profil umrissene Gesichter, die einander durch den roten Stein hindurch anstarrten?«

Der Schmuck kam Render irgendwie bekannt vor, aber er konnte nicht sagen, woher. Er glitzerte kostbar in dem matten Licht.

Render nahm von dem Ober seinen Drink entgegen.

»Ich möchte auch Neuropartizipations-Therapeut werden«, sagte sie.

Wenn sie hätte sehen können, hätte Render geglaubt, daß sie ihn deshalb so intensiv anblickte, um ihm die Antwort vom Gesicht ablesen zu können. Er wußte nicht, was für eine Antwort sie erwartete.

»Ich freue mich über Ihren Entschluß«, sagte er, »und ich bewundere Ihren Ehrgeiz.« Er versuchte, sein Lächeln in die Stimme zu legen. »Es ist natürlich nicht einfach, da die Erfordernisse sich nicht nur auf das Theoretische beschränken.«

»Ich weiß«, sagte sie. »Aber ich bin seit meiner Geburt blind, und es war nicht einfach, so weit zu gelangen, wie ich gekommen bin.«

»Seit Ihrer Geburt?« wiederholte er. »Ich hätte geglaubt, daß Sie Ihr Sehvermögen erst vor relativ kurzer Zeit verloren haben. Sie haben also Ihre gesamte Schul- und Universitätsausbildung ohne Augen ... Das ist wirklich eine Leistung!«

»Danke«, sagte sie. »Aber es war wirklich nicht so schlimm. Ich habe von den ersten Neuropartizipations-Therapeuten gehört, Bartelmetz und den anderen, als ich noch ein Kind war. Und schon damals habe ich mich entschlossen, auch einer zu werden. Seither ist mein ganzes Leben von diesem Gedanken beherrscht gewesen.«

»Wie haben Sie eigentlich die Laborausbildung geschafft, ohne sehen zu können?« fragte er. »Ohne je durch ein Mikroskop zu blikken ... Und all die Lehrbücher ...«

»Ich habe Leute angestellt, die mir den Stoff vorlesen mußten, ich nahm alles auf Tonband auf. Und da man wußte, daß ich mich auf Psychiatrie spezialieren wollte, hat man mir viel von der Laborarbeit erlassen. Beim Sezieren wurde ich von Assistenten angeleitet, die mir alles, was ich nicht sehen konnte, erklärten. Ich kann allerdings sehr viel mit den Fingerspitzen identifizieren – und ich habe ein Gedächtnis dafür wie Sie für Speisekarten«, lächelte sie.

»Unser Dinner ist schon im Anmarsch«, sagte er und hob sein Glas, während das auf dem Schnellkocher zubereitete Dinner in einem Servierwagen zu ihrem Tisch geschoben wurde.

»Das ist einer der Gründe, warum ich mit Ihnen sprechen wollte«, fuhr sie fort und nahm ihr Glas auf, als sie das leise Klirren von Geschirr vernahm. »Ich möchte Sie bitten, mir zu helfen, auch ein Former zu werden.«

Ihre verschatteten Augen, so leer wie die einer Statue, suchten wieder seinen Blick.

»Diese Situation wäre, glaube ich, einmalig«, sagte er. »Meines Wissens hat es noch nie einen von Geburt an blinden Neuropartizipienten gegeben. Wohl aus sehr wichtigen Gründen. Ich muß erst alle Aspekte Ihres Anliegens durchdenken, bevor ich Ihnen einen Rat geben kann. Aber zuerst wollen wir essen. Ich sterbe vor Hunger.«

»Gut. Aber meine Blindheit besagt nicht, daß ich nie gesehen habe.«

Er fragte nicht, was sie damit meinte, weil ihm der Duft des Steaks in die Nase stieg, und vor seinem Teller stand eine Flasche Chambertin. Er zügelte seinen Appetit jedoch lange genug, um beobachten zu können, wie sie ihre linke Hand auf den Tisch legte. Sie trug keinen Ring.

»Ob es wohl immer noch schneit?« fragte er, als sie beim Kaffee angelangt waren. »Als ich in den Parkdom einfuhr, hat es ziemlich gestöbert.«

»Hoffentlich«, sagte sie. »Ich liebe die Kühle des Schnees auf meiner Haut. Obgleich er das Licht streut, und ich dann überhaupt nichts mehr ›sehen‹ kann.«

»Und wie finden Sie sich draußen zurecht?«

»Mit meinem Hund, Sigmund – ich habe ihm heute frei gegeben.« Sie lächelte. »Er führt mich überallhin. – Er ist ein mutierter Schäferhund.«

»Wirklich? Kann er gut sprechen?«

Sie nickte.

»Ich glaube aber, daß die Operation bei ihm nicht so erfolgreich war wie bei manch anderen Hunden. Er besitzt zwar einen Wortschatz von etwa vierhundert Wörtern, aber ich glaube, daß ihm das Sprechen eine Qual ist. Er ist ziemlich intelligent. Sie müssen ihn einmal kennenlernen.«

Render dachte nach.

»Ja«, sagte er, »wir sollten vielleicht eine Arbeit über die Neurosen der Hunde schreiben. Bezeichnet er manchmal seinen Vater als den Sohn einer Hündin?«

»Er hat seinen Vater nie gekannt«, sagte sie völlig sachlich. »Er wurde allein aufgezogen, ohne die Gesellschaft anderer Hunde. Seine Handlungen könnten also nie als typisch bezeichnet werden. Ich glaube außerdem nicht, daß man jemals durch Studium einer Mutation etwas über die funktionelle Psychologie des Hundes in Erfahrung bringen könnte.«

»Da haben Sie wahrscheinlich recht«, schloß er das Thema ab. »Noch etwas Kaffee?«

»Nein, danke.«

Er fand, daß es Zeit wurde, die Diskussion fortzusetzen, und sagte: »Sie wollen also ein Former werden.«

»Ja.«

»Ich hasse es, irgend jemanden seine Illusionen zu nehmen«, sagte er. »Ich hasse es wie Gift, wirklich. Es sei denn, daß überhaupt keine reale Grundlage dafür existiert. In dem Fall kann ich sehr direkt und rücksichtslos werden. Also – ganz ehrlich und in aller Offenheit – ich sehe wirklich keinen Weg für Sie. Sie sind vielleicht eine hervorragende Psychologin, doch ist es, meiner Meinung nach, für Sie physisch und psychisch unmöglich, jemals ein Neuropartizipations-Therapeut zu werden. Das möchte ich damit begründen ...«

»Warten Sie«, sagte sie. »Bitte nicht hier. Tun Sie mir den Gefallen. Mir fällt hier die Decke auf den Kopf. Gehen wir woanders hin, wo wir in Ruhe reden können. Vielleicht kann ich Sie davon überzeugen, daß es *doch* einen Weg gibt.«

»Warum nicht?« Er zuckte die Schultern. »Ich habe viel Zeit. Wohin also?«

»Wie wär's mit einer Blindtour.«

Er unterdrückte rechtzeitig seine deplazierte Heiterkeit über den Ausdruck. Aber sie lachte laut.

»Einverstanden«, sagte er, »aber ich habe immer noch Durst.«

Er bestellte eine Flasche Champagner zum Mitnehmen und unterschrieb trotz ihres Protestes den Scheck für die Rechnung. Der Ober brachte die Flasche in einem schreiend bunten ›Ein-Drinkfür-den-Autofahrer‹-Körbchen; sie stand auf, und er sah, daß sie ziemlich groß war. Aber nicht so groß wie er.

Blindtour.

Eine Bezeichnung für ein nuancenreiches Spiel mit dem automatisch gesteuerten Auto. Durch das Land rasend, in den sicheren Händen eines unsichtbaren Fahrers, alle Fenster undurchsichtig, die Nacht dunkel, den Himmel hoch über sich, die vier Reifen auf dem Asphalt singend wie Kreissägen – und nie zu wissen, wohin man fährt, und wo man gerade ist, gelingt es zuweilen selbst im kühlsten Gehirn eine Ahnung von Unabhängigkeit und Individualität anzufachen, ein momentanes Bewußtwerden des Selbst durch das völlige Sich-Absondern von allem, hingegeben allein dem Gefühl der Bewegung. Und das deshalb, weil die Fortbewegung durch Dunkelheit die höchstmögliche Abstraktion des Lebens selbst ist – so hatte es zumindest einer der großen Komödianten ausgedrückt, und alle Zuhörer hatten sich darüber amüsiert.

Render fuhr aus dem Parkdom und auf den Autobahn-Zubringer. Er hielt an.

»Wollen Sie die Koordinaten drücken?« fragte er.

»Tun Sie es lieber selbst. Meine Finger kennen sich zu gut aus.«

Render drückte ohne hinzusehen mehrere Knöpfe. Der Wagen rollte auf die Autobahneinfahrt zu. Render stellte eine höhere Geschwindigkeit ein, und der Wagen wurde auf die Expreßbahn gelenkt.

Die Scheinwerfer brannten Lichtschneisen in das Dunkel. Rasch blieb die Stadt hinter ihnen zurück; glimmende Freudenfeuer zu beiden Seiten der Fahrbahn, von plötzlichen Windstößen angefacht, von weißen Wirbeln wieder verhüllt, von einem steten grauen Aschenregen bedeckt. Render wußte, daß seine Geschwindigkeit nur etwa sechzig Prozent von der betrug, die er in einer klaren, trokkenen Nacht erreicht hätte.

Er machte die Fenster nicht undurchsichtig, sondern lehnte sich zurück und starrte hinaus. Eileen ›sah‹ nach wer weiß was für Lichtern, die vor ihnen flogen. Zehn oder fünfzehn Minuten lang sprach keiner von ihnen ein Wort ...

Die Stadt zerfiel zur Vorstadt, und nach einer Weile sah man die ersten offenen Felder und Wiesen vorüberrauschen.

»Erzählen Sie mir, wie's draußen aussieht«, sagte sie.

»Warum haben Sie mich nicht gebeten, Ihnen zu sagen, wie Ihr Dinner aussieht, oder die Ritterrüstung neben dem Tisch?«

»Weil ich das eine schmecken und das andere fühlen konnte. Hier kann ich es nicht.«

»Es schneit. Denken Sie sich das weg, dann bleibt nur Dunkelheit.«

»Was noch?«

»Es liegt Schneematsch auf der Fahrbahn. Wenn er festfriert wird der Verkehr auf Schrittempo herabgedrosselt, falls wir dem Schneesturm nicht vorher entkommen. Der Schnee sieht aus wie alter, dunkler Sirup, der an der Oberfläche zuckerig zu werden beginnt.«

»Was noch?«

»Das ist alles.«

»Schneit es jetzt mehr oder weniger als zu der Zeit, als wir den Club verließen?«

»Mehr, würde ich sagen.«

»Würden Sie mir einen Drink eingießen?«

»Selbstverständlich.«

Sie drehte ihren Sitz nach innen, und Render ließ den Tisch ausfahren. Dann nahm er zwei Gläser aus dem Wandschrank.

»Auf Ihr Wohl«, sagte Render, nachdem er eingeschenkt hatte.

»Auf das Ihre.«

Render kippte seinen Drink mit einem Zug. Sie nippte in kleinen, vorsichtigen Schlucken. Er wartete auf ihre nächste Frage. Er wußte, daß man das sokratische Spiel nicht zu zweit spielen kann, und erwartete noch mehr Fragen, bevor sie zur Sache kommen würde.

Sie fragte: »Was ist das Schönste, das Sie je gesehen haben?«

Richtig geraten dachte er zufrieden.

»Wir bewegen uns entlang einer großen Schüssel, die mit Sand gefüllt ist«, sagte er. »Schnee treibt hinein, sanft, weich. Im Frühling wird er schmelzen, das Schmelzwasser wird in der Erde versickern oder von der Sonnenhitze aufgesogen werden. Und nur der Sand bleibt zurück. Auf dem Sand wächst nichts außer ein paar Kakteen. Es gibt keine Lebewesen außer den Schlangen, ein paar Vögeln, Insekten, ein paar herumstreifende Kojoten. Am Nachmittag suchen all diese Lebewesen den Schatten. Irgendwo, hinter einem alten Zaunpfahl, hinter einem Stein, einem Schädel oder einem Kaktus, wo immer die Sonne abgehalten wird, sehen Sie, wie das Leben vor den Elementen Schutz sucht. Doch die Farben sind unbeschreiblich schön, und die Elemente sind fast noch wunderbarer als die Dinge, die sie zerstören.«

»So einen Ort gibt es nicht. Jedenfalls nicht hier«, sagte sie.

»Wenn ich es sage, gibt es ihn auch. Was soll das heißen, es gibt ihn nicht? Ich habe ihn doch selbst gesehen.«

»Ja. – Sie haben recht.«

»Und es spielt doch überhaupt keine Rolle, ob es nur ein Gemälde war, das eine Frau namens O'Keefe gemalt hat, oder ob es direkt vor unserem Fenster liegt, stimmt's? Hauptsache, ich habe es gesehen.«

»Ich gebe zu, daß die Diagnose stimmt«, sagte sie. »Wollen Sie sie für mich stellen?«

»Nein, reden Sie.«

Er füllte die kleinen Gläser noch einmal.

»Mein Defekt betrifft nur meine Augen«, sagte sie, »nicht mein Gehirn.«

Er reichte ihr Feuer.

»Ich könnte mit den Augen anderer Menschen sehen, wenn ich in ihr Gehirn eindränge.«

Er steckte sich auch seine Zigarette an.

»Die Neuropartizipation basiert auf der Erkenntnis, daß zwei Nervensysteme die gleichen Impulse, die gleichen Fantasien teilen können.«

»*Kontrollierte* Fantasien.«

»Ich könnte Therapie anwenden und gleichzeitig wirkliche visuelle Eindrücke haben.«

»Nein«, sagte Render.

»Sie wissen nicht, was es heißt, von einem ganzen Bereich von Sinneseindrücken ausgeschlossen zu sein! Zu wissen, daß jeder mongoloide Idiot Ihnen etwas sehr Wesentliches voraus hat, was Ihnen nie zugänglich sein wird. Und das er nicht einmal zu schätzen weiß, weil er – genau wie ich – lange vor seiner Geburt von einem Gericht des biologischen Zufalls dazu verurteilt wurde, von einem Gericht, das keine Gerechtigkeit kennt, sondern nur den Zufall, kurz und einfach ausdrückt.«

»Die Gerechtigkeit wurde nicht vom Universum erfunden, sondern von den Menschen. Unglücklicherweise muß der Mensch in diesem Universum leben.«

»Ich bitte nicht das Universum, mir zu helfen – ich bitte Sie.«

»Tut mir leid«, sagte Render.

»Und warum wollen Sie mir nicht helfen?«

»Sie demonstrieren mir eben den hauptsächlichen Grund dafür.«

»Und der wäre ...?«

»Emotion. Diese Sache bedeutet Ihnen zu viel. Wenn der Therapeut seinem Patienten gleichgeschaltet ist, wird er narco-elektrisch von den meisten seiner eigenen physischen Empfindungen abgetrennt. Das ist notwendig, weil sein Verstand sich völlig auf seine Aufgabe konzentrieren muß. Es ist auch notwendig, daß seine Gefühle auf ähnliche Weise reduziert werden. Das ist natürlich allein deshalb nicht so einfach, weil sich Gefühle niemals ganz unterdrükken lassen. Die Gefühle des Therapeuten werden jedoch in ein generelles Empfinden von schöpferischer Kraft sublimiert – oder, wie in meinem Fall, in einen künstlerischen Traum. Für Sie würde jedoch das ›Sehen‹ zu viel bedeuten. Sie würden ständig Gefahr laufen, die Kontrolle über den Traum zu verlieren.«

»Da bin ich nicht Ihrer Meinung.«

»Natürlich nicht. Aber es bleibt doch die Tatsache, daß Sie sich ständig mit dem Abnormalen befassen müßten. Die Kraft einer Neurose ist für neunundneunzig Prozent und mehr der Bevölkerung unvorstellbar, weil wir niemals die Intensität unserer eigenen richtig einschätzen können – geschweige denn die anderer Menschen, solange wir sie nur von außen sehen. Das ist der Grund dafür, daß es kein Neuropartizipations-Therapeut wagt, einen ausgesprochenen Psychopathen zu behandeln. Die wenigen Mutigen, die es gewagt haben, befinden sich heute selbst in Behandlung. Es ist, als ob man in einen Mahlstrom taucht. Wenn der Therapeut bei einer intensiven Sitzung die Kontrolle verliert, kann leicht aus dem Former ein Geformter werden. Die Synapsen reagieren wie in einer Kettenreaktion, wenn Nervenimpulse künstlich verstärkt werden. Und der Übertragungseffekt tritt fast augenblicklich ein.

Vor fünf Jahren bin ich oft Ski gelaufen. Und zwar deshalb, weil ich ein wenig an Klaustrophobie litt. Ich war ständig auf der Flucht, und es dauerte sechs Monate, bis ich die Sache überwinden konnte – und alles nur, weil mir in einem unmeßbaren Sekundenbruchteil ein geringfügiger Fehler unterlaufen war. Ich mußte den Patienten einem anderen Therapeuten übergeben. Und das war nur eine sehr geringfügige Erschütterung infolge eines Fehlers. Wenn Sie wegen einer schönen Szenerie vor Staunen vergessen, den Mund zuzumachen, liebes Kind, könnten Sie für den Rest Ihres Lebens in einer Klapsmühle landen.«

Sie trank aus, und Render schenkte ihr Glas wieder voll. Draußen raste die Nacht vorbei. Die Stadt lag weit hinter ihnen und die Straße offen und frei vor ihnen.

Die Dunkelheit gewann immer mehr Raum zwischen dem dünner fallenden Schnee, der Wagen erhöhte seine Geschwindigkeit.

»Also gut«, gab sie zu, »vielleicht haben Sie recht. Trotzdem glaube ich, daß Sie mir helfen können.«

»Wie?« fragte er.

»Gewöhnen Sie mich an das Sehen, so daß die Eindrücke für mich den Reiz des Neuen verlieren, daß die Emotionen sich abnutzen. Nehmen Sie mich als Patientin an und heilen Sie mich von meinem Seh-Komplex. Dann verliert das, was Sie mir eben gesagt haben, seine Gültigkeit, und ich könnte dann mit der Ausbildung beginnen und mich dabei voll auf die Behandlung konzentrieren. Ich wäre dann in der Lage, die Freude des Sehens in ein anderes Gefühl zu sublimieren.«

Render bezweifelte es.

Aber vielleicht war es doch möglich. Es wäre sicher ein sehr schwieriges Unterfangen, das wußte er, aber vielleicht ...

Damit könnte er in die Geschichte der Therapeutik ...

Es gab niemanden, der für einen solchen Versuch qualifiziert war, weil sich bisher noch niemand daran gewagt hatte.

Eileen Shallot war eine Rarität – nein, ein einmaliger Fall – denn wahrscheinlich war sie der einzige Mensch auf der Welt, bei dem die notwendigen akademischen Voraussetzungen mit den erforderlichen physischen Behinderungen zusammenfielen.

Er leerte sein Glas, füllte es nach, füllte das ihre.

Er dachte immer noch über das Problem nach, als es summte, die Leuchttafel mit ›BITTE KOORDINATEN EINGEBEN‹ aufflammte, der Wagen auf den Parkstreifen ausscherte und zum Halten kam. Er schaltete den Summer ab und blieb eine ganze Weile schweigend sitzen, in Nachdenken versunken.

Zwei Drinks waren noch übrig. Als sie getrunken waren, warf er die leere Flasche in den Abfallbehälter.

»Wissen Sie was?« fragte er.

»Was?«

»Wir sollten es vielleicht doch versuchen.«

Er beugte sich vor, um die Koordinatenknöpfe zu drücken. Aber sie kam ihm zuvor. Und als sie die Knöpfe drückte und der S-7 lospreschte und in eine Kurve schoß, küßte sie ihn. Unterhalb des Randes ihrer Brille spürte er, daß ihre Wangen feucht waren.

2

Der Selbstmord bedrückte ihn mehr, als er geglaubt hatte, und Mrs. Lambert hatte einen Tag zuvor angerufen und ihren Termin streichen lassen. Also trug er, als er seine Praxis betrat, die dazu passende Zigarre und die dazu passende gerunzelte Stirn.

»Haben Sie gehört . . .?« fragte Mrs. Hedges.

»Ja.« Er warf seine Jacke auf den Schreibtisch, der in der hinteren Ecke des Raumes stand, trat ans Fenster und starrte hinaus.

»Ja«, wiederholte er, »ich bin gerade vorbeigefahren, ich hatte die Scheiben nicht verdunkelt. Sie waren immer noch beim Säubern, als ich vorbeikam.«

»Kannten Sie ihn?«

»Ich kenne nicht einmal seinen Namen. Woher auch?«

»Priss Trully hat mich gerade angerufen – sie ist im Empfang von diesem Ingenieurbüro im 86. Stockwerk. Sie sagte mir, er hieß James Irizarry und war der Anzeigen-Designer. Sein Büro lag auf der gleichen Etage. – Furchtbar hoch, um da runterzufallen. Er war sicher schon bewußtlos, als er aufschlug, nicht? Er hat einmal die Mauer gestreift. Wenn Sie sich etwas aus dem Fenster lehnen, können Sie sehen, wo es passiert ist - dort links, wo . . .«

»Schon gut, Bennie – Weiß Ihre Freundin auch, warum er's getan hat?«

»Das nicht gerade. Seine Sekretärin kam schreiend den Gang heruntergelaufen. Es scheint, als ob sie in sein Büro gegangen ist, um mit ihm über einen Entwurf zu reden, als er gerade auf die Fensterbank stieg. Auf seinem Schreibtisch war ein Zettel: ›Ich habe alles, was ich haben wollte. Was soll ich noch hier?‹ – Ziemlich komisch, finden Sie nicht auch? – Ich meine, natürlich nicht wirklich komisch.«

»Ja. – Wissen Sie etwas über seine persönlichen Verhältnisse?«

»Verheiratet, zwei Kinder. Guter Ruf, geschäftlich und privat. Sehr erfolgreich im Beruf. Viele Aufträge. Keine Laster. – Er konnte sich schließlich das Büro in dem Hochhaus leisten.«

»Mein Gott!« Render wandte sich um. »Haben Sie seine Personalakte hier, oder was?«

»Ach, wissen Sie«, sie zuckte ihre fleischigen Schultern. »Ich habe hier überall Freundinnen. Wir tratschen über alles mögliche, wenn wir Zeit dazu haben. Und außerdem ist Prissy meine Schwägerin.«

»Soll das heißen, daß auch meine Biographie sofort die Runde machen würde, wenn es mir einfallen sollte, jetzt aus dem Fenster zu springen?«

»Natürlich.« Sie verzog ihre hellroten Lippen zu einem Lächeln. »Aber das werden Sie doch nicht tun, nicht wahr? Jedenfalls nicht gleich heute. – Wissen Sie, das wäre ein bißchen zuviel, zwei an einem Tag, und längst nicht so aufregend, als wenn Sie's als Solo machen würden. – Aber Sie sind ja ein Gehirnwäscher«, lachte sie. »Sie tun's bestimmt nicht.«

»Sie kennen anscheinend die Statistiken nicht«, sagte er. »Bei Ärzten und Rechtsanwälten ist die Selbstmordrate dreimal höher als in anderen Berufssparten.«

»He!« Sie sah wirklich ängstlich aus. »Gehen Sie doch von dem Fenster weg!«

Wenn Sie tot wären, müßte ich für Dr. Hanson arbeiten. Und der ist ein Ferkel.«

Er trat an ihren Schreibtisch.

»Man weiß wirklich nie, wann Sie es ernst meinen und wann nicht«, sagte sie.

»Ich danke Ihnen für Ihre Anteilnahme«, nickte er. »Wirklich. Außerdem haben mir Statistiken noch nie sonderlich imponiert, sonst hätte ich meinen Job schon vor vier Jahren aufgeben müssen.«

»Es würde jedenfalls eine tolle Schlagzeile geben« überlegte sie. »Alle Reporter würden mich über Sie ausfragen... Sagen Sie, warum tun sie's eigentlich?«

»Wer?«

»Alle, die's tun.«

»Woher soll ich das wissen, Bennie? Ich bin nur ein einfacher Seelendoktor. Wenn ich eine generelle Gesetzmäßigkeit für den Selbstmord entdecken könnte – und dann vielleicht auch eine Methode, ihn vorauszusehen, würde das vielleicht größere Schlagzeilen machen, als wenn ich hier aus dem Fenster springen würde. Aber ich werde ihn nicht finden, weil es keinen alleinigen, generellen Grund für Selbstmord gibt. – Meiner Meinung nach, jedenfalls.«

»Oh.«

»Vor fünfunddreißig Jahren stand er noch an neunter Stelle aller Todesursachen in den Vereinigten Staaten. Heute ist er Nummer sechs für ganz Nord- und Südamerika. Und Nummer sieben, glaube ich, in Europa.«

»Und niemand wird je erfahren, warum Irizarry aus dem Fenster gesprungen ist?«

Render zog sich einen Stuhl heran und setzte sich.

Er schnippte seine Asche in ihren kleinen, leuchtenden Aschenbecher. Sie leerte ihn hastig in den Abfallschacht und hustete. Es war eine ganz bestimmte Art von Husten.

»Man kann natürlich über einen Grund spekulieren«, sagte er »Und in meinem Beruf tut man das natürlich oft. Das erste, was man in Betracht ziehen sollte, sind persönliche Dispositionen, die einen Menschen zu periodisch auftretenden Depressionen neigen lassen. Menschen dagegen, die ihre Gefühle streng unter Kontrolle halten, die sehr gewissenhaft sind und sich mehr als normal über kleine Dinge aufregen ...« Er stäubte wieder einige Ascheflocken in ihren Aschenbecher und beobachtete sie, wie sie ihn schon wieder auskippen wollte, doch plötzlich zog sie ihre Hand zurück. Er grinste spöttisch und fuhr fort: »Kurz gesagt, die jene Charakteristiken besitzen, die den freien, individuellen Berufssparten eigen sind, also Ärzten, Anwälten, Künstlern, und weniger den Team-Arbeitern ...«

Sie blickte ihn prüfend an.

»Keine Angst«, lachte er. »Ich finde das Leben verdammt schön.«

»Sie wirken aber heute ein bißchen niedergeschlagen.«

»Peter hat angerufen. Er hat sich gestern beim Turnen den Knöchel gebrochen. Man sollte da wirklich besser aufpassen. Ich überlege mir, ob ich ihn nicht auf eine andere Schule schicken soll.«

»Schon wieder?«

»Vielleicht. Ich werde sehen. Der Direktor wird mich heute nachmittag anrufen. Mir gefällt es auch nicht, den Jungen von einer Schule zur anderen zu schicken. Aber ich möchte, daß er seine Schulzeit heil und gesund übersteht.«

»Ein Kind hat nun mal hin und wieder einen Unfall. Das ist – statistisch erwiesen.«

»Statistiken sind nicht dasselbe wie Bestimmung, Bennie. Die hat jeder selbst in der Hand.«

»Seine Statistik, oder seine Bestimmung?«

»Beides, denke ich.«

»Ich glaube, wenn etwas passieren soll, dann passiert es auch.«

»Das glaube ich nicht. Ich bin vielmehr der Meinung, daß der menschliche Wille, mit Unterstützung des Verstandes, einen gewissen Einfluß auf die Ereignisse ausübt. Falls ich nicht dieser Meinung wäre, könnte ich nicht in diesem Beruf arbeiten.«

»Die Welt ist doch nichts als eine Maschine. Ursachen und Wirkungen. Statistiken weisen auf die Wahrscheinlichkeit hin, daß ...«

»Der menschliche Verstand ist keine Maschine, und ich kenne das Gesetz von Ursache und Wirkung nicht. Niemand kennt es.«

»Sie haben doch auch Chemie studiert, wenn ich mich recht erinnere. Sie sind doch Wissenschaftler, Doktor.«

»Na und? Dann bin ich eben ein trotzkistischer Abweichler«, lächelte er und reckte sich, »und Sie waren früher Ballett-Lehrerin.« Er stand auf und griff nach seiner Jacke.

»Übrigens, Miss de Ville hat angerufen und eine Nachricht für Sie hinterlassen«, sagte sie. »Miss de Ville wollte wissen, was Sie von St. Moritz halten.«

»Zu versnobt«, entschied er. »Es bleibt bei Davos.«

Weil dieser Selbstmord ihn mehr bedrückte, als er dachte, schloß Render die Tür seines Büros und machte mit einem Knopfdruck die Fensterscheiben undurchsichtig. Dann schaltete er den Plattenspieler und die Schreiblampe ein.

Wie hat sich der Wert des menschlichen Lebens, schrieb er, *seit der industriellen Revolution verändert?*

Er las den Satz ein zweites Mal. Es war das Thema für eine Vorlesung, die er am kommenden Samstag halten sollte. Wie immer, wußte er nicht, was er sagen sollte, weil er so viel zu diesem Thema zu sagen hatte, und ihm nur eine halbe Stunde dafür zur Verfügung stand.

Er stand auf und begann im Büro hin und her zu gehen, das nun von den Klängen von Beethovens 8. Symphonie erfüllt wurde.

»Die Macht, anderen wehzutun«, sagte er, während er ein Revers-Mikrophon ansteckte und das Aufnahmegerät einschaltete, »hat sich in direkter Beziehung zum technologischen Fortschritt entwikkelt.« Seine imaginären Zuhörer wurden still. Er lächelte. »Die Fähigkeit des Menschen, den anderen zu töten und zu verletzen, ist durch die Massenproduktion multipliziert worden; seine Möglichkeiten, den anderen durch persönlichen Kontakt psychisch zu verwunden, haben sich in exakter Relation mit der Entwicklung der Kommunikationsmittel vergrößert. Aber das alles sind Binsenweisheiten und gehören nicht zum Thema, das ich heute mit Ihnen diskutieren will. Ich möchte vielmehr über etwas sprechen, was ich als Autopsychomimesis bezeichnen möchte – die selbst hervorgerufenen Angst-Komplexe, die bei flüchtiger Betrachtung den klassischen Mustern sehr ähnlich scheinen, jedoch in Wirklichkeit radikale Dispersionen psychischer Energie darstellen. Sie sind, besonders in unseren Tagen . . .«

Die Glocke des Telefons schlug kurz an. Render hörte es nicht, weil die Achte den Raum füllte.

»Wir haben Angst vor dem Unbekannten«, fuhr er fort. »Und das Morgen ist die große Unbekannte. Mein eigenes, spezielles Gebiet der Psychiatrie hat vor dreißig Jahren noch nicht einmal existiert. Die Wissenschaften machen heute so schnelle, riesige Fortschritte, daß die Öffentlichkeit wirklich beunruhigt ist – ›verstört‹ ist vielleicht treffender – über das endgültige Ziel dieser Entwicklung: der totalen Mechanisierung aller Dinge dieser Welt . . .«

Er ging am Schreibtisch vorbei, als das Telefon sich wieder meldete. Er schaltete das Tonbandgerät ab.

»Hallo!«

»Sankt Moritz«, sagte sie.

»Davos«, erwiderte er bestimmt.

»Charlie, du bist wirklich unausstehlich.«

»Du auch, meine liebe Jill.«

»Wollen wir nicht heute abend darüber reden?«

»Da gibt's nichts zu reden.«

»Aber du holst mich doch um fünf ab, nicht wahr?«

Er zögerte. Dann sagte er: »Ja, um fünf. Wieso ist die Video-Scheibe leer?«

»Ich habe sie abgeschaltet. Wegen meiner neuen Frisur. Ich will dich doch damit überraschen.«

Er unterdrückte ein Auflachen. »Hoffentlich angenehm – dieses Mal. Also gut, dann bis fünf.« Er wartete, bis sie ›auf Wiedersehen‹ gesagt hatte, und legte auf.

Er machte die Fensterscheiben durchsichtig, schaltete die Schreibtischlampe aus und blickte hinaus.

Grau bewölkter Himmel, und viele herabtaumelnde Schneeflokken, die sich hinunterstürzten in den Lärm, um sich zu verlieren . . .

Er sah auch, als er das Fenster öffnete und sich hinauslehnte, die Stelle an der Wand des Hochhauses, an der Irizarry seinen vorletzten Eindruck auf dieser Welt hinterlassen hatte.

Er schloß das Fenster und hörte sich das Ende der Symphonie an. Es war jetzt eine Woche her, seit er mit Eileen diese Fahrt unternommen hatte. Um eins war er mit ihr verabredet.

Er erinnerte sich, wie ihre Fingerspitzen über sein Gesicht geglitten waren, wie Blätter, oder wie Insekten, als sie sich seine Konturen in der uralten Weise der Blinden eingeprägt hatte. Die Erinnerung war nicht ausschließlich angenehm. Er fragte sich, warum das so war.

Tief unten lang das Stück Straße, auf dem vor wenigen Minuten ein Mensch zerschellt war. Nun wurde es von einer dünnen, weißen Schneeschicht bedeckt, die glatt war wie Glas. Ein Hausmeister eilte hinaus und streute Viehsalz auf die Stelle, bevor jemand darauf ausglitt.

Sigmund war der zum Leben erwachte Mythos von Fenris. Nachdem Render Mrs. Hedges angewiesen hatte, sie hereinzubitten, hatte die Tür sich einen Spalt geöffnet, war plötzlich etwas weiter aufgestoßen worden, und zwei rauchgelbe Augen starrten ihn an. Die Augen saßen in einem eigenartig geformten Hundekopf.

Sigmund hatte nicht die niedrige Stirn der Hunde, die sich in nur flachem Bogen von der Schnauze abhebt. Er besaß eine hohe, faltige Stirn, in der die Augen noch tiefliegender wirkten, als sie es ohnehin waren. Render erschauerte ein wenig vor der Größe und Form des Kopfes. Die Mutanten, die er bisher gesehen hatte, waren noch Welpen gewesen. Sigmund jedoch war voll ausgewachsen, und sein grau-schwarzes Fell neigte dazu, sich zu sträuben, was ihn noch größer erscheinen ließ, als es Hunde seiner Rasse normalerweise waren.

Er starrte Render auf seine sehr unhündische Art an und machte ein knurrendes Geräusch, das sich zu sehr wie ›Hallo, Doktor‹ anhörte, um ein Zufall zu sein.

Render nickte und stand reglos.

»Hallo, Sigmund«, sagte er. »Komm doch herein.«

Der Hund wandte den Kopf, zog die Luft des Raumes durch die Nase und witterte, als ob er erst entscheiden wollte, ob er seinen Schützling hineingehen lassen könne oder nicht. Dann wandte er sich wieder Render zu, nickte mit dem Kopf und drückte die Tür mit der Schulter auf. Die ganze Begegnung hatte vielleicht nur eine einzige, spannungsgeladene Sekunde gedauert.

Eileen folgte ihm und hielt sich dabei mit leichter Hand an dem zweiriemigen Halfter fest. Der Hund lief geräuschlos über den dikken Teppich – den Kopf gesenkt, als ob er eine Beute beschleichen würde. Dabei ließ er Render nicht eine Sekunde lang aus den Augen.

»Also, das ist Sigmund. – Wie geht es Ihnen, Eileen?«

»Gut. – Ja, er wollte so gern mitkommen. Und *ich* wollte, daß Sie ihn kennenlernen.«

Render führte sie zu einem Stuhl, und sie setzte sich. Sie schnallte das zweiriemige Halfter vom Führgeschirr und legte ihn neben sich auf den Boden. Sigmund setzte sich neben sie und starrte immer noch Render an.

»Wie geht's in der Psychologischen Klinik?«

»Wie immer. – Darf ich bei Ihnen eine Zigarette schnorren, Doktor? Ich habe meine vergessen.«

Er steckte ihr eine zwischen die Finger und reichte ihr Feuer. Sie trug ein dunkelblaues Kostüm, und ihre Brillengläser waren flammenblau. Der silberne Fleck auf ihrer Stirn reflektierte die Flamme seines Feuerzeuges. Sie starrte noch auf die Stelle, wo es gewesen war, lange nachdem er das Feuerzeug zugeklappt und eingesteckt hatte. Ihr schulterlanges Haar kam ihm heute etwas länger vor als an dem Abend, an dem er sie kennengelernt hatte. Heute hatte es die Farbe einer frischgeprägten Kupfermünze.

Render setzte sich auf die Schreibtischecke und zog den globusförmigen Aschenbecher mit dem Fuß heran.

»Sie haben mir letztesmal gesagt, daß blind zu sein nicht bedeutet, daß Sie nie gesehen haben. Ich habe Sie damals nicht gefragt, wie ich das verstehen soll. Heute aber möchte ich es gern erfahren.«

»Ich hatte eine neurotherapeutische Sitzung mit Dr. Riscomb«, sagte sie, »bevor er seinen Unfall hatte. Er wollte meinen Verstand auf visuelle Eindrücke trainieren. Unglücklicherweise kam es nie zu einer zweiten Sitzung.«

»Schade. Und was haben Sie in dieser ersten Sitzung gemacht?«

Sie schlug die Beine übereinander, und Render stellte fest, daß sie sehr hübsch waren.

»Farben, zumeist. Die Erfahrung war ziemlich überwältigend.«

»Wie gut erinnern Sie sich daran? Wie lang liegt es zurück?«

»Etwa sechs Monate – und ich werde es nie vergessen. Ich habe seitdem sogar von Farbmustern geträumt.«

»Wie oft?«

»Mehrere Male pro Woche.«

»In Verbindung mit irgendwelchen festen Assoziationen?«

»Eigentlich nicht. Sie kommen einfach in meinen Kopf, wie andere Eindrücke, mehr zufällig.«

»Wie?«

»Nun, zum Beispiel, wenn Sie mir eine Frage stellen, ›so sehe‹ ich eine Art gelblich-orangefarbenes Muster. Ihre Begrüßung war mehr ein silbriger Eindruck. Und jetzt, wenn Sie so dasitzen und mir schweigend zuhören, assoziiere ich Sie mit einem tiefen, fast violetten Blau.«

Sigmund wandte den Blick zum Schreibtisch und starrte auf dessen Seitenfläche.

Ob er das Tonbandgerät da drin hören kann? fragte sich Render. *Und wenn er es hören kann, weiß er, was es ist und wozu es dient?*

Wenn das der Fall war, würde der Hund es zweifellos Eileen berichten, nicht, daß sie von der zu normaler Gewohnheit gewordenen Praxis nichts geahnt hätte, doch sie könnte Anstoß daran nehmen, daß er ihren Fall von vornherein als Therapie betrachtete und nicht als einen ziemlich mechanischen Adaptions-Prozeß. Falls er annahm, daß es irgendeinen Sinn haben könnte (er lächelte innerlich bei der Vorstellung), würde er sich mit dem Hund darüber allein unterhalten.

Innerlich zuckte er die Achseln.

»Ich werde eine ziemlich elementare Fantasiewelt konstruieren«, sagte er schließlich, »und sie mit einigen grundlegenden Formen bekannt machen.«

Sie lächelte, und Render blickte hinab zu der mythischen Gestalt, die neben ihr auf dem Boden lag, die Zunge heraushängend, rot und feucht wie ein Beefsteak.

Ob er auch lächelt?

»Ich danke Ihnen«, sagte sie.

Sigmund wedelte mit dem Schwanz.

»Nun denn«, sagte Render und legte seine Zigarette neben Madagaskar ab, »ich werde jetzt das Ei herausholen und überprüfen. Inzwischen«, er drückte einen unauffälligen Knopf, »sollten Sie sich bei etwas Musik entspannen.«

Sie wollte antworten, doch eine Ouvertüre von Wagner schnitt ihr das Wort ab. Render drückte wieder auf den Knopf, und in die kurze Stille sagte er: »He, he, ich dachte, als nächstes wäre Respighi dran.«

Er mußte noch zweimal drücken, bevor die Pinien des römischen Komponisten hörbar wurden.

»Sie hätten es lassen können«, sagte sie. »Ich mag Wagner ganz gern.«

»Nein, danke.« Er öffnete den Schrank. »Ich stolpere dauernd über diesen Wust von Leitmotiven.«

Das große Ei schob sich in den Raum, geräuschlos wie eine Wolke. Render hörte ein leises Knurren hinter sich, als er es zum Schreibtisch zog. Er wandte sich rasch um.

Sigmund hatte sich erhoben, durchquerte den Raum und strich schnüffelnd um die Maschine herum – den Schwanz hochgestreckt, die Ohren an den Kopf gelegt, zähnebleckend.

»Kein Grund zur Aufregung, Siggy«, sagte Render, »das ist doch nur ein Omnikanal – Neutral T & R-Gerät. Es beißt nicht und tut auch sonst nichts. Es ist eine ganz harmlose Maschine, wie ein Auto, ein Fernsehapparat oder eine Spülmaschine. Wir brauchen sie heute, um Eileen zu zeigen, wie verschiedene Dinge aussehen.«

»Mag's nicht«, knurrte der Hund.

»Warum denn nicht?«

Sigmund antwortete nicht, sondern ging zu Eileen zurück und legte seinen Kopf in ihren Schoß.

»Mag's nicht«, wiederholte er und blickte zu ihr hinauf.

»Und warum nicht?«

»Kann nicht sagen«, knurrte er. »Gehen wir heim jetzt?«

»Nein«, sagte sie. »Du wirst dich jetzt in die Ecke legen und schlafen, und ich werde mich in die Maschine legen und auch schlafen – sozusagen.«

»Nicht gut«, sagte er und ließ den Schwanz hängen.

»Nun geh schon.« Sie gab ihm einen Schubs. »Leg dich hin und benimm dich.«

Er gehorchte, doch gab er ein leises Winseln von sich, als Render die Fenster undurchsichtig machte und den Knopf drückte, der seinen Schreibtisch in ein Kontrollpult verwandelte.

Er winselte noch einmal, als das Ei, nun an die Stromzufuhr angeschlossen, sich in der Mitte teilte, die obere Hälfte aufwärts glitt und das Innere freigab.

Render setzte sich. Sein Schreibtischsessel verwandelte sich in eine Kontur-Couch und glitt zur Hälfte unter die Konsole. Er setzte sich aufrecht, die Couch glitt zurück und verwandelte sich wieder in den Schreibtischsessel. Er drückte einen Knopf, und die Hälfte der Decke löste sich, senkte sich herab und formte sich zu einer riesigen Glocke. Er stand auf und trat an die Seite des rho-Uterus. Respighi ließ seine Pinien rauschen, und Render zog den Kopfhörer aus dem Inneren des Eies und lehnte sich über den Schreibtisch. Er hielt ein Ohr mit der emporgezogenen Schulter zu, preßte den Kopfhörer an das andere. Dann drehte er mit der freien Hand solange an den Regulierungsknöpfen, bis Brandungsgeräusche Respighi ertränkten,

Verkehrsgeräusche ihn niederwalzten; das Tönen einer großen Glocke zeichnete seine Intervalle, und eine Stimme aus dem Feedback sagte: » ... und jetzt, wo Sie so dasitzen und mir schweigend zuhören, assoziiere ich Sie mit einem tiefen, fast violetten Blau.«

Er drückte ein paar Schalter an der Gesichtsmaske:

Eins – Zimtaroma, zwei – faulendes Laub, drei – scharfer Geruch von Reptilien ... und dann weiter, bis hinunter zu Durst, dem Geschmack von Honig und Essig und Salz, und zurück zu Flieder, nassem Beton, einem Ozongeruch, wie er nach einem starken Gewitter in der Luft liegt, und alle den Geruch- und Geschmacksinn reizenden Substanzen des Morgens, Nachmittags und Abends einer Stadt.

Die Couch bewegte sich erschütterungsfrei in ihrem Quecksilberbad, von den Wänden des Eies magnetisch stabilisiert. Er schaltete die Magnetbänder ein.

Der rho-Uterus war in einwandfreiem Zustand.

»Gut«, sagte Render und wandte sich um. »Alles in Ordnung.«

Sie legte gerade die Brille auf die zusammengefaltete Kleidung. Sie hatte sich ausgezogen, während Render die Maschine überprüft hatte. Er war entzückt von ihrer schmalen Taille, ihren großen Brüsten mit den dunklen Brustwarzen, ihren langen Beinen. Sie war für eine Frau ihrer Größe fast zu gut gewachsen.

Aber während er sie anstarrte, erkannte er, daß er sich vor allem darüber ärgerte, daß sie seine Patientin war.

»Ich bin soweit«, sagte sie, und er trat neben sie.

Er griff nach ihrem Ellenbogen und führte sie zu der Maschine. Ihre Finger tasteten über die Konturen. Als er ihr hineinsteigen half, sah er, daß ihre Augen von lichter meergrüner Farbe waren. Und auch das gefiel ihm.

»Bequem so?«

»Ja, danke.«

»Fein, dann kann's losgehen. Ich werde das Ei jetzt schließen. Träumen Sie süß.«

Das Oberteil der Eierschale senkte sich langsam. Als sie geschlossen war, wurde sie milchig und schillernd. Render starrte in sein eigenes, verzerrtes Spiegelbild.

Er ging zum Schreibtisch zurück.

Sigmund lag davor und versperrte ihm den Weg. Render wollte ihm den Kopf tätscheln, doch der Hund drehte ihn zur Seite.

»Ich will – mit euch«, knurrte er.

»Ich fürchte, das ist unmöglich, alter Junge«, sagte Render. »Außerdem gehen wir ja nicht wirklich fort. Wir schlafen nur ein wenig, hier, in diesem Zimmer.

Den Hund schien es nicht zu überzeugen.

»Warum?«

Render seufzte. Eine Diskussion mit einem Hund ist wohl das Albernste was es gibt, solange man nüchtern ist.

»Siggy«, sagte er, »ich will ihr verstehen helfen, wie diese Welt aussieht. Du bist ein großartiger Kamerad, wenn es darum geht, sie durch diese Welt, die sie nicht sehen kann, zu führen. Doch sie soll wissen, wie all die Dinge wirklich aussehen, und das will ich ihr zeigen.«

»Dann wird – sie mich – nicht – mehr brauchen.«

»Aber natürlich wird sie dich brauchen.« Render mußte beinahe lachen. Das Pathetische lag hier so nahe dem Absurden, daß er sich dagegen kaum wehren konnte. »Ich kann sie nicht sehend machen«, erklärte er. »Ich werde ihr nur einige Seh-Abstraktionen transferieren – und ihr sozusagen für eine kurze Zeit meine Augen leihen. Kapiert?«

»Nein«, sagte der Hund. »Geben Sie – ihr meine.«

Render schaltete die Musik aus.

Ein Werk über das Verhältnis zwischen mutiertem Hund und seinem Herrn könnte sechs Bände füllen, dachte er, *und es sollte auf deutsch geschrieben werden.*

Er deutete in die andere Ecke.

»Leg dich dort hin, wie es dir Eileen befohlen hat. Es wird nicht lange dauern, und nachher werdet ihr genau so hinausgehen wie ihr hereingekommen seid, du wirst sie führen. – Einverstanden?«

Sigmund antwortete nicht, doch er schlich gehorsam, mit hängendem Schwanz, in die Ecke.

Render setzte sich und öffnete das Kontrollgerät des rho-Uterus. Er war allein mit den neunzig weißen Knöpfen und den zwei roten. Die Welt war jetzt in der Dunkelheit hinter der Konsole zu Ende. Er öffnete die Krawatte und knöpfte den Hemdskragen auf.

Er nahm den Helm aus seinem Fach und überprüfte die Drahtverbindungen. Er setzte ihn auf, klappte die Halbmaske vor das Gesicht und deckte es gleichzeitig mit dem dunklen Tuch ab. Er steckte den Unterarm durch die Schlinge und mit einer einzigen, leichten Bewegung löschte er das Bewußtsein seiner Patientin.

Ein Former drückte die weißen Kontrollknöpfe nicht bewußt. Er erzwingt die Zustände allein durch Willenskraft. Die tief eingeprägten Muskelreflexe üben auf die hochempfindliche Schlinge Zugkräfte aus, diese leitet den Arm in die richtige Position und veranlaßt den ausgestreckten Finger, einen Knopf zu berühren, die Schaltung rastet ein, und die Schlinge gleitet weiter.

Render spürte ein leichtes Kitzeln im Hinterkopf, und er roch frischgemähtes Gras.

Plötzlich bewegte er sich auf der langen, grauen Straße zwischen den Welten.

Nach einer unendlich langen Zeit, wie es ihm schien, setzte er seinen Fuß in eine ihm fremde Welt. Er konnte nichts sehen; nur ein Gefühl von Nähe sagte ihm, daß er angekommen war. Er befand sich in der dunkelsten aller dunklen Nächte, die er je erlebt hatte.

Er befahl der Dunkelheit durch seine Willenskraft zu weichen.

Nichts geschah.

Ein Teil seines Willens kam wieder in die reale Welt zurück, ein Teil seines Willens, von dem er nicht einmal bemerkt hatte, daß er schlief; und dieser Teil erinnerte sich nun, in wessen Welt er sich befand.

Er lauschte nach ihrer Anwesenheit. Er hörte Angst und Erwartung.

Er versuchte, Farben zu erzwingen. Zuerst Rot ...

Er fühlte einen Einklang. Dann ein Echo.

Alles wurde rot; er befand sich im Zentrum eines ungeheuren Rubins.

Orange.

Gelb ...

Er war eingeschlossen in einem riesigen Bernstein.

Und jetzt grün, mit dem Geruch eines stürmischen Meeres.

Blau und Abendkühle.

Er erweiterte seinen Geist und schuf alle Farben gleichzeitig. Sie zogen in breiten, quirlenden Wolken heran.

Er zerfetzte sie und zwang sie in Formen.

Ein leuchtender Regenbogen überspannte den schwarzen Himmel.

Er kämpfte um Braun- und Grautöne unter sich. Sie erschienen, leuchtend, irisierend in glänzenden, wogenden Mustern.

Irgendwo das Gefühl des Staunens, doch ohne jede Spur von Hysterie. Also fuhr er fort.

Es gelang ihm, einen Horizont zu schaffen, und die Schwärze des

Hintergrundes verschwand dahinter. Der Himmel wurde blaßblau, und er schuf eine Herde dunkler Wolken. Er spürte Widerstand gegen seine Bemühungen, Entfernung und Tiefe zu schaffen, also verstärkte er das Tableau mit einem leisen Brandungsgeräusch. Die Übertragung vom auditiven Entwurf zur Vorstellung von Entfernung bildete sich erst allmählich, als er die Wolken über den Himmel bewegte. Rasch schuf er einen hohen Forst, um eine aufsteigende Woge von Akrophobie abzufangen.

Die Panik erlosch.

Render konzentrierte sich auf hohe Bäume – Eichen und Kiefern, Pappeln und Sykomoren. Er warf sie herum wie Speere, in unordentlichen, zufälligen Mustern von grünen, braunen und gelben Farbtönen, entrollte eine dicke Matte von taufeuchtem Gras, verstreute graue Felsblöcke und grünliche Baumstämme in unregelmäßigen Abständen und verschob die Äste der Bäume, bis sie ein gleichmäßiges Hell-Dunkel-Muster auf den Waldboden warfen.

Die Wirkung war überwältigend. Es schien, als ob die ganze Welt von einem Schluchzen erschüttert würde, dann Schweigen.

Und durch die schweigende Stille fühlte er ihre Gegenwart. Er hatte sich entschlossen, die Grundlagen so rasch wie möglich zu schaffen und dann das Operationsfeld vorzubereiten. Er konnte später noch immer zurückgehen und die Ergebnisse des Traums in den kommenden Sitzungen korrigieren und verbessern. Doch zunächst mußte einmal ein Anfang gemacht werden.

Mit leichtem Erschrecken erkannte er, daß die Stille nicht ein Sich-Zurückziehen war. Eileen hatte sich in den Bäumen und dem Gras, den Steinen und Büschen eingenistet, sie personifizierte ihre Formen, bezog sie auf taktile Eindrücke, Geräusche, Temperaturen, Aromen.

Er bewegte das Gezweig der Bäume mit einer sanften Brise. Irgendwo hinter dem Gesichtsfeld ließ er einen Bach plätschern.

Er spürte ihr Glücksgefühl. Er teilte es mit ihr.

Sie verkraftete all das Neue erstaunlich gut, und er beschloß, das Experiment zu erweitern. Er ließ seine Gedanken durch den Wald schweifen und erlebte eine momentane Verdoppelung seiner Vision. Für einen kurzen Augenblick sah er eine riesige Hand in einer Kutsche aus Aluminium auf einen weißen Kreis zufahren.

Er trat aus dem Unterholz und suchte sie behutsam.

Er ließ sich auf dem Wasser treiben. Er hatte noch keine bestimmte Gestalt angenommen. Das Murmeln wurde ein Rauschen, als der

Bach sich über Untiefen und zwischen engen Felsschluchten hindurchdrängte. Sein Wille gab dem Wasser artikulierte Worte.

»Wo bist du?« fragte der Bach.

Hier! Hier!

Hier!

... und hier! antworteten die Bäume, die Büsche, die Steine, das Gras.

»Wähle eines«, sagte der Bach, der sich ausbreitete, einen Felsvorsprung umspülte und dann einen Abhang hinab in einen blauen Teich stürzte.

Ich kann nicht, antwortete der Wind.

»Du mußt.« Der Bach ergoß sich in den Teich, wirbelte noch ein wenig an der Oberfläche, wurde dann still und reflektierte die Zweige der Bäume und die dunklen Wolken. »Jetzt!«

Nun gut, kam das Echo der Bäume, *ich will es versuchen.*

Nebel hob sich aus dem Teich und trieb aufs Ufer zu.

»Jetzt«, flüsterte der Nebel.

Hier bin ich.

Sie hatte sich eine junge Weide ausgewählt. Sie schwankte im Wind und ließ ihre Zweige ins Wasser hängen.

»Eileen Shallot«, befahl er, »schau ins Wasser.«

Der Wind drehte sich, die Weide bog ihre Zweige.

Es fiel ihm nicht schwer, sich ihr Gesicht, ihre Figur ins Gedächtnis zurückzurufen. Der Baum drehte sich, als ob er wurzellos wäre. Eileen stand inmitten einer lautlosen Explosion von Blättern und starrte verängstigt in das tiefe Blau von Renders Bewußtsein, den Teich.

Sie bedeckte ihr Gesicht mit den Händen, doch damit konnte sie das Sehen nicht verhindern.

»Blicken Sie sich an«, befahl Render.

Sie ließ die Hände sinken und blickte nach unten. Dann drehte sie sich langsam und musterte sich von allen Seiten. Sie studierte sorgfältig ihre Erscheinung. Schließlich sagte sie: »Ich fühle mich sehr schön. Ist das nur, weil Sie es so wollen, oder ist es wahr?«

Während sie sprach, sah sie umher, suchte den Former.

»Es ist wahr«, sagte Render, und seine Stimme erklang von überall.

»Danke.«

Ein weißer Wirbel, und plötzlich trug sie ein kurzes, gegürtetes

Kleid aus Damast. Das Licht wurde fast unmerklich heller. Ein feiner, rosafarbener Schimmer leuchtete am unteren Rand einer Wolkenbank.

»Was ist geschehen?« fragte sie und wandte den Blick hinauf.

»Ich möchte Ihnen einen Sonnenaufgang zeigen«, sagte Render. »Wahrscheinlich wird es mir nicht ganz gelingen, aber Sie müssen berücksichtigen, daß es mein erster beruflicher Sonnenaufgang ist.«

»Wo sind *Sie* eigentlich?« fragte Sie.

»Überall«, sagte er.

»Bitte nehmen Sie doch irgendeine Form an, damit ich Sie sehen kann.«

»Also gut.«

»Eine wirkliche Form, bitte.«

Er zwang sich durch Willenskraft neben ihr am Ufer zu stehen, und dort stand er auch.

Ein metallisches Aufblitzen ließ ihn zusammenfahren. Er blickte hinunter. Die Welt wich einen Augenblick lang zurück, wurde aber sofort wieder stabil. Er lachte, doch das Lachen blieb ihm in der Kehle stecken, als er sich erinnerte.

Er trug die Ritterrüstung, die im ›Rebhuhn und Skalpell‹-Club neben ihrem Tisch gestanden hatte.

Sie streckte die Hand aus und berührte sie.

»Die Rüstung neben unserem Tisch«, sagte sie und ließ ihre Fingerspitze über die Platten und Gelenke gleiten. »Ich habe sie an dem Abend mit Ihnen assoziiert.«

». . . und deshalb haben Sie mich jetzt in dieses Ding gesteckt«, sagte er. »Sie sind eine sehr willensstarke Frau.«

Die Rüstung verschwand, und er trug seinen graubraunen Anzug, seine Strickkrawatte und seinen professionellen Gesichtsausdruck.

»Hier sehen Sie mein wahres Ich«, sagte er mit leichtem Lächeln. »Und jetzt den Sonnenaufgang. Ich werde sämtliche Farben verwenden. Passen Sie auf!«

Sie setzten sich auf die grüne Parkbank, die neben ihnen aufgetaucht war, und Render wies in die Richtung, die er zum Osten erklärt hatte.

Langsam stieg die Sonne über den Horizont. Zum erstenmal schien sie wie eine Göttin in dieser geschaffenen Welt, spiegelte sich im Wasser, brach durch die Wolken, und ließ die Landschaft unter dem Nebel, der aus den feuchten Wäldern emporstieg, erglühen.

Sehen – sehen – Eileen starrte gebannt in das aufsteigende Licht, ohne sich zu regen, ohne zu sprechen. Render spürte ihre Ergriffenheit.

Sie erblickte die Quelle allen Lichts; spiegelte sich in der schimmernden Münze auf ihrer Stirn, wie ein einziger, riesiger Blutstropfen.

Render sagte: »Das ist die Sonne, und das dort drüben sind Wolken«, und er klatschte in die Hände, und die Wolken verdeckten die Sonne, und man hörte ein fernes Grollen, »und das ist Donner«, schloß er.

Regen fiel, ließ die glatte Oberfläche des Teiches zersplittern, sprenkelte ihre Gesichter, klatschte auf das Laub der Bäume, tropfte mit leisem, plätscherndem Laut von den Blättern, durchnäßte ihre Kleidung und ihr Haar, rann ihnen in den Nacken und in die Augen und verwandelte die Erde in braunen Matsch.

Ein Blitz zuckte über den Himmel und wieder grollte Donner.

»Ein Sommergewitter«, erklärte er. »Sie sehen, wie der Regen das Laub und uns durchnäßt. Und was Sie eben, vor dem Donner, am Himmel sahen, war ein Blitz.«

». . . zuviel«, sagte sie. »Machen Sie bitte eine kleine Pause.«

Der Regen versiegte augenblicklich und die Sonne brach durch die Wolken.

»Ich habe riesigen Appetit auf eine Zigarette«, sagte sie, »aber ich habe meine in einer anderen Welt liegengelassen.«

Noch während sie sprach, erschien eine Zigarette, schon angezündet, zwischen ihren Fingern.

»Sie wird ein wenig geschmacklos sein«, sagte Render.

Er blickte sie einen Augenblick lang an und fuhr dann fort: »Ich habe Ihnen die Zigarette nicht gegeben. Sie haben sie aus meinem Bewußtsein gezogen.«

Der Rauch stieg in feinen Spiralen empor und wurde von der Brise verweht.

». . . und das bedeutet, daß ich heute schon zum zweitenmal die Zugkraft des Vakuums in ihrem Bewußtsein unterschätzt habe, das dort ist, wo sich ihre Sehkraft befinden sollte. Sie assimilieren diese neuen Eindrücke sehr schnell. Sie gehen dabei sogar so weit, darüberhinaus zu greifen. Seien Sie vorsichtig. Versuchen Sie, diesen Impuls zu steuern.

»Er ist wie Hunger«, sagte sie.

»Vielleicht sollten wir die Sitzung jetzt abbrechen«, schlug er vor.

Ihre Kleider waren wieder trocken. Ein Vogel begann zu singen.

»Nein! Warten Sie! Ich werde auch sehr vorsichtig sein! Ich möchte noch mehr sehen!«

»Wir können das doch auch beim nächstenmal tun«, sagte Render. »Aber ich glaube, ein wenig könnten wir noch weitermachen. Gibt es etwas, das Sie besonders gerne sehen möchten?«

»Ja. Winter. Schnee.«

»Schön«, lächelte der Former. »Dann ziehen Sie bitte diesen Pelzmantel an ...«

Nachdem die Patientin gegangen war, verging der Nachmittag sehr rasch. Render war guter Laune. Er fühlte sich ausgeleert und aufs neue erfüllt. Er hatte die erste Sitzung überstanden ohne irgendwelche Folgen zu spüren. Er glaubte jetzt, daß sein Experiment erfolgreich verlaufen würde, und seine Befriedigung darüber war größer als seine Furcht. In einer gewissen Hochstimmung nahm er die Arbeit an seiner Vorlesung wieder auf.

Ein Klingelzeichen unterbrach ihn. Er schaltete das Magnetophon ab und nahm das Telefon.

»Charles Render«, meldete er sich.

»Hier ist Paul Charter«, lispelte es aus dem Lautsprecher. »Ich bin der Direktor der Schule in Dilling.«

»Ja, bitte?«

Das Bild auf der Videoscheibe wurde schärfer. Render sah einen Mann, dessen Augen unter einer hohen Stirn nahe beisammen saßen. Die Stirn war zerfurcht, der Mund bebte beim Sprechen.

»Ich möchte mich noch einmal für den Unfall entschuldigen. Ein defektes Gerät war schuld daran ...«

»Können Sie sich denn keine ordentlichen Geräte leisten? Das Schulgeld ist doch wahrhaftig hoch genug.«

»Es war ein ganz *neues* Gerät. Ein Fabrikationsfehler ...«

»Wurde die Klasse denn beim Turnen nicht beaufsichtigt?«

»Ja, aber ...«

»Warum hat der Verantwortliche denn das Gerät nicht vorher überprüft? Warum war er nicht zur Stelle, um den Jungen aufzufangen, als er stürzte?«

»Er *war* zur Stelle, aber es ging alles so schnell, so daß er nichts mehr tun konnte. Und die Inspektion von Geräten auf Fabrikationsfehler gehört nicht zu seinen Aufgaben. Ich möchte mich noch einmal entschuldigen und Ihnen sagen, wie leid mir die Sache tut.

Ich mag Ihren Jungen besonders gern. Ich versichere Ihnen, daß so etwas nicht noch einmal geschehen wird.«

»Da haben Sie allerdings recht. Aber nur deshalb, weil ich ihn morgen früh abholen und in eine andere Schule bringen werde, in der die Sicherheitsbestimmungen beachtet werden.«

Render beendete das Gespräch mit einem Knopfdruck.

Nach mehreren Minuten stand er auf und ging durch den Raum zu einem Wandsafe, das von einem Bücherregal teilweise verdeckt, jedoch nicht ganz verborgen wurde. Er öffnete es und entnahm ihm die Schmuckkassette, die eine billige Halskette und ein gerahmtes Foto enthielt. Das Foto zeigte einen Mann, der ihm ähnlich sah, aber jünger wirkte, und eine Frau mit hochgestecktem, dunklem Haar und kleinem Kinn, und zwischen ihnen zwei Kinder – das Mädchen hielt den Säugling in ihren Armen und lächelte verkrampft in die Kamera.

Render starrte bei dieser Gelegenheit immer nur ein paar Sekunden auf das Bild, ließ dabei das Halsband durch die Finger gleiten, dann schloß er Bild und Halsband wieder für viele Monate ein.

Wump! Wump! machte der Baß. *Tschg–tschg–tschg,* die Rasseln. Lichtbatterien blitzten rot, grüne, blaue und knallgelbe Farbeffekte auf die verblüffenden, metallglänzenden Tänzer.

MENSCHEN? fragte eine Leuchtschrift über der Bühne.

ROBOTER? (unmittelbar darunter)

URTEILEN SIE SELBST! (quer über die Rampe, kryptisch.)

Und das taten sie.

Render und Jill saßen an einem winzigen Tisch, der glücklicherweise an einer Wand stand, unter Holzkohle-Karikaturen von zumeist unbekannten Persönlichkeiten (es gibt so viele Persönlichkeiten in den Subkulturen einer Vierzehnmillionenstadt.) Jill starrte mit amüsiert gerunzelter Nase auf den derzeitig aktuellen Brennpunkt einer dieser Subkulturen. Von Zeit zu Zeit hob sie die Schultern, um einem kleinen Auflachen oder einem halbunterdrückten, amüsierten Kichern mehr Nachdruck zu verleihen, weil sich die Tänzer einfach *zu* menschlich gaben – wie zum Beispiel dieser schwarze Roboter, der dem silbernen Robot den Unterarm streichelte, wenn sie sich beim Tanz trafen und aneinander vorbeischwebten.

»Charlie, ich glaube, es sind doch Menschen!«

Render löste seinen Blick von ihrem Haar und ihren schaukelnden Ohrringen.

Er blickte die Tänzer prüfend an.

Es *könnten* Menschen in diesen metallischen Panzern stecken. Wenn das zutraf, so war ihr Tanz eine reife Leistung. Obwohl die Herstellung extrem leichter Metallverbindungen kein Problem darstellte, wäre es doch für die Tänzer schwierig, sich so frei und gelöst zu bewegen – über eine so ausgedehnte Zeitspanne und mit einer so scheinbar unermüdlichen Leichtigkeit – in einem vom Scheitel bis zur Sohle reichenden Panzer, der auch nicht das leiseste Klirren oder Klappern von sich gab.

Geräuschlos ...

Sie glitten dahin, wie zwei Möwen; der größere, von der Farbe geschliffenen und polierten Anthrazits, und der andere, wie ein Strahl Mondlicht, der durch das Fenster auf eine in Seide gehüllte Schaufensterpuppe fällt.

Sogar wenn sie sich berührten, gab es nicht den leisesten Laut. Oder falls doch, so war er nicht laut genug, um die Musik der Band zu übertönen.

Wump! Wump! Tschga-tschg!

Render nahm einen Schluck aus seinem Glas.

Langsam, allmählich, gingen die Bewegungen in einen Apachen-Tanz über. Render blickte auf die Uhr. Viel zu lang für normale Tänzer, entschied er. Es mußten Roboter sein. Als er wieder aufblickte, wirbelte der schwarze Robot den silbernen Robot etwa drei Meter durch die Luft und wandte ihm den Rücken zu.

Kein Klirren von Metall beim Aufsprung.

Was diese Apparate wohl kosten mögen? fragte er sich.

»Charlie, da war kein Geräusch! Wie machen die das nur?«

»Wirklich?« fragte Render.

Die Lichtbatterien waren gelb, dann rot, dann blau, dann grün.

»Man sollte glauben, daß so etwas ihren Mechanismus beschädigt, nicht wahr?«

Der helle Roboter kam zurückgekrochen, der andere wirbelte sein Handgelenk herum, eine brennende Zigarette zwischen den Fingern. Die Zuschauer lachten amüsiert, als er die Zigarette mechanisch an sein lippenloses, gesichtsloses Antlitz preßte. Der silberne Robot nahm ihm gegenüber Aufstellung. Der schwarze wandte sich wieder ab, ließ die Zigarette fallen, trat sie langsam, geräuschlos aus, wandte sich dann wieder jäh dem Partner zu. Würde er ihn wieder durch die Luft wirbeln? – Nein ...

Langsam, wie die langbeinigen Vögel aus dem Osten, bewegten sie sich umeinander, drehten sich.

Irgendwo, tief im Innern, fühlte Render sich amüsiert, aber er hatte zu viel getrunken, um sich zu fragen, was eigentlich so komisch war.

Jill mußte ihn am Oberarm packen, um seine Aufmerksamkeit wieder auf die Tänzer zu lenken.

Während die Lichtbatterien das Spektrum durchliefen, hob der schwarze Robot den silbernen Kopf – langsam, sehr langsam – und begann dann, ihn so herumzuwirbeln – die Arme ausgestreckt, den Rücken durchgebogen, die Beine gegrätscht – zunächst ganz langsam, dann immer schneller werdend.

Schließlich rotierte der metallische Körper mit einer unvorstellbaren Geschwindigkeit; und auch die Lichtbatterien rotierten schneller und schneller.

Render schüttelte den Kopf, um wieder klar denken zu können.

Bei dieser unglaublichen Geschwindigkeit *mußten* sie fallen. Ob sie Menschen oder Roboter waren. Doch sie fielen nicht. Sie standen wie ein irrsinniger Kreisel, eine verschwommene graue Einheit. Render mußte zu Boden sehen.

Allmählich wurde das Wirbeln langsamer und langsamer, und dann kam es zum Stillstand.

Und die Musik hörte auf.

Dunkelheit. Erfüllt von Applaus.

Als die Lichter wieder angingen, standen die Roboter wie Statuen, dem Publikum zugewandt. Langsam, sehr, sehr langsam verbeugten sie sich. Der Applaus wurde stärker. Dann wandten sie sich um und gingen.

Die Musik setzte wieder ein, und das Licht war wieder hell und klar. Erregte Unterhaltung setzte ein.

»Was hältst du davon?« fragte sie ihn.

Render zwang sein Gesicht zu einem ernsthaften Ausdruck und sagte: »Bin ich ein Mensch, der träumt ein Robot zu sein, oder ein Robot, der träumt ein Mensch zu sein?« Er grinste und setzte dann hinzu: »Ich weiß es wirklich nicht.«

Sie stieß ihm lachend die Faust in die Seite und er bemerkte, daß sie betrunken war und sagte es ihr.

»Überhaupt nicht«, protestierte sie. »Jedenfalls nicht sehr. Nicht so sehr wie du.«

»Trotzdem solltest du lieber einen Doktor aufsuchen. Einen wie mich. Und zwar sofort. Fahren wir nach Hause.«

»Noch nicht, Charlie. Ich möchte sie noch einmal sehen. Ja? Bitte!«

»Wenn ich noch ein Glas trinke, kann ich nicht mehr so weit sehen.«

»Dann bestell dir doch einen Kaffee.«

»Uaaah . . . «

»Dann bestell dir eben ein Bier.«

»Ich werd's auch ohne überstehen . . .«

Mehrere Paare waren jetzt auf der Tanzfläche, doch Renders Füße waren wie Blei.

Er steckte sich eine Zigarette an.

»Stimmt es eigentlich, daß du heute mit einem Hund gesprochen hast?«

»Ja. Ein sehr bedrückendes Gefühl . . .«

»War sie hübsch?«

»Es war ein Rüde. Und, Junge, war der häßlich!«

»Unsinn. Ich meine seine Besitzerin.«

»Du weißt doch, Jill, daß ich nie über meine Patienten speche.«

»Du hast mir bereits gesagt, daß sie blind ist und diesen Hund hat. Alles, was ich noch wissen will, ist, ob sie hübsch ist.«

»Nun . . . Ja und nein.« Er stieß sie unter dem Tisch an und machte eine vage Geste. »Du weißt schon . . .«

»Noch einmal dasselbe«, sagte sie dem Kellner, der plötzlich aus dem Dunkel aufgetaucht war, nickte, und lautlos wieder verschwand.

»All meine guten Vorsätze sind wieder mal beim Teufel«, seufzte Render. »Aber du wirst schon sehen, wie es ist, von einem Betrunkenen untersucht zu werden.«

»Du wirst schon schnell genug wieder nüchtern. Wie immer. Hipokrates und so weiter . . .«

Er schnaubte durch die Nase, blickte auf die Uhr.

»Ich muß morgen in Connecticut sein. Peter aus dieser verdammten Schule abholen.«

Sie seufzte. Das Thema langweilte sie allmählich.

»Ich glaube, du machst dir viel zu viele Gedanken um den Jungen. Jedes Kind kann sich mal den Knöchel brechen. Das gehört dazu, wenn man ein Kind ist. Ich habe ihn mir auch gebrochen als ich sieben Jahre alt war. Auch so ein Unfall. Es ist doch nicht die Schuld der Schule, wenn so etwas mal vorkommt.«

»So?!« sagte Render aggressiv und nahm das Glas mit dem dunklen Drink von dem dunklen Tablett, das der dunkle Mann ihm zureichte. »Wenn die Leute ihre Aufgabe nicht bewältigen, suche ich mir eben andere, die dazu in der Lage sind.«

Sie zuckte die Schultern.

»Das ist deine Sache. Ich weiß nur, was ich in den Zeitungen lese. – Und du bestehst immer noch auf Davos«, fügte sie hinzu, »obgleich du genau weißt, daß das Publikum in St. Moritz besser ist?«

»Wir fahren zum Skilaufen in die Schweiz«, erinnerte er sie, »und mir gefallen die Abfahrten in Davos nun mal besser.«

»Du läßt mich heute anscheinend niemals gewinnen«, beklagte sie sich.

Er drückte ihre Hand.

»Bei mir gewinnst du immer, Schatz.«

Und sie nippten an ihren Gläsern und rauchten ihre Zigaretten und hielten ihre Hände, bis die Menschen wieder von der Tanzfläche kamen und zu ihren winzigen Tischen zurückgingen, und die Lichtbatterien farbige Lichtreflexe warfen und die schwebenden Rauchschwaden mit den Farben des Himmels und der Hölle bepinselten, und der Baß wieder *Wump!* machte.

Tschga-Tschg!

»Oh, Charlie, es geht wieder los!«

Der Himmel war kristallklar. Die Straßen waren sauber und trokken. Es hatte aufgehört zu schneien.

Jill war eingeschlafen. Der S-7 rollte über die Brücken der Stadt. Wenn Render ganz still saß, konnte er sich einreden, daß nur sein Körper betrunken war; doch sobald er den Kopf bewegte, begann das Universum um ihn zu tanzen. Und er kam sich vor wie in einem Traum und als der Former des Ganzen.

Und einen Augenblick lang war das sogar Wirklichkeit. Er stellte die große Himmelsuhr zurück und schlief lächelnd ein. Sekunden später aber war er wieder wach und sein Lächeln war erloschen.

Das Universum hatte sich für seine Anmaßung gerächt. Einen Augenblick lang, der plötzlich wieder da war mit all der Hilflosigkeit, der er preisgegeben war, hatte es von ihm den Preis verlangt für die Vision auf dem Grunde des Sees; und während er noch einmal auf das Wrack auf dem Grunde der Welt zuging – wie ein Schwimmer, unfähig zu sprechen – hörte er, von irgendwo hoch über der Erde, bis zu ihm herabdringend, durch die Wasser der Erde gedämpft, das Geheul des Fenris-Wolfs, bevor er den Mond verschlingt; und er wußte, daß dieser sein Schrei war wie die Posaunen des Jüngsten Gerichts, und daß das Mädchen an seiner Seite in nichts dem Mond glich. In keiner Weise. In keiner Hinsicht.

Und er hatte Angst.

3

»... das Einfache, das Direkte und das Plumpe. Das ist Winchester Cathedral«, sagte der Reiseführer. »Mit ihren vom Boden bis zur Decke reichenden Säulen, die wie riesige Baumstämme wirken, scheint sie den Raum zu vergewaltigen. Die Decken sind flach; jede von diesen Säulen abgeteilte Nische ist in sich selbst eine Erscheinung von Gewißheit und Stabilität. Sie scheint in der Tat etwas vom Geist Wilhelm des Eroberers widerzuspiegeln. Die Verachtung jeden Zierats und die leidenschaftliche Hingabe an die Liebe zu einer anderen Welt lassen sie auch als einen passenden Hintergrund für eine Erzählung Mallorys erscheinen ...

Beachten sie die gekerbten Kapitelle«, sagte der Führer. »In ihrer primitiven Art haben sie etwas vorweggenommen, was später ein verbreitetes Motiv werden sollte.«

»Quatsch!« sagte Render – aber sehr leise, weil er sich mit einer Gruppe in der Kirche befand.

»Schscht!« machte Jill (Fotlock – das war ihr wirklicher Familienname) de Ville.

Doch Render war sowohl beeindruckt als auch gelangweilt.

Weil er aber Jills Hobby haßte, war dieser Haß so reflexhaft geworden, daß er sich lieber der Folter einer orientalischen Apparatur, die Wasser auf seinen Kopf tropfte, unterworfen hätte, als zuzugeben, daß es auch ihm gelegentlich Freude machte, durch die Arkaden und Galerien zu gehen, durch Passagen und Tunnel, und beim Besteigen von engen, gewundenen Turmtreppen außer Atem zu geraten.

Also ließ er seinen Blick über alles gleiten, löschte die Eindrücke wieder aus, indem er die Augen schloß, und erreichte sie aufs neue aus der noch glimmenden Asche der Erinnerung, nur damit er später den Vorgang wiederholen und seine Version seiner Patientin übertragen konnte, die nur auf diese Weise sehen konnte. Ja, er würde alle Eindrücke mitbringen für sie.

Die Kamera seines Gedächtnisses nahm alle Eindrücke auf. Render folgte der Gruppe von Touristen, den Mantel über dem Arm, seine Finger begierig nach einer Zigarette tastend. Er gab sich Mühe, den Führer zu ignorieren, und erkannte zu gleicher Zeit, daß dies wohl die niedrigste Form menschlichen Protestes darstellte.

»Während sie durch Winchester gingen, rief er die letzten beiden Sitzungen mit Eileen in seine Erinnerung zurück. Er erinnerte sich an seine höchst widerwillige Adam-Rolle, als er ihr alle Tiere nannte, die an ihnen vorbeizogen, natürlich angeführt von *dem* Tier, das sie vor allen anderen sehen wollte, entsetzlich verfärbt durch seine eigene Unsicherheit. Er hatte sich angenehm bukolisch gefühlt, nachdem er seine botanischen Kenntnisse aufgefrischt und damit begonnen hatte, die Pflanzen und Blumen auf dem Felde zu *formen* und zu nennen.

Bis jetzt hatten sie Städte und Maschinen ignoriert. Ihre Emotionen waren noch zu stark beim Anblick von einfachen, vorsichtig an sie herangeführten Dingen, als daß er sie in eine so komplizierte und chaotische Wildnis hätte stürzen können. Er würde ihr die Stadt langsam aufbauen müssen.

Irgend etwas raste hoch über der Kathedrale hinweg. Ein Knall an der Schallmauer. Render ergriff ein paar Sekunden lang Jills Hand und lächelte sie an, als sie zu ihm aufblickte. Immer auf ihre Wirkung bedacht, gab sich Jill normalerweise große Mühe bei Ihrem Make-up. Heute war ihr Haar jedoch einfach zurückgekämmt und hinter dem Kopf geknotet, ihre Lippen und Augen waren ungeschminkt, und ihre freigelegten Ohren waren winzig und weiß und ein wenig spitz.

»Beachten Sie die gekerbten Kapitelle«, flüsterte er. »In ihrer primitiven Art haben sie etwas vorweggenommen, was später ein verbreitetes Motiv werden sollte.«

»Quatsch!« sagte sie.

»Schscht!« machte eine sonnenbraune, kleine Frau, deren Gesicht erst zu zerplatzen und dann wieder in seine ursprüngliche Form zurückzufallen schien, als sie die Lippen schürzte und wieder entspannte.

Später, als sie zu ihrem Hotel zurückschlenderten, sagte Render: »Können wir Winchester abhaken?«

»Können wir.«

»Glücklich?«

»Ja.«

»Gut. Dann können wir heute nachmittag abreisen.«

»Ja.«

»Nach der Schweiz.«

Sie blieb stehen und drehte an einem seiner Mantelknöpfe.

Könnten wir nicht einen oder zwei Tage lang ein paar alte Chateaux besichtigen? Sie liegen gleich auf der anderen Seite des Kanals, und du könntest die französischen Weine probieren . . .«

»Fein«, sagte er.

Sie blickte überrascht auf.

»Was? – Kein Widerspruch?« sagte sie lächelnd. »Wo ist denn dein Kampfgeist geblieben, daß du dich von mir einfach so herumstoßen läßt?«

Sie nahm seinen Arm und sie gingen weiter, und er sagte: »Gestern, als wir durch dieses alte Schloß trabten, hörte ich ein schwaches Stöhnen, und dann sagte eine Stimme: ›Um Gottes Willen, Montresor!‹ Und ich glaube, das war mein Kampfgeist, weil es ganz bestimmt meine Stimme war. Ich habe meinen ›Geist, der stets verneint‹ aufgegeben. Pax vobiscum! Also auf nach Frankreich! Alors!«

»Lieber Charlie, es ist ja nur für einen oder zwei Tage . . .«

»Amen«, sagte er, »obgleich auf meinen Skiern das frischaufgetragene Wachs schon wieder schmilzt.«

Sie taten also wie abgesprochen, und am Morgen des dritten Tages, als sie ihm etwas von den bezaubernden Schlössern in Spanien erzählte, räsonierte er laut, daß Psychologen saufen und nur wütend werden, während Psychiater dafür bekannt sind, zu saufen, wütend zu werden und die Einrichtung zu zerschlagen. Jill verstand diese Ausführung als eine versteckte, gegen das von ihr zusammengekaufte Wedgewood-Porzellan gerichtete Drohung und gab seinem Wunsch nach, endlich zum Skilaufen zu fahren.

»Frei!« Render schrie das Wort fast.

Sein Herz schlug in seinem Kopf. Er lehnte sich weit nach vorn. Er schwang nach rechts. Der Wind pfiff ihm ins Gesicht. Ein Schauer von Eiskristallen rieb seine Wangen wie Sandpapier.

Bewegung! – Ja, die Welt war am Weißfluhjoch zu Ende, und Dorftali lag schon jenseits des Portals.

Seine Füße waren zwei glitzernde Flüsse, die über die erstarrte, hügelige Landschaft rasten und deren Lauf nicht zufrieren konnte.

Abwärts! Er schwebte. Fort von allen Räumen dieser Welt. Fort von dem bedrückenden Mangel an Intensität, von den Hunderten von täglich löffelweise verabreichten Wohlfahrtssinnlosigkeiten, von dem nervenaufreibenden, organisierten Amüsierbetrieb, der die Hydra Muße stückweise zerhackte. Fort!

Und während er so den Hang hinabfloh, fühlte er einen starken Zwang, über die Schulter zurückzublicken, wie um sich davon zu überzeugen, daß die Welt, die er hinter und über sich zurückgelassen hatte, nicht irgendeine furchtbare Verkörperung ihres Selbst, vielleicht einen Schatten, hinter ihm herschickte, um ihn wieder einzufangen und zurückzuzerren zu einem warmen und hellerleuchteten Sarg unter dem Himmel, um ihn dort zur Ruhe zu betten, einen Aluminiumdolch durch seinen Willen gestoßen, seinen Geist von Wechselströmen erstickt.

»Ich hasse dich«, flüsterte er zwischen zusammengepreßten Zähnen, und der Wind trug seine Worte zurück; er lachte dann, weil er seine Emotionen stets analysierte, eine reine Reflexhandlung; und er setzte hinzu: »Exit Orestes, verrückt, und verfolgt von den Furien.«

Der Hang flachte sich ab, er erreichte die Talsohle und kam zum Stehen. Er rauchte eine Zigarette und fuhr wieder zur Bergspitze hinauf, damit er die Abfahrt noch einmal, und diesmal nicht aus therapeutischen Zwecken, machen konnte.

An diesem Abend saß er vor einem der offenen Feuer in der großen Halle und fühlte, wie die Wärme seine müden Muskeln durchdrang. Jill massierte ihm die Schultern, während er mit den Flammen Rorschach spielte, und er sah in den tanzenden Flammen einen feurigen Pokal, der sich sofort wieder auflöste, und im gleichen Augenblick hörte er irgendwo in der ›Halle der neun Kamine‹ seinen Namen.

»Charles Render!« sagte eine Stimme (doch es klang mehr wie Scharls Rander), und er wandte den Kopf. Doch in seinen Augen flimmerten noch immer die Nachbilder des Flammenspiels, und er konnte den Rufer nicht erkennen.

»Maurice?« fragte er nach einer Weile, »Bartelmetz?«

»Richtig«, kam die Antwort, und dann sah Render das wohlbekannte, zerfurchte Gesicht, das halslos aus einem rot-blauen Shag-Pullover wuchs, der sich um einen dicken, tonnenförmigen Körper dehnte. Der Mann kam auf sie zu, wobei er geschickt den abgestellten Krücken und Skiern auswich, und den Menschen, die es verschmähten, wie Render und Jill in Sesseln zu sitzen.

Render stand auf, streckte sich, und sie schüttelten sich die Hände.

»Du hast zugenommen«, sagte Render. »Das ist nicht gerade gesundheitsfördernd.«

»Unsinn. Das sind alles Muskeln. Wie geht's dir, und was treibst du hier?« Er blickte auf Jill hinunter, und sie lächelte zu ihm hinauf.

»Das ist Miß de Ville«, stellte Render sie vor.

»Ich heiße Jill«, setzte sie hinzu.

Er verbeugte sich leicht und ließ endlich Renders schmerzende Hand los.

»... und dies ist Professor Maurice Bartelmetz aus Wien«, stellte er vor, »ein begnadeter Jünger aller Former des dialektischen Pessimismus und ein hervorragender Pionier der Neuropartizipation – obgleich ihm das auf den ersten Blick niemand zutrauen würde. Ich hatte das Glück, über ein Jahr lang sein Schüler zu sein.«

Bartelmetz nickte zustimmend, nahm die Schnapsflasche, die Render aus einem Plastikbeutel zog, und einen zusammenschiebbaren Becher, den er bis zum Rand füllte.

»Du bist immer noch ein guter Arzt«, seufzte er. »Du hast den Fall sekundenschnell diagnostiziert und die richtige Medizin gleich mitgebracht. Nasdarovie!«

»Siebenjährigen Schnaps auf einen Zug!« tadelte Render und füllte den Becher nach.

»Dann wollen wir die Zeit ehren, indem wir ihn jetzt in kleinen Schlucken trinken.«

Sie setzten sich auf den Boden, und das Feuer loderte in dem großen gemauerten Kamin, und die Scheite verbrannten zu Ästen, zu Zweigen, zu dünnen Stecken, Jahresring für Jahresring.

Render legt nach.

»Ich habe dein letztes Buch gelesen«, sagte Bartelmetz nach einer Weile, betont beiläufig, »vor vier Jahren etwa.«

Das könnte stimmen, fand Render.

»Beschäftigst du dich zur Zeit mit irgendwelchen Forschungsaufgaben?«

Render stocherte im Feuer herum.

»Ja«, sagte er dann. »Gewissermaßen.«

Er warf Jill einen raschen Blick zu. Jill schlief fest, das Gesicht an die Armlehne eines riesigen Ledersessels gelehnt, auf dem seine Plastiktasche lag, auf ihrem Gesicht der rote Widerschein der tanzenden Flammen und flackernde Schatten.

»Ich habe da einen ziemlich ungewöhnlichen Fall entdeckt und einen Versuch begonnen, über den ich auch zu schreiben gedenke.«

»Ungewöhnlich? Auf welche Weise?«

»Blindheit von Geburt an, zum Beispiel.«

»Benutzt du das ONT&R-Gerät?«

»Ja. Sie will Former werden.«

»Verflucht! – Bist du dir auch über die möglichen Rückwirkungen im klaren?«

»Natürlich.«

»Hast du von dem unglücklichen Pierre gehört?«

»Nein.«

»Gut, dann ist die Sache erfolgreich vertuscht worden. Pierre war Philosophiestudent an der Sorbonne und arbeitete an einer Dissertation über die Evolution des Bewußtseins. Im vergangenen Sommer meinte er, es sei für seine Arbeit unumgänglich, das Bewußtsein eines Affen zu erforschen, um ein *moins-nausée*-Bewußtsein mit dem seinen zu vergleichen, vermute ich. Auf jeden Fall gelang es ihm, sich illegal Zugang zu einem ONT&R und damit zum Bewußtsein eines unserer haarigen Vettern zu verschaffen. Es ist nie genau festgestellt worden, wie weit er damit kam, das Tier der Stimuli-Bank auszusetzen, aber wir können wohl annehmen, daß Reize, die zwischen Mensch und Affe nicht unmittelbar trans-subjektiv sind – Verkehrsgeräusche und so weiter – das Tier erschreckt haben. Pierre ist noch heute in seiner Gummizelle, und seine Reaktionen beschränken sich auf die eines verschreckten Affen. –

Du siehst, daß er zwar seine eigene Dissertation nicht geschafft hat«, sagte er, »aber doch umfangreiches Material für die Arbeit eines anderen zur Verfügung hält.«

Render schüttelte den Kopf.

»Eine tolle Sache«, sagte er leise. »Aber ich habe nichts so Dramatisches vor. Meine Patientin ist eine außergewöhnlich stabile Persönlichkeit – eine Psychotherapeutin, nebenbei gesagt – die normale Analysen bereits hinter sich hat. Sie will Neuropartizipations-Therapeutin werden – doch ihre Angst vor einem Seh-Trauma hat sie bisher gehemmt. Ich setze sie allmählich der ganzen Skala visueller Phänomene aus. Wenn ich damit fertig bin, sollte sie sich völlig an das Sehen gewöhnt haben und in der Lage sein, ihre volle Aufmerksamkeit der Therapie zuzuwenden, ohne, sozusagen, durch das Sehen geblendet zu werden. Wir haben jetzt schon vier Sitzungen hinter uns gebracht.«

»Und?«

». . . und mit vollem Erfolg.«

»Bist du sicher?«

»Ja. So sicher, wie man überhaupt bei diesen Dingen sein kann.«

»Hmmm«, knurrte Bartelmetz. »Sag' mal, findest du, daß diese Frau einen besonders starken Willen besitzt? Ich meine damit einen obsessiven Zwang, der sich auf alles bezieht, was sie noch nicht kennt?«

»Nein.«

»Hat sie schon einmal die Kontrolle über deine Fantasmagorien erlangt?«

»Nein!«

»Du lügst«, sagte er schlicht.

Render fand eine Zigarette. Nachdem er sie angezündet hatte, lächelte er.

»Alter Vater, alter Zauberer«, gab er zu. »Das Alter hat dir nichts von deinem Wahrnehmungsvermögen genommen. Ich kann mich wohl selbst belügen, doch niemals dich. – Du hast recht, es ist sehr schwierig, sie unter Kontrolle zu halten. Sie will sich nicht damit begnügen, nur zu sehen. Sie will die Dinge schon selbst *formen.* Das ist nur zu verständlich – für sie und auch für mich – aber bewußtes Begreifen und emotionelles Akzeptieren scheinen nie zusammenzufallen. Mehrere Male ist sie dominierend geworden, doch ist es mir stets gelungen, die Kontrolle sofort wieder an mich zu reißen. Schließlich bin ich der Chef bei dem Spielchen.«

»Hmmm«, knurrte Bartelmetz wieder. »Kennst du eigentlich den buddhistischen Text *Shankaras Katechismus?*«

»Leider nein.«

»Dann will ich dir darüber einen kurzen Vortrag halten. Er unterscheidet – natürlich nicht aus therapeutischen Gründen – zwischen einem echten und einem falschen Ego. Das echte Ego ist der Teil des Menschen, der unsterblich ist und eines Tages ins Nirvana eingehen wird. Die Seele, wenn du willst. Gut. – Das falsche Ego, andererseits, ist der normale Geist, jeder Illusion ausgesetzt – mit anderen Worten: das mir, dir und jedermann innewohnende Bewußtsein, wie wir es aus unserem Beruf kennen. Gut! – Gut. – Den Stoff nun, aus dem dieses falsche Ego gemacht ist, nennen sie Skandhas. Diese Skandhas schließen Gefühl, Wahrnehmung, Begabung, das Bewußtsein selbst und sogar die physische Form ein. Sehr unwissenschaftlich. Ja. – Trotzdem sind sie nicht dasselbe wie Neurosen, oder eine von Ibsens Lebenslügen, oder eine Halluzination – keinesfalls, selbst wenn sie alle falsch sind, da sie ja von falschen Prämissen ausgehen. Jede dieser fünf Skandhas ist ein Teil der Exzentrizität, die wir Identität nennen – erst darauf bauen die Neurosen auf und die anderen Wehwehchen, die daraus entstehen und die unser tägliches Brot sind. – Gut? – Gut. – Ich halte dir diesen Vortrag, weil ich einen dramatischen Ausdruck für das brauche, was ich dir sagen will, und weil ich etwas Dramatisches sagen möchte. Stell' dir die Skandhas am Boden eines Tümpels liegend vor, die Neurosen als Wellen auf der Oberfläche des Wassers; das ›Wahre Ego‹, falls es so etwas gibt, liegt tief unten im Sand vergraben. Die Wellen füllen die – die Zwischenwelt zwischen dem Objekt und dem Subjekt. Die Skandhas sind Teile des Subjekts, grundlegend, einmalig, die Materie seines Seins. – Bist du soweit einverstanden?«

»Mit vielen Vorbehalten.«

»Gut. Nachdem wir meine Termini etwas definiert haben, werde ich sie nun anwenden. Du spielst mit Skandhas herum, nicht mit einfachen Neurosen. Du bist dabei, die Gesamtvorstellung dieser Frau, die sie von sich selbst und von der Welt hat, zu verändern. Und du benutzt das ONT&R dazu. Es ist dasselbe, als wenn du mit einem Psychopathen oder mit einem Affen experimentieren würdest. Es kann alles gutgehen, aber in jeder Sekunde kannst du möglicherweise etwas tun – ihr etwas zeigen oder ihr einen neuen Aspekt des Sehens vorführen – etwas, das in ihr Selbst einbricht, eine Skandha zerbricht – und bums! – das würde sein, als wenn du durch den Boden des Tümpels brichst. Die Folge wäre ein Strudel, der dich herunterreißt. – Wohin? Ich möchte dich nicht als Patient haben, junger Freund, junger Zauberer, und deshalb rate ich dir, das Experiment abzubrechen. Das ONT&R sollte für so etwas nicht verwendet werden.«

Render schnippte die Zigarette in die Glut und zählte seine Argumente an den Fingern ab:

»Erstens«, sagte er, »machst du ein mystisches Gebirge aus einem Kieselstein. Ich tue weiter nichts, als ihr Bewußtsein um eine weitere Möglichkeit der Perzeption zu erweitern. Das ist zumeist nur ein einfacher Transfer von den anderen Sinnen. – Zweitens, ihre Emotionen waren anfangs ziemlich stark, weil hier *tatsächlich* ein Trauma vorlag – aber dieses Stadium liegt längst hinter uns. Jetzt ist es nur noch neu für sie, und bald wird es ihr selbstverständlich sein. – Drittens, Eileen ist selbst Psychologin; sie ist also in diesen Fragen erfahren und sich der Schwierigkeit unseres Experiments wohl bewußt. – Viertens, ihr Bewußtsein und ihre Wünsche, oder ihre Skandhas oder wie immer du es nennen willst, sind so stabil wie der Felsen von Gibraltar. Weißt du eigentlich, was für ein eiserner Wille dazugehört, wenn eine Blinde die Ausbildung durchsteht, die Eileen hinter sich gebracht hat? Dazu gehört ein unvorstellbarer Wille, und die Gefühlsbeherrschung eines Asketen, und ...«

»... und wenn etwas so Starkes in einem winzigen Augenblick der Angst zerbricht«, sagte Bartelmetz mit traurigem Lächeln, »dann mögen die Schatten von Sigmund Freud und C. G. Jung dir im Tal der Finsternis zur Seite stehen. – Und fünftens«, fuhr er fort und hob einen Finger, »ist sie hübsch?«

Render blickte ins Feuer.

»Sehr schlau«, seufzte Bartelmetz. »Mit diesem rosigen Schein der Flammen auf deinem Gesicht kann ich nicht sehen, ob du rot wirst oder nicht. Doch ich fürchte, daß du rot geworden bist, und das hieße, du bist dir sehr wohl bewußt, daß du selbst die Quelle dieses auslösenden Stimulus sein könntest. Ich werde heute Nacht eine Kerze vor dem Bildnis Adlers anzünden und ihn anflehen, daß er dir die Kraft geben möge, bei diesem Duell mit deiner Patientin Sieger zu bleiben.«

Render blickte zu Jill hinüber, die immer noch schlief. Er strich ihr eine Haarsträhne aus der Stirn.

»Trotz allem«, sagte Bartelmetz. »Wenn du die Sache zu Ende bringen willst und alles gut geht, werde ich dein Buch darüber mit großem Interesse lesen. Habe ich dir eigentlich schon gesagt, daß ich schon mehrere Buddhisten behandelt und noch nie ein ›Wahres Ego‹ gefunden habe?«

Beide Männer lachten.

Gleich mir doch nicht gleich mir, der an der Leine, der nach Angst riecht, klein, grau und blind. *Haar*, und er erwürgte sich mit seinem Halsband. Sein Kopf ist so leer wie ein Ofen, bevor *Sie* den Knopf drückt, damit das Essen kocht. Man spricht, und sie verstehen nie. Und doch sind sie wie ich. Eines Tages werde ich einen von ihnen töten – warum? – Hier abbiegen ...

»Drei Stufen. Aufwärts. Glastür. Drücker rechts.«

»Warum? – Voraus Treppe. Garten unten. Riecht schön dort. Gras, Feuchterde, Bäume, Sauberluft. Ich sehe alles. Ich ...

»Treppe. Abwärts. Vier Stufen.«

Abwärts. Ja. Möchte laut schreien. Fühle mich albern. Sauber. Viele Bäume. Mein Gott ... Sie sitzt gern auf Bank, kaut Blätter, riecht frische Luft. Kann nicht sehen wie ich. Jetzt vielleicht, ein wenig ...? Nein.

Kann Böser Sigmund, ich, nicht auf Gras, Bäume, hier... Muß zurückbleiben. Schade. Nette Gegend ...

»Aufpassen, Stufen.«

Geradeaus. Rechts. Links. Rechts. Links. Bäume und Gras. Sigmund sieht das. Gehen ... Doktor mit Maschine gibt ihr seine Augen. *Harrrr,* und erstickt nicht. Kein Angstgeruch.

Grab' tiefes Loch in die Erde, vergrabe Augen. Gott ist blind. Sigmund kann sehen. Ihre Augen sind jetzt gefüllt, und er hat Angst vor Zähnen. Wird sie sehen machen und sie hoch in den Himmel nehmen, zum Sehen. Fort. Mich zurücklassen, Sigmund mit niemanden zu sehen. Allein. Ich werde tiefes Loch in die Erde graben ...

Es war schon nach zehn, als Jill erwachte. Sie brauchte sich nicht umzusehen, um zu wissen, daß Render bereits fort war. Er schlief nie lange. Sie rieb sich die Augen, streckte sich, drehte sich auf die andere Seite und stützte sich auf den Ellbogen. Sie warf einen Blick auf den Wecker, der auf dem Nachttisch stand, und griff gleichzeitig nach Zigarette und Feuerzeug.

Als sie den ersten Zug tief in die Lunge einsog, fiel ihr ein, daß kein Aschenbecher da war. Zweifellos hatte Render ihn fortgenommen, weil er es nicht mochte, daß sie im Bett rauchte. Seufzend glitt sie aus dem Bett, bevor ihr die Zigarettenasche auf das Leinentuch fiel, und warf ihren Morgenmantel über.

Sie haßte es, aufstehen zu müssen, aber da sie nun einmal auf war, gab sie dem Tag die Erlaubnis, zu beginnen und seiner gewohnten Routine nachzugehen.

»Verdammter Kerl«, lächelte sie. An sich hatte sie im Bett frühstücken wollen, aber dazu war es nun zu spät.

Während sie noch überlegte, was sie anziehen sollte, entdeckte sie ein fremdes Paar Ski in einer Zimmerecke. Auf einer Skispitze war ein Stückchen Papier aufgespießt, Sie nahm es herunter.

»Kommst du mit?« fragte die flüchtig hingekritzelte Schrift.

Sie schüttelte emphatisch den Kopf und fühlte eine leise Trauer. Zweimal in ihrem Leben war sie Ski gelaufen, und sie hatte Angst davor. Sie sollte wirklich wieder einen Versuch machen, nachdem er ihrem Wunsch, die französischen Schlösser zu sehen ohne zu murren nachgegeben hatte, aber sie konnte nicht einmal den Gedanken an die schnelle, steile Abfahrt ertragen, die sie bei ihren beiden früheren Versuchen prompt in einer Schneewehe landen ließ, und die Erinnerung rief von neuem das Schwindelgefühl wach, das sie dabei empfunden hatte.

Also duschte sie sich und ging nach unten zum Frühstück.

Alle neun Kamine prasselten, als sie an der großen Halle vorbeikam und einen Blick hinein warf. Ein paar rotgesichtige Skiläufer wärmten ihre Hände am Feuer des Kamins in der Mitte. Sie sah niemanden, den sie kannte, also ging sie weiter zum Speiseraum.

Als sie bei der Rezeption vorbeikam, rief der alte Portier ihren Namen. Sie trat lächelnd auf ihn zu.

»Ein Brief für Sie«, sagte er und überreichte ihr einen Umschlag.

Dreimal war der Brief ihr nachgesandt worden, sah sie. Es war ein dicker, brauner Umschlag, und der Absender war ihr Anwalt.

»Danke.«

Sie setzte sich auf einen Sessel neben dem großen Fenster, das zu dem verschneiten Garten hinausführte. Weiter hinten sah man einen Eislaufplatz und einen gewundenen Pfad, der mit winzigen Figuren übersät war, die Skier auf den Schultern trugen. Sie blinzelte in das grelle Licht, während sie den Umschlag aufriß.

Ja, es war nun endgültig. Dem Brief ihres Anwalts war das Scheidungsurteil beigefügt. Erst kürzlich hatte sie sich entschlossen, ihre legale Bindung an Mr. Fotblock, dessen Name sie schon vor fünf Jahren nach ihrer Trennung abgelegt hatte, endgültig zu lösen. Doch nun, wo sie es erreicht hatte, wußte sie nicht recht, was sie damit anfangen sollte. Auf alle Fälle würde es für den lieben Charlie eine hübsche Überraschung werden, überlegte sie. Sie mußte jetzt nur noch einen hinreichend plausiblen Weg finden, ihm die Neuigkeit mitzuteilen. Sie zog ihre Puderdose, blickte in den kleinen Spiegel und probierte einen passenden, leicht überlegenen ›Also?‹-Gesichtsausdruck. Aber dafür war auch noch später Zeit, dachte sie. Doch nicht allzuviel später. – Ihr dreißigster Geburtstag hing wie eine große, dunkle Wolke über dem nur noch vier Monate entfernten April. – Sie zog ihre Lippen nach, stäubte noch etwas Puder über den kleinen Leberfleck und verschloß den Gesichtsausdruck zu späterem Gebrauch in ihrer Puderdose.

Im Speiseraum entdeckte sie Dr. Bartelmetz, der vor einem riesigen Berg von Rühreiern, Würstchen, Toast und einer halbgeleerten Karaffe Orangensaft saß. Eine Kanne Kaffee dampfte auf einem *réchaud* neben seinem Ellbogen. Er saß beim Essen leicht vorgebeugt, und seine Gabel bewegte sich wie der Flügel einer Windmühle in einer kräftigen Brise.

»Guten Morgen«, sagte sie.

Er blickte auf.

»Miß de Ville – Jill ... Guten Morgen.« Er wies mit einem Kopfnikken auf den Stuhl gegenüber. »Wollen Sie mir Gesellschaft leisten? Setzen Sie sich zu mir.«

Sie setzte sich, und als der Kellner an den Tisch trat, sagte sie: »Für mich das gleiche, bitte, nur neunzig Prozent weniger.«

Sie blickte wieder Bartelmetz an.

»Haben Sie Charles heute schon gesehen?«

»Leider nein«, er gestikulierte bedauernd »und dabei wollte ich unsere gestrige Diskussion fortsetzen, solange sein Geist noch in den Frühstadien des Wachseins und formbar ist. Leider« er nahm einen Schluck Kaffee »kommen wir Glücklichen, die wir mit einem guten Schlaf gesegnet sind, immer erst zum zweiten Akt des Tages zurecht.«

»Was mich angeht«, sagte sie, »so schaffe ich es meist zur Zwischenaktpause und frage jemanden, was inzwischen passiert ist. Warum setzen Sie die Diskussion nicht mit mir fort? Ich bin immer formbar, und meine Skandhas sind in bester Verfassung.«

Sie blickten einander an, und er biß ein Stück von seinem Toast ab. »Aha«, sagte er gedehnt. »Ich habe so etwas geahnt. Also gut. Was wissen Sie von Renders Arbeit?«

Sie setzte sich bequem zurecht.

»Hm. – Er ist nun einmal ein sehr spezieller Spezialist in einem hochspezialisierten Beruf, und deshalb ist es für mich ein wenig schwierig, die wenigen Dinge zu verstehen, die er mir erzählt. Manchmal wünschte ich, daß ich auch in die Gedanken anderer Menschen eindringen könnte – nur um festzustellen, was sie über *mich* denken, natürlich – aber ich glaube nicht, daß ich es dort drinnen lange aushalten könnte. Besonders« – sie deutete ein furchtsames Schaudern an – »wenn es sich um die Gedanken eines Menschen handelt, der von Problemen geplagt wird. Ich hätte Angst, zuviel Mitgefühl oder zuviel Furcht zu haben oder so ähnlich. Und dann macht's plötzlich bums! – Sympathetische Magie, wie ich gehört habe – und all diese Probleme wären auf einmal *meine* Probleme.

Charles hat aber niemals Probleme«, fuhr sie fort. »Jedenfalls keine, die er mit mir bespricht. Doch in letzter Zeit bin ich da nicht mehr so sicher. Dieses blinde Mädchen und ihr sprechender Hund sind anscheinend zu oft bei ihm.«

»Ein sprechender Hund?«

»Ja. Ihr Blindenhund ist einer von diesen Mutanten.«

»Sehr interessant. – Haben Sie sie kennengelernt?«

»Nein.«

»Soso«, sinnierte er.

»Manchmal trifft ein Therapeut einen Patienten«, fuhr er fort, »dessen Probleme den seinen so ähnlich sind, daß die Sitzungen außergewöhnlich anstrengend verlaufen. Mir geht es jedesmal so, wenn ich einen Kollegen behandle. Vielleicht sieht Charles in dieser Situation eine Parallele zu irgend etwas, das ihn persönlich bedrückt. Ich habe ihn nicht psychoanalysiert. Ich kenne also nicht alle seine Gedankengänge, obwohl er über ein Jahr mein Schüler gewesen ist. Er war immer sehr zurückhaltend, sogar verschlossen; doch gelegentlich konnte er auch ziemlich autoritär werden. – Was beschäftigt ihn zur Zeit hauptsächlich?«

»Sein Sohn Peter vor allem. Er hat den Jungen innerhalb von fünf Jahren fünfmal die Schule wechseln lassen.«

Ihr Frühstück wurde serviert. Sie breitete die Serviette auf ihren Schoß und rückte den Stuhl näher zum Tisch.

». . . und in letzter Zeit hat er sich viel mit der Geschichte von Selbstmorden beschäftigt; und davon geredet, und geredet, und geredet . . .«

»Warum denn?«

»Das hat er mir nie gesagt.« Sie blickte wieder auf. »Vielleicht schrieb er irgend etwas darüber . . .«

Bartelmetz schob den leeren Teller zurück und goß sich noch eine Tasse Kaffee ein.

»Haben Sie Angst vor dieser Patientin?« fragte er.

»Nein. – Doch. – Ich habe Angst . . .«

»Und warum?«

»Ich habe Angst vor sympathischer Magie«, sagte sie und errötete leicht.

»Der Ausdruck umfaßt sehr vieles.«

»Das stimmt«, gab sie zu. Und nach einer Weile sagte sie: »Wir sind uns also einig in unseren Sorgen um sein Wohlergehen und auch in Übereinstimmung bezüglich dessen, was ihn bedroht. Darf ich Sie deshalb um einen Gefallen bitten?«

»Sie dürfen.«

»Reden Sie noch einmal mit ihm«, sagte sie. »Überreden Sie ihn, die Sache fallen zu lassen.«

Er faltete die Serviette zusammen.

»Das hatte ich ohnehin vor«, sagte er. »Nach dem Mittagessen, weil ich an den rituellen Wert von Rettungsgesten glaube. Und genau die werde ich vornehmen.

Liebes Vater-Image!

Ja, die Schule ist recht gut, mein Knöchel wird es auch, und meine Klassenkameraden sind ein feiner Haufen. Nein, ich brauche kein Geld, bin nicht unterernährt und habe auch keine Schwierigkeiten, mich dem neuen Curriculum anzupassen. Zufrieden?

Ich will mir eine Beschreibung des Gebäudes ersparen, da du die makabren Gemäuer ja gesehen hast. Den Campus kann ich nicht beschreiben, da er zur Zeit unter einem weißen, kalten Leintuch liegt. Brrrr! – Aber du liebst ja die winterlichen Vergnügen. Ich kann leider deinen Enthusiasmus für die Kehrseite des Sommers nicht teilen, es sei denn, sie ist gerahmt oder erscheint als Emblem auf Speiseeispackungen.

Der Knöchel schränkt meine Beweglichkeit etwas ein, und mein Zimmergenosse ist übers Wochenende heimgefahren – was beides ein wahrer Segen ist (sagt Pangloss), denn nun finde ich endlich Gelegenheit zum Lesen. Und das will ich jetzt auch tun.

Dein verlorener Sohn
Peter

Render beugte sich vor und tätschelte den riesigen Kopf. Der Hund ließ die mechanische Zärtlichkeit stoisch über sich ergehen, wandte sich dann wieder dem Österreicher zu, den Render um Feuer gebeten hatte, als ob er sagen wollte: »Muß ich mir das wirklich gefallen lassen?«

Der Mann lachte über die indignierte Miene und drückte das Feuerzeug wieder zu. Es waren drei Buchstaben eingraviert, bemerkte Render, und der mittlere war ein kleines v.

»Vielen Dank«, sagte Render, und zum Hund: »Wie heißt du?«

»Bismarck«, knurrte er.

Render lächelte.

Du erinnerst mich an einen anderen Hund deiner Rasse«, sagte er. »Er heißt Sigmund und ist Begleiter und Führer einer blinden Freundin von mir, drüben, in Amerika.«

»Mein Bismarck ist Jäger«, sagte der junge Mann. »Es gibt kein Wild, das ihm geistig überlegen wäre, weder Rotwild noch große Katzen.«

Der Hund stellte die Ohren auf und blickte Render mit stolzen, feurigen Augen an.

»Wir haben in Afrika und den nördlichen und südwestlichen Teilen Amerikas gejagt. Auch in Mittelamerika. Er hat noch nie eine Spur verloren. Und er gibt niemals auf. Er ist ein wunderbares Tier, und seine Zähne könnten in Solingen gemacht worden sein.«

»Sie können wirklich froh sein, einen solchen Jagdgefährten zu haben.«

»Ich jage«, knurrte der Hund. »Ich gehorche . . . Manchmal töte ich . . .«

»Sie kennen nicht zufällig Sigmund oder die Dame, die er führt – Miß Eileen Shallot?« fragte Render.

Der Mann schüttelte den Kopf.

»Nein. Bismarck stammt zwar aus Massachusetts, aber ich selbst bin nie in der Zuchtanstalt gewesen. Und ich bin auch nicht mit anderen Besitzern von Mutanten bekannt.«

»Schade. Dann vielen Dank für das Feuer. Guten Abend.«

»Guten Abend.«

»Gu-ten A-bend . . .«

Render ging weiter, die Hände in den Taschen, die enge Gasse entlang. Er hatte Jill nicht gesagt, wohin er gehen würde. Und er hatte auch kein Ziel. Bartelmetz' zweiter Versuch, ihn von seinem Experiment abzubringen, hatte ihn fast dazu gebracht, Dinge zu sagen, die er später bedauert hätte. Es war besser, ziellos spazierenzugehen, als die Diskussion fortzusetzen.

Einem plötzlichen Impuls nachgehend betrat er ein Geschäft und kaufte eine kleine Kuckucksuhr, die ihm aufgefallen war. Er war sicher, daß Bartelmetz diese kleine Aufmerksamkeit richtig verstehen würde. Lächelnd ging er weiter. Und was war mit diesem Brief, den der Portier extra an ihren Tisch gebracht hatte, als sie beim Essen saßen? fragte er sich. Dreimal war er nachgeschickt worden, und der Absender war ein Rechtsanwalt. Jill hatte ihn nicht einmal geöffnet, doch sie hatte gelächelt, dem alten Mann ein viel zu hohes Trinkgeld gegeben und den Brief in ihre Manteltasche gesteckt. Er mußte sie unauffällig nach dem Inhalt des Briefes ausfragen. Er war so neugierig, daß sie es ihm sicher schon aus Mitleid sagen würde.

Die eisigen Pfeiler des Himmels schienen plötzlich zu schwanken, als ein kalter Wind aus dem Norden aufsprang. Render zog die Schultern hoch und vergrub das Gesicht im hochgestellten Mantelkragen. Die Kuckucksuhr unter den Arm geklemmt ging er die Straße entlang.

In dieser Nacht rülpste sich die Schlange, die sich in den Schwanz beißt, der Fenris-Wolf schnappte nach dem Mond, die kleine Uhr machte ›Kuckuck‹, und der Morgen kam wie Manoletes letzter Stier, schüttelte das Gatter seiner Hörner und brüllte drohend, er wollte einen Strom von Löwen zu Staub zerstampfen.

Render nahm sich vor, nie wieder so ein gummizähes Fondue zu essen.

Später, viel später, als sie in einem drachenförmigen Schiff hoch in der Luft waren, blickte Render auf die dunkle Erde hinunter, träumte die Städte voller Sterne, blickte hinauf in den Himmel, wo sie sich alle widerspiegelten, blickte sich um nach den Video-Schirmen, die die Menschen beobachteten, die sie anstarrten, und nach den Getränke-Automaten, die ihren Kaffee, Tee und ihre Mixgetränke auf den Weg schickten, um das Innere der Leute zu erkunden, die auf ihre Knöpfe drückten, dann hinüber zu Jill, die die alten Bauten gezwungen hatten, zwischen ihren Mauern einherzugehen – weil er wußte, daß sie der Meinung war, er hätte dabei mehr sie ansehen sollen – spürte, daß es Zeit war, jetzt den Sitz nach hinten zu legen, tat es – und schlief ein.

4

Ihr Büro war immer voller Blumen, und sie liebte exotische Parfums. Zuweilen brannte sie Weihrauch ab.

Sie schwamm gerne in überhitzten Swimming-Pools, ging gerne durch fallenden Schnee, hörte viel zuviel Musik, stellte das Gerät vielleicht manchmal zu laut, liebte fünf oder sechs Sorten Likör am Abend (die gewöhnlich nach Anis rochen, manchmal mit einem Beigeschmack von fauligem Holz). Ihre Hände waren weich und sommersprossig. Ihre Finger waren lang und schlank. Sie trug keine Ringe.

Ihre Finger fuhren wieder und wieder die Konturen des Blumenmusters an den Seiten ihres Sessels nach, während sie in den Recorder sprach:

»... die vom Patienten zugegebenen hauptsächlichen Beschwerden sind Nervosität, Schlaflosigkeit, Magenschmerzen und periodische Depressionen. Patient war schon mehrmals in stationärer Behandlung. So 1995 wegen manisch-depressiver Psychose, erneute Aufnahme am 2. 3. 96 Behandlung in einem anderen Krankenhaus 1998. Physische Untersuchungen ergaben Blutdruck von 170/100. Er war normal entwickelt und gut ernährt, als er von uns untersucht wurde (12. 11. 98). An diesem Tage beklagte sich der Patient über chronische Rückenschmerzen, es wurden unerhebliche Symptome von Alkohol-Entzug festgestellt. Sonst keine positiven Ergebnisse der physischen Untersuchung, mit Ausnahme von zu starken Tendon-Reflexen. Auch das ist auf Alkoholentzug zurückzuführen. Patient war bei Aufnahme nicht psychotisch, hatte weder Wahnvorstellungen noch Halluzinationen. Er zeigte sich über Ort, Zeit und seine Person bestens orientiert. Die Auswertung seiner psychologischen Konditionen zeigte, daß er etwas hochtrabend und mitteilsam war und mehr als durchschnittlich feindselig. Er wurde als potentieller Störenfried eingestuft. Auf Grund seiner Erfahrungen als Koch wurde er zur Arbeit in der Küche eingestellt. Sein Allgemeinzustand verbesserte sich in kurzer Zeit wesentlich. Er ist weniger verkrampft und kooperativer. Diagnose: Manisch-depressive Reaktion (äußerer, auslösender Streßfaktor unbekannt). Der Grad der psychischen Abweichung ist gering. Er wird für zurechnungsfähig gehalten. Therapie und Stationärbehandlung werden fortgesetzt.«

Sie schaltete den Recorder aus und lachte. Und das Lachen ängstigte sie. Lachen ist ein soziales Phänomen, und sie war allein. Sie ließ das Band zurücklaufen und kaute an ihrem Taschentuch, während die knappen, eben gesprochenen Worte aus dem Lautsprecher klangen. Nach den ersten Dutzend Sätzen hörte sie gar nicht mehr hin.

Als der Recorder schwieg, schaltete sie ihn aus. Sie war allein. Sie war sehr allein. Sie war so verdammt allein, daß der kleine Lichtfleck, den sie sah, wenn sie sich über die Stirn strich oder sich dem Fenster zuwandte – dieser kleine Lichtfleck mit einem Mal das Wichtigste auf der Welt war. Sie wollte, daß er wüchse. Sie wollte, daß er sich zu einem Meer von Licht ausdehnte. Oder sie selbst wollte so winzig werden, daß die gleiche Wirkung erzielt würde; sie wollte sich in dem Meer von Licht ertränken.

Gestern war es drei Wochen her …

Zu lange, sagte sie sich. *Ich hätte warten sollen. Nein! Unmöglich! Aber wenn ihm das gleiche passiert wie Riscomp? Nein! Das geschieht nicht! Das darf nicht geschehen! Er würde nicht … Er ist unverletzlich! Niemals! Er besteht nur aus Kraft und Panzer. Und trotzdem – wir hätten mit dem Beginn bis zum nächsten Monat warten sollen. Drei Wochen … Ausfallerscheinung – Gesichts-Ausfall – das ist es. Werden die Erinnerungen schwächer? Verklin-*

gen sie schon? Wie sieht ein Baum aus? Oder eine Wolke? Ich – ich kann mich nicht mehr erinnern. Was ist rot? Was ist grün? – Mein Gott. Das ist ja Hysterie! Ich sehe, und ich kann nicht aufhören zu sehen! – Ich muß eine Tablette nehmen! – Eine Tablette . . .!

Ihre Schultern begannen zu beben. Sie nahm keine Tablette, sondern biß noch härter in ihr Taschentuch, bis ihre Zähne das Gewebe zerrissen.

»Selig sind die«, zitierte sie einen persönlichen Segenswunsch, »die da hungern und dürsten nach der Gerechtigkeit, denn sie sollen satt werden. Und selig sind die Sanftmütigen, denn sie werden das Erdreich besitzen. Und selig . . .«

Ein kurzes Summen der Telefonbox. Sie warf ihr Taschentuch fort, glättete ihr Gesicht und schaltete den Apparat ein.

»Hallo . . .«

»Eileen? – Ich bin zurück. Wie geht es Ihnen?«

»Gut. Sehr gut sogar. Wie war der Urlaub?«

»Sehr nett. Ich hatte ihn wirklich nötig. Und auch verdient, denke ich. Hören Sie, ich habe einiges mitgebracht, das ich Ihnen zeigen möchte. Winchester Cathedral, zum Beispiel. Haben Sie diese Woche Zeit? Mir ist jeder Abend recht.«

Heute Abend! Nein. Ich wünsche es mir zu sehr. Es würde mich zurückwerfen, wenn er sieht . . .

»Wie wäre es morgen Abend?« fragte sie. »Oder übermorgen?«

»Morgen paßt es großartig«, sagte er. »Wollen wir uns im ›Rebhuhn & Skalpell‹ treffen? Sagen wir um sieben?«

»Ja, gerne. Nehmen wir den gleichen Tisch?«

»Warum nicht? Ich lasse ihn reservieren.«

»Gut. Dann also bis morgen.«

»Bis morgen.«

Die Verbindung wurde unterbrochen.

Plötzlich, im selben Augenblick, schwirrten wieder Farben und Formen durch ihr Bewußtsein, sah sie wieder Bäume – Eichen und Kiefern, Pappeln und Sykomoren – riesig, grün und braun, und eisengrau; und sie sah Berge und Wolken, in Farbtöne getaucht, über einen pastellfarbenen Himmel segeln; und eine gleißende Sonne, und eine kleine Weide, und einen Teich von tiefem, fast violetten Blau. Sie faltete ihr zerrissenes Taschentuch zusammen und steckte es weg.

Sie drückte auf einen Knopf neben ihrem Schreibtisch, und Musik erfüllte das Büro: Scriabin. Dann drückte sie einen anderen Knopf und hörte sich noch einmal das besprochene Band an und hörte beidem mit halbem Ohr zu.

Pierre schnüffelte mißtrauisch an dem Essen. Der Wärter trat vom Tablett zurück, ging auf den Korridor hinaus und verschloß die Tür hinter sich. Die riesige Salatschlüssel stand auf der Erde. Pierre näherte sich vorsichtig, ergriff eine Handvoll Lattich und schlang sie herunter.

Er hatte Angst.

Wenn nur dieses Krachen von Stahl auf Stahl endlich aufhören würde, irgendwo in der dunklen Nacht . . . wenn nur . . .

Sigmund erhob sich, gähnte, streckte sich. Seine Hinterfüße spreizten sich einen Augenblick lang nach hinten, dann riß er sich zusammen und schüttelte sich. Sie mußte bald nach Hause kommen. Er wedelte bedächtig mit dem Schwanz, blickte zu der in menschlicher Kopfhöhe aufgehängten Uhr mit den erhaben gearbeiteten Ziffern hinauf, die sein Zeitgefühl verifizierte, und trottete durch das Zimmer zum Fernsehtisch. Er erhob sich auf die Hinterbeine, stützte eine Pfote auf den Tisch und schaltete mit der anderen den Fernseher ein. Es mußte gleich der Wetterbericht kommen. Die Straßen würden heute Nacht vereist sein.

»Ich bin durch Friedhöfe in der Größe von Provinzen gefahren«, schrieb Render, »durch riesige Wälder aus Grabsteinen, die sich Tag für Tag vergrößern.

Warum bewacht der Mensch seine Toten so eifrig? Sieht er darin, in Stein gehauen, den demokratischen Weg zur Unsterblichkeit, die höchste Bestätigung seiner Macht, anderen weh zu tun – das heißt zu leben – und sein Begehren, daß diese Macht ewig dauern möge? Unamuno hat diese Erklärung gegeben. Wenn sie zutrifft, dann hat im letzten Jahr ein größerer Prozentsatz der Bevölkerung die Unsterblichkeit gesucht als je zuvor in der Geschichte der Menschheit . . .«

Tsch–tschg, tschga–tschg!

»Glaubst du, daß es wirklich Menschen sind?«

»Nee. Dazu sind sie zu gut.«

Der Abend war Sternenglanz und Soda über Eis. Render lenkte den S-7 in die Tiefgarage, fand einen Parkplatz und stellte den Wagen ab. Eine feuchte Kühle stieg von dem Betonboden auf und nagte wie spitze Rattenzähne an ihrem Fleisch. Render führte sie zum Lift, und ihr Atem stand in kleinen, rasch verfliegenden Wolken vor ihren Gesichtern.

»Ein bißchen naßkalt heute«, sagte er.

Sie nickte und biß sich auf die Lippen.

Als sie den Lift betreten hatten, seufzte er, nahm den Schal ab und steckte sich eine Zigarette an.

»Mir auch eine, bitte«, sagte sie, als sie den Tabakrauch bemerkte.

Er gab ihr eine Zigarette.

Sie schwebten langsam hinauf. Render lehnte an der Wand des Lifts und atmete die Mischung von Rauch und kristallisierender Feuchtigkeit aus.

»Ich habe einen anderen mutierten Schäferhund kennengelernt«, sagte er. »In der Schweiz. So groß wie Sigmund. Aber ein Jäger, und ein richtiger Preuße.« Er lachte.

»Sigmund jagd auch gern«, sagte sie. »Zweimal im Jahr fahren wir in die nördlichen Wälder, und ich lasse ihn frei. Manchmal bleibt er tagelang weg, und er ist immer sehr glücklich, wenn er zurückkommt. Er sagt mir nie, was er die ganze Zeit getrieben hat, aber er ist niemals hungrig. Damals, als ich ihn kaufte, dachte ich mir schon, daß er von Zeit zu Zeit Urlaub von der Menschheit brauchen würde, um sein seelisches Gleichgewicht zu erhalten. Und ich glaube, daß ich recht hatte.«

Der Lift hielt, die Tür ging auf, und sie betraten die Halle. Render führte sie wieder am Arm.

In seinem Büro schaltete er den Thermostat höher, und warme Luft strömte in den Raum. Er hängte ihre Mäntel im Privatbüro auf und zog das Ei aus dem Wandschrank. Er schloß es an das Stromnetz an und verwandelte seinen Schreibtisch in ein Kontrollpult.

»Wie lange werden wir brauchen?« fragte sie und ließ ihre Fingerspitzen über die glatten, kühlen Kurven des Eies gleiten. »Insgesamt, meine ich, für die völlige Adaption des Sehens.«

Das fragte er sich auch.

»Keine Ahnung«, sagte er. »Jedenfalls noch nicht jetzt. Wir haben einen guten Start gehabt, aber wir haben auch noch viel Arbeit vor uns. Ich denke, in drei Monaten kann ich Ihre Frage ungefähr beantworten.«

Sie nickte, trat an den Schreibtisch und wie zehn tastenempfindliche Flaumfedern erforschten ihre Finger die Konturen des Kontrollpults.

»Vorsichtig! Keinen der Knöpfe berühren!«

»Keine Angst. Wie lange werde ich wohl brauchen, um so eine Apparatur zu beherrschen?«

»Drei Monate zum eigentlichen Lernen, sechs, um sie wirklich bei Patienten anwenden zu können. Und dann noch einmal sechs Monate Praxis unter strenger Kontrolle, bevor man sie Ihnen allein anvertrauen kann. Alles also in einem Jahr.«

»Hm.« Sie tastete nach einem Stuhl und setzte sich.

Render spielte auf den Knöpfen und ließ die Jahreszeiten erwachen, die Phasen des Tages und der Nacht, den Atem des Landes, der Stadt, der Elemente, die nackt über den Himmel rasten, und all die Stimuli, aus denen er Welten schuf. Er zerschlug das Laufwerk der Zeit und schmeckte die sieben Alter des Menschen ab.

»Fertig.« Er wandte sich um. »Alles bereit.«

Es kam schnell, und mit einem Minimum an Aufwand, soweit es Render betraf. Einen Augenblick lang Grau. Dann ein totenbleicher Nebel. Er löste sich auf, als wenn er von einem plötzlich aufkommenden Wind hinweggefegt würde, obgleich ihn keiner von ihnen hörte oder spürte.

Er stand neben der Weide am Teichufer, und sie stand halb verborgen zwischen den Zweigen und dem Filigran der Schatten. Die Sonne senkte sich dem Abend zu.

»Wir sind zurückgekommen«, sagte sie und trat heraus, Blätter im Haar. »Eine Zeitlang befürchtete ich, daß alles nur ein Traum gewesen sei. Aber jetzt erkenne ich alles wieder und erinnere mich.«

»Gut«, sagte er. »Sehen Sie sich an.« Und sie blickte in den Teich.

»Ich habe mich nicht verändert«, sagte sie. »Ich habe mich überhaupt nicht verändert.«

»Nein.«

»Aber Sie«, fuhr sie fort und blickte ihn an. »Sie sind größer geworden, und irgend etwas ist anders . . .«

»Nein«, sagte er.

»Ich irre mich sicher«, sagte sie rasch. »ich verstehe noch nicht alles, was ich sehe. Aber das wird sich bald ändern . . .«

»Natürlich.«

»Was werden wir jetzt tun?«

»Sehen«, sagte er.

Entlang einem flachen, grauen Straßenband, das sie jetzt jenseits der Bäume entdeckte, fuhr ein Wagen auf sie zu. Er kam vom Horizont her, über die Berge, die Hänge herab, kurvte über die Lichtung und bespritzte sie mit den Farben seiner Stimme, dem Grau und dem Silber synchronisierter Kraft, und der Teich erbebte unter seinem Geräusch. Der Wagen hielt dreißig Meter entfernt am Rande des Waldes und wartete. Es war der S-7.

»Kommen Sie!« Er nahm ihre Hand. »Wir fahren spazieren.«

Sie gingen unter den Bäumen hindurch und um das letzte Gebüsch herum. Sie berührte die schnittige, kokonartige Form, die Antennen, die Reifen, die Fenster – und die Fenster wurden bei der Berührung durchsichtig. Sie blickte durch die Scheiben ins Innere des Wagens und nickte.

»Es ist Ihr Wagen.«

»Ja.« Er hielt ihr die Tür auf. »Steigen Sie ein. Wir fahren in den Club zurück. Die Erinnerungen sind noch frisch, also sollten sie recht angenehm sein oder doch zumindestens neutral.«

»Angenehm«, sagte sie und stieg ein.

Er schloß die Tür, ging um den Wagen herum und stieg ebenfalls ein. Sie sah ihm zu, als er imaginäre Koordinaten drückte. Der Wagen schoß davon, und die Bäume strömten an ihnen vorüber. Er konnte ihre wachsende Spannung fühlen, deshalb wechselte er die vorüberziehende Szenerie nicht. Sie drehte ihren Sitz herum und betrachtete das Wageninnere.

»Ja«, sagte sie schließlich. »Ich kann mir denken, wozu das alles dient.«

Sie starrte aus dem Fenster. Sie blickte auf die vorbeiziehenden Bäume. Render sah hinaus und spürte ihre vorbeiziehenden Angst-Muster. Er ließ die Fenster undurchsichtig werden.

»Gut«, sagte sie. »Danke. Es war plötzlich zu viel zu sehen – alles, was vorbeizog wie ein . . .«

»Natürlich«, sagte Render und erhielt das Gefühl des Vorwärtseilens aufrecht. »Das war auch zu erwarten. Obgleich Sie schon viel mehr vertragen als am Anfang.«

Und nach einer Weile: »Nicht aufregen. Entspannen Sie sich«, und er drückte irgendeinen Knopf, und sie entspannte sich, und sie fuhren weiter und weiter und weiter, und endlich wurde der Wagen langsamer, und Render sagte: »Und jetzt sehen Sie bitte aus dem Fenster. Aber nur einen kurzen Blick.«

Sie blickte hinaus.

»Er aktivierte alle Stimuli der Bank, die Gefühle der Freude und

Entspannung hervorrufen konnten, und er baute die Stadt um den Wagen herum, und die Fenster wurden durchsichtig, und sie blickte hinaus auf die Silhouetten der Türme und auf einen Block monolithischer Apartmenthäuser und dann sah sie drei Cafeterias, ein Theater, einen Drugstore, ein Krankenhaus aus gelben Ziegeln mit vorspringenden Dächern aus Aluminium über den Bogengängen, und eine völlig aus Glaswänden bestehende Oberschule, jetzt ohne ihre Schüler, eine Großtankstelle, noch einen Drugstore, und viele, viele andere Wagen, geparkt, oder an ihnen vorüberjagend, und Menschen, Menschen, die vor die Tür traten oder in die Häuser hineingingen, die vor den Gebäuden spazierten und in ihre Wagen stiegen oder ausstiegen; und es war Sommer, und das Licht des späten Nachmittags schien und ließ die Farben der Stadt und die Farben der Kleider, die die Menschen trugen, in mildem Licht erscheinen, als sie so die Boulevards entlangbummelten, auf den Balkons saßen oder die Terrassen überquerten, an Balustraden und Fenstersimsen lehnten, aus dem Kiosk an der Ecke traten, in einen anderen hineingingen, miteinander sprachen; eine Frau, die einen Pudel führte, bog um die Ecke; Raketen stiegen auf und senkten sich aus dem Himmel.

Und dann fiel die Welt zusammen, und Render fing die Trümmer auf.

Er schuf völlige Dunkelheit, die alle Gefühle ausschaltete, nur das ihrer Vorwärtsbewegung ließ er bestehen.

Nach einer Weile wurde es dämmrig, und sie saßen noch immer im Wagen, dessen Fenster nun wieder undurchsichtig waren, und die Luft, die sie einatmeten, war sanft wie eine lindernde Salbe.

»Mein Gott«, sagte sie, »die Welt ist voller Wunder. Habe ich das alles wirklich gesehen?«

»Eigentlich wollte ich es Ihnen heute noch nicht zeigen. Aber sie wollten es und Sie schienen reif dafür.«

»Ja«, sagte sie, und die Fenster wurden wieder durchsichtig. Sie wandte sich rasch ab.

»Es ist wieder fort«, sagte er. »Ich wollte Sie nur einen raschen Blick darauf werfen lassen.«

Sie blickte hinaus, und es war jetzt dunkel, und sie überquerten eine hohe Brücke. Sie fuhren langsam. Sie sahen keinen anderen Wagen. Unter ihnen lag die Ebene. Aus Schmelzöfen da und dort schoß Glut wie aus kleinen Vulkanen, sie spien Schauer orangefarbener Funken in den Himmel und sie sah viele Sterne. Sie glitzerten auf der atmenden Oberfläche des Wassers unter der Brücke, zeichneten in hellen Nadelstichen die Silhouette der Skyline nach, die vage auf dem Wasserspiegel schwebte. Die schrägen Pfeiler der Brükken zogen an ihnen vorüber.

»Sie haben es getan«, sagte sie, »und ich danke Ihnen dafür.« Und dann: »Wer sind Sie? Ich meine, wirklich?« (Er mußte gewollt haben, daß sie diese Frage stellte.)

»Ich bin Render«, lachte er. Und sie kurvten durch eine dunkle, jetzt leere Stadt, erreichten ihren Club und fuhren in den großen Parkdom ein.

Als sie drinnen waren, überprüfte er alle ihre Gefühle, bereit, die Welt bei den geringsten Anzeichen von Gefahr zu zerstören. Aber er fühlte, daß es nicht notwendig war.

Sie stiegen aus und gingen zu Fuß weiter. Sie betraten den Club, der – auf seinen Entschluß hin – heute nicht gefüllt war. Sie wurden zu ihrem Tisch hinter der Bar des Separées geführt, neben der Ritterrüstung, und sie setzten sich und bestellten das gleiche Menu wie zuvor.

»Nein«, sagte er und blickte an sich hinunter, »die gehört doch dorthin.«

Die Ritterrüstung schwebte wieder auf die Seite des Tisches, und er trug wieder seinen grauen Anzug mit der schwarzen Krawatte und der silbernen, wie ein Baumzweig geformten Krawattennadel.

Sie lachten.

»Ich bin nicht der Typ, der in so einen Blechanzug paßt, also hören Sie auf damit, mich in das Ding zu stecken.«

»Entschuldigen Sie.« Sie lächelte. »Ich weiß nicht, wie ich's getan habe, und warum.«

»Aber ich, und ich wehre mich gegen die Vorstellung. Außerdem muß ich Sie noch einmal warnen. Sie sind sich der Tatsache bewußt, daß alles nur Illusion ist. Ich muß es auf diese Weise tun, damit Sie die volle Wirkung der Behandlung erfahren. Für die meisten meiner Patienten ist es die Wirklichkeit. Das macht ein Gegentrauma oder eine symbolische Sequenz wirkungsvoller. Sie jedoch kennen die Parameter des Spiels, und, ob Sie es wollen oder nicht, Sie haben dadurch eine andere Kontrolle darüber als ich sie normalerweise anzutreffen pflege. Also seien Sie bitte vorsichtig.«

»Entschuldigen Sie. Ich wollte es nicht.«

»Ich weiß. Da kommt unser Essen.«

»Uhh. Das sieht ja entsetzlich aus! Haben wir das Zeug wirklich heute gegessen?«

»Ja.« Er lachte. »Das ist ein Messer, und das eine Gabel, das dort ein Löffel. Dies hier sind Kartoffeln, das ist ein Roastbeef, das sind Erbsen, das Butter.«

»Du meine Güte. Ich glaube, mir wird schlecht.«

» ... und das ist Salat, und hier sind Salatgewürze. Dies ist eine Forelle – Mm! – Das sind *pommes frites*. Hier ist eine Flasche Wein. Hm. Mal sehen. – Romanée-Conti – ich bezahle sie schließlich und eine Flasche Yquem für die Forelle. – He!«

Der Raum begann plötzlich zu schwanken.

Er wischte den Tisch leer und ließ das Restaurant verschwinden. Durch das transparente Gewebe der Welt sah er eine Hand, die über die Kontrollknöpfe fuhr, sie niederdrückte. Die Welt nahm wieder Gestalt an. Ihr abgeräumter Tisch stand jetzt am Ufer des Teiches, und es war immer noch Nacht, und Sommer, und das Tischtuch glänzte sehr weiß unter dem riesigen Monde, der über ihnen stand.

»Das war sehr dumm von mir«, sagte er, »furchtbar dumm. Ich hätte Ihnen eins nach dem anderen zeigen sollen. Der Anblick von grundlegenden oralen Stimuli kann für einen Menschen, der so etwas zum erstenmal sieht, sehr erschreckend sein. Ich war so sehr auf das *Formen* konzentriert, daß ich völlig den Patienten vergaß, und das ist wirklich unverzeihlich! Ich bitte um Entschuldigung.«

»Es geht mir schon wieder gut. Wirklich.«

Er rief eine kühle Brise vom Teich.

» ... und das ist der Mond«, setzte er unsicher hinzu.

Sie nickte, und sie trug einen winzigen Mond auf der Mitte der Stirn; er glänzte wie der am Himmel, und ihr Haar und ihr Kleid waren aus Silber.

Die Flasche Romanée-Conti stand auf dem Tisch, und daneben zwei Gläser.

»Wo kommt denn das her?«

Sie zuckte die Achseln.

Er schenkte ein.

»Vielleicht schmeckt der Wein etwas fad«, sagte er.

»Überhaupt nicht.« Sie reichte ihm das Glas. »Hier.«

Er nahm einen Schluck und bemerkte, daß er wirklich Aroma hatte – eine *fruite*, wie aus Trauben gekeltert, die auf den Inseln von Blest wachsen, ein glattes, muskulöses *chornu*, und ein *capiteux* wie aus dem Rauch eines Feldes mit brennendem Mohn gefiltert. Mit leichtem Schrecken erkannte er, daß seine Hand die Bahn der Wahrnehmungen traversiert haben mußte, wodurch die Übertragung und Gegenübertragung der Reize harmonisiert wurde, die ihn, ohne daß er es merkte, am Teichufer überkommen hatten.

»Es schmeckt herrlich«, stellte er fest. »Und jetzt wird es Zeit, zurückzufahren.«

»Jetzt schon? Ich habe die Kathedrale noch nicht gesehen.«

»Ja jetzt.«

Er zwang die Welt, sich aufzulösen, und sie erlosch.

»Es ist kalt dort draußen«, sagte sie, als sie sich anzog, »und so dunkel.«

»Ich weiß. Ich werde uns einen Drink machen, während ich das Gerät aufräume.«

»Fein.«

Er sah sich die Magnetbänder an und schüttelte den Kopf. Er trat zum Barschrank.

»Es ist nicht gerade Romanée-Conti«, sagte er, als er nach einer Flasche griff.

»Na und. Das stört mich nicht.«

Ihn auch nicht, im Moment. Also räumte er das Gerät auf, sie tranken ihre Drinks, er half ihr in den Mantel, und sie gingen.

Als sie im Lift zur Tiefgarage hinabglitten, wollte er wieder die Welt zwingen, sich aufzulösen. Doch sie erlosch nicht.

Vati!

Ich bin von der Schule zu einem Taxi und vom Taxi zum Weltraumhafen gehumpelt, um die Air Force Ausstellung zu besuchen. (Gut, ich übertreibe das Humpeln ein bißchen, aber es bringt mir viel Rücksichtnahme ein.) Das ganze Theater hatte nur den Zweck, junge Männer dazu zu verführen, einen Fünfjahres-Vertrag bei der Luftwaffe zu unterschreiben. Und sie haben Erfolg damit. Bei mir jedenfalls. Ich möchte anheuern. Ich möchte raus. Glaubst du, sie nehmen mich, wenn ich alt genug bin? Ich meine, ob sie mich wirklich *rausholen* können, ich habe kein Interesse an so'nem lausigen Schreibtischjob. Was meinst du?

Ich glaube schon.

Da war dieser verdammte Colonel, der diesen Jungen herumhumpeln und sich die Nase an den Fensterscheiben plattdrücken sah, und er entschloß sich, bei mir die große Verkaufstour zu machen. Großartig! Er schleifte mich durch die Galerie und zeigte mir all diese Bilder von den Triumphen der Air Force, von der Mondbasis bis zum Marshafen. Er hielt mir einen Vortrag über die großen

Traditionen des Militärs und brachte mich in einen Kintopp. Auf Bändern hatten sie die ganzen Freuden des Soldatenlebens, Ringkämpfe bei Null-G, »wo es nur auf den Geist ankommt, und nicht auf die Muskeln«, und Skulpturen aus gefärbtem Wasser mitten in der Luft, und Training an der Außenwand eines Raumschiffs. Eine Schau!

Aber ganz ernsthaft: Ich möchte dabeisein, wenn sie zu den Grenzen des Sonnensystems fliegen. Und weiter. Nicht wegen des Unsinns auf ihren Werkprospekten, und so weiter, sondern weil ich der Meinung bin, daß irgendein halbwegs vernünftiger Mensch dabei sein sollte, um die ganze Sache angemessen niederzuschreiben. So 'ne Art rauher Grenzland-Chronist, weißt du. Francis Parkman, Mary Austin. So was. Deshalb möchte ich mich melden.

Der Air-Force-Knabe mit dem Lametta auf der Schulter war überhaupt nicht allzu väterlich, Gott sei Dank. Wir standen auf dem Balkon und sahen zu wie die Raumschiffe abhoben, und er sagte mir, ich sollte nur weitermachen und tüchtig lernen, dann würde ich vielleicht eines Tages auch so ein Schiff steuern. Ich habe mir verkniffen, ihn darauf hinzuweisen, daß ich nicht gerade geistig behindert bin und mein Staatsexamen haben werde, bevor ich noch etwas damit anfangen kann, sogar bevor ich alt genug bin, Soldat zu werden. Ich sah nur zu, wie die Raumschiffe abhoben und sagte: »In zehn Jahren werde ich hinunterblicken und nicht hinauf.« Und er erzählte mir dann, wie hart seine Ausbildung gewesen war, und ich fragte ihn nicht, wieso er dann auf einem lausigen Posten beim Bodenpersonal gelandet sei. Ich bin froh, daß ich's mir verkniffen habe, wenn ich's mir jetzt richtig überlege. Er sah eher wie eine ihrer Anzeigen aus als wie ein wirklicher Mensch. Ich hoffe, daß ich nie wie 'ne Anzeige aussehe.

Danke für die Moneten und die warmen Socken und Mozarts Violin-Konzerte, die ich eben höre. Ich möchte nächsten Sommer lieber zum Mond als nach Europa. Vielleicht? – Möglicherweise? – Zufällig? – Meinst du? – Wenn ich den neuen Test, den du für mich ausarbeitest, schaffe?

Bitte, laß es dir durch den Kopf gehen.

Dein Sohn
Peter

»Hallo. – Staatliche Psychiatrische Klinik.«

»Ich möchte einen Termin für eine Untersuchung haben.«

»Augenblick, bitte. Ich verbinde Sie mit dem Terminbüro.«

»Hallo. Hier Terminbüro.«

»Ich möchte einen Termin für eine Untersuchung haben.«

»Augenblick, bitte – Was für eine Untersuchung?«

»Ich möchte einen Termin mit Dr. Shallot. Eileen Shallot. Sobald wie möglich.«

»Augenblick, bitte. Ich muß in ihrem Terminkalender nachsehen. – Paßt es Ihnen am Dienstag um zwei Uhr?«

»Ja, bestens.«

»Und wie ist Ihr Name, bitte?«

»de Ville. Jill de Ville.«

»In Ordnung, Miß de Ville. Also Dienstag um zwei.«

»Vielen Dank.«

Der Mann ging neben der Autobahn entlang, Wagen rasten über die Fahrbahnen. Die Wagen auf der Hochgeschwindigkeitspiste waren vage, huschende Schatten.

Es war nicht viel Verkehr. Es war halb elf Uhr vormittags und kalt.

Der Mann hatte den Pelzkragen seines Mantels aufgestellt, die Hände in die Taschen vergraben, und er lehnte sich gegen den Wind. Jenseits des Zaunes war die Straße sauber und trocken.

Die Morgensonne war hinter den Wolken verborgen. In dem trüben Licht konnte der Mann nur vierhundert Meter weit sehen.

Sein Tempo veränderte sich nicht. Seine Augen blickten starr auf den Baum. Die Kiesel knirschten unter seinen Schritten.

Als er den Baum erreicht hatte, zog er Mantel und Jacke aus und faltete sie sofort zusammen.

Er legte sie auf den Boden und stieg auf den Baum.

Als er auf den Ast kletterte, der sich weit über den Zaun der Autobahn reckte, blickte er sich um und vergewisserte sich, daß sich keine Fahrzeuge näherten. Dann umspannte er den Ast mit beiden Händen, ließ sich herabgleiten, hing einen Moment und sprang dann auf die Autobahn.

Die Fahrbahn war hundert Meter breit, und es war die nach Osten führende Bahn.

Er blickte nach Westen, sah, daß sich noch immer kein Fahrzeug näherte und ging auf den Mittelstreifen zu. Er wußte, daß er ihn nie erreichen würde. Um diese Tageszeit fuhren die Wagen auf der Hochgeschwindigkeitspiste mit über dreihundert Stundenkilometern. Er ging weiter.

Ein Wagen zischte hinter ihm vorbei. Er blickte sich nicht um. Wenn die Wagenfenster undurchsichtig waren, wie es meistens der Fall war, würden die Menschen im Wagen nicht einmal bemerkt haben, daß er die Fahrbahn überquerte. Später würden sie davon erfahren und den Kühler ihrer Wagen nach möglichen Spuren einer solchen Begegnung untersuchen.

Ein Wagen huschte vor ihm vorüber. Seine Fenster waren klar. Ein Blick aus zwei Gesichtern, schreckgeweitete Augen, vorbei. Sein eigenes Gesicht blieb ausdruckslos. Sein Tempo änderte sich nicht. Noch zwei Wagen rasten vorbei, Fenster undurchsichtig. Er hatte jetzt vielleicht zwanzig der hundert Meter hinter sich gebracht.

Fünfundzwanzig ...

Irgend etwas, das er in der Luft spürte, oder vielleicht seinen Füßen, sagte ihm, daß es jetzt soweit war. Er ging ruhig weiter.

Irgend etwas, das er vom Rand seines Gesichtsfelds heranhuschen sah, sagte ihm, daß es jetzt kam. Er sah sich nicht um.

Cecil Green hatte die Fenster durchsichtig gemacht, weil er es so mochte. Seine linke Hand war in ihrer Bluse, und ihr Rock war bis zum Schoß hinaufgerutscht, und seine rechte Hand lag auf dem Hebel, mit dem er die Sitzlehnen herunterklappen konnte. Plötzlich riß sie sich los und stieß einen leisen Schrei aus.

Sein Kopf fuhr nach links.

Er sah den gehenden Mann. Er sah sein Profil, das sich ihm nie voll zuwenden konnte. Er sah, daß der Mann ruhig weiter ging.

Und dann war der Mann verschwunden.

Ein leichter Ruck, und die Reinigungsanlage der Windschutzscheibe schaltete sich ein. Der Wagen raste weiter.

Cecil Green machte die Fenster undurchsichtig.

»Was ...?« fragte er, als sie schluchzend in seinen Armen lag.

»Der Computer hat ihn nicht registriert.«

»Dann kann er den Zaun nicht berührt haben.«

»Er muß verrückt gewesen sein!«

»Trotzdem, es gibt einfachere Wege dafür.«

Es hätte jedes Gesicht sein können ... Auch meins?

Erschrocken legte Cecil die Sitzlehnen um.

Charles Render schrieb das ›Necropolis‹-Kapitel für *Das ›missing link‹ der Evolution ist der Mensch,* sein erstes Buch nach über vier Jahren. Seit seiner Rückkehr hatte er die Dienstag- und Donnerstagnachmittage für die Arbeit an diesem Werk reserviert. In sein Büro eingeschlossen, füllte er Seite um Seite mit seiner chaotischen Schrift.

»Es gibt viele Arten des Todes, im Unterschied zum Sterben ...« schrieb er gerade, als die Sprechanlage summte – einmal kurz, einmal lang, dann wieder kurz.

»Ja?«

»Ein Patient«, und da war eine deutliche Pause zwischen ›ein‹ und ›Patient‹.

Er steckte ein kleines Aerosol in die Tasche, stand auf und durchquerte das Büro.

Er öffnete die Tür und blickte hinaus.

»Doktor ... Hilfe ...«

Render machte drei Schritte und ließ sich auf ein Knie nieder.

»Was ist los?«

»Kommen Sie ... sie ist ... krank«, knurrte er.

»Krank? Wieso? Was fehlt ihr denn?«

»Weiß nicht. Sie kommen.«

Render blickte in die Augen des Tieres.

»Was für eine Krankheit?« fragte er noch einmal.

»Weiß nicht«, wiederholte der Hund. »Will nicht reden. Sitzt nur da ... Ich ... fühle, sie ist ... krank ...«

»Wie bist du hierhergekommen?«

»Auto. Kenne die Ko-or-di-na-ten ... Wagen draußen.«

»Ich werde sie anrufen.« Render wandte sich um.

»Kein Zweck. Antwortet nicht.«

Und das stimmte auch.

Render ging in sein Privatbüro zurück, nahm seine Jacke und seine Tasche. Er blickte aus dem Fenster und sah ihren Wagen. Er stand am Rande der Ausfahrt, wo der Computer ihn aus seinem Leitbereich entlassen und der manuellen Kontrolle übergeben hatte. Wenn niemand das Steuer übernahm, wurde der Wagen automatisch geparkt und die anderen Fahrzeuge an ihm vorbeigeleitet.

So einfach, daß selbst ein Hund es bedienen kann, überlegte er. *Ich sollte besser gleich hinuntergehen, bevor ein Streifenwagen auftaucht. Der Wagen ist sicher längst gemeldet. Vielleicht auch nicht. Vielleicht haben wir auch noch ein paar Minuten Frist.*

Er blickte auf die große Wanduhr.

»Gut, Sigmund«, sagte er. »Gehen wir.«

Sie fuhren mit dem Lift ins Erdgeschoß, verließen das Gebäude durch die Haustür und gingen zum Wagen.

Die Turbine lief noch immer, rotierte im Leerlauf. Render öffnete die Tür zum Beifahrersitz und Sigmund sprang hinein. Er drückte sich an ihm vorbei auf den Fahrersitz, doch der Hund drückte mit seiner Pfote bereits die Primär-Koordinaten und die Adressat-Knöpfe.

Ich sitze anscheinend auf dem falschen Platz.

Er steckte sich eine Zigarette an, als der Wagen in einen U-förmigen Tunnel einbog. Sie kamen auf der anderen Seite der Autobahn wieder heraus, hielten einen Augenblick in der Zufahrt und fädelten sich dann in den fließenden Verkehr ein. Der Hund steuerte den Wagen zur Hochgeschwindigkeitspiste.

»Oh«, sagte der Hund, »oh.«

Render wollte ihm den Kopf tätscheln, doch dann sah er, daß er die Zähne fletschte und ließ die Hand sinken.

»Wann hat sie angefangen, sich eigenartig zu benehmen?« fragte er.

»Als sie... heimkam von... Arbeit. Nicht essen. Nicht antworten... mir, wenn... ich rede. Nur sitzen.«

»Ist das früher schon einmal vorgekommen?«

»Nein.«

Was konnte das herbeigeführt haben? – Aber vielleicht hatte sie nur einen schlechten Tag. Schließlich ist er nur ein Hund. – Gewissermaßen. – Nein. Er würde es merken. – Aber was war es sonst?

»Wie hat sie sich gestern benommen – und heute morgen, als sie aus dem Haus ging?«

»Wie immer.«

Render versuchte noch einmal, sie anzurufen. Wieder keine Antwort.

»Sie sind schuld«, sagte der Hund.

»Was soll das heißen?«

»Augen. Sehen. Sie. Maschine. Schlecht.«

»Nein«, sagte Render, und seine Hand ruhte auf dem kleinen Zylinder des Betäubungs-Sprays in seiner Jackentasche.

»Doch«, sagte der Hund und wandte sich ihm zu. »Sie... werden sie... wieder gesund... machen?«

»Aber natürlich«, sagte Render.

Sigmund starrte geradeaus.

Render fühlte sich physisch exaltiert und geistig träge. Er suchte nach dem verwirrenden Faktor. Er hatte dieses Gefühl in dem Fall seit ihrer ersten Sitzung. Irgend etwas an Eileen Shallot war äußerst beunruhigend: eine Kombination von hoher Intelligenz und Hilflosigkeit, von Entschlußkraft und Verletzlichkeit, von Sensibilität und Verbitterung.

Finde ich das besonders anziehend? – Nein, es ist nur die Rückkoppelung, verdammt noch mal!

»Sie riechen nach Angst«, sagte der Hund.

»Ich rieche nach Angst«, sagte Render. »Aber das bleibt unter uns.«

Der Wagen setzte die Geschwindigkeit herab, um ein paar Kurven zu nehmen, wurde schneller, verlangsamte die Fahrt, nahm wieder Geschwindigkeit auf. Schließlich glitten sie entlang einer schmalen Straße in einen der Wohnbezirke der Stadt. Der Wagen bog in eine Seitenstraße ein, fuhr noch einen Kilometer weiter, das Armaturenbrett machte ein leises, klickendes Geräusch, und sie fuhren in den Parkplatz hinter einem hohen Wohnblock ein. Das Klicken kam von einem besonderen Servomechanismus, der die Kontrolle übernahm, sowie der Computer sie freigab, denn der Wagen kroch nun ungelenkt langsam über den Parkplatz auf eine transparente Garage zu und hielt dort. Render stellte die Zündung ab.

Sigmund hatte bereits die Tür auf seiner Seite geöffnet. Render folgte ihm in das Gebäude, und sie fuhren mit dem Lift in den 50. Stock. Der Hund lief voraus, den Korridor entlang, preßte seine Nase gegen eine Platte, die im unteren Teil einer Tür eingelassen war und wartete. Nach einer Weile öffnete sich die Tür ein paar Zentimeter. Er drückte sie mit der Schulter auf und ging hinein. Render folgte und schloß die Tür hinter sich.

Die Wohnung war geräumig, die Wände ziemlich kahl, die Farbkombinationen fast unerträglich. Eine große Bibliothek von Magnetbändern füllte eine Ecke; ein riesiger Fernseh-Radio-Magnetophon-Apparat stand daneben. Vor dem Fenster war ein breiter, krummbeiniger Tisch, entlang der rechten Wand eine niedrige Couch; daneben befand sich eine geschlossene Tür, die anscheinend zu den anderen Räumen führte. Eileen saß in einem tiefen Polstersessel am Fenster. Sigmund stand neben ihr.

Render durchquerte das Zimmer und nahm eine Zigarette aus seinem Etui. Dann ließ er die Flamme aus seinem Feuerzeug springen und hielt sie ihr vor das Gesicht, bis sie aufblickte.

»Zigarette?« fragte er.

»Charles?« fragte sie.

»Ja.«

»Danke. Gern.«

Sie streckte ihre Hand aus, nahm die Zigarette und steckte sie zwischen die Lippen.

»Danke. Was tun Sie hier?«

»Sie besuchen. Ich hatte zufällig in der Gegend zu tun.«

»Ich habe die Klingel nicht gehört.«

»Sie haben anscheinend geschlafen. Sigmund hat mich eingelassen.«

»Ja, wahrscheinlich habe ich geschlafen.« Sie reckte sich. »Wie spät ist es?«

»Kurz vor halb fünf.«

»Dann bin ich schon über zwei Stunden zu Hause ... muß sehr müde gewesen sein ...«

»Und wie fühlen Sie sich jetzt?«

»Gut«, sagte sie. »Wollen Sie eine Tasse Kaffee?«

»Gern.«

»Ein Steak?«

»Nein, danke.«

»Bacardi in den Kaffee?«

»Klingt nicht schlecht.«

»Dann entschuldigen Sie mich bitte. Ich bin gleich wieder da.« Sie ging durch die Tür neben dem Sofa, und Render sah dahinter eine große, glitzernde automatische Küche.

»Nun?« flüsterte er und blickte den Hund an.

Sigmund schüttelte den Kopf.

»Nicht wie ... sonst.«

Render schüttelte den Kopf.

Er legte seinen Mantel auf das Sofa und faltete ihn sorgfältig über seine Tasche. Dann setzte er sich daneben und überlegte.

Habe ich ihr zuviel Sehen zugemutet? Leidet sie unter depressiven Nebenwirkungen? – wie Erinnerungsdepressionen, nervlicher Ermüdung? Habe ich auf irgendeine Weise ihre sensorischen Adaptions-Syndrome gestört? Warum habe ich überhaupt so ein Tempo eingeschlagen? Wir haben doch keine Eile. Oder bin ich so versessen darauf, mein Buch darüber zu schreiben? – Oder tue ich es, weil sie es will? Wäre es möglich, daß sie so stark ist, bewußt oder unbewußt? Oder wäre es möglich, daß ich so verwundbar bin – irgendwie?

Sie rief ihn in die Küche und bat ihn, das Tablett herauszutragen. Er stellte es auf dem Tisch ab und setzte sich ihr gegenüber.

»Gut, der Kaffee«, sagte er, nachdem er sich die Lippen am heißen Tassenrand verbrüht hatte.

»Gut, die Maschine«, sagte sie und wandte ihr Gesicht seiner Stimme zu.

Sigmund streckte sich neben dem Tisch auf dem Teppich aus, legte den Kopf auf die Pfoten, seufzte und schloß die Augen.

»Ich habe mich gefragt«, sagte Render, »ob sich nach der letzten Sitzung vielleicht irgendwelche Nebenwirkungen gezeigt haben – wie zum Beispiel verstärkte synästhetische Erscheinungen, oder Träume von Formen, oder Halluzinationen, oder . . .«

»Ja«, sagte sie leise. »Träume.«

»Welcher Art?«

»Von der Sitzung. Immer wieder habe ich sie geträumt.«

»Von Anfang bis zu Ende?«

»Nein, nicht der Reihe nach. Wir fahren über die Brücke, oder durch die Stadt, oder wir sitzen am Tisch oder gehen zum Wagen – alles nur Momentaufnahmen. Aber sehr lebhaft.«

»Und welcher Art sind die Gefühle, die diese – Momentaufnahmen auslösen?«

»Ich weiß nicht. Alle möglichen.«

»Was fühlen Sie jetzt, wo Sie sich daran erinnern?«

»Genauso. Alles mögliche durcheinander.«

»Haben Sie Angst?«

»N–nein . . . Ich glaube nicht.«

»Sollten wir die Behandlung eine Zeitlang ruhen lassen? Haben Sie das Gefühl, daß wir sie zu rasch vorangetrieben haben?«

»Nein. Ganz und gar nicht. Es ist – nun, als ob man schwimmen lernt. Wenn man es endlich begriffen hat, dann schwimmt man und schwimmt und schwimmt und schwimmt, bis zur völligen Erschöpfung. Und dann liegt man irgendwo ringt nach Luft und erinnert sich, wie es gewesen ist, während die Freunde um einen herumstehen und einem Vorwürfe machen, daß man sich so verausgabt hat – und es ist ein gutes Gefühl, selbst wenn man sich dabei erkältet und jeder Muskel schmerzt. Jedenfalls packe ich die Dinge so an. Genauso habe ich mich nach der ersten Sitzung gefühlt, und nach der letzten. Alles, was man zum erstenmal tut, ist doch irgendwie etwas Besonderes . . . Aber jetzt tun die Muskeln nicht mehr weh, und ich kann wieder ruhig atmen. Nein, ich möchte jetzt nicht aufhören! Ich fühle mich großartig.«

»Machen Sie immer am Nachmittag ein Nickerchen?«

Die zehn rotlackierten Fingernägel fuhren über die Tischplatte als sie sich streckte.

»... müde«, lächelte sie und unterdrückte ein Gähnen. »Die Hälfte der Kollegen hat Urlaub, und ich habe die ganze Woche für zwei geschuftet. Ich war zum Umfallen müde, als ich die Klinik verließ. Aber jetzt habe ich mich ausgeruht, und es geht wieder.«

Sie ergriff ihre Kaffeetasse mit beiden Händen und nahm einen großen Schluck.

»Hm«, sagte er. »Gut. Ich habe mir wirklich Sorgen um Sie gemacht. Schön, daß sie grundlos waren.«

Sie lachte.

»Sorgen? Sie haben doch Dr. Riscombs Bericht über meine Analyse gelesen – und über den ORT-&-R-Versuch – und dennoch glauben Sie, daß man sich um mich Sorgen machen muß? Ha! Ich habe höchstens eine gutartige Arbeits-Neurose, was meine physische Leistungsfähigkeit betrifft. Und dieser Komplex konzentriert alle meine Energien, koordiniert all meine Anstrengungen auf Leistung. Er verstärkt sozusagen mein Identitätsbewußtsein.«

»Sie haben ein verdammt gutes Gedächtnis«, bemerkte er. »Das war fast wörtlich wiedergegeben.«

»Natürlich.«

»Sigmund war heute auch um Sie besorgt.«

»Siggy? Wie das?«

Der Hund bewegte sich unruhig, öffnete ein Auge.

»Ja«, knurrte er und starrte zu Render hinauf. »Ihn brauchen, wegfahren, nach Hause.«

»Hast du schon wieder den Wagen gefahren?«

»Ja.«

»Obwohl ich es dir so oft verboten habe?«

»Ja.«

»Warum?«

»Ich hatte ... Angst. Du ... nicht geantwortet ... ich rede.«

»Ich war *sehr* müde – und wenn du noch einmal den Wagen nimmst, schließe ich die Wohnungstür so ab, daß du nicht mehr allein aus- und eingehen kannst.«

»Ent-schuldig-ung.«

»Ich bin überhaupt nicht krank.«

»Gut.«

»Du wirst so etwas *nie* wieder tun, hörst du?«

»Entschuldigung.« Nicht eine Sekunde lang wandte er seinen Blick von Render. Sein Auge war wie ein Brennglas auf ihn gerichtet.

Render blickte zur Seite.

»Warum sind Sie so streng mit dem armen Kerl?« fragte er. »Schließlich glaubte er, daß Sie krank seien und holte den Arzt. Und wenn Sie nun wirklich krank gewesen wären? Sie sollten ihm danken und nicht Vorwürfe machen.«

Unbeeindruckt starrte Sigmund ihn noch ein paar Sekunden lang an, dann schloß er das Auge wieder.

»Man muß ihm sagen, wenn er etwas Falsches getan hat«, erwiderte sie.

»Das ist allerdings auch richtig«, sagte er und nahm einen Schluck Kaffee. »Nun, es ist glücklicherweise nichts passiert. Und weil ich nun mal hier bin, wollen wir ein bißchen fachsimpeln. Ich arbeite an einem Buch und würde dazu gern ihre Meinung hören.«

»Wunderbar. Schießen Sie los.«

»Glauben Sie, daß die allgemeinen Grundmotive, die zum Selbstmord führen, zu verschiedenen Zeiten der Geschichte und in den verschiedenen Kulturen unterschiedlich sind?«

»Ich glaube nicht«, sagte sie, »und das ist meine wohlüberlegte Meinung. Frustation kann zur Depression und zum Wahnsinn führen, und diese können, wenn sie stark genug sind, Selbstzerstörung auslösen. Sie haben mich nach den Motivationen gefragt, und ich glaube, daß sie ziemlich uniform sind, daß dieser Aspekt des menschlichen Gemütszustandes sich auf alle Perioden und Kulturen erstreckt. Ich glaube nicht, daß man ihn verändern kann, ohne die grundlegende Natur des Menschen zu verändern.«

»Gut. Einverstanden. Und nun: der auslösende Faktor«, sagte er. »Selbst wenn der Mensch seelisch konstant bleibt, so ist seine Umwelt doch immer variabel. Wenn man ihn in eine über-beschützte Lebenssituation bringt, würde er dann, Ihrer Meinung nach, mehr oder weniger anfällig für Depressionen oder Wahnsinn sein als in einer nicht so protektiven Umwelt?«

»Hm. Bei meiner fall-bezogenen Einstellung würde ich sagen, daß es auch auf den jeweiligen Menschen ankommt. Aber ich weiß, worauf Sie hinauswollen: eine Massenprädisposition, beim geringsten Anlaß aus dem Fenster zu springen. Und das Fenster geht von ganz allein auf, weil Sie es wollen. Der Aufstand der gelangweilten Massen. Mir gefällt diese Vorstellung nicht. Und ich kann nur hoffen, daß sie falsch ist.«

»Ich auch. Aber ich dachte dabei auch an symbolische Selbstmorde – funktionelle Störungen, die auf oft recht läppische Anlässe zurückzuführen sind.«

»Aha! Ihre Vorlesung vom vergangenen Monat: Autopsychomimesis. Ich habe das Magnetband davon. Ausgezeichnet formuliert, aber ich kann Ihre Meinung trotzdem nicht teilen.«

»Ich auch nicht. Nicht mehr. Ich bin dabei, den ganzen Abschnitt neu zu schreiben; ich nenne ihn ›Thanatos im Wolkenkuckucksheim‹. Es ist in Wirklichkeit der näher an die Oberfläche gerückte Todesinstinkt.«

»Wenn ich Ihnen ein Skalpell und eine Leiche besorge, würden Sie mir den Todes-Instinkt herauspräparieren, damit ich so etwas einmal berühren kann?«

»Leider kann ich das nicht.« Er legte ein Lächeln in seine Stimme. »In einer Leiche wäre er schon völlig verbraucht. Suchen Sie mir einen Freiwilligen dafür, und er würde meine Theorie allein dadurch beweisen, daß er sich freiwillig meldet.«

»Ihre Logik ist unangreifbar«, lächelte sie. »Würden Sie uns noch etwas Kaffee holen?«

Render ging in die Küche, und während die Maschine den Kaffee machte, trank er ein Glas Wasser. Dann ging er ins Wohnzimmer zurück. Weder Eileen noch Sigmund hatten sich von der Stelle gerührt.

»Was tun Sie eigentlich, wenn Sie nicht als Former arbeiten?« fragte sie ihn.

»Das gleiche, was die meisten anderen Menschen tun: essen, trinken, schlafen, reden, Freunde besuchen, auch andere Menschen, umhergehen, lesen . . .«

»Können Sie eigentlich auch verzeihen?«

»Manchmal. Warum?

»Dann verzeihen Sie mir. Ich habe heute mit einer Frau gestritten. Mit einer Frau namens de Ville.«

»Und worüber?«

»Über Sie. – Und sie warf mir Dinge vor, daß es beinahe besser gewesen wäre, wenn meine Mutter mich nie geboren hätte. – Werden Sie sie heiraten?«

»Nein. Mit der Ehe ist es wie mit der Alchimie. Sie hat eine wichtige Rolle gespielt, aber das ist nun wohl vorbei.«

»Gut.«

»Was haben Sie ihr gesagt?«

»Ich habe ihr eine Behandlungskarte gegeben, auf der stand: ›Diagnose: Megäre. Therapie: Drogen und ein fester Knebel‹.«

»Oh«, sagte Render und zeigte sich interessiert.

»Sie hat sie zerrissen und mir ins Gesicht geworfen.«

»Ich frage mich warum.«

Sie zuckte die Schultern, lächelte und malte mit dem Finger Muster auf das Tischtuch.

»Ich frage mich manchmal«, seufzte Render, »wie die Hölle aussieht.«

»Ich bin der Meinung, sie ist die Unfähigkeit, lieben zu können«, antwortete sie. »Hatte Dostojewski recht?«

»Ich bezweifele es. Wenn er mein Patient wäre, würde ich ihm Gruppentherapie verschreiben. Das wäre die *wirkliche* Hölle für ihn, wenn alle Menschen sich benehmen würden, wie seine Romanfiguren und sich dabei sauwohl fühlten.«

Render setzte die Tasse ab, schob den Stuhl zurück und stand auf.

»Sie müssen wohl gehen?« sagte sie.

»Ja, leider.«

»Und ich kann Sie nicht zum Essen überreden?«

»Nein.«

Sie erhob sich ebenfalls.

»Gut. Ich hole meinen Mantel.«

»Ich kann doch allein nach Hause fahren und den Wagen per Autopiloten zurückschicken.«

»Nein. Die Vorstellung, daß führerlose Wagen durch die Stadt fahren, ist mir grauenhaft. Ich hätte Angst, daß das Ding die nächsten zwei, drei Wochen verhext wäre.

Außerdem«, fuhr sie fort und ging durch die Tür, »haben Sie mir Winchester Cathedral versprochen.«

»Aber doch nicht für heute.«

»Kann ich Sie heute nicht dazu überreden?«

Während Render versuchte, zu einem Entschluß zu kommen, erhob sich Sigmund auf die Füße. Er stand direkt vor ihm und starrte ihm ins Gesicht. Er öffnete und schloß das Maul mehrere Male, doch kein Ton drang aus seiner Kehle. Dann wandte er sich ab und verließ den Raum.

»Nein«, hörte er Eileens Stimme sagen, »du bleibst hier, bis ich zurückkomme.«

Render zog den Mantel an und nahm seine Tasche.

Als sie den Korridor hinunter zum Lift gingen, glaubte Render ein sehr leises, sehr entferntes Geheul zu hören.

Hier, und nur hier, wußte Render, war er wirklich Herrscher allen Seins.

Er war zu Hause in den fremden Welten, diesen zeitlosen Welten, in denen Blumen kopulieren und die Sterne am Himmel kämpfen, blutend herabfallen, wie zerschlagene, verstreute Abendmahlskelche, wo die Meere sich teilen und Treppen freigeben, die in die Unterwelt führen, wo Arme, die Fackeln schwingen, deren Flammen flüssige Gesichter sind, aus den Höhlen ragen – ein Wintersonnwendnachts-Alptraum, wußte Render – denn er war in diesen Welten aus beruflichen Gründen seit über einer Dekade zu Hause. Mit dem Wink eines Fingers konnte er die Zauberer mattsetzen, sie wegen Verrats am Reich vor Gericht stellen und liquidieren lassen – und neue Zauberer ernennen.

Glücklicherweise würden sie heute nur einen kurzen Höflichkeitsbesuch machen ...

Er glitt über die Lichtung und suchte sie.

Er konnte überall ihre erwachende Präsenz fühlen.

Er drängte sich durch das Gezweig, stand am Teichufer. Er war kalt, blau und grundlos, der Teich, und reflektierte die schlanke Weide, die ihre Ankunftsstation darstellte.

»Eileen!«

Die Weide bog sich auf ihn zu, von ihm fort.

»Eileen! Kommen Sie her!«

Blätter fielen, trieben auf dem Wasser des Teiches, zerstörten die glatte Oberfläche, verzerrten die Spiegelbilder.

»Eileen?«

Die Blätter vergilbten in Sekundenschnelle, fielen ins Wasser. Der Baum hörte auf, sich zu biegen. Ein eigenartiger Laut vom dunkelnden Himmel, wie das Singen hoher Leitungsdrähte an einem kalten Wintertag.

Und plötzlich glitt eine Doppelreihe von Monden über den Himmel.

Render wählte einen aus, legte den Finger darauf und zerquetschte ihn. Die anderen Monde verschwanden, als er das tat, und die Welt wurde wieder heller: das Singen verstummte.

Er ging um den Tisch herum, um einen subjektiven Abstand von ihrer Abwehr-Reaktion und Reaktion darauf zu gewinnen.

Er ging durch ein Spalier von Kiefern zu der Stelle, an der er die

Kathedrale erscheinen lassen wollte. Jetzt sangen Vögel in den Bäumen. Eine sanfte Brise wehte. Er konnte ihre Gegenwart sehr intensiv fühlen.

»Hier, Eileen. Hier.«

Sie ging plötzlich neben ihm, grüne Seide, Haar aus Bronze, Augen aus geschmolzenem Smaragd; und sie trug einen Smaragd in der Stirn. Sie schritt in grünen Pantoffeln über den Teppich aus Kiefernnadeln und sagte: »Was ist denn geschehen?«

»Sie hatten Angst.«

»Warum?«

»Vielleicht fürchten Sie die Kathedrale. Sind Sie eine Hexe?« Er lächelte.

»Ja, aber heute ist mein freier Tag.«

Er lachte und nahm ihren Arm, und sie gingen um ein Gebüsch herum, und dort, auf einem rasenbewachsenen Hang, hatte er die Kathedrale rekonstruiert, hoch über ihnen und über den Bäumen erhob sie sich bis zur Mitte des Luftraums und atmete Orgeltöne und reflektierte verirrte Sonnenstrahlen in ihren Fenstern.

»Halten Sie die Welt fest«, sagte er. »Jetzt kommt die Führung ...«

Sie gingen weiter und traten durch das Portal.

» ... mit ihren vom Boden bis zur Decke reichenden Säulen, die wie riesige Baumstämme wirkten, scheint sie den Raum zu vergewaltigen«, sagte er. – »Das habe ich von einem Reiseführer. Dort ist das nördliche Querschiff ...«

»Greensleeves«, sagte sie. »Die Orgel spielte ›Greensleeves‹.«

»Wirklich. Dafür bin allerdings nicht ich verantwortlich. – Beachten Sie die gekerbte Kapitelle ...«

»Ich möchte näher zur Orgel ...«

»Gern. Bitte hier entlang.«

Render spürte, daß irgend etwas nicht stimmte. Aber er wußte nicht, was es war.

Alles behielt seine Stabilität ...

Plötzlich raste etwas hoch über die Kathedrale hinweg, der Knall der durchbrochenen Schallmauer. Render lächelte darüber und jetzt war die Erinnerung wieder da; es war wie ein Versprecher: für eine Weile hatte er Eileen mit Jill verwechselt – ja, das mußte es gewesen sein.

Aber dann ...

Der Altar war eine Explosion in Weiß. Er hatte ihn nie zuvor bemerkt. Die Wände umstanden sie dunkel und kalt. Kerzen flackerten in Ecken und Nischen. Die Orgel tönte unter unsichtbaren Händen.

Render spürte wieder, daß irgend etwas nicht stimmte.

Er wandte sich nach Eileen Shallot um, die jetzt einen grünen, kegelförmigen Hut trug, der in die Dunkelheit hinaufwuchs, und grüne Schleier wallten von ihm herab. Ihr Hals lag im Schatten aber ...

»Das Halsband. Woher?«

»Ich weiß nicht.« Sie lächelte.

Der Pokal, den sie in den Händen hielt, strahlte rosenfarbenes Licht aus, das von ihrem Smaragd reflektiert wurde. Es berührte ihn wie ein kalter Luftzug.

»Trinken Sie doch!« lächelte sie.

»Bleiben sie stehen«, befahl er ihr.

Er befahl den Wänden, zusammenzustürzen. Sie verschwammen zu Schatten.

»Bleiben Sie stehen!« wiederholte er mit Nachdruck. »Rühren Sie sich nicht! Versuchen Sie, nicht einmal zu denken!«

»Stürzt ein!« schrie er, und die Wände wurden durch eine Explosion auseinandergerissen, das Dach wurde über den Zenith der Welt geschleudert, und sie standen inmitten der Ruinen, die von einer Kerze beleuchtet wurden. Die Nacht war schwarz wie Pech.

»Warum haben Sie das getan?« fragte sie und hielt ihm noch immer den Pokal entgegen.

»Nicht denken. Nichts denken«, sagte er. »Entspannen Sie sich. Sie sind sehr müde. Und wie das Licht der Kerze flackert und langsam verlöscht, so verlöscht auch ihr Bewußtsein. Sie können sich kaum noch wachhalten. Sie können sich kaum noch aufrecht halten. Ihre Augen schließen sich. Es gibt ohnehin nichts mehr zu sehen hier.«

Er befahl der Kerze, zu verlöschen. Sie brannte weiter.

»Ich bin nicht müde. Bitte trinken Sie doch.«

Er hörte die Orgelmusik durch die Nacht klingen. Eine andere Melodie, die er anfangs nicht erkannte.

»Ich brauche Ihre Hilfe.«

»Ja. Was soll ich tun?«

»Sehen Sie, dort, der Mond.« Er deutete hinauf.

Sie sah ihn an, und der Mond trat hinter einer tintenfarbigen Wolke hervor.

»Und noch einer, und noch einer…«

Monde, wie Perlen auf einer Kette, glitten durch das Dunkel.

»Der letzte wird rot sein«, weissagte er.

Er war rot.

Er streckte den rechten Zeigefinger aus, ließ seinen Arm quer durch sein Gesichtsfeld wandern und versuchte, den roten Mond zu berühren. Sein Arm schmerzte. Er konnte ihn nicht bewegen.

»Wachen Sie auf!« schrie er.

Der rote Mond verschwand, und dann auch die weißen.

»Bitte, trinken Sie doch.«

Er schlug ihr den Kelch aus der Hand und wandte sich ab. Als er sich wieder umdrehte, sah er, daß sie das Gefäß immer noch hielt.

»Trinken Sie!«

Er floh in die Nacht hinaus.

Es war, als wenn er durch eine hüfthohe Schneewehe stapfte. Alles falsch! Wenn er davonlief, vergrößerte er nur noch seinen Fehler. Er verschwendete seine Kraft und maximierte die ihre. Die Flucht verbrauchte seine Energie, saugte ihn aus.

Er blieb stehen. Inmitten des Dunkels.

»Die Welt dreht sich um mich herum«, sagte er. »Ich bin ihr Mittelpunkt.«

»Bitte, trinken Sie doch«, sagte sie, und er stand wieder neben ihrem Tisch am Ufer. Der Teich war schwarz, und der Mond war silbern, und sehr hoch, und außer Reichweite. Eine einzelne Kerze flackerte auf dem Tisch, und ihr Licht färbte ihr Haar ebenso silbern, wie ihr Kleid. Sie trug den Mond auf ihrer Stirn. Eine Flasche Romanée-Conti stand auf der weißen Tischdecke, und daneben ein kelchförmiges Weinglas. Es war bis zum Rand gefüllt, und rosige Tropfen rannen am Glas herab. Er war sehr durstig, und sie war schöner als jede andere Frau, die er jemals gesehen hatte, und ihre Halskette glitzerte, und eine Brise wehte kühl vom Teich her, und da war etwas, irgend etwas, an das er sich erinnern mußte . . .

Er trat einen Schritt auf sie zu, und seine Rüstung klirrte leise bei jeder Bewegung. Er griff nach dem Glas, sein rechter Arm schmerzte, wurde steif und fiel kraftlos herab.

»Sie sind verwundet!«

Langsam wandte er den Kopf. Blut floß aus einer offenen Wunde in seiner Schulter, rann den Arm herab und tropfte von den Fingerspitzen. Seine Rüstung war durchbohrt. Er zwang sich, wegzusehen.

»Trink' dies, mein Liebster. Es wird dich heilen.«

Sie stand reglos.

»Ich werde dir das Glas halten.«

Er starrte sie an, als sie es ihm an die Lippen hob.

»Wer bin ich?« fragte er.

Sie antwortete nicht, doch irgend etwas – es schien aus einem Wellenrauschen in der Mitte des Teiches zu kommen – antwortete: *»Du bist Render, der Former.«*

»Ja, ich erinnere mich«, sagte er; und dann wandte er sein Bewußtsein *der* Lüge zu, die die ganze Illusion zerbrechen konnte, und er zwang seinen Mund zu sagen: »Eileen Shallot, ich hasse dich!«

»Charles!« schrie sie auf, und Dunkelheit stürzte auf sie herab.

»Wach' auf! Wach' auf!« schrie er, und sein rechter Arm brannte, schmerzte und blutete in das Dunkel.

Er stand inmitten einer weißen Ebene. Sie war totenstill und endlos. Sie senkte sich hinab zu den Enden der Welt. Sie strahlte ihr eigenes Licht aus, und der Himmel über ihr war kein Himmel, sondern ein Nichts, das sich über ihr dehnte.

Nichts.

Er allein. Seine Stimme wurde vom Ende der Welt zurückgeworfen: » ... hasse dich!« sagte das Ende. » ... hasse dich!«

Er fiel auf die Knie.

Er war Render.

Er wollte weinen.

Ein roter Mond erschien über der Ebene und warf ein grauenerregendes Licht auf ihre Weite. Da war eine Felswand links von ihm, und andere zur rechten.

Er hob den rechten Arm. Er mußte ihn mit der Linken stützen. Er umklammerte das Handgelenk, streckte den Zeigefinger aus. Er tastete nach dem Mond.

Ein Geheul tönte hoch in den Bergen, ein lautes, klagendes Geheul – halb menschlich, Herausforderung, Einsamkeit, Reue. Und dann sah er ihn, wie er über die Berge schnürte, und sein buschiger Schwanz schlug den Schnee von den höchsten Gipfeln. Der letzte *loup-garou* des Nordens – Fenris, Sohn Lokis – stürmte rasend vor Wut gegen den Himmel an.

Er sprang in die Luft. Er verschlang den Mond.

Er landete in der Nähe von Render, und seine großen Augen funkelten gelb. Auf lautlosen Sohlen trottete er heran, über die gefrorenen weißen Felder, die zwischen den Bergen lagen, über Schründe und Klüfte, durch Täler, vorbei an Stalagmiten und Gipfeln – unter scharfkantigen Gletschern entlang, über die vereisten Flüsse, und immer abwärts – bis er seinen heißen Atem spürte, und sein grinsendes Maul sich über ihm öffnete.

Er fuhr herum, und seine Füße wurden zu glitzernden Flüssen, die ihn mit sich fortrissen.

Die Welt sprang rückwärts. Er glitt den Abhang hinab. Hinab. Immer schneller ...

Fort ...

Er blickte über die Schultern zurück.

Weit entfernt rannte der graue Schatten hinter ihm her.

Er fühlte, daß er ihn einholen konnte, wenn er wollte. Er mußte schneller werden.

Voraus ein Schatten, ein vager Umriß.

Er raste durch Schneeschleier, die jetzt von der Erde nach oben zu steigen schienen, wie aufperlende Luftblasen.

Er näherte sich dem vage erkennbaren Gegenstand.

Wie ein Schimmer kam er näher – unfähig, den Mund zu öffnen, weil er Angst hatte, zu ertrinken – zu ertrinken, und nie zu wissen, nie zu wissen ...

Er konnte sein Tempo nicht selber bestimmen; wie eine Flutwelle wurde er auf das Wrack zugespült, kam dicht davor zum Halten.

Manche Dinge verändern sich nie. Es sind die Dinge, die lange aufgehört haben, als Objekte zu existieren und nur noch als nicht mehr erfaßbare Ereignisse außerhalb der elementaren Sequenz, die wir Zeit nennen, liegen.

Render stand reglos, und es kümmerte ihn plötzlich nicht mehr, ob Fenris ihm auf den Rücken springen und sein Hirn verschlingen würde. Er hatte die Augen mit den Händen bedeckt, und doch konnte er nicht aufhören zu sehen. Dieses Mal nicht. Aber das kümmerte ihn nicht mehr. Nichts kümmerte ihn mehr. Das meiste von ihm lag dort tot zu seinen Füßen.

Ein lautes Geheul. Ein grauer Schatten huschte an ihm vorüber.

Die haßerfüllten Augen und die blutverschmierte Schnauze fuhren in den zerborstenen Wagen, die Zähne zerknackten Stahl und Glas, wühlten im Inneren nach ...

»Nein! Bestie! Leichenfresser!« schrie er. »Die Toten sind heilig! *Meine* Toten sind heilig!«

Er hielt plötzlich ein Skalpell in der Hand, und mit routiniertem Schnitt trennte er die Sehnen durch, die Muskelstränge der starken Schultern, zerfetzte die weiche Bauchdecke, die Schläuche der Arterien...

Er weinte, als er die Bestie Stück für Stück auseinanderschnitt, und sie blutete und blutete und verschmierte das Autowrack und die Überreste der Toten mit ihren infernalischen animalischen Säften, die tropften und rannen, bis die ganze Ebene in ihnen ertrank. Render sank über dem zu Staub zerfallenen Kühler des Wagens zusammen, und er war weich und warm und trocken. Render lag darüber gebeugt und weinte.

»Nicht weinen«, sagte sie.

Er lehnte sich an ihre Schulter und hielt sie fest, dort neben dem schwarzen Teich unter dem Mond, der aus Wedgewoodporzellan war. Eine einzige Kerze flackerte auf ihrem Tisch. Sie hielt ihm ein Glas an die Lippen.

»Du mußt das trinken, bitte.«

»Ja, gib es mir!«

Er stürzte den Wein hinunter, und er war Sanftheit und Lichtheit. Er brannte in ihm. Er fühlte, wie er seine Kraft zurückgewann.

»Ich bin . . .«

» . . .*Render, der Former*«, sprudelte der Teich.

»Nein!«

Er wandte sich um und rannte wieder fort. Er suchte nach dem Wrack des Wagens. Er mußte zurücklaufen, zurückkehren . . .

»Du kannst nicht!«

»Ich kann!« schrie er. »Ich kann alles, was ich will!«

Gelbe Flammen schossen durch die diesige Luft. Gelbe Schlangen. Sie wanden sich glühend um seine Waden. Dann kam durch die Dunkelheit, doppelköpfig und riesenhaft, sein Feind auf ihn zu.

Kiesel regneten an ihm vorbei. Ein überwältigender Geruch drang in seine Nase und in sein Gehirn.

»Former!« bellte einer der beiden Köpfe.

»Du bist also gekommen, um abzurechnen!« rief der andere.

Render starrte sie an, und er erinnerte sich.

»Keine Abrechnung, Thaumiel«, sagte er. »Ich habe dich bezwungen und in Ketten geschlagen, für – Rothmann, ja, es war Rothmann, der Kabbalist.« Er zeichnete ein Pentagramm in die Luft. »Kehre zurück nach Qlipoth. Ich banne dich!«

»Hier ist Qlipoth.«

»... bei Khamael, dem Blutegel, bei den Horden der Seraphim, im Namen Elohim Gebors, ich banne dich!«

»Nicht dieses Mal«, lachten die beiden Köpfe.

Er kam näher.

Render wich langsam zurück, seine Füße von den Schlangen umlodert und festgehalten. Er fühlte, wie sich hinter ihm eine Kluft auftat.

Die Welt war ein Mosaik, das sich auflöste. Er konnte sehen, wie sich die einzelnen Steine lösten.

»Ich banne dich!«

Der Riese lachte sein Doppel-Gelächter.

Render stolperte.

»Hier entlang, Liebster!«

Sie stand in einer kleinen Höhle zu seiner Rechten.

Er schüttelte den Kopf und ging rückwärts auf den Abgrund zu.

Thaumiel griff nach ihm.

Render taumelte über den Rand.

»Charles!« schrie sie auf, und die Welt zerbarst in ihrem Aufschrei.

»Also, Vernichtung«, sagte er, als er in den Abgrund fiel. »Ich werde dich im Dunkel wiederfinden.«

Und dann war alles zu Ende.

»Ich möchte Dr. Render sprechen.«

»Tut mir leid, aber das ist unmöglich.«

»Aber ich bin extra mit dem Jet hergeflogen, um mich bei ihm zu bedanken. Ich bin ein neuer Mensch! Er hat mein ganzes Leben verändert!«

»Tut mir leid, Mr. Erikson. Ich habe Ihnen doch schon heute morgen, als Sie anriefen, gesagt, daß es nicht geht.«

»Sir, ich bin der Abgeordnete Erikson, und Render hat mir einen sehr großen Dienst erwiesen.«

»Dann erweisen Sie ihm auch einen und gehen Sie wieder.«

»Wie reden Sie denn mit mir!«

»Wie sie es verstehen. Also gehen Sie, bitte. Er ist sehr, sehr krank. Vielleicht nächstes Jahr ...«

»Aber manchmal kann doch ein guter Zuspruch noch Wunder wirken...«

»Den können Sie sich ja aufheben!«

»Ich... es tut mir leid...«

So schön es auch war, vom Morgen rosig übergossen – die schwankende, dampfende Schüssel des Meeres – er wußte, es *mußte* vorbei sein. Und darum...

Er schritt die hohe Turmtreppe herab und betrat den Hof. Er ging durch das Rosenbeet und blickte auf den in der Mitte liegenden Strohsack hinab.

»Guten Morgen, Mylord«, sagte er.

»Guten Morgen«, sagte der Ritter, und sein Blut rann in die Erde, in die Blumen, in das Gras, aus der Wunde, über dem Panzer und tropfte von den Fingerspitzen.

»Noch immer nicht verheilt?«

Der Ritter schüttelte den Kopf.

»Ich bin leer. Ich warte.«

»Das Warten ist fast vorüber.«

»Was meinst du?« Er setzte sich auf.

»Das Schiff. Es nähert sich dem Hafen.«

Der Ritter stand auf. Er lehnte sich gegen den moosbewachsenen Baumstamm. Er starrte den riesenhaften, bärtigen Diener an, der immer weitersprach, mit seinem harten, barbarischen Akzent:

»Es segelt wie ein dunkler Schwan vor dem Wind – es kommt zurück.«

»Dunkel sagst du? Dunkel?«

»Die Segel sind Dunkel, Lord Tristan.«

»Du lügst!«

»Sieh selbst, Herr. Sieh dort!«

Er deutete aufs Meer hinaus.

Die Erde bebte, und die Wand stürzte ein. Der Staub wirbelte und legte sich. Und sie sahen das Schiff auf den Schwingen der Nacht in den Hafen gleiten.

»Nein! Du hast gelogen! Sieh selbst! Die Segel sind weiß!«

Die Morgendämmerung tanzte auf dem Wasser. Die Schatten wichen von den Segeln des Schiffes.

»Nein, du Narr schwarz! Sie *müssen* schwarz sein!«

»Weiß! Weiß! – Isolde! Du hast mir die Treue gehalten! Du kommst zurück!«

Er rannte zum Hafen hinunter.

»Komm zurück! – Deine Wunde! – Du bist krank! – Bleib stehen!«

Die Segel leuchteten weiß unter einer Sonne, die ein roter Knopf war, und der Diener streckte rasch die Hand aus und drückte ihn.

Nacht sank herab.

Aus dem Amerikanischen übersetzt von Hans Maeter

Jack Vance

Jack Holbrook Vance, der amerikanische SF- und Krimi-Autor, wurde 1916 in San Francisco geboren und studierte an der Universität von Kalifornien. Im Zweiten Weltkrieg fuhr er als Matrose der US-Handelsmarine zur See, hauptsächlich im Pazifik. In der Zeit entstanden seine ersten Erzählungen. In die Heimat zurückgekehrt, jobbte er als Saisonarbeiter, u.a. als Obstpflücker, und spielte als Trompeter in einer Jazzband. Er bereiste die ganze Welt und wohnte monatelang zusammen mit den SF-Autoren Poul Anderson und Frank Herbert auf einem Hausboot. Heute lebt er zusammen mit seiner Frau und seinem Sohn in einem alten Haus in Oakland. Jack Vance' Karriere als Schriftsteller begann 1945 mit seinen Erzählungen von dem interstellaren Detektiv Magnus Ridolph. 1950 schaffte er mit ›The Dying Earth‹ den Durchbruch, einem Buch, das heute schon als Klassiker der Fantasy-Literatur gilt. Seither erschienen etwa drei Dutzend Romane und Erzählungen, die einen ganz speziellen Leserkreis ansprechen, die Liebhaber der farbig exotischen, weniger an Technik und Naturwissenschaft interessierten ›Science Fantasy‹. Viele seiner Anhänger halten ihn für den besten SF-Autor überhaupt, anderen ist er bei aller Farbigkeit zu handlungsarm, sie erachten die bei ihm behandelten Probleme für nebensächlich. Wie dem auch sei: Jack Vance wird, wie ein Kritiker treffend bemerkte, als Begründer einer neuen Literaturgattung in die Geschichte eingehen: des galaktischen Heimatromans. Für ›Die letzte Festung‹ erhielt Jack Vance sowohl den Nebula als auch den Hugo Gernsback Award.

Von Jack Vance erschienen folgende Titel in der Reihe HEYNE SCIENCE FICTION & FANTASY:

Bibliographie

Start ins Unendliche · Band 3111
Jäger im Weltall · Band 3139
Die Mordmaschine · Band 3141
Der Dämonenprinz · Band 3143
Emphyrio · Band 3261
Der Mann ohne Gesicht · Band 3448
Der Kampf um Durdane · Band 3463
Die Asutra · Band 3480
Trullion: Alastor 2262 · Band 3563
Marune: Alastor 933 · Band 3580
Die sterbende Erde · Band 3606
Der graue Prinz · Band 3652
Showboot-Welt · Band 3724
Maske: Thaery · Band 3742
Wyst: Alastor 1716 · Band 3816
Das Gesicht · (in Vorbereitung)
Die vielen Welten des Magnus Ridolph · (in Vorbereitung)

Jack Vance

Die letzte Festung

1

An einem stürmischen Spätnachmittag, als die Sonne endlich durch die zerfetzten, schwarzen Regenwolken brach, wurde die Burg Janeil gestürmt und ihre Bevölkerung getötet.

Fast bis zum letzten Augenblick hatten sich die Faktionen der Clans darüber gestritten, wie man dem Schicksal würdig entgegentreten sollte. Die Gentlemen mit dem größten Prestige und höchsten Ansehen zogen es vor, die ganzen würdelosen Umstände überhaupt nicht zur Kenntnis zu nehmen, und gingen ihren alltäglichen Beschäftigungen nach, mit nicht mehr und nicht weniger Eifer als sonst. Ein paar Kadetten, bis an die Grenze der Hysterie aufgeregt, ergriffen ihre Waffen und machten sich bereit, sich dem letzten Ansturm zu widersetzen. Andere, vielleicht ein Viertel der Einwohner, warteten vergebens – und fast glücklich – darauf, für die Sünden der menschlichen Rasse büßen zu dürfen.

Am Ende kam der Tod zu allen in gleicher Gestalt; und er hatte so viel Vergnügen an ihrem Sterben, wie es dieser essentiell reizlose Prozeß nur zuließ. Die Stolzen saßen über ihre schönen Bücher gebeugt oder diskutierten die Qualität einer jahrhundertealten Essenz oder streichelten ihre Lieblingsnymphe. Sie starben, ohne auch nur einen einzigen Gedanken an diese Tatsache zu verschwenden. Die Hitzköpfe stürmten die morastigen Abhänge hinauf, die sich jeder Rationalität zum Trotz hoch über die Mauerkronen der Burg Janeil erhoben. Die meisten wurden unter Steinlawinen begraben, doch einige von ihnen gelangten auf die Wallkrone, wo sie schossen, stachen und schlugen, bis sie selbst erschossen, von den halborganischen Kampfwagen überrollt, erstochen oder erschlagen wurden. Die Reuigen warteten in der klassischen Haltung der Sünder, auf den Knien, den Kopf gebeugt und starben, weil sie glaubten, durch einen Prozeß, in dem die Meks die Symbole und die Sünden der Menschheit die Realität waren. Zum Schluß waren alle tot: Gentlemen und Ladies, die Nymphen in ihren Pavillons, die Bauern in ihren Ställen. Von allen Bewohnern der Burg Janeil überlebten nur die Vögel, tolpatschige Tiere, linkisch und laut, die weder Stolz noch

Treue kannten und nur daran interessiert waren, am Leben zu bleiben, nicht aber, die Würde der Burg zu bewahren.

Als die Meks über die Brüstungen schwärmten, verließen die Vögel ihre Nester. Grobe Schimpfworte krächzend, flatterten sie nach Osten, nach Hagedorn, nach dem Fall von Janeil die letzte Burg auf der Erde.

Die Meks waren vor vier Monaten im Park vor der Burg Janeil aufgetaucht, gleich nach dem Massaker von Sea Island.

Die Gentlemen und Ladies von Burg Janeil, etwa zweitausend, waren auf Brüstungen und Türme gestiegen, hatten Spaziergänge auf den Wällen gemacht, um sich die rotgoldenen Krieger zu betrachten. Ihre Stimmung war dabei geteilt: amüsierte Gleichgültigkeit und arrogante Verachtung über einem Substrat von Zweifel und böser Vorahnung. All diese Stimmungen waren das Ergebnis von drei Umständen: ihrer äußerst überzüchteten Zivilisation, der Sicherheit, die ihnen die Burgmauern gaben, und der Einsicht, daß sie die gegebenen Umstände nicht ändern konnten.

Die Meks der Burg Janeil waren schon lange verschwunden, um sich der Revolte anzuschließen. Es waren also nur die Nymphen, die Bauern und die Vögel geblieben, um eine Verteidigungstruppe zusammenzustellen, die bestenfalls lächerlich gewirkt hätte.

Aber dazu schien vorerst keinerlei Anlaß zu bestehen. Die Burg Janeil galt als uneinnehmbar. Ihre sechzig Meter hohe Umfassungsmauer bestand aus schwarzem, geschmolzenen Fels, der von einem Gitterwerk aus einer silberblauen Stahllegierung zusammengehalten wurde. Batterien von Solarzellen erzeugten den gesamten Energiebedarf der Burg, und im Notfall konnte man Nahrungsmittel und auch Sirup für die Nymphen, die Bauern und die Vögel aus Kohlendioxyd und Wasserdampf herstellen. Aber das würde, wie man glaubte, kaum notwendig sein. Janeil war autark und sicher. Es mochten höchstens einige Unbequemlichkeiten eintreten, falls eine der Maschinen ausfallen sollte und keine Meks mehr da waren, um sie zu reparieren. Die Lage war demzufolge zwar ein wenig beunruhigend, doch keineswegs kritisch. Tagsüber kamen die Gentlemen, die den Jagdsport schätzten, mit ihren Energiegewehren und Sportflinten auf die Wälle und veranstalteten ein Wettschießen auf die Meks, soweit es die große Entfernung zuließ.

Nach Dunkelwerden brachten die Meks Kampfwagen und Bulldozer heran und begannen rund um die Burg Janeil einen Erdwall aufzuschütten.

Verständnislos sahen die Leute in der Burg diesem Treiben zu, bis der Wall die Höhe von fünfzehn Metern erreicht hatte und die Erde gegen den Fuß der Burgmauer rieselte. Da erst erkannten sie, was die Meks vorhatten, und die Sorglosigkeit wich trüben Vorahnungen.

Alle Gentlemen von Janeil waren zumindest auf einem Wissensgebiet Kapazitäten. Einige von ihnen waren theoretische Mathematiker, andere hatten sich mit dem Studium der Naturwissenschaften befaßt. Einige von den letzteren bemühten sich – unter Mithilfe von ein paar Bauern für die rein manuellen Arbeiten –, das Energiegeschütz wieder funktionsfähig zu machen. Unglücklicherweise war das Geschütz nie gepflegt worden, und einige seiner Teile waren offensichtlich verrostet oder beschädigt. Vielleicht gab es Ersatzteile dafür in den Lagern der Meks, die sich im zweiten Kellergeschoß befanden, doch kannte niemand Nomenklatur und Lagersystem der Meks. Warrick Madency Arban – das heißt: Arban, von der Madency-Sippe des Warrick-Clans – schlug vor, die Lager von einem Arbeitskommando der Bauern durchsuchen zu lassen. Doch angesichts des beschränkten Denkvermögens der Bauern wurde der Gedanke wieder fallengelassen, und der Plan, das Energiegeschütz wieder instandzusetzen, blieb unausgeführt.

Die Ladies und Gentlemen von Burg Janeil sahen fasziniert zu, wie der Erdwall sich höher und höher türmte wie der runde Schlund eines Kraters. Der Sommer ging zu Ende, und eines Tages erhob sich der Erdwall über das Niveau der Burgmauer, und Steine und Sand ergossen sich in die Höfe und Piazzas. Janeil würde bald unter den Erdmassen begraben und alles Leben in seinen Mauern erstickt werden.

Das war der Augenblick, als eine Gruppe junger, impulsiver Kadetten mit mehr Elan als Würde zu den Waffen griff und den Hang des Erdwalls hinaufstürmte. Die Meks überschütteten sie mit Geröll und Erdmassen, doch einer Handvoll von ihnen gelang es, bis zur Krone des Walls vorzudringen, und sie kämpften dort mit furchtbarer Erbitterung.

Der Kampf dauerte eine Viertelstunde, und die Erde wurde mit Regen und Blut getränkt. Ein paar wunderbare Sekunden lang waren die Kadetten Herren der Wallkrone, und wenn nicht die meisten ihrer Kameraden unter den Erdmassen begraben worden wären, hätte der Ausgang möglicherweise anders sein können. Doch bei dieser Ausgangslage konnten die Meks sich neu gruppieren und erneut angreifen.

Noch zehn Kadetten waren am Leben, dann sechs, dann vier, dann einer, dann keiner mehr.

Und die Meks kamen den Abhang herunter, ergossen sich über die Mauer in die Burg und töteten mit düsterer Intensität alles, was lebte. Die Burg Janeil, siebenhundert Jahre lang die Heimat tapferer Gentlemen und reizvoller Ladies, war nur noch totes Gemäuer.

Der Mek, eine menschenähnliche Kreatur, die wie ein Ausstellungsstück in einem Museum wirkte, stammte von dem Planeten Etamin Neun. Die harte, rostrote bis kupferfarbene Haut glänzte metallisch, so als ob sie geölt oder poliert worden wäre. Die Stacheln, die ihm aus dem Kopf und Nacken wuchsen, glänzten wie Gold und waren tatsächlich mit einem Film aus einer Kupfer-Chrom-Legierung überzogen. Seine Sinnesorgane saßen gebündelt an den Seiten des Kopfes, wo bei einem Menschen die Ohren sind; seine Visage – Gesicht konnte man es nicht nennen, man konnte wirklich erschrekken, wenn man auf einem der unteren Korridore plötzlich einem Mek begegnete – war gewelltes Muskelgewebe, das aussah wie die freigelegte Großhirnrinde eines Menschen. Sein Rachen, ein vertikaler, unregelmäßiger Schlitz im unteren Teil der Vorderseite seines Kopfes, war ein rudimentäres und überflüssiges Organ, seit sich unter der Haut seiner Schultern der Sirupsack herausmutiert hatte, und die Verdauungsorgane, ursprünglich dazu da, um verwesten Sumpfpflanzen und Schwämmen ihre Nährstoffe zu entziehen, waren verkümmert. Der Mek trug zumeist keinerlei Kleidung; höchstens eine Arbeitsschürze oder einen Werkzeuggürtel, und im Sonnenlicht sah seine kupferglänzende Haut sehr hübsch aus. Das war der Mek – als Einzelwesen der Kreatur, die grundsätzlich dem Menschen an Leistungsfähigkeit fast gleichkam, ihn in gewisser Weise sogar noch übertraf, hauptsächlich durch sein ungewöhnlich ausgebildetes Gehirn, dessen Sensoren bis in den Kurzwellenbereich hineinreichten und damit als Sender und Empfänger für Signale über größere Entfernungen zu verwenden war. In der Masse jedoch, in nach Tausenden zählenden Arbeitsgruppen, erschien er weniger anziehend, weniger großartig: eine Kreuzung zwischen Sonnenmensch und Kakerlake.

Gewisse Gelehrte, besonders D. R. Jardine von Morninglight und